A Conspiração do Faraó

Do Autor:

O Ladrão de Tumbas

A Conspiração do Faraó

ANTONIO CABANAS

A Conspiração do Faraó

Tradução
Paulo Bentancur e
Dênia Sad Silveira

Copyright © Antonio Cabanas, 2006.
Copyright © Ediciones B, S.A., 2006.
Título original: *La conjura del faraón*

Capa: Raul Gastão
Foto de capa: Leemage/Universal Images Group/GETTY Images

Editoração: DFL

Texto revisado segundo o novo
Acordo Ortográfico da Língua Portuguesa

2011
Impresso no Brasil
Printed in Brazil

CIP-Brasil. Catalogação na fonte
Sindicato Nacional dos Editores de Livros, RJ

C111c	Cabanas, Antonio
	  A conspiração do faraó/Antonio Cabanas; tradução Dênia Sad Silveira e Paulo Bentancur. – Rio de Janeiro: Bertrand Brasil, 2011.
	  630p.: 23 cm
	
	  Tradução de: La conjura del faraón
	  ISBN 978-85-286-1516-6
	
	  1. Romance espanhol. I. Silveira, Dênia Sad. II. Título.

11-4231	CDD – 863 CDU – 821.134.2-3

Todos os direitos reservados pela:
EDITORA BERTRAND BRASIL LTDA.
Rua Argentina, 171 – 2º andar – São Cristóvão
20921-380 – Rio de Janeiro – RJ
Tel.: (0xx21) 2585-2070 – Fax: (0xx21) 2585-2087

Não é permitida a reprodução total ou parcial desta obra, por quaisquer meios, sem a prévia autorização por escrito da Editora.

Atendimento e venda direta ao leitor:
mdireto@record.com.br ou (21) 2585-2002

Para a minha esposa, Inma, que, como Ísis,
é repleta de magia

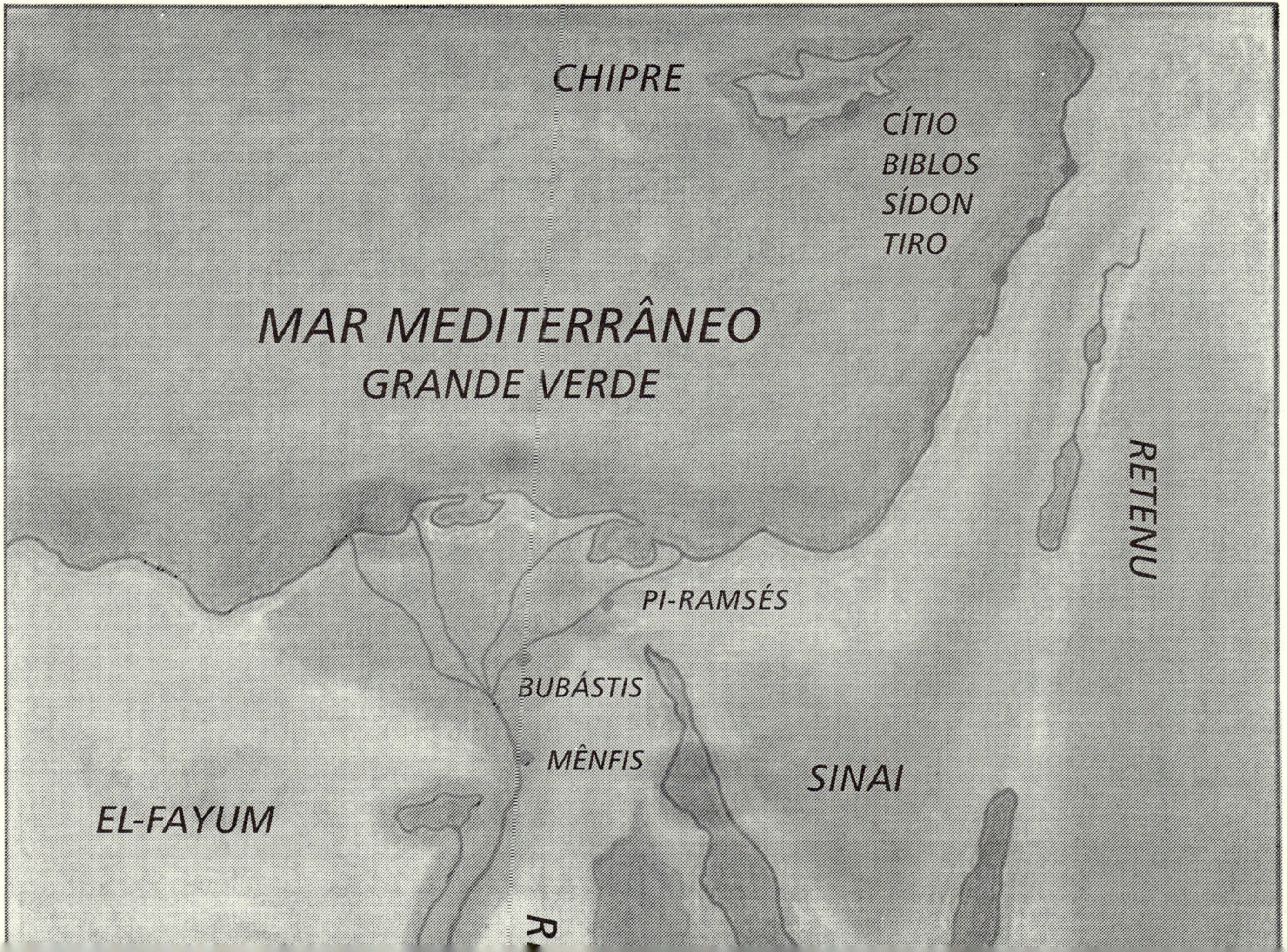
CHIPRE
CÍTIO
BIBLOS
SÍDON
TIRO
MAR MEDITERRÂNEO
GRANDE VERDE
RETENU
PI-RAMSÉS
BUBÁSTIS
MÊNFIS
SINAI
EL-FAYUM

MAR VERMELHO

NÚBIA
KUSH

QUSEIR
A MONTANHA DE OURO
ROHENU

COPTOS
ABIDOS
TEBAS
NEKHEB
ASSUÁ
ABU SIMBEL

NILO

VALE DOS REIS

DEIR-EL-BAHARI   TEMPLO

TEMPLO DE TUTMÉS III

RAMESSEUM

TEMPLO DE MERENPTAH

VALE DAS RAINHAS

MEDINET
HABU

TEMPLO DE
AMENHOTEP III

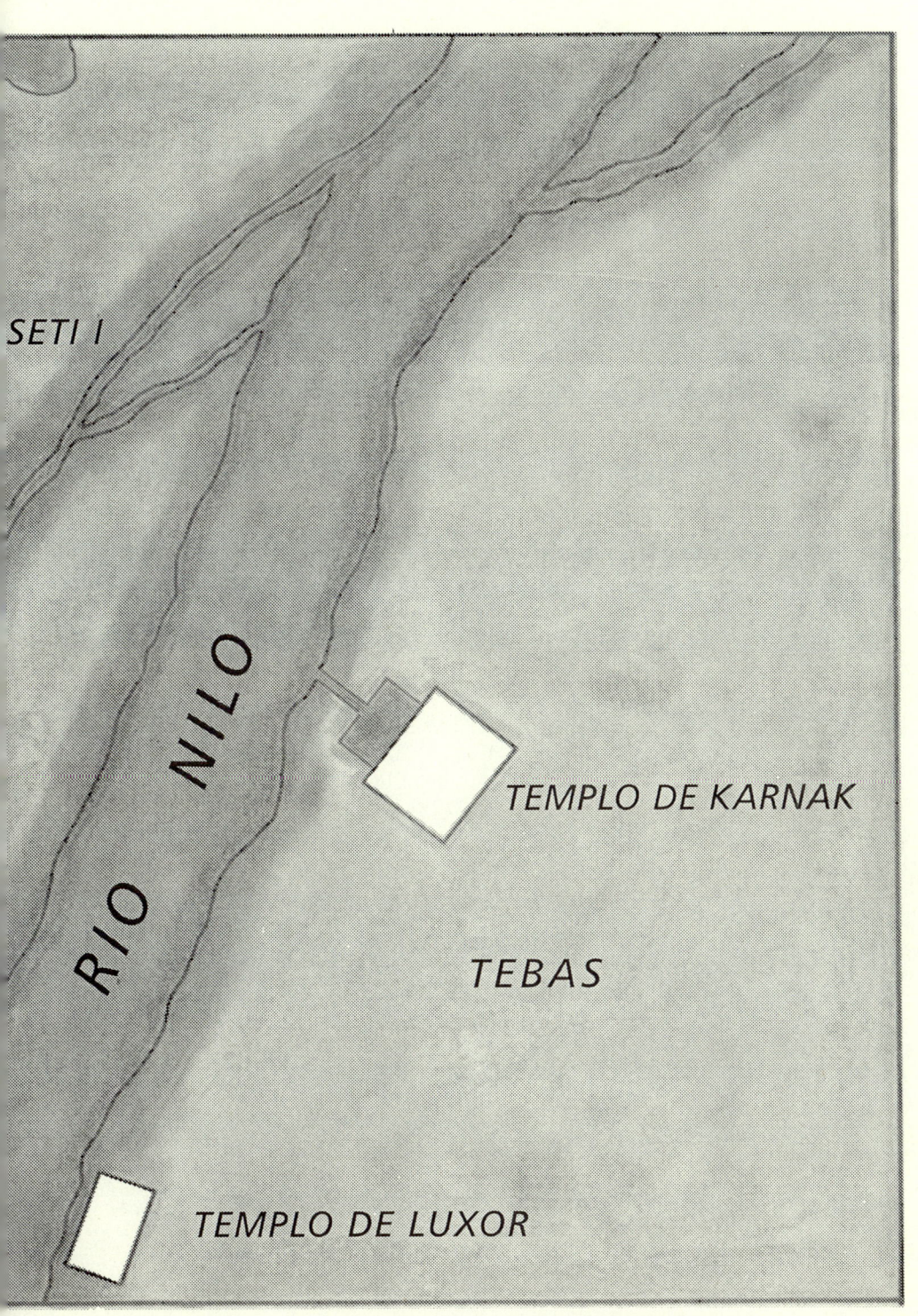

Agradecimentos

Gostaria de expressar publicamente minha gratidão à Iberia, minha companhia aérea querida, do primeiro ao último funcionário, pela generosidade demonstrada a mim, a proporcionar-me todo tipo de facilidade para que fosse possível a criação desta obra. Seriam necessárias várias páginas para transcrever os nomes de todos que, de um jeito ou de outro, brindaram-me com seu apoio para que eu pudesse finalizar este livro com êxito. Assim, espero que me desculpem por este reconhecimento generalizado.

Também gostaria de mencionar, em especial, o Serviço Médico da Iberia, por seus inestimáveis conselhos nos momentos em que abordei algumas das enfermidades descritas na obra, assim como o doutor A. Fuentes, professor da Faculdade de Medicina da Universidade Complutense de Madri, por suas explicações magistrais sobre as cirurgias na Antiguidade e, em particular, sobre as trepanações.

Do mesmo modo, não posso deixar de citar a Fundação Arqueológica Clos, pela ajuda desinteressada, permitindo-me utilizar sua magnífica biblioteca e colaborando em tudo que precisei.

Por último, gostaria de dedicar algumas linhas a meus queridos companheiros pilotos, agradecendo-lhes pelas constantes palavras de incentivo a fim de que esta obra viesse à luz.

Muito obrigado a todos.

Prólogo

As mais sinistras sombras se fecham sobre o Egito. Os dias de glória vão ficando para trás, perdendo-se pouco a pouco em meio à milenar história do País da Terra Negra, uma vez que a época dos grandes faraós chega ao fim. É tempo de conjurações e conspirações, de desafios à ordem secular que os deuses um dia criaram, já que, em Kemet, os homens não precisam mais deles. Forças poderosas espreitam, a fim de se aproveitarem da crescente fragilidade de uma monarquia agora desgastada. O Egito está esgotado, consumido pelas guerras que o faraó se viu obrigado a empreender na tentativa desesperada de salvaguardar suas fronteiras e, inclusive, a própria integridade do país.

O Estado encontra-se na iminência da bancarrota. As sólidas estruturas do passado, sobre as quais se assentava a administração, agora são incapazes de sustentar por mais tempo a trama milenar, pois se encontram carcomidas por uma corrupção generalizada que ameaça a sua própria essência. O Egito segue, sem remissão, em direção à ruína, e, ainda que sejam necessários mais de mil anos para que o último faraó se sente no trono do País das Duas Terras, o caminho a ser percorrido levará a uma queda que, irremediavelmente, sepultará sua grandiosa civilização no esquecimento.

Esta é a história de Nefermaat, o eleito de Sekhmet, médico da corte de Ramsés III, um deus, cuja existência desventurada o levou a ser testemunha direta da maior intriga sofrida por um faraó no Egito.

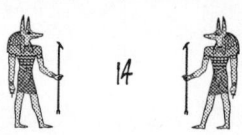

Uma conspiração cujas ramificações acabaram se perdendo nos intrincados labirintos que só o poder é capaz de idealizar e que transportarão o leitor a um Egito onde a luta dos poderosos para aumentar seus privilégios colocará em perigo até mesmo a instituição monárquica. A fascinante civilização do vale do Nilo mostrará, assim, uma face pouco conhecida: a da encarniçada disputa pelo poder no país.

A trama narrada neste romance é fruto da imaginação do autor e está longe de suas intenções pretender que ela seja considerada um tratado da história do Antigo Egito ou da medicina daquele tempo, embora ele tenha procurado se aproximar, da forma mais fiel possível, do contexto real da época. Por isso, tanto o cenário no qual se desenvolve a ação quanto os acontecimentos históricos relatados são rigorosamente verossímeis, tendo sido necessário um trabalho intenso de pesquisa com o objetivo de criá-los de modo adequado.

Grande parte dos personagens desta obra é autêntica, razão pela qual muitos nomes serão estranhos ao leitor ao serem expostos exatamente como os antigos egípcios os escreviam, respeitando, dessa forma, a veracidade do ambiente daquela época. Por sua vez, todos os dados históricos, assim como as explicações sobre a prática da medicina do Antigo Egito, foram extraídos das principais fontes conhecidas, recorrendo-se, inclusive, aos papiros, a fim de obter a informação tal e qual a legaram os antigos egípcios.

Antonio Cabanas Hurtado
Madri, fevereiro de 2006

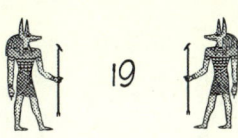

— Está claríssimo que significa *ouvir* — afirmou o menino com segurança, ao mesmo tempo que olhava para os outros, satisfeito por sua resposta.

A classe inteira explodiu em uma gargalhada geral, enquanto o professor, boquiaberto, observava o aluno, arrasado.

É que a resposta não deixava de ter sua graça, já que o verbo Sḏm significava mesmo *ouvir*, embora não naquela forma, Sḏm.f.

— O príncipe Amonhirkopshep — disse Hesy, levantando a voz em meio ao tumulto reinante — decidiu iluminar-nos hoje com seus infinitos conhecimentos.

As risadas voltaram a ressoar na sala com ainda mais estardalhaço — se é que isso era possível —, o que fez com que o príncipe se digladiasse aos empurrões com o companheiro mais próximo.

— Thot* divino! Parece que a ira de Sekhmet** se apoderou desta classe — exclamou Hesy, ao mesmo tempo que tentava separá-los, açoitando-os com a vara.

Quando, enfim, conseguiu pôr ordem na agitação, o professor respirava com visível dificuldade, e seu rosto estava coberto de suor devido ao esforço.

— Não vou tolerar atitudes semelhantes nesta sagrada classe — gritou entre um arquejo e outro —, mesmo que para isso tenha que utilizar uma vara nova todos os dias.

---

* Deus que inventou a escrita e as ciências conhecidas pelo homem. Foi considerado mago e era padroeiro dos escribas. É representado como um homem com cabeça de íbis.

** Deusa com cabeça de leoa. Era filha de Rá, esposa de Ptah e mãe de Nefertem. Foi muito venerada em Mênfis durante o Novo Império. Nela se acumulavam poderes benéficos e forças destrutivas. Deusa da guerra, tinha fama de sanguinária quando encolerizada. Consta que causava doenças e epidemias e era padroeira dos médicos.

Então, deu um forte golpe com o junco em uma mesa próxima, fazendo com que os alunos estremecessem.

Agora o silêncio era absoluto, e o velho Hesy distribuía seu indignado olhar entre a turma de desalmados. De fato, o pobre Hesy aguentara mais que o suficiente durante aquele verão que custaria a esquecer. Ele, que era um escriba Per-Ankh, da Casa da Vida da sagrada cidade de Abidos, e que instruíra príncipes e vizires durante tantos anos, não merecia semelhantes interrupções de insolentes malcriados.

Fechou os olhos e usou as costas da mão para enxugar o suor da testa. Pensou por um momento em sua casa de Tebas, na esposa, nos filhos, nos netos... Sentiu saudade deles, assim como dos perfumes do jardim e de tudo o que um pobre velho espera desfrutar em sua aposentadoria. No entanto, era aqui no Baixo Egito que se encontrava, e a mais de cinquenta *iteru* (cem quilômetros) de seu querido lar; exatamente em Pi-Ramsés, a cidade fundada pelo grande Seti e por Ramsés II, e que servia de capital aos raméssidas durante parte do ano.

O deus User-Maat-Rá-Meri-Amon (Ramsés III),* como era de costume, transferira a corte para essa cidade a fim de passar o verão ali, fugindo do excessivo calor que açoitava Tebas durante o estio.

A residência inteira mudava de lugar, e com ela os altos cargos do país, juntamente com suas famílias.

Como em ocasiões anteriores, o deus lhe havia pedido que o acompanhasse durante o verão para se encarregar da educação dos príncipes e filhos dos dignitários. A vontade do faraó era sagrada. Ele seguiria o Hórus** vivente aonde este lhe chamasse, mesmo que tivesse de ir de joelhos.

---

* Seu nome significava "Poderosas são a verdade e a justiça de Rá, o Amado de Amon".
** Filho de Osíris e Ísis, Hórus era o deus que simbolizava a realeza. Os faraós eram considerados uma encarnação dele.

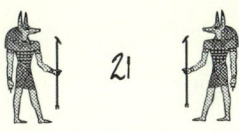

— Será a última vez que peço — dissera-lhe o deus; vida, saúde e forças lhe sejam dadas. — Não há dúvida de que garantiste uma feliz aposentadoria depois de tantos anos de bons serviços prestados.

E, na verdade, fora exatamente assim. Hesy tivera a honra de educar todos os filhos de Ramsés, mesmo que para isso tivesse precisado dedicar quase trinta anos de sua vida.

Voltou a olhar seus alunos com dureza, que o observavam calados. Nada na atitude deles o levava a pensar que temessem qualquer ameaça. Mais ainda: parecia até que gozavam em silêncio da possibilidade de diversão que uma boa sessão de açoites lhes proporcionaria. A essa altura, Hesy já não tinha nenhuma dúvida de que eram uns verdadeiros monstros.

Obviamente, não era a primeira vez que tinha de enfrentar crianças rebeldes. Ainda recordava a batalha que tivera de travar com o príncipe Parahirenemef em sua infância. Aquele menino revelara-se um autêntico demônio, a quem nem os golpes de vara mais enérgicos foram capazes de amolecer. Um caso único, sem dúvida. Claro que, naquela época, Hesy era mais jovem e tinha força suficiente para aguentar a guerra diária que mantivera com o príncipe. No final, até o deus precisou intervir, castigando severamente o filho pelo comportamento. Logo que se tornara adulto, o príncipe acabou mantendo uma magnífica relação de amizade com o professor, que chorara sua morte com pesar, quando — havia alguns anos — Parahirenemef partira inesperadamente para o reino de Osíris.*

Agora, contemplando o grupo tão heterogêneo sob seus cuidados, sentiu que as forças começavam a faltar, embora mantivesse o firme propósito de enfrentar preguiçosos como aqueles até o fim.

---

* Osíris, deus de diversas identidades, era o Soberano do Além. Filho de Geb e de Nut, irmão e esposo de Ísis e pai de Hórus.

A essa espécie pertencia o príncipe Amonhirkopshep, neto do atual deus* (Ramsés III) e, chegada sua hora, possível herdeiro da coroa dupla. O príncipe fazia parte dela, não tanto pela soberba, mas pela má criação, já que era um mimado que toleravam, insuportável sob todos os pontos de vista, sobretudo agora que o deus havia nomeado seu pai Generalíssimo, Escriba Real e príncipe herdeiro. A partir desse momento, o pequeno desenvolvera a capacidade de olhar de forma ameaçadora para todo aquele que não se submetesse à sua vontade. Sem dúvida, um menino abominável.

Junto dele se sentava Paneb, a maior peste já encontrada em uma sala de aula: à sua natureza perversa se somava uma astúcia imprópria para um menino de 11 anos. Costumava comandar qualquer ação beligerante contra o professor, sendo o mais hábil lançador de bolas de papiro que Hesy conhecera em sua longa carreira. Graças a Paneb, o velho ficara sem um único jaleco para vestir, devido aos impactos das bolotinhas impregnadas de tinta que o menino lançava todos os dias. Paneb costumava comandar a balbúrdia, liderando os colegas com inata habilidade a ponto de conseguir fazer seus companheiros brigarem entre si enquanto ele se mantinha à margem. Era filho de Turo, Sumo Sacerdote de Montu** em Tebas, e Hesy previa para ele um futuro promissor na vida pública.

Mais ao fundo se encontrava a princesa Nubjesed, irmã de Amonhirkopshep, tão mimada quanto ele, ainda que muito mais inteligente. Era de natureza aberta e certamente impulsiva e já dava indícios de uma beleza que, com o passar dos anos, chegaria a ser deslum-

---

* Os antigos egípcios chamavam seu faraó de deus.
** Deus guerreiro do nomo (província) tebano, que se caracterizava por sua grande força, com a qual subjugava os inimigos do Egito.

brante. Ela sempre se sentava junto de quem afirmava ser o seu noivo, Nefermaat.

Para Hesy, Nefermaat era o mais esperto de todos. Um rapazinho tranquilo e muito aplicado, que mostrava abertamente um coração sem malícia alguma. Quando o professor o repreendia, ele baixava a cabeça, pesaroso, aceitando seu erro sem discutir. Certamente, a antítese de Paneb, com quem, por outro lado, mantinha uma relação magnífica — algo que Hesy considerava verdadeiramente espantoso.

Nefermaat era acompanhado por seu meio-irmão Kenamun, que pouco ou nada tinha a ver com ele, não fossem filhos do mesmo pai, Hori, Mordomo da Casa de Sua Majestade, e decerto muito querido. Na relação entre ambos os irmãos, o professor intuía desavenças caladas, mas difíceis de ocultar de um coração tão experiente quanto o seu.

Kenamun era aplicado, mas muito ardiloso, e seu olhar, sempre esquivo, fazia com que parecesse pouco confiável — embora tivesse apenas oito anos. Sentia-se atraído por Neferure, menina tão calada quanto ele, mas que tinha uma vivacidade que faltava a Kenamun. Neferure era neta de Usimarenajt, Primeiro Profeta de Amon e, portanto, um dos homens mais poderosos do Egito.

O restante da classe era composto por descendentes dos Maribast e dos Bakenjons, famílias que continuavam governando, na sombra, o país de Kemet* havia séculos, durante os quais tinham acumulado grande poder e riqueza, ocupando todos os postos hierárquicos da administração. Ambas as famílias estavam unidas por laços de sangue e suas relações políticas eram de tal magnitude que nem mesmo o próprio faraó podia se igualar a elas.

---

* Era como os egípcios chamavam seu país. Significa "terra negra", referência à cor do solo invadido pelo limo levado pelo Nilo durante as cheias.

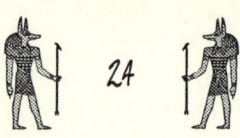

Os membros dessas famílias haviam recorrido naquele verão à *kap* de Hesy e eram, além de péssimos estudantes, baderneiros e até brigões. Teriam servido melhor como recrutas para combater as tribos do oeste do que como futuros funcionários públicos do País das Duas Terras.*

Acostumados a fazer barulho sempre que houvesse chance, todas as manhãs eles recebiam o professor imitando um toque de trombeta que levava a classe às gargalhadas. Hesy, no começo, aceitou com tranquilidade o fato, que não deixava de ter certa graça, já que, no tempo do Grande Ramsés (Ramsés II), existira um trombeteiro com o nome do professor, que se tornara relativamente famoso no exército do faraó. Chegaram até a erguer uma estela em homenagem a ele, reproduzindo-o com sua trombeta de bocal longo e fino sob o braço esquerdo, adorando Ramsés II. Como é fácil entender, os meninos não perderiam uma oportunidade como aquela de fazer suas brincadeiras. Assim, no início e no fim das aulas, sempre havia alguém que imitasse o toque do instrumento, exatamente como fazia a guarda. Um martírio, sem dúvida, para o velho professor que, no terceiro dia, não teve outra saída senão utilizar sua vara já desgastada diante da algazarra geral.

Aqueles eram seus alunos e, ao encará-los de novo, esboçou ao menos um leve sorriso, já que, em poucos dias, as aulas chegariam ao fim e ele poderia regressar à saudosa Tebas, esperando nunca mais ter que se deparar com aqueles malandros.

— Falávamos da forma de S̱dm.f, não do verbo S̱dm [ouvir] — disse Hesy, olhando de soslaio para o príncipe Amonhirkopshep, como se o recente tumulto não tivesse acontecido. — Algum de vocês saberia me explicar em que consiste essa forma?

---

* Outra forma que os antigos egípcios denominavam seu país.

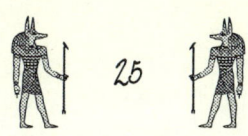

Os meninos permaneceram em silêncio enquanto o velho acompanhava, impassível, um deles erguer a mão.

— E então? — dirigiu-se com um tom repreendedor à vítima, que não era outra senão Kenamun.

— É uma oração sem ligação, que tem um particípio passivo como predicado — respondeu o aluno.

— Isso eu já disse antes — comentou Hesy, achando graça, enquanto, de novo, a sala era inundada de risadas e agitação.

Hesy emitiu um som, indicando que queria falar. Bateu com a vara na mesa, pedindo silêncio. Kenamun apertava os lábios, entrefechando os olhos com uma ira contida.

Quando, afinal, o silêncio se fez, o professor olhou para Kenamun, gesticulando para que ele prosseguisse.

— Quer dizer que esta forma não indica um tempo determinado, podendo expressar o presente, o passado ou o futuro, sendo utilizada com qualquer verbo.

Hesy afagou o queixo ao escutar a explicação do aluno.

— Está correto, mas incompleto. Não deixa clara a procedência da forma. Alguém pode completar a definição?

Os alunos permaneceram calados.

— Ninguém? — continuou o professor, encarando um por um. — Tu, Nefermaat — disse ele, cravando os olhos no menino —, não poderias ser mais explícito?

Nefermaat o encarou surpreso, remexendo-se incomodado em sua almofada. Ele não gostava nada de exibir seus conhecimentos em público, muito menos para corrigir uma deficiência de seu meio-irmão.

Hesy, que se deu conta disso perfeitamente, o estimulou com discrição.

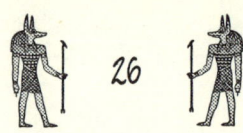

— Kenamun nos deu uma explicação correta, e talvez tu possas acrescentar algo mais para nos ajudar a compreender o que ele quis dizer.

Nefermaat pigarreou, perturbado.

— O que meu irmão nos explicou de um modo prático — falou enfim, lançando um olhar breve para Kenamun — é que uma forma que originalmente tinha o sentido de "o que ele tem ouvido" se transformou, chegando a significar "ele ouve" ou "ele ouviu". Usando, claro, o verbo *ouvir* como exemplo.

— Correto — falou Hesy com voz suave. — E como criaríamos a voz passiva?

— Introduzindo o elemento *.tw* após o verbo.

— Então, como seria, na primeira pessoa, o exemplo completo da forma sd̲m.f?

— Sd̲m.i [eu ouço] como ativa e sd̲m.tw.i [eu sou ouvido] como passiva.

— Exato — suspirou Hesy —, embora existam questões que complicariam muito esta forma, nos levando a uma discussão interminável sobre isso.

O velho professor contemplou aquele grupo tão heterogêneo que suas palavras, e não seu conhecimento, ao menos calaram. Observava Nefermaat e como ele colocava seus cálamos adequadamente entre os *mnhd* (instrumentos do escriba). Para Hesy, ele e seu meio-irmão eram os únicos que pareciam ter aproveitado as aulas, embora, em sua opinião, Nefermaat tivesse sido muito mais brilhante.

Bem, quem sabe talvez tivesse valido a pena todo aquele esforço. Mesmo que fosse apenas pelos dois.

Deu uma espiadela em sua clepsidra de alabastro exatamente no momento em que as últimas gotas de água caíam através dela, indicando que o tempo acabara. O silêncio na sala de aula era agora absoluto, embora os alunos observassem atentos o lento fluir daquele tempo em forma de água. Instantes que para aqueles meninos pareciam eternos e que para Hesy, ao contrário, foram breves, pois ao passar a última gota pelo fino gargalo do relógio, alguém imitou o toque de uma trombeta e a classe se transformou em um pandemônio. Choveram bolas de papiro impregnadas de tinta, vindas de todo lado, no pobre Hesy. Até mesmo Nefermaat, naquele dia, foi alvo da fúria de seus companheiros, formando-se uma batalha monumental. O professor se absteve de qualquer comentário, não se dignando sequer a olhá-los. Recolheu seu material e saiu daquele lugar que para ele parecia o preâmbulo da entrada no Amenti.*

Quando, finalmente, as crianças deixaram de brigar, a sala de aula mostrava as consequências do alvoroço: tinteiros, cálamos e papiros foram despedaçados e jogados no chão. Enquanto isso, Paneb, que parecia ter recuperado em parte o ânimo, se dirigiu até a pequena mesa que Hesy costumava utilizar, sentando-se sobre ela. Em seguida, lançou olhares para um lado e para o outro, pedindo que os companheiros se calassem. Logo, agarrou uma das poucas escrivaninhas que ainda não estavam estragadas, mergulhando o cálamo em um tinteiro de água para borrifar gotas ao seu redor em louvor a Imhotep,** em uma clara alusão à cerimônia com que, diariamente, Hesy começava suas aulas.

A brincadeira teve efeito, e de novo começaram a brigar, jogando almofadas nos que ainda estavam sentados. Até que os guardas tiveram que intervir para acabar com a confusão e esvaziar a sala, sem privilegiar ninguém.

---

* O Amenti era uma das muitas formas com que os egípcios designavam o mundo dos mortos.
** Os escribas, antes que começassem a escrever, realizavam este ritual em louvor ao grande sábio Imhotep.

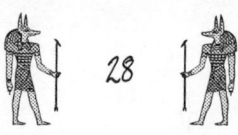

Ao sair, a maioria dos meninos ainda ria, celebrando o gracejo de Paneb, enquanto recebia um ou outro açoite. Só Kenamun parecia estar ausente de tudo que o rodeava.

Podia-se afirmar que Nefermaat não era um menino comum. Isso não se devia à sua privilegiada situação dentro da sociedade egípcia nem ao fato de que mal tivera contato com os outros meninos que viviam fora do palácio. Ele, como a maioria das crianças de sua idade, divertia-se com todas as brincadeiras comuns naquele tempo, ainda que, isso sim, somente as compartilhasse com príncipes. Talvez tudo isso parecesse suficiente para a felicidade de qualquer menino, mas obviamente não era bem assim. Nefermaat crescera no seio de uma família da qual jamais havia recebido demonstrações de carinho.

Seu pai, Hori, era mordomo da Casa de Sua Majestade, cargo de grande importância que o deus lhe havia confiado, como já fizera no passado com seu avô, Ptahemuia, que tinha servido a Ramsés III, incumbência de uma vida inteira. Ele e sua mulher, Hathor, foram tão estimados pelo faraó que, após a morte de Ptahemuia, o deus decidiu que o único filho do empregado, Hori, o sucederia à frente da administração do palácio.

Hori demonstrou merecer a confiança depositada nele, sendo um mordomo tão magnífico quanto o pai.

Chegado o momento, Hori casou-se com Tetisheri, uma bela jovem de profunda espiritualidade, pertencente a uma antiga família tebana, e que fora consagrada como "divina cantora de Mut".* Fruto

---

* Mulheres que faziam parte do clero da deusa Mut, esposa do deus Amon e mãe de Konsu.

daquela união, nasceu um belo menino a quem a mãe pôs o nome de Nefermaat.* Era um nome suntuoso, que evocava antiquíssimas estirpes,** e dada a importância que tinha para os antigos egípcios, Hori o achou muito apropriado.

Instalados no palácio do deus em Medinet Habu,*** Hori dedicava-se à supervisão do adequado funcionamento da Casa de Sua Majestade, enquanto Tetisheri se dedicava por inteiro ao filho, tomada de felicidade. Foi uma época maravilhosa, durante a qual os deuses lhes propiciaram bem-aventurança, tornando plenamente ditosa aquela união. Entretanto, desgraçadamente, ela acabou sendo efêmera.

Em um dia infeliz, enquanto se banhava no Nilo, Tetisheri se afogou. Uma das traiçoeiras correntezas, comuns naquelas águas, carregou-a, e seu corpo jamais foi encontrado.

Aquele foi o golpe mais terrível que o infortúnio dera em Hori, que se negou a aceitar tamanha desgraça.

A corte inteira chorou a perda de Tetisheri, muito querida por todos, e até o deus demonstrou publicamente sua amargura, declarando, convencido, que Hapi**** a levara para convertê-la em senhora de seu harém de deusas-rãs, dona das sagradas águas de que agora era parte indissolúvel.

---

* No Antigo Egito, o nome do menino era escolhido pela mãe, e o da menina, pelo pai.
** Nefermaat tinha sido um príncipe da IV Dinastia. Foi vizir do faraó Snefru e pai de Hemon, construtor da Grande Pirâmide.
*** "Templo de Milhões de Anos" (templo funerário) de Ramsés III, situado na margem oeste do Nilo, em Tebas. Anexo ao templo, o palácio real.
**** Deus que representava a fertilidade e que era responsável pelas cheias do Nilo.

Ramsés buscou confortar seu mordomo com belas palavras, embora soubesse que, provavelmente, não fora Hapi e sim Sobek* quem reclamara para si a bela Tetisheri.

Como Nefermaat ainda não tinha completado um ano de idade, uma ama do palácio foi encarregada de cuidar dele. Hori ocupava-se todo o tempo com o trabalho, buscando esquecer o que considerava um castigo imerecido.

Entretanto, o coração dos homens se mostra frágil diante do infortúnio, sendo difícil suportar tanta solidão e infelicidade. A dor parece acordar dentro dele de novo a cada dia, e acaba por converter-se em um tormento que o aproxima mais e mais do poço da angústia. É então que busca desesperadamente algo que o ilumine em tão intensa escuridão, embora, muitas vezes, nem ele mesmo saiba o quê.

Essa foi a razão pela qual Hori se aferrou à bela Mutenuia, feito um náufrago a uma tábua salvadora surgida milagrosamente no meio da tempestade provocada pelo furioso Set,** lá em seus infernais domínios, junto ao Grande Verde.*** Por fim, os deuses, benévolos, assistiam ao pobre mortal com ventos de esperança para redimir seu coração. Ou quem sabe não fosse bem assim?

O tempo responderia claramente a Hori, embora este já não estivesse disposto a escutá-lo. Enamorou-se perdidamente pela mulher e, mal a conhecendo, resolveu casar-se. Sua viuvez durara apenas um ano.

---

* Deus-crocodilo com múltiplas aparências, venerado no Antigo Egito desde as primeiras dinastias.
** Deus do Antigo Egito, filho de Geb e de Nut e irmão de Osíris, Ísis e Néftis, da qual também era marido e quem, entre as diversas formas, era representado como o deus do deserto.
*** Como os antigos egípcios denominavam o mar Mediterrâneo. Chamavam-no também de *Wdy Wr*.

Mutenuia era, em tudo, a antítese de sua esposa anterior. Não existia nela o mínimo esboço da espiritualidade profunda que enriquecia Tetisheri nem de sua natureza bondosa. Em Mutenuia parecia que se fundiram as mais descontroladas forças da cosmogonia do País das Duas Terras. Em algumas ocasiões, parecia que o crisol de sua alma se fundia, por um instante, com a colérica Sekhmet, o violento Set e Montu, deus da guerra, criando nela acessos de ira difíceis de imaginar. Em momentos assim, Mutenuia era propensa à gritaria e ao lançamento de qualquer objeto que estivesse facilmente ao alcance da mão, o que costumava fazer com certeira habilidade. Além de tal temperamento, os deuses lhe haviam proporcionado um corpo de formas exuberantes e arredondadas, capaz de enfrentar, em surpreendente combate, o mais atrevido dos homens. Seu rosto não era especialmente belo, ainda que interessante: tinha olhos escuros e bonitos, levemente puxados, e lábios carnudos e sensuais que ocultavam dentes brancos como o marfim. Os traços que a emolduravam, assim como seu nariz generoso, deixavam-na indiscutivelmente atraente e pareciam demonstrar perante os demais a força interior que ela possuía. Como se não fosse o suficiente, Hathor* fora generosa com ela ao conceder-lhe um temperamento fogoso que Mutenuia controlava com habilidade, sendo capaz de convertê-lo em lascivo, se julgasse necessário.

Diante deste conjunto de forças infernais, Hori se rendeu sem imposições. Decidiu, desde o primeiro momento, que devia servir à mulher tal qual ela lhe ordenasse, determinado a fazer-se merecedor de seus favores a qualquer preço. Sucumbira ao poder de Mutenuia e faria qualquer coisa para gozar cada noite com ela. Sentir-se envolto por

---

* Divindade representada como uma mulher com cabeça de vaca que, entre seus muitos significados, simbolizava a deusa da beleza e do amor.

suas poderosas coxas enquanto acariciava sua pele branca e macia, na hora que seus corpos se fundiam — movimentando-se em ritmos frenéticos como costumeiro entre os habitantes do longínquo sul —, representava para Hori seu desejo máximo, chegando a converter-se, com o tempo, numa obsessão.

Quase que de imediato, Mutenuia percebeu a influência que exercia sobre o marido e a inesgotável sede que ele parecia ter de seus carinhos. Ela devia dosá-los convenientemente, segundo seus interesses.

É verdade que Renenutet* determinara a Mutenuia encontrar um homem de semelhante posição que estivesse disposto a casar-se com ela. O fato não se devia a que sua situação fosse inferior à do marido, pois seu pai, Nebmose, era Sumo Sacerdote de Hórus em Hierakômpolis, e sua irmã, Atmeret, estava casada com Setau, filho do Sumo Sacerdote de Nekhbet em El-Kab, e ao qual, no devido momento, sucederia. A verdadeira causa de sua sorte era a idade, já que Mutenuia era mais velha que o marido, e havia anos tinha superado em muito a época na qual as egípcias costumavam casar-se. Renenutet, porém, fizera com que aquele homem cruzasse seu caminho, e Mutenuia não estava disposta a menosprezar a oferta da deusa.

Por outro lado, o homem com quem se casara revelou ter uma alma incrivelmente servil. O próprio Hori surpreendeu-se ao comprovar como seu *ba*** transitava por caminhos tortuosos, desconhecidos para ele, aos quais acabou acomodando-se. Cumpria com eficácia suas tarefas no palácio, desempenhando com o zelo habitual tudo aquilo que lhe competia. Todavia, ao voltar para casa, todo o poder que mani-

---

* Deusa com corpo de mulher e cabeça de cobra, que controlava o destino de toda a humanidade e a sina de cada um.
** Como os antigos egípcios chamavam a alma.

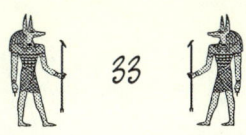

festara durante o dia desaparecia misteriosamente, e Hori se transformava em uma sombra sem vontade. Entrava no reino de Mutenuia, ama e senhora de tudo o que possuía, e tratava de servi-la, com gosto, em tudo que a mulher necessitasse. Ele mesmo implorara — durante uma daquelas noites que jazia frenético entre suas generosas pernas — que o tornasse seu escravo para sempre. Ele a obedeceria sem vacilar, pedisse ela o que fosse.

Para Mutenuia, aquela situação parecia outra bênção de Renenutet, que lhe dava a oportunidade de fazer o que tivesse vontade. Se o marido estava disposto a pôr-se a serviço dela como o último dos escravos em troca de curar a febre que parecia dominá-lo toda noite, ela aceitava encantada. Inclusive, participaria com entusiasmo quando a ocasião o exigisse. Uma arma formidável, sem dúvida.

O primeiro inconveniente que Mutenuia encontrou em seu novo território foi Nefermaat. Desde o começo, o menino foi repudiado pela dama a ponto de ela suportar a duras penas sua simples presença. Os costumeiros choros e gritos infantis eram secretamente detestados e, isso sim, Mutenuia evitava tornar público. Ela sabia muito bem o quão inoportuno seria ocupar o marido diariamente com suas queixas. Reconhecia que seu plano exigia tempo e, quando Hori chegasse, agiria dissimuladamente, mostrando-se para ele como uma mãe atenciosa e até amorosa. Contudo, era necessário garantir sua posição tão logo fosse possível. Nefermaat cresceria, e não seria fácil para ela manter seus privilégios se o marido faltasse. Era imprescindível para Mutenuia engravidar. Nefermaat precisava de um irmãozinho e a isto ela dedicaria seu tempo.

Foram meses de desassossego para Hori, já que, passado um tempo, e não tendo engravidado a esposa com suas frenéticas cópulas noturnas, foi requisitado para que comparecesse também ao meio-dia

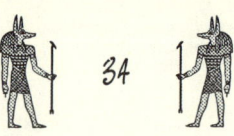

para deitar-se com ela. Diante da situação, o vigor do Mordomo Real se ressentiu, o que o levou a realizar suas tarefas cotidianas com os ânimos um pouco caídos, a ponto de isso não passar em branco para ninguém no palácio. Os cortesãos começaram a fazer brincadeiras pelas suas costas e em pouco tempo começaram a perguntar de forma provocativa sobre o andamento do assunto.

Hori, fazendo-se de desentendido frente às ironias, fitava-os muito sério e lhes garantia levar em seus *ineseway* (testículos) o poder do touro Ápis,* de quem era devoto.

— Esperemos que não possuas também as vinte e nove marcas ou te nomearão a reencarnação do deus e teremos que te adorar — respondiam, aos risos.

Entretanto, para Hori esses comentários não tinham força, e, bem firme, ele seguia pelo caminho até seus aposentos, fazendo-se de surdo. Seu único propósito era conquistar a nova paternidade, e satisfazer, assim, a mulher e seus desejos.

Ela, de sua parte, decidira invocar o panteão egípcio, em vista da pouca capacidade que o marido parecia ter para engravidá-la. Mutenuia não tinha dúvida alguma sobre quem era o culpado por seu ventre não germinar. Por isso, rezava diariamente a Nebethetepet,** a "Senhora da Oferenda" (que é o que significa esse nome), com a esperança de que as preces fossem atendidas, pois a bondade da deusa para com os que lhe imploravam algo era conhecida de sobra. Mutenuia não tinha dúvidas de que suas súplicas seriam escutadas, ainda mais em um caso como o seu, que clamava a Nebethetepet por seu poder criador.

---

* Deus que simbolizava a fecundidade do solo. Era o mensageiro do deus Ptah. Sua encarnação terrestre se dava em forma de touro, que devia ter vinte e nove marcas bem visíveis no corpo.

** Deusa criadora a quem o povo pedia que suas rezas fossem escutadas.

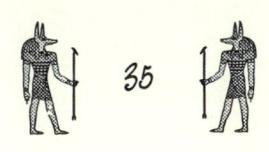

Não era à toa que a deusa recebera o enigmático apelido de "Misteriosa da Vulva".

Durante meses, elevou suas preces com renovado ânimo, na tentativa de que o desespero não a dominasse. Com uma fé inabalável, rogava a todas as forças criadoras do Egito para que intercedessem junto à deusa a fim de que ela atendesse suas súplicas, enquanto intensificava ao máximo os encontros amorosos com o marido — ao qual impôs uma severa dieta à base de alho-poró e alface.* Hori esteve a ponto de atingir o limite do esgotamento. Mutenuia chegou até mesmo a massagear-se com o sangue menstrual e a utilizar tâmaras doces** como supositórios vaginais para garantir a fertilidade.

Enfim, quando a sombra da desesperança começava a tomar seu coração, "Aquela que Escuta as Preces", outro dos nomes com que Nebethetepet era conhecida, ouviu as orações e Mutenuia não menstruou.

A gravidez de sua esposa representava, especialmente, um evidente alívio para Hori. Por outro lado, o humor da mulher tornou-se gradativamente mais irritadiço, bem difícil de suportar. Desta forma, por fim, quando aos nove meses de gestação Mutenuia se dirigiu à "pracinha para partos",*** o palácio inteiro respirou aliviado com a perspectiva de um desfecho que mudasse o caráter ácido da senhora.

Ali, sob a proteção de Meskhenet,**** a que preside os partos, de cócoras sobre os ladrilhos, Mutenuia deu à luz um varão. Foi um parto

---

* Os antigos egípcios acreditavam que o alho-poró potencializava a virilidade e que a alface produzia sêmen, já que, machucada, secreta um líquido esbranquiçado.
** Pensavam que, com esse tipo de fruto, podiam engravidar.
*** Como os antigos egípcios denominavam o lugar onde as mulheres davam à luz. Eram instalações em terraços ou em jardins.
**** Deusa que se ocupava da criança dentro do útero e também ao nascer.

wedef (demorado), como havia sido a espera para engravidar, no qual foi assistida por três experientes parteiras que resolveram de forma satisfatória um nascimento que se mostrou complicado. Meskhenet, a que produz o *ka** do recém-nascido, abençoara a mãe, dando-lhe o que ela mais desejava: um menino.

O parto de Mutenuia foi bastante celebrado na corte, pois acontecera na estação de Shemu (a colheita), em um ano que a safra seria abundante; embora houvesse quem advertisse que o nascimento fosse no dia 5 de Epep (maio-junho), terceiro mês de Shemu, uma data particularmente desfavorável, quando seria melhor não sair de casa e muito menos fazer negócios.

Mutenuia escolheu para o filho o nome de Kenamun, um nome bastante comum, mas que a levava a evocar o que fora administrador do deus Akheprure (Amenhotep II) e seu irmão de leite, sendo sua mãe, Amenemopet, ama-de-leite do faraó. Um pouco forçado, sem dúvida, mas o recente nascimento do primeiro rebento do príncipe herdeiro gerava expectativas especiais na mulher. Assim era Mutenuia.

A partir daquele dia, Kenamun se converteu no eixo sobre o qual girava o universo de Mutenuia, ficando tudo submetido aos interesses do menino.

O maior prejudicado com a nova situação familiar foi, sem sombra de dúvidas, Nefermaat. Seus três anos de idade não lhe permitiriam lembrar, mais tarde, daqueles acontecimentos, embora fosse, sim, capaz de gravar em seu pequeno coração os maus-tratos que passou a receber da madrasta. Ela começou a minar, habilmente, os ímpetos do marido, após relegar o enteado a um segundo plano em benefício de seu filho. Para isso, contou com suas carícias como arma, que tão bons

---

* O *ka* é a força vital do indivíduo.

resultados haviam dado e que se mostraram suficientes para atingir seus objetivos. Hori, definitivamente confuso frente à nova situação, nunca ousou protestar diante das exigências da mulher.

O pequeno Nefermaat cedeu seu quarto ao novo irmão e, em poucos anos, o pai não foi capaz de reconhecer nele nem a mais vaga lembrança de Tetisheri.

Quando completou idade suficiente para ter consciência do que acontecia a seu redor, seu caráter já recebera as funestas influências de um lar tão lamentável e começava a desenvolver-se nele aquela personalidade reservada que sempre o acompanharia, convencido de que não era amado pelos pais. Não se lembrava de ter recebido, nunca, palavra ou gesto amável algum por parte da madrasta. E, do pai, talvez alguma frase seca, acompanhada de esquivos olhares que delatavam sua culpa.

Por tudo isso, as suntuosas mansões onde vivia representavam para ele a pior das moradas, levando-o a pensar que qualquer das guaridas utilizadas pelas alimárias do deserto teriam sido preferíveis mil vezes. Porém, quando Nefermaat abandonava seu Amenti particular, ele se transformava.

Como que aliviado de uma carga pesada, Nefermaat percorria, alegre, os intermináveis corredores do palácio, buscando, sem se dar conta, o calor que não tinha em casa. Seus pés o levavam pelos mais diferentes recintos, desde os aposentos do príncipe Ramsés, com cujos filhos o menino participava de brincadeiras, até as despensas reais, onde lanchava fatias de pão recém-assado, untadas de um delicioso mel que os confeiteiros ofereciam-lhe às escondidas. O Despenseiro Real, Djehuty, homem dos mais antipáticos, ficava furioso cada vez que algum cozinheiro preparava um prato sem o seu consentimento. Quando surpreendia Nefermaat comendo aquelas fatias, repreendia-o exaltado, chegando até mesmo a puxá-lo pelas orelhas.

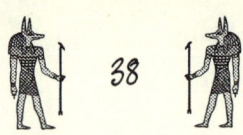

Em suas caminhadas diárias, o menino passou a ser muito querido por todos no palácio. Sabiam de quem era filho, e a pouca simpatia que seus pais despertavam parecia ser explicada, de certo modo, por se compadecerem do pequeno. Até mesmo quando vinha acompanhado de seu amigo Paneb era bem recebido. Tinha um mérito indiscutível, uma vez que o amigo estava habituado a praticar as piores travessuras.

Cozinhas, despensas, armazém, estábulos, biblioteca... Não existia no palácio caminho por onde Nefermaat não se aventurara, nem recanto que deixara de explorar, inconscientemente cativado pelo pequeno universo criado entre aqueles muros. Mas se havia um lugar que atraíra mais que tudo a atenção de Nefermaat, era o consultório de Iroy, o médico do deus.

Sempre que podia, o pequeno transpassava o que supunha ser a mais enigmática das portas para entrar em um lugar mágico. Ali, se distraía contemplando os instrumentos médicos que tão esquisitos lhe pareciam, cuidadosamente colocados em imaculadas prateleiras. Nem mesmo os milhares de papiros que os acompanhavam, abarrotando as estantes das salas, lhe causavam a mesma impressão.

Havia ocasiões em que o próprio Iroy surpreendia o menino observando respeitosamente tudo que havia à sua volta. Então, tomando-o pela mão, levava-o através daquele universo enigmático, ao mesmo tempo que lhe contava centenas de histórias que à criança eram estranhas, distantes e misteriosas.

O que para o médico era uma simples simpatia se transformou, aos poucos, em afeto sincero, convertendo-se mais tarde em verdadeiro amor. Iroy conhecia o pai do menino havia muito e não sentia particularmente por ele nenhuma afeição.

Obviamente, o médico real sabia do importante cargo que Hori ocupava, assim como do favor que o deus lhe outorgava ao pôr o bom governo de sua casa naquelas mãos. Ser Mordomo da Casa de Sua

Majestade representava um cargo de primeira grandeza, e Hori — como seu pai já fizera antes — cumpria a tarefa com perfeição.

Sua importante incumbência o punha em contato diário com os mais diversos ministérios do Estado, bem como a receber todo tipo de pedidos e recomendações para que chegassem aos ouvidos do soberano. Hori escutava todos, muito cortês, prometendo infalivelmente que naquele mesmo dia o faraó seria informado. Os pedidos, porém, jamais passavam da sala onde eram registrados, não chegando sequer à porta de Ramsés.

Com o tempo, as práticas do mordomo passaram a ser muito conhecidas por todos, gerando gracejos engenhosos a seu respeito. Aquele que dizia "se queres que teu projeto nunca seja atendido, explica-o a Hori" alcançou merecida fama e foi aplaudido pelo próprio faraó, que se divertiu muito ao escutá-lo pela primeira vez. Afinal de contas, havia sido dele, do faraó, a nomeação, congratulando-se por não ter errado em absolutamente nada com a escolha de seu mordomo. Entretanto, o resto da corte não compartilhava da mesma opinião, e era bem possível afirmar que Hori não possuía amigo algum ali.

Sua mulher, Mutenuia, despertava outro tipo de sentimento, pois, francamente, para a maioria, era insuportável. Até mesmo os mais maliciosos deleitavam-se com a ideia de que Hori casara-se com ela para, desta forma, receber o castigo diário merecido por seu egoísmo descarado. A mulher acabou sendo fonte inesgotável de boatos, alguns de atrevimento extremo, chegando a garantir que algum demônio maligno se instalara em um de seus *metu*,* produzindo-lhe tais ardores que

---

* Os antigos egípcios acreditavam que o corpo estava repleto de canais chamados *metu*, que interligavam todos os órgãos. Através desses canais circulava todo tipo de fluidos.

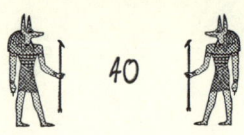

Hori, a duras penas, conseguia aplacar. Houve até quem afirmasse que a senhora buscava alívio todos os dias com um criado líbio, famoso por seus generosos dotes. Encontros aos quais Hori não só não se opunha como consentia, de boa vontade, a ponto de participar deles em algum momento. Tais eram os cochichos que corriam pelo palácio, aumentados, sem dúvida, cada vez que eram contados, mas que, por sua vez, demonstravam o pouco afeto que sentiam por Hori e sua mulher.

Iroy, que sabia de sobra de todos esses detalhes, sentia uma ternura indissimulável cada vez que Nefermaat ia visitá-lo, imaginando o quanto devia ser triste a vida do menino em um ambiente daqueles.

Sem sombra de dúvidas, Tetisheri chorava diariamente, em algum lugar remoto, lá no reino de Osíris, ao ver o lar no qual seu pequeno vivia.

Com o tempo, os laços entre Nefermaat e Iroy foram se estreitando. A mulher do médico, a dama muito nobre, Ipuia, enterneceu-se também com o menino. Encantava-se ao recebê-lo, agora que se encontravam tão sozinhos no palácio. Os quatro filhos do matrimônio já estavam casados, construindo um novo lar bem distante dos pais. Nefermaat preenchia, em parte, os momentos de nostalgia que muitas vezes sentiam e que, como bem sabiam, eram inevitáveis no transcorrer da vida.

Com o passar dos anos, as visitas do menino chegaram a ser tão assíduas quanto eram suas brincadeiras. Nefermaat cresceu entre o casal e as aulas diárias, nas quais demonstrou ser um estudante exemplar, distanciado no que lhe era possível da companhia de sua família. Esta acabou se tornando insuportável para ele, que não conseguia distinguir o que o incomodava mais: a costumeira indiferença do pai ou a incontida ira da madrasta.

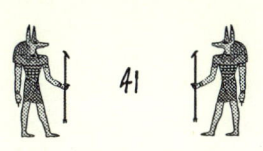

Quando seu meio-irmão Kenamun cresceu o suficiente, o vazio que costumava sentir se tornou mais evidente. Todo o carinho, os cuidados e inclusive as ambições de Mutenuia se voltaram para a figura do filho, fazendo Nefermaat compreender que o aturavam a duras penas e que pouco ou nada lhe restava ali. Ele, por sua vez, tentou manter uma relação natural com o irmão, esforçando-se em ser amável e amistoso e preocupando-se com ele na escola, defendendo-o nas brigas que, ocasionalmente, tinha com os outros meninos. Contudo, o vínculo entre eles nunca se estreitou. Cada uma das atenções que dispensava a Kenamun parecia criar um efeito contrário, por fim alimentando um feroz ressentimento que Kenamun era incapaz de reprimir. Aquele muro invisível que os separava e que outros se encarregaram de erguer acabaria, com os anos, indestrutível, como as pedras ciclópicas com que se construíam os templos no país de Kemet.

Nefermaat percorria os derradeiros passos de sua triste infância rumo ao umbral de uma adolescência que se aproxima. Acabava de completar onze anos, idade na qual um egípcio devia começar a decidir seu futuro e a traçar seus projetos. Nefermaat os tinha esboçados havia muito tempo, e somente esperava o momento que, por fim, se materializariam. Naquela bela manhã do mês de Hathor, ele os sentia tão próximos que estava tão alegre como, pelo que se lembrava, nunca havia estado. O ambiente de perfumes e sonhos que o cercava o convidava a se sentir assim. Cheirava centáureas, malvas-rosa, narcisos, esporas, goivos e troviscos, ainda que, obviamente, não fosse capaz de captar tal quantidade de essências. O suave aroma produzido pelos arbustos de alfeneiro envolvia todos os outros, e este, sim, ele era capaz de identificar. Todos os cheiros característicos de seu país pareciam presentes naquele jardim de beleza incomparável. O deus não havia economizado meios para adorná-lo com plantas que não fossem nativas, como a persicária e o lírio, e que se confundiam com o resto das flores em perfumada harmonia — um luxo para os sentidos, certamente.

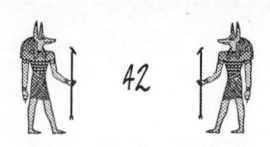

Aquele terreno repleto de frondosos palmeirais margeava, por sua vez, um enorme lago, comunicando-se, mediante canais, com um dos afluentes do Nilo, que o faraó mandara construir para suas horas de espairecimento. Naquelas águas, era frequente vê-lo navegar, na companhia da família, durante os belos entardeceres de verão, tocados pela suave brisa do norte que costumava soprar.

O lugar era uma entre as múltiplas maravilhas que, aqui e ali, se erguiam orgulhosas e que um dia foram criadas pelas mãos dos mais primorosos artistas do Egito. Todas elas juntas formavam Pi-Ramsés, a cidade construída pelos raméssidas durante a XIX Dinastia e que na atualidade mostrava toda a sua magnitude. Foi o grande Seti I, encarregado de planificar a nova capital, quem pôs a primeira pedra do que chegaria a ser uma cidade de beleza esplendorosa. Para sua fundação, elegeu o Baixo Egito, uma paragem do delta do Nilo, estrategicamente situada, que acabou se revelando um grande acerto. O assentamento não podia ser mais bem pensado, já que se achava junto ao braço leste do Delta, que os egípcios denominavam "As Águas de Rá", e muito próximo do "Caminho de Hórus", a antiquíssima estrada que unia o Egito aos países vizinhos do Oriente Próximo, e que levava para além do rio Orontes. A partir daquele encrave, podia-se controlar todo o tráfego fluvial que, desde as bocas do Nilo, entrava pelo leste, assim como as rotas terrestres que se dirigiam à Palestina. Nele foi construído um grande porto fluvial para a Armada, onde se estabeleceu o quartel-general do Exército de Carros do rei e inúmeros quartéis para os exércitos do deus. Dali eles poderiam acudir com rapidez qualquer ponto do Império que fosse preciso

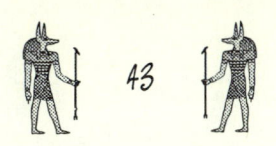

A nova urbe, a que Seti dera impulso, teve seu apogeu com a chegada ao trono de seu filho Ramsés II. Foi ele quem batizou a cidade com um dos pomposos nomes aos quais era tão aficionado, denominando-a "A Casa de Ramsés-Amado-de-Amon-Grande por suas Vitórias", mesmo que todos a conhecessem, simplesmente, por Pi-Ramsés (a Casa de Ramsés).

Durante cem anos, os reis que governaram o país de Kemet embelezaram a cidade fundada por seus ancestrais, utilizando palácios como residência durante longas temporadas. Costumavam se instalar ali todos os verões, fugindo do clima quente que castigava Tebas durante a estação. Na capital do Delta, podiam desfrutar do suave clima do Mediterrâneo próximo, esquecendo-se do calor insuportável que passavam na cidade do deus Amon.

Em Pi-Ramsés, sentiam-se em casa, o que não era estranho, já que, no fim das contas, a família dos raméssidas procedia daquela região.

Quando os dias de reinado da XIX Dinastia chegaram ao fim e uma nova a substituiu, a importância da capital não só não decaiu como ganhou um novo impulso. Os governantes da XX Dinastia se revelaram fervorosos amantes da cidade, onde permaneciam por mais tempo a cada vez. Também se sentiam em casa, já que eram originários daquela zona. Especificamente de Avaris, povoado a poucos quilômetros dali, e que, quinhentos anos antes, fora a capital do Egito, governado pelos invasores *hicsos*, de memória tão infausta.

Primeiro Setnakht e, em seguida, seu filho Ramsés III haviam investido esforços para engrandecer ainda mais aquela cidade que tanto amavam. Extensas avenidas margeadas por espaçosos jardins; belas edificações de brancura deslumbrante; templos para homenagear os deuses, nos quais nada que os enaltecessem aos olhos dos homens fora desprezado. Os melhores artistas do país traçaram uma arquitetura monumental, digna do grande Imhotep* — construções grandiosas erguidas para maior glória do faraó. Edifícios cujos vestíbulos magníficos eram revestidos de lápis-lazúlis e turquesas, e nos quais meticulosos ourives cuidaram até o último detalhe. Até mesmo os batentes das portas enormes tinham sido fabricados em ouro e cobre. Tudo parecia obra do prodígio de mãos mais que humanas. Mãos de deuses que um dia abençoaram aquela terra, ensinando aos moradores os segredos de sua sabedoria. Assim era Pi-Ramsés naquele mês de Hathor, na estação de Akhet, a inundação, no ano vinte e dois do reinado de User-Maat-Rá-Meri-Amon (Ramsés III) — vida, proteção e força lhe sejam dadas.

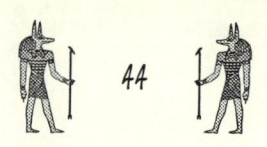

Nefermaat encheu novamente seus pulmões com aquele ar que o fazia sentir-se embriagado e que o convidava a sonhar. Jogou-se sobre a relva fresca, apoiando-se sobre os cotovelos enquanto mordiscava distraidamente um talo. Era agradável estar ali, rodeado de todas aquelas maravilhas a que poucos privilegiados tinham acesso, e que, afinal, constituíam o patrimônio exclusivo do faraó. Ter consciência disso era suficiente para se sentir abençoado pelos deuses e se entregar a um profundo estado de sutil arrebatamento.

Contudo, para Nefermaat, seus sonhos já estavam mais que traçados. Na verdade, elaborava-os desde que passara a usar a razão, e após todos aqueles anos estavam a ponto de abrir as portas para uma realidade que os conduziria ao mundo tangível.

Observou as águas do lago próximo enquanto pensava. Estavam turvas devido à quantidade de sedimentos que o rio arrastava em sua cheia e que repartiria generosamente ao longo das margens. O nível das águas já começara a baixar e, em um mês, voltaria a seu volume normal,

---

* Sumo Sacerdote de Heliópolis, médico e arquiteto. Ele construiu a pirâmide escalonada, a primeira erigida no Egito.

deixando os campos prontos para a semeadura. O rapaz deu-se conta de que no ano seguinte já não estaria ali e de que talvez tivesse contemplado a cheia de uma maneira bem diferente, distante dos palácios onde estava acostumado a viver. Atraía-lhe a ideia de misturar-se com o restante de um povo com o qual apenas tivera algum contato. Intuía que, junto a ele, gozaria de uma perspectiva bem diferente da que agora possuía, e isso o animava.

Os últimos meses haviam se mostrado quase intoleráveis, contando os dias que faltavam para tomar uma nova direção. Agora que as aulas na *kap* tinham terminado, sentia-se ainda mais nervoso que de costume, farto diante da difícil convivência diária com a família.

Pensou nisso cuspindo, mal-humorado, o talo que ainda mordiscava. Ao menos, esperava que Renenutet, a deusa que, entre tantos outros aspectos, controlava o destino de cada um, a partir daquele momento lhe fosse mais favorável.

Entretanto, a deusa nunca teria especial preocupação com o destino de Nefermaat, ou, ao menos, jamais mostrara aparente interesse por ele, ficando os rumos do menino nas mãos de Shai, o deus enigmático que regia a sorte e o destino dos homens em função de seus atos. Um destino misterioso — eis o que os deuses haviam concedido a Nefermaat.

Gritos e risadas o tiraram de seu devaneio, fazendo-o virar a cabeça bem a tempo de ver que Paneb empurrava o príncipe Amonhirkopshep.

— Como te atreves! — gritou o príncipe, com a vozinha aguda. — Por acaso não sabes que meu pai será o próximo deus desta terra?

Paneb chorava de tanto rir enquanto voltava a rodeá-lo.

— Olha só como estou tremendo! — exclamou, sacudindo as mãos convulsivamente.

Os demais meninos riram enquanto o príncipe tentava ajeitar seu saiote.

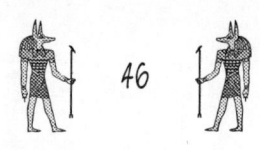

— Olhai, Amonhirkopshep tem a roupa amarrotada e sua mãe vai castigá-lo — voltou Paneb a provocar.

Outra vez os meninos deram risada.

— Quando eu for rei, vou ordenar que sejam todos açoitados — prosseguiu o príncipe com incontida raiva.

— Ui, ui, ui — exclamaram os outros em coro.

— É sério que me açoitarás? — sussurrou Paneb, dando-lhe um pescoção. — Isso é para quando fores faraó, se é que alguma vez chegarás a governar, e eu já terei sucedido meu pai, convertendo-me em Sumo Sacerdote de Montu. Chamarás na porta do meu templo para me açoitar? Espero que, nesse caso, já sejas devoto de nossos deuses.

Em seguida, deu outro pequeno empurrão no príncipe enquanto se aproximava de Nefermaat.

— Naturalmente, os que afirmam que as pessoas do norte são um tanto briguentas não andam muito equivocados — exclamou com malícia, numa referência clara à procedência da família real. — Nós, os do sul, não temos esse problema. Somos generosos. Não é verdade, Nefermaat?

Ele observou que Paneb sentava a seu lado enquanto o príncipe, junto com as outras crianças, também se aproximava dos dois, mas não falou nada.

Ali se encontravam seus habituais companheiros de escola, e agora que tinham terminado as aulas, aproveitavam para passar o maior tempo possível brincando nos jardins do palácio, inventando mil travessuras.

Como a *kap* terminara, Paneb ficou sem poder continuar perturbando o professor com suas brincadeiras. O velho Hesy tinha sido o alvo delas durante todo o curso, aguentando além do limite. Na opinião de Nefermaat, o professor dera mostras de uma paciência que ia muito além do razoável, mesmo para uma academia como aquela.

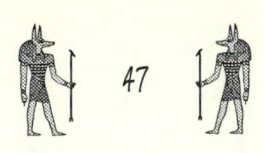

O pobre Hesy certamente descansou quando se despediu de um patife daqueles.

Paneb teve que eleger outra vítima para suas artes, escolhendo sem hesitar o jovem príncipe, que, diga-se de passagem, prestava-se muito bem ao papel.

O príncipe era o mais mimado dos meninos. Com apenas nove anos, tinha bem presente quem era e o que esperava dos outros. Seu nome, Amonhirkopshep, significava "Amon é sua força", e lhe havia sido imposto em memória do primogênito de Ramsés III, pessoa muito amada não só por seu augusto pai, mas também por toda a corte. Sua morte prematura trouxera uma enorme amargura para o faraó, que dera ao novo filho o mesmo nome. Era por isso que existiam duas pessoas que carregavam o mesmo nome dentro da família real: o jovem príncipe e seu tio que, aliás, o incomodava. O tio Amonhirkopshep parecia conhecer à perfeição a autêntica natureza do sobrinho, o que lhe obrigava a repreendê-lo em não poucas ocasiões, chegando, inclusive, a debochar de seu mau comportamento.

O restante dos meninos que costumavam brincar com ele o conhecia bem e, mesmo que o fizessem objeto de piadas, não ousavam exagerar por temor a futuras represálias, não bastasse o fato de que os aios que cuidavam dos príncipes já lhes dessem algum pescoção. Só Paneb parecia pouco se importar com as veladas ameaças ou a presença habitual desses preceptores. Aquele pequeno tirano, que choramingava enquanto não aprontava alguma, lhe parecia difícil de aguentar e, além disso, era um convite para soltar as rédeas de seu comportamento agitado.

— As águas começam a baixar. Dentro de um mês, todos estaremos longe daqui — disse Paneb, atirando pedrinhas no lago.

Nefermaat concordou em silêncio, enquanto observava as pequenas ondas.

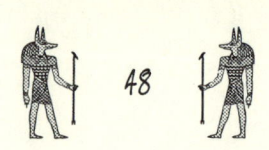

— Fico contente — interveio Amonhirkopshep com sua voz aguda. — Assim não me chatearás mais.

Paneb ameaçou dar um golpe, o que obrigou o príncipe a proteger-se com as mãos. Contudo, em seguida, voltou a olhar o lago e continuou a jogar pedras nele.

— Meu pai disse que este é o momento de colocar-me às ordens do divino Montu — continuou Paneb. — O deus guerreiro espera impaciente minha iniciação em seus mistérios, a fim de que algum dia eu possa ser o primeiro de seus servidores. A Casa da Vida de seu templo será meu novo lar.

— Isso acontecerá com todos nós — interveio um de seus primos, que pertencia à família dos Maribast.

— Com quase todos — exclamou Paneb, olhando de relance o pequeno Amonhirkopshep. — De um jeito ou de outro, os deuses nos exigem. Creio que até Kenamun vai se preparar.

Todos olharam o menino, que não discutiu.

— Diga-nos, Kenamun, que divindade terá a honra de ter-te como servidor? Será Ptah, Konsu, Rá ou talvez Amon? — indagou Paneb com malícia, sabendo que a última opção era a escolhida por Mutenuia para o filho.

Kenamun lançou um de seus habituais olhares, mais contrariado impossível, ao compreender que, de alguma maneira, fazia parte dos falatórios do palácio.

— Tu sabes muito bem que o meu destino é o templo de Karnak — respondeu ele, quase cuspindo as palavras.

— Ah, já vi tudo! Tua nobre mãe, a dama Mutenuia, te põe sob a proteção do clero de Amon. É claro que tem grandes planos para ti. Quem sabe até aonde poderás chegar. Em vosso lugar — exclamou Paneb, voltando-se para os primos —, eu tomaria cuidado. Para os Maribast e os Bakenjons surgiu um rival que exige isso.

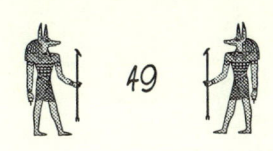

Aquilo fez com que todos os meninos explodissem em gargalhadas, uma vez que essas duas famílias, havia séculos, vinham destacando-se no poder do templo de Karnak.

Entretanto, Kenamun não achou nenhuma graça, e a raiva avermelhou seu rosto.

— Ora, deixem o menino em paz — interveio Nefermaat. — Ele tratará de abrir caminho como qualquer um de vocês. Sua mãe vela por ele do mesmo jeito que as tuas velam por vós.

Aquelas palavras enfureceram ainda mais Kenamun, que não suportava que seu meio-irmão o defendesse e muito menos que falasse de sua mãe.

— E quem velará por ti? — perguntou Paneb, provocando.

Nefermaat olhou fixamente para o amigo durante um momento e, em seguida, virou a cabeça na direção do lago próximo.

— Espero que Sekhmet se ocupe de mim — disse ele, um tanto resignado.

— A deusa-leoa te protegerá e te emprestará seu conhecimento para que um dia possas curar nossos males! — exclamou Paneb, divertido, enquanto lhe dava uns tapinhas nas costas.

— Pois eu serei rainha.

Aquela vozinha agradável e melodiosa fez os meninos virarem a cabeça.

— Se não é a nossa princesinha! — exclamou Paneb, encantado.

— Agora sou princesinha, mas um dia serei rainha.

— Claro, Nubjesed, e nós teremos que nos ajoelhar diante ti, certo?

— Sim, sim e sim.

— Já começamos. Sempre estás com a mesma chatice — interveio o príncipe, com desprezo. — Aqui, o único que irão reverenciar será a mim.

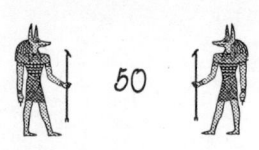

— Pois nossa mãe disse que serei rainha e que aquele que queira ser faraó desta terra terá que se casar comigo.

Amonhirkopshep se remexeu, incomodado, enquanto arrancava folhas de grama.

— Tua mãe, a senhora Temtopet, é sábia, sem a menor dúvida — continuou Paneb, como uma forma de repreender o príncipe.

— Isso mesmo. E depois, tu nunca serás o Hórus vivente,* Amonhirkopshep, porque eu me casarei com meu noivo, Nefermaat.

Ao escutar isso, a garotada desatou a gritar eufórica e se jogou entusiasmada sobre Nefermaat, entoando hinos de louvor:

— Glória a ti, Senhor das Duas Terras! Hórus redivivo que nos ilumina em nosso caminho!

Depois irrompeu em aplausos, enquanto Nubjesed se sentava junto a quem afirmava ser seu noivo.

Embora contasse com apenas oito anos de idade, Nubjesed era a graça personificada. Seu caráter alegre e intenso contrastava com o do irmão, como se não os unisse nenhum tipo de parentesco. No entanto, ambos eram filhos do mesmo pai e da mesma mãe.

A pequena tinha muita razão quando garantia poder outorgar a realeza a quem a desposasse e, é claro, não tinha nenhum interesse em casar-se com seu irmão, a quem, além do mais, considerava insuportável.

Gostava só de Nefermaat, embora, obviamente, aquilo não parecesse mais do que coisa de criança.

O príncipe, a quem, naturalmente, não agradava nada aquela ideia, cerrou os punhos ao mesmo tempo que se assoprava, bufando, para controlar a raiva.

---

* Lembre-se de que assim era chamado o faraó.

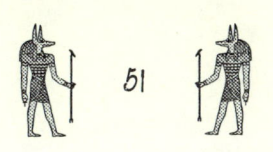

— Isso nunca! — explodiu, por fim, furioso. — Não me roubarás algo que me pertence.

— Que te pertence? — interveio de novo Paneb, enquanto se aproximava. — A história do Egito está cheia de príncipes como tu, que nunca chegaram a sentar-se no trono. Se Nubjesed se casar com Nefermaat, não vais ter outro remédio senão venerá-los — concluiu em um tom provocador.

Aquilo foi demais para o descendente real, que, de imediato, começou a se debater enquanto dizia frases sem sentido, que soavam como lamentos de algum espírito do Amenti.

Na verdade, a cena era cômica. Ver o menino chutando o chão no que parecia uma dança estranha era grotesco, como grotesca era a sua figura. O pequeno Amonhirkopshep tinha natureza doentia e um corpo frágil, magro, que contrastava com a cabeça desproporcional. Além disso, usava um penteado típico dos meninos pertencentes à realeza: a cabeça raspada e uma longa trança que lhe caía desde a parte superior do crânio liso até os ombros. Seu aspecto era verdadeiramente hilário, e parecia mais uma caricatura ruim do deus Bés* que um herdeiro real.

Como quase sempre que se via diante de uma cena dessas, Paneb não reprimiu seus impulsos. Agarrando o príncipe pela trança, deu-lhe algumas sacudidelas que o fizeram chorar.

Os preceptores tiveram que intervir rápido para que a coisa não se intensificasse, e Paneb, que sabia que não teria nada a ganhar ali, saiu correndo, em um claro convite ao resto das crianças para que o seguissem e fossem nadar no lago.

---

* Deus anão, disforme e grotesco, relacionado com a música, a alegria e a embriaguez. Foi um espírito simpático com muitos devotos no Egito.

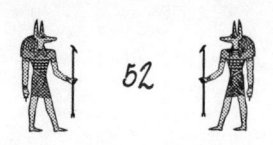

Em um instante, o local se encheu de gritos de alegria enquanto os meninos chapinhavam e continuavam com as brincadeiras. O riso das crianças foi emudecendo aos poucos o choro do príncipe, que partiu acompanhado por um de seus aios. Enquanto isso, sentado sobre a relva, Kenamun os observava com a mais carrancuda das expressões.

2

Os dias próximos de sua partida foram quase torturantes, mesmo que Nefermaat, algum dia, os relembrasse com nostalgia. Sua infância chegava ao fim, e ele estava prestes a cruzar a ponte que o levaria até o mundo dos homens. Aquilo lhe causava alguma inquietação, não pelo fato de estar se tornando adulto, mas principalmente porque no lugar para onde ia encontravam-se os mais sábios de todo o Egito. Preocupava-o, sem dúvida, não se sentir merecedor de seus ensinamentos. Esse era todo o seu temor.

Naquela luminosa manhã, Iroy tentava animá-lo, apoiando sua mão sobre o ombro do rapaz.

— O lugar aonde vais é sagrado e não deves ter medo algum — disse o médico com delicadeza.

— O templo não é o que me atemoriza, mas sim o receio de eu não ser capaz de compreender os mistérios que ele guarda.

Iroy sorriu, apertando-lhe carinhosamente o ombro.

— Escuta-me com atenção. A vida inteira é um mistério. Tudo aquilo que nos rodeia também é. Mas, se queres adquirir a sabedoria necessária para enfrentar tais desafios, deverás ir para lá. É somente nos templos que encontramos os homens capazes de transmitir o conhecimento, a verdadeira sabedoria. Aquilo que nos legaram os deuses em tempos remotos e que sempre permaneceu cuidadosamente guardado no interior de nossos santuários.

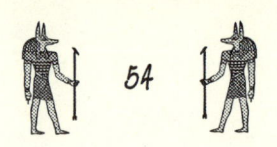

Nefermaat consentiu com a cabeça enquanto olhava para o chão.

— Os deuses têm enviado sinais para que visites seus domínios. Possuis um dom, embora não o saibas. E deves desenvolvê-lo adequadamente.

— Um dom? — perguntou o jovem, incrédulo. — Não entendo...

Iroy ficou de cócoras, olhando-o fixamente.

— Não existe nenhuma dúvida quanto a isso. Já faz muito tempo que Sekhmet te colocou em seu caminho. No dia que entraste em meus aposentos pela primeira vez e contemplaste, absorto, os instrumentos e meus papiros, foste apresentado à deusa. Acredita, ela te elegeu.

— Mas... — balbuciou Nefermaat, mexendo os olhos sem compreender.

— Estás destinado a fazer parte dos Sacerdotes de Sekhmet — continuou Iroy, pondo-se em pé —, e garanto que serás um aluno exemplar. Vá tranquilo, pois não deves esquecer que sou um *imyr sunu*, o "Chefe Supremo dos Sacerdotes de Sekhmet". Eu velarei teus passos.

Aquelas palavras ainda ressoavam em seu coração quando a luz da manhã banhou seu rosto com a força que Rá-Horakhty* costumava imprimir em seus raios.

---

* Para os antigos egípcios, Rá-Horakhty representava o sol do meio-dia; Rá-Khepri, o sol da manhã; e Atum, o da tarde.

Ele percorrera os extensos corredores do palácio como se fizesse parte de um suspiro, pois não se lembrava de nenhum dos rostos com que havia cruzado, muito menos de seus cumprimentos. Por isso, quando finalmente chegou a um dos pátios que davam acesso às estrebarias, a custo conseguiu reconhecer a figura na qual esbarrou.

— Anat* bendita! Olha só se não é o pequeno Nefermaat... — exclamou alguém.

Aquela afirmação levou Nefermaat, de imediato, a reconhecer a incomparável voz.

Nefermaat, passado o atordoamento inicial, sorriu assim que seus olhos cruzaram com os do príncipe. Este, com as mãos na cintura, o observava, zombador.

Para Nefermaat, o tio Amonhirkopshep parecia uma pessoa admirável. Era o terceiro filho da Grande Esposa Real Ísis, o nono de Ramsés III e o segundo na linha sucessória ao trono do Egito. Era um jovem de estatura acima da média, forte e musculoso, cuja pele, queimada de sol, tinha a tonalidade característica das pessoas que passam a maior parte do tempo ao ar livre. Seu rosto, de linhas harmoniosas, guardava um pouco da beleza exótica e rica de sua mãe, da qual o faraó tinha se enamorado havia muito tempo. Seus lábios carnudos, seu nariz e até seu sorriso lembravam Ísis, mas eram seus olhos, sem dúvida, os que pareciam uma cópia exata dela. Como os de sua mãe, eram grandes e escuros, o que lhes conferia uma profundidade incontestável e, às vezes, insondável, na qual era possível perder-se. Além disso, os do príncipe pareciam ter vida própria, pois eram donos de inquietante luz, nascida, quem sabe, da própria essência de sua personalidade. O brilho do olhar dominava as demais feições, e todo aquele que cruzasse com

---

* Deusa guerreira que protegia os carros de guerra e os cavalos durante as batalhas.

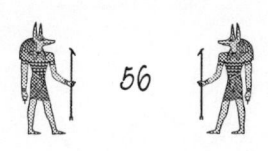

ele poderia compreender, no mesmo instante, a grande inteligência que ocultava, ainda que disso todo mundo já soubesse.

O príncipe o examinou, sorrindo. Não havia dúvidas de que sentia uma simpatia indissimulável pelo rapaz, embora não por seu pai, e muito menos por sua madrasta. Sabia perfeitamente quais eram as perspectivas do garoto, e quais as suas possibilidades, convencido de que sua caminhada o levaria longe — não por acaso o considerava o mais esperto dos que viviam no palácio. Observá-lo ali, diante dele, em um evidente sobressalto, produziu-lhe uma íntima satisfação e, por que não, alguma ternura. Entendia o atordoamento do rapaz e seus compreensíveis temores diante da nova jornada que em breve iniciaria.

— Imagino que Sekhmet ainda não tenha começado a te incomodar com sua má influência — disse ele, passando a mão carinhosamente em sua cabeça. — Acho que precisas é de um pouco de exercício.

— Bem... Acreditas de verdade que Sekhmet me conhece?

— É fácil enganar-se com ela — afirmou o príncipe, pondo a mão no ombro de Nefermaat e convidando-o a segui-lo. — Como certamente escutaste muitas vezes, ela é imprevisível. Ao mesmo tempo que te protege, te enche de desgraças. Vou te dizer, cá entre nós — continuou ele, baixando o tom da voz —, que sinto pouca devoção por ela. Desconfio de todo aquele que não é capaz de dominar sua fúria, ainda mais quando se trata de uma deusa.

Nefermaat o olhou sem saber o que responder enquanto caminhava a seu lado pelo enorme pátio próximo às estrebarias. Ali, a atividade era intensa. Jovens e palafreneiros executavam suas tarefas em meio ao ir e vir de soldados e cocheiros. O barulho, próprio das atividades nas oficinas para carros, misturava-se ao relincho dos cavalos.

No trajeto de duzentos metros que os separavam das cavalariças reais, o príncipe saudava os soldados e oficiais reunidos no longo pátio rodeado por colunas. Junto às imensas colunas octogonais, os chefes do Exército de Carros deram bom-dia.

— Que Anat os proteja! — respondeu Amonhirkopshep, como de costume.

Era a saudação habitual que sempre usava como juramento. O príncipe era um humilde devoto da deusa guerreira.

Sempre com um sorriso nos lábios, o jovem Amonhirkopshep era, no geral, querido e respeitado, sobretudo no exército, onde o consideravam um cavaleiro extraordinário. Além disso, sua espontânea simpatia e delicadeza faziam com que ele tocasse os corações. Sua grande perspicácia lhe permitia lê-los com facilidade.

Todos sabiam do amor que o príncipe sentia pelos cavalos. Uma paixão que, como alguns dos irmãos, herdara de seu admirável pai. Era frequente vê-lo galopando até os limites do deserto, inclusive muito além dali, perseguindo alguma presa desejada que ele encurralava até a captura.

A caça era outra de suas paixões, também herdada, e nela encontrava a oportunidade de aplacar o ardor guerreiro que às vezes sentia e que tanto o entusiasmava.

Passara a infância entre guerras e invasões que o pai enfrentara em condições difíceis. Com apenas treze anos, acompanhou o faraó na expedição do ano onze contra os povos do deserto ocidental. Uma campanha que se iniciara seis anos antes, e na qual os exércitos do deus, apesar de grande vitória, estiveram longe de afastar o perigo. As tribos líbias voltaram a organizar-se, ameaçando novamente as fronteiras do Egito. Foi quando os *mesheuesh*, junto com os *tchehenu*, levantaram-se contra o país de Kemet, desafiando o faraó mais uma vez. Este, como fizera anos atrás, saiu ao encontro das tribos, derrotando-as em um combate sangrento. Como o faraó gravara posteriormente nos muros dos templos, a batalha foi uma grande matança e nela Ramsés cobriu de cadáveres oito *iteru* (dezesseis quilômetros).

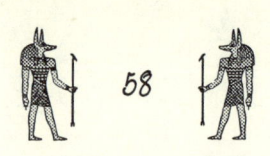

Esta foi a escola na qual Ramsés educou o filho. A mesma para a qual, tradicionalmente, todos os faraós levavam seus filhos durante a longa história do Egito.

Quando, finalmente, Nefermaat e o príncipe chegaram ao "Grande Estábulo de User-Maat-Rá-Meri-Amon", nome com que eram conhecidas as cavalariças reais, os animais do príncipe já se encontravam encilhados.

— Aqueles são os cavalos que meu querido pai utilizou na guerra contra os Povos do Mar — disse o príncipe a Nefermaat, apontando com o dedo. — Juntos formam o tiro "Amado de Amon". São magníficos, não são?

Nefermaat assentiu com a cabeça, sem abrir a boca, pois pouco ou nada entendia de cavalos.

— Bem, os meus são adoráveis — prosseguiu o príncipe, aproximando-se deles e sussurrando aos animais.

O menino ficou quieto, observando com algum receio a aparente agitação dos cavalos.

— Disse a eles que hoje nos acompanharás e que não devem estranhar a tua presença — anunciou o príncipe, alegre.

— Queres que eu vá no carro contigo? — perguntou o menino, sem disfarçar o medo.

— Comigo e com meus dois amigos — confirmou ele, mostrando os corcéis. — Já te disse que necessitas de um pouco de exercício.

— Certo, mas é que...

— Não tem desculpa. Hoje virás com o príncipe Amonhirkopshep — concluiu, empurrando-o suavemente até que ele subisse no carro.

Em seguida, o príncipe montou em um salto, oferecendo-lhe um pequeno capacete de couro.

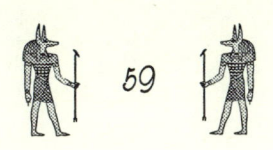

— Coloca-o e segura-te firme — exclamou, agarrando as rédeas e pondo-se em movimento.

Saíram do pátio, e logo o príncipe levou os cavalos em um trote ligeiro. Nefermaat segurou-se com tal força nas laterais do carro que as juntas dos dedos mudaram de cor.

Ao sair do local, porém, e pegar uma ampla avenida com paralelepípedos, o carro deu um solavanco e o menino caiu no piso do veículo.

O príncipe deu uma gargalhada.

— Deves aprender a manter o equilíbrio — disse ele, ajudando-o a levantar-se. — Observa o terreno para prever os movimentos do carro.

Nefermaat agarrou-se de novo bem na hora de outro salto, a ponto de quase voltar a cair.

O príncipe Amonhirkopshep ria enquanto entrava por uma das ruelas que davam acesso à zona industrial, onde estavam as fundições de metal em que as armas eram fabricadas.

O príncipe acelerou a marcha e, em seguida, a fumaça das chaminés ficou para trás. Aos poucos, o carro foi ganhando terreno aberto.

— Nunca subiste antes numa biga? — perguntou em meio ao barulho das rodas.

Nefermaat, que observava o trajeto com atenção, tentando adivinhar quando chegaria o solavanco seguinte, nem sequer o olhou, limitando-se a mover a cabeça afirmativamente.

O príncipe riu em silêncio enquanto espiava com o canto dos olhos.

— Bem, não te preocupes. Verás que assim que te acostumares irás querer montar todos os dias. Agora relaxa um pouco e sente a saudação do vento.

A seguir, açoitou com fúria os cavalos, pondo-os a galopar em um instante.

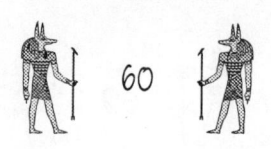

O menino achou que não voltaria mais para casa, pois foram tantos os vaivéns e sacudidelas a que se viu submetido que imaginou que, em um daqueles saltos, seria jogado e arremessado à margem do caminho. No entanto, passado o tempo, e vendo que ainda se mantinha em pé no meio daquele movimento infernal, começou a aliviar a tensão das mãos e a acomodar-se ao deslocamento do carro, mantendo o equilíbrio.

— Melhor agora? — perguntou-lhe o príncipe em meio ao ruído que provocavam os pedregulhos ao saltar, expelidos pelas rodas.

— Estou, sim — confirmou Nefermaat, olhando-o com um meio sorriso.

— Notas o vento? Sentes o poder de meus cavalos?

— É fantástico! — exclamou o menino, entrefechando os olhos com evidente prazer.

Então, o príncipe começou a gritar palavras estranhas aos nobres animais e, aos poucos, seu galope acelerou até limites impensáveis. Foi nesse momento que Nefermaat acreditou voar. Uma sensação indescritível, como jamais experimentara, se apoderou dele, embriagando-o por completo. O vento, que se aderia com milhares de fios a seu corpo, silvava à sua passagem como um coro de almas desesperadas.

— Escuta tuas boas-vindas! — gritou eufórico o príncipe.

Nefermaat o olhou e viu a longa cabeleira de Amonhirkopshep agitando-se para trás, como se poderosas mãos a puxassem. Observou o príncipe tocando os cavalos com as rédeas entre as mãos e todos os músculos de seu corpo brilhando sob o sol do Egito. Pareceu-lhe que aquele homem possuía luz própria. Certamente, ele exalava seu poder: o poder de um deus de vinte e quatro anos.

Detiveram sua vertiginosa carreira junto a um frondoso palmeiral, sob cuja sombra se protegeram.

— A água aqui está surpreendentemente fresca — disse o príncipe à medida que se aproximava de um pequeno poço. — Ah... Está deliciosa! — exclamou, enxugando as gotas que lhe pingavam dos lábios. — Experimenta.

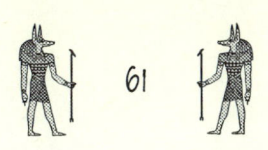

Nefermaat pegou o recipiente que lhe foi oferecido e bebeu com satisfação. Logo se sentou ao lado de Amonhirkopshep, junto a uma palmeira, enquanto os cavalos saciavam a sede com indissimulável deleite.

— Parece impossível que exista algo assim, em um lugar tão próximo aos domínios de Set — disse o príncipe, apontando o deserto.

O menino não soube o que responder.

— A verdade é que me surpreendes, Nefermaat. Quando brincas com meus nobres sobrinhos, não tens a língua tão exposta. Começo a pensar que, verdadeiramente, Sekhmet te manda suas más influências.

— Não é isso, príncipe Amonhirkopshep. É que estou admirado por ter te acompanhado em teu carro.

— Nada de Amonhirkopshep. Para ti sou o príncipe Amon. Meu nome completo é complicadíssimo de pronunciar. Isso temos que admitir. Todavia, já sabes que tive um irmão com o mesmo nome e que, depois de sua morte prematura, o deus decidiu manter viva sua memória, batizando-me com seu nome, já que o amava muito.

— É um nome poderoso — assinalou o menino espontaneamente. — "Amon é sua força."

— Tu acreditas? — perguntou o príncipe, arqueando uma das sobrancelhas. — Eu creio que teria sido melhor algo assim como Anathirkopshep ou Anatmosis.

Nefermaat deu uma gargalhada.

— Mas esse seria um nome de menina — disse ele, sorrindo.

— Bem, mas já conheces a devoção que tenho por esta deusa. Ela protege meus irmãos — apontou ele em direção aos cavalos — e, portanto, também a mim.

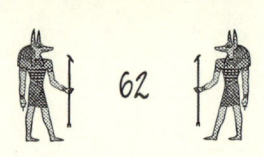

— Então, deverias escolher o nome de seu marido, Set. Seria mais apropriado, não achas?

— Humm... Sethirkopshep. Para começar, seria mais curto, mas, ao contrário de outros membros de minha família, sou pouco adepto a este deus. Creio que continuarei sendo o príncipe Amon.

O menino riu de novo do comentário.

— No entanto, teu nome, sim, é interessante — prosseguiu o jovem príncipe. — Pode ser que te leve longe.

— Minha mãe que o escolheu — contou o menino, baixando o olhar.

— É o normal. Eu a conheci, e lembro-me dela como uma jovem muito bonita que emanava uma profunda espiritualidade. Parte dela permanece em ti.

Nefermaat o observou sem compreender.

— Tu ainda não sabes, mas é assim. Pouco tens a ver com o resto de tua família — sentenciou, olhando distraidamente para os cavalos.

— Iroy me disse algo parecido.

— É mesmo? — interveio o príncipe, observando-o de novo. — E que te disse o bom médico?

— Que ainda que eu não soubesse, estava destinado a servir a Sekhmet.

— Ele disse isso, é? Parece que, afinal de contas, terei razão a respeito de tuas influências.

— Bem, príncipe Amon, não exageres. A deusa e eu ainda não fomos apresentados.

O príncipe deu uma gargalhada.

— Em primeiro lugar, tenho que reconhecer que sinto afeto por ti — declarou, dando-lhe carinhosas palmadinhas. — Contudo, pelo que tenho entendido, logo a conhecerás, está bem? Com certeza, o bom Iroy fará as apresentações adequadamente.

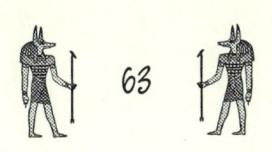

Ao escutar estas palavras, Nefermaat o olhou perplexo.

— E como tu sabes disso?

O príncipe lhe sorriu.

— Ainda que sejas muito pequeno, deves aprender algo importante. A corte tem boca, e esta não para de falar. É preciso estar sempre preparado para escutar suas palavras, e meus ouvidos estão bem dispostos. No entanto, não te preocupes, homem — prosseguiu, acariciando-lhe a cabeça —, verás em seguida que não precisas de ninguém para alcançar tua meta. Tu te tornarás o melhor médico do Egito e retornarás à corte para aliviar nossos males. Quem sabe até o deus reclame os teus serviços.

O menino o observou de novo, surpreendido pela perspicácia do príncipe.

— Espero que da próxima vez que subas no meu carro já sejas um *sunu* [médico] — disse o jovem, erguendo-se. — Agora creio que seja o momento de voltar.

Nefermaat passou a última tarde em Pi-Ramsés junto ao lago. Sentia-se estranhamente entusiasmado diante da proximidade de sua partida e, ao mesmo tempo, ansioso por iniciá-la. Havia passado toda a manhã no palácio, de cá para lá, despedindo-se de uns e de outros, inclusive dos menos conhecidos.

Agora que seus melhores desejos e bênçãos faziam parte do passado, concluía que já não era senão uma lembrança a mais das muitas que levava consigo, e talvez, em um dia distante, evocações de sua meninice.

Algo que desviou sua atenção tirou-o de tais reflexões. Deslocava-se no lago com a suavidade própria dos patos que costumavam nadar ali, embora pouco tivesse a ver com eles, uma vez que era o barco do faraó.

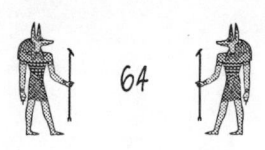

Nefermaat o observou com deleite. Era um barco de cento e trinta cúbitos* de comprimento, fabricado com o melhor cedro do Líbano, no qual o deus, junto com a família, costumava navegar. Nefermaat conhecia bem o barco, pois havia tido oportunidade de visitá-lo em várias ocasiões, chegando, inclusive, a navegar nele na companhia do faraó enquanto brincava com seus netos.

Era esplêndido, sem dúvida, e, cada vez que o via sulcar majestoso as águas, ficava embevecido.

O navio real passou perto o suficiente para que pudesse observá-lo em detalhes.

A magnífica madeira com que fora construído não era o único detalhe que o destacava sobre todos os demais, já que todo o barco se encontrava coberto de ouro da proa à popa, até a linha-d'água. No centro da embarcação, os camarotes reais se erguiam envoltos em um véu de luxo e sonho difícil de imaginar, acompanhados por uma grande cabeça de carneiro — símbolo do poderoso deus Amon — feita de ouro maciço, ajustada ali junto a eles.

Outras cabeças similares a esta, ainda que de menor tamanho, situadas junto às bordas, percorriam o navio, dando-lhe um ar de magnificência, como nunca antes fora visto.

Ramsés III lhe pusera o nome de *Waset*,** gravando-o em seu casco com elegantes signos hieroglíficos. Como carranca de proa, ordenou que instalassem um *ureus**** de ouro com a coroa *Atef*,**** para que todos os mortais soubessem a quem pertencia a nau.

---

* O cúbito egípcio media aproximadamente 53 centímetros.
** Significa "o cetro" e era o nome com que os antigos egípcios denominavam a cidade de Tebas.
*** Representação da cobra que os faraós levavam em seus toucados.
**** Coroa osírica formada por um punhado de papiros com duas plumas de ambos os lados, que descansavam sobre uma base formada por dois chifres de carneiro.

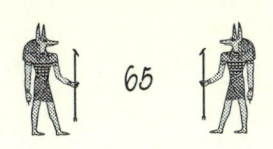

Era fácil imaginar aquele barco sulcando as águas sagradas de Hapi,* resplandecendo sob os raios do sol como se na verdade fosse o próprio Rá quem navegara pelo rio. À sua passagem, as margens se vestiriam com as suadas costas dos aldeães que, prostrados diante dele, buscariam impregnar-se de sua luz enquanto lhe rendiam adoração.

Precisamente neste momento, uma cintilação arrancada pelo sol da tarde do dourado casco lhe fez pestanejar no instante em que escutava passos cautelosos que se aproximavam.

Então, olhou para trás, exatamente para comprovar que se sentavam a seu lado.

— Pensei que estarias no barco, navegando junto a teu avô — exclamou Nefermaat surpreso.

— Meu irmão, sim, está, mas eu preferi ficar para me despedir de ti — disse Nubjesed.

Os dois pequenos se olharam enquanto sorriam.

— Sentiremos tua falta, Nefermaat. Creio que nossas brincadeiras não serão o mesmo sem ti.

— Eu também sentirei saudades, mas chegou o momento em que todos devemos nos separar.

A princesa fez um de seus trejeitos característicos, no qual levantava a pequena cabeça mostrando o perfilado queixo enquanto franzia seu gracioso narizinho.

— Quanto a mim, não acho a menor graça — continuou a menina.
— Terei que passar todo o tempo brincando com meu insuportável irmão. Que tédio!

Nefermaat sorriu-lhe de novo enquanto encolhia os ombros.

---

* Lembre-se de que era o deus do Nilo.

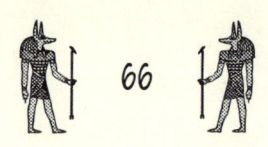

— Logo não terás mais idade para brincadeiras, Nubjesed, mas continuaremos sendo amigos, mesmo que permaneçamos longe um do outro.

— Seremos muito mais — afirmou categórica. — Agora somos noivos e, quando formos maiores, vamos nos casar.

Nefermaat acariciou a mãozinha da princesa.

— Achas que teus pais se aborreceriam?

— Não. Meu pai sempre me diz que sou uma princesinha e que fará o que eu lhe pedir.

Nefermaat riu da ideia, olhando novamente na direção do lago.

— Não sei quanto tempo demorarei a voltar; talvez muitos anos.

— Não importa; assim já seremos maiores e poderemos fazer o que quisermos.

— Na pior das hipóteses, quando eu voltar tu já terás te casado e...

— Não, não e não — interrompeu a menina, sem deixar-lhe acabar a frase. — Casarei-me contigo, ou não me casarei.

— Então se poderia dizer que somos noivos formais, concordas? — perguntou Nefermaat, sincero.

A pequena balançou afirmativamente a cabecinha, ao mesmo tempo que o olhava, fascinada.

— Nesse caso, devemos trocar algo pessoal para que sempre nos lembremos disso — confirmou o menino. — Toma — disse ele, tirando um cordão que sempre levava no pescoço. — É a deusa Mut. Minha mãe o pôs em mim logo que nasci.

Nubjesed abriu a pequena mão e o segurou com força, convencida de que, a partir daquele instante, Nefermaat lhe pertencia. A seguir, tirou uma pulseira de ouro e lápis-lazúli que costumava usar e a ofereceu a ele.

— Este será nosso segredo — disse ela em uma voz muito baixa.

— Prometes?

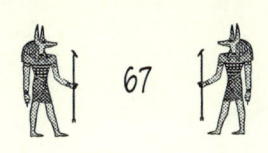

— Prometo.

Ruídos de passos fizeram com que ambos olhassem para o lado.

— Bem, espero que não estejamos interrompendo nada importante — exclamou Paneb, sentando-se junto a eles.

— Olá, Paneb. Olá, Neferure — disse Nefermaat, reparando na menina que o acompanhava.

— Olá — disse a menina, com sua costumeira timidez.

— Estás surpreso em nos ver? — perguntou Paneb, sorridente. — Não estavas pensando em ir embora sem te despedires de nós, não é?

Nefermaat sorriu enquanto agarrava efusivamente a mão do amigo.

— Desse jeito conseguirás que eu não vá — comentou ele, com os olhos um pouco tristes.

— Ora! Esta é uma despedida para todos. Eu mesmo partirei logo.

— Quando nos encontrarmos de novo, já serás sacerdote de Montu — disse Nefermaat.

— Espero que algo mais — afirmou Paneb, convencido. — No mínimo, o terceiro de seus profetas.*

— Teu pai deverá tomar cuidado ou em breve irás superá-lo — advertiu Nefermaat.

Paneb deu uma gargalhada ao mesmo tempo que dava um golpe amistoso em Nefermaat.

— O velho é um osso duro de roer. Somente quando Osíris** o convocar ante seu tribunal, o que espero que demore a acontecer, poderei decidir ocupar seu posto.

— E tu, Neferure, que pretendes fazer? — perguntou Nefermaat.

---

* Os sumos sacerdotes eram assim chamados pelos antigos egípcios.
** Osíris presidia o tribunal onde se julgavam os pecados do defunto.

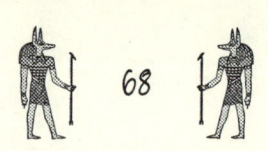

— Meu avô diz que quando eu crescer um pouco mais irei para um templo para servir como Divina Adoradora.

— Se é teu avô quem diz isso, não há muito o que discutir — observou Paneb. — Trata-se do Primeiro Profeta de Amon, e no Egito existem poucas pessoas com mais poder que ele.

— Olhai — exclamou Nefermaat —, acho que nos acenam lá do barco.

Todos voltaram os olhos para o navio e passaram a acenar freneticamente também.

— São minha mãe e meu irmão! — gritou Nubjesed com entusiasmo.

Junto deles, na cobertura do barco, apareceu uma figura inconfundível.

— É o deus! — exclamou Paneb, entusiasmado. — Ele está nos cumprimentando.

— Adeus! — gritaram os pequenos, animados.

— O faraó em pessoa nos saudou! — exclamou Paneb, enquanto o navio se perdia no entardecer. — Acho que ele sabia que estavas aqui e também quis despedir-se. Está te abençoando.

— Todos nos lembraremos de ti — disse Neferure enquanto, na ponta dos pés, beijava o rosto de Nefermaat.

Nefermaat olhou para ela, admirado, contemplando durante um instante a luz viva de seus olhos.

— Eu também me lembrarei de todos, Neferure.

Quando Atum, sol do entardecer, estava próximo do horizonte, preparando-se para submergir no Mundo Inferior e atravessar com sua barca solar as doze horas da noite, o bonito jardim junto ao lago ficou solitário. Os ecos das palavras de despedida havia muito tinham se perdido, deixando o lugar silencioso e na penumbra. Só as palmeiras permaneciam como testemunhas silenciosas das promessas de amizade eterna feitas pelas crianças.

3

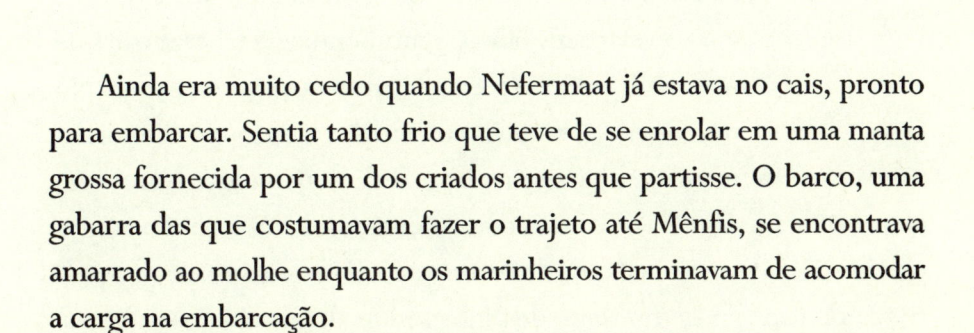

Ainda era muito cedo quando Nefermaat já estava no cais, pronto para embarcar. Sentia tanto frio que teve de se enrolar em uma manta grossa fornecida por um dos criados antes que partisse. O barco, uma gabarra das que costumavam fazer o trajeto até Mênfis, se encontrava amarrado ao molhe enquanto os marinheiros terminavam de acomodar a carga na embarcação.

Quando, por fim, tudo estava pronto, ele subiu a bordo e acocorou-se sob a cobertura, junto à cabine. Nefermaat ainda batia os dentes quando a luz começou a abrir espaço entre as nuvens negras e grandes que cobriam o céu.

— Certamente, hoje vai chover — disse o criado que o acompanhava, apontando para cima.

Nefermaat aconchegou-se um pouco mais sob a manta, sem dizer nada. Imaginou o quanto estaria confortável em sua cama, ao abrigo das inclemências, pois naquela época as noites costumavam ser frias no Egito. Entretanto, logo pensou no pouco que lhe importava aquilo e se sentiu feliz por encontrar-se naquele barco prestes a zarpar.

A despedida de sua madrasta fora tão fria como a relação que sempre haviam mantido. Ambos se separaram aliviados diante da perspectiva de não terem que se suportar mais, ou ao menos durante um bom tempo, embora Mutenuia tivesse a íntima esperança de que o menino ficasse em Mênfis pelo resto da vida. Ela lhe havia oferecido sua mão para que fosse beijada, e depois se fora, sem dizer uma palavra.

Kenamun, de sua parte, não foi muito mais efusivo do que a mãe. As poucas palavras que costumavam trocar foram suficientes para dizerem-se adeus, ficando Kenamun mais que animado ao despedir-se de um meio-irmão que o aborrecia.

Somente seu pai pareceu demonstrar sentimentos ocultos, que, inclusive, chegaram a velar seus olhos. Sentimentos de tristeza e até de má consciência, embora isso Nefermaat nunca viesse a saber. No entanto, ao menos Hori o abraçou com emoção, desejando-lhe sorte.

O movimento da embarcação tirou-o de seus pensamentos. Ao afastar-se do molhe, Nefermaat apertou instintivamente a bolsa contra o peito. Nela levava uma carta de recomendação escrita por Iroy, a pulseira que ganhara de presente de Nubjesed, e alguns objetos pessoais. Observou de novo as imensas nuvens escuras que cobriam o céu. Seu criado tinha razão, iria chover naquele dia.

— Acordai, acordai! — cantavam os Sacerdotes Horários. — Expulsai todo o mal para fora de vossos corações e deixai que estes os levem pelo caminho reto de Maat.

— Acordai, acordai! — voltavam a repetir enquanto batiam em pêndulos de bronze que emitiam um som agudo. — A viagem de Rá através do Mundo Inferior atinge seu fim e imediatamente renascerá como Khepri, abençoando-nos com sua luz.

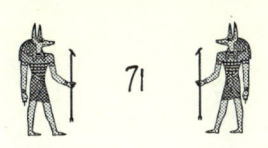

Dessa forma, os Sacerdotes Horários anunciavam a cada dia a hora que os sacerdotes deviam acordar para dar início a seus ritos matinais. Eles eram os *imy-unut*, um grupo formado por doze membros que, do terraço do templo, observavam as estrelas, determinando o passar das horas, para assim poderem decidir o momento em que deviam reiniciar as atividades. Eles não só despertavam os sacerdotes, como também examinavam os depósitos e cozinhas do templo para que tudo estivesse pronto para a hora do início do culto diário à deusa.

Nefermaat conhecia bem essas louvações. Não era à toa que as escutava havia sete anos. No entanto, naquela manhã lhe soaram diferentes, como se realmente o pressionassem a levantar-se com mais presteza.

Ao menos foi o que pensou, pois saltou sem demora de seu catre, disposto a fazer o quanto antes suas abluções matinais. Imediatamente, o contato de seus pés com o frio das desgastadas placas de pedra o fez tomar plena consciência de sua situação e lembrar-se de que aquele era o último dia que passaria no templo.

Despido, como a cada manhã, corria pelos escuros corredores, apenas iluminados próximo aos altares de purificação — cisternas cheias de água do Nilo, onde mergulharia. Seus velozes pés o levavam através de passagens escuras, nas quais era fácil perder-se, e que Nefermaat conhecia tão bem.

Como ele, o resto da classe sacerdotal se apressava para finalizar seu asseio pessoal antes da chegada do novo dia. Todos faziam o possível para serem os primeiros naquela corrida matinal que vinha sendo disputada já havia quase dois mil anos. Irracional, se assim se quiser qualificá-la, mas, naquele momento, se havia alguém disposto a chegar primeiro, esse era Nefermaat. Sua pressa evidente estava plenamente justificada: nessa mesma manhã, o Primeiro Profeta de Sekhmet lhe dava a honra de permitir-lhe a entrada nos sagrados recintos onde se encontrava a deusa para assistir a seu culto diário.

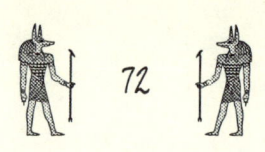

O convite o pegara de surpresa, já que os profetas de Sekhmet e os médicos-sacerdotes formavam duas ordens totalmente diferentes, dedicando-se os primeiros, exclusivamente, a cultuar e servir deusa, e os outros a praticar a medicina.

Ele era um *ueb*, um médico-sacerdote, e nada tinha a ver com os ritos religiosos do culto rotineiro que o clero desenvolvia. Por isso, constituía uma grande honra ter sido convidado para testemunhar um ato no qual as mais altas hierarquias do templo se fariam presentes.

Naquelas horas, enquanto seus pés tocavam o solo milenar, criando apagados ecos nos quais ressoava o murmúrio de sua nudez, Nefermaat compreendeu o quanto aquele templo significava para ele. Durante sete anos tinha percorrido uma infinidade de vezes aqueles estreitos corredores para, finalmente, introduzir-se nas cisternas onde a água do Nilo o purificaria. Naquela manhã, ao atravessá-los pela última vez, sentiu que sempre fariam parte dele e que aquele percurso não terminaria nunca.

Sete anos! E no entanto... Seu coração se viu, repentinamente, invadido por todas as lembranças armazenadas nesse tempo, que pareciam chegar agoniando-o com toda sorte de emoções, diante das quais era incapaz de esquivar-se. Todavia, ali estavam elas, indestrutíveis, presentes a cada passo que dava, empurrando-o dessa forma a rememorar com clareza cada momento que vivera entre aqueles muros.

Os anos passados por Nefermaat no templo não haviam sido fáceis, absolutamente. A severa disciplina a que se viu submetido desde o primeiro dia o obrigou a abandonar de repente os cômodos hábitos a que estava acostumado. Brusca mudança, sem dúvida, e difícil de digerir para um menino que, como ele, estava habituado a uma vida entre príncipes e reis. Mesmo assim, ele a suportou.

Desde o primeiro momento, Nefermaat tivera consciência daquela disciplina, aceitando-a de bom grado como um avanço necessário em sua formação. Naturalmente, para chegar a ser *sunu* não seria preciso dirigir-se àquele lugar. No Egito existiam outros renomados templos onde ele poderia aprender aquela antiga ciência. A sagrada cidade de Abidos, Coptos, Heliópolis ou o magnífico templo de Deir-el-Bahari possuíam Casas da Vida onde se ensinava medicina havia muitos anos. Centros respeitáveis, sem dúvida, mas que sob nenhum aspecto podiam comparar-se com o lugar onde ele estava, uma vez que a educação que ali se transmitia ia muito além da recebida habitualmente pelos *sunu*.

Os *sunu*,* "os homens da flecha", estavam preparados, fundamentalmente, para praticar a tradicional medicina egípcia. Eram doutores magníficos, com uma formação sólida, que se ocupavam atendendo aos cidadãos como médicos de família ou "de cabeceira".

No templo de Sekhmet, ao contrário, se formavam os especialistas e cirurgiões, os denominados *sacerdotes-ueb*, os purificados — médicos de origem sacerdotal, capazes de estudar enfermidades raras que se acreditava serem de origem divina.

Sobre eles circulavam histórias extraordinárias e as mais misteriosas lendas. Dizia-se que podiam aplacar a ira da deusa-leoa, evitando, dessa forma, que cobrisse de enfermidades e epidemias toda a face da Terra. Havia até quem garantisse que os textos sagrados não tinham segredos para eles e que conheciam perfeitamente os antigos papiros escritos pelos mesmos deuses.

Nefermaat não achou nada estranho que histórias semelhantes circulassem entre a população, pois ele mesmo se sentiu insignificante na

---

* O hieróglifo de *sunu* (médico) é representado por um homem com uma flecha na mão.

primeira vez que entrou no templo. Naquela fria manhã do mês de Koiahk, o quarto da estação das inundações,* Nefermaat teve a sensação de que os deuses que moravam ali o engoliriam.

O templo da deusa Sekhmet situava-se dentro das muralhas do templo de Ptah, o poderoso deus de Mênfis, protetor dos artesãos e da própria cidade, e esposo da deusa com cabeça de leoa que procurava eterno abrigo. Ele a acolhia, solícito, junto do filho de ambos, Nefertem,** ao qual também permitira erigir um pequeno templo no interior daquele lugar para que permanecessem juntos, como a mais unida das famílias.

As ciclópicas muralhas, providas de ameias de um branco imaculado que protegiam seu perímetro, refulgiam sob os raios do sol como se, na realidade, tivesse sido o mesmíssimo Rá quem as houvesse levantado. As torres altas, simetricamente espaçadas, que adornavam aqueles muros, tinham gravadas na pedra grandes orelhas através das quais o deus podia receber as súplicas de seus devotos.

Nefermaat ficou perplexo ao vê-las pela primeira vez, sobretudo quando, junto a elas, pôde ler diversas frases que convocavam à oração. "Reza-lhe a partir do grande corredor externo; daqui se escutará a oração", dizia uma delas.

Esse era o lugar de onde o povo elevava suas preces, já que o acesso ao templo estava proibido para ele, sendo somente o faraó e o clero os que podiam entrar ali. Por isso, quando o menino passou junto às enormes estátuas sentadas, de granito vermelho, do Grande Ramsés II, que flanqueavam a monumental entrada do templo, convenceu-se de que, como Iroy prognosticara, na verdade ele era um escolhido pelos deuses.

---

* Outubro-novembro.
** Filho do deus Ptah e da deusa Sekhmet. Seu nome se traduz como "o Lótus".

Como constatara na chegada, o templo de Sekhmet era um pequeno santuário que, junto ao de seu filho Nefertem, fazia parte do grande templo amuralhado de Ptah. Este enorme complexo era, na realidade, um Estado dentro do próprio Estado, desfrutando de tal quantidade de direitos que ficava evidente que gozavam de plena autonomia. Possuíam uma inumerável quantidade de terras e bens, e mais de três mil pessoas trabalhavam no templo. A riqueza dele representava, aproximadamente, uns três por cento da economia do país, embora fosse o terceiro clero em importância, atrás do onipotente Amon e de Rá, em Heliópolis.

No entanto, não acontecia o mesmo quanto à influência. O deus Ptah era considerado demiurgo e muito venerado pela realeza, que se fazia coroar em seus domínios desde tempos imemoriais.

Seu clero se encontrava perfeitamente hierarquizado, à frente do qual seu sumo sacerdote, conhecido como "o Chefe dos Artesãos", velava pelos interesses do deus.

Os três templos que conviviam dentro daquele perímetro sagrado, tão estreitamente vinculados entre si, eram, no entanto, independentes em sua vida diária, atendendo a seus ritos separadamente e mantendo seus cultos com organizações sob as próprias regras, o que os tornava soberanos.

A voz grave e profunda do Sacerdote Leitor ressoava poderosa na sala escura, iluminada em apenas um ponto. As palavras se perdiam na penumbra e regressavam, aos poucos, devolvidas pelos muros invisíveis que se adivinhavam um pouco mais além.

— Thot permite que os papiros falem — declamava o *hery-heb*,* com a cadenciada monotonia própria de quem o fazia havia muitos anos.

---

* Sacerdote encarregado de ler os textos sagrados.

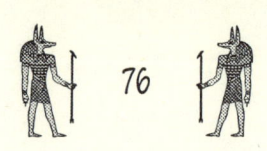

— Ele nos dá sabedoria e conhecimento — confirmavam em uníssono os assistentes que o cercavam. — Seu é o poder da iluminação que permite que compreendamos suas palavras.

O sacerdote mal esboçou um gesto ao escutar semelhantes desfechos, e seu rosto, antes ao abrigo das sombras, surgiu por um momento pobremente iluminado pela luz fraca das velas, que tentavam, inutilmente, abrir caminho naquela escuridão. A face que surgiu dela estava paralisada e, na verdade, parecia ter sido talhada na mais dura pedra por "aqueles que dão a vida".*

Entretanto, o que não alcançaram as lamparinas, sua voz conseguiu: de novo surgiu vigorosa, arrancando seus ecos das paredes:

— Ele expõe seu conhecimento para que os médicos possam seguir seu caminho — exclamou o sacerdote, elevando os braços.

— *Djet nehah* [pelos séculos dos séculos] — responderam os assistentes.

Logo, o silêncio entrou em comunhão com a penumbra, e a sala ficou submersa numa quietude que convidava à entrega. Só o incenso queimado nos recipientes fazia-lhes ter consciência do lugar onde se encontravam.

Durante anos, cenas como aquela fizeram parte da vida diária de Nefermaat, convertendo-se em algo tão natural como fora comer ou dormir. Fazia parte consubstancial dos hábitos do templo, acabando por acostumar o menino a isso, como a tudo o mais.

Na verdade, sua estada naquele santuário significou um parênteses no que seria sua vida. O Egito que vivia fora daqueles muros sagrados pouco tinha a ver com o que eles cobiçavam. Para qualquer um que fosse educado entre eles, era fácil compreender o abismo que os sepa-

---

* Forma como os escultores eram chamados.

rava e ser convencido de que a essência de sua civilização se encontrava ali. Sob seu ponto de vista, esta se encontrava a salvo, graças ao zelo com que os templos a guardavam de toda a contaminação exterior. O clero tomava especialmente o cuidado de que só eles fossem os encarregados de distribuir qualquer tipo de conhecimento, a fim de salvaguardar as raízes de sua cultura. Para eles, os deuses primitivos lhes haviam nomeado guardiões de seus enigmáticos mistérios; saberes ancestrais que iam muito além de qualquer compreensão humana, e para o que apenas a classe sacerdotal estava preparada. Quem quisesse estudá-los devia recorrer aos *Per-Ankh*.* Estavam convencidos de que apenas dessa forma podiam proteger tradições tão antigas.

Nefermaat tomou plena consciência disso ao descobrir o fascinante mundo às portas do qual batia e o incalculável valor dos ensinamentos que o enriqueciam, diante dos quais se sentia ansioso. Podia afirmar que ali deixou de ser criança, formando seu caráter na ordem cósmica de *maat*, cujas regras de justiça e verdade nunca o abandonariam.

A ele foram ensinados desde o princípio, vendo-se obrigado a observar, diariamente, todos e cada um dos preceitos sagrados.

Por isso, pouco depois de chegar, foi circuncidado. A circuncisão, que representava o passo definitivo para a puberdade, era prática obrigatória para todo aquele que ingressava nos templos.

Era uma cerimônia da máxima importância, pois, além de ser uma medida higiênica bem conhecida, simbolizava o ritual da pureza que se esperava que o sacerdote cumprisse sempre: pureza tanto moral quanto corporal. O prepúcio era considerado impuro, desagradável aos olhos dos deuses, que era necessário eliminar.

---

* Lembre-se de que eram as Casas da Vida.

Junto com Nefermaat, outros vinte meninos passaram naquele dia pelas mãos do *hem-ka* (sacerdote do *ka*), que, com uma velha faca de sílex, realizou a cirurgia. Ficaram, a partir daquele instante, "puros de corpo".

No entanto, aquela "pureza" era levada nos templos até limites inimagináveis, traduzindo-se, depois, em uma série interminável de práticas higiênicas.

Pelo menos era o que Nefermaat pensava, porque, francamente, o fato de ter que se depilar a cada dois dias não lhe agradava nem um pouco. E mais: desagradava-o profundamente ter que fazê-lo, porém assim determinavam as sagradas regras. Devia raspar qualquer vestígio de pelo que tivesse, inclusive as sobrancelhas e os cílios tinham que ser eliminados. Certamente, algo muito desagradável.

O resto de sua profilaxia cotidiana consistia em banhar-se duas vezes: uma antes do amanhecer e outra ao anoitecer, embora houvesse ocasiões nas quais o processo se repetisse duas vezes mais durante a noite. Os banhos costumavam ser realizados em grandes piscinas que diariamente eram cheias com a água fria do Nilo, e era neles, também, que completavam suas abluções, lavando a boca com natrão, o *shem-shem-shem*.* Por fim, costumavam untar o corpo com unguentos aromáticos, azeites e óleos, com os quais concluíam seu asseio.

Quanto à vestimenta, esta tinha que ser de linho da melhor qualidade, pois outros tecidos, como lã e couro, eram proibidos, devendo lavar todos os dias seus pertences. Como privilégio sobre os demais, estavam autorizados a calçar sandálias brancas de papiro trançado.

Com hábitos como esses, é fácil compreender que se mantiveram livres de lêndeas e piolhos, evitando que estes se propagassem pelos recintos sagrados.

---

* Limpeza da boca e dos dentes.

Menção à parte mereceria a alimentação, que, assim como ocorrera com o asseio, tinha normas de cumprimento obrigatório. A dieta diária do clero estava repleta de alimentos proibidos. Assim, não era permitido comer carne de porco, vaca, carneiro ou pombo, e tampouco podiam ingerir marisco nem determinados pescados, ainda que insistissem na recomendação de evitá-los na totalidade. As cebolas, os alhos-poró e as favas também eram vetados por serem considerados afrodisíacos. Quanto ao sal, deviam cortá-lo durante determinados períodos, pois imaginavam que lhes estimulava o desejo de comer e beber.

Aos preceitos anteriores somavam-se as fases de jejum completo que, durante dias, costumavam seguir religiosamente, tanto quanto as lavagens a que eram tão aficionados e com que garantiam purificar-se, eliminando as impurezas do corpo.

As lavagens tampouco eram do agrado de Nefermaat, mas assim como acontecera com a proibição de comer peixes, ele teve que aceitá-las, pelo menos durante o tempo em que durara sua permanência naquele lugar.

Isso tudo não significava que o clero passara privações em sua alimentação. O templo possuía grandes propriedades onde se cultivava todo tipo de legumes, cereais e hortaliças, e onde seu gado pastava. Eram capazes, portanto, de abastecer-se, e era o que faziam, pois só consumiam os produtos que produziam, considerando impuros os demais. Para esse propósito, o complexo sagrado dispunha de grandes depósitos onde armazenavam todos estes produtos, e cozinhas nas quais eles eram preparados diariamente.

Por outro lado, todo o clero se beneficiava dos pratos oferecidos à deusa. As oferendas de comida eram feitas três vezes ao dia: pela manhã, à tarde e ao anoitecer. Apresentavam as mais exóticas iguarias imagináveis, que, obviamente, a estátua de Sekhmet não consumia —

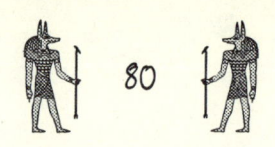

fisicamente, ao menos. No entanto, seus sacerdotes mantinham a crença de que a deusa os degustava espiritualmente, nutrindo-se com sua essência. Por isso, após uma razoável espera, as respectivas refeições eram repartidas entre o clero, para que todos pudessem desfrutar da parte física da comida que Sekhmet havia dispensado.

Para o menino, aquelas práticas pareceram, no mínimo, curiosas, e ele nunca pensou em privar-se delas, pois, como iria recordar-se bem muitos anos depois, ele estava sempre com fome.

Todos aqueles preceitos, proibições, obrigações, recomendações, ritos e privações representavam a rotina diária pela qual Nefermaat tinha que passar. Faziam parte da liturgia na qual se convertera a vida daqueles templos. Uma liturgia pela qual Nefermaat não se sentia nem um pouco atraído, e que, no entanto, ele teve que suportar, sabendo que, mais tarde, ela o conduziria às portas da sabedoria.

Aquelas portas se abriram para ele lentamente, uma vez que o divino Thot resistia a ensinar seus conhecimentos com facilidade. Ele representava o conhecimento em si mesmo: foi o inventor da escrita, mostrando o caminho que levava até as artes e as ciências. Inventou o calendário, pondo ordem onde não existia, assim como as línguas, que distribuiu pelo mundo todo. Sem ele, o homem teria continuado ignorante e incivilizado; ele era o saber.

Toda essa sabedoria acumulada durante milênios nas velhas salas de arquivos do templo era mostrada apenas àqueles que demonstravam ser merecedores dela diante dos olhos do deus. Mistérios ancestrais compartilhados por muito poucos.

A prática da medicina no país de Kemet requeria um conhecimento adequado dos papiros médicos que compilavam todas as doenças conhecidas, assim como seu tratamento. No templo de Sekhmet, esse conhecimento devia ser exaustivo, e para isso todos os estudantes permaneciam, durante anos, dedicados tão somente a seu aprendizado. Nefermaat, como os demais companheiros, foi iniciado desse modo, repetindo várias vezes as velhas palavras escritas tempos atrás, que lhe falavam de doenças e prevenções, de medicamentos e curas, ou da irremediável viagem para o além.

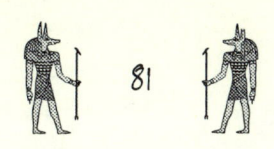

Durante todo esse tempo, ele teve que aprender a preparar centenas de compostos nas proporções adequadas para tratar cada enfermidade, tal como explicavam os antigos papiros que, sem exagero, o jovem chegou a conhecer quase que em sua totalidade.

Milhares de horas empregadas em seu estudo, repassando, dia a dia, as orientações escritas pelos grandes médicos do Egito. Todas gerando conhecimentos que servissem aos demais como o mais valioso dos legados. Leis conhecidas desde os tempos antigos, nas quais enumeravam-se as enfermidades e seus tratamentos.

Nefermaat logo aprendeu que devia atuar aferrado a elas, pois só assim estaria livre de qualquer responsabilidade. Se as regras não eram seguidas corretamente e, em consequência disso, o paciente morria, o médico era submetido a um tribunal onde podia ser condenado à morte. Por tudo isso, era preciso que o doutor emitisse um parecer ao examinar seu paciente pela primeira vez, nos seguintes termos:

"Eis um mal que tratarei." Se o caso era favorável.

"Eis um mal contra o qual lutarei." Se o caso fosse difícil, ainda que com chances de cura.

"Eis um mal contra o qual não se pode fazer nada." Se não havia nenhuma solução.

Dessa forma, o paciente sabia se sua enfermidade tinha cura, e o médico ficaria amparado pela lei, que o obrigava a tratá-lo. Essas práticas ajudaram Nefermaat a compreender a estreita relação que sempre existiu no Egito entre o médico e seu paciente. Uma curiosa coexistência que, de certo modo, fazia com que dependessem um do outro e que finalmente se traduzia em respeito mútuo. A tal ponto essa relação chegava que os enfermos que se curavam atendiam às consultas de seus médicos, ou iam ao santuário dos templos onde haviam sido tratados, para atestar sua cura, demonstrando a eficiência do tratamento para que este pudesse ser empregado de novo em quem o necessitasse. Digno de louvor, sem dúvida, inclusive para os deuses.

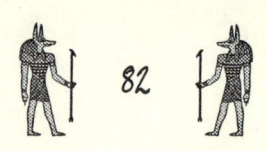

Uma manhã, enquanto Nefermaat estudava um velho texto onde se explicava um remédio para "refrescar os olhos", chamaram-no à presença de um *ur sunu*, um dos médicos-mestres que costumeiramente ensinavam sua ciência no templo.

— Teu esforço foi reconhecido pelos olhos da deusa — disse-lhe em um tom que pareceu carecer de emoção. — Tens passado muito tempo dedicado ao estudo das "palavras secretas" que pareces ter entendido.

— Quase quatro anos — murmurou o jovem apenas.

— Exatamente três anos, dez meses e vinte e dois dias — replicou o sacerdote, olhando-o com firmeza. — Se bem que deves acreditar, se te digo que o tempo que lhes dedicamos nunca é suficiente — concluiu, apontando o papiro que segurava. — Deverás continuar estudando-os durante todo o tempo em que permaneceres aqui, e até pode ser que ao longo de tua vida necessites deles. Os papiros sempre permanecerão aqui, e tu, como qualquer *sunu* que tenha pertencido ao templo, poderás voltar a examiná-los quando for necessário. Entretanto, o divino Thot — prosseguiu o *ur sunu* após uma breve pausa — considerou que já é tempo de que aumentes teus conhecimentos e que recebas um ensino mais especializado.

Nefermaat observou o *ur sunu*, tentando conter a emoção que sentia, conforme lhe haviam ensinado ali. Aquele instante representava para ele a mais desejada recompensa depois de tantos anos de estudo. Durante esse tempo, sentira momentos de desânimo, nos quais chegara a desagradar-se com aquelas velhas salas abarrotadas de papiros. Momentos em que até mesmo considerara a possibilidade de abandonar o santuário e ir aprender em outro lugar. No entanto, sua natural perseverança o levara a refazer-se, na convicção de que venceria qualquer obstáculo que surgisse no caminho. Não só estava decidido a ser um *sunu*, ele queria chegar a ser o melhor. Por isso, diante do anúncio do mestre, sentiu seu coração agitado, eufórico como jamais lembrava ter se sentido. A partir de então, os textos passariam a um segundo lugar, dedicando-se a praticar sua ciência. Até que, enfim, Sekhmet dava seu beneplácito para que um médico-mestre lhe ensinasse todos os seus segredos.

Aos poucos, descobriu a diferença entre a leitura dos textos médicos e a prática real da medicina. Rotineiramente, acompanhava os mestres em suas consultas ao interior do templo, onde atendiam os doentes em busca de remédio para seus males. Ali, pôde comprovar que aquilo que em alguns pacientes causava maravilhas, em outros apenas surtia um discreto efeito. O que não era de surpreender, dada a singularidade do conceito médico que possuíam, pois costumavam nomear as enfermidades por seus sintomas e não por quantos órgãos haviam sido afetados.

Nefermaat soube também que existiam oitenta e duas especialidades médicas, algumas com nomes no mínimo peculiares, como, por exemplo, "aquele que compreende os fluidos internos", ou o outro, que se definia como "pastor do ânus". Com eles, acreditavam poder tratar quantas enfermidades lhes mandasse Sekhmet. Pelo menos, em teoria.

Algumas dessas doenças escapavam totalmente de sua compreensão, pois os médicos ignoravam sua procedência. Tais males eram tidos como "de origem divina" e só os sacerdotes *ueb* eram especializados neles. Nesse caso, a religião e a magia se davam as mãos em um terreno movediço, no qual a ciência não podia assentar corretamente suas bases. Aqueles estranhos males, de natureza incerta, afligiam grande parte da população e só podiam ser causados por divindades malignas. Espíritos infernais que, acreditava-se, ejaculavam seus maléficos eflúvios no interior das pessoas, através de qualquer de seus orifícios, enquanto dormiam.

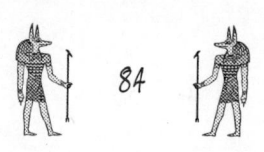

Os sacerdotes *ueb* procuravam enfrentá-los mediante antigas receitas secretamente guardadas entre os velhos papiros. Preparavam fórmulas raras e, para que o doente sarasse, tratavam de acalmar a ira de Sekhmet com suas ladainhas.

Embora pudesse parecer o contrário, esses médicos-sacerdotes não eram tidos como magos, já que depois faziam uso de fármacos para lutar contra o mal. No entanto, em um país como o Antigo Egito, tão profundamente religioso, e onde existiam deuses praticamente para tudo, havia ordens sacerdotais dedicadas à "medicina mágica". As mais conhecidas eram as dos *sau*, os sacerdotes de Selkis,* magos que utilizavam todo tipo de evocação para curar as doenças mais raras. Estes "médicos" também eram especializados no tratamento das mordidas e picadas de animais peçonhentos. Não à toa, sua protetora, a deusa Selkis, era conhecida como "A Senhora das Picadas". Era a que lhes transmitira toda a sua sabedoria para assim poderem curar; ao menos era o que garantiam seus sacerdotes.

---

* Deusa representada como uma mulher com um escorpião na cabeça. Seu nome significa "a que facilita a respiração na garganta". Era uma divindade protetora que podia curar das picadas venenosas.

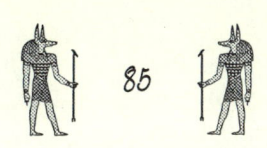

Alguns desenvolveram atividades que iam muito além de qualquer forma de medicina conhecida. Sentiram-se atraídos por poderes obscuros nos quais acreditavam, entrando em contato com ritos ancestrais tão antigos quanto misteriosos. Converteram-se em magos, os *heka*,* rendendo culto ao deus da magia que levava esse nome. Para eles, a magia e a feitiçaria não tinham segredos.

Para Nefermaat, tudo aquilo lhe parecia um tanto confuso, pois, mesmo tendo um enorme respeito pelos deuses, custava-lhe compreender que todos os males que acometiam aos pacientes fossem produto de sua ira e, portanto, ele duvidava que as pregações por si sós fossem remédio suficiente para curá-los. Então, de onde vinham aquelas enfermidades? O que as produzia? Quem, senão a ira divina, poderia criá-las?

As dissecações que frequentemente praticava só fizeram aumentar suas dúvidas. Operava animais, uma vez que a lei proibia mexer em cadáveres humanos com aqueles fins. Com isso, embora chegasse a certas conclusões, estas não serviam para nada.

Muito prudentemente, expunha suas dúvidas esperando extrair alguma conclusão que o satisfizesse. Todavia, as respostas que recebia eram sempre as esperadas, motivo pelo qual acabava desistindo, sobretudo quando ouvia o mestre dizer que o corpo humano se dividia em trinta e seis partes, e que cada uma delas era tutelada por uma divindade distinta.

— Ísis tutela o fígado, Néftis os pulmões, Neit os rins, Selkis os intestinos... — repetia, enumerando as trinta e seis divindades com um tom monocórdio que acabava provocando bocejos.

---

* Médicos que utilizavam a magia para curar. Assim eram chamados porque cultuavam um deus menor que levava o mesmo nome e que personificava o poder da magia.

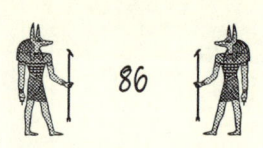

O mestre, porém, insistia quantas vezes fossem necessárias até se sentir confiante de que seus alunos saberiam isso de cor. Depois, prosseguia com sua classe.

Para os médicos egípcios, o corpo era constituído por uma intrincada rede de canais denominados *metu*, que comunicavam as diferentes partes do corpo entre si e através das quais se deslocava todo tipo de fluidos. O sangue, a saliva, o esperma, o ar, as fezes... Tudo circulava pelos *metu*, que uniam partes do corpo tão díspares como a boca com o ânus, ou a vagina. Quando o *st.t*, a enfermidade, entrava no organismo, ela se movimentava através dos *metu*, conseguindo que os *wehedu*, os agentes da dor, revelassem sua presença, anunciando os sofrimentos ao doente.

Segundo sua opinião, o segredo para ter uma boa saúde era uma correta circulação de fluidos pela rede de canais. Os *metu* deviam estar sempre livres de obstruções ou torções para manterem o bem-estar físico. Por isso, os egípcios tanto temiam os entupimentos, pois pensavam que os *metu* se encontravam vedados e que isso os deixaria doentes. Esse era o motivo pelo qual costumavam purgar-se com tamanha frequência.

Insistiam nisso, e lembravam encarecidamente ao médico a necessidade de examinar as fezes do paciente em busca de vermes, coisa comum entre a população. Na ocasião, lhes parecia certo que os parasitas estariam circulando através dos *metu*, sendo necessário receitar algum vermífugo para expulsá-los.

Nefermaat conhecia esse problema, pois praticamente ninguém se livrava dele no Egito. Lombrigas, tênias e vermes, dos quais existia uma ampla variedade, comiam à vontade nos intestinos alheios, sem nenhuma espécie de pudor, constituindo um verdadeiro reino parasitário.

Com o tempo, Nefermaat chegou a dominar o tratamento de todas essas moléstias, além de atender diariamente em consultórios do templo, onde ajudava os mestres em suas intervenções. Ali, pôde observar os padecimentos de muitos de seus conterrâneos e como os olhares deles se enchiam de esperança quando os atendia.

Uma tarde, ao regressar após suas consultas diárias, encontrou-se com Medunefer. Parecia ter sido por acaso, embora, como mais tarde compreendeu, evidentemente não fora assim.

Medunefer era toda uma instituição no templo, pois era o mestre dos mestres, o *semsu sunu*,* ou, o que é o mesmo, o decano. A simples menção de seu nome impunha respeito. Não só era o mais antigo entre os médicos-sacerdotes, como também o era entre o restante do clero do recinto sagrado. Existia até mesmo quem assegurasse que nenhum trabalhador o superava em idade, e todos afirmavam já tê-lo visto ali, no primeiro dia, quando ingressaram no santuário.

Na verdade, havia quem se lembrasse dele, já naqueles tempos, como um ancião, não aparecendo quem fosse capaz de arriscar sua idade, que era um mistério. Um mistério que, como é comum, alimentava rumores de todo tipo, mesmo que esses pudessem parecer exagerados, como aquele que garantia que o velho mestre já existia antes que construíssem aquele templo; ou outro, não menos surpreendente, que o relacionava com o lendário oftalmologista que tinha o mesmo nome e que servira aos faraós Snefru e Keops havia quase mil e quinhentos anos.

Independentemente da idade que tivesse, ninguém questionava sua sabedoria, pois Medunefer era tido como sábio entre os sábios, além de ser considerado uma autoridade no conhecimento dos textos sagrados. Sobre isso também circulavam fábulas, mitos e inclusive lendas sem fim, que penetravam nas densas brumas dos mistérios mais insondáveis.

---

* Significa "o mais velho".

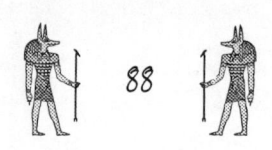

Ninguém duvidava que Medunefer estivesse de posse de segredos que só ele sabia, e que conhecia o lugar onde se encontravam os primeiros papiros escritos pela própria mão dos deuses, os quais ele mesmo havia lido.

No entanto, olhando assim, à primeira vista, ninguém poderia imaginar que tal compêndio de sapiência pudesse concentrar-se em uma pessoa, já que Medunefer não parecia grande coisa.

Essa foi a primeira impressão que Nefermaat teve quando o viu naquela tarde. A de um ancião encurvado, de compleição fraca, cujo corpo pequeno parecia mal conseguir se manter em pé. Suas mãos, com veias salientes como velhas raízes de figueira, se aferravam à sua desgastada bengala com as poucas forças que ainda pareciam lhe restar, destacando a profusão de veias azuladas que marcavam seu dorso.

— Farias uma caridade para este pobre velho?

Ao escutar sua voz, Nefermaat se surpreendeu. Era agradavelmente suave e um convite a entregar-se a ela para desfrutar de seu som.

Imediatamente o jovem se aproximou atencioso, oferecendo suas mãos.

— Não são de teus fortes braços que preciso, mas da tua companhia — disse o ancião.

O jovem pareceu confuso por um instante, mas, em seguida, se recompôs.

— No que necessitais. Ela é vossa, nobre ancião.

— Obrigado, obrigado — respondeu, empregando de novo aquele tom adormecedor. — Minhas pernas já não são o que eram, mas ainda são capazes de me levar de um lugar a outro. Além disso, também tenho minha bengala.

Nefermaat o observou por alguns segundos, enquanto Medunefer dava o primeiro passo.

— É de ébano — indicou enquanto caminhava. — Uma madeira nobre, procedente de terras muito distantes e que não é possível encontrar em nosso país.

— Conheço essa madeira — comentou Nefermaat, ajustando seu passo ao do mestre.

— Claro, esqueci-me de que devias conhecê-la de sobra, já que a terás visto incontáveis vezes na corte.

O moço limitou-se a concordar com a cabeça enquanto seguiam caminhando ao longo do corredor sombrio.

— O cabo é de marfim — continuou o velho, mostrando-o. — É um entalhe que representa um pilar *djed*, que, como já sabes, simboliza a estabilidade.

— Estabilidade — respondeu o jovem quase sem querer.

— Pois é. Não existe nada como a estabilidade, é o que eu digo. Sem ela, somos como as águas do rio, que são rápidas e ao mesmo tempo criam remansos, para no fim morrerem vertiginosamente no distante Grande Verde.

— Graças a elas nosso povo pode viver — reconheceu o jovem.

— He, he — riu o ancião, fazendo uma pausa para encará-lo. — Nisso tens razão, mas deves convir que tanto nos dão abundância como a tiram de nós. Não são regidas por critérios estáveis.

Nefermaat permaneceu em silêncio enquanto os dois retomavam a caminhada.

— É uma das bases sobre as quais se fundamenta nossa vida aqui — continuou o velho, quando já andavam por outro corredor escuro. — Se bem que, como sabes muito bem, não é a única.

Fez-se um breve silêncio, só interrompido pelo abafado som de seus passos e o toque-toque da bengala sobre o piso de pedras.

— Outro de nossos pilares centrais é a inquebrantável fé que sentimos pelos deuses. Eles nos ajudam a manter firmes as mais antigas tradições, pedra angular de tudo isso — disse o ancião, fazendo um sinal com a mão. — É claro que tens consciência disso.

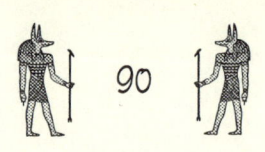

— Tenho, *semsu sunu*.

— É o que eu imaginava. Foste educado nessas tradições e és conhecedor de mistérios que poucos podem compreender. Mas, como costuma ser, teu estudo gera dúvidas.

Nefermaat olhou o ancião, sentindo-se incomodado.

— Não me interpretes mal — disse o mestre, pegando-o pelo braço. — Conheço o esforço que, durante todos esses anos, vens realizando diariamente entre estes muros, e sei a dificuldade que nos penetra. Muitos dos que começaram contigo nos abandonaram prematuramente, não podendo assimilar, por fim, a nossa concepção das coisas. Tu, entretanto, mostraste teu empenho, participando com entusiasmo de cada uma de nossas disciplinas em busca do conhecimento, embora não seja a santidade o que procuras.

Agora o jovem o olhava sem dissimular o quanto estava confuso.

— Não, não te deves sentir constrangido por isso — alertou o mestre, naquele momento. — Há os que a perseguem durante toda a sua vida e são incapazes de alcançá-la. Sua busca não garante nada. No teu caso, os deuses te ofereceram alternativas.

— Nisso tens razão, nobre decano. Nunca pretendi atingir o ascetismo e muito menos a perfeição.

— O que, de fato, pareces ter alcançado é um notável conhecimento da ciência que aqui ensinamos. Segundo tenho entendido, és um aluno mais que exemplar. Demonstras um grande discernimento em teus diagnósticos e um pulso inalterável na hora de dissecar qualquer tipo de corpo. Parece que nasceste para ser médico. Talvez por isso Sekhmet te elegeu.

— Curioso. Uma vez, quando ainda era um menino, alguém me disse o mesmo.

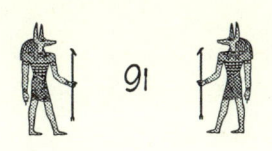

— Iroy?

Agora Nefermaat não conseguiu esconder sua surpresa:

— Como sabes?

— He, he. Não esqueças que ele é o Chefe Supremo de nossa ordem. Foi capaz de intuir tuas aptidões.

O jovem dissimulou seu assombro, sobretudo porque, durante todos aqueles anos, nunca falara a ninguém sobre ele, nem havia recebido nenhuma notícia sua.

Naquele momento, o labirinto de corredores estreitos por onde haviam caminhado subitamente chegou ao fim, dando passagem a um dos belos pátios do santuário. Depois de tão tenebroso percurso ao longo dos intermináveis corredores, a acolhedora luz da tarde lhes deu as boas-vindas.

— Não deves ficar preocupado. Ele, como tu, também foi meu aluno um dia. E muito bom, conheço-o bem. Vamos nos sentar junto da fonte!

O ancião fez um gesto com a mão e ambos se acomodaram na borda do pequeno tanque, situado bem no centro daquele espaço aberto e afastado.

O lugar parecia solitário, e só os acompanhavam o suave murmúrio da água e os alegres trinados das centenas de passarinhos que, a cada tarde, ressoavam por todo o templo.

— Gosto de vir a essa hora — suspirou o mestre, com a luz da tarde resvalando por seu rosto. — Ninguém costuma aventurar-se por aqui.

Nefermaat contemplou, então, sob a claridade, o rosto do decano sentado junto dele. Ficou observando-o mais do que desejava, inconscientemente atraído por seu singular magnetismo. Era um rosto de feições marcadas, que, um dia, deviam tê-lo tornado interessante. Agora, todavia, encontrava-se coberto por uma pele tão enrugada que bem poderia afirmar-se que estava ali havia mais de cem anos. No entanto, seus olhos não pareciam ter envelhecido, pois transmitiam um olhar vivaz e inusitadamente penetrante, capaz de despir qualquer alma sem necessidade de arbítrio algum por parte dos deuses. E no fundo o perceptível fulgor que o alimentava e que, sem dúvida, era inerente a ele, como uma centelha surgida do próprio coração.

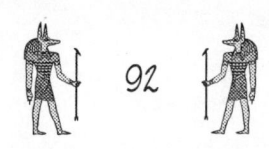

— Nele residem a alma e a razão, mas também nossos sentimentos e emoções — afirmou Medunefer.

Nefermaat não dissimulou a perplexidade que lhe causaram aquelas palavras, uma vez que o *semsu sunu* parecia capaz de ler cada um de seus pensamentos.

— He, he — riu suavemente enquanto lhe apertava a mão com carinho. — Não é tão difícil se dispões do mestre adequado, e eu tive o melhor que se poderia desejar — concluiu o ancião com um gesto enigmático.

— A mim me parece coisa de *hekas,* mestre.

— Humm — balbuciou ele, em um gesto de desaprovação. — Sou pouco amigo de magos e feiticarias, mas existem capacidades que possuímos e podemos desenvolver, ainda que não estejamos conscientes disso. Um dia, quando fores velho, saberás do que te falo.

— Não creio que eu seja capaz de semelhantes prodígios — respondeu o jovem, sorrindo.

— Tens certeza? No entanto, pensas que tuas mãos o são, sim. Com elas tu esperas operar milagres, pois estás convencido de que serás o melhor *sunu* que esta terra terá conhecido, não é verdade?

Nefermaat se remexeu, incomodado, sobre a pedra que circundava o tanque.

— Diz, Nefermaat, acreditas que, cobrindo-a com uma cortina, aplacaríamos realmente sua ira, evitando que espalhasse enfermidades?

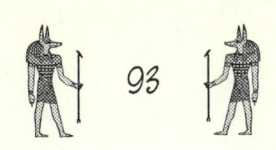

— perguntou o mestre, gesticulando em direção à estátua de Sekhmet que havia no fundo do pátio.

— Os textos sagrados dizem isso e...

— Sei muito bem o que contam — cortou Medunefer. — Não estou pedindo a opinião dos papiros, mas a tua.

Nefermaat baixou os olhos em direção ao solo lajeado, buscando uma resposta que, em hipótese alguma, as desgastadas pedras poderiam lhe dar. Logo, observou a granítica figura da deusa, lá no fundo, não parecendo que lhe transmitisse mais que sua quieta inexpressividade.

— Preocupa-me que minhas dúvidas não sejam gratas ao teu coração, nobre decano — disse, afinal de contas, sem dissimular seu pesar.

O ancião arqueou uma das sobrancelhas em um gesto claro de bem-humorado interesse.

— Entendo-me como fiel seguidor dos preceitos divinos — apressou-se em dizer o rapaz. — Sou respeitoso com os deuses e cumpro as máximas aprendidas entre esses muros...

Medunefer ergueu uma das mãos, sorrindo com certa indulgência.

— Já sei que observas escrupulosamente as regras escritas em nossos textos sagrados — interveio o ancião, com seu tom mais suave. — Seu estudo te proporcionara conhecimentos, mas isso não te converte, precisamente, em devoto. Inclusive, esse afã de conhecimentos é o que te faz ter dúvidas, não é verdade?

Nefermaat o encarou com perplexidade.

— Não penses que me surpreendes — continuou o decano, cruzando as mãos no colo —, pois nada disso é novo; inclusive eu poderia te afirmar que é comum. A maioria dos homens costuma encobrir sua falta de fé; tu, ao menos, não escondes tua ofuscação.

— Sinto-me abatido cada vez que diagnosticamos uma de tantas enfermidades que não conhecemos e cuja procedência atribuímos aos deuses. Todos os dias, o consultório está cheio de pessoas com doenças desse tipo, cuja única esperança está em nosso ânimo e na efetividade de nossas rezas. Creio que, ainda que cobríssemos Sekhmet com mil cortinas, os males não seriam remediados.

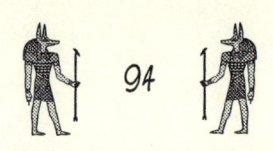

— Humm, já vi... No entanto, é nesse preciso momento que a medicina parece deixar de surtir efeito, quando devemos confiar nos deuses. Como bem disseste, existem enfermidades raras que sobrepujam nossa capacidade e que somente os poderes que estão sobre nós podem curar. Ignoramos o motivo por que tais males nos são enviados, e só nos resta aceitar que fazem parte do equilíbrio natural criado pelos deuses primitivos, um equilíbrio cuja perfeição se estende por todo o cosmo — disse Medunefer, apontando para o céu.

Nefermaat olhou para o céu e pareceu ausentar-se por um momento.

— Não deves te afligir por isso — continuou o ancião, apoiando a mão no braço do rapaz. — A vida e a morte estão sempre juntas. Nem o grande Imhotep pôde desfazer tal união.

— Jamais ousaria comparar-me com o maior dos médicos que esta terra nos deu — o jovem apressou-se a dizer. — Sua memória é motivo de culto e ocupa um merecido lugar em nosso panteão. Não gostaria que pensasses que me encontro consumido pela impiedade.

Medunefer riu de forma suave.

— Sei exatamente como és. Sei de tua prudência e leio a bondade em teu coração, ainda que tu e eu saibamos que não tens alma de sacerdote. Claro que não tens nenhuma culpa disso. Em todo caso, seria de responsabilizar o divino Thot. Ele te deu a racionalidade que possuis, empurrando-te a uma busca constante por conhecimentos; estimula tua ânsia de saber, de descobrir, de ir além do que nossos velhos papiros nos ensinam. Acredita: esse afã representa um dom recebido do céu, embora também eu deva te advertir de como fica pouco firme o território além do que dizem nossos textos. Irias te aventurar por caminhos cuja luz seria, no mínimo, difusa e, não poucas vezes, enganosa. Esse caminho se encontra fora de nossos muros e, na minha opinião, a ele deves dirigir-te. Aqui já não podes aprender mais nada.

Nefermaat olhou para o velho mestre, perturbado, tentando assimilar suas palavras.

— Mas... Mesmo assim, ainda tenho muito que fazer. Vou me aprofundar mais em...

— Teu tempo aqui foi cumprido — atalhou Medunefer.

— É que... Eu tenho um trabalho diário. Meus pacientes me procuram todos os dias em busca da minha ajuda. Eles confiam em mim e...

O decano gesticulou de forma significativa, convidando-o a fazer silêncio.

— Sê generoso. Permita-me continuar — interrompeu em um tom quase cansado. — Passaste neste santuário sete anos, durante os quais te esforçaste para aprender tudo que te ensinaram, dedicando-te única e exclusivamente ao estudo. Entendo que o resultado não pode ser mais satisfatório e estou convencido de que Sekhmet se sente orgulhosa de ti. Não te esqueças de que ela te elegeu e que, embora sua terrível cólera seja capaz de devastar povoados inteiros, também pode proteger-te de teus inimigos, pois, não por acaso, fazes parte de seu clero, o dos médicos-sacerdotes, os melhores do Egito.

Nefermaat olhou para o velho decano sem esconder a confusão que aquelas palavras lhe produziram. Depois de tantos anos passados naquele lugar santo, a ideia de ter que abandoná-lo lhe provocou uma repentina sensação de indefinível inquietação que logo chegou a traduzir-se em desassossego. É que, francamente, ele não havia cogitado a possibilidade de abandonar o templo, e menos ainda com aquela urgência, pois estava realmente convencido de que cumpria uma missão louvável aos olhos da deusa. Certo era que suas constantes perguntas sobre essa ou aquela doença às vezes careciam de resposta, provocando embaraçosos silêncios entre seus mestres. No entanto, ele se cercava da mais estrita ortodoxia no tratamento de seus pacientes, tal e qual ditava a lei, e ninguém jamais poderia dizer que não havia sido fiel no seu cumprimento.

Durante alguns instantes, ele refletiu, imaginando como seria sua vida fora dali. Longe dos costumes e preceitos que eram seguidos naquele lugar e que quase já faziam parte dele. Mas pareceu-lhe impossível a ideia, e, aos poucos, uma sensação amarga o tirou da abstração.

— Não deves te angustiar, Nefermaat — disse o ancião, utilizando de novo seu tom característico. — A vida dentro dos templos pouco tem a ver com a realidade do cotidiano, e tu não podes renunciar a isso. Não te imagino convertido em um velho como eu, dando conselhos entre estas colunas à espera de que caia a tarde.

O jovem baixou o rosto, concordando em um gesto pesaroso.

— E isso, é claro, não significa que devamos deixar o coração nas mãos da melancolia. Teus pés te levarão longe, Nefermaat, até mesmo muito além do que supões, mas sempre o farão através dos caminhos de *maat*, que tão bem conheces. Obedece-os, ainda quando sejas vítima da maior das injustiças, pois só assim vencerás a desesperança.

Ao escutar essas palavras, Nefermaat fez uma exagerada cara de assombro, que animou o decano a dar uma risadinha.

— Não fica tão espantado com as palavras de um velho como eu — disse, rindo ainda. — Não me leves a sério. O único destino que deves perseguir é aquele que desejas. Teu maior sonho é converter-te no melhor cirurgião do país de Kemet, e a ele deves te dedicar.

— No entanto, fora do templo, será impossível para mim!

— Nisso te enganas. Existe um lugar onde poderás desenvolver as habilidades que possuis.

— Te referes à Casa da Vida de algum outro templo?

— Não exatamente, pois todos que chegam ali já são *sunu*, médicos que esperam ampliar seus conhecimentos.

— E onde fica esse lugar?

— Em Per-Bastet [Bubástis].

— Bubástis, a cidade sagrada da deusa-gata!

— Exato. Dizem que ali se encontra o melhor cirurgião que os tempos já viram. Ao que parece, suas mãos realizam prodígios.

— Como é o nome dele? A que templo ele pertence?

— He, he. Vejo que recuperaste teu interesse.

Nefermaat sorriu, agora abertamente.

— Temo que não pertença a nenhum, pois nem egípcio ele é.

— Impossível! — exclamou o jovem, sem conseguir esconder seu espanto.

— É babilônio e se chama Anon, e, pelo que entendi, trata-se do indivíduo mais impiedoso, grosseiro e devasso que existe em Bubástis.

— E é para lá que devo ir? — perguntou o rapaz, incrédulo.

Medunefer confirmou, risonho. Em seguida, olhou à volta e pôs-se de pé, com movimentos lentos.

— As sombras cobrirão o pátio em pouco tempo. É hora de ir-nos, Nefermaat.

O jovem se levantou e deu o braço ao ancião para ajudá-lo a caminhar.

— És um bom rapaz — disse, num tom um pouco queixoso. — Vais ver que irás em frente muito bem.

Acenderam de novo as velas e adentraram outra vez o labirinto de estreitos corredores por onde tinham vindo.

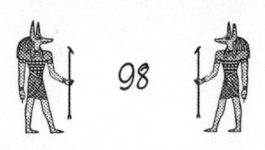

— Jamais esqueças tua passagem por aqui — lembrou-lhe o ancião com certa solenidade —, pois, ainda que não acredites, sempre serás um *ueb*, um médico-sacerdote. Teu distintivo não te abandonará nunca.

Então, o decano tirou uma pequena figura do bolso e a entregou a Nefermaat.

— É Sekhmet!

— Isso mesmo. Leva-a como amuleto enquanto viveres. Está benta com as águas sagradas do templo. Ela te ajudará quando chegarem os dias difíceis.

— Obrigado, mestre — exclamou o jovem, emocionado.

— Não mereço tua gratidão por isto, e sim pela grande honraria que te reservei para antes de tua partida.

4

Ainda ecoavam em algum lugar de sua memória as palavras pronunciadas pelo ancião decano quando o corredor sombrio pelo qual corria completamente despido deu passagem a uma ampla sala repleta de colunas e com um grande pátio interno. A construção estava cheia de cisternas de granito onde os sacerdotes costumavam fazer suas abluções diárias. A luz fraca das velhas tochas que ornavam os pórticos de forma irregular lhes dava uma aparência esquisita, como de abandono, que em Nefermaat sempre produzira certo desconforto. Vendo-os ali, escurecidos pelas sombras, tomava-o a certeza de que a desgastada pedra era tão antiga como o templo onde estavam. Milênios carregados de ritos estranhos em busca da purificação.

Nefermaat parou sua desenfreada corrida e olhou ao redor enquanto tentava recuperar o fôlego. O lugar estava deserto e excepcionalmente silencioso. Nem sequer havia brisa para que pudesse escutar seus murmúrios. Aquela solidão lhe pareceu incomum, já que sempre havia alguém mais madrugador que se antecipava aos demais. Contudo, naquele dia, ele era o primeiro a chegar, e isso produzia uma satisfação em seu íntimo.

Iluminado pela lua, observou o pátio, visível apenas atrás das colunas ciclópicas, e caminhou na direção de lá. Sempre se sentira inexplicavelmente atraído pelo lugar, e naquele instante parecia que a deusa presenteava-o com a oportunidade de desfrutar dali sozinho. Atravessou com presteza aquele bosque de pedras, sabendo que não tinha controle sobre o tempo. Em breve os corredores se encheriam de passos próximos e a sala transbordaria de gente que, como ele, buscava atrair para si todo o magnetismo do lugar. Por isso, quando afinal deixou para trás a última coluna, Nefermaat respirou aliviado. O velho pátio se abriu diante dele dando-lhe as boas-vindas junto da noite que partia.

O jovem contemplou com deleite aquela cena que lhe trouxe recordações distantes de sua infância. As águas do tanque que cobria a maior parte daquele pátio refletiam a luz de uma lua que, bem no alto, na fase de seu máximo esplendor, irradiava poder naquela hora derradeira. Suas lembranças evocaram nítidas imagens dos jardins perfumados e belos palmeirais que margeavam o lago do palácio do faraó, recordando as agradáveis noites de verão nas quais os sentidos podiam se entregar à própria sorte diante de tanto esplendor. Em um instante, Nefermaat comparou-as, ainda que não houvesse comparação possível. Ali não existiam jardins nem palmeirais, e o único perfume era o produzido pelos incensórios. Ainda assim, a beleza daquele momento lhe pareceu insuperável, pois a lua tremeluzia nas águas da cisterna com tal fulgor que parecia que a superfície do tanque era tecida por miríades de invisíveis fios de prata. Fios esses que, por certo, Sekhmet, a deusa daquele lugar sagrado, havia trançado com suas divinas mãos como manifestação de sua grandeza.

Voltado para si mesmo, Nefermaat entrou na água fria e, naquele instante, viu-se rodeado de fulgurantes vislumbres que o convidavam a se entregar a uma rara comunhão em que líquido e luz pareciam formar um único elemento, no qual se banhava.

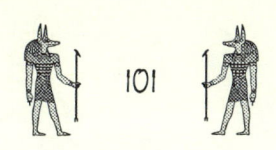

Estendeu seus membros sob a superfície prateada e acreditou sentir seu poder, pois estava convencido de que seu corpo havia sido invadido por centelhas infinitas. Então se entregou, por um instante, o necessário para tomar plena consciência de que naquela noite seu corpo se tornara purificado para sempre.

Entretanto, os passos distantes se tornaram próximos e, aos poucos, o sacro recinto encheu-se de acólitos em busca do desejado banho. No leste, Sírio se mostrava, anunciando a chegada do novo dia, o último que passaria ali. Devia apressar-se, pois a deusa o esperava.

De fato, Medunefer tinha razão quando disse haver lhe reservado uma grande honraria, pois, sem sombra de dúvidas, era o que representava poder participar da cerimônia do culto diário. Era um rito antiquíssimo que se celebrava diariamente em todos os templos do Egito, quando se adorava seus deuses tutelares. Amon, Rá, Ptah... Todos eram venerados em seus templos, com uma série de atos nos quais os sacerdotes despertavam, asseavam, vestiam e alimentavam a divindade para assim receberem seus mágicos poderes, que lhes proporcionariam saúde e toda sorte de bênçãos.

O cerimonial começava de madrugada, quando os Sacerdotes Horários anunciavam a proximidade do novo dia. Então, todo o templo se punha em movimento para dedicar-se a seus afazeres diários e dar as boas-vindas à divindade. Os padeiros, açougueiros e cozinheiros preparavam o cardápio que deviam apresentar ao deus quando ele despertasse. Carnes, frutas, pão, hortaliças, vinho, cerveja... Tudo era disposto com o maior cuidado em bandejas para seu translado aos sagrados aposentos como oferenda diária. Oferendas que só podiam ser entregues por um grupo seleto de sacerdotes sobre os quais recaía a responsabilidade principal da cerimônia. Antes que o amanhecer se anunciasse, eles já tinham se purificado nas águas frias do templo para, depois, vestirem-se com túnicas de linho imaculado e sandálias brancas. Só assim, livres de qualquer impureza, é que se atreviam a mostrar-se diante de sua sagrada senhora.

Foi assim que Nefermaat se apresentou tão cedo ao solene cortejo. Purificado, ungido e perfumado, com o esmero próprio de quem tem consciência da honra de que é objeto e a convicção de que sua presença ali era incomum e imerecida. Assim também devia pensar o Primeiro Servidor da deusa quando o viu chegar, pois o olhou de cima a baixo com uma cara de quem certamente estava contrariado, embora não tivesse dito uma única palavra.

A comitiva parecia estar esperando-o havia algum tempo, o que o fez sentir-se ainda mais perturbado. O fato de ter sido o último a chegar levou-o a franzir as sobrancelhas com desgosto, mas logo ocupou seu lugar no grupo, e aos poucos pareceu participar de seu recolhimento. Em seguida, o convidaram, junto a outros três irmãos, a pegar as bandejas de alimentos para levá-las aos aposentos divinos — essa seria sua missão.

O Primeiro Profeta voltou a olhar para ele com desaprovação enquanto fazia um gesto significativo para que acendessem os incensórios e dava a ordem de iniciarem o cortejo. O Primeiro Profeta representava a hierarquia máxima daquele templo. Apenas o faraó, como reencarnação de Hórus, ostentava um grau superior, pois era a primeira autoridade religiosa do país, considerado um deus. Na teoria, ele era o único que podia aproximar-se dos outros deuses em suas moradias sagradas, mas, na prática, delegava esta incumbência aos sumos sacerdotes, por não poder, obviamente, assistir a todas as cerimônias que, diariamente, eram celebradas nos templos do Egito.

Assim, quando a pequena comitiva pôs-se em movimento, o Primeiro Servidor, como representante do faraó, iniciou a caminhada levando uma lamparina da qual emanava um perfume suave. Junto dele seguia um Sacerdote Leitor, o único que conhecia todas as fórmulas sagradas que era necessário recitar para que se cumprisse aquela complexa liturgia. Suas seriam as ladainhas e salmos entoados em louvor à deusa, e sua a responsabilidade de transportar o fogo purificador que deveria depositar na morada de Sekhmet.

Ambos os sacerdotes pertenciam ao alto clero e eram os únicos que podiam aproximar-se da divindade, enquanto o resto dos celebrantes teria que permanecer junto à porta dos dormitórios sagrados, já que sua hierarquia não lhes permitia ir mais perto. Eles depositariam as bandejas com as oferendas em umas mesas situadas na entrada e agitariam seus sistros, entoando cânticos de louvor.

Tão singular procissão penetrou nas entranhas do templo, ali onde nenhum mortal, salvo os eleitos, podia aventurar-se. Recintos que a luz do dia nunca alcançava e que pareciam estar em poder do reino do silêncio. Escuridão absoluta, só atravessada por séquitos seculares que, como aquele, cruzavam-na com devoção. Corredores onde a luz fraca que os guiava mostrava alguns tetos colossais que pareciam desabar paulatinamente sobre suas cabeças, criando ilusões angustiantes.

Entregue ao entorpecimento sutil produzido pelo aroma do incenso recém-queimado e rodeado por sensações tão tenebrosas, que em nada se pareciam às do mundo dos homens, Nefermaat se convenceu de que aquele cortejo fantasmagórico se dirigia aos infernos.

O tempo já havia deixado de contar para o jovem, quando a comitiva se deteve diante de uma porta. A lamparina levada pelo Primeiro

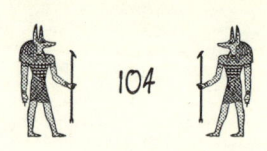

Profeta voltou a criar estranhos efeitos nas paredes escuras, ajudados, sem dúvida, pelas difusas espirais de fumaça do incenso perfumado que conseguiram tornar aquele momento irreal. Afinal, quem sabe Nefermaat tivesse razão e aquela fosse a porta de acesso ao Amenti?

No entanto, não eram espíritos nem demônios que esperavam do outro lado da porta, mas sim um pequeno aposento onde outra lamparina encorajava o retorno ao mundo tangível, do qual pareciam ter esquecido.

O Primeiro Servidor os ajudou para que fossem devolvidos de novo a esse mundo, convidando-os a segui-lo para dentro. Uma vez no interior do aposento, gesticulou para que depositassem as bandejas com as oferendas em umas mesas junto à entrada. Depois se virou e foi até o fundo da sala, onde parou diante de outra porta. Ergueu sua lamparina, movendo a cabeça com satisfação, após comprovar que o lacre de barro que vedava a entrada estava intacto.

— Esta é a porta que dá acesso ao *sehem* [sanctasanctorum], o lugar mais sagrado do templo, em cujo interior descansa a deusa, em recolhimento dentro do *set-ueret* [naos*] — disse o Sumo Sacerdote com voz grave. — Só o Sacerdote Leitor e eu podemos penetrar no santuário para despertá-la de seu sono profundo.

Os celebrantes curvaram levemente a cabeça enquanto adotavam uma postura de profundo recolhimento.

— O lacre está intacto! — falou o Primeiro Servidor, agora levantando a voz. — Vamos abrir!

Então, empurrou as portas com força, até que a argila que a selava saltasse aos pedaços.

— A vedação de barro está desfeita. O céu se abre diante de ti! — começou a cantar o Sacerdote Leitor, seguindo o Primeiro Profeta até

---

* Naos era o espaço do templo reservado à estátua da divindade. (N.T.)

o interior do aposento. — Venho à tua presença. Minha purificação está em meus braços — continuou recitando, e defumava o cômodo com seu incensório.

Da localização privilegiada que lhe propiciava aquele canto afastado, Nefermaat observava a cena com discrição. Poucas pessoas no Egito tinham a oportunidade de presenciar algo semelhante e, ainda que de longe, ele não estava disposto a perder nenhum detalhe.

Aquele era um privilégio que Medunefer lhe havia proporcionado, e que Nefermaat sempre recordaria. Compreendia muito bem o significado do que estava acontecendo ali, e o porquê da importância de que os cânticos e as fórmulas mágicas entoados pelo Sacerdote Leitor fossem os adequados: acreditavam que a proximidade da deusa poderia ser perigosa para os celebrantes, já que a reação dela ao despertar era imprevisível.

— É verdade que sou profeta. O rei foi quem me mandou ver a deusa... — seguiam ambos recitando enquanto aproximavam-se do naos.

Imediatamente, o Sumo Sacerdote postou-se de joelhos enquanto confessava a pureza de sua alma e a ausência de qualquer pecado.

Quando finalizou a leitura, o Primeiro Servidor ergueu-se e se aproximou das portas do naos. Ambas estavam fechadas com ferrolho e unidas por seus puxadores com uma corda. Assim como a entrada do cômodo anterior, também estavam vedadas com barro.

O Sumo Sacerdote olhou para os dois lados com certa parcimônia, observando a pequena barca que servia para transportar a deusa durante as procissões e os móveis onde eram depositadas as oferendas. Sobre eles, ainda era possível ver os restos de comida do dia anterior, que agora deviam ser substituídos.

O Sacerdote Leitor percorreu o pequeno recinto purificando-o com defumações, ao mesmo tempo que entoava suas costumeiras ladainhas. Chegara o momento crucial da cerimônia, aquele no qual a deusa deveria regressar de seu sono celestial ao mundo dos mortais para dar luz e proteção a todos os que a veneravam naquele templo.

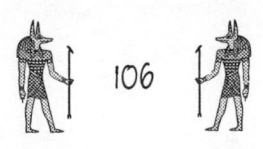

O Primeiro Profeta desmanchou o segundo vedante de barro e desatou as cordas amarradas nas maçanetas, destravando o ferrolho. Logo passou a abrir as portinholas enquanto gritava com uma voz penetrante:

— As portas do céu se abrem. Desperta em paz!

Dito isto, as dobradiças gemeram de forma suave, abrindo de par em par o sacrário. Então, ambos os sacerdotes se puseram de joelhos, entoando salmos impossíveis de Nefermaat escutar, pois chegavam até ele em uma sucessão de murmúrios. Então, o Primeiro Servidor ergueu-se em um impulso, aproximando-se com cautela da imagem da deusa, dentro do naos, e abraçou-a.

Era o momento mais delicado. Sekhmet, ao retornar de seu sono, poderia reagir com sua violência característica e fulminar o sacerdote. Ele, por sua vez, como o primeiro representante de seu clero, tinha a obrigação de estabelecer contato físico com a deusa para assim devolvê-la novamente ao plano material.

Nefermaat pôde sentir sua emoção, como a de seus companheiros, no momento em que se celebrara o abraço, pois sabia muito bem o que podia ocorrer. Entretanto, nada aconteceu. Quando a imagem e o homem se separaram, o sacerdote prorrompeu em louvações de glória diante do esplendoroso renascimento que se reproduzira. Sekhmet despertara.

O restante da cerimônia transcorreu segundo os procedimentos habituais. A comida que estava ali, de cuja essência Sekhmet havia se nutrido milagrosamente, foi substituída pelos alimentos frescos que os sacerdotes traziam. Em seguida, procederam ao asseio da deusa.

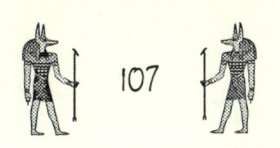

Primeiro a lavavam com água do Nilo para purificá-la. Depois a defumavam com incenso e logo ungiam a estátua divina com os óleos mais perfumados para então vesti-la com roupas do mais puro linho. A seguir, a adornavam com colares, diademas e cetros,* dedicando-se, por fim, a uma minuciosa sessão de maquiagem que acabava por converter aquele cerimonial em um rito complicadíssimo que, às vezes, podia estender-se durante horas.

Quando a ornamentação da deusa terminou, Nefermaat viu como o Sumo Sacerdote purificava de novo o lugar com natrão, sal *jed* e incenso de terebinto, dando quatro voltas ao redor do oratório, iniciando deste modo o ato de despedida.

Tal ato culminou quando o Primeiro Profeta cobriu a sagrada imagem com um véu vermelho de poderoso significado mágico, enquanto proclamava:

— Ísis o teceu! Néftis o fiou!

Pouco depois, o Primeiro Servidor realizou o novo fechamento do oratório, ao mesmo tempo que vedava suas portas, assegurando assim que a deusa ficasse em paz.

Depois que o sacrário foi vedado, ambos os sacerdotes começaram a retroceder sem dar as costas à capela, recitando novos salmos e louvações. O Primeiro Profeta levava uma vassoura fabricada com a planta *heden*, com a qual varria o chão enquanto caminhava para trás. Eliminava assim qualquer contaminação humana e deixava a sala purificada, pois a planta *heden* era tida como mágica, e seu poder era tanto que o próprio Thot, o deus mago por excelência, chegou a utilizá-la. Graças a ela, ficaria garantida a mais absoluta pureza dentro daquele aposento.

---

* Colocavam-lhe um colar *Usej* sobre o peito e um *Menhat* voltado para as costas, além dos cetros *Heka*, *Was* e do chicote *Mejej* para combater os maus espíritos.

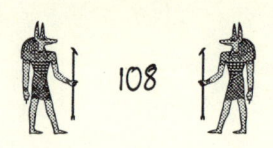

Por fim, os sacerdotes chegaram à saída e fizeram um sinal para o resto do cortejo que esperava para que deixassem a sala. Em seguida, fecharam as portas, vedando-as outra vez, exatamente como estavam antes.

O primeiro dos ritos do culto diário havia terminado. Agora Sekhmet permaneceria acordada, protegendo aquele lugar com seu poder divino. Durante esse dia, a cerimônia se repetiria em mais duas ocasiões: uma ao meio-dia e outra pouco antes do anoitecer, e nelas, de novo, a deusa seria atendida, repetindo-se o complicado ritual que sua adoração exigia. Assim era o culto diário que celebrava os deuses do Egito em seus templos. Um ritual que se repetia, todos os dias, havia mais de dois mil anos.

Retornando pelos corredores escuros, Nefermaat não pôde deixar de pensar em tudo o que tinha visto e na complicada relação que havia se estabelecido entre os sacerdotes e a deusa. Vínculos abstratos que os homens pareciam ter levado além de qualquer compreensão. Aquela liturgia lhe pareceu muito desorganizada para ter sido instituída pelos deuses, pois só nos homens existe a capacidade de conceber o confuso.

Enquanto seguia a luz fraca do Primeiro Servidor através dos corredores escuros que os levariam ao lado de fora, teve pensamentos incertos que só um coração indeciso seria capaz de transmitir. Ao dar-se conta disso, sentiu um calafrio e, em seguida, pensou em Medunefer. O velho decano já tinha lido o seu interior e conhecia suas oscilações. Somente um homem tão sábio como Medunefer podia adivinhar algo que nem ele mesmo tinha certeza. Entretanto, era isso mesmo, e agora entendia por que lhe havia concedido a honra de acompanhar o primeiro dos servidores da deusa em seu culto diário. O ancião sabia que, de um jeito ou de outro, aquela cerimônia lançaria luz sobre a sua confusão.

Quando, enfim, o tão tenebroso itinerário acabou, e a luz que a manhã espalhava com júbilo por entre as colunas do grande pátio lhes deu seu cálido abraço, Nefermaat já estava plenamente consciente de que seu futuro não se encontrava ali, e que ainda que passasse o resto de seus dias naquele lugar, suas sombras nunca se apagariam.

Despediu-se de forma muito respeitosa do Sumo Sacerdote e do grupo de acólitos que o acompanharam. Era seu último dia no templo, e quando o sol se encontrasse em seu zênite, deveria abandoná-lo. Por isso, decidiu aproveitar o tempo que lhe restava para fazer uma última visita à deusa. Com este objetivo, encaminhou-se até o lugar onde um dia conversara com Medunefer. Quando chegou, o local estava quase vazio. Apenas um homem, que parecia absorto em cada ladrilho que varria no claustro, lhe deu as boas-vindas.

O pátio, no entanto, estava deserto, e no pequeno tanque localizado no centro a água começava a brilhar pela incidência de um sol que já se elevava. Nefermaat sentou-se na borda e olhou em volta com certa nostalgia. Imediatamente, seus olhos toparam com a pétrea figura da deusa que, num canto, parecia observar distante o que acontecia. Vista assim, para Nefermaat, não parecia que honrasse sua fama de violenta, ainda que se pudesse perceber alguma sensação de poder contido em seu granítico rosto. Não à toa se tratava de Sekhmet, "a Poderosa", pois esse era o significado de seu nome.

Depois de tê-la visitado em seu santuário, aquela figura lhe pareceu mais acessível — um bloco de pedra talhada, livre da ostentação dos homens. Representava a mesma deusa e, entretanto, pouco tinham em comum a estátua primorosamente guardada no sanctasanctorum e esta.

Nefermaat deixou seus pensamentos voarem enquanto a observava, convencido de que a deusa os compreenderia. Se ela enviava punições e doenças para a humanidade era porque assim acreditavam seus próprios sacerdotes, algo contra o que, inconscientemente, se rebelara e que agora via com clareza. Não duvidava de Sekhmet, senão do homem, pois estava convencido de que nenhuma deidade era tão perversa a ponto de assolar com suas pragas o gênero humano. Sabia que a deusa-leoa entenderia seus argumentos e também que, de certo modo, seus passos o tinham levado até ela. Por isso, quando se levantou para abandonar o lugar, Nefermaat o fez com a certeza de que a deusa sempre o protegeria.

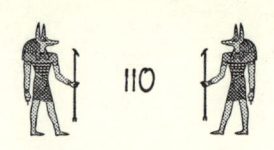

Rá-Horakhty se erguia exuberante quando Nefermaat atravessou as portas do templo. O sol, exatamente em seu zênite, obrigou o rapaz a se proteger, sem que ele se desse conta, com o dorso das mãos de seus poderosos raios, tal era sua majestade. Até ele chegavam nítidas as vozes dos aguadeiros a oferecer sua valiosa mercadoria, tão apreciada naquela hora quanto o ouro do Sinai. Bem em frente, a multidão se amontoava nas numerosas lojas nas quais eram vendidas relíquias e todo tipo de figuras votivas dos deuses protetores. Ptah, Sekhmet e Nefertem sobressaíam sobre os demais, pois, não por acaso, eram os santos padroeiros daquele lugar.

— Água benta da deusa! — gritavam os vendedores. — Remédios da divina Sekhmet para qualquer enfermidade!

Palavras mágicas para os ouvidos de adoentados, de quem sabe que estranhos padecimentos eram aqueles, e para quem aquela água acabava sendo um tipo de bênção.

Nefermaat avançou entre a aglomeração que já fazia parte da paisagem diária do local, como sabia bem. Sua figura inconfundível, com os aparatos próprios de sua hierarquia, fez com que o povo abrisse passagem com o respeito característico de quem conhece seu santo significado. Era curioso que, até aquele instante, Nefermaat não estivesse

III

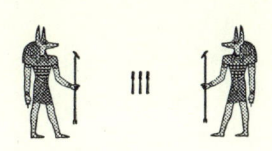

plenamente consciente deste feito, mas foram necessários apenas poucos passos para que ele se desse conta disso. Era um sacerdote *ueb*, e como o advertira Medunefer, sua marca o acompanharia sempre.

O rapaz atravessou a grande praça até os belos palmeirais situados no extremo oposto. Eram grandes e frondosos, e proporcionavam uma acolhedora sombra que, àquela hora, estava deliciosamente fresca.

— Pão de erva-doce, biscoitos de mel — voltou a gritar um vendedor ambulante na hora em que Nefermaat se sentava sobre a grama.

Dali o jovem podia observar a agitação da praça em toda a sua exuberância — gritos, anúncios e as inevitáveis pechinchas típicas dos mercadores de sua terra formavam uma espécie de clamor, sem o qual a praça parecia não viver. Servidão de desesperados em busca de soluções impossíveis ou de proteções contra futuros males que só os deuses podiam proporcionar.

Nefermaat pensou naquilo por um instante, sem poder evitar certa sensação de desgosto. Conhecia melhor que ninguém os padecimentos daquela gente que diariamente visitava o templo para se consultar, com a esperança de descobrir algum remédio. Também sabia que muitas das respostas que esperavam encontrar simplesmente não existiam, pois só os deuses pareciam conhecê-las. Restava então encomendar à Providência e, inevitavelmente, aquilo sempre lhe deixava pesaroso. No entanto, semelhante representação não era senão um ato entre tantos encenados dentro das milenares tradições do país de Kemet.

Nefermaat suspirou com algum conformismo enquanto fixava os olhos nos muros altos do templo. O lugar resplandecia, banhado pela luz do meio-dia, a dar a impressão de extrair dele todos os reflexos de sua branca pureza. Aquelas paredes que poderiam cegar alguém de tão brancas, circundando o perímetro do santuário, encontravam-se abarrotadas de fervorosos devotos que elevavam suas preces ao bom deus, que as escutava solícito através das orelhas que, ajustadamente separadas, estavam pintadas nos muros enormes.

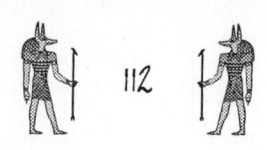

"Elevem vossas súplicas", diziam os textos escritos junto a elas. "O bom deus as receberá."

O que não deixava de ter sua leitura particular, pois sempre restava a possibilidade de que os clamores não fossem atendidos por não serem convenientemente escutados.

Ali, rodeado de peregrinos que, como ele, se protegiam do sol àquela hora, Nefermaat relembrou pela última vez sua conversa no pátio do templo com o decano, compreendendo a gravidade de suas palavras. Ele não podia continuar entre aqueles muros porque, simplesmente, uma parte de si não acreditava neles. Medunefer tinha razão ao garantir-lhe que não possuía alma de sacerdote e que em sua passagem por aquele santuário havia apenas perseguido o conhecimento.

Pensou no decano por uns instantes, medindo, sem que se desse conta, o alcance daquelas palavras. Pelo jeito, o conhecimento era tudo que lhe interessava e possivelmente havia sido sempre assim — uma perseguição incansável, que talvez tivesse começado no dia em que entrou pela primeira vez nos aposentos de Iroy, e que às vezes parecia consumi-lo.

Já refletira sobre isto antes e sempre chegava à conclusão de que fora empurrado por aquele caminho pelo fato de que o resto de seus recursos emocionais se encontrava precariamente protegido. Tinha plena consciência disso, pois, sem ir muito longe, nos sete anos que passara no templo não fizera uma única amizade.

Afagou o queixo, pensando. Sete anos sem ter um amigo sequer era algo, no mínimo, curioso. No entanto, sua relação com o resto dos irmãos sempre fora cordial, e ele nunca tivera problemas de comunicação, nem sofrera nada parecido com isolamento. Simplesmente, durante todos aqueles anos, permanecera ausente de tudo que não fosse o estudo dos velhos papiros com os quais, diga-se de passagem, chegou a estabelecer uma profunda amizade.

Triste bagagem, a propósito, para quem passara da infância à puberdade e desta à maioridade entre aqueles muros. Muros que em ocasiões contadas transpusera, uma vez que durante anos nem mesmo chegou a sair do recinto sagrado. Isto era algo no mínimo peculiar, afinal não existia nenhum motivo que o obrigasse a tal atitude. O pessoal do templo podia ausentar-se sempre e quando suas tarefas não o impedisse. De fato, a maior parte dos médicos-mestres estava casada e vivia em suas residências junto à família, pois os sacerdotes *ueb* eram laicos.

Refletiu sobre este detalhe sem nenhuma emoção, embora, como sabia muito bem, existira uma época em que ele realmente se importara. Seus sentimentos familiares ficavam para trás no tempo, vagos e difusos no mínimo, embora ele soubesse, com clareza, que eram inexistentes. Em todos aqueles anos, não recebera uma só carta de seus pais e do irmão; tampouco uma simples notícia pela qual soubesse se estavam vivos, nada. Claro que, de sua parte, ele também não se dignara a fazê-lo, já que era absolutamente incapaz de fingir o que não sentia.

De novo, os gritos dos mercadores chegaram a tirá-lo dos pensamentos:

— Cruzes da vida, pilares *djed*! Proteções infalíveis contra demônios e espíritos — gritou, estridente, um homem que passou junto dele.

Nefermaat o observou distanciar-se com sua repetição sagrada, enquanto ele se misturava aos demais. O tempo passara mais rápido do que imaginara, pois as sombras da tarde começavam a apontar entre as lojas. Era hora de pôr-se a caminho, já que precisava chegar ao atracadouro para embarcar rumo a Per-Bastet (Bubástis). O barco zarparia antes do crepúsculo e não esperaria por ele.

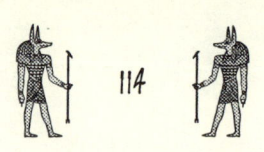

Lançou um derradeiro olhar para os brancos muros do templo e se foi, através dos exuberantes jardins que embelezavam aquela praça. Reconheceu o perfume dos narcisos e das adelfas e, um pouco à frente, a fragrância de uns arbustos de alfeneiros. Isto o fez sentir-se satisfeito e apertar o passo, mais decidido, até a via dos mercadores, perto dali, por onde desceria até o rio. Ao chegar à via, o sol da tarde atingiu em cheio seu rosto. Atum, o sol do entardecer, o saudava, generoso, inundando com sua luminosidade divina a rua mais barulhenta de Mênfis. Um presente para a visão de qualquer mortal, menos para a sua, pois, como tinha os cílios depilados, o poderoso dom do deus lhe obrigava a se proteger a toda hora de seus raios. Um incômodo ao qual, depois de tantos anos, no entanto, ainda não se acostumara.

Percorrer a rua dos mercadores naquela tarde representou para Nefermaat algo mais que um simples passeio. Foi um reencontro com seu povo, com o dia a dia de uma gente que abarrotava a via mais carismática da cidade e que definia, com perfeição, o espírito aberto dali. Uma rua tão antiga quanto a própria Mênfis, onde se respirava o comércio em seu estado mais puro.

Toda aquela multidão, que se dedicava às últimas transações do dia, dava passagem, criando insólitos caminhos por onde Nefermaat pudesse passar. Atalhos inexistentes que o gentio lhe oferecia como demonstração de respeito diante do que ele representava.

Olhares recatados, gestos de deferência e consideração e, às vezes, inclusive, de indissimulável veneração. Os cidadãos lhe cederam o caminho sem sequer tocá-lo. E ele, com aquele andar tranquilo tão característico que sempre o acompanharia, os fez saber de seu agradecimento presenteando-lhes com o melhor de seus sorrisos.

Com o cajado em uma das mãos e o pequeno gibão pendurado no ombro, avançou rua abaixo, por entre lojas e grupinhos, sem mais posses que uma túnica de mangas plissadas de linho imaculado e as sandálias brancas de palmeira trançada — símbolo de sua sagrada posição. Bagagem escassa para evitar cobiças, às que o homem é tão inclinado. Talvez, por acaso, a figura que levava pendurada no pescoço, representando a deusa Sekhmet, presente do velho decano, pudesse despertar algum desejo oculto. Era de fino lápis-lazúli, porém tão pequena que seu valor não proporcionaria ao dono riqueza alguma. Esse era seu único adorno, e que, na verdade, ele prezava muito.

Sua figura espigada foi se perdendo ao longe, envolta em tantas sensações, algumas já quase esquecidas. Aromas criados por inconfundíveis especiarias junto aos perfumes mais delicados, que se misturavam até fazer parte de um ambiente transbordante de vida. Uma atmosfera que acabou agarrando-o sem perdão e à qual ele se rendeu satisfeito, pois era inerente a seu povo.

Quando Nefermaat chegou ao rio, já estava plenamente consciente de que não voltaria a pisar jamais no caminho que deixava para trás. Tal caminho fazia parte de um passado que não teria continuidade, pois novos horizontes se abriam a cada passo que ele dava — seus pés o levavam até o porto fluvial de Mênfis.* Ali embarcaria rumo a Bubástis, a cidade santa da deusa-gata, onde, segundo diziam, vivia o príncipe dos médicos.

---

* Seu nome era *Peru-Nefer* e significava "boa viagem".

5

Nefermaat se sentiu fascinado desde o instante em que o viu. Sedução difícil de compreender em alguém que, como ele, passara os últimos sete anos de sua vida submetido à disciplina mais férrea que coubesse imaginar. Sua conduta, seus valores e seus preconceitos foram lentamente moldados pelas invisíveis mãos do templo, sendo finalmente fixados de forma indestrutível pelo poder do fogo sagrado. Por isso, a ideia de como devia ser um *sunu* estava tão clara em seu coração, que nunca fora capaz de imaginar que semelhante indivíduo pudesse existir. E, no entanto, era assim.

O homem que estava diante de Nefermaat pouco ou nada tinha a ver com qualquer médico-sacerdote do Egito, pois bem podia se afirmar que representava sua antítese. Seu aspecto estava longe de ser distinto e, como Nefermaat comprovou pouco depois, o sujeito tampouco tinha o mínimo interesse em parecê-lo.

Era de baixa estatura e bem acima do peso, o que levou o jovem a pensar que devia ser pouco disposto ao uso frequente de lavagens. Diante destas duas singularidades, fora impossível esperar que seus demais atributos contribuíssem para uma melhora substancial, pois não só não ajudavam, como ainda pareciam conspirar com os anteriores para que aquele corpo tivesse uma aparência, no mínimo, grotesca.

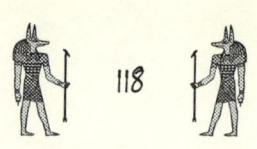

No entanto, para aquele homem, seu aspecto parecia pouco importar, pois passeava de um lado a outro em uma tarimba, onde improvisara um cenário a partir do qual oferecia sua atuação particular. O detalhe de ter a cabeça grande, ser desdentado e ter as pernas curtas não servia senão para dar ainda mais colorido ao espetáculo que ele exibia todos os dias, não havendo nenhum estudante de medicina que se prezasse que faltaria àquelas apresentações. Os médicos-sacerdotes também gostavam de assistir às suas dissertações, e até mesmo o resto do povo, que pouco ou nada entendia de suas palavras, procurava ter acesso a suas lições, posto que, ali, prodígios eram realizados.

Não cabia nenhuma dúvida de que Anon fosse uma celebridade, e não existia ninguém em Bubástis, nem rico nem pobre, que não sentisse por ele respeito ou admiração. Algo que, por outro lado, não deixava de causar perplexidade, já que Anon não era egípcio.

Em um país como Kemet, possuidor de uma tradição médica milenar e mundialmente reconhecida, era no mínimo incomum que um médico forasteiro se pusesse a explicar suas doutrinas, e mais estranho ainda que elas fossem levadas em consideração. Entretanto, era o que acontecia, e a tal ponto elas eram aceitas que aquele homem praticava a medicina em um recinto da maior importância: nada menos que a Casa dos Livros. Tratava-se de uma instituição de declarada vocação científica, pois nela eram guardados papiros antiquíssimos, nos quais se fazia referência aos mais diversos ramos do conhecimento. Mestres e sábios a visitavam regularmente para estudá-los, assim como para praticar o ensino entre os já iniciados, sendo, portanto, habitual que os alunos da vizinha Casa da Vida frequentassem aquele centro em busca de mais sabedoria.

Todas as manhãs, o grande pátio guarnecido de pórticos da Casa dos Livros ficava abarrotado de estudantes, médicos e gente de toda classe e condição, ansiosos por testemunhar como Anon dava suas consultas especiais. Com o tempo estas chegaram a ser tão populares quanto o próprio Anon, assim como fonte das histórias mais singulares, que o povo se encarregava de transmitir com peculiar facilidade.

Diante do extraordinário deste quadro conviria assinalar que, embora estrangeiro, Anon encontrava-se totalmente integrado àquela sociedade, que, por outro lado, o acolhera como mais um egípcio e estava disposta a ecoar os alardes a que ele era tão propenso e com os quais todos estavam encantados.

Apoiado em uma das enormes colunas do pátio, Nefermaat compreendeu no mesmo instante o porquê daquela fama. Em meio a uma audiência que lotava o lugar, o jovem foi capaz de captar o magnetismo que tão pequena figura, sem dúvida, possuía.

Anon ia e vinha sobre o estrado, dominando a assistência com cada gesto seu e do qual os presentes não pareciam perder detalhe algum. Desafiador, fazia-os compreender que sua pequena estatura abrigava uma fonte de energia difícil de imaginar e uma habilidade inata que nunca poderiam igualar.

De sua privilegiada localização, Nefermaat observou-lhe à vontade. Fixou-se em suas perninhas curtas, claramente desproporcionais ao resto do corpo, no abdômen saliente, devido, segundo diziam, à sua grande afeição pela boa comida e melhor bebida, em seus ombros, um tanto estreitos, que suportavam a cabeça também desproporcional, que o próprio Anon se encarregava de exagerar, carregando uma cabeleira longa e crespa, em que cada cacho parecia empenhado em formar intrincados nós semelhantes às raízes de velhas árvores. Como se isso não bastasse, podia-se muito bem afirmar que a barba que marcava seu rosto não passava de uma continuação da emaranhada juba, pois sobressaía vultuosa e indomável, chegando até onde nascia seu pescoço curto. Ao falar, aquela espessa mata de duros fios dava lugar à escura abertura de sua boca, à qual apenas uns poucos dentes pareciam emprestar alguma cor. Mesmo assim, de seu interior surgia uma voz potente, difícil de imaginar em alguém com tal aspecto, que Anon modulava com grande mestria conforme fosse necessário. Seu nariz, em contrapartida, não era nem grande nem pequeno, algo estranho em alguém como ele, tão dado à desproporção. Contudo, aquilo era uma simples ilusão, pois os olhos, próximos ao nariz, eram especialmente pequenos e coroados por sobrancelhas tão espessas que pareciam fazer parte do cabelo ou da barba.

E como se tudo isso fosse pouco, Anon não tinha o menor gosto para se vestir. Suas roupas destacavam-se pelos remendos, repletas de manchas, que ele nem se dava ao trabalho de esconder.

Nefermaat imaginou por um momento o efeito que teria causado aquele sujeito no templo de Sekhmet e não conseguiu reprimir uma risadinha. Era bem provável que o *ur sunu*, o médico-chefe, tivesse ordenado que o expulsassem a pontapés.

Que alguém assim conseguisse reunir tamanha quantidade de pessoas instruídas foi algo que o impressionou.

Entretanto, diante de tanta heterogeneidade, aquele indivíduo possuía os recursos necessários para vencer o desastroso resultado que os deuses pareciam ter obtido em seu corpo. Nele era possível entrever uma força interior prodigiosa, que Anon demonstrava em cada gesto ou movimento. Aqueles olhos tão diminutos eram como duas brasas capazes de enfrentar o olhar mais feroz, até o ponto que poucos eram os que ousavam encará-lo.

Mesmo assim, a facilidade de sua palavra seduzia desde a primeira frase, e sua agilidade mental tornava-o um orador formidável que gostava de dominar enquanto a ocasião permitisse. Por fim, havia suas mãos, suaves e delicadas, quase translúcidas, donas de uma firmeza que Nefermaat jamais conheceria igual.

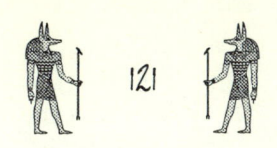

Elas eram capazes de lutar contra o poder maléfico dos súcubos obscuros e vencê-los. Podiam curar.

O pátio converteu-se em um mar de vozes e alvoroço ruidoso quando Anon plantou-se no centro do estrado com as mãos na cintura. Desafiante, olhou para um lado e para o outro, espalhando o fogo da contida ira a que era tão propenso, enquanto a multidão se acomodava. Então, alguém começou a ciciar convidando ao silêncio, e a chamada foi sendo repetida em cada canto do claustro, até que, finalmente, os murmúrios deram lugar à quietude.

Por alguns instantes, aquele homem permaneceu observando as pessoas ali reunidas, com indisfarçável desdém, à espera de escutar alguma voz para assim descarregar sua fúria. O mutismo, no entanto, foi tal que ele demonstrou satisfação. Então, começou a falar:

— Sou Anon, filho de Anon e neto de Anon — anunciou ele com um vozeirão surpreendente.

O comentário provocou algumas risadas.

— Já vi que sois de natureza bem-humorada — disse ele enquanto balançava sobre as pontas dos pés. — Pode ser que dentre todos vós haja alguém que aproveite meus ensinamentos.

O comentário produziu alguns cicios, que pararam quando Anon fez um gesto de desaprovação.

— Como vos dizia, meu nome é Anon, como o de meus ancestrais, por quem, aliás, sinto uma grande reverência, algo que também vós deveríeis fazer.

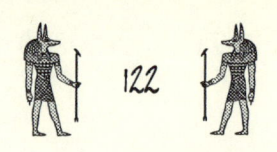

Agora o vozerio foi unânime, o que pareceu provocar em Anon uma certa satisfação, a ponto de levá-lo a movimentar os braços, pedindo calma.

— Sossegai, sossegai. Noto em vós uma evidente tensão contida, talvez por falta de alívio, o qual, por outro lado, me parece necessário em umas criaturas tão desavergonhadas.

Gritos e gargalhadas ressoaram no pátio enquanto Anon voltava a balançar o corpo sobre a ponta dos pés.

— Creio que sois perfeitos conhecedores de vossa velada concupiscência, algo que parece consubstancial em vós.

Às novas gargalhadas se somaram alguns aplausos.

— Como vos dizia — interrompeu Anon, levantando a mão —, três gerações anteriores carregaram meu nome, coisa que agradeço, pois em todas houve grandíssimos homens. É verdade que não haveis escutado ainda falar deles?

Outra vez o silêncio pareceu fazer eco daquelas palavras.

— Vê-se que pouco me equivoco nestes assuntos — suspirou, decepcionado. — Sois tão ignorantes como a maioria. Às vezes me pergunto o que vos ensinam no interior de vossos templos.

O comentário provocou uma autêntica gritaria a que se uniram risadas, insultos, vaias, assobios e até mesmo gestos obscenos.

Anon, entretanto, seguia balançando, observando-os como se não fosse com ele.

— Bem — exclamou enquanto fazia movimentos ostensivos com as mãos para que se calassem. — Não vos acalorai, ou acabareis fechando algum *metu*, esses canais a que sois tão aficionados.

Quando, por fim, o pátio pareceu retomar a calma, Anon continuou:

— Não deveis abater-vos mais, pois eu estou aqui para livrá-los de vosso desconhecimento — exclamou ele de modo teatral. — Como vos disse antes, meus ancestrais foram homens importantes e melhores médicos do que nenhum de vós poderá ser.

Levantou outra vez a mão, calando, de imediato, os primeiros protestos que começavam a ser ouvidos.

— Meu avô, sem ir muito longe, foi médico pessoal do maior dos deuses viventes que esteve nesta terra. É possível que ignoreis isto? Ramsés II honrou-o com sua amizade e o cobriu de honras. Quanto a meu falecido pai, teve também a fortuna de tratar de um faraó: foi *sunu* de Merenptah, filho e sucessor de Ramsés II, a quem conseguiu manter com vida durante mais tempo que qualquer um de vós seríeis capazes, depois da terrível queda que o deus sofreu e na qual fraturou a cabeça do fêmur de ambas as pernas.

Agora sim o silêncio imperava naquele pátio, e Nefermaat, do seu lugar, não pôde se sentir menos que deslumbrado diante do absoluto controle que Anon demonstrava sobre a multidão. Provocava-os e os fazia calar com a mesma facilidade com que o faria com uma criança.

— Já sabeis como me chamo e a dignidade de minha estirpe. Gerações de conhecimentos correm por minhas veias, algo a que vós não podeis aspirar.

Logo, abrindo ambos os braços, magnânimo, exclamou com força:

— Eu sou Anon, príncipe dos médicos do Egito. Além disso, sou babilônio.

O escândalo que se originou então foi monumental. Insultos, pontapés, gritos desaforados... Um verdadeiro tumulto. Anon, porém, alheio a tudo aquilo, limitava-se a passar os olhos de um lado a outro, absolutamente imperturbável. Nefermaat teve então a certeza de que aquele homem era todo um espetáculo.

Anon voltou a agitar os braços para calar a ensurdecedora gritaria que se formara. Suas últimas palavras foram, sob qualquer ponto de vista, provocadoras, pois não existia um único *sunu* no Egito que não pensasse na impossibilidade de que existissem no mundo conhecido médicos capazes de nos igualar. Algo intolerável, ainda que fosse o grande Anon quem assinasse tal afirmação.

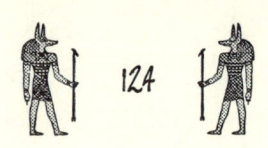

No entanto, ele parecia incansável, e enquanto os últimos ecos do vozerio resistiam em desaparecer, ele seguia desafiando-os, consentindo com a cabeça ao mesmo tempo que continuava com seu particular balanço. Sua voz de novo trovejou no pátio:

— Estas são as deusas nas quais creio — disse ele, mostrando as mãos. — Seus nomes são esquerda e direita, e elas são as únicas que conheço capazes de operar milagres. Não precisam de nenhuma louvação para isso, já que é meu coração quem as governa com seu conhecimento e determinação. Se são rezas o que esperais, já podeis regressar aos templos de onde vindes, pois não sei de orações e muito menos sou capaz de ensiná-las. Voltai à escuridão de vossas celas, e desperdiçai vossas vistas relendo decrépitos papiros sob as luzes fracas de lâmpadas miseráveis, uma vez que nada disso poderei oferecer-vos aqui.

Um abafado murmúrio se estendeu pela assistência, enquanto Anon a percorria com os olhos.

— Fazeis intrigas sobre minhas advertências? — perguntou com ar provocador. — Cuidarei para que vossas murmurações não tenham fim. Haveis de saber que tendes diante de vós o mais ímpio dos homens, aquele ao qual nenhum deus importa, e possuidor da mais detestável das naturezas.

Aquelas palavras levaram muitos dos presentes a arregalarem os olhos, enquanto punham as mãos na cabeça, horrorizados.

— O escândalo é assíduo companheiro de minha pessoa — continuou, altivo, ao mesmo tempo que caminhava de um lado a outro no pequeno estrado. — Sou um homem violento, mal-humorado, brigão, mulherengo e um bêbado inveterado. Como não poderia ser de outra maneira.

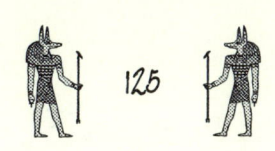

Isto causou algumas gargalhadas.

— Isso mesmo, não vos ride, cortadores de prepúcios — exclamou ele, levantando a mão enquanto seguia caminhando. — Vossa cirurgia vai apenas um pouco além. Não acredito que valhais para nada mais que não seja esfolar falos imberbes.

Agora as risadas foram estrondosas, originando-se um grande alvoroço.

Anon se deteve na caminhada e os observou, arqueando uma das sobrancelhas.

— Estais acostumados, como preguiçosos, a encurtar distâncias — continuou ele, apoiando as mãos na cintura. — Duvido muito que entre vós haja alguém capaz de entender tudo que pretendo ensiná-los. Embora, quem sabe, talvez eu possa conseguir que atendais dignamente a algum respeitável asno.

O pátio se encheu de um clamor de brincadeiras e risadas. Todos perderam a compostura e se entregaram às celebrações. Anon, porém, assentia, com o semblante sério.

— Pouco me engano nestes ofícios — sentenciou ele outra vez, elevando sua voz a fim de que o escutassem em meio à gritaria. — Set me envia o pior de seus devotos — disse ele com ironia — e sua vontade tem que ser aceita. No fundo, é a divindade com que mais simpatizo, depois de Bés, é claro.

Aquelas palavras tinham um tom de definitivo, visto que todos ali reunidos, sem exceção, explodiram em gargalhadas escandalosas, provocando uma autêntica algaravia.

Nefermaat, que não aguentou por mais tempo, era o que mais ria. As palavras do mestre tinham uma graça inegável, visto que Bés era, entre outros aspectos, motivo de culto para todos os bons aficionados da bebida, assim como deus protetor das práticas libertinas.

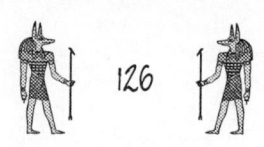

Anon ergueu uma das mãos, pedindo silêncio aos presentes que, vendo-o daquela maneira, com seu costumeiro aspecto descuidado e um palito que mordiscava distraidamente, passando-o de um lado a outro da boca, aumentou sua algazarra até os limites próximos do tumulto.

Quando enfim o grande mestre conseguiu fazer-se ouvir entre os berros, calando as vozes, alguns ali tinham os olhos molhados por lágrimas de um riso que, a duras penas, podiam controlar.

— Como vos dizia, Bés costuma velar meus passos, mas vos garanto — exclamou ele, endurecendo o tom, que agora soava ameaçador — que meu pulso é inalterável diante de seu julgamento: segue o próprio caminho e não existe força humana nem divina que possa perturbá-lo. É tão firme quanto qualquer um de vossos sagrados monumentos — disse ele, estendendo o braço direito, enquanto girava a mão.

Agora, as últimas risadas tinham se apagado, e o silêncio era absoluto.

— Nenhum de vós jamais poderá conseguir uma firmeza parecida, ainda que deveríeis reverenciá-la, já que ela será vossa guia e, além disso, me pertence. Assim, pois, rendidos adoradores dos deuses imortais, durante o tempo que permaneçais aqui, eu serei o único motivo de culto a que vos entregareis: serei vosso deus.

Suas palavras acabaram com quaisquer das zombarias que, instantes antes, ressonavam no pátio. Até o eco das risadas, que ainda parecia passear por entre as grandes colunas, se desvaneceu de repente. Todos olharam para Anon, estremecidos por suas palavras, sem saber se continuavam ali ou se deixavam aquele lugar onde parecia ter se instalado um espírito vindo do Amenti.

Anon os observou satisfeito durante um tempo impossível de determinar, regozijado ao ver aquela legião de rostos alterados e incapazes de ocultar sua perturbação. Perturbação que suas palavras irreverentes criaram ao questionar aquilo que mais veneravam: seus deuses. Cravou o olhar em cada um deles, lendo nos olhos sua confusão — agora se sentia saciado.

Para Nefermaat já não existia dúvida alguma. Aquele homem se apoderara da vontade do pátio. O havia submetido a tal hipnose que não o igualariam nem os *ela*, os magos entre os magos. Algo nunca visto, sobretudo ao se considerar que o público que se encontrava ali distava muito de ser ignorante, pois a maioria era de médicos e alguns de nome conceituado.

Nefermaat sorriu, recompensado, convencido de ter ido ao lugar certo. Aquele homem lhe ensinaria sua arte.

Desde aquele dia, Nefermaat foi, a cada manhã, ao grande pátio da Casa dos Livros. Chegava muito cedo, a fim de se acomodar no melhor lugar possível e assim ser privilegiada testemunha das magistrais lições que Anon dava. Nelas, à parte os conhecidos atrevimentos e provocações, o babilônio costumava atender casos práticos que ele mesmo escolhia e que eram particularmente complicados. Durante semanas, Nefermaat pôde observar aquele homem praticar a medicina com métodos geralmente diferentes dos costumeiros, de resultados surpreendentes. No entanto, era a assombrosa habilidade que Anon mostrava em suas intervenções cirúrgicas o que, de fato, deixava o jovem admirado.

— Não vim aqui a ensinar-vos como esvaziar um ventre, expulsar o catarro do nariz ou aplacar a dor no ânus — dizia sempre, provocando algum riso. — Isto vós o sabeis fazer de sobra e, além do mais, esta é uma consulta muito séria.

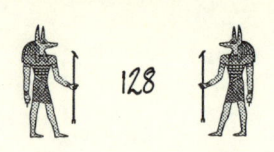

Com frases semelhantes, iniciava suas práticas com a multidão. Tratava os mais diversos casos cirúrgicos. Os pacientes que se submetiam a isso faziam-no com esperança, pois nem sempre teriam a oportunidade de ser atendidos por um médico como aquele.

Nefermaat o viu operar traumatismos de todo tipo. Fraturas simples (*sedj*) e múltiplas (*peshen*); de rádio, cúbito, úmero, clavícula, fêmur, tíbia... E inclusive de crânio. Para Anon, a traumatologia parecia não ter segredos.

Os médicos egípcios costumavam reduzir as fraturas entalando o membro afetado e imobilizando-o, a seguir, com cascas de árvore ou faixas de linho.

Anon utilizava outro sistema muito mais eficaz, que, embora conhecido, não tinha um uso generalizado. Uma vez reduzida a fratura, o babilônio a estabilizava com *imru*,* uma espécie de gesso pegajoso que aderia ao membro fraturado e dava resultados excelentes.

Anon, porém, não era famoso apenas por seus bons resultados em traumatologia, já que lesões das mais diversas naturezas, como abscessos, queimaduras ou feridas gravemente infectadas eram tratadas com êxito na maioria dos casos. Até mesmo na amputação de membros o babilônio demonstrou perícia, pois suas suturas revelavam uma mestria inigualável. Vendo Anon, bem que se podia afirmar que aquilo era a coisa mais simples do mundo.

Um dia, enquanto Nefermaat assistia a uma das aulas do babilônio, ocorreu um imprevisto de singular transcendência.

---

* Trata-se de um mineral que não se pôde identificar. Há referência a ele em sete casos de fraturas no papiro cirúrgico Edwin Smith.

Naquela manhã, Anon escolhera um paciente afetado por um *aat*, uma inflamação em uma das pernas que parecia tomá-la de cima a baixo. Como de costume, fez alguns comentários provocativos, porém logo se calou, olhando pensativo para os assistentes. Enquanto os observava, coçava a barbicha e caminhava pela tribuna.

— Hoje me sinto particularmente generoso — exclamou ele de repente. — Não sei se é devido à ânfora de *shedeh** que bebi ontem ou à noite de fornicação que depois tive.

Como quase sempre, parte do público explodiu em gargalhadas.

— Vejo que sabeis do que falo — continuou naturalmente —, mas vos direi, cá entre nós, que não me ocorre nenhum outro motivo.

De novo, os presentes voltaram a rir.

— Na verdade, mais que generoso, sinto-me mesmo é magnânimo, pois decidi propor-vos que um de vós ocupe meu lugar hoje e trate deste doente. Para maior glória dos médicos do país de Kemet.

Os que ali estavam presentes mexeram-se incomodados diante de tais palavras, que não passavam de uma provocação a mais.

Anon os olhou com altivez, desfrutando do tumulto que causara.

— Não há ninguém que se atreva a enfrentar os poderes maléficos que algum íncubo jogou sobre este pobre homem?

Rumores de murmúrios voltaram a invadir o pátio.

— Francamente não os compreendo — prosseguiu ele com teatralidade. — É possível que entre tantos *ueb* não exista um único que se sinta protegido por Sekhmet? Prometo não zombar e até mesmo demonstrar respeito.

Ninguém levou em conta aquelas palavras, pois não era a primeira vez que ele as pronunciava para em seguida não cumpri-las.

---

* Licor de elevada graduação.

— Ilustres sacerdotes dos deuses imortais, não posso crer que não exista entre vós quem enfrente o mal de que padece este homem.

Seu meio sorriso, quase displicente, voltou a desafiar a aflita assistência.

— E então?

— Eu aceito o desafio! — disse alguém.

Anon, de imediato, cravou seu olhar na direção de onde algum ousado respondera, enquanto o resto do pátio desandava a fazer comentários e tratava de localizar o atrevido.

Logo alguém surgiu entre as primeiras filas e subiu até o estrado de Anon. Ele olhou o recém-chegado de cima a baixo, tentando avaliar o sujeito que tivera a audácia de aceitar o convite. No entanto, de sua aparência poucas conclusões se podia tirar, pois se tratava apenas de um indivíduo entre os presentes ali. Os aparatos eram os de um médico-sacerdote e, como tal, estava depilado dos pés à cabeça. Para Anon, o rosto pareceu vagamente familiar, ainda que tivesse depilado sobrancelhas e cílios, o que tornava difícil distingui-lo do restante dos *ueb*. Para o babilônio, francamente, todas aquelas caras pareciam iguais, necessitadas de um mínimo de expressão.

Ao ver que o homem que subira até o estrado era um *ueb*, os outros médicos-sacerdotes precipitaram-se em um murmúrio, veladamente desaprovando aquela atitude, pois não havia nada que aborrecesse mais tais sacerdotes que a indiscrição e o escândalo.

O atrevido voluntário pareceu dar-se conta disso e fez menção de mudar sua decisão, mas Anon foi mais rápido e, pegando-o pelo braço, puxou-o para o meio do tablado, bem à vista de todos.

— Não cochichai — exclamou ele, ciente do que pensavam. — Quem sabe não seja simplesmente ousadia e ele possa instruir a todos nós. Ao menos lhe perguntemos seu nome.

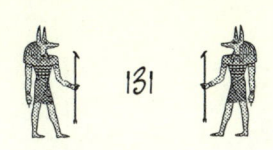

O *ueb* virou-se de imediato para ele, olhando-o fixamente com os olhos escuros, sem cílios, levando-o a estremecer. Com o babilônio sempre acontecia o mesmo: olhos sem cílios o desagradavam irremediavelmente, até o ponto de ele não poder disfarçar. Além disso, nos daquele homem podia captar sua força, uma sensação indefinível e estranha, que vinha de seu interior e que ele era incapaz de determinar.

— Meu nome é Nefermaat e sou médico-sacerdote da sagrada Sekhmet.

Outra vez os vagos rumores dos assistentes vieram para desaprovar sua presença.

— Nobres colegas do divino Imhotep — interrompeu Anon outra vez. — Não sejamos injustos com este jovem sacerdote. Certamente, ele se sente protegido pela colérica deusa, que o empurra hoje a mostrar-nos seu poder.

Nefermaat olhou para Anon na hora, com a frieza que às vezes o caracterizava. Conhecia muito bem o temor de seus irmãos e sabia o quanto os ensinamentos nos templos eram contrários àquelas exibições. Para ele, porém, sua presença ali se encontrava longe de tais propósitos.

Durante semanas estivera observando com enorme atenção as técnicas daquele médico da longínqua Mesopotâmia, convencido de que ele só lhes mostrava uma pequena parte de seus imensos conhecimentos, conhecimentos que guardava para si. Ao longo desse período estivera esperando uma oportunidade que lhe permitisse aproximar-se dele, e ela surgira, milagrosamente, naquela manhã. Sem se dar conta, tocou com os dedos o amuleto de Sekhmet que levava no pescoço, certo de que ela guiava seus passos.

O gesto não passou despercebido para Anon, que fez uma careta própria do agnóstico que era. Logo, com uma das mãos convidou o jovem a examinar o paciente.

Nefermaat se aproximou do enfermo, que o olhava com angústia mal-disfarçada diante da ideia de ser objeto de experimentos públicos por parte de um aprendiz, mas, no mesmo instante, sentiu o cálido tato da mão do jovem sacerdote, que lhe transmitiu uma reconfortante sensação de tranquilidade. Quase de imediato, o sacerdote se agachou para examinar com os dedos a lesão que o homem apresentava em uma das pernas, e que Nefermaat reconheceu no mesmo instante.

O jovem conhecia perfeitamente o mal que acometia aquele homem, por já ter tratado casos como o dele durante os anos passados no templo. Lá ele vira os médicos-mestres operarem tais tumores com uma destreza que havia assimilado bem, e que ele mesmo demonstrara, posteriormente, em diversas ocasiões.

A enfermidade de que padecia aquele infeliz representava um grave problema no país de Kemet, e era produzida por um verme que infectava o intestino com suas larvas quando bebiam água contaminada. Algum tempo depois, as larvas se deslocavam pelo organismo, até o ciclo do acasalamento. Logo o macho morria e a fêmea se dirigia para os tecidos subcutâneos, onde perfurava o tornozelo, criando uma úlcera, para então, quando o doente introduzisse os pés na água, pôr seus ovinhos.*

O jovem *ueb* observou a ausência de ulceração no calcanhar, bem como o inchaço sob a pele, produzido pelo verme em seu deslocamento. Naquela circunstância, era possível a intervenção, embora ele também soubesse que esta podia ser demorada e perigosa.

---

* Essa enfermidade é chamada de *dracunculíase* e é produzida pelo verme da Guiné. Ele possui um ciclo vital no qual utiliza dois hóspedes: os homens e uns diminutos crustáceos chamados ciclopes. Ao beber água contaminada com estes ciclopes, o homem se infecta. Posteriormente, quando a fêmea da larva põe os ovos na água e os deixa incubar, as larvas que nascem infectam os ciclopes, que iniciam de novo o processo quando o líquido é bebido pelo homem. Os médicos egípcios suspeitavam que a água parada era a causa desta doença.

— É uma inflamação causada pelo *aat* — disse com firmeza. Eis um mal que tratarei.

Aquelas eram as palavras que todo médico devia pronunciar antes de iniciar qualquer tratamento, através das quais se comprometia a curar o doente, pois a lei assim o exigia.

Anon o observou com um meio sorriso, e gesticulou para que utilizasse os instrumentos que estavam sobre uma mesa.

Nefermaat pegou um *des*, um tipo de faca que costumavam utilizar nas intervenções cirúrgicas, e se preparou para operar. Conhecia perfeitamente a natureza do que encontraria. Sabia que debaixo do inchaço da pele encontraria um verme de quase dois cúbitos de comprimento (um metro), que deveria extirpar com muito cuidado. Para tanto, fez um corte para cima, na área inchada da pele, e logo realizou pequenas incisões para ambos os lados, levantando a pele com uma faca *shas*. Imediatamente viu como o enorme verme se movia lentamente e se lembrou das palavras de seus mestres quando o comparavam com um *mendjer* (rato). Então se apoderou de um *henuyt*, instrumento de madeira da alfarrobeira, e com grande habilidade começou a enrolar o verme para extraí-lo do corpo. Era uma operação muito delicada, uma vez que o parasita podia partir-se facilmente durante o processo, originando uma reação grave.

Nefermaat, porém, demonstrou um grande domínio no uso do *henuyt* e, com total paciência e pulso firme, extraiu o verme sem contratempo algum, em meio ao alívio geral de seus colegas, que não enxergavam com tanta clareza o resultado final da intervenção.

Anon assentiu com a cabeça, convencido, enquanto observava o jovem aplicar pó de *wadju* (malaquita)* no ferimento, exatamente

---

* A malaquita era usada contra as enfermidades dos olhos, queimaduras e feridas. O componente principal desse mineral é o hidróxido de carbono cúprico, que previne contra a bactéria *Staphylococcus aureus*.

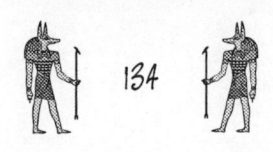

como ele mesmo costumava fazer, o que causou uma indisfarçável satisfação.

— Afinal conheci alguém que aproveitou seu tempo aprendendo um pouco do que ensino.

Nefermaat se virou no mesmo instante, atingindo-o com seu olhar penetrante.

— Não é para isto que vim — declarou com gravidade. — Quero aprender toda a tua ciência.

6

Per-Bastet era a capital de Nen-Khent, o XVIII nomo* do Baixo Egito, também conhecido como Príncipe do Sul, e estava situada entre dois dos braços mais importantes do delta do Nilo, o tanítico ou bubástico, e o pelúsico, denominados "as Águas de Rá". A cidade era quase tão antiga quanto o próprio País das Duas Terras, e nela, desde tempos imemoriais, os faraós haviam deixado suas marcas. Deuses que governaram o Egito, como Teti e Pepi II, durante a VI Dinastia, haviam construído naquele lugar templos para seu *ka* havia mais de mil anos, sendo a cidade posteriormente ornamentada com tantos outros monumentos erigidos por faraós que vieram depois e que demonstraram assim a alta consideração que tinham pela capital.

Entretanto, a partir do Novo Império, a cidade experimentou um crescimento notável, sobretudo depois da XIX Dinastia, quando outros povos, vindos de diversos pontos do mundo conhecido, se estabeleceram no Egito. O comércio se encontrava em um período de expansão

---

* Era com esse nome que os antigos egípcios denominavam suas províncias.

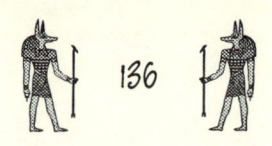

como nunca antes, e o Grande Verde começava a acordar do longo sono, disposto a converter-se em berço sem igual de culturas, assim como em fundador de impérios. A localização estratégica da cidade fora fundamental naquele processo. Situada junto de um dos ramos navegáveis mais importantes do Nilo, todos os barcos procedentes do Mediterrâneo costumavam ancorar em seu porto antes de seguir viagem até a vizinha Mênfis, aproveitando desta forma para fazer suas primeiras transações. Por isso, o comércio floresceu com os anos, criando-se um importante centro comercial onde se estabeleceu toda sorte de negócios venturosos, o que deu à capital um caráter aberto e cosmopolita.

Per-Bastet era, além disso, como o próprio nome indicava, a casa de Bastet, o domínio da deusa-gata, ali venerada e que lhe dava seu nome. Uma deusa enigmática e muito misteriosa, capaz de adquirir diferentes aspectos, já que podia ser doce e maternal sob sua forma de gata ou transformar-se em uma leoa colérica e assassina, momento em que se identificava com Sekhmet. Possuía um belo templo construído em uma ilha em forma de meia-lua em uma das margens do rio, onde havia muitos gatos que eram cuidados e cultuados como se fossem reencarnações da deusa. Seu culto foi de tal importância que milhares de gatos chegaram a ser embalsamados na mais mística das devoções. Ritos na verdade estranhos e às vezes herméticos, impenetráveis.

Também poderia dizer-se naquela tarde que o rosto de Nefermaat estava impenetrável, ou, ao menos, indecifrável, enquanto ele caminhava por uma das concorridas ruas da cidade. Como quase sempre, ia absorto em suas particulares preocupações e inquietações, que já pareciam fazer parte dele. Naquele entardecer, não tinha motivos para sentir-se contrariado, pois na manhã do mesmo dia demonstrara, diante da audiência repleta de médicos do lugar, seu bom discernimento e sua habilidade, e o que era mais importante, diante do próprio Anon. No entanto, o que a princípio não fora senão uma grande satisfação com o reconhecimento geral de seus colegas, converteu-se, passadas as horas, em uma fonte de preocupações, pois, quanto mais voltas dava em torno do tema, mais inquieto ficava. Passara tempo suficiente assistindo aos ensinamentos do babilônio para saber a pouca disposição demonstrada pelo homem para reconhecer o valor dos médicos egípcios. Nefermaat estava convencido de que isto não se devia a nenhum tipo de antipatia ou mágoa por eles, e sim a uma característica de sua personalidade particular. Estava convencido de que Anon se mostraria da mesma forma diante de seus colegas babilônios. Que um jovem como ele tivesse aceitado seu desafio sem temer as habituais zombarias e, mais que isso, atendesse aquele paciente de forma correta, não fora algo especialmente agradável ao ego descomunal do mesopotâmico. Ainda que admitisse que o homem se despedira com um leve aceno e sem dizer uma única palavra — algo, de outra parte, incomum, que não deixava de demonstrar um velado reconhecimento —, sabia que sua atuação não devia tê-lo agradado, e isto deixava o jovem bastante preocupado.

Nefermaat não tinha o menor interesse em participar de tais exposições diante da multidão. Só queria aprender, e para isso viera. Seu objetivo era Anon, poder estar perto dele para assimilar seu talento. O resto não lhe interessava.

Era por isso que, com tal raciocínio, o jovem concluía que se encontrava mais longe do que nunca de Anon, e que este não o aceitaria. Contudo, se existia um dom que Nefermaat recebera dos deuses, era a perseverança. Graças a ela, ele se encontrava ali, ainda que Sekhmet, sua protetora, o tivesse ajudado em alguma outra ocasião.

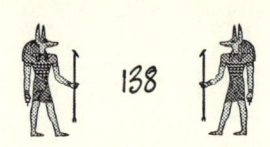

Por esse motivo, naquele mesmo dia, decidiu mudar de estratégia. Já de nada valia ir toda manhã à Casa dos Livros em busca de ilusões quiméricas. Se queria ver seus desejos realizados, devia tomar outro caminho.

Enquanto todas essas reflexões ocupavam por completo seu coração, o belo entardecer envolvia a capital ribeirinha em uma tênue mecha de raios de luz que agonizavam. Esplêndidos os entardeceres do Egito; magníficos e, por sua vez, tão diferentes em cada cidade que era como se os deuses que as protegiam quisessem deixar impressa nelas a sua essência divina, para assim diferenciar seus céus, tão sublimes e fastuosos.

Alheio a qualquer sentimento de sedução diante de tanta magnificência, Nefermaat caminhava pelas ruas com um único propósito, que pouco ou nada tinha a ver com semelhantes portentos. Nem a tarde, nem sua luz, nem o perfume inebriante vindo dos jardins mais próximos pareciam influenciar seu ânimo ausente. Sua intenção era apenas uma, e a ela se entregava com pés ligeiros e passos firmes, buscando atingi-la.

Após atravessar os parques de belos palmeirais que se erguiam junto dos antigos palácios erigidos pelos deuses da XII Dinastia, Amenemhat I e III, Nefermaat dobrou à direita e seguiu por uma ampla avenida que acompanhava, paralela, o rio, e na qual se mostravam as mais belas casas de campo de Bubástis. Rodeadas por uma vegetação exuberante, pareciam mágicas e pequenas ilhas de pesadas pedras, surgidas da fertilidade de uma terra que, generosa, as adornava com sua cor favorita: o verde. Aquela colheita sem igual, mais própria dos deuses que dos homens, era um presente para os sentidos e, sem sombra de dúvida, uma bênção para seus proprietários. Privilégio de uns poucos que, como Anon, moravam ali.

Ao chegar junto ao muro que circundava a fazenda, viu que as grandes portas que permitiam acesso a ela estavam abertas. Segundo soube depois, as portas sempre se encontravam assim, pois Anon tinha orgulho de que o caminho até a sua casa estivesse livre para todo aquele que precisasse de seus serviços — pagos antecipadamente, claro, com os dez *deben** de prata que ele costumava cobrar. Uma quantia enorme, que dava para alimentar quase cem pessoas durante um ano, ou comprar quarenta *seshat*** de terra, e que os ricos comerciantes da cidade pagavam satisfeitos, tudo para se verem livres de qualquer mal que os impedisse de seguir desfrutando de sua fortuna.

Nefermaat atravessou aquelas portas e chegou ao grande jardim que circundava a casa. Ela, bem ao fundo, se erguia, graciosa, junto à margem do Nilo que, costeando a parte de trás, delimitava, por sua vez, a fazenda. O jovem conhecia bem esse tipo de propriedade, pois, em Tebas, residências como aquela eram muito comuns entre a aristocracia local, sendo seu pai, por certo, proprietário de duas delas.

Enquanto se aproximava da casa, pensou por um momento nesse fato e no pouco que isso significava para ele. O caminho pelo qual sua existência percorria se encontrava muito distante de bens e posses, tornando distantes as recordações de sua infância no palácio, da qual, definitivamente, não sentia saudade alguma. Todos aqueles anos passados

---

* Os antigos egípcios não conheciam o dinheiro, de tal modo que as transações eram feitas por meio de trocas. Para isso utilizavam um valor de referência em forma de peso, o *deben*, para que cada artigo tivesse seu valor em *deben*. Por sua vez, o *deben* se dividia em *quites*. O peso do *deben* variou ao longo da história do Egito, mas na época de Ramsés III sua relação de peso era como segue:

1 *quite* = 9g; 10 *quites* = 90g; 1 *deben* = 10 *quites*.

O *deben* podia ser de ouro, prata ou cobre.

** Um *seshat* equivalia a 2.735m. O *seshat* também foi conhecido com o nome de *arura*.

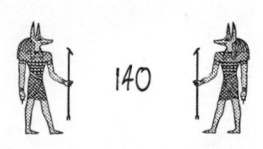

no interior do templo pareciam ter lhe transmitido um gosto pela vida austera e um certo misticismo que ele não renegava. Para o bem ou para o mal, havia se convertido em um sacerdote, ainda que fosse médico.

Não o surpreendeu nem um pouco ter que esperar para que Anon o recebesse, mas sim a pouca hospitalidade que o mordomo demonstrou. O babilônio se encontrava ocupado com um de seus pacientes, e o jovem não tinha hora marcada nem tampouco amizade para ser recebido, razão pela qual o homem lhe pedia que retornasse em outro momento. Nisto Nefermaat revelou-se inflexível, pois afirmou que dali não sairia até ver atendido seu desejo de vê-lo. Se fora devido à firmeza de suas palavras ou à sua hierarquia, o fato era que o chefe dos serviços não se atreveu a obrigá-lo a partir, e lhe pediu que esperasse na entrada enquanto via o que podia fazer.

As sombras já se anunciavam sobre o Egito quando Anon concordou em ver o desconhecido. Saber de sua natureza o animou a fazê-lo, pois ainda que não sentisse simpatia alguma por aqueles médicos beatos, experimentava por eles uma doentia curiosidade nascida da própria vaidade.

O estranho se encontrava junto à dobradiça da porta quando Anon apareceu. Os últimos raios de um sol que se punha recortavam sua figura, criando um efeito ilusório, como o de uma aparição. O babilônio não conseguiu menos que estremecer intimamente diante daquela silhueta que parecia montar guarda na porta de sua casa.

— Quem pergunta por mim e que motivo traz? — perguntou com seu vozeirão habitual, enquanto se aproximava.

— Alguém que anseia por tua ciência e que pretende aprendê-la.

— Para isso basta que frequentes a Casa dos Livros. Ali poderás encontrar-me a cada manhã.

— Teu verdadeiro saber não se encontra nesse lugar. Desejo o que guardas para ti.

— Ah, já vi tudo! — disse Anon, próximo da porta. — És um desses sacerdotes que sonham com as respostas que os templos não são capazes de dar.

— Só quero as que tu possas me dar — acrescentou o jovem, aproximando-se até ficar junto ao babilônio.

— Mas... Eu te conheço! — exclamou o babilônio, fazendo um de seus típicos gestos exagerados com as mãos. — Tu és o *ueb* que esta manhã se iluminou em público. Quase não havia te reconhecido, ainda que suponho que o entenderás, já que, francamente, me pareceis todos iguais. Teus olhos me resultam algo mais saltados, pois, ao carecer de cílios, me lembram os das rãs.

Nefermaat permaneceu impassível diante de tais palavras, como se elas sequer tivessem sido pronunciadas.

— Não crerás que o fato de teres atendido a um pobre homem de um simples *aat* te dá o direito de pensar que és melhor que o resto de teus colegas, certo?

— Tu és o melhor, Anon — cortou o jovem —, por isso estou aqui.

O babilônio deu uma gargalhada estrepitosa que ao rapaz lhe soou oca.

— Sabes como me adular, não há dúvida — disse ele, ainda rindo —, algo, por outro lado, incomum entre os de vossa classe. Ainda que conhecendo vossas desmedidas ambições, imagino que alguma coisa pretenderás com isso.

— Já te disse o que pretendo: quero tua ciência.

— Com que propósito? Para debatê-la no sombrio interior de vossos templos? Ou por acaso queres abrir um consultório para esvaziar o bolso de nossos confiantes paroquianos? Será que queres tornar-te rico às minhas custas?

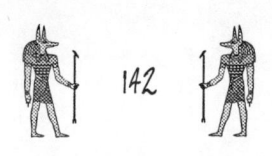

— O que desejo de ti é muito mais valioso que todos os *deben* do Egito, Anon. Se fossem riquezas o que eu buscasse, teria ficado junto de meu pai.

— Já entendi. Pertences a esse estranho grupo de acólitos que buscam respostas além dos sagrados muros das Casas da Vida. Tenho conhecido alguns deles a quem suas dúvidas os empurraram por caminhos impensáveis, devido à falta de fé em suas crenças. Estou enganado?

— Não vim falar de minhas crenças senão daquilo que não conheço.

— Pois temo que tenhas caminhado na direção errada. Nada posso fazer por ti — disse Anon, com um sinal para terminar a conversa.

— Sim, podes — atalhou o jovem, com presteza. — De fato, és o único.

Anon não pôde deixar de surpreender-se diante do que ele considerava um atrevimento, sobretudo vindo de um imberbe clérigo como aquele.

— Não existe nada a fazer, sacerdote — disse Anon, endurecendo o tom da voz. — Volta a teu templo.

— Nenhum templo me espera. Já sabes o que eu quero.

A cor do rosto do babilônio mudou, ficando vermelha por causa de sua ira incipiente.

— Como te atreves! — explodiu, em um de seus descontroles clássicos. — Vai-te, ou te expulsarei a pontapés, se for preciso.

— Não creio que seja necessário — continuou o jovem, imperturbável. — E mais: te desaconselho tal atitude. Até mesmo um homem como tu, que publicamente preconiza sua impiedade, está sujeito às mais elementares normas de comportamento. Que diriam nossos irmãos, sacerdotes de Bastet, ao tomarem conhecimento de algo semelhante? Tuas relações com eles são ótimas.

— Mas não contigo. Nada me obriga a atender ao que pretendes.

— Nisso tens razão. Por isso, só te peço que me permitas assistir a tuas intervenções. Garanto que não interferirei nem minimamente em teu trabalho e que...

— Interferir? Não é de meu agrado ser observado.

— Pois não é isso o que se deduz de teus públicos ensinamentos diários.

De novo, Anon ficou vermelho por causa da fúria.

— És um insolente e não receberás de mim a mínima lição. Sai daqui e volta para esse pai que afirmas ter, e que, ao que parece, é rico. Desfruta de seus bens no vilarejo de onde vens, ou dedica-te a tirar piolhos de vagabundos. Duvido que tenhas mais opções.

Nefermaat aproximou-se do babilônio até ficar a apenas dois palmos dele.

— Afirmo-te que tenho pai — disse em um sussurro, enquanto cravava o mais duro de seus olhares no babilônio —, e também ao deus User-Maat-Rá-Meri-Amon [Ramsés III], força, vida e proteção lhe sejam dadas, pois não por acaso meu pai governa sua casa, já que é Mordomo Real, como também o foram meus avós, por quem o Senhor das Duas Terras teve grande estima. Minha família vive no palácio com Sua Majestade. Esse é o vilarejo de onde procedo.

Anon o encarou boquiaberto enquanto voltava a experimentar aquela desagradável sensação que lhe produziam os olhos sem cílios.

— Considera minhas palavras, Anon, pois te garanto que não busco nenhum benefício. Só o que teu conhecimento possa me oferecer.

— Agora compreendo — interveio Anon, acariciando a barba, com uma expressão malévola. — Queres te converter em *sunu n nesu*, em doutor do faraó. Por isso tua insistência.

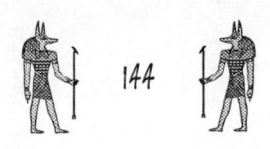

O jovem sorriu abertamente para ele.

— De novo, te enganas. O deus já tem um bom *sunu*, o melhor que se podia encontrar, por quem, aliás, sinto o maior dos respeitos. Seu nome é Iroy.

— Conheces Iroy? — perguntou Anon, surpreso.

— Desde a minha infância. Digamos que foi como um segundo pai para mim — contou o jovem, desviando o olhar com lentidão. — Ele me enviou a Mênfis e tem seguido meus passos discretamente.

— Quem melhor que um *imyr sunu* [supervisor dos médicos] de Sekhmet para fazê-lo? Ora, ora, quem teria imaginado!

— Acaso tu o conheces?

— A Iroy, o bubastita? Toda uma vida. Convivemos quando eu ainda era um menino. Ele costumava visitar meu pai com frequência para consultá-lo sobre suas dúvidas e pedir-lhe a opinião. Meu pai foi um grande médico — disse com orgulho —, o melhor que conheci. Tinha grande estima por Iroy.

— Curioso, mas eu não lembrava que ele fosse de Bubástis.

— E de muito boa família. Depois de sua passagem pelo templo de Sekhmet, ficou aqui por algum tempo, entre seus colegas consagrados a Bastet. Depois, já sabes para onde acabou indo.

Fez-se um breve silêncio, e os dois homens se olharam sem receio.

— Segundo dizes, foi o velho Iroy quem traçou teu caminho — continuou o babilônio com suavidade.

— Isso mesmo. Se o conheces, já sabes que quando toma uma decisão costuma ser definitiva. Ele estava convencido de que Sekhmet me elegera e de que nada mais havia a dizer.

Anon outra vez afagou a barba farta, enquanto mexia os olhinhos incandescentes de um lado a outro.

— Só peço para te acompanhar em tuas consultas diárias, nada mais.

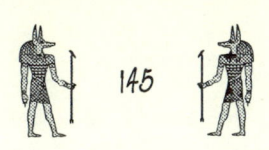

— Iroy segue velando teus passos a distância, hein? Ele te defende lá do palácio do faraó com a sutileza que sempre demonstrou. Agora que penso nisso — pareceu refletir, meditativo —, estou convencido de que tua presença aqui não é casual.

— Não entendo — respondeu o jovem no mesmo instante. — Iroy nada sabe sobre minha presença em tua casa. De fato, não voltei a vê-lo desde que deixei o palácio há quase oito anos.

Diante daquelas palavras, Anon riu com suavidade.

— Meu amigo — disse em seguida —, creio que passaste tempo demais fechado em recintos escuros, relendo papiros mofados. Pareces conhecer pouco da vida e dos homens: são disciplinas que só se pode aprender longe dos muros dos templos.

Nefermaat o olhou perplexo e com certo embevecimento.

— Está bem, homem, não me olhes assim — respondeu Anon, divertido. — Iroy me manda um presente em forma de sacerdote *ueb*, o que, dada minha natural impiedade, não deixa de ser engraçado. Típico dele. Uma boa piada — continuou, agora em um tom sério —, ainda que seja pesada, pois todo mundo conhece minha resistência em ser acompanhado por médicos curiosos e...

O jovem fez um gesto de interrupção, balbuciando apenas umas palavras.

— Sim, já sei, já sei — atalhou o babilônio. — Tu só tens anseio de conhecimento. Mas, o que queres, para mim representa um peso.

Nefermaat ficou tenso e ambos se observaram em silêncio durante alguns instantes.

— Enfim, não parece que existam muitas opções. Tratando-se de Iroy, até meu falecido pai recriminaria, em sua sepultura, uma recusa de minha parte. Como eu te disse antes, meu pai sentia um sincero afeto por ele.

Agora o jovem olhou para Anon visivelmente surpreso diante do rumo que o assunto parecia ter tomado.

— Ao menos tenho que saber como é teu nome. — Nefermaat escutou, ainda envolvido em seu espanto.

— Tens um nome, não é? — Escutou de novo a pergunta, já que Anon não recebera resposta.

— Nefermaat — respondeu ele, retornando de sua momentânea abstração. — Meu nome é Nefermaat.

— Bem, Nefermaat, parece que possuis algumas habilidades. Quem sabe até sejas capaz de aprender algo — exclamou, dando uma risada. De qualquer forma, devo te avisar que tua permanência junto a mim estará sujeita a uma série de condições de minha parte, que são, sob todos os aspectos, inegociáveis.

— Se estás em minhas mãos, te atenderei com gosto.

— Não penses que vou te pedir que renuncies a teus austeros costumes nem nada do estilo — avisou Anon. — Ainda que fosse um ato de grande consideração da tua parte que me atendesses um desejo.

Nefermaat fez um gesto com as mãos, animando-o a falar.

— Já vais ver. Não posso suportar esses olhos de rã sem cílios. Seria um grande gesto tu deixá-los crescer como o resto dos homens — disse ele com certa ironia. — Acreditas que vais conseguir?

O jovem sorriu-lhe abertamente, mostrando seus belos dentes.

— Será a prova de minha gratidão.

7

Suas origens eram totalmente desconhecidas, pois se estabeleceu em Per-Bastet, sendo já uma jovenzinha, junto de sua mãe, uma bela viúva que acabou se tornando uma inesgotável fonte de mexericos e falatórios, que ela mesma se encarregava de alimentar com seus hábitos mais que duvidosos. Iay herdou a beleza da mãe e, provavelmente, a perspicácia de um pai que nunca conheceu. A moça era extremamente esperta e decidida, o que, somado à sua graça natural, lhe proporcionou uma bagagem mais que considerável. Por tudo isso, não foi difícil para ela entrar no templo a serviço de Bastet. A deusa-gata, assemelhada a Hathor como deusa da beleza e do amor, compartilhava com a outra divindade muitos de seus mitos, gostando de ser adorada em seu santuário por belas tocadoras de sistro, o instrumento musical, por excelência, símbolo de Hathor. Iay foi, portanto, admitida como *shemayt*, "Cantora do Coro", sendo instruída nos distintos ritos e liturgias próprios de suas funções. Logo demonstrou naturais aptidões a serem desenvolvidas e, em pouco tempo, não existia no templo quem pudesse se igualar a ela como tocadora de sistro em qualquer um de seus tipos:

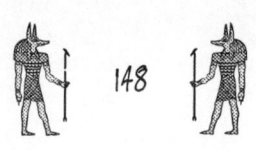

o antigo *sejem*, próprio do Antigo Império, ou o mais moderno *seshe sheta*.

Também deu mostras de seus dotes como dançarina, adquirindo grande reputação em toda a cidade como grande bailarina dos sagrados ritmos que Ihy, o deus músico, dominara para interpretá-los bem. Todavia, como quase sempre costuma ocorrer, tais habilidades em um corpo tão belo logo trouxeram consigo o desejo dos homens. O desejo e o homem caminham de mãos dadas desde o amanhecer de nossa espécie, sendo impossível compreender um sem o outro. Disso a moça se deu conta perfeitamente, como um dia acontecera com sua mãe, decidindo-se a tirar o melhor proveito possível do que a natureza tão generosamente a presenteava. Por isso, começou a prestar seus favores no interior do templo em troca de remuneração. Não havia lei alguma que a obrigasse a isso, mas, às vezes, essas sacerdotisas serviam sexualmente de forma voluntária em uma espécie de prostituição sagrada, que lhes rendia benefícios singulares. Era um costume particularmente seguido pelas acólitas procedentes dos estratos mais baixos da sociedade e que, raras vezes, praticavam as de condição social mais elevada. Entretanto, para Iay pareceu uma solução perfeita.

Durante anos, a jovem obteve um bom rendimento de seu exuberante viço, pois a fama de sua beleza transpassou as fronteiras da própria cidade, e Iay era visitada por forasteiros dos mais diversos lugares. Tal fato a fez decidir-se por abandonar o templo e instalar-se em uma discreta casa de campo, junto do rio, onde podia atender e se dedicar mais ao seu negócio. Iay se encontrava na plenitude da vida, e os ricos comerciantes e membros da aristocracia local a cortejavam diariamente, dispostos a pagar o que fosse para obterem seus favores.

Foi uma época dourada, sem dúvida, durante a qual a dama chegou a acumular uma verdadeira fortuna, com a qual poderia se aposentar e passar o resto de seus dias rodeada de luxo e das comodidades a que era tão apegada.

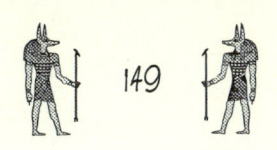

No entanto, como frequentemente costuma acontecer nesses casos, Renenutet, a deusa com cabeça de cobra, que determinava a prosperidade dos homens, decidiu tornar-se contrária e arrebatar aquilo que com tanta dedicação a antiga bailarina havia conseguido.

O instrumento de que se serviu a deusa do destino para tal fim não foi outro que o normalmente utilizado por Iay durante todos aqueles anos para enriquecer: o homem. Para tanto, Pianj cruzou seu caminho: uma criatura cujo corpo mais parecia próprio dos deuses que dos humanos, e que para Iay se assemelhava, no mínimo, ao de um imortal.

Pianj era um oficial de arqueiros procedente da distante Núbia, bem conhecido no exército do deus por seu arrojo, e cujos poderosos braços pareciam molas movidas pelo próprio Montu, o deus guerreiro tebano. Nele confluía a enigmática mistura de dons tão díspares como a beleza e a força, e se mostrava em grau elevado, como se uma e outra tivessem lutado para implantar nele sua supremacia. O resultado de tudo isso foi Pianj, a perfeição em estado puro, harmonia de formas e traços de rara beleza.

Não é preciso dizer que Iay se apaixonou perdidamente por ele no primeiro dia em que o viu. Seu coração, costumeiramente duro como o basalto com que se esculpiam as figuras dos antigos faraós, se fez em pedaços, como se fora de barro cozido, demonstrando assim uma fragilidade que a dama ignorava possuir. Entretanto, ela pouco se importou com isso, pois era tal o amor que sentia pelo núbio que decidiu entregar-se a ele sem reservas, convencida da necessidade de compartilhar o mesmo entusiasmo. Contudo, aquele ânimo que ela buscava desesperadamente revelou-se tão viciado como o das alimárias que procuravam, a cada noite, cadáveres no deserto ocidental.

Sob a pele suave e morena daquele homem que ela tanto desejava acariciar se escondiam a perfídia e a crueldade em sua forma mais desprezível. Era impossível imaginar que aquele corpo, obra-prima dos deuses criadores, pudesse abrigar um coração tão malvado quanto o que ele demonstrou ter.

Incapaz de negar-lhe algo, Iay se viu arrastada pelo torvelinho de sua paixão até o poço escuro onde vivia Pianj. Uma escuridão que acabou por devorá-la irremediavelmente, até reduzi-la a um ser sem vontade. A partir desse momento, andou pela mão do núbio até os tortuosos caminhos que conduzem aos vícios mais inconfessáveis, chegando a perder qualquer noção de realidade, pois sua vida se convertera no irreal.

Então, foi após uma das orgíacas festas a que Pianj era tão chegado que os pés de Iay atingiram o ápice de sua incontrolável queda.

Quando isso aconteceu, Iay já se encontrava totalmente arruinada. Todos os seus bens haviam sido torrados na enorme pira na qual havia se convertido sua febril loucura por aquele homem. Ela, que durante anos manipulara os homens de acordo com seus caprichos, fora agora capaz de entregar sua vida e fortuna a Pianj por amá-lo uma noite apenas. Que espécie de alienação havia tomado conta dela? Que tipo de trama fora urdida em sua personalidade? Era o destino quem ria dela ao fazer com que ela fosse empurrada pelas mãos invisíveis de Renenutet, sua deusa?

Difícil encontrar uma resposta a tais questões para alguém que, como ela, havia chegado a estar disposta a oferecer o próprio *ba*,* e até mesmo sua imortalidade.

---

* Lembre-se de que era assim que a alma era denominada.

No entanto, a explicação era simples e tão antiga quanto as próprias relações humanas. Simplesmente Iay havia aberto seu coração a um desalmado, e o único ponto vulnerável de toda mulher fora feito em pedaços por aquele soldado que a conquistara como se de uma fortificação sitiada se tratasse, cometendo nela uma grande pilhagem.

Contudo, Bastet, que é símbolo de doçura maternal e fecundidade amorosa, se apiedou dela, pois, não à toa, aquela mulher havia lhe demonstrado sua devoção durante anos como sacerdotisa. Portanto, com seu poder, a divina gata jogou um pouco de luz em tão perdida consciência. Luz suficiente para que Iay se desse conta de seu estado real e de suas consequências. Estas tinham sido certamente desastrosas, pois sem nada além de riquezas, logo perdeu seus últimos bens e, aos poucos, o amor. Em uma manhã, o apolíneo oficial se despediu dela para nunca mais voltar. Sem fortuna alguma nem meios de sobreviver, pouco lhe restava a fazer.

Foram tempos difíceis para Iay, nos quais ela se viu forçada a se manter a qualquer preço. Um preço que, geralmente, os demais impunham, e assim tratavam de obter o máximo proveito, como costuma acontecer com os que sofrem infortúnios.

Mesmo assim, a dama superou tudo, e aquela pequena luz que Bastet semeara em sua desesperança acabou germinando até se converter em claridade máxima, levando-a a tomar de novo o caminho do qual nunca deveria ter se afastado. Assim, voltou a utilizar seus dotes como bailarina para tornar agradáveis os banquetes dos prebostes, que começaram a contratá-la com certa assiduidade. O sistro, os crótalos e inclusive o *menet* não tinham segredos para ela, que interpretava seus ritmos como ninguém na cidade. Por isso, em pouco tempo, não havia festa que se prezasse entre a alta sociedade bubastita à qual Iay não fosse convidada, para o deleite de todos quantos a assistiam. Assim a bailarina voltou, com discrição, a estender seus antigos laços de amor, disposta a recuperar tudo quanto lhe havia sido arrancado, convencida de que seu coração era agora mais duro que qualquer das milenares pedras que embelezavam seu país.

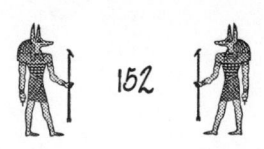

No entanto o tempo, o mais inflexível dos juízes, também passara para ela, arrebatando-lhe, sem piedade, o viço de uma juventude perdida para sempre. Mesmo que ainda bela, Iay deu-se conta de que as paixões que antes despertara em todos faziam parte do passado. Continuava sendo uma mulher desejável, certamente, mas não mais para todos os olhos. Tratou de tirar vantagem de sua ampla experiência, estabelecendo relações com os ricos comerciantes que costumavam procurá-la para aqueles encontros, e que podiam lhe proporcionar benefícios. Durante anos, serviu como amante de homens, antes poderosos, dos quais a idade retirara já a confiança e que almejavam voltar a sentir-se jovens, ao menos durante uma noite.

Fruto de tão agonizantes amores, Iay acabou engravidando. Algo impensável para uma mulher com sua experiência, mas foi o que aconteceu.

Como consequência de uma agitada noite de amor, a senhora engravidou, algo que naquelas circunstâncias em particular pareceu-lhe uma hecatombe. O responsável por tamanha desgraça foi um afamado comerciante de vinhos de Mênfis, de passagem pela cidade para fechar alguns negócios. Aquele homem mostrou-se um amante mais que veemente. Exigiu seus favores durante a noite inteira com um ardor que chegava ao desespero. Seu pagamento foi mais que generoso, ainda que não o suficiente para cobrir o que ali deixava, pois pela manhã o comerciante regressou a Mênfis, e Iay não voltou a vê-lo jamais — um patético desfecho para alguém que, como ela, havia chegado a ser um dia a rainha absoluta de Bubástis.

A menina que Iay deu à luz representou um problema somado ao futuro incerto que parecia cair sobre ela. Entretanto, ela o encarou com valentia, pois era devota dos deuses e de seus preceitos, e nunca lhe passou pela cabeça submeter-se ao "desvio da gravidez".*

A maternidade fez com que Iay desabrochasse e recuperasse parte de sua antiga beleza. Heket, Meskhenet e Tueris, as deusas que ajudavam no parto, pareciam recompensá-la, dando-lhe o que se assemelhava a uma segunda juventude: formas arredondadas que se destacaram outra vez, desafiantes, dispostas a ressarcir-lhe sem piedade de todos e cada um dos homens. Essa foi a vida que Iay levou. Um sórdido combate que, afinal, não era mais que uma revanche consigo mesma, da qual nunca sairia vitoriosa.

Os anos seguiram passando e ela foi tomada pela presença da inevitável maturidade. A evidência de que a idade já não mais a abandonaria era difícil de aceitar para alguém como ela. No entanto, ali estava, ameaçadora, com toda uma legião de sombras sinistras que, decerto, escureceriam no fim de seus dias. Foi então que, logo quando o desânimo diante do futuro incerto começava a germinar em seu interior, o destino voltou a mudar sua sorte. Caprichoso, como sempre que é manejado pelas divinas mãos dos deuses ancestrais. Teria sido obra de Renenutet, cuja vontade mostra-se volúvel onde se manifesta? Ou, quem sabe, caberia responsabilizar novamente a Bastet que, como sempre, continuava velando por sua Cantora do Coro? Afinal de contas, pouco importava a resposta correta, pois tanto fosse uma ou outra, ou a confluência do poder de ambas as deusas o que mudara a sina de Iay, desfizeram-se as negras nuvens que escureciam ao longe.

---

* Era como os antigos egípcios denominavam o aborto, que era proibido.

Anon entrou em sua vida da forma mais inesperada, como é comum acontecer nesses casos. Foi durante o transcurso de uma daquelas visitas que a senhora costumava receber que ela o conheceu. Obviamente, sua primeira impressão não podia ser mais desalentadora, pois o indivíduo em questão estava muito longe de encontrar-se dentro dos mais elementares padrões de beleza que a dama admitia. E mais: mostrava-se descuidado, desastrado, um tanto sujo e extremamente feio, ainda que, como mais tarde muito bem pôde comprovar, isto não fora o pior nele. Contudo, houve algo naquele homem que lhe despertou, sim, a curiosidade, incentivando-a a continuar uma conversa que, de outra forma, teria terminado no primeiro cumprimento. Aquele homem era diferente, em tudo, de todos os que ela havia conhecido, até mesmo no aspecto físico, pois Iay não lembrava ter visto jamais alguém tão pouco agraciado. Entretanto, debaixo daquele horroroso porte a que os deuses lhe haviam sentenciado, escondia-se a personalidade mais vital e envolvente que se poderia imaginar.

Iay precisou apenas de alguns minutos para perceber que Anon era pessoa de verbo fácil, palavra certeira, mordaz, provocadora, e até mesmo mal-intencionada, e que por trás de seus olhinhos se encontrava um olhar dono de uma força impossível de ser medida, a qual ele se encarregava de distribuir ao seu redor, dominando as vontades alheias.

Iay observava admirada como o silêncio lhe abria as portas enquanto ele falava e como sua assistência o escutava com o maior dos respeitos, solicitando-lhe seu conselho sobre as doenças mais raras que fosse possível imaginar. Não era em vão que se tratava de Anon, o príncipe dos médicos, um verdadeiro gênio e, além disso, imensamente rico.

Para a bela bailarina foi impossível afastar-se dele durante a consulta. Aquele solteirão, um tanto extravagante e já quarentão, a fascinou a tal ponto que, embevecida, o escutou dissertar com talento e perspicácia sobre tudo aquilo a que ele se propôs.

Na manhã seguinte, o babilônio já estava louco por ela. Iay encaixava-se perfeitamente na concepção de beleza do médico. Suas formas generosas e sua madura beleza excitaram-no de tal maneira que nessa mesma noite definiu que o novo lar da dama seria a sua casa. Ela seria a senhora da casa como ele acreditava ser adequado, compartilhando a vida, a moradia e tudo aquilo que desejasse de sua infinita generosidade.

Iay ficou surpresa diante do impetuoso e pródigo babilônio. Entretanto, sua mais que vasta experiência da vida e dos homens lhe fez compreender naquele instante que a oferta era sincera.

Certamente, Anon ia representar-lhe uma caixa de surpresas, como ela bem pôde notar desde a primeira vez que se amaram. Era difícil de supor que um homem tão pequeno pudesse ter tal quantidade de energia contida e semelhante vitalidade, mas assim foi. Uma vez entre os braços de sua amada, o babilônio se aferrou a cada uma de suas protuberantes formas como se sua vida dependesse daquilo, enquanto emitia pequenos grunhidos de desespero ao não poder abarcar tantos manjares de uma só vez. Manjares que deviam parecer-lhe saborosos como nunca antes, pois passou a noite toda se deleitando com eles sem parecer saciar-se jamais. Iay lançou mão de seus vastos recursos amorosos sem que, aparentemente, isso tivesse consequências imediatas. Aquele homem manteve sua virilidade ereta como poucas vezes a senhora lembrava ter visto. Alojado entre suas belas pernas, o médico não parava de investir uma e outra vez como se levasse algum espírito oculto dentro do corpo, que o empurrava a mover-se daquela forma contínua e desaforada. Não havia dúvida de que aquele homem era valente e extremamente combativo.

Quando o amanhecer começou a anunciar-se timidamente na penumbra do quarto, Anon pareceu acalmar-se um pouco. Emitiu um gemido, arqueou seu pequeno corpo, parando as penetrações, e, finalmente, transformou o gemido em suspiro, enquanto, revirando os olhos, entregava-se, exausto, mas satisfeito, sobre os generosos seios da mulher. Iay o amparou, solícita, em tão acolhedor refúgio, acariciando-o como só ela sabia fazer; constatando, sem nenhuma espécie de dúvidas, que aquele homem se entregara por completo a ela. Antes de dormir, Iay teve certeza de que Bastet continuava velando seus passos mais uma vez.

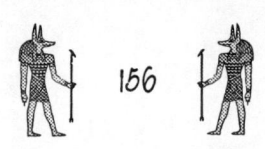

8

As condições a que Anon se referia revelaram-se para Nefermaat muito mais fáceis de atender que de suportar, e não exatamente porque lhe parecessem especialmente cansativas ou complicadas. O jovem utilizava sua natural sensatez e disposição em todas elas, e, em pouco tempo, seu mestre reconhecia isso com discrição. O problema, portanto, não residia na natureza da atividade que desenvolvia, mas sim na do próprio Anon. Este tinha razão ao avisar publicamente sobre seu caráter dissoluto, ainda que, como Nefermaat bem pôde comprovar em pouco tempo, ele não passasse de uma mera imitação da realidade, uma caricatura da irrefreável personalidade que possuía.

Quando Nefermaat se instalou na casa, já fazia dez anos que Iay e sua filha compartilhavam a vida com o babilônio. Durante todo esse tempo, a antiga *shemayt* constatou as virtudes e os vícios do amante — vícios a que ele, certamente, não estava disposto a renunciar —, assim como o grande coração que tinha. Obviamente, às virtudes lhe foi extremamente fácil acostumar-se e, quanto aos vícios, não se poderia dizer que fora levada ao engano, uma vez que Anon demonstrou todos os que anunciara ter, que eram muitos.

Nos primeiros anos, Iay preferiu manter sua independência civil. Ainda que Anon lhe oferecesse diariamente o matrimônio, ela conhecia bem os homens e sabia que legalizar a relação com o babilônio podia significar estragar tudo. Ela era feliz assim e decidiu que o melhor seria manter as coisas como estavam, ao menos durante um tempo. Todavia, quando os anos passaram e os primeiros sinais do inevitável declínio se mostraram, Iay reconsiderou sua posição, preferindo assegurar sua condição e, com ela, a de sua filha. Seu instinto de sobrevivência lhe dizia que chegara o momento de aceitar a tumultuosa personalidade do médico e esquecer-se da quimérica aparição de um homem que fosse um poço de virtudes. Sabia, por experiência, que tais seres não existiam senão nos contos morais escritos nos tempos antigos, já que até mesmo os deuses, em algumas ocasiões, revelavam-se pecadores impenitentes.

De qualquer forma, para Iay o tema da virtude tampouco era algo com que se importasse muito. Afinal, vivera à margem dela desde sua longínqua adolescência. Conhecia perfeitamente os vícios e as tendências dos homens, pois não era à toa que fora fiel participante de tais atos, às vezes com um entusiasmo único. Foi por isso que Iay aceitou com prazer Anon e suas obsessões, incluindo-se aí o lado benevolente do babilônio e, por que não dizer, sua posição e sua imensa fortuna.

Para Nefermaat, porém, a situação foi mais difícil de relevar. O monge que, sem querer, ele levava dentro de si, vinha de um mundo diametralmente oposto, no qual apenas na virtude e em sua observância estava o caminho certo, tal qual lhe haviam ensinado. Para ele não eram agradáveis as costumeiras perseguições de Anon à sua voluptuosa esposa, enquanto ela dava risadinhas, de ânimo ou até mesmo de satisfação, com as quais alentava o furibundo marido, prestes a alcançá-la com o membro incontrolavelmente ereto. E muito menos se encontrar com eles no final da libidinosa jornada, copulando em algum lugar da casa, como se fosse a coisa mais natural do mundo.

Tais correrias eram frequentes e desgastantes, pois o babilônio se revelou muito aficionado a elas e gostava de praticá-las sempre que podia, demonstrando assim sua irrefreável inclinação ao exibicionismo.

Claro que isso não era tudo. Além de tais inclinações, somava-se em Anon uma excessiva devoção pela bebida, e, particularmente, pelo vinho, que estava acostumado a tomar, sem pudor, em quantidades enormes. Desse vício também acabou compartilhando sua esposa que, já definitivamente despida de suas últimas inibições, decidiu seguir até o fim pela mão daquele pequeno monstro, a quem, aliás, desejava. Virara um costume os cônjuges terminarem o dia mais que alegres, quando não bêbados, entre risadas, promessas e gritos sem o menor pudor, que invadiam a casa toda a partir do dormitório do casal.

Por todos esses motivos, Nefermaat decidiu instalar-se longe, bem na ala oposta do belo palacete. Para isso, escolheu um cômodo um tanto distante, que dava para as escadarias que levavam até o rio. O aposento não podia ser mais austero, pois nem sequer tinha cama, ainda que ali houvesse uma pequena mesa de ébano que ao jovem pareceu mais que suficiente. Ele dormia sempre sobre sua esteira, e era tudo do que necessitava. O rumor das águas próximas representava, por outro lado, um luxo além do que poderia desejar, pois o isolava dos demais ruídos da casa que, dadas as circunstâncias, costumavam durar até bem tarde da madrugada. Ali, em seu pequeno aposento, Nefermaat instalou seu mundo e sua pilha de papiros, onde estava disposto a anotar até o último ensinamento que fosse capaz de extrair de Anon. Havia chegado àquele lugar trazido pela magia de Sekhmet, disso ele estava convencido, e sua vontade satisfaria a deusa, por cuja mão se sentia guiado. Estava ali para aprender, e com fé conseguiria.

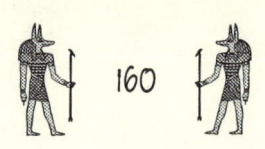

Além do que representavam os vínculos familiares, sua relação com Anon poderia ser chamada de boa. Como de costume, Nefermaat recebia os primeiros raios de Rá, de volta de sua viagem pelo submundo, asseado e imaculadamente vestido com sua túnica de linho branco. Quando o babilônio se levantava, ele já estava à espera, pronto para começar sua jornada diária, jornada na qual o príncipe dos médicos dava mostras evidentes de sua inesgotável vitalidade.

Além da rotineira visita matinal ao complexo do templo de Bastet, Anon desenvolvia uma grande atividade, pois costumava atender doentes em sua casa — consultas marcadas pelos que podiam se permitir pagar os dez *deben* de prata que ele cobrava. Apesar do preço, os pacientes que o visitavam pareciam não acabar nunca. Chegavam de todos os cantos do país, decididos a encontrar uma cura para suas enfermidades. Muitos se mostravam desesperados, em busca de uma esperança que apenas o melhor dos médicos podia lhes dar, partindo animados, até mesmo de nações distantes, conhecedores de sua fama.

Entretanto, nem todos os seus pacientes eram ricos, já que, às vezes, Anon se interessava por indivíduos com estranhas enfermidades, que ele desejava conhecer. Destes não cobrava nada, já que representavam uma valiosa fonte de estudos.

Durante um ano, Nefermaat desempenhou as funções típicas de um ajudante. Preparava manipulações, unguentos e fármacos para o babilônio e, atento a todos os detalhes, observava-o trabalhar. A cada dia aprendia algum pormenor revelado por seu mestre, às vezes como legítimas descobertas, pois Anon era pouco propenso a compartilhar sua ciência. Para alguém tão observador quanto o jovem, aquilo não deixava de ser um estímulo a mais na emocionante tarefa que desempenhava todos os dias. Sempre havia algum achado novo que o fascinava, um detalhe, uma revelação... Ele acreditava que no interior dos templos tinham lhe ensinado tudo quanto um *sunu* devia saber. "Todo o conhecimento possível se encontrava ali", escutara durante anos, e em nenhum outro lugar era possível encontrá-lo. Nefermaat estava convencido de que aquilo era verdade, de que não existiam no mundo outros centros conhecidos onde aprender a misteriosa arte da cura. Apenas no país de Kemet estavam guardados semelhantes segredos. Então, qual a diferença entre aquele médico estrangeiro e os conceituados *sunu*? Por que ele tratava algumas enfermidades de forma inteiramente oposta e às vezes com melhores resultados?

A resposta era simples, e Nefermaat não demorou muito para descobri-la. No Egito, os médicos estavam acostumados a tratar as enfermidades pelos sintomas, e Anon, no entanto, as tratava em função das áreas ou órgãos afetados. Aí estava a diferença, pois o babilônio possuía uma compreensão incomparavelmente superior da fisiologia humana. No entanto, inevitavelmente, o que o jovem se perguntava era como ele a havia adquirido. Uma pergunta para a qual preferia não saber a resposta.

Muitos pacientes que os visitavam diariamente apresentavam as mesmas doenças que Nefermaat havia visto serem tratadas no templo. A verdade é que no Egito existiam enfermidades quase endêmicas, das quais ninguém estava a salvo e que nem mesmo Anon podia remediar. Males que só podiam ser causados por espíritos maléficos ou súcubos, como a tuberculose, que atingia vinte por cento da população, ou as "lesões devoradoras".*

— Crês realmente que algum demônio ou divindade malévola nos envia tão estranhas doenças? — perguntou Anon numa tarde que se encontravam sentados nas escadarias que levavam ao rio.

---

* Neoplasias produzidas por tumores malignos.

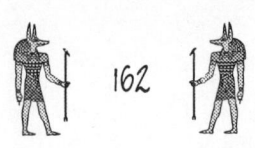

Nefermaat olhou, distraído, a exuberante vegetação que se estendia junto às margens, sem responder. Conhecia perfeitamente os pontos de vista do babilônio, assim como sua paixão pela polêmica, e como costumava inflamar-se durante uma discussão.

— Tudo está na natureza — prosseguiu Anon. — Nós, as árvores, os animais e também as enfermidades.

— Sabes muito bem que minha estadia aqui se deve principalmente a esse motivo — disse o jovem enquanto continuava a observar as margens do rio. — Foram minhas dúvidas que me tiraram do templo.

Anon entortou ligeiramente a cabeça, enquanto sorria por dentro ao comprovar que o rapaz não estava disposto a discutir.

— A água, por exemplo — continuou o médico, apontando-a —, é a causa de muitas das doenças de que padecemos, e não acredito que Hapi, o deus do Nilo, seja a fonte delas.

— Sei perfeitamente que a água é a origem de graves sofrimentos — respondeu Nefermaat, voltando os olhos para Anon. — É algo que meus mestres já me ensinaram durante minha longa estada em Mênfis.

— É mesmo? — saltou rápido o babilônio, a quem a mínima menção aos sacerdotes de Sekhmet enervava de forma irremediável. — Deixas-me verdadeiramente impressionado. Quanta sabedoria! No entanto, sois particularmente aficionados a ela, pois passais quase meia vida submergindo, inclusive nas horas mais inoportunas. Como conseguis livrar-vos das infecções? Acaso tudo é obra de vossa milagrosa deusa?

Nefermaat franziu a testa por um instante. O babilônio era mestre em criar discórdias, demonstrando enorme prazer quando irritava seus companheiros.

O jovem, que havia testemunhado inúmeras ocasiões semelhantes, não estava disposto a entrar nesse jogo. Então atenuou a expressão e manteve a calma.

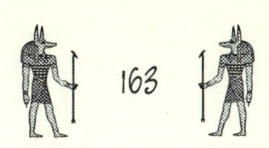

— Nos templos aprendemos, como tu — disse o jovem com certa ironia —, que as águas contêm parasitas que não somos capazes de ver e que se desenvolvem depois em nosso interior causando as mais diversas patologias. Também sabemos que os remansos e as águas paradas costumam ser foco dessas enfermidades. Por isso, utilizamos a água que flui na corrente mais viva. Esta está livre de impurezas e é nela que fazemos nossas abluções.

Anon o olhou sorrindo.

— Decerto pareces conhecer perfeitamente tais práticas. Conforme tenho entendido, costumavas tomar banho no rio várias vezes ao dia e até mesmo à noite. Com tanto banho, não temes contrair algum mal grave, como, por exemplo, o *aaa*?

O jovem então esboçou o melhor de seus sorrisos.

— Quanto a isso não tenho o mínimo receio. Lembra que Sekhmet me protege.

— Ah... — exclamou Anon, mal-humorado. — Não toquemos nesse assunto ou serei eu quem vai se irritar no lugar da deusa. Deverias tomar cuidado com teus banhos. Não é nenhum deboche. Pensa no caso que hoje mesmo atendemos.

Nefermaat se lembrava perfeitamente dele, pois era nada menos que o *heka-het* (governador do nomo) em pessoa que os havia procurado. Padecia de uma enfermidade que representava uma verdadeira praga no Egito, conhecida com o nome de *aaa*.*

---

* O *aaa* era a esquistossomose ou bilharziose. Uma infecção contraída na submersão em água infectada pelo *carcariae*, um verme que sai do caracol e que pode nadar. Em contato com o ser humano, penetra através da pele, chegando às veias. Depois de acasalar, os vermes se instalam na bexiga e no reto, onde depositam ovos, causando úlceras. Mais tarde, os ovos chegam à urina e ao sangue. Ao serem expelidos na água, germinam, liberando miracídios, que nadam, de novo buscando seu hóspede, o caracol, para começar outra vez o processo. No Egito, ainda hoje cerca de 12% da população está infectada.

Os sintomas que apresentava eram os típicos da doença: hematúria (sangue na urina), lesões no aparelho urinário e elefantíase do pênis. Além disso, o governador sofria de disfunções intestinais, como diarreia e, o que era pior, complicações hepáticas. Como bem puderam comprovar ao examiná-lo, o fígado estava muito inflamado. Era o pior quadro possível que podia mostrar uma enfermidade que chegava a ser mortal.

Como de costume nesses casos, Anon lhe receitou um tratamento à base de galena* e uma dieta adequada, pois pouco mais se podia fazer.

— Não penso terminar os meus dias entregando meu membro a mandíbulas tão poderosas — Nefermaat escutou Anon dizer enquanto pensava no caso.

O jovem deu uma gargalhada.

— É por isso que és tão resistente à água, Anon?

O homem mal mudou a expressão do rosto.

— Pois é, sem dúvida. Quando chega o momento no qual não tenho mais saída além de fazê-lo, fatalmente me enfio na água, sempre na banheira de minha casa.

— Percebi. Poderias utilizar ao menos um *karnatiw*, uma dessas proteções penianas que parecem ter virado moda e que muita gente usa para evitar o acesso do parasita ao trato.

— Um *karnatiw*? Não serve para nada, posso te dizer. Uma vez conheci um sujeito que contraiu a doença e ele me garantiu que nunca enfiava na água mais que os pés. Estou convencido de que o mal penetra por qualquer parte do corpo.

---

* Sulfeto de chumbo natural. Pode apresentar impurezas de antimônio em baixa quantidade. Hoje em dia, utiliza-se o antimônio para tratar essa enfermidade.

— Então teu caso não tem solução, a não ser, claro, que uses vinho — disse o jovem, provocador.

— Vinho? Humm. Não penses que não considerei a possibilidade. Certamente, umas abluções com vinho seriam o ideal, mas também uma forma profana de desperdiçar o elixir mais sublime que nos foi dado pelos deuses. E mais: Bés nunca me perdoaria por isso, e já sabes que mantemos uma boa relação — falou, entreabrindo a boca desdentada, em uma expressão que podia significar um sorriso ou qualquer outra coisa. — Que afronta não usar direito as coisas!

Nefermaat sorriu-lhe, brincalhão.

— Não me olhes assim, olhos de rã. Para ti é simples, já que não bebes nem uma gota, mas não penses que te invejo.

— Ainda que te explicasse, não creio que me entenderias — observou o jovem, encolhendo os ombros.

— Claro que não te entendo! Como também não entendo que não comas peixe, carneiro, pomba, porco...

— São costumes que eu levaria tempo para explicar e duvido que compreenderias — interrompeu Nefermaat, levantando uma das mãos.

— Sim, já conheço essas histórias. Que tudo o que procede do mar é impuro por ser um domínio de Set, que o porco foi uma das transformações que esse deus sofreu depois de assassinar seu irmão Osíris... Tens proibições para quase todos os alimentos, inclusive para alguns vegetais, como a cebola, o alho-poró ou as vagens, saudáveis venham de onde vierem.

— São preceitos que só os sacerdotes cumprem e que em nada afetam o resto da população. E afinal, em todo caso, alheios a ti.

— Alheios? Totalmente. Sinto-me distante de vossos equívocos estranhos. Sei perfeitamente por que não comeis cebola: nem mais nem menos porque cresce e floresce na lua minguante — respondeu o babilônio, dando uma palmada em uma das coxas —, mas quanto ao alho e às vagens...

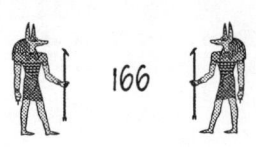

— São afrodisíacos potentes, capazes de comprometer a razão — sublinhou Nefermaat, arrependendo-se de imediato de suas palavras.

— Ah... — exclamou Anon no mesmo instante, animado pelo rumo que a conversa tomava. — Tinha me esquecido de que praticais a castidade e observais o celibato. Funesta doutrina para o corpo e seus fluidos. É lógico que não és capaz de mais do que dissecar animais. Por isso, nunca deixareis de ser *nekh kaw** [veterinários].

Nefermaat fez uma careta, forçando o sorriso. Não era a primeira vez que o babilônio utilizava aquele termo, nem aquele tom. A realidade era que todos os dias ele costumava demonstrar, de um jeito ou de outro, o que pensava sobre os sacerdotes *ueb*. Algo que não podia remediar.

Anon, que pareceu adivinhar o que o jovem pensava, continuou com suas recriminações.

— Ei, não faças essa cara. És o que complica tudo. Faz os compostos mais estranhos para aliviar males que se pode solucionar com mais facilidade. Falo desses laxantes absurdos que a cada dois dias preparas para ti. Francamente, não me ocorreria misturar barba-de-tigre, absinto e cerveja doce, fervê-los e em seguida beber. Não seria mais fácil mastigar algumas sementes de rícino? Seu efeito costuma ser infalível.

— O rícino pode ser perigoso — respondeu o rapaz sem se alterar —, quando ingerido em doses excessivas. É preferível não receitá-lo.

— He, he, he ... — Anon riu demoradamente. — Já sei que tens um profundo conhecimento sobre as plantas e a elaboração de fármacos.

---

* Literalmente significa "alguém que sabe dos touros".

Tenho te observado, e até afirmaria que possuis um pulso firme e boas qualidades para desenvolver tua profissão. Só precisas livrar-te dessas estúpidas amarras que te atormentam e cruzar a linha que não te permite avançar. Então poderias ser magnífico, e eu te mostraria tudo quanto desejas.

Nefermaat tratava de não mostrar suas emoções. Sabia perfeitamente a que Anon se referia, ainda que preferisse fazer-se de desentendido. Fingia para si mesmo, adiando uma decisão que, cedo ou tarde, teria que tomar. Ele estava ali para isso, pois, de outra forma, sua presença careceria de sentido.

— O tempo passa — suspirou o babilônio. — Já é hora de te decidires. Só tu podes escolher o que te convém.

O jovem o encarou quase não podendo sequer disfarçar sua perturbação.

— Aproveito para dizer-te hoje que estou sóbrio — comentou Anon, dando-lhe umas palmadas no ombro enquanto se endireitava. — Ah, por certo — continuou, empregando sua costumeira entonação de suficiência —; a propósito de laxantes te digo que sou partidário do vinho de palmeira em jejum. O *laghi* que se obtém de seu sumo é deliciosamente fresco e suavemente purgante, ideal para alguém que, como eu, não tem muitos problemas de prisão de ventre.

Nefermaat não disse nada, enquanto observava o babilônio ir para casa.

— Vinho de palma — ouviu que Anon repetia mais uma vez.
— Tamareira, claro.

A senhora Iay tinha uma filha que era uma desavergonhada. Agitada, astuta, intrigante, maliciosa e extremamente frívola: uma bagagem nada depreciável para alguém que só contava com dezessete anos. Sua aparência lembrava a da mãe. Tinha um corpo de formas voluptuosas e boas proporções, do qual tirava o melhor proveito possível, sendo justo reconhecer que, como também acontecera com Iay, a moça mostrava grande facilidade para a dança e as artes amatórias. Gostava de provocar e escandalizar os homens à primeira oportunidade e o fazia com uma mestria e desenvoltura impróprias para a idade que tinha. Cheia de bens e riquezas, e com a vida prazerosa que levava, podia dedicar-se a essas ocupações, pois não tinha que pensar em nada mais. Apesar de tudo, havia que lhe reconhecer alguma virtude, já que era decidida, inteligente e muito simpática. Uma mistura heterogênea cujo resultado final era, no mínimo, digno de ser levado em conta.

Em uma idade em que a maioria das egípcias já tinha arranjado um marido, ela só pensava em divertir-se e desfrutar da vida o quanto pudesse, longe de compromissos e, portanto, sem pertencer a homem algum. Gostava demais deles, deleitando-se em provocá-los em qualquer ocasião até vê-los excitados e famintos. Sua virtude era coisa de outra época, esquecida em algum canto do passado, próximo à chegada da puberdade. Desde então tivera muitos amantes, sempre escolhidos segundo seus caprichos, que sucumbiam aos encantos e habilidades da jovem. Ela jamais amara algum deles, chegando a estar convencida de que esse sentimento lhe era alheio por natureza. Os homens eram um maravilhoso presente, um divertimento que Hathor, a deusa do amor e da beleza, a quem a moça venerava, enviava-lhe pródiga para que satisfizesse seus inconfessáveis instintos.

O fruto indesejado de mais uma noite de carícias compradas acabou se tornando uma aluna a superar a própria mãe, sobretudo porque nunca teria necessidade de se vender.

Nem é preciso dizer que Anon estava louco por ela. Havia muito se insinuava, e diante da sedução manifestada pela jovem, acabou perdendo a compostura, revelando-lhe os desejos insanos que, segundo ele, o consumiam.

Ela, maliciosa como ninguém, deu uma risadinha cantante e, com movimentos calculados, passou rente a ele, requebrando-se de forma libidinosa. Arrancava assim sons desconexos da boca do babilônio, que acabaram por converter-se em vulgares grunhidos ao ver que ela se distanciava.

A partir daquele dia, Anon babava descaradamente cada vez que cruzava com a moça. Ela, quando podia, incendiava ainda mais o babilônio, lançando-lhe olhares provocantes ou fazendo os mais atrevidos trejeitos. A situação chegou a um ponto em que Anon, soltando as rédeas de sua impenitente concupiscência, propôs muito seriamente à sua mulher a possibilidade de dividir o leito conjugal com a enteada. Uma proposta que não surpreendeu Iay em nada, pois ela conhecia perfeitamente a natureza de seu marido e a de sua filha.

— Significaria a culminação absoluta dos prazeres terrenos! O êxtase dos sentidos! — exclamava, sem disfarçar sua lascívia enquanto a mulher o observava com os olhos arregalados. — Pensa: o que mais se pode pedir?

Iay imaginava muito bem e por isso tratava de ignorar as palavras do médico, expressando-lhe seu desgosto por tamanho despropósito.

— Bastet nos proteja! — pedia a dama, pondo as mãos de um lado e de outro do rosto. — Tu te tornas mais depravado a cada ano que passa.

— Bem, também não é para exagerar — protestava Anon. — Em que melhores mãos que as nossas poderia ficar tua filha?

— Hathor divina! — voltava a exclamar Iay.

— Vamos, não sejas boba — dizia Anon, bajulador, enquanto acariciava-lhe um seio. — Sabes que adoro enterradinhas em corpos como o teu. Não te trocaria por nenhuma mocinha malcriada.

Iay sorria, adulada.

— Comigo não precisas disfarçar — continuava o babilônio. — Conheces a moça melhor que ninguém e sabes que tem o coração devorado pelo vício.

Agora a mulher fez uma cara de espanto.

— Não faças essa cara, pois sabes que tenho razão. Afirmo que um dia a percebi espiando-nos enquanto copulávamos no jardim. E não penses que tentava esconder-se: ela queria que eu a visse. Eu te digo que é um monstro.

Obviamente, aquelas palavras não chegaram a convencer Iay, ainda que a tenham deixado de sobreaviso sobre o que poderia acontecer se não tomasse cuidado. A impudência do marido não tinha solução, mas a de sua filha ninguém sabia aonde a levaria, ainda que, por outro lado, fosse fácil de adivinhar.

Nefermaat não era alheio a tudo aquilo. Todos os dias, presenciava as atitudes atrevidas de Anon cada vez que cruzavam com a moça, e os olhares desafiadores dela. Para um jovem como Nefermaat, sem nenhuma experiência no amor, aquelas cenas o desconcertavam visivelmente, ainda que ele tentasse inutilmente disfarçar. Se tão frívolos olhares o desnorteavam, mais ainda o atordoava o nome da jovem, pois se chamava Atet, nome de antiga princesa, e que ele conhecia tão bem.

Esse nome, junto com o seu, vivera uma das histórias de amor mais belas já escritas no Egito, lá nos longínquos tempos do deus Snefru, mil e quinhentos anos atrás. Naquela época, o príncipe Nefermaat ostentava o cargo de vizir na corte de Snefru, o primeiro faraó da IV Dinastia e o único no Egito que chegou a construir três pirâmides. Foi onde Nefermaat conheceu a também princesa Atet, por quem se apaixonou perdidamente, casando-se em seguida com ela para viverem felizes pelo resto de suas vidas. Ambos foram protetores das artes e amantes dos animais, e foi tão grande o amor que tiveram um pelo outro que no fim de seus dias determinaram ser enterrados no mesmo túmulo* para continuarem juntos durante toda a eternidade.

História evocativa de tudo o que é sublime que encerra o verdadeiro querer, cuja essência imortal perdura através dos séculos, para assombro da posteridade.

Obviamente, pouco tinha em comum a corte de Snefru com Anon e sua família, e muito menos os dois jovens. No entanto, para alguém como Nefermaat, que havia sido educado conforme as mais antigas tradições, o paralelismo entre ambos os casos o desassossegava. Ele acreditava no poder dos nomes e, o que era pior, tinha o pressentimento de que a moça também conhecia a história.

O jovem não andava muito enganado. Atet prestara atenção nele desde o primeiro dia em que o viu, ainda que tenha se cuidado bastante para ocultar-lhe seu interesse. Para ela, ele representava uma curiosidade alojada em sua casa, que em nada se parecia aos homens entre os quais estava acostumada a variar. Seu aspecto estranho chamava-lhe fortemente a atenção, e não porque não tivesse visto um sacerdote antes, mas simplesmente porque este tinha aparência de príncipe mais que de um leigo, sem ordens clericais.

Ela não se deixou enganar pelas feições depiladas, pois sob elas podia adivinhar o indiscutível atrativo dos traços de virilidade que o jovem tinha e, sobretudo, por esse halo de mistério que o acompanhava e que parecia nascer do mais profundo de seu olhar.

Como é natural, Nefermaat ignorava por completo que pudesse despertar tal curiosidade, pois, durante todo o tempo que passava em

---

* Sua mastaba (tumba) está em Meidum, e a ela pertence a famosa pintura do desfile dos gansos.

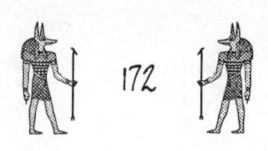

casa, contavam-se as vezes que vira a jovem, e jamais havia trocado com ela uma palavra sequer.

Ao contrário, Atet, sim, o observara. Durante as noites de lua cheia, a jovem fora até o rio próximo e, escondida entre os bosques de papiros, contemplara o jovem místico banhar-se sob a luz da lua. De sua privilegiada posição, Atet examinou à vontade o corpo esbelto de belas proporções, que lhe pareceu bonito e tentador. Quando ele saía das águas revelando sua nudez gotejante, a moça o olhava, maliciosa, presa a um indisfarçável desejo por aquele homem, que ela intuía ser ainda virgem.

Nefermaat, que nada suspeitava, tivera estranhos presságios que não sabia a que atribuir. Nas cálidas noites de verão, sonhos inquietantes haviam se apoderado dele com uma insistência que o desagradava. Imagens impessoais iam e vinham, transportando-o para cenários totalmente inapropriados à sua natureza. No entanto, esta parecia seguir o próprio caminho, pois com frequência ele despertava durante a noite em meio a incontroláveis ereções. Seu cômodo escuro deixava então de ser um lugar solitário e inóspito para transformar-se em outro, muito mais agradável, ainda que fosse apenas pela profusão de cenas com que sonhava. Todavia, quando regressava delas e descobria sua habitual solidão, tinha a sensação de que alguém mais havia estado ali enquanto ele dormia sobre sua áspera esteira.

Quanto a Atet, a visão do jovem sacerdote saindo do sagrado Nilo animou a moça a seguir alimentando sua doentia curiosidade. Isso a estimulou mais, se é que seria possível, até torná-la verdadeiramente atrevida, pois ela teve a ousadia de espiá-lo em seu quarto. À jovem pareceu-lhe uma ideia de fato audaciosa, à qual de nenhuma maneira podia renunciar. Uma noite dirigiu-se até o afastado recinto onde Nefermaat estava. Atravessando os frondosos jardins com cuidado redobrado, Atet se aproximou do cômodo no qual o rapaz se recolhera como o monge que parecia levar dentro de si. Como um felino antes de atacar sua presa, a moça aguçou seus sentidos em busca de qualquer som que a fizesse abortar o plano. Entretanto, tudo estava calmo, e era tal a tranquilidade dali que chegou até seus ouvidos a compassada respiração do sacerdote, vinda do cômodo ao lado.

Movendo-se tão discretamente quanto os gatos que reverenciava, Atet acocorou-se junto a um pequeno emaranhado de alfeneiros debaixo da janela. Logo, sem fazer um único ruído que pudesse denunciar sua presença, ergueu-se lentamente, com os sentidos alertas a qualquer movimento estranho. Enquanto o fazia, a jovem sentia nitidamente como seu coração acelerava diante da crescente excitação que experimentava. Próxima já da borda da enorme janela, deteve-se outra vez para confirmar que ninguém a vigiava, enquanto escutava, agora nitidamente, a respiração característica daquele que dormia em um sono profundo.

Quando Atet enfim entrou, o suave feixe de luz de uma lua, que já minguava, penetrava por aquela janela, criando difusas sombras ao seu redor, sombras às quais, aos poucos, a jovem pareceu acomodar-se, permitindo-lhe observar o cômodo suavemente iluminado. De imediato, ela se surpreendeu com a austeridade do habitáculo ao não reconhecer mais do que uma pequena mesa de ébano. Era um lugar pouco apropriado para ser usado como dormitório, e a ela nunca ocorrera qualificá-lo como tal.

Apesar disso, o jovem sacerdote não era da mesma opinião, pois, em uma casa tão grande como aquela onde os dois moravam, ele fora escolher, precisamente, o cômodo mais humilde — algo, sob todos os aspectos, incompreensível para uma jovem rendida ao luxo e à opulência.

Atet escutou um movimento no interior do habitáculo e logo reparou na figura deitada no chão duro. Estava encolhida sobre uma tosca esteirinha, sem nenhum abrigo além da própria nudez, que a deusa Nut* mostrava com a tênue claridade da decadente lua, pendendo de seus dedos celestiais. Esse débil fulgor que parecia envolver seu corpo acariciava-lhe o rosto, ressaltando, por sua vez, seus inconfundíveis traços: era Nefermaat.

Atet chegou mais perto, sem precaução alguma, para observar melhor o corpo do jovem. Ele se encontrava deitado sobre seu lado esquerdo, numa posição que ressaltava os bem desenhados músculos de suas costas e uns glúteos que pareciam quase pretos. A jovem os olhou com evidente desejo, sentindo-se tentada a acariciá-los na mesma hora. Chegou a estender a mão em um impulso que, a seguir, reprimiu, para concentrar-se de novo na prostrada figura. Esta era, certamente, sugestiva. A pele suave que ele aparentava ter cobria um corpo fibroso e saudável que a fascinou de imediato.

A moça contemplava, concentrada, o jovem quando ele se moveu intranquilo, como se estivesse em meio a um sonho desassossegado. Um sonho que parecia agitá-lo cada vez mais, produzindo-lhe pequenas convulsões, fruto, talvez, de algum estranho pesadelo. Este deve ter se tornado mais vívido no coração do jovem, pois o obrigou a virar-se de barriga para cima, em uma espécie de contorção. Por um instante, seu corpo ficou exposto por completo diante dos olhos dela, iluminado com nitidez pela luz de uma lua que mostrou àqueles olhos impressionados o membro ereto do jovem. Ela, acostumada a ver aquilo com

---

* Mãe de Osíris, Ísis, Set e Néftis. Esta deusa representava a abóbada celeste e aparece representada, seguidamente, com seus braços sobre o Oriente e seus pés sobre o Ocidente, e com o corpo repleto de estrelas.

frequência, não pôde deixar de sentir-se perturbada por aquele órgão viril ao qual o feixe prateado que entrava pela janela dava um aspecto que lhe pareceu especialmente sugestivo. Foi um momento e nada mais, pois aquele corpo voltou a estremecer, erguendo-se subitamente entre sufocados gemidos que o devolviam ao mundo real.

Atet teve o tempo exato para esconder-se, outra vez com o coração batendo forte diante da possibilidade de que o rapaz a tivesse visto. Escutou os acelerados arquejos do sacerdote e que sua respiração paulatinamente voltava ao normal. A jovem sorriu maliciosamente ao imaginar a cena que ali se desenvolvia. Nefermaat regressava de um sono profundo no qual Hathor, como deusa do amor, lhe mostrara imagens de um mundo de ilusões sensuais, do qual ninguém estava a salvo. O resultado parecia ter sido claramente insatisfatório para o jovem que, obviamente, sofria uma grande aflição, devida, sem dúvida, à luta particular entre seu espírito e sua natureza.

Pouco depois, Atet percebeu um ruído de passos no dormitório. Logo em seguida, viu o jovem sair da casa e dirigir-se ao caminho que levava até o rio, perto dali. Ela se encolheu atrás dos arbustos de alfeneiro enquanto contemplava, de novo, aquele corpo despido, banhado pela lua, afastando-se até o generoso Nilo. Quando Atet o viu mergulhar naquelas águas, saiu de seu esconderijo convencida de que tomaria aquele corpo, mostrando-lhe os caminhos dos prazeres ocultos que ela tão bem conhecia.

Aquela ideia lhe proporcionou um evidente prazer, inflamando-a com os pensamentos libidinosos aos que era tão chegada. Quando deu a volta na casa a caminho de seus aposentos, percebeu-se molhada, e isso lhe produziu ainda mais prazer. Enquanto isso, no rio, Nefermaat afundava o próprio corpo, pedindo alívio às águas para seu espírito maltratado.

* * *

Para Nefermaat, a vida naquela casa tornou-se quase insuportável, até o ponto de ele chegar a ter saudade dos anos escuros passados no templo de Sekhmet. Seu trabalho junto de Anon tornou-se particularmente difícil, já que o babilônio passava a maior parte do dia totalmente bêbado. Era tal a predileção do mestre pelo vinho, que o bebia a todas as horas e de qualquer variedade.

Seus preferidos eram os vinhos do Norte,* como o de Buto e o de Hamet, que era decerto o centro vinícola por excelência naquele momento. Contudo, isso não significava que ele desprezasse os demais, pois na Casa dos Líquidos** de sua moradia tinha armazenados líquidos da mais diversa procedência, como o vinho de Hurseja, no oásis de Farafra, o de Imet, localidade perto de Tânis, o de Iunu,***, o de Maréotis, o de Medesian, o de Pelúsio, o de Sabennytos, o de Taeniotic, o de Fisheries, o de Marshes e os do Alto Egito, entre os quais se destacavam o vinho de Coptos e o dos vinhedos de Amon. À tão extensa lista também se somavam os vinhos dos oásis do oeste, como os de Siwa, Dakhla e o Fayum, que o babilônio não desprezava de forma alguma.

Em meio a tanta variedade, obviamente havia brancos, tintos e claretes, tendo todos, no geral, uma graduação mais que generosa e que costumava beirar os quatorze graus. No entanto, além disso, Anon era mais que apaixonado pelo *nedjem*, um vinho adoçado com mel, capaz de fazer o mais sensato perder a cabeça, assim como pelo *shedeh*, um

---

* Os antigos egípcios nomeavam dessa forma os vinhos do Delta.
** Como era chamada a adega.
*** Nome da cidade de Heliópolis para os antigos egípcios.

licor de alta graduação. Além disso, se as circunstâncias exigissem, Anon não desprezava o vinho de tâmaras, o de romã ou o de palma, com o qual, como muito bem havia dito em certa ocasião, quebrava o jejum. Todos esses vinhos estavam convenientemente etiquetados com denominação de origem e referência à sua safra e qualidade, sendo a maioria deles qualificada como *nefer-nefer-nefer*, isto é, excelentes.

Ante esse panorama, não era de estranhar a contínua embriaguez de Anon, da qual ele era plenamente consciente e que inclusive justificava: devido à proximidade da Festa da Embriaguez, que em breve se comemoraria na cidade, e que, segundo afirmava o babilônio, ele já estava celebrando.

Para Nefermaat, a questão era muito mais simples, pois o vinho já fazia parte indissolúvel da vida daquele médico que, dia a dia, parecia necessitar ainda mais da bebida. No entanto, aquele estado de permanente embriaguez não prejudicava sua atividade diária, visto que dava suas costumeiras consultas da forma mais natural que se poderia imaginar. Algo que Nefermaat não pôde classificar senão como extraordinário. Em tais condições, o jovem presenciou os maiores milagres realizados pelas mãos do babilônio, que, naquele estado, demonstrou ser dono de um pulso inalterável, do qual se vangloriava, e que o animava a prorromper em constantes desafios aos deuses, exigindo-lhes que descessem de suas moradas celestiais para comprovar sua firmeza.

Nefermaat foi testemunha do tratamento de uma infinidade de lesões, algumas de enorme gravidade, diante das quais Anon deu mostras de uma mestria sem igual. Traumatismos cranianos, dos pavilhões auriculares, do maxilar superior, nasais, lesões na zona temporal, amputações e as mais diversas fraturas eram operados pelo babilônio sem temor algum. Quase sempre ele expressava o esperançoso prognóstico terapêutico de que "eis um mal que tratarei".

Obviamente, existiam casos contra os quais nada se podia fazer, como o de um paciente que aparecera com um ferimento aberto na cabeça de aparência assustadora. O médico tentou levantar o rosto do ferido, comprovando que era muito doloroso para o enfermo conseguir abrir a boca. Anon o examinou e constatou que sua fronte ardia em febre e estava molhada de suor. Notou que os músculos do pescoço estavam rígidos, e o rosto, contraído, como se ele tivesse chorado. O babilônio olhou de soslaio para o jovem sacerdote, enquanto aproximava o nariz do ferimento, para em seguida afastar-se, em uma demonstração de desagrado.

— Fede a excremento de vaca — disse Anon, olhando para Nefermaat. — Eis um mal contra o qual não se pode fazer nada.*

Com exceção desse tipo de caso e de outros de semelhante gravidade, como o temido "tumor terrível de Konsu",** que era mortal, Anon obtinha magníficos resultados, algo, por outro lado, impressionante, levando-se em conta o estado etílico no qual costumava se encontrar. Nefermaat não encontrava explicação alguma para o fato, e não teve outra alternativa a não ser qualificá-lo como milagroso. Com os vapores do vinho saindo de seu interior cada vez que abria a boca, aquele homem aplicava "o tratamento da faca" com uma destreza insuperável. O *des*, o *khepet*, o *shas* ou o *hemen**** eram usados depois de aquecidos previamente no fogo — como o jovem sacerdote nunca voltaria a ver em sua vida, podendo comprovar, pessoalmente, o porquê da merecida fama daquele médico.

---

* Esse caso está totalmente documentado no Papiro cirúrgico Edwin Smith e pertenceu a um paciente que desenvolveu tétano.
** Acredita-se que era câncer.
*** Tipos de facas utilizadas como instrumentos cirúrgicos.

Nefermaat, de sua parte, o auxiliava em todo o necessário, participando de um grande número de intervenções, sob o atento olhar do babilônio. Assim era sua relação profissional: parca em palavras e, às vezes, incômoda.

Era curioso, mas depois de passar mais de um ano naquela casa, Nefermaat continuava sentindo-se tão estranho quanto no primeiro dia. Nunca houvera um único vínculo além do meramente profissional, mantendo-se, de certo modo, tão isolado quanto na vida que levava anteriormente. Não se lembrava, durante todo aquele tempo, de ter mantido diálogo algum com a dona da casa que não fossem as habituais frases de cortesia para desejar a ela um bom dia.

Recém-chegado à casa, os donos o convidaram a jantar, mas em seguida ficou clara a pouca afinidade que o jovem podia ter com a senhora. Para Iay, Nefermaat representava um incômodo, pois ela sabia muito bem a classe a que ele pertencia e as convicções morais que ele seguia; convicções diametralmente opostas às suas e às quais ela mesma renunciara havia muito tempo. Como conhecedora da vida dentro dos templos, tinha consciência de que todos os ali iniciados adquiriam uma marca para a vida toda. Por isso, estava convencida de que sempre que seu olhar cruzasse com o de Nefermaat, o jovem recriminaria seu comportamento.

Para o marido, naturalmente, aquilo não tinha a menor importância, pois ele não era egípcio. Era um libertino ardiloso e, além disso, um ímpio a quem os hábitos do jovem pouco ou nada afetavam. No entanto, para ela a questão era diferente: não estava disposta a suportar a censura calada do rapaz a cada uma de suas ações. Toda noite, com o marido entre os braços, perguntava-lhe pelo dia que o moço afinal deixaria a casa, fazendo-o ver o quanto a desgostava ter um virtuoso como aquele em seu lar.

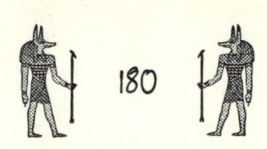

Anon costumava entrecerrar os olhinhos até que só o brilho de seu olhar parecesse existir nas órbitas. Enquanto isso, acariciava com lascívia a mulher, e acabava invariavelmente por responder:
— Em breve.

Nos últimos meses, a vida de Iay havia andado como a do marido, entregando-se da mesma forma à bebida, sem nenhuma resistência. Isso a tornou mais escandalosa em seu comportamento diário, dando estrondosas gargalhadas cada vez que Anon a assediava ou perseguia por algum corredor. Como se não bastasse, ela aumentara de peso e suas curvas naturais haviam se desenvolvido mais que generosamente, até converterem-se, no mínimo, em abundantes, sendo às vezes impossível contê-las dentro dos vestidos justos que a tal senhora costumava usar. Claro que tudo aquilo enlouquecia ainda mais a um Anon que estava encantado com o novo rumo que havia tomado sua vida conjugal.

Apesar de sua inclinação aos excessos e aos hábitos desregrados, Anon tinha plena consciência de tudo o que ocorria na casa. Um homem tão inteligente e perspicaz como ele, mesmo embriagado, dava-se conta de cada detalhe com perfeição. Desde o primeiro momento, soube que aquele moço não significaria nada além de um estorvo para a forma atropelada de sua casa funcionar. No entanto, ao concordar em acolhê-lo, contraíra algumas responsabilidades, senão morais, certamente consigo mesmo. A ninguém escapava a aversão que Anon tinha ao clero, qualquer que fosse o deus adorado, e o desagrado que podia chegar a sentir pelo fato de compartilhar sua vida cotidiana com um dos praticantes. Algo penoso, certamente.

Entretanto, aquele caso era diferente, pois estavam em jogo circunstâncias que ele não podia ignorar, mesmo dentro de sua inata imoralidade. Uma imoralidade que, ainda que pudesse parecer inconcebível, possuía a própria ética, uma vez que existiam princípios aos quais o babilônio se mantinha fiel, sendo um deles a amizade.

A presença do jovem em sua casa atendia única e exclusivamente a uma solicitação de cunho pessoal: um favor solicitado por um velho amigo, a quem ele respeitava e a quem não poderia negar nada.

Ambos os amigos mantinham uma correspondência frequente. Por isso, após receber uma carta do babilônio que lhe falava do jovem, Iroy não tardou em responder pedindo-lhe encarecidamente sua ajuda.

Anon conhecia Iroy desde sua juventude, já que este, alguns anos mais velho, fora aluno de seu pai, e dos bons. O professor devotou-lhe um carinho especial, e o fato fez com que ambos os jovens se encontrassem seguidamente na casa, começando o que mais tarde seria uma boa amizade. Juntos compartilharam muitos dos ensinamentos de seu pai, ainda que, posteriormente, a vida lhes oferecera caminhos diferentes. Anon alcançara grande fama em Kemet, o país dos médicos, e Iroy era nada menos que o médico do faraó. Por isso, quando recebeu o pedido, não pôde evitar a comparação entre o jovem Iroy e Nefermaat. Os dois eram sacerdotes *ueb*, e também os dois tinham abandonado a quietude do templo para ampliar seus conhecimentos nas mãos do único que podia fazê-lo. Iroy recorreu a seu já falecido pai, e agora o jovem chegava até ele.

Logicamente, Nefermaat ignorava tudo isso, pois sequer imaginava que Iroy pudesse seguir seus passos, já que este implorara a Anon, em seu papiro, que assim continuasse: o moço não devia saber de nada.

Dado o apreço que Anon sentia por aquele homem, atendeu ao que lhe pedia sem discutir, pois, além de amigo, Iroy era o único sacerdote *ueb* que o médico respeitava, o que por si só falava da grande consideração que tinha por ele.

A primeira impressão que teve de Nefermaat foi a prevista: o resultado da tradicional educação ministrada nos templos. Sua relação não tinha por que se basear na amizade, e assim não ocultou a antipatia sobre sua procedência, nem a distância que se encontrava dele, fazendo quantos comentários pejorativos lhe ocorressem acerca de particularidades. Apesar do tratamento que lhe dispensava, na maior parte das vezes indiferente, Anon tinha consciência da situação do jovem dentro da casa, assim como da dificuldade para resolvê-la. Entendia perfeitamente a sua mulher, mas também o jovem, que possuía pouca ou nenhuma responsabilidade por aquilo. Nefermaat não podia ser culpado por ser virtuoso ou honesto, por mais amorais que fossem Anon e sua família. Assim, não se podia fazer nada além de esperar e dar por concluída a relação no seu devido tempo. Tempo que o mestre via próximo a esgotar-se.

Apesar das zombarias, das provocações, dos porres e das constantes críticas, Anon não perdera um único detalhe de tudo quanto o jovem fizera durante aquele longo ano. Em seguida, considerou as boas maneiras e os conhecimentos do sacerdote, assim como seu domínio ao preparar medicamentos, fossem de origem animal, vegetal ou mineral. A extensa farmacopeia egípcia não parecia ter segredos para ele, que demonstrava, além disso, possuir um excelente discernimento no diagnóstico das enfermidades e muito boas mãos. Em sua opinião, só faltava uma coisa para que Nefermaat desse o salto definitivo que o levaria a alcançar a compreensão que desejava. Todavia, era um passo que somente o jovem podia decidir dar, pois estavam em jogo preceitos milenares a serem obrigatoriamente cumpridos, regras sagradas que ninguém podia desobedecer.

— Teu aprendizado aqui não tem como avançar mais. Chegou o momento de elegeres o caminho que queres seguir — disse Anon, sério, em uma tarde em que os dois estavam no jardim.

Nefermaat o olhou com evidente angústia, pois já fazia tempo que esperava por essas palavras. Era algo inevitável que, sabia, algum dia iria enfrentar, e que o havia levado a manter uma luta sórdida entre seu coração e sua consciência. Uma luta da qual, naquele momento, ele ignorava o vencedor.

— Esta noite devo cuidar de afazeres e não posso exigir que me acompanhes — prosseguiu Anon —, ainda que confie que o faças.

O jovem, que não desgrudava os olhos dele, sentiu como o babilônio o encarava, acrescentando mais ansiedade em seu terrível dilema.

— Eu te esperarei até que o sol se funda no horizonte — acrescentou Anon, ajeitando-se. — É hora de escolheres os fantasmas com os quais queres viver.

Nefermaat afagou o queixo enquanto observava o babilônio dirigir-se para casa. Suas últimas palavras ressoavam ainda em seu interior com a mesma transparência com que haviam sido pronunciadas. Anon não podia ter sido mais claro. Além disso, naquela tarde estava sóbrio.

9

Havia várias horas que as sombras tinham dado as boas-vindas a Rá para acompanhá-lo em sua viagem através do Mundo Inferior, quando duas figuras envoltas em mantos escuros caminhavam por entre os becos de Bubástis. Uma delas, a menor, ia na frente, movendo-se com a rapidez própria de quem conhece o caminho. Atrás, e a pouca distância, outra muito mais alta seguia seus passos com um andar mais hesitante, que lhe dava a aparência de quem se deixava levar.

De vez em quando, o que ia à frente se detinha por uns instantes para se assegurar de que ninguém lhes observava. Olhava ao redor, e continuava a caminhada, seguido por seu sigiloso acompanhante.

O ambiente naquela noite em Bubástis estava particularmente pesado, como era habitual sempre que ameaçava chegar uma tormenta. O dia havia sido especialmente quente, e ao anoitecer o céu se cobrira de nuvens pesadas e negras que anunciavam a chuva. A cidade inteira parecia pressentir o aguaceiro, pois as ruas estavam tão desertas que nem sequer se escutava os habituais latidos dos cães. Uma sensação de estranho abandono que levava aqueles dois homens a terem a impressão de que a cidade lhes pertencia.

Por fim, a primeira figura parou junto a um velho portão de madeira, tornando a espreitar na impenetrável escuridão. Uma pequena rajada de vento sacudiu sua túnica rústica e fez com que o estranho aguçasse ainda mais o olhar, buscando inconscientemente uma claridade que não existia. Junto dele, a outra figura se protegeu no umbral da porta, onde por dentro ficavam as dobradiças, esquadrinhando, por sua vez, o que era impossível de explorar. Assim, quietos, ambos permaneceram durante uns instantes com os sentidos alertas, como as alimárias que habitam os cemitérios. Uma nova rajada, mais violenta, veio tirá-los de seu estado vigilante, fazendo-os compreender que deviam se apressar. Então, o menor dos homens empurrou uma das folhas do portão diante do qual se encontravam, fazendo-o abrir na hora com um rangido estremecido. As duas figuras espectrais apressaram-se em entrar, e justo nesse momento um estrondo infernal veio dos céus, anunciando que Set à frente de suas poderosas hostes, já cavalgava sobre a tempestade.

Para o mais alto dos dois aquilo pareceu um mau presságio, ainda que se abstivera de fazer qualquer comentário, pois sua decisão já estava tomada. Havia lutado contra ela a cada passo que dera até chegar ali, mas seus pés demonstraram possuir vontade própria, muito maior que a de sua consciência, à qual, no fim das contas, ninguém parecia ter escutado.

Os dois homens se livraram de suas mantas e avançaram por um longo corredor no qual ardiam várias tochas. O lugar parecia solitário, e o único som que se podia escutar eram os suaves passos de ambos. Por fim, chegaram a uma ampla sala vagamente iluminada por algumas candeias de óleo, que criavam caprichosas sombras.

— Pega uma delas e me segue.

O mais alto obedeceu, e ambos caminharam por um corredor que acabou por converter-se em uma intrincada rede de passagens, onde parecia fácil se perder. Percorreram-nos durante um tempo impossível de calcular, com a sensação de que haviam passado pelo mesmo lugar inúmeras vezes; ainda que não se pudesse afirmá-lo. Finalmente, uma daquelas angustiosas galerias desembocou em um grande recinto, esplendidamente iluminado pela luz de múltiplas tochas, e em cujo centro havia uma mesa de pedra, similar às utilizadas pelos embalsamadores, sobre a qual descansava um grande fardo de grossa tela. Bem ao lado, outra mesa, esta de madeira e muito menor, encontrava-se repleta de instrumentos cirúrgicos de todo tipo.

— Chegou a hora — disse o mais baixo, enquanto se aproximava da mesa. — Aproxima-te, Nefermaat.

"Tríades benditas, enéadas divinas que ordenais o cosmo, pois dali procede vossa essência que dá vida à natureza, dando lugar ao *maat*, a justiça das justiças. Ogdoada Hermopolitana,* em cujo seio se reúnem os deuses criadores, 'os Pais e Mães que Criaram a Luz', a água primordial, o espaço infinito, a vida, as trevas, pois não sois senão manifestações de Thot, deus da sabedoria, aquele que escreveu as mais sagradas leis nos primeiros papiros; todos os deuses do Egito, apiedai-vos de Nefermaat, filho de Hori, sacerdote *ueb* da encolerizada Sekhmet e usurpador de seus mistérios que durante anos seu sagrado templo lhe mostrou, violando, por fim, seus preceitos antigos como o mais vil dos apóstatas, ao cometer o mais execrável pecado que um *sunu* poderia cometer no país de Kemet. Só a vossa compaixão me acolhe, pois nem

---

* Com esse nome os antigos egípcios designavam um determinado conjunto de deuses criadores que acabaram conhecidos como "os Pais e as Mães que Criaram a Luz".

perdão posso implorar, já que o estigma que sempre acompanhará minha alma foi livremente aceito como parte de uma busca que a nenhum homem compete. A Sala das Duas Verdades* está pronta para mim, pois no dia em que me apresentar diante do tribunal de Osíris a sentença já estará tomada. A pena da deusa Maat estará leve no contrapeso, em uma balança onde minha alma pesará como granito. Thot, o incorruptível, anotará isso com cuidado, e os quarenta e dois juízes ditarão a sentença, jogando minha alma para Ammit,** a Devoradora. Tudo isto é o que escolhi; o preço por atravessar as portas do proibido. Ninguém me obrigou. Eu, Nefermaat, decidi livremente."

A defesa de sua consciência ainda se repetia uma e outra vez quando Nefermaat percorria de novo o labirinto de corredores que o levaria à saída. Na frente, Anon lhe mostrava o caminho com uma fraca lamparina que fazia sua grotesca figura recordar-lhe "os patecos", os pequenos gênios, filhos do deus Ptah, que protegiam os seres de pequena estatura. Deixava para trás o lugar que significara o princípio e o fim de conceitos e entendimentos. Ali ficava a sala com sua fria mesa de pedra, e o cadáver do homem que acabava de dissecar.

Nefermaat não precisou que Anon o estimulasse muito para iniciar a tarefa, pois após a indecisão inicial entregou-se por completo a uma tarefa que o fez perder a noção de todo o resto. Junto ao babilônio,

---

* Assim era denominada no Antigo Egito a sala onde se dava o julgamento da alma do morto.
** Deusa monstruosa com cabeça de crocodilo, a parte da frente de leão e a de trás de hipopótamo, que se encontrava presente na sala do Juízo Final, onde se pesava a alma do morto. Em um dos pratos da balança colocava-se o coração, e no outro a pena da deusa da justiça, Maat. Se o coração pesasse mais que a pena, o morto era condenado e Ammit o devorava. Por isso era chamada de "a Devoradora dos Mortos".

dissecou por completo o apergaminhado cadáver sobre a mesa. Pertencia a um homem de meia-idade, muito magro, sobre o qual Nefermaat preferiu não fazer nenhuma pergunta.

— Prefiro os magros — disse Anon, que parecia ler os pensamentos do jovem. — São melhores para trabalhar.

Nefermaat então ergueu a cabeça e deparou-se com o malicioso olhar do mestre que lhe sorria estranhamente. Um repentino calafrio percorreu-o por completo, levando-o a estremecer até o ponto em que suas mãos tremeram ostensivamente. Ao ver aquilo, Anon deu uma gargalhada que retumbou no cômodo, como se viesse do próprio inferno. Logo, o babilônio começou a cortar.

Fascinado, Nefermaat assistiu pela primeira vez a identificação anatômica de um corpo humano. As centenas de dissecações de animais que havia realizado em nada se pareciam com aquela. Abrir cadáveres humanos, além de representar um pecado terrível no Egito, supunha um grave delito. Só os embalsamadores podiam fazê-lo. Por isso, o macabro trabalho que estavam realizando, além de uma ofensa aos deuses, era perigoso. No entanto, nada mais já podia deter um jovem que se encontrava no umbral do conhecimento que tanto desejara. Ele viu pela primeira vez como eram os órgãos de um homem, e durante horas escutou com atenção as explicações de Anon, para quem o corpo humano parecia não possuir segredos:

— Os órgãos se deterioram por motivos que muitas vezes desconhecemos, mas nunca pela ira de Sekhmet — garantiu Anon com uma voz profunda. — Hoje não podemos; porém chegará o dia em que o homem descobrirá todos eles.

Ambos se olharam por um instante enquanto Anon continuava:

— Olha este homem. Eu o conheci em vida. Tinha o fígado arruinado por causa de seu vício pelo vinho — mostrou, enquanto ele mesmo se tocava na altura do órgão. — Essa foi a causa de sua morte, como provavelmente será a minha. Tratei sua doença durante um tempo. É um mal que me interessa.

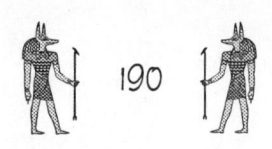

— Não lembro tê-lo visto em tua casa.

— He, he... Claro, nunca me visitou. Ele não podia pagar os dez *deben* de prata que costumo cobrar.

Nefermaat o olhou sem compreender.

— Era eu quem o visitava — continuou o babilônio. — Vivia só, em uma cabana meio destruída e fora da cidade. Era pedreiro, mas uma pedra esmagou-lhe o antebraço, que, como poderás observar, o deixou entrevado. Sua vida não foi fácil, pois precisou viver da caridade dos demais. O vinho foi seu único prazer.

Diante daquelas palavras, o jovem observou o cadáver com pesar.

— Tu te surpreenderias se soubesses quanta gente vive mal, como ele, no país dos faraós.

— Tens tratado muitos como ele?

— Muitos. Não com a mesma doença, ainda que a maioria fosse interessante. Todos pessoas que não puderam pagar nem a um curandeiro.

— Essas palavras te honram, Anon. Acredita: me deixas perplexo.

— Perplexo? Certamente. Rapaz, nunca me destaquei por meu proselitismo. Eu cobro o que cobro de uma maneira ou de outra.

Nefermaat pareceu surpreso.

— Ele e os que estão na mesma situação — continuou Anon, apontando para o cadáver — recebem minha ajuda médica em vida e inclusive alguma esmola. E me devolvem o favor depois de mortos.

O jovem abriu os olhos quase fora das órbitas diante do que acabava de escutar.

— Queres dizer que...?

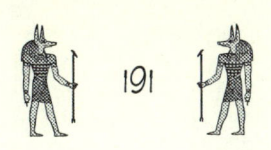

— Quero dizer que eles me pagam com o que já não vão necessitar mais. Uma vez mortos, seus corpos me pertencem.

O jovem sacerdote deixou cair o bisturi de sua mão enquanto sentia que suas pernas afrouxavam.

— É justo. Não deverias demonstrar por ele tão falsa devoção clerical — exclamou Anon. — E mais: pensa que graças à sua cooperação podemos ampliar nossos conhecimentos, para assim ajudar a outros enfermos.

Nefermaat respirava com certa dificuldade enquanto assimilava tudo aquilo, imaginando o triste fim daquele infeliz. Nunca havia conhecido ninguém capaz de entregar-se a tais práticas e, no entanto, para o babilônio, aquilo representava um costume até certo ponto constante.

— É complexo, concordas? — O jovem escutou o que ele dizia. — E como poderás observar, não se limita aos cinquenta e dois *metu* que, segundo os ensinam, conformam o corpo humano.

Nefermaat tornou a prestar toda a sua atenção ao babilônio, que não parava com suas explicações:

— Observa o fígado e seus quatro *metu*.* Não compartilho da crença de que conduzam ar e água. Como poderás observar, são todos diferentes e certamente cada um cumpre sua função. Acreditas que este também contenha ar? — perguntou Anon, apontando para a artéria femoral.

— Sem dúvida — respondeu Nefermaat. — Eu mesmo já cortei este *metu* em outros animais e comprovei esta questão.

O babilônio fez então um sinal, convidando-o à operação.

---

* O papiro Ebers 854 faz referência a eles, e é tentador pensar que se referem à artéria hepática, às veias hepática e porta, e ao conduto biliar.

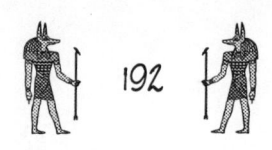

— Vamos, corta.

O jovem o olhou por um instante e, em seguida, cortou a artéria. Ao fazê-lo, esta se abriu devido à elasticidade natural, dando a sensação de que continha ar.

Nefermaat sorriu de leve.

— Não há dúvida, contém ar.

— Parece que sim — respondeu Anon —, ainda que eu não esteja tão convencido.

O jovem fez um gesto de surpresa.

— Acredita no que te digo. Já vi esse *metu* seccionado, e brotava sangue dele como se fosse uma fonte.

— Afirmas que pelos *metu* circula sangue? — perguntou o jovem com incredulidade.

— Já te disse que cada um cumpre suas funções. Uns contêm sangue e outros não. Este, por exemplo, tenho certeza de que tinha. Como vais saber, a partir da rótula divide-se em mais dois *metu*. Eu os cortei e pude comprovar o que digo.

— Então, por que não circula agora?

— Isso é algo que ignoro por completo. É estranho, mas só acontece nos seres vivos. Nos cadáveres não se observa esse fenômeno. No entanto, observa estes outros que conduzem à bexiga [ureteres]: eles dão a urina.

— E estes que conduzem aos *ineseway* [testículos] são os que levam o sêmen — interveio Nefermaat, entusiasmado. — Agora compreendo perfeitamente o que dizes. Pensas que o coração está conectado a vinte e dois *metu*, exatamente como se conta?

— Humm, seria difícil afirmar isso, ainda que, como verás, parece conter conduções diferentes. Quem sabe contenham também diferentes tipos de fluidos. Difícil resistir, hein? — exclamou ao comprovar como o moço investigava febrilmente os órgãos do cadáver.

Entretanto, o jovem parecia já não escutá-lo, e, assim, durante um período impossível de determinar, aqueles homens foram absorvidos por uma frenética atividade que os fez perder a noção do tempo. Nada aparentava importar-lhes mais que os despojos do cadáver daquele infeliz, e quando, por fim, ensopados de suor, ambos se olharam por um instante no que pareceu ser uma rápida pausa, uma sombra de cumplicidade cobriu seus rostos, testemunhando os macabros nexos de união que às vezes formam a alma humana.

Caminhando por aqueles sombrios corredores que iriam levá-los à saída, Nefermaat pensava em tudo isso e em sua queixosa defesa. Uma aflição que de nada valia, pois havia chegado o momento de parar de enganar-se. Pouco tinha do que se arrepender, já que o que acontecera naquela noite era algo pelo que esperara toda a vida. O resto não era mais que um espírito tomado de preconceitos, que nos templos afirmavam ser leis que os deuses escreveram um dia.

Contudo, isto lhe causou arrependimento. Fora instruído em tantas outras disciplinas e animado a seguir a vereda da virtude lá onde se encontrava. Havia aprendido tudo o que era bom aos olhos dos deuses, e o que não era, chegando a forjar seu caráter e, por consequência, sua conduta. Nisso tinha razão o velho decano: a marca de Sekhmet sempre o acompanharia. Ao pensar nisso, teve de novo aquela sensação pesada ao invadir-lhe o pressentimento de que o velho *semsu sunu* soubera, de alguma forma, que tudo aquilo iria acontecer. Ele foi capaz de ler seu sofrimento e de saber qual era o caminho que devia seguir.

Nefermaat sentiu certa nostalgia, mas em seguida percebeu que se encontrava no corredor iluminado que dava acesso ao portão da casa. Inconscientemente, virou a cabeça, como em um impulso, procurando aquela sala fria. No entanto, só a sombra de seu corpo, que a luz das tochas provocava, o seguia. O quarto ficara para trás, e com ele o macilento cadáver que, inerte, jazia sobre uma mesa de pedra tão fria quanto ele.

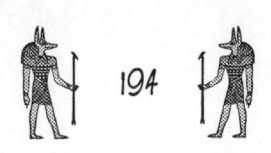

Sem pretendê-lo, voltou a sentir outro calafrio e presságios desagradáveis. Talvez sua alma não tivesse que esperar o julgamento de Osíris para prestar contas de seus atos, e Am-Heh, "o Devorador de Milhões",* o que vive no Mais Além, o solicitasse antecipadamente para sua morada no Lago das Chamas, para satisfazer sua inesgotável sede de sacrifícios.

Um som estridente veio tirá-lo de tão sombrios pensamentos. Eram as dobradiças da porta que chiavam como em um lamento ao serem empurradas por Anon. Ele lhe fez um sinal para que se aproximasse.

Nefermaat se aproximou de pronto, e ambos trocaram olhares por um instante.

O babilônio sorriu para ele, mostrando sua boca desdentada enquanto lhe dava uns tapinhas amistosos. Em seguida, segurou-o pelos braços, e, olhando-o fixamente, pronunciou uma frase que o jovem jamais esqueceria:

— Nefermaat — disse ele com seu tom mais solene. — Hoje já és um autêntico *sunu*.

Depois, abriram por fim o barulhento portão e se confundiram de novo com a noite devoradora. Lá fora, chovia a cântaros.

---

* É o que seu nome significa.

10

O rufar dos tambores retumbava na imensa sala onde Atet dançava. O som característico dos *gargaveros** acompanhava o trepidante ritmo africano que uns homens vindos do distante sul produziam com as mãos.

Os mais ilustres da sociedade bubastita se encontravam ali, desde o *heka-het* (governador do nomo) ao *seshena-ta* (comandante da região), passando por toda uma corte de altos cargos da administração, como os *sehedy-sesh*, escribas superiores que representavam o dia a dia no bom andamento de todos os assuntos do governo, e os *imira-sesh*, diretores gerais e príncipes dos burocratas. Todos, acompanhados de suas embonecadas esposas, observavam extasiados como a jovem dançava.

As damas, na última moda, usavam vestidos plissados longos e transparentes, com generosas mangas, apertados na cintura, e se

---

* Antigo instrumento musical de sopro, composto de duas flautas doces com uma única embocadura. (N.T.)

encontravam longe do enleio que os maridos demonstravam, não perdendo um único detalhe de cada movimento da bailarina, em busca da menor imperfeição que pudesse dar lugar a algum comentário. Uma tarefa na verdade complicada, pois Atet, ainda que de estatura mediana, tinha proporções harmônicas e uma pele tão lisa como a dos tambores que os homens de tez escura tocavam naquela noite. Seu rosto era bonito, e nele se observavam os traços de exótica beleza que ela herdara da mãe e que a faziam tão sensual. Tudo nela convidava ao amor: a pele suave, os lábios carnudos, o atraente nariz, os olhos inusitadamente verdes e grandes, como se pertencessem à própria Bastet, porém nela insondáveis. Estes eram os legítimos senhores daquele rosto, dando-lhe vida intensa, pois luziam dominantes sobre todo o resto.

Tão sugestivas feições eram arrematadas pelos cabelos negros que a jovem levava cortados à altura da nuca em um gracioso penteado que a favorecia extraordinariamente, destacando ainda mais sua juventude, porque, além disso, Atet acabara de completar dezoito anos.

Aquela festa, celebrada regularmente havia anos, acabara se tornando um acontecimento social entre a alta sociedade bubastita. Sempre na mesma data, a primeira noite de Paope, segundo mês de Akhet, a estação da inundação (quinze de agosto), Anon recebia seus convidados com o mais esperado sarau do ano, capaz de rivalizar em esplendor e magnificência com quaisquer das celebradas festas na longínqua corte. A recepção coincidia, invariavelmente, com o começo da festividade mais importante da cidade, a Festa da Embriaguez, um festejo que durava vinte e quatro dias e no qual, fazendo jus a seu nome, consumia-se mais vinho do que no resto do ano.

Obviamente, para o babilônio aquele acontecimento era da máxima consideração. Chegando ao extremo, naqueles dias, de se poder escutá-lo dando loas aos deuses por sua sabedoria ao institucionalizar uma solenidade como aquela: comemorações divinas feitas à sua medida. Certamente, um acerto só.

Em tais ocasiões, Anon se mostrava particularmente devoto, pois vivia aquela festividade do primeiro ao último dia com a dedicação que se esperava dele. Por isso, nada melhor que oferecer à deusa-gata Bastet, em cuja honra se celebrava o acontecimento, a melhor e mais grandiosa festa de que se pudesse desfrutar. Ele nada economizaria em sua preparação, prometendo também à deusa que, a partir daquela noite e durante os vinte e quatro dias que duraria a festa, estaria totalmente bêbado, sendo assim seu mais humilde servo.

Não havia dúvida de que, em algumas ocasiões, o babilônio gostava de cumprir suas promessas com fartura, pois para aquela comemoração não havia poupado gastos.

Recebia generosamente seus convidados com os mais saborosos manjares e excelentes vinhos que se pudesse imaginar, sendo tudo animado pelos melhores músicos e bailarinas que se podia encontrar.

A festa já durava horas quando Atet começou a dançar. Os convidados de Anon que, a princípio e observando a etiqueta, haviam formado pequenos grupos nos quais debatiam seus temas habituais em um tom comedido, foram perdendo, aos poucos, os bons modos diante da cena esplêndida. O banquete, digno da mesa do deus, acabou soltando línguas e turvando vontades, e o vinho, que correu pelas mesas como se fosse um afluente do Nilo, próximo dali, acabou provocando uma euforia geral, na qual os comensais perderam totalmente a inibição.

— Serve-me outra taça de vinho! — gritava Iay, dona da casa, enquanto ajustava o cone de cera perfumada sobre seu chinó. — Hoje quero estar perto dos deuses!

Tais desinibições eram prática habitual naqueles banquetes, não sendo nenhum escândalo ver-se alguma dama perder a compostura e acabar no chão, como consequência dos vapores etílicos.

Por isso, quando os primeiros compassos da música começaram a soar, a sala era um pandemônio de vozes e risadas desaforadas, mais próprias da clientela das Casas da Cerveja* do que de convidados tão importantes. No entanto, o cadenciado ritmo dos tambores começou a anunciar-se entre a algaravia, subindo progressivamente de intensidade até que sua música trepidante se apoderou da sala. Foi então que surgiram os sons das flautas doces e os excitantes crótalos, anunciando a entrada de Atet.

Quando a jovem chegou ao centro do salão, as últimas vozes calaram de imediato, dando lugar a murmúrios de indisfarçável admiração. A moça aparecera de improviso, como se levada pelos sons dos tambores, que pareciam fazer parte dela. Movia-se de tal forma sob o compasso que parecia estar possuída por toda espécie de malévolos espíritos que a faziam retorcer-se com posturas quase impossíveis. Atet carregava a dança no sangue, exalando-a de cada poro da pele, de tal forma que quase de imediato os convidados já se encontravam totalmente entregues a ela.

Nessa noite a jovem parecia incendiada, dançando como ninguém se lembrava de tê-la visto. Vestida só com um leve véu ao redor da cintura, que escondia apenas suas partes pudendas, Atet parecia dominar cada músculo do corpo como se eles tivessem vida própria. Sua pele, suavemente bronzeada, brilhava em razão dos delicados unguentos que usava e que criavam efeitos suaves, cambiantes à luz de luminárias e archotes.

Nefermaat não tirava os olhos de Atet. Inconscientemente, seu olhar pousava uma e outra vez na moça, como um gesto que parecia escapar ao seu controle. Ele também havia sido convidado àquela cele-

---

* Tabernas onde também se podia desfrutar da companhia de mulheres.

bração, ainda que, diferente dos demais, a única coisa que bebera fora mosto. Encontrava-se sentado a uma pequena mesa junto a várias pessoas que desconhecia, mas que, como ele, estavam relacionadas com a medicina. Uma delas era *ur sunu* (médico-chefe) de Bastet, estando também a cargo da Casa da Vida da cidade. Sua conversa foi muito agradável. Entretanto, desde o momento em que Nefermaat descobriu Atet, o homem passou a um segundo plano.

Ela estava do outro lado da sala, sentada junto de vários homens. Todos eram jovens e bonitos, acomodados ao lado da moça, luzindo insígnias militares que lhes identificavam como oficiais do exército do deus. Um deles, o mais musculoso, não parava de adulá-la e de sussurrar-lhe palavras ao ouvido que despertavam sua risada melodiosa. Quando Atet notou que Nefermaat a observava, exagerou ainda mais em seus gestos frívolos e atrevidos, jogando a cabeça para trás cada vez que ria, com movimentos voluptuosos e provocadores. Seus olhos se encontravam com os dele sempre que desejasse, dedicando-se aos mais incitantes olhares, que, como ela bem sabia, causavam nos homens efeitos demolidores.

Quando os efeitos do vinho começaram a travar a língua dos ilustres convidados, sua incapacidade de disfarçar para com a jovem era mais que evidente. Foi quando começaram a soar com força os tambores, trazendo consigo a dança de Atet. Nem é preciso dizer que Nefermaat não era o único que admirava a jovem. Todos os homens aos quais o vinho ainda não havia amolecido observavam-na enfeitiçados, enquanto suas línguas umedeciam imperceptivelmente os lábios, com sabe-se lá que inconfessáveis pensamentos.

Nefermaat, como os demais, seguiu a dança de ágeis movimentos sem perder um detalhe. A jovem se deslocava com o ritmo por toda a sala, detendo-se em algumas das mesas, onde seus movimentos se faziam mais sugestivos, excitando, assim, ainda mais os convidados. Em uma delas se encontrava Anon, a quem Atet gostava particularmente de provocar. Perfeita conhecedora da inesgotável concupiscência de seu padrasto, a jovem lhe dedicou movimentos capazes de levantar o membro mais caído. O babilônio, por sua vez, manteve as aparências da melhor forma que pôde, ainda que sua expressão fosse todo um reflexo do torvelinho de paixões que deviam alojar-se em seu interior. Encarava a moça com os olhos desmesuradamente abertos, dando a impressão de que seus cílios se encontravam colados na parte superior das pálpebras, já que era incapaz de movê-los. Parecia estar possuído por algum tipo de hipnose que o obrigava a seguir com a cabeça cada movimento daquela dança digna de Hathor, enquanto suas mãos aliviavam a tensão pressionando com força suas pernas. O rosto de Anon nao podia ser mais expressivo, pois nele se liam claramente todas as obscenidades que ele estaria disposto a fazer com a jovem.

Uma vez conseguido seu propósito, Atet continuou com a dança, satisfeita. Girava e girava pelo salão com calculados movimentos que a levavam aonde queria. Seus adoráveis pés, que não pareciam tocar o chão, foram aproximando-se mais e mais, até que enfim a levaram onde, desde o começo, desejava deter-se, justo diante de Nefermaat. Ele, que viu Atet vindo, intuiu logo que ela pararia ali, e uma descontrolada sensação de ansiedade lhe percorreu por inteiro.

Como ocorrera antes, a moça usou de todos os seus recursos, mexendo os quadris com um ritmo capaz de levar ao arrebatamento. Seu corpo se aproximou ao do jovem até ficar ao alcance de suas mãos, e então começou a movimentar seus seios no compasso daqueles sons capazes de despertar os instintos mais primitivos. Atet lhe mostrava os seios de notáveis proporções, com seus mamilos escuros agitando-se a apenas um palmo dos olhos de Nefermaat. Uma provação, decerto, dura demais, até mesmo para a natureza mais comedida. O jovem fez com que ela visse isso, com um olhar implorante que evidenciava sua rendição diante da tentação das tentações.

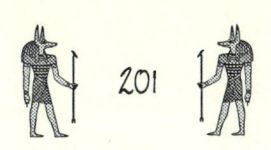

Como perfeita conhecedora de seus padecimentos, ela o encarou, malévola, sem misericórdia, aproximando-se ainda mais dele, até conseguir roçar-lhe com suas apetitosas aréolas. Logo, deu outra de suas piruetas características e se distanciou de novo, como se nada tivesse acontecido, seguindo para o lado oposto da sala.

Visivelmente agitado, Nefermaat tentava normalizar sua respiração quando viu como Iay, a dona da casa, se integrava à dança e relembrava os velhos tempos dos quais às vezes sentia saudade. Ela, que fora uma bailarina fantástica, não pôde resistir à tentação de voltar a dançar como antigamente. Sua filha, ao vê-la aproximar-se, discretamente pôs-se de lado, a fim de dar todo o protagonismo a quem, durante anos, fora sua mestra. Obviamente, o tempo havia passado para a mãe, que se encontrava agora longe das excepcionais condições para dançar que tinha em sua época. No entanto, Iay não estava disposta a deixar-se inibir por isso. Fosse pelo embriagador ambiente ou pela considerável quantidade de vinho que bebera, a dama saiu pela pista demonstrando, naquele momento, que não esquecera os passos da dança que tanto havia praticado.

Contagiada pela música, Iay se viu envolvida pela euforia, desinibindo-se aos poucos, a cada movimento. Seu corpo, que com o passar dos anos havia ganhado peso, parecia um tanto depravado ao fazer determinados requebrados, o que resultou mais que provocativo. Sua vergonha parecia ter ficado em algum lugar distante daquela sala, pois Iay começou a sacudir suas abundantes carnes ao ritmo de crótalos e atabaques, enquanto a audiência a acompanhava com palmas, entusiasmada. A boa senhora, impetuosa, seguiu então livremente seus impulsos e começou a abrir o vestido plissado. Enquanto isso, seus pés a levavam de um canto a outro, sem perder nunca o compasso. Quando, em um gesto estudado, Iay deixou cair a roupa no chão, a sala se encheu de gritos de entusiasmo e de aplausos, que a animaram a continuar. Ora se não continuou! Vestida apenas com uma calcinha mais do que pequena, Iay exibiu suas abundâncias, que com a música começaram a movimentar-se de um lado a outro com imenso poder. Seus seios, verdadeiramente exuberantes, bamboleavam pesados diante do olhar atônito de convidados encantados com o que viam.

Para Anon, aquilo foi definitivo. Ver as mais que voluptuosas formas de sua mulher agitarem-se daquela maneira ia além do que ele podia suportar.

— A carne chama a carne! — disse a si mesmo, enquanto os mais licenciosos impulsos disparavam dentro dele, sem perdão.

Foi nesse momento, quando os generosos seios de Iay começaram a sacudir-se de forma provocadora, que Anon, sem poder resistir, também se lançou para a pista disposto a desfrutar, de perto, daquelas formas que o enlouqueciam.

O público então aplaudiu, desejoso, pedindo-lhe aos gritos que se juntasse à dança.

— Dança, Anon, dança, Anon! — gritavam todos exaltados.

Ele, fosse pelos ânimos ou pelos evidentes movimentos da mulher que o convidavam, começou a persegui-la por toda a sala, dando pequenos pulos com os quais, supunha-se, dançava. A cena era de fato cômica: as perninhas do babilônio faziam com que seus movimentos fossem grotescos, o que provocou delírio geral. Nefermaat lembrou-se das danças dos pigmeus que, quando criança, teve a oportunidade de ver no palácio do deus, e que tanto agradavam. Ainda que, seria justo reconhecer, aqueles homenzinhos se movessem com agilidade, enquanto que o pobre Anon parecia mais uma rã, dando saltos daqui para ali.

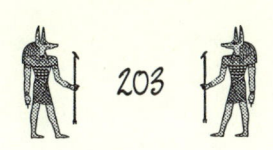

A cena chegou ao ponto culminante quando Anon alcançou sua mulher. Como era muito mais baixo do que ela, sua mais que generosa cabeça não chegava senão até a altura do busto daquela senhora, para o qual começou a olhar como quem descobre um ninho de passarinhos que está disposto a capturar. E isso foi o que ocorreu, pois em consequência de um dos vaivéns produzidos por tão sensuais movimentos foi que um dos opulentos seios lhe deu em cheio no rosto, deixando Anon, por um instante, confuso por tão lúbrica bofetada.

Entretanto, foi só isso o que retardou o babilônio por um instante, antes que ele reagisse. Dando um pequeno salto, jogou-se sobre os seios da mulher como se na verdade fossem para ele a própria vida, caindo em seguida os dois no chão, em meio a um ensurdecedor estrépito de gritos e gargalhadas.

Passada a primeira impressão, os convidados mais próximos vieram para ajudá-los a levantarem-se. No entanto, a coisa não foi tão simples, uma vez que Anon encontrava-se agarrado ao corpo de sua mulher com verdadeira tara, não havendo força humana capaz de separá-los. Foi até mesmo necessário persuadi-lo, para que o babilônio fosse razoável e admitisse soltar a esposa, que em meio a tudo aquilo ria escandalosamente.

Depois do espetáculo oferecido pelos anfitriões, fez-se necessário uma pequena pausa. O ambiente encontrava-se tão agitado que o melhor foi fazer silenciarem os tambores para evitar assim mais dançarinos espontâneos.

Os convidados então se dispersaram pela casa, relaxando um pouco, depois de tão vibrante espetáculo.

Nefermaat aproveitou o momento para aproximar-se do espaçoso terraço que, a partir do salão, dava para o jardim. Apoiou-se na balaustrada e contemplou a bela vista que dali se apreciava. Observou o belo jardim que, a seus pés, enviava-lhe as deliciosas fragrâncias que tanto o agradavam. Aspirou-as em uma fruição plena, contente por poder perder-se nelas depois de tão agitada cena. Então, olhou na direção do rio que, um pouco mais além, corria sereno e generoso, com um nível que aumentava gradualmente, como sinal inequívoco de sua cheia. O fértil limo logo invadiria os campos, dando então origem a um novo ciclo que garantiria a vida naquela terra milenar e que seguia se repetindo, inalteravelmente, desde o princípio dos tempos.

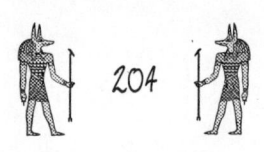

O jovem voltava a aspirar com deleite os aromas próprios daquele vergel quando um movimento no jardim lhe chamou a atenção. A lua nova fazia com que as sombras, naquela noite, parecessem ainda mais devoradoras. No entanto, Nefermaat conseguiu reconhecer a figura que havia despertado sua curiosidade. Ela aproximou-se de uma das lâmpadas que iluminavam o pequeno caminho que conduzia até o rio e ergueu o rosto, olhando na exata direção onde ele se encontrava. Então, a luz suave se refletiu sobre sua face, e foi possível perceber um esboço de sorriso: era Atet.

Nefermaat sentiu, por um instante, que aquele desagradável desassossego já experimentado antes se manifestava de novo com toda a indomável força de que era capaz. Percebeu o quanto seu coração se acelerava e como as mãos se aferravam à balaustrada com mais vigor do que o necessário. Então, quase que de imediato, a moça se virou, desaparecendo de sua visão pelo caminho, junto a uns arbustos.

Intrigado, o jovem permaneceu durante um tempo aguçando os sentidos em busca de algum sinal que denunciasse Atet. Ela, porém, parecia ter sido tragada pela insondável noite, pois não havia rastro algum da moça. Como se não bastasse, quase imediatamente outra figura apareceu no jardim, seguindo também pelo caminho que levava ao rio. Ao passar junto à lamparina, Nefermaat a reconheceu na hora, pois era um dos oficiais que estivera sentado junto à jovem durante o jantar. Sentiu um repentino mal-estar, que aumentou quando ouviu claramente a voz de Atet chamando-o da escuridão. O oficial a ouviu de imediato, pois se dirigiu sem demora até ela, desaparecendo também entre as sombras.

— Já te adverti que era diabólica — escutou o jovem que lhe diziam às costas.

Nefermaat se virou depressa, justo para ver Anon se aproximando.

— É perversa de verdade — continuou o babilônio, enquanto se apoiava na balaustrada —, e não sei a quem terá saído, pois sua mãe, ainda que licenciosa, tem um bom coração.

Nefermaat não respondeu, limitando-se a olhar em direção à impenetrável noite.

— O que ela te fez não tem perdão. Acredita se te digo que o compreendo.

O jovem olhou para ele, surpreso.

— Sim, homem, todo mundo se deu conta. Ela dançou para ti desde o início, provocando-te até o limite que o descaramento lhe permitia, para depois desaparecer com o soldado estúpido com quem fornicará até que se farte.

Nefermaat voltou a observar o escuro jardim, em silêncio.

— Já sei que pensas que estou bêbado e que sou um exagerado. E tens razão. Estou moderadamente embriagado, mas com a mente muito mais lúcida que a tua. Por isso te aconselho que tomes cuidado com ela.

— Não acho que Atet tenha muito interesse em mim — respondeu o jovem, por fim.

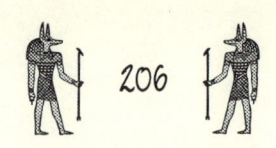

— Interesse? Isso só ela sabe. Contudo, é muito maliciosa, e em todo caso não vai demonstrar isso até que te veja definitivamente rendido a seus pés.

Nefermaat deu uma pequena gargalhada.

— Não rias assim. Sei do que te falo. Faz tempo que ela me provoca sem se importar com o que sua mãe pense ou diga. Ela sente prazer em ver homens sôfregos pela lascívia que ela causa. E tem apenas dezoito anos.

O jovem baixou o rosto enquanto entrelaçava as mãos.

— Meu amigo — prosseguiu o babilônio, apoiando uma das mãos sobre o ombro do rapaz —, crê-me: sei como te sentes. No entanto, assim são as regras de Atet. Ela te requisitará quando lhe convier, e tu atenderás imediatamente ao seu chamado. Então, quando te encontrares enlouquecido pela paixão, por capricho, ela se encantará por outro, e te despedirá com o melhor de seus sorrisos.

— Falas de Atet como se ela fosse uma pessoa sem coração — disse o jovem com desgosto.

Anon deu uma gargalhada.

— É que ela não tem mesmo, te garanto. Enfim, estás avisado. De qualquer forma, já viste como se comporta — disse, apontando o jardim. — Tem te feito esperar demais.

— É estranho, apenas troquei uma que outra palavra com ela, e, no entanto, há momentos em que sinto sua presença muito próxima de mim.

— Isso faz parte de seu feitiço, sem dúvida — replicou Anon. — Entretanto, não procures explicações, pois não vais encontrá-las.

— Em todo caso, me encontro longe de manter qualquer tipo de ilusão a respeito disso — declarou o jovem, muito digno. — Ela não me interessa tanto assim, embora eu reconheça que é bonita.

— O mesmo pensamento ocorre à maioria de nós — exclamou o babilônio, rindo de novo. — Atet sabe perfeitamente no que estamos interessados. Por isso, hoje voltarás ao esconderijo que tens como moradia tão sozinho quanto chegaste aqui.

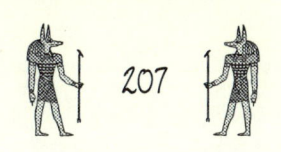

— É um bom lugar — interveio o jovem, um tanto orgulhoso.

— Pois desfruta dele com tua costumeira companhia de papiros e lavativos — concluiu o mestre, dando-lhe umas palmadinhas nas costas. — Eu prefiro a companhia de minha esposa, com quem pretendo reunir-me agora mesmo.

— Esta noite deverás fazer mais preces aos deuses — disse Anon da porta que dava acesso à sala. — De nada te valerão as infusões de lótus que costumas tomar para diminuir a libido.

Nefermaat pensou nisso enquanto se deitava sobre sua esteira dura. Para ele, a libido não havia representado um problema até então, ainda que seria justo reconhecer que, em parte, o babilônio tinha razão, particularmente no que se referia às infusões. Na realidade, o que acontecia com Nefermaat era normal em qualquer jovem de sua idade. Ele tinha consciência de que a reclusão durante tantos anos no templo havia freado um processo tão natural que, uma vez livre da estrita disciplina, agora se manifestava, como não poderia ser de outra forma.

O jovem espichou o corpo todo e pôs as mãos debaixo da nuca, entrefechando os olhos. A imagem de Atet surgiu como algo inevitável, levando-o a recordar os instantes que a jovem, apenas a um palmo, dançou diante dele como se fosse a própria Hathor reencarnada. Então, relembrou os seios e os tentadores mamilos que ela exibira diante de seus olhos. Suspirou enquanto notava como seu membro inevitavelmente se inflamava, aumentando cada vez mais de tamanho e produzindo-lhe uma grande inquietação. Anon tinha razão: naquela noite as preces aos deuses não resolveriam seus problemas.

* * *

A Festa da Embriaguez era a festividade mais importante de Bubástis e uma das mais populares de todo o Egito. Como a maioria das festas do país, era celebrada durante Akhet, a estação da inundação, quando muitos dos trabalhadores eram liberados de suas tarefas diárias, uma vez que a cheia do rio cobria os campos. A Festa da Embriaguez também era celebrada em outras cidades, ainda que a de Bubástis fosse a mais famosa, a ponto de ali chegarem pessoas de todos os lugares do país de Kemet para participar durante vinte e quatro dias dos maiores excessos e libertinagens que se poderia imaginar. Em um país tão tradicional como o Egito, cujo povo era extremamente devoto e quase sempre fiel cumpridor de leis e preceitos, um festejo de tais características representava um fato insólito que poucos estavam dispostos a perder. Tanto era assim que umas setecentas mil pessoas compareciam à cidade da deusa-gata para unir-se às celebrações. Um contingente enorme, que transformava a aparência do lugar, enchendo-o de alegria e convidando a desfrutar daquela bênção que Bastet lhes ofertava, desde o primeiro ao último dia.

Como tudo o que ocorria no Egito, a Festa da Embriaguez tinha sua razão de ser, nascendo sua essência da complexidade de seus deuses. Bastet era uma deusa que simbolizava a doçura maternal e a proteção familiar, e podia transformar-se em leoa para assim defender seus filhos. Como a deusa Sekhmet, transformava-se em colérica assassina e, segundo a lenda, se dirigia à longínqua Núbia, onde destruía tudo aquilo que encontrasse em seu caminho. Rá, o pai dos deuses, os enviava então para aplacar sua arrebatada fúria, conseguindo-o, por fim, mediante a música, a dança e a embriaguez.* Era o fundamento desta

---

* Essa lenda é conhecida como o mito da "Deusa Distante".

festividade: cantar, dançar e embriagar-se a fim de que Bastet permanecesse alegre e não se transformasse em leoa, fazendo uma terrível carnificina entre os homens. Por isso, na cidade celebravam-se atos de grande solenidade durante os quais todos os estamentos rendiam homenagem à sua padroeira.

Os cerimoniais começavam no primeiro dia com uma imponente procissão na qual o clero de Bastet, com seu Primeiro Profeta como representante do faraó à frente, transportava sobre a barca sagrada um gato que havia sido eleito como reencarnação da deusa. O animal, adornado com todos os atributos da deusa-gata, era assim adorado por toda a população, que à sua passagem se prostrava diante dele. A comitiva se dirigia até o rio, onde navegava em suas magníficas barcas entre cânticos e louvações. A deusa, reencarnada, distribuía suas bênçãos entre todos ali, na bela nave de madeira dourada, que refulgia nas águas sob os raios do poderoso Rá.

O séquito sagrado era seguido por centenas de embarcações abarrotadas de homens e mulheres que entoavam hinos de enaltecimento e velhas canções, a exaltar os proverbiais poderes da deusa. Das margens do Nilo, uma multidão se somava às loas, unindo-se assim à homenagem que pessoas de todo o Egito dedicavam a Bastet.

A procissão terminava no templo de Bastet, em cujo sagrado lago, em forma de meia-lua, atracava a barca da deusa através de um canal que se comunicava com o rio. Uma vez ali, a divina reencarnação era transportada de novo nos ombros de seus sacerdotes até o sanctasanctorum do santuário, onde permaneceria como deusa viva enquanto durassem as festas. Ali, seria cuidada e alimentada como a deusa na qual havia se convertido, sendo venerada como tal por todos os peregrinos que visitavam o templo diariamente. O lugar, que normalmente abrigava um grande número de gatos, veria incrementada sua população de uma forma prodigiosa, chegando, em certas ocasiões, a parecer que havia sido literalmente tomado pelos felinos. Era como se todos os gatos de Bubástis, cidade na qual, além do mais, eles eram queridos e protegidos, tivessem conhecimento do significado de tão elevado culto e afluíssem em tropel ao grande templo para fazer felina reverência à divina padroeira.

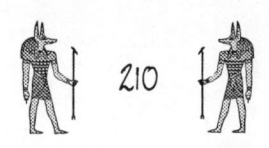

Durante o tempo que duravam as festas, a cidade devia enfrentar um aumento incalculável de sua população, o que acarretava, logicamente, problemas que não eram poucos. As ruas se viam infestadas de gente que não tinha outro remédio senão dormir nelas, pois os festejos praticamente não ofereciam descanso algum. Além disso, o vinho começava a correr desde o primeiro momento com uma generosidade sem igual. Dizia-se, e não sem razão, que naquelas festas se consumia mais vinho do que no resto do ano, enquanto milhares de peregrinos cantavam e dançavam, agitando seus sistros até caírem extenuados.

Todos os dias era possível observar, desde as margens do Nilo, o incessante ir e vir das embarcações abarrotadas de gente, que faziam soar seus instrumentos e proferiam todo tipo de insolência àqueles que os observavam em terra. As mulheres, inclusive, levantavam os vestidos mostrando o traseiro, enquanto o vinho corria da proa à popa.

Como era natural depois da primeira semana do festival, as consequências de tão escandalosas atitudes já saltavam aos olhos. Por isso, quando naquela manhã Nefermaat se dirigia ao templo para elevar suas preces à deusa, não estranhou em nada ter visto muitos dos cidadãos caídos nas ruas, dormindo os dez dias de bebedeira acumulados que já carregavam. Era assombrosa a quantidade de álcool que aquela gente era capaz de ingerir durante os festejos. Tais cenas chegavam a ser comuns e fartas, generalizando-se conforme avançavam os dias.

Enquanto caminhava, esquivando-se dos corpos, Nefermaat pensou nisso e na possibilidade de que algumas das pessoas talvez não se levantassem nunca mais. Ele, que conhecia perfeitamente o mito da Deusa Distante e o porquê da celebração, não podia deixar de sentir uma inconsciente repulsa por ela; resultado, sem dúvida, da sua própria natureza. Perceber como homens e mulheres corriam uns atrás dos outros, entre risos e provocações pelos belos jardins da cidade, para terminarem atrás de algum arbusto, lhe parecia impróprio para qualquer festividade que se celebrasse no Egito. Nada mais distante do espírito de seu povo do que aquilo, e no entanto...

Nefermaat suspirou ao não encontrar explicação para isso enquanto entrava no templo. O interior lhe fez bem, pois se encontrava livre de corpos e bêbados. Como de costume, alguns paroquianos rezavam entre as grandes colunas do pátio que ele atravessava. Ali, havia certo recolhimento que o fez reconsiderar, em parte, a péssima impressão que tinha, pois ao menos existia quem manifestasse alguma devoção pela deusa.

Enquanto cruzava o pátio, o jovem ficou perplexo ao ver a multidão de gatos que corriam de um lado para o outro, como se fossem os verdadeiros donos e senhores do lugar. Ele sabia que naquele templo cuidavam desses animais e os protegiam, ainda que nunca se pudesse suspeitar que houvesse tantos deles. Quando alcançou o vestíbulo localizado no fim do pátio, o número de gatos aumentou ainda mais, até o ponto que parecia difícil não tropeçar em um deles. Um sacerdote se aproximou para cumprimentá-lo enquanto escolhia cuidadosamente os bichanos. Era um dos *hem neter*, conhecidos vulgarmente como simples profetas, que se dedicam às tarefas auxiliares dentro do templo. Tais profetas pertenciam ao baixo clero e formavam o grupo mais numeroso.

Ao ver Nefermaat chegar, percebeu na hora que se tratava de um sacerdote *ueb*, e então se aproximou solícito, caso o jovem necessitasse de qualquer coisa. Ambos conversaram durante alguns minutos, após os quais o *hem neter* se despediu, permitindo-lhe a entrada na grande sala hipostila.

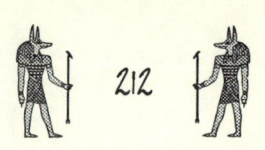

Nefermaat entrou naquela enorme sala sutilmente iluminada, cujo teto alto descansava sobre gigantescas colunas em forma de papiros. Os incensórios, regularmente dispostos, exalavam o característico cheiro da combustão da resina de terebinto, de que ele tanto gostava. O local parecia achar-se solitário, à exceção, claro, de alguns gatos que, comodamente deitados, desfrutavam do frescor dali.

O jovem respirou profundamente, sentindo o cheiro da resina queimada que produzia nele efeitos balsâmicos. Agradeceu na hora por aquela fragrância, assim como pelo fato de encontrar-se só. Afinal de contas, esta era uma de suas prerrogativas, pois somente os sacerdotes ou o faraó podiam ultrapassar o vestíbulo que dava acesso à sala. O povo simples devia conformar-se em permanecer no grande pátio da entrada, e nem o próprio Nefermaat podia seguir além de onde se encontrava. Assim estava estabelecido desde os tempos remotos em todos os santuários do Egito, a cujos locais mais sagrados somente tinha acesso o faraó e determinados sacerdotes do alto clero.

Nefermaat se concentrou em suas preces, entrecerrando os olhos. Tinha ido até aquele lugar para apresentar seus respeitos a Bastet e se alegrou de poder alhear-se entre as silenciosas colunas. Aos poucos, se sentiu reconfortado e entrou em uma espécie de estado de meditação, ao qual antigamente costumava entregar-se. Tudo lhe era alheio naquele momento. Somente as ladainhas, pronunciadas em tom baixo, eram próximas, uma vez que o afastavam de tudo o que fosse terreno e que pudesse alojar-se nele. Estados de consciência que, por fim, eram refúgio para uma alma que parecia não encontrar a quietude.

No entanto, um fino, ainda que invisível, fio seguia unindo-o irremediavelmente à realidade, como um incorruptível sentinela, sempre alerta. Ele é capaz de transmitir-nos tudo o que nossos sentidos captam, fazendo-os parecer, em certas ocasiões, meras ilusões. Isso foi precisamente o que o jovem experimentou em seu nível de abstração: uma ilusão longínqua que parecia carregar seu nome.

— Nefermaat, Nefermaat, Nefermaat...

A ilusão, difusa ao extremo a princípio, tornou-se imprecisa para seu entendimento, incompreensível.

— Nefermaat, Nefermaat, Nefermaat...

Dessa vez, as palavras chegavam batendo na porta de seu concentrado êxtase com os nós dos dedos, batidas fortes e decididas, fazendo-o ouvir, enfim, em meio à concentração. Das profundezas do transe, a luz então se mostrou gradualmente mais nítida, abrindo aquela porta que permitia ao jovem abandonar definitivamente seu ilusório estado. Agora tinha certeza de que alguém o chamava:

— Nefermaat, Nefermaat, Nefermaat...

Ele abriu os olhos e tentou localizar a origem da voz que invocava seu nome. Seria a deusa, que, satisfeita, reconhecia sua devoção?

Nefermaat tratou de se situar, olhando ao redor, quando lhe pareceu perceber o inconfundível ruído de passos surdos nos desgastados ladrilhos.

— Nefermaat, Nefermaat, Nefermaat...

Seu nome chegou nítido entre as colunas situadas às suas costas, fazendo com que ele virasse a cabeça na direção delas.

— Quem me chama? — perguntou o jovem naquele mesmo instante.

Só o silêncio pareceu fazer eco à pergunta que acabou por se perder nos confins da sala.

O jovem caminhava por entre o palmeiral de colunas, totalmente intrigado, quando seu nome voltou a soar com clareza:

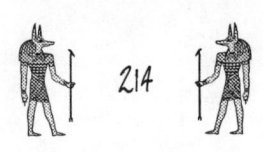

— Nefermaat, Nefermaat, Nefermaat...

Imediatamente, ele se dirigiu até uma das laterais de onde parecia vir a voz, cujo timbre chegava um tanto distorcido. Nefermaat teve a impressão de que a voz era de mulher e de novo se deteve olhando ao seu redor.

— Quem é? Quem me chama? — gritou agora.

Quase no mesmo instante, ouviu outra vez o ruído de passos próximos, que pareciam perder-se por uma das salas auxiliares situadas em uma das laterais.

Nefermaat foi até ali, escutando claramente como aqueles passos se tornavam mais rápidos. Por fim, chegou junto ao muro e observou o corredor deserto que percorria a grande sala hipostila de um ponto a outro.

— Quem me procura? — tornou a gritar.

O jovem escutou claramente quando um riso lhe respondeu por entre aquele bosque de pétreos papiros, e quando, subitamente, uma figura atravessava correndo o corredor onde ele estava, desaparecendo por um dos cômodos contíguos.

Nefermaat chegou até ali bem a tempo de ver aquela estranha silhueta que sumia por um dos corredores situados ao final da construção.

De novo, o riso chegou até ele, convidando-o a acelerar o passo. Dessa vez, Nefermaat percebeu claramente e já não teve dúvida alguma de que era de mulher. Quando chegou ao corredor, seguiu por ele, decidido. O lugar era estreito e escuro, como quase todos os que havia conhecido nos templos, e dava em outra sala da qual pareciam sair três novos corredores. Nefermaat parou no centro, observando a câmara com atenção. Nela identificou três galerias e uma escadaria que dava acesso aos terraços e que, em seguida imaginou, devia ser utilizada pelos Sacerdotes Horários para observar o céu e, assim, contar o passar das horas. No mesmo instante, ele se deu conta de que não devia estar ali e se sentiu incomodado. Entretanto, seu nome então tornou a chegar nítido a seus ouvidos:

— Nefermaat.

Dessa vez não havia eco a repeti-lo, ao contrário do que ocorrera antes, mas a voz soava tentadora e perto. Aproximou-se da entrada daqueles corredores, espreitando. Então, quando chegou ao que se situava mais à esquerda, pôde ver claramente como uma silhueta, ao fundo, parecia esperá-lo.

Agora Nefermaat conseguia examiná-la com mais clareza, ficando desconcertado, já que aquela figura que parecia aguardá-lo era a viva imagem de Bastet. Estava enfeitada tal como a deusa costumava mostrar-se: com um grande colar sobre o peito e um vestido justo que lhe chegava até as panturrilhas. Além disso, como acontecia com Bastet, levava um sistro na mão direita e um escudo na esquerda, de cujo braço pendia um cesto cheio de filhotes de gato.

À que obedecia semelhante cerimônia? O que significava aquela representação?

Nefermaat teve tempo apenas de elucubrar, pois a enigmática forma agitou seu sistro e, depois de rir novamente, saiu correndo por outro dos corredores laterais.

O jovem apertou o passo, disposto a não perder aquela silhueta que parecia ter especial interesse em chamá-lo. Perseguiu-a através de vários corredores, até que um deles o levou justamente aos jardins que circundavam o lago sagrado. Viu como a deusa reencarnada corria, atravessando-os, até desaparecer entre os frondosos emaranhados de plantas que embelezavam o lugar. Para Nefermaat, o jardim pareceu maravilhoso e tão cuidado como os que recordava ter visto durante sua infância no palácio do deus. Inclusive o lago, com o embarcadouro situado ao fundo, lhe fez lembrar disso com maior intensidade. Um belo lugar, na verdade, digno do prazer de Bastet.

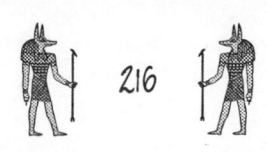

Em seguida, o jovem saiu de seu devaneio e procurou a outra deusa, tratando de descobrir seu paradeiro. Foi até os arbustos onde ela havia desaparecido e tratou de orientar-se através daquele frondoso labirinto de plantas das mais diversas espécies, a desenhar formas artísticas em consequência das podas.

Avançou por uma pequena trilha na floresta, deleitando-se com o perfume que as flores ofereciam. Sua curiosidade dera lugar a um estado de placidez, pois gostava muito das plantas e mais ainda de poder desfrutar delas em um jardim tão magnífico.

Um ruído próximo voltou a tirá-lo de sua contemplação, obrigando-o a prestar atenção.

— Nefermaat.

Agora seu nome chegou como em um sussurro, pois soara próximo como nunca, vindo de uns arbustos junto dali.

O jovem chegou perto, abrindo caminho entre eles com alguma dificuldade, até conseguir atingir uma pequena clareira. Agora se achava rodeado de uma espessa vegetação que fazia dele uma ilha em meio à frondosidade, como se um daqueles oásis do deserto ocidental tivesse invertido sua natural beleza, abandonando a aridez erma para instalar-se na mais fértil das terras.

Os Campos de Ialu* se encontravam representados naquele sagrado jardim. Uma vez nele, Nefermaat viu que, recostada sob a sombra de uma palmeira, esperava-o uma deusa.

— Já vês que tuas invocações à deusa surtiram efeito, Nefermaat. — Ele a escutou dizer. — Ela é generosa com quem cumpre os preceitos

---

* Nome com o qual o Paraíso era denominado pelos antigos egípcios.

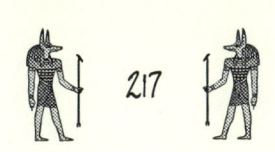

e, pelo que parece, tu és dos poucos que os observam. Se queres minha sinceridade, é possível que sejas até mesmo o único — anunciou, enquanto dava uma gargalhada.

Aquela risada, particularmente musical, fez com que o jovem fechasse a cara.

— Tu! — exclamou surpreso. — Mas... Não entendo...

— Já te disse isso. A deusa me enviou em seu nome para o único justo do Egito — explicou ela, voltando a rir.

Nefermaat continuou olhando para ela sem poder disfarçar seu assombro. Ali, reclinada sob a palmeira, se encontrava uma tal transmutação divina, um prodígio, certamente, pois a deusa-gata não poderia ter eleito ninguém mais adequado para a ocasião. A tentação tinha de novo vindo visitá-lo, mas desta vez o fazia com o consentimento divino.

— Atet! — exclamou o jovem.

Ela fez um estranho trejeito, dando umas palmadinhas no chão.

— Vamos, senta-te, Nefermaat. Aqui, junto dos meus gatinhos.

Confuso, o jovem hesitou por um instante, mas em seguida se aproximou e sentou a seu lado.

— O que fazes aqui vestida desta forma? — conseguiu afinal perguntar o rapaz, tentando impor-se à situação.

— O mesmo que tu. Vim visitar a deusa. Venero Bastet desde criança. Ela não se importa que eu imite seu vestuário. Afinal de contas, trata-se de sua festividade.

— Mas como conseguiste acesso ao interior do templo? Tu não deverias ter estado ali.

— Esse é um assunto entre a deusa e mim — respondeu ela, voltando a rir.

Nefermaat não soube o que dizer, preferindo guardar silêncio enquanto a observava disfarçadamente.

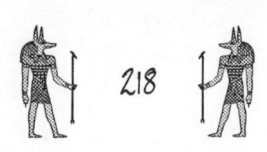

Vestida como Bastet, pareceu-lhe ainda mais bela que antes, e ele não pôde evitar imaginar suas formas de novo, tal como as havia visto naquela noite enquanto ela dançava.

— Passamos muitos dias sem nos ver — continuou a jovem. — Diz: por acaso estiveste celebrando a festividade de acordo com a tradição?

— Sabes que durante todo este tempo permaneci na tua casa, junto a teu padrasto, cumprindo minhas obrigações.

— Já sei que és um fiel cumpridor — disse Atet, maliciosa. — Pelo que tenho escutado, és um bom médico e que, além disso, possuis mãos hábeis. Podes me mostrar?

Nefermaat hesitou por um momento e finalmente estendeu uma delas.

— É suave — observou a jovem, enquanto a segurava entre as suas. — Suave e ao mesmo tempo firme.

Nefermaat remexeu-se, incomodado, e já começava a experimentar aquele mal-estar que tão bem conhecia.

Atet notou seu atordoamento, sentindo prazer com isso. Encarou-o sem disfarçar, examinando as feições de seu rosto e sua cabeça sem pelos. Aquilo lhe produziu um gozo íntimo, pois ultimamente lhe excitavam os homens com a cabeça raspada.

Nefermaat percebeu o olhar sensual da jovem, que parecia envolvê-lo com uma invisível aura, convidando-o a renunciar à própria vontade, fazendo-o sentir-se como era incapaz de retirar aquela mão que tão calidamente o tocava. Era uma sensação de bem-estar, que despertava nele emoções nunca experimentadas e que se achavam escondidas nos mais recônditos lugares de seu íntimo.

Atet pareceu compreender tudo isso enquanto perscrutava profundamente o olhar do rapaz. Leu nele a bondade e a dignidade de um homem cuja alma lhe transmitiu uma inocência que nunca antes percebera. Isto a incendiou ainda mais e, quase de imediato, Atet pensou em apoderar-se dela e fazê-la escrava de suas inconfessáveis paixões. A possibilidade de perverter aquele espírito puro a excitou totalmente, pois era algo a que não estava acostumada.

Apesar de sua juventude, abrira-se à sexualidade prematuramente, sentindo-se atraída, quase que desde o primeiro momento, pelo lado mais obscuro dela. Acostumou-se a seus tortuosos caminhos, que percorreu em companhia de homens depravados, acerca dos quais em seguida se preveniu. Entendeu como era fácil prendê-los a seus vícios e ao desespero com que suplicavam por eles. Com apenas dezoito anos era uma especialista no governo das almas perdidas, ardendo em desejo de corromper as imaculadas.

Apesar da advertência que naquele dia recebera de Anon, Nefermaat era incapaz de imaginar o tipo de mulher que tinha à frente. Se havia alguém no Egito que pouco ou nada sabia sobre elas era ele. Sua vida sempre transcorrera à margem do que significavam as relações entre os dois sexos; algo tão natural e que, no entanto, ele desconhecia. Aos vinte anos ainda permanecia virgem: não era algo que o preocupasse, pois nunca havia traçado para si a obrigação de ter que perder essa virgindade simplesmente por ser jovem. Era uma questão secundária em sua vida, à qual encaminhara em função de outras prioridades. Contudo, obviamente, a natureza não é algo que se possa encarcerar em plena vida dentro de celas de recomendações morais. Por isso, quando esta encontra o momento de forçar passagem, nenhum ferrolho é capaz de detê-la.

Nefermaat já havia escutado sua voz antes, compreendendo a urgência de suas exigências. Demandas que costumava enfrentar em uma luta sórdida, cujo resultado nunca o satisfazia. Entretanto, quando conheceu Atet, o problema adquiriu uma nova dimensão, pois aquelas dúbias exigências tinham agora formas e traços definidos. Assim, a pequena chama, antes apenas perceptível, havia se transformado em um fogo impossível de ser ignorado.

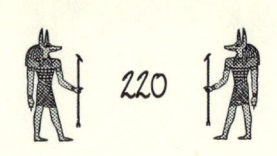

Após a noite que a jovem dançou para ele, esse fogo havia se convertido, definitivamente, em um desejo de tais proporções que lhe era impossível extingui-lo.

— Diz, Nefermaat: tu me achas desejável?

A voz da moça o fez pestanejar ligeiramente. Ela continuava acariciando sua mão enquanto o olhava de forma provocadora.

— Por que me perguntas isso? Sabes que os homens te desejam.

— Mas e tu, me desejas também?

Nefermaat conteve a respiração, mantendo silêncio.

Ela riu, jogando ligeiramente a cabeça para trás, mostrando assim o gracioso pescoço.

— Não tens certeza? Ou por acaso temes decepcionar-me? — perguntou a jovem, aproximando-se mais dele enquanto apoiava a mão sobre um de seus joelhos.

Nefermaat sentiu o cálido contato no joelho e como ela desenhava suaves arabescos com os dedos, deixando-o inevitavelmente excitado.

— Diz... Não gostarias de tocar teus lábios nos meus? — voltou a perguntar-lhe, agora quase em um sussurro, uma vez que observava, satisfeita, como o *kilt** se avolumava devido à pressão do membro.

O jovem olhou aqueles lábios que ela lhe oferecia, convencido de que não havia nada mais que desejasse além de beijá-los. Então, seus olhos se fixaram nos dela, profundamente verdes e sedutores, como o poço que pareciam guardar em seu interior e que ele era incapaz de

---

* Peça de vestuário similar à tanga.

avaliar. Compreendeu, nesse momento, que não havia resistência possível ante seu feitiço, e que sua resistência, além de presunçosa, era inútil.

Ceder aos impulsos foi coisa de um instante — exatamente o tempo que Nefermaat demorou para perceber aqueles lábios carnudos contra os seus. Foi um contato impetuoso, que, inclusive, surpreendeu a jovem, e do qual Nefermaat não estava disposto a separar-se. Ela lhe envolveu o pescoço com os braços e voltou aos lábios que pareciam beijar pela primeira vez, o que a fez umedecer-se por completo, ao comprovar o quanto tinha que ensiná-lo. Ele demonstrou em seguida bons dotes, pois se deixou guiar por aquela boca a lhe mostrar uma variedade de beijos que ignorava existirem. Logo sua língua tornou-se tão ávida quanto a dela, explorando cada canto que a deusa parecia oferecer-lhe. Atet chegou até mesmo a se afastar, surpresa, ao comprovar o desespero que se apoderara de um jovem que parecia entregue a seus instintos.

Atet o derrubou sobre a grama enquanto lhe acariciava o rosto. Depois, voltou a beijá-lo, enquanto com os dedos percorria sua cabeça raspada. Isso o fez emitir um gemido delicado e beijá-la com mais veemência. Depois, os dedos de Atet desceram lentamente até os ombros, e então até o peito, que subia e descia, prisioneiro da excitação. Por fim, sua mão alcançou o *kilt*, desabotoando-o com a habilidade própria que a experiência dá. Quando afastou a pequena tanga, Atet abriu a boca ao observar aquele membro que surgia como se aliviado ao ver-se livre do tecido que o prendia. Ela se regozijou ao vê-lo de novo e ao comprovar a potente ereção que apresentava. A deusa salivou sem pudor enquanto tentava abarcá-lo com a mão, sentindo de imediato os guturais gemidos do desejo ensandecido do jovem. Atet o observou com satisfação e em seguida parou de manuseá-lo, erguendo-se até ficar em pé sobre ele. Nefermaat tentou levantar-se, mas ela o impediu com um de seus pés, que pôs suavemente sobre o rosto dele. O jovem a beijou com paixão, e a moça aproveitou para introduzir-lhe um dos dedos na boca, sentindo como Nefermaat o mordiscava com frenesi. Aquilo era algo de que ela gostava especialmente e então o deixou fazê-lo. Ao mesmo tempo, deslizava as alças do vestido pelos braços, deixando que ele caísse sem demora até o chão.

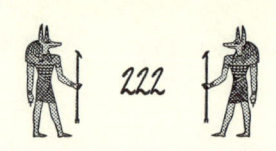

Nefermaat viu o traje da deusa cair sobre ele e como ela lhe mostrava sua total nudez. Ao contemplá-la, deixou de mordiscar, extasiado diante de um corpo como aquele. Deitado como estava, percorreu a figura divina que, erguida sobre ele, dominava-o por completo. Primeiro reparou em seus seios, que pareciam balançar firmes e erguidos com seus escuros mamilos eretos como boquilhas de trompete. Custou ao jovem tragar a saliva diante de tal visão. No entanto, seus olhos continuaram percorrendo aquele corpo, impelidos por uma ânsia voraz da qual sempre tinha acreditado estar livre. Surpreendeu-se quando descobriu que Atet estava totalmente depilada e, ao concentrar-se naquela pequena fenda, sentiu seu enorme poder, capaz dos maiores milagres e da ruína de qualquer homem. Foi nesse momento que ela se inclinou sobre ele, disposta a transportá-lo sem mais demora à loucura. Sentando-se como que a cavalo sobre seu ventre, Atet acoplou seus corpos com singular habilidade, para iniciar uma corrida que somente ela decidiria quando chegaria o final.

Nefermaat recordaria por toda a vida como uma deusa se apropriou de sua vontade, fazendo com que seus sentidos fossem manipulados pelos invisíveis fios que somente os deuses sabem mover conforme seu capricho.

Em seu caso, foi Bastet reencarnada quem os moveu, levando-o irremediavelmente ao êxtase mais absoluto, entre espasmos e estremeções.

Quando, completamente exausto, viu como a deusa se desprendia dele, deixando sua virilidade esgotada e tumefata, tentou erguer-se, estendendo uma das mãos na direção daquele corpo que se separava do seu e ao qual não queria renunciar. Todavia, Atet lhe fez um gesto eloquente, convidando-o a continuar como estava, enquanto apanhava seu vestido. Ele se apoiou sobre os cotovelos, observando como a jovem se vestia outra vez.

— Quando voltarei a te ver? — perguntou com a respiração entrecortada.

Atet o olhou com malícia enquanto ajeitava as alças do vestido sobre os ombros. Então, recolheu a cesta na qual restara apenas um dos gatinhos e olhou de volta para ele ao mesmo tempo que alisava a roupa.

— Hoje me deste prazer — disse ela, sorrindo.

Depois, com agilidade assombrosa, desapareceu entre os arbustos.

Nefermaat se esticou com ambas as mãos debaixo da nuca. Sua agitação anterior foi dando lugar a uma sensação de bem-estar, desconhecida para ele. Era como se todas as pedras que parecia ter carregado nos últimos anos tivessem sido deixadas de lado, fazendo com que ele flutuasse com leveza. Aspirou com fruição os aromas do jardim, entrefechando os olhos, livre de apreensões e convencionalismos. Era fantástico se deixar levar sem nem sequer estar consciente da própria identidade.

Entretanto, mais tarde, esta sempre regressa, e o jovem, recostado de novo sobre os cotovelos, voltou pouco a pouco à realidade, refletindo sobre o acontecido, como era de seu costume. Não tentou buscar uma explicação acerca do que havia acontecido, pois talvez não quisesse sabê-la.

Ainda que fosse a primeira vez que amara uma mulher, não tinha dúvida alguma de que não haviam sido os vínculos do amor o que os unira. Agora se dava conta perfeitamente do que a palavra *paixão* significava e das consequências de brincar com ela. Sabia o perigo que representava aquela mulher e, no entanto, desejava de novo estar entre seus braços para saciar-se dela.

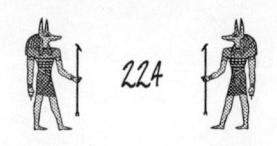

Por fim, ergueu-se, um tanto preguiçoso, e voltou a vestir sua tanga. Então olhou ao redor, admirando outra vez a beleza do lugar.

— Nenhum cenário é melhor que o jardim de um templo para perder o celibato — disse a si mesmo, satisfeito, antes de partir. — Sobretudo quando foi uma deusa quem o levou embora.

11

Durante os dias que se seguiram, Nefermaat não voltou a ter notícias de Atet. A jovem parecia ter desaparecido da casa, e ele precaveu-se de todas as maneiras para não fazer perguntas a respeito, dedicando-se exclusivamente às consultas rotineiras em companhia de seu mestre. Este, que mantinha um estado de embriaguez permanente havia mais de quinze dias, seguia com suas tarefas cotidianas, como se fosse mais por uma questão de honra que por outra coisa, sendo um enigma para Nefermaat o fato de aquele homem ainda não ter sofrido um colapso. No entanto, ali estava, erguido permanentemente e até onde sua pequena estatura lhe permitia, trabalhando como se nada estivesse acontecendo.

— Tudo pela dignidade da profissão! — costumava exclamar de forma solene.

Durante aquele tempo, Nefermaat tornou a acompanhar o babilônio em duas ocasiões para examinar cadáveres. Em ambas, se surpreendeu ao comprovar como haviam ficado distantes seus prejulgamentos anteriores, assim como a excitação que intimamente sentia só de pensar em regressar àquela sala tétrica. Em tão macabro cenário, Anon continuou dando-lhe mostras de sua mestria, abrindo-lhe o coração definitivamente ao compartilhar com ele mil e um conhecimentos que, como de costume, o jovem assimilou com voracidade.

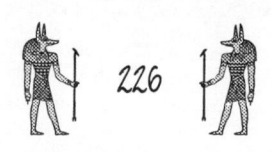

Foi então que, em uma manhã, Nefermaat teve a oportunidade de testemunhar um prodígio, um milagre a mais, materializado pelas mãos do mestre na pessoa de um alto oficial de infantaria que levaram muito ferido até a casa.

Avisado com urgência, Anon foi vê-lo de imediato, reconhecendo na hora a gravidade do quadro ao observar-lhe um forte traumatismo craniano.

O babilônio reparou nos presentes, que o olhavam com caras angustiadas, e em seguida deu seu diagnóstico sem pestanejar:

— É necessário fazer uma trepanação — disse ele tranquilamente. — Este é um mal contra o qual lutarei.

Nefermaat arregalou os olhos diante da opinião emitida pelo babilônio. Uma operação como aquela representava um risco enorme, que ele conhecia muito bem. Só os grandes *sunu* se atreviam a realizá-la, e sempre com as máximas precauções ao emitir um parecer como aquele. Ao dizer que podia lutar contra aquele mal, Anon se comprometia, de certa forma, a curá-lo.

Nefermaat, que o olhava boquiaberto, não duvidava da competência de seu mestre para fazê-lo. Uma vez que, se havia um médico capaz no Egito, esse era o babilônio. O problema é que Anon se encontrava completamente bêbado.

O oficial havia sofrido um traumatismo grave; fraturara o frontal direito ao levar um golpe com a ponta de uma lança. Tinha um ferimento profundo, próximo do qual o osso se achava fendido. Em tais condições, era perigoso mexer na fratura e, como Nefermaat sabia muito bem, às vezes era preferível não tocar no ferido e tentar deixar que ele se recuperasse apenas com o tempo. Entretanto, Anon estava convencido de que, se não tratasse o oficial, este inevitavelmente morreria, buscando por isso dar garantias de que sua intervenção não envolveria maiores complicações.

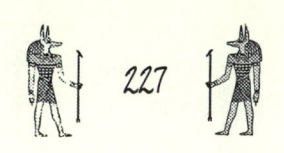

Estudou o paciente durante um tempo e, em seguida, se dirigiu ao jovem pupilo:

— Necessitarei de tua ajuda para poder operá-lo — disse-lhe em voz baixa.

— Farei tudo o que estiver ao meu alcance — respondeu o rapaz, solícito.

— Deves ir ao lugar onde dissecamos os cadáveres — continuou o mestre, com uma serenidade imprópria para uma pessoa em estado de embriaguez. — Encontrarás um corpo morto já há quatro dias. Tens que retirar um pedaço do crânio.

Nefermaat arregalou os olhos, horrorizado.

— Não faças essa cara, homem. Ele já não precisa mais disso e, no entanto, este oficial pode ser salvo se fizeres o que te digo. Combinado?

Nefermaat concordou, engolindo a saliva com dificuldade.

— Bem, te direi o que tens que fazer.

O jovem *sunu* agiu tal como seu velho mestre lhe havia recomendado. Extraiu uma parte do osso frontal direito do cadáver, nas dimensões que Anon havia pedido, e depois regressou ao babilônio. Ele observou o fragmento com atenção.

— Puxa — murmurou. — Fizeste quase tão bem quanto eu.

Em seguida, pegou um frasco que continha um fortíssimo anestésico.

— É mais efetivo que as cocções de pétalas de amapola — garantiu a Nefermaat enquanto despejava o líquido em um pequeno recipiente.

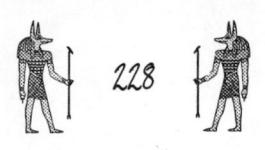

— As pétalas produzem o narcótico mais forte que conheço — comentou Nefermaat, surpreso.

— Ha, ha, ha. Que bom é poder aprender algo novo a cada dia, não é? Ainda mais que isto que vou contar pouca gente sabe. Hoje estou generoso.

Nefermaat olhou para ele com atenção.

— É uma cocção de vinho com uma substância que eu mesmo extraio da amapola tebana. Não de suas pétalas, mas sim de seu cálice.* Se aí fazes uma incisão, irás tirar da planta um fluido mil vezes mais potente do que o conseguido com as infusões das pétalas. Deverás fervê-lo com vinho e, em seguida, administrá-lo no doente. Então, este perderá a consciência por completo durante muitas horas. Entretanto, tens de ter cuidado com a quantidade que lhe darás para beber. Compreendes?

Nefermaat fez que sim com a cabeça, enquanto comprovava, espantado, como Anon ficava vesgo de vez em quando.

— Bem, agora vamos começar a operar.

Nefermaat foi testemunha, naquele dia, do maior prodígio que seus olhos jamais tinham visto. O velho mestre trabalhava com tal facilidade que, vendo-o, bem se poderia afirmar que trepanar crânios era a coisa mais natural do mundo. O jovem já havia presenciado antes esse tipo de operação, que os médicos egípcios conheciam, mas que procuravam evitar tanto quanto possível. A técnica empregada no Egito pelos *sunu* era a da legradura, que costumavam realizar com esmeril. No entanto, Anon utilizava outra bem diferente, e que deixou o jovem boquiaberto diante da precisão demonstrada, assim como pelos conhecimentos necessários para poder realizá-la.

---

* Assim é como se extraem hoje em dia os opiáceos.

Após fazer o paciente beber o narcótico, Anon o sentou no chão de tal maneira que a cabeça ficara entre seus joelhos para o médico poder intervir com maior comodidade. Então cortou, em forma de lingueta, a pele em torno da região ferida, levantando-a até deixar o osso à mostra.

— Usa bisturi de cobre sempre que puderes — explicou ele, mostrando ao rapaz o que tinha na mão. — Bem afiados, são preferíveis às facas de sílex, que sempre acabam estragando, e muito melhores que os de bronze. Além disso, os ferimentos não costumam infeccionar.

Nefermaat apenas pestanejava.

— Agora é preciso cortar o osso ao redor da fratura, com o cuidado de não atingir a membrana que se encontra entre ele e o cérebro — observou Anon, enquanto começava a trabalhar. — Farei quatro cortes para extraí-lo, e assim liberaremos a pressão interior. Não te assustes com o sangue que irá brotar. Nesta região não se produzem grandes hemorragias.

O jovem concordava, sem perder um único detalhe da técnica do babilônio.

— Na Mesopotâmia agimos desta maneira. Lá, a legradura é utilizada raramente — contava Anon, com tranquilidade, enquanto cortava a segunda capa craniana. — Olha — avisou ao jovem. — Esta é a membrana de que te falava.* Nunca deverás tocá-la, ou o paciente morrerá. Mais além se encontra todo um universo que ainda desconhecemos.

Impressionado, Nefermaat assentiu em silêncio.

— Bem — disse Anon ao finalizar a extração —, agora limparemos com água salgada e em seguida fixaremos o fragmento de osso que tiraste do cadáver. Lembra que ele precisa estar entre três e seis dias

---

* Refere-se à membrana dura-máter.

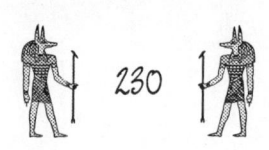

morto. Se não for assim, o osso será rejeitado pelo paciente,* ainda que eu ignore o porquê.

O jovem *sunu* encarou-o enquanto lhe entregava o fragmento ósseo.

— Encaixa no lugar, tal como pretendíamos — afirmou Anon, sorridente. — É preciso deixar uma pequena separação entre a prótese enxertada e o crânio do paciente. Em pouco tempo, ambos se juntam, criando-se uma calosidade.

Incrédulo, Nefermaat o interrogou com o olhar.

— Antes do que imaginas — garantiu o babilônio. — Agora voltaremos a pôr a pele que retiramos no lugar e a desinfetaremos com um pouco de mel. Depois, a uniremos à epiderme ao redor, costurando-a com estes espinhos de acácia, até que fique regenerada. Como podes ver, é bastante simples, ha, ha, ha.**

Nefermaat, que não acreditava no que havia presenciado, viu que os acompanhantes do oficial se encontravam de joelhos, recitando preces, enquanto tocavam com sua testa o chão.

Anon riu demoradamente.

— O melhor será que ele durma durante vários dias — mencionou, apontando o enfermo com sua costumeira segurança. — Explicarei como deveis administrar-lhe esta poção. Amanhã voltarei para visitá-lo.

---

* Com mais de três dias após a morte, o sangue sofre desnaturação. A partir do sexto dia, o cadáver se decompõe, e aí podem ocorrer infecções.
** Com frequência, nesse tipo de intervenção a prótese costuma ser rejeitada em pouco tempo. No entanto, devemos pensar que para a mentalidade da época o fato de que um paciente sobrevivesse a uma intervenção semelhante, ainda que fosse somente por alguns dias, representava um êxito excepcional.

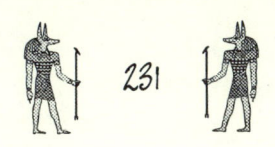

Os familiares acompanharam os médicos até a porta, certos de que estes não eram humanos e sim vivas reencarnações do divino Imhotep, o maior entre os médicos. Uma vez na rua, Anon voltou a rir.

— Imhotep — murmurou, divertido. — Creio que mereço uma taça de um bom vinho, não achas?

Desde seu encontro no templo, Nefermaat não voltara a ver Atet. Aquilo, a princípio, o desanimou, ainda que não lhe parecesse nem um pouco estranho — conhecia o temperamento caprichoso dela, algo que, por outro lado, era comum entre as deusas. Durante todas aquelas noites, Nefermaat havia pensado seguidamente na moça, na apaixonada relação que mantiveram e que não pudera afastar de seus pensamentos. Na solidão de seu cubículo, era-lhe particularmente difícil conciliar o sono, rememorando várias vezes cada carícia de um encontro que, embora intenso, ele considerava fugaz. Nem os banhos no rio foram capazes de aplacar um ardor que parecia consumi-lo, e sobre o qual não era capaz de exercer controle algum. Só com o passar dos dias sua febre pareceu ir diminuindo, permitindo-lhe, finalmente, refletir sobre o delírio ao qual parecia ter se visto envolvido. Ela inoculara em seu *ka* um vírus contra o qual não havia antídoto possível e que levava, em si mesmo, a infelicidade. Chegou a pensar no arrependimento e na facilidade com que o homem pode distanciar-se dos bons preceitos, constatação que lhe causou grande pesar, sobretudo ao comprovar que os havia transgredido sem nenhuma dificuldade.

Não existia pecado algum por amar uma mulher, mas ele sabia muito bem que o sentimento que o atormentava estava muito distante disso.

No entanto, em uma noite, enquanto dormia sobre sua esteira áspera, Nefermaat recebeu a visita da deusa. Primeiro foi como nos sonhos, pois, como é bem conhecido, os deuses são capazes de se manifestar neles. Em seguida, em um fugaz estado de cochilo, transitório e ligeiro, os olhos do jovem se abriram às dispersas sombras de seu quarto para vê-la de novo.

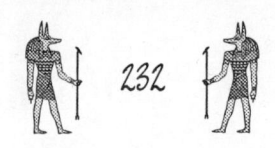

Com a figura de Atet diante dele, as boas intenções se despedaçaram, como ele sabia que aconteceria.

— Bastet abandona seu santuário e vem visitar-me — disse o jovem, erguendo-se ligeiramente.

A luz de uma lua que crescia entrava pela janela, iluminando em cheio o corpo de Atet. Ela, completamente nua, sorriu como costumava fazê-lo, dominadora.

— Gosto de atender as preces de meus fiéis — respondeu, provocando. — Não foi exatamente assim? Por acaso não estás a invocar a minha presença?

Nefermaat voltou a baixar os braços, desarmado, como sempre acontecia diante dela.

— Toda noite — conseguiu apenas murmurar.

Ela riu, satisfeita, enquanto se aproximava.

— E que fazes na minha ausência?

— Sofro.

— Sofro — sussurrou Atet, enquanto se deitava de lado, junto a ele. — O sofrimento do *ba* pelo inconfessável é o único que me interessa. Sofrer ao ter renunciado ao caminho que nos ditam os deuses, para escolher outros, escuros e escabrosos, que levam a destinos incertos e inclusive à perdição, conscientes do que fazemos. Esse sim é um bom sofrimento, o que sobra da luta da alma com a própria natureza. Isso é o que acontece contigo. Não é verdade?

Nefermaat virou-se na direção dela até estar bem próximo. Olhou-a longamente e de novo teve a sensação de abandono que tão bem conhecia. Seus lábios se aproximaram devagar dos da mulher, até que se juntaram de forma muito suave, como se com temor.

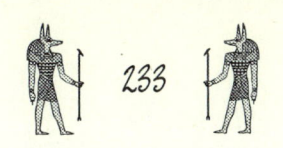

Permaneceram assim por um tempo indefinido, durante o qual pareceram transmitir sentimentos ocultos, mas de repente estes pareceram tomados de uma renovada energia, libertando-se, depois, através daqueles caminhos escuros pelos quais Atet o havia levado a aventurar-se.

Amaram-se quase atropeladamente, com a mesma paixão desenfreada que tão bem conheciam e à qual não estavam dispostos a renunciar. Noite de gozos elevados que acabaram por deixar exaustos os corpos de ambos os amantes.

— Antes me perguntaste pela luta entre o espiritual e o material — disse Nefermaat, enquanto acariciava o cabelo da jovem, encolhida a seu lado. — É um combate ancestral que alguns deuses já travaram no princípio do tempo conhecido.

— Por isso todos nós o enfrentamos?

— Certamente. Ainda que, às vezes, a luta seja desigual.

— A que te referes?

— Ao fato de que há homens que parecem não ter alma. Neles, a natureza não tem rival.

Atet riu suavemente.

— Para começo de conversa, esse não é teu caso, Nefermaat.

— Como sabes?

A jovem voltou a rir.

— O mundo de onde vens pouco tem que ver com o que nos rodeia. Os homens que conheço não se detêm nesse tipo de questões. Todos querem o mesmo: a mim.

— Também me incluis nesse grupo?

— Claro. Tu desejas o mesmo que eles, ainda que seja da tua maneira. Queres gozar de minhas carícias, mas sabes que uma distância como a do Grande Verde nos separa. Nossas próprias essências pouco têm a ver uma com a outra.

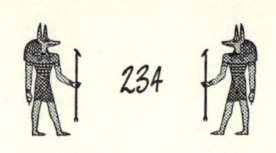

— A paixão as faz uma só.

De novo, Atet riu, divertida.

— Tens certeza? Eu capto a tua a cada instante, e mesmo durante tua mais intensa febre ela está cheia de luz. A minha é sempre tenebrosa.

— Então, o que queres?

A jovem olhou para ele, erguendo-se ligeiramente.

— A paixão é efêmera, Nefermaat. Só o desejo a mantém viva. O ato de acender esse anseio me dá prazer. Eu busco o proibido, o inconfessável, a corrupção das almas nobres. Experimentar isso me proporciona um gozo íntimo, me causa enorme satisfação comprovar como é tênue a linha que separa a luz da escuridão.

— Amas a escuridão. É para lá que pretendes levar-me?

— És livre para ir aonde queiras. Tu escolhes a cada momento.

— Não fui eu quem decidiu que me seguirias até o templo — respondeu o jovem, lacônico. — E muito menos que chegaríamos a isto.

— No entanto, desejavas. A deusa, simplesmente, atendeu teu apetite. Poderias ter voltado. Em vez disso, me seguiste. Como já te disse, gosto disso. Se não houvesse pureza em ti, eu não me interessaria nem um pouco.

Nefermaat olhou para ela, surpreso.

— Não faças essa expressão de estranheza. És atraente, inteligente e inclusive tens um belo corpo. Todavia, já conheço tantos outros homens que possuem isso tudo e até mais. Por circunstâncias particulares, Renenutet decidiu que eu não passaria necessidade. Não preciso de nenhum homem para viver o resto de meus dias como desejo. Eles não podem comprar minha beleza com suas riquezas. Não me interessa o que já possuo.

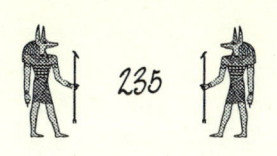

— Decidiste, então, que minha alma seria pasto da Devoradora?

A jovem sorriu com malícia.

— Teu *ba* nunca será dado a Ammit. Tua essência é bondosa, e isso não posso mudar. No entanto, como já te disse, de fato tu podes sofrer por tuas fraquezas, e essas ninguém sabe aonde poderão te levar.

— És artificiosa...

— Sem dúvida. No entanto, continuas acariciando minhas coxas enquanto lembras. Estamos longe daqueles que tiveram os mesmos nomes que nós e habitaram esta terra já faz mil anos. Conheço a história, lembras? Aquela Atet tão virtuosa pouco tem a ver comigo, enquanto ele... Talvez vos assemelheis mais. Consegues imaginar que, como eles, também teríamos filhos? A um poderíamos dar o nome de Hemon.*

O rapaz teve um sobressalto.

— Vês? Sofres com cada uma de minhas palavras — disse Atet, enquanto acariciava com suavidade seu membro.

— És traiçoeira — acusou o jovem, observando como sua virilidade tinha seus ânimos renovados.

— Eu sei — sussurrou ela, enquanto se sentava sobre ele e começava a movimentar-se. — Hemon, como seu antepassado.

Ao escutar aquilo, Nefermaat não conseguiu evitar uma repentina crispação que lhe tomou o corpo todo, arrancando da jovem um gemido de prazer. Ela se entregou de novo a seus instintos, com umas práticas às quais ele não foi capaz de resistir. Como se a correnteza o arrastasse, impotente, deixou-se levar longe, muito longe, até mesmo ao coração do insondável.

---

* Faz referência ao casal que tinha os mesmos nomes e que viveu mil anos antes deles. Naqueles tempos, Nefermaat e Atet tiveram vários filhos, um dos quais chamou-se Hemon. Ele foi Vizir durante os longínquos tempos de Quéops e também se encarregou de construir a Grande Pirâmide deste rei.

Quando tudo terminou, ambos ficaram deitados, um junto ao outro, em meio a um estranho silêncio. Respiravam com certa dificuldade e, no entanto, Nefermaat era capaz de pensar com lucidez. Seu regresso desse arrebatamento dessa vez estava longe de ter sido satisfatório. Sentia o corpo estranhamente dolorido, e ainda ressoavam em seu coração os trêmulos gemidos de Atet enquanto vibrava sobre ele; gemidos que lhe fizeram imaginar os perturbadores lamentos das almas no tenebroso Amenti.

Ergueu-se por um momento enquanto tocava as partes doloridas. Então se aproximou da janela e notou que tinha uma profusão de beliscões e pequenas mordeduras por todo o corpo. Nefermaat olhou horrorizado para a moça, que deu uma gargalhada.

— Tu te surpreendes? Deverias saber melhor que ninguém como é fácil para Bastet converter-se na colérica Sekhmet.

— Não contes mais comigo para voltar a te acompanhar pelos tortuosos caminhos que transitas.

— Ah, não? — respondeu ela, sorrindo, enquanto recolhia suas roupas. — Na verdade chega a ser comovente. Tu sempre lembrarás desta noite e dos caminhos que, como tu dizes, transitaste junto a mim. No entanto, o mesmo não acontecerá comigo; quem sabe, pode até ser que eu me esqueça de teu nome.

Nefermaat a viu ajeitar o fino vestido de linho enquanto se encaminhava para a porta. Então, ela olhou para trás.

— Adeus, Nefermaat. A deusa te abandona. Talvez... Para sempre.

— Não é a ti a quem adorei — respondeu ele, enquanto esfregava um dos ombros machucados. — Ainda que te disfarces mil vezes, pouco te parecerás com ela.

Da porta, Atet olhou para ele com desdém.

— Lembra o que me disseste sobre o efêmero — comentou o jovem. — Tudo em nossa vida também é, incluindo tua beleza.

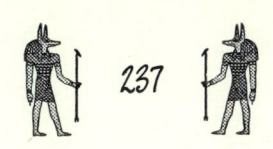

Um enigmático sorriso atravessou o rosto da moça que, apoiada na quina da porta, o observou com indiferença. Então, com a maior naturalidade, desapareceu na noite.

A Festa da Embriaguez chegava a seu fim quando Nefermaat caminhava pelas ruas de Bubástis.

A cidade se achava tomada de corpos esgotados que jaziam estendidos em praças e jardins, incapazes de se manter em pé. O jovem se surpreendeu ao ver alguns casais que ainda riam e agitavam em uma rua próxima. Para ele, era quase milagroso que, no último dia daquelas festas, ainda houvesse alguém com ânimo suficiente para alguma celebração. Durante vinte e quatro dias, a cidade havia fervilhado na mais absoluta libertinagem, honrando a deusa-gata com a melhor oferenda que ela poderia receber e que, em vista dos resultados, Nefermaat não duvidava que teriam sido de seu agrado. Bastet poderia sentir-se satisfeita.

Naquela manhã, ele voltava da casa do governador, a quem atendera por conta de uma de suas frequentes indisposições. A descontrolada dieta a que se acostumara deixara-o propenso a tais indisposições, e naquele dia não foi diferente. Nessa manhã Anon fora incapaz de levantar-se da cama, de tal forma que o único remédio foi o rapaz, sozinho, visitar o doente. O *hega-ta* não levou a mal a ausência do babilônio, chegando inclusive a compreendê-la. Àquela altura, seu mal-estar não era grande. Seu caso não passava de dores no ventre inchado, devido às enormes cólicas causadas pelos gases alojados ali. O homem sofria de repetida flatulência, razão pela qual Nefermaat lhe receitou um composto à base de cominho, arruda, mostarda, natrão árabe e mel, com o que esperava dar um apropriado alívio a seu desconforto.

Enquanto caminhava de volta à casa de Anon, pensou na aparência inchada do governador e no tempo que levaria para ele expulsar tal quantidade de gases: algo pouco agradável, certamente, e, diante disso, sua família não teria outra solução a não ser acostumar-se.

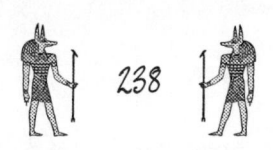

Nefermaat suspirou ao passar junto à capela que Amenhotep III havia construído duzentos anos antes para comemorar seu jubileu. Era esplêndida, pois ainda que pequena, mantinha a marca que aquele faraó deixara em todos os monumentos durante aquela que, provavelmente, tinha sido a idade dourada do país de Kemet. Os jardins que a rodeavam, por outro lado, se encontravam um tanto descuidados e, certamente, abarrotados de corpos deitados, dormitando sob a sombra.

Quando, por fim, entrou na avenida que conduzia até o casarão do babilônio, sentiu de novo a desagradável ardência de seus arranhões. Tinha os braços e o pescoço cheios de manchas, assim como de uma e outra pequena mordida — recordação memorável dos beliscões e demais carinhos com que Atet lhe havia presenteado durante aquela frenética noite.

Anon já lhe havia feito comentários a respeito. Quando viu marcas tão delatoras, soltou uma estrondosa gargalhada enquanto dava palmadas nas próprias coxas.

— Até que enfim escolheste o verdadeiro caminho! — exclamou entusiasmado. — Aquele que todo homem que se preze deve percorrer e jamais abandonar.

Ele se sentiu um pouco envergonhado ao ouvir semelhantes afirmações, ainda que, conhecendo o babilônio, fosse de esperar.

— Finalmente vais te livrar de tuas infusões antiafrodisíacas e de te manipular às escondidas! — voltou a exclamar o mestre com voz de trovão. — Não há dúvida de que Bastet produziu milagres nessas festas. Agora só falta te tornares um aficionado do vinho para que sejas um homem de verdade.

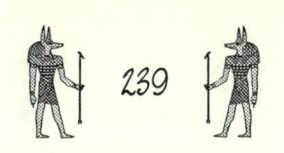

Nefermaat, como de costume, não levou a sério as provocações, mas Anon havia visto um filão para suas brincadeiras e não estava disposto a deixar passar.

— Agora só resta conhecer o nome da afortunada — disse-lhe em um tom malicioso. — Ainda que vendo as marcas que te deixou, mais parece que estiveste com uma pantera do que com uma mulher.

Aquelas palavras proporcionaram grande prazer ao babilônio, que passou algum tempo comemorando-as com novas risadas.

— Diz: que espécie de fera conseguiu te produzir semelhantes afagos? Só uma natureza selvagem teria sido capaz disso. E eu não conheço nenhuma.

Nefermaat não pôde evitar cruzar seu olhar com o dele, em um gesto instintivo que durou apenas um instante.

O babilônio, que era um zorro experiente, captou tudo em um instante, levando as mãos à cabeça.

— A não ser que... Mas não é possível.

Anon olhou para ele atentamente, enquanto pronunciava as mesmas palavras.

— A não ser que... — repetiu com astúcia. — Claro, só pode tratar-se dela! Deitaste com minha enteada!

O prazer que lhe causaram as próprias palavras foi indescritível, pois o babilônio deu pequenos saltos, aproximando-se do rapaz e dando-lhe uns tapinhas de estímulo.

— Surpresa, incrível! Que melhor manjar para iniciar-se que esse? Mas, conte-me, conte-me.

O jovem não achou nenhuma graça naquilo, optando por afastar-se da companhia do mestre com um gesto mal-humorado.

— Não fiques chateado, homem — disse-lhe Anon, enquanto o seguia pelos corredores. — Tens que compreender que há anos ando atrás dela, convencido de sua natureza perversa. Ao menos me fala de suas habilidades. Afinal de contas, trata-se de minha enteada.

Nefermaat teve que afastá-lo, com certa irritação, saindo pelo jardim ao mesmo tempo que continuava escutando o babilônio implorando-lhe a distância.

— Mas, rapaz, não fiques assim. Conta-me...

Desde aquele momento teve de suportar seu mestre quase que diariamente, até que afinal o babilônio pareceu dar-se por vencido, encerrando de uma vez por todas suas incômodas investigações.

Enquanto caminhava pela avenida que se abria entre frondosos palmeirais, Nefermaat pensou em tudo aquilo e também em Atet, que não voltara a encontrar mais. Era como se a terra tivesse tragado a moça para sempre, pois em sua casa garantiam não tê-la visto durante aquele tempo todo.

— Às vezes não sabemos nada dela durante dias — dissera-lhe Anon em uma tarde, lendo-lhe os pensamentos. — Desaparece e aparece da forma mais misteriosa. Garanto que essa moça é um poço de depravação.

Nefermaat não pôde deixar de refletir sobre isso, lembrando as últimas palavras de Atet; fosse qual fosse sua essência, em uma coisa a moça tinha razão. Ela sempre estaria em suas lembranças.

Chegou por fim à casa e, ao entrar, escutou claramente dois homens que, do consultório, pareciam manter uma agradável conversa. Reconheceu depressa a inconfundível voz de Anon, mas a outra voz não conseguia identificar, ainda que lhe soasse estranhamente familiar. Falavam de medicina, e quando o jovem entrou na sala, ambos se levantaram.

— Eis aqui o mais exemplar dos alunos — exclamou Anon, com seu costumeiro sarcasmo.

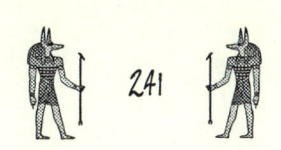

O acompanhante, que se encontrava de costas, virou-se de imediato após o comentário do babilônio, revelando, de súbito, seu maltratado rosto.

O jovem não conseguiu evitar um gesto de surpresa ao reconhecê-lo, correndo em sua direção até dar-lhe um apertado abraço.

— Iroy! — exclamou agitado. — Quanta alegria! Não posso acreditar.

Ambos se separaram por um instante enquanto se olhavam com emoção.

— Deixe-me olhá-lo um pouco: és um homem feito.

— Não penses que não me deu trabalho — interveio Anon, sem conseguir evitar o comentário. — Não faz muito que ele alcançou tal mérito.

Nefermaat não pôde deixar de olhá-lo com expressão fechada.

— Que esperavas? É um sacerdote *ueb*, e seu caráter se mede por valores diferentes dos teus, querido amigo — disse Iroy com um tom suave.

Nefermaat voltou a emocionar-se ao escutar aquela voz pausada, sempre inalterável, a lhe evocar lembranças quase esquecidas.

— Não sei o que fazem lá dentro, mas são todos iguais — voltou a exclamar Anon com gestos exagerados. — Ele nem sequer prova o vinho.

Iroy riu com o comentário enquanto voltava a observar o jovem.

— Percorreste um longo caminho. Podes acreditar que me orgulho de dizer isso, pois sei muito bem a solidão que sentiste durante todos estes anos.

Nefermaat sentiu que se lhe anuviavam um pouco os olhos ao observá-lo. O tempo havia passado também para o velho médico e, ainda que este seguisse mantendo-se com bom aspecto, as rugas dominavam já seu rosto, como era natural.

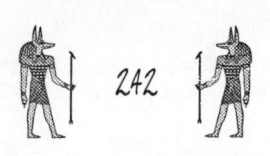

— Sempre estive informado de teus esforços e dificuldades. — O jovem escutou o que Iroy lhe dizia. — Ainda que tu não o soubesses.

— Tive esse pressentimento desde o primeiro momento, ainda que a solidão do templo durante os primeiros anos para mim tenha sido difícil de aguentar. Foram nove anos durante os quais não tive notícias de ninguém.

— Compreendo, já que eu sofri o mesmo.

O jovem piscou por uns instantes, umedecendo o rosto.

— Mas me diz, Iroy, como está minha família, meus velhos amigos...?

— Todos se encontram bem, apesar de, para eles, os anos também terem passado.

— Vós me pareceis insuportavelmente comovidos — interveio Anon, interrompendo-os. — Se quiserdes, saio um pouco para que faleis mais de tuas bobagens.

Iroy sorriu.

— Querido amigo, a ninguém mais que a ti devo agradecimento — disse Iroy. — Tiveste a deferência de atender meu pedido e acolheste o rapaz em tua casa, onde lhe ensinaste tua arte.

Nefermaat olhou para os dois, surpreso.

— Não acreditas que te recebi apenas porque nós dois conhecíamos Iroy, não é? — perguntou Anon.

— Então?

— Ele me escreveu pedindo esse favor. Foi o motivo pelo qual aceitei suportar tuas beatices.

Ao ouvir aquelas palavras, o jovem se emocionou verdadeiramente.

— Nada de choro e bebe uma taça de vinho antes que abandones minha casa — disse o babilônio enquanto servia uma generosa quantidade.

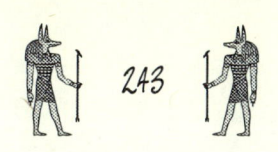

O jovem cravou seus olhos em Iroy, que concordou com ar beatífico.

— Anon tem razão. Teus dias de vagabundear chegaram ao fim. Já é hora que regresses ao lugar de onde partiste.

Nefermaat observou o babilônio, e este assentiu enquanto aproximava a taça dos lábios.

— Desconfio que Iroy tenha razão. Aqui já nada te resta a fazer. Tu te tornaste um bom *sunu*, e quem sabe algum dia poderás aproximar-te de minha excelência — anunciou com sua habitual provocação.

— O deus te reclama — apontou Iroy. — Devemos partir para Tebas para que te encarregues de tuas novas funções.

O rapaz ficou tão surpreso que não conseguiu mais que balbuciar frases desconexas, parecendo uma cena mais característica de um sonho do que qualquer outra coisa.

Iroy, a convocação do faraó... Nada do que ali ocorria podia ser real, e no entanto...

— Vais beber o vinho ou não?

As palavras do babilônio vieram tirá-lo de suas questões, para que ele percebesse outra vez como ambos o observavam divertidos devido a seu atordoamento. Então, Iroy lhe fez um gesto, convidando-o a beber.

Nefermaat aproximou a taça da boca e deu um pequeno gole.

— Bés bendito! — exclamou Anon. — Enfim conseguimos. Ainda que para isso tenha sido necessário que o médico do faraó viesse em pessoa dar-lhe a notícia de sua nova nomeação.

— Nomeação? Que nomeação? — perguntou o jovem, mais agitado.

— O deus te nomeou *sunu per aa* — corroborou Iroy com certa solenidade.

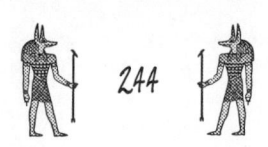

— *Sunu per aa*? Queres dizer médico da corte? Não entendo nada.

— Rapaz, não tens nada que entender. O faraó te chama, e tu, como fiel cumpridor que pareces ser das leis deste país, irás imediatamente — concluiu Anon.

— Lembras a tarde anterior à tua partida de Pi-Ramsés? Estivemos em meu escritório e tu mesmo prometeste regressar um dia como médico do palácio. Sekhmet escutou tua promessa — destacou Iroy enquanto lhe entregava um rolo de papiro. — Leia-o tu mesmo.

Nefermaat leu o papiro, ainda incrédulo, mas não havia dúvida. Ali estava a marca do faraó e sua nomeação oficial como médico da corte. Após emocionar-se, voltou a enrolar o documento e o entregou a Iroy.

— Segues velando por mim. Não deixo de perceber que tua mão está por trás disso. Obrigado, Iroy; obrigado aos dois — disse, olhando para ambos.

— Deixemos de sentimentalismos de uma vez por todas — pediu Anon com intensidade. — Tua nomeação é merecida. Iroy tem estado a par de teus progressos desde que chegaste, e acredita se te digo que te tenho na maior consideração. Estou convencido de que não há no palácio um médico melhor que tu. Quem sabe — prosseguiu, voltando à sua costumeira zombaria — em pouco tempo chegues a converter-te em "guardião do ânus do rei",* ou em "aquele que conhece seus fluidos internos".

— És um caso perdido, Anon. A idade te tornou mais impertinente; mas, ainda assim, sempre te serei grato — interveio Iroy.

— Eu é que me sinto agradecido — disse Nefermaat. — A ti, Iroy, porque segues sendo para mim como um pai. Quanto a Anon, uma parte de mim ficará aqui junto dele para sempre. Durante toda a minha

---

* Uma das curiosas especialidades que a medicina egípcia possuía.

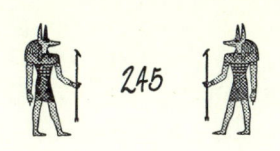

vida poderei ter a certeza de ter tido como mestre o príncipe dos médicos. Brindemos por isso.

Agora foi o babilônio quem se emocionou ao escutar aquelas palavras; de tal forma que, de um único trago, esvaziou sua taça estalando a língua com prazer. Então, se uniu a Nefermaat em um forte abraço.

Quando afinal se separou, olhou-o cara a cara com aquela malícia tão própria dele.

— Te escreverei — disse, piscando-lhe um de seus olhinhos. — Promete-me que também o farás.

O jovem assentiu, abraçando-o de novo.

— Lembra que temos alguns segredinhos, que um dia espero que me contes.

— Não tens solução — exclamou Nefermaat, escandalizado.

— Ha, ha, ha. És um bom menino, Nefermaat. A propósito, gostou do vinho?

O vigésimo quarto dia da Festa da Embriaguez foi também o último de Nefermaat em Bubástis. Com ele finalizavam tão populares festividades, e a cidade voltava a recobrar sua habitual tranquilidade, própria de qualquer capital de província. Para trás ficava o rastro peculiar de uma celebração daquelas bem típicas, na qual centenas de milhares de corpos extenuados haviam se aventurado na mais desenfreada invocação que deus algum poderia receber no Egito. A deusa-gata podia dar-se por satisfeita, pois nenhuma outra divindade do país havia sido capaz de congregar a tantos e tão devotos fiéis.

Nesse último dia se celebrava o encerramento de tão sagrado evento com uma solene procissão, na qual a reencarnação da deusa novamente era mostrada à população desde sua barca sagrada. Em meio a cansadas vozes agudas, o Primeiro Profeta de Bastet cantava suas ladainhas glorificando a deusa, confiando que tão singular bacanal tivesse sido de seu agrado, enchendo-a de satisfação.

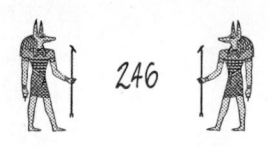

Alheio a tão celestial êxito, Nefermaat embarcou com Iroy no pequeno navio atracado no molhe que a vila de Anon possuía. Era um daqueles barcos de grande porte pertencentes à Casa de Sua Majestade, habitualmente utilizados pelos mais altos funcionários para o cumprimento de suas tarefas. Nele percorriam o rio, orgulhosos, e sempre em meio à admiração geral.

Da embarcação, Nefermaat viu a margem distanciar-se e, com ela, aquela casa da qual, de certa forma, saía convertido em um homem diferente. O jovem monge que um dia entrou por sua porta lhe pareceu agora um tipo estranhamente longínquo, como que de outra dimensão. O reprimido conjunto de ideias preconcebidas com que, tão ferreamente, lhe haviam educado, se abrira a novas correntes que, na realidade, não eram senão uma parte de todo o mundano que vai implícito na própria natureza. Apesar de seu caráter ter sido forjado entre preceitos e antigos mistérios, sentia-se, em parte, libertado deles diante do feito de possuir outra ideia das coisas. Provavelmente, sua alma sempre seria de asceta, mas também era consciente de que os deuses, magnânimos, haviam criado um mundo cheio de belas razões que convidavam a desfrutá-lo.

A magnífica mansão e seu exuberante jardim foram ficando para trás, como parte de um passado que nunca esqueceria. Fechou os olhos e inspirou com força, tentando captar pela última vez a genuína fragrância de suas essências e o mistério que em algumas noites pareceu envolver sua austera morada. Irremediavelmente, ela apareceu sem querer, fazendo parte de um aroma muito mais intenso, que sempre levaria impregnado em seu coração.

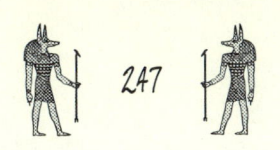

Atet, misterioso renascimento de uma divindade tão complexa como era Bastet; tentadoramente bela e ao mesmo tempo provocadoramente inacessível; uma alma errante que gostava dos caminhos intransitáveis.

Ao abrir de novo os olhos, o lugar já quase se perdia ao longe. Nefermaat aguçou seu olhar e pôde observar como a pequena figura de Anon, que ainda permanecia de pé no molhe, agitava um dos braços. O jovem devolveu-lhe o cumprimento, e logo o babilônio desapareceu.

Ninguém mais na casa saiu naquela tarde para a despedida, ainda que ele pudesse jurar que, entre os perfumados arbustos de alfena, uns olhos verdes e impenetráveis tenham lhe observado partir.

12

    As águas do Nilo baixavam plúmbeas e espessas como metal fundido nas fornalhas dos deuses. Rá, do topo de sua altura avantajada, criava com seus raios uma pátina pela qual o barco parecia deslizar, como se o fizesse através de um daqueles reluzentes espelhos de prata usados pelas damas nobres. Uma imagem incomum, certamente.

    A força da correnteza fazia com que a embarcação se deslocasse com dificuldade, ajudada apenas pelo suave vento do norte, "o alento de Amon", que mal preenchia a vela. A proa abria caminho lentamente pela superfície opaca, em meio aos esforços do timoneiro para seguir pelo rio. Este baixava repleto de vida, arrastando o limo munificente que provinha das próprias entranhas do continente.

    A cheia daquele ano, embora generosa, não chegava aos níveis ideais. O nilômetro* de Elefantina, no Alto Egito, indicava uma pro-

---

* Sistema utilizado pelos antigos egípcios para medir o nível das águas. Em Elefantina, era preciso descer noventa degraus para alcançar o nível do rio. Nas paredes havia marcas gravadas e separadas, de 2,33 polegadas, por meio das quais os egípcios sabiam qual seria o nível da cheia.

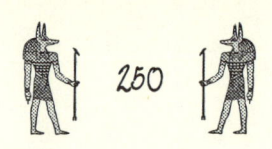

fundidade de dez metros e meio, exatamente um metro abaixo do melhor nível, e na região de Pi-Hapi o rio chegava a seis metros, ou seja, sessenta centímetros a menos do que o apropriado. Apesar disso, a cheia podia ser considerada benéfica, pois os campos ficariam cobertos pelo escuro substrato que os deixaria preparados para o plantio.

Era um espetáculo contemplar Hapi, o deus que representava o Nilo e sua inundação periódica, se fazer presente, como a cada ano, desde o princípio dos tempos, abarrotando o Egito com os limos provenientes das longínquas montanhas da Abissínia e das profundezas da África Equatorial. Os Nilos Azul e Branco haviam se unido, solidários, para conduzir aquela riqueza incomparável que dava vida a um vale rodeado pelo mais violento dos desertos. Uma verdadeira dádiva, decerto, pois quando as águas começavam a baixar, lá pelo mês de Koiakh (outubro), chegavam a deixar um depósito de até sete metros do mais fértil lodo.

Nefermaat observava admirado aquele milagre da natureza que inundava os campos até os limites do deserto e deixava as margens tingidas de uma cor escura e parda. Viu os belos palmeirais inundados pela cheia e que cada palmeira surgia das águas como se tivesse saído do *nun*, o oceano primitivo de onde nasceu toda a vida, criando assim uma paisagem fascinante e irreal. Recordou então a última vez que havia presenciado aquele fenômeno, quando ainda era um menino, e teve a sensação de evocar um fato distante, como se ele tivesse acontecido em outra vida. Contudo, o rio era o mesmo, e os aldeões, que o cumprimentavam com alegria de seus botes ao passar, também. A maioria das casas dos aldeões ficava ilhada pelas águas durante aquela estação sem que isso trouxesse tristeza para seus corações. Pelo contrário, eles se enchiam de otimismo e esperança, pois da generosidade do rio dependiam as próximas colheitas e, com elas, sua vida e a de suas famílias.

Todo este processo não era mais que parte de um ciclo milenar, que tornara possível que aquele povo convivesse em harmonia com a natureza que o cercava, compreendendo as forças que nela operavam, chegando a honrá-las e até mesmo divinizá-las.

Entretanto, apesar do regozijo de seu povo, o Egito estava muito longe de ter motivos para compartilhar aquele entusiasmo. Na realidade, as sombras mais sinistras se fechavam sobre um país cujas velhas estruturas mal suportavam o peso de um Estado que se encontrava à beira da ruína.

User-Maat-Rá-Meri-Amon (Ramsés III) governara o Egito durante trinta e um anos tentando imitar os grandes faraós do passado. Sua principal referência sempre fora Ramsés II e a forma como ele compreendera a importância de ter um exército poderoso e a necessidade de manter uma política amistosa com os grandes templos. Entretanto, pouco tinha a ver o país que recebera o filho do grande Seti com o que ele havia herdado. Siptah, seu pai, subira ao trono de um Egito moribundo, imerso em graves desordens civis, onde o caos reinara por toda parte. O velho general pouco pudera resolver, pois havia reinado apenas durante dois anos, mas seu filho, Ramsés, o sucedera com o firme propósito de devolver a Kemet o brilho dourado do passado.

De novo, um faraó forte tomava as rédeas do poder, mostrando logo a determinação que o animava. Formou um exército com o qual fez frente aos grandes perigos que ameaçavam sua terra. Três invasões, uma delas formidável, tiveram que ser eliminadas durante seus primeiros onze anos de reinado. Um feito que, por fim, exauriu os cofres do Estado, enriquecendo, por outro lado, os templos. O clero de Amon adquiriu mais poder que nunca, e foi o grande beneficiado na partilha dos espólios que Ramsés conquistou com suas grandes vitórias. Manter um exército como aquele, capaz de defender as antigas fronteiras, representava um gasto enorme para o erário cada vez mais escasso, sufocando ainda mais a maltratada economia do país.

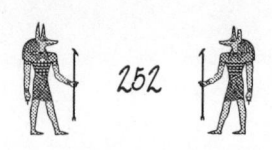

O deus se deu perfeita conta do que acontecia e tentou tapar, dentro do possível, os inumeráveis rombos pelos quais o Estado vazava. Uma tarefa verdadeiramente titânica, para a qual ele precisava da ajuda de todos os estamentos do país. No entanto, os males eram tão profundos e estavam tão arraigados que, infelizmente, o último dos grandes faraós se viu completamente só em meio à voraz matilha que o cercava, deixando tudo, enfim, com uma maquilagem discreta, incapaz de ocultar por muito tempo os grandes problemas que afligiam a desvencilhada nau egípcia. Pouco restava do poder ostentado pelos primeiros faraós mil anos antes. Este fora, aos poucos, adquirido pela voracidade do clero e da nobreza, até chegar um momento em que o país lhes pertencia. Os sacerdotes de Amon eram donos de grande parte da riqueza do Egito. Detinham o poder econômico, e o político, eles manipulavam às escuras com as discretas teias que vinham tecendo com habilidade havia centenas de anos.

Ramsés III tentou manter um equilíbrio político com o poderoso clero e as distintas nobrezas locais, mas, para isso, foram necessárias constantes concessões que, por fim, debilitaram ainda mais a posição da realeza.

Pouco a pouco a situação se degradou, e o Estado foi se tornando mais remisso no pagamento a operários e trabalhadores, atrasando cada vez mais. Ao efetuar tais pagamentos — com mercadorias! —, a insatisfação começou a surgir por todo o país diante do temor da fome. Então, quando o deus já governava havia vinte e nove anos, aconteceu o que nunca tinha acontecido na história da humanidade: teve início a primeira greve.

— Faz muitos anos que estás afastado da realidade diária de nosso povo. Contudo, acredita em mim quando digo que aqueles homens tinham motivos mais do que justos para fazer isso — explicou Iroy enquanto observava a margem distante.

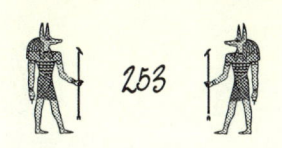

— Mas é algo inconcebível. Como se chegou a esse ponto?

— Por desespero.

Nefermaat arqueou uma das sobrancelhas sem compreender.

— A fome leva, incontestavelmente, ao desespero, e esse foi um dos motivos das greves, apesar de não ter sido o único.

— Greves? Eu tinha ouvido falar de um tumulto, mas não pensei que...

— Três, exatamente. Embora eu não descarte a possibilidade de que aconteçam mais.

— E quem foram os que se viram envolvidos em tal decisão?

— Os trabalhadores da tumba.

— Tu te referes aos operários de *ta set maat*, o Lugar da Verdade?*

— Isso mesmo. Só que agora eles exigem ser chamados de operários do Horizonte da Eternidade — disse Iroy em um tom sério.

— Que nome pomposo.

— É o que me parece, mas ao deus lhe agrada.

— É difícil compreender — disse Nefermaat, balançando a cabeça. — Os habitantes deste lugar sempre foram leais ao faraó, já que dependem dele. Eram os encarregados de escolher o lugar onde cavar e preparar as tumbas reais. São os únicos que conhecem todos os seus segredos.

— Isso te dá uma ideia de como está a situação. Faz quinhentos anos que trabalham às margens dos demais, isolados em suas aldeias,

---

* Era uma comunidade de operários que viviam com autonomia, encarregados da importante missão de escavar e construir as tumbas reais. Habitavam a atual Deirel-Medina.

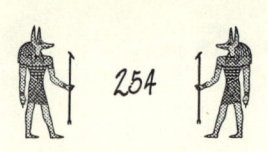

onde recebiam, junto com suas famílias, tudo que precisavam para viver. Sempre foram tratados com a maior consideração. No entanto, de uns anos para cá, tudo mudou. Já no vigésimo oitavo ano do reinado de nosso deus, o escriba Neferhotep havia mandado uma carta ao vizir Ta, na qual fazia menção à escassez dos recursos e ao fato de que os salários chegavam com oito dias de atraso. Aquilo foi só o começo, depois de alguns meses, os pagamentos passaram a atrasar cada vez mais. Os cereais começaram a faltar, e a fome se fez presente.

Nefermaat observava o amigo, desconcertado, sem conseguir acreditar no que ouvia.

— Foi isso o que aconteceu. Todos os moradores da aldeia se sentiram abandonados. Tanto as equipes de operários, que trabalhavam no interior das tumbas, quanto os *semedet*, "a gente do exterior", que provinham tudo que fosse necessário para a comunidade, não aguentaram mais a situação e acabaram abandonando o trabalho, dirigindo-se ao templo funerário de Tutmés III, em cujos depósitos costumavam guardar mantimentos. Isso aconteceu no dia dez de Meshir [segundo mês da estação de Peret]* do ano vinte e nove, e as pessoas que o presenciaram afirmam que aqueles homens gritavam enfurecidos: "Estamos há vinte e oito dias sem receber alimentos. Estamos famintos!"

— E o que aconteceu? Chegaram a saquear o templo? — perguntou Nefermaat, incrédulo.

— Parece que os chefes e delegados da tumba reverteram a situação, e todos retornaram para suas casas, ainda que no dia seguinte tenham voltado, dessa vez até o Ramesseum,** onde ao menos receberam cinquenta e cinco pães. Mais um remendo, como compreenderás, mas

---

* Primeiros dias de janeiro.
** Como se chama o templo funerário de Ramsés II.

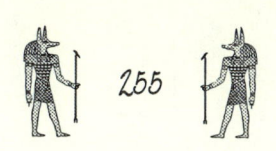

que causou um efeito, já que, no dia seguinte, o alcaide de Tebas os recebeu, fornecendo porções de comida.

— Pelo menos, atenderam uma necessidade tão angustiante.

— Mais um reparo, como eu te disse. O foco do descontentamento se encontrava muito longe de ser apagado. E mais, ele parecia se estender a cada dia, chegando a envolver até mesmo a própria polícia da tumba.

O jovem não pôde reprimir uma cara de estranheza enquanto Iroy assentia com a cabeça.

— O próprio chefe dos *medjay*, Menetumes, os incitou a prosseguir com a greve. Isso te dá uma ideia do estrago social no qual nos encontramos. Acontece que, no mês seguinte, o Parmhoteb, e durante os primeiros dias, fizeram outra greve. Nela, os grevistas reclamaram as dívidas e assim fizeram com que os oficiais do faraó ficassem sabendo de tudo. "Não voltaremos. Digam isso aos nossos superiores!", exclamavam exasperados. E acredito que o cumpriram — prosseguiu Iroy. — Pois ficaram sem trabalhar até o dia vinte e oito do mês seguinte, quando o vizir Ta passou por ali. Ele regressava do sul e se encarregava dos preparativos para o primeiro *heb sed** do faraó. Como suponho que saibas, os trabalhadores do Lugar da Verdade se encontram sob jurisdição direta do vizir, sendo ele a pessoa adequada para resolver seus problemas.

— Então foi uma sorte o vizir ter chegado a Tebas — interveio Nefermaat.

— Eu diria que foi desesperador, pois ele nem se dignou a atender as reivindicações. E mais, lhes enviou uma carta com termos duríssimos, na qual expressava sua indignação pelo comportamento deles.

---

* Era a festa do jubileu na qual se celebravam os trinta anos de reinado. Com isso, se restituía o vigor ao rei em uma cerimônia de caráter mágico notável.

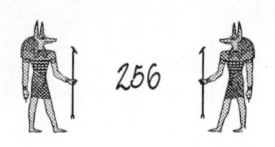

— Não é possível!

— É, sim. Além disso, na tal mensagem o vizir anunciou que, como os silos estavam vazios, seria difícil enviar alimentos para eles. E que, por isso, sua atitude estava perfeitamente justificada.

O jovem não pôde esconder sua perplexidade.

— Já te expliquei que o estrago da administração está claro. É impossível imaginar maior cinismo em um vizir, sobretudo em um como esse, que concentra todo o poder em si mesmo.

— Todo o poder? — perguntou o jovem. — Ta é o vizir do Alto Egito e só...

— Nefermaat, vejo que realmente vives alheio ao que nos cerca. Quatro meses antes da primeira revolta, as figuras dos vizires do Alto e Baixo Egito foram unificadas, de modo que agora existe apenas um vizir. É ele quem ostenta todo o poder político depois do faraó, e te garanto que Ta tira um bom proveito disso.

— E o faraó? Não sabia o que estava acontecendo?

— Ramsés estava longe, em uma de suas residências, e não soube do conflito. Ta tomou muito cuidado para que os fatos não chegassem aos seus ouvidos a fim de não incomodá-lo. Tinha a importante missão de preparar o festival *hed sed* para o deus, e isso era a única coisa com que se importava. A celebração do primeiro jubileu do rei, depois de trinta anos de reinado, requeria toda a sua atenção e não podia, sob nenhum aspecto, perder o brilho por causa das disputas com os operários da necrópole. Pensa na grande honra que o deus lhe concedia ao pedir a ele que organizasse uma cerimônia tão solene. Apenas alguns poucos faraós de nossa história milenar governaram tempo suficiente para poder comemorar. Apesar disso — continuou Iroy —, o vizir deve ter pensado que seria conveniente atenuar as diferenças com os trabalhadores e, no dia seguinte, enviou para eles metade da porção de mantimentos.

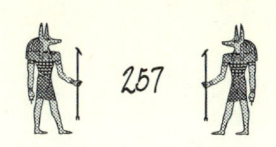

— O que os operários fizeram?

— E o que poderiam fazer? Aceitaram. A princípio, sentiram-se indignados, mas a necessidade é inimiga do despeito, de modo que eles ficaram com os salários. Obviamente, e em vista das necessidades que passaram antes, economizaram o máximo que puderam. Entretanto, a escassez acabou voltando e, no dia treze do mês de Pashons [primeiro mês de Shemu], os pobres trabalhadores foram da aldeia até o templo funerário de Merneptah, gritando: "Estamos famintos!" Três dias depois, os operários se encontravam em greve de novo.

Iroy fez uma pausa enquanto observava o desconcerto de seu jovem amigo.

— A partir daquele momento — prosseguiu o médico —, o clima esquentou ainda mais, se é que era possível, porque surgiram denúncias de roubos de pedras em alguma tumba e até mesmo de gado.

Nefermaat parecia estar escandalizado ao saber daquilo.

— E não é só isso. Houve também acusações de adultério a alguns dos escribas da tumba que, pelo que parece, mantiveram relações com as mulheres de três operários.

— E não houve nenhum castigo para delitos como esses? — perguntou Nefermaat, incrédulo.

— Enviaram queixas ao vizir, embora eu duvide muito que elas tenham chegado a seu destino. Se existe alguém neste país com capacidade para desviar documentos, são os escribas. Em todo caso, esse parecia ser um assunto desagradável no qual era preferível não tocar muito.

— Sekhmet nos proteja! — exclamou o jovem sem conseguir se conter. — Que país é este?

— Eu já te disse no começo. A administração está corrompida até a base.

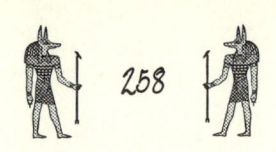

Nefermaat balançou a cabeça, pesaroso.

— É um absurdo. Operários tão respeitados como esses e foram tratados assim — sussurrou o jovem. — É difícil acreditar.

— Pois é. Imagina como se encontrava a situação, já que chegaram a pedir uma audiência com o Primeiro Profeta de Amon para que ele solucionasse o conflito.

— Com Usimarenajt?

— Esse mesmo. É claro que ele sabia perfeitamente quais eram os problemas que afligiam os operários e tentou acalmar os ânimos, prometendo interceder. De fato, pouco tempo depois, os operários receberam cereais, roupas e azeite para que pudessem satisfazer suas necessidades. Nada de extraordinário, mas pelo menos a greve acabou. Os trabalhadores voltaram para a aldeia e prosseguiram com suas atividades.

— E não houve nenhuma investigação? Não cobraram as dívidas?

— Investigação? — perguntou Iroy, rindo suavemente. — Desde o alcaide até o último escriba, todos sabiam que os mantimentos dos operários estavam acabando. É impossível cobrar as dívidas de quem se beneficia delas.

— Pelo menos Usimarenajt os ajudou.

— Ele fez o que pôde, embora entre suas prerrogativas não estivesse a de solucionar os problemas dos operários da tumba, pois lembra que eles dependem diretamente do vizir.

— Então, eles se encontram completamente desprotegidos.

— Receio que sim. De certo modo, o Primeiro Profeta de Amon teve pena deles, mas de forma alguma entraria em um conflito de interesses com a administração e muito menos com o vizir. É um terreno extremamente inseguro no qual não lhe convém se aventurar no momento. Ele faz a política que acredita ser mais apropriada para os interesses de seu templo. No entanto — prosseguiu Iroy com a voz pausada —, se existe alguém no país de Kemet que sabe exatamente de tudo o que acontece, esse alguém é Usimarenajt. Ele tem informações precisas sobre tudo e todos, e está perfeitamente ciente da corrupção generalizada que nos cerca e de quem são os que servem a ela.

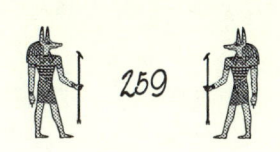

— Mas e o deus? Eu me recuso a acreditar que o faraó não soubesse de nada disso.

Iroy suspirou enquanto voltava o olhar para os palmeirais ao longe.

— Acho que terás uma surpresa quando o vires — afirmou o médico. — Pouco resta nele daquele homem que deixaste em Pi-Ramsés, já há quase dez anos. Ramsés se tornou um ancião egoísta que não tem o menor interesse pelos assuntos de Estado. Às vezes, tenho a sensação de que ele mesmo está consciente da impossibilidade de resolver a situação na qual o Egito se encontra. É como se ele já tivesse se dado por vencido há muito tempo, abandonando o país à própria sorte.

— Como pode ter acontecido uma coisa dessas? Ramsés é um dos maiores deuses que já governaram esta terra.

— Certamente, o último dos grandes faraós — respondeu Iroy, voltando a olhar para o jovem. — Sua luta para manter um Egito unido e poderoso foi titânica, mas, infelizmente, todo esse esforço descomunal parece ter sido praticamente em vão. A idade e a evidência parecem ter rendido Ramsés definitivamente. Agora, ele não é mais do que um velho libidinoso, cujo único afã é passar a maior parte do tempo no harém, fornicando com suas esposas. Além disso, se encantou pelas grandes festas, que gosta de celebrar sempre que pode. Devias ter visto a que ele deu no ano passado para comemorar seu jubileu. Não acho que o Egito tenha presenciado outra igual em toda a sua história. Nada menos do que vinte dias de festa!

— A ocasião merecia. Como já disseste muito bem, são poucos os deuses que têm o privilégio de governar durante tanto tempo.

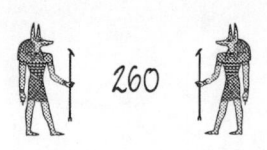

— É, ainda que hás de convir comigo que o *heb sed* não deixa de ser, em sua essência, um gesto por meio do qual o faraó mostra a seu povo que mantém o vigor suficiente para poder conduzi-lo como deve. E digo, cá entre nós, que Ramsés quase não consegue se mexer. Ele engordou muito, e suas pernas estão sempre inchadas. Além disso, não tem o menor interesse em seguir as dietas que prescrevo.

— O quadro que me apresentas é, no mínimo, sombrio.

— Estou convencido de que o deus anda receoso com o futuro. Só isso explica sua atual predileção pelos excessos.

— E o herdeiro dele, o príncipe Ramsés? Ele ajuda o pai nas questões de governo.

— Esse é um assunto delicado — disse Iroy, pondo as mãos nos ombros do jovem enquanto baixava a voz: — Deves tirar as próprias conclusões quando chegares ao palácio. Desde já, aconselho que sejas o mais prudente possível. A corte não tem nada a ver com o lugar onde passaste todos esses anos. Lembra que em Medinet Habu as intrigas são abundantes e nada é o que parece ser. Sê cauteloso e mede sempre tuas palavras.

— Qualquer um que te ouça diria que nos encontramos à mercê de nossos deuses.

— É isso mesmo que tu disseste — afirmou Iroy, voltando a olhar para a paisagem ao longe. — Estamos à mercê deles.

Naquela noite, Nefermaat custou a pegar no sono. Deitado sobre a coberta da suntuosa embarcação, contemplava a vastidão de luzeiros que alegravam o escuro ventre de Nut. Ali em cima, um conjunto de luzes infinitas se espalhava pelo sagrado corpo da deusa, salpicando com seu brilho a escura noite do Egito. O Nilo, generoso, murmurava sua lenta cantilena com um fluir incessante que cobria de carícias suaves a nobre quilha do barco. Sussurros de águas milenares que falavam de vida e abundância na própria língua do rio. Aquela criada por Hapi, seu deus benfeitor, e que tão bem entendia a gente que habitava suas margens.

Sulcar a divina correnteza na quietude da noite estrelada significava, para qualquer egípcio, poder participar daquele tipo de magia que parecia o impregnar por inteiro. Fazer parte daquela ordem imutável criada no começo dos tempos pela sabedoria dos deuses representava o maior anseio dos habitantes daquele vale. Algo difícil de entender para quem tivesse nascido longe do País das Duas Terras.

Para Nefermaat, porém, a mensagem do rio estava tão clara quanto a noite que a oferecia. Ele compreendia o barulho da água deslizando pelo casco da embarcação e também a magnificência que o imenso céu exibia, até onde se podia ver. Satisfeito com o que diziam, Nefermaat acreditou ter sido invadido por uma espécie de paz interior particularmente gratificante, que fez com que ele se entregasse por inteiro a um estado de singular comunhão com tudo que o cercava. Todos os ensinamentos místicos que o jovem sacerdote recebera durante anos afloraram de forma espontânea, fazendo-o entender o quanto eles se encontravam intimamente ligados à sua terra sagrada. Uma simbiose assombrosa que só podia ser causada pela ordem natural imposta pela mão criadora. Durante um tempo impreciso, Nefermaat sentiu toda a sua terra dentro de si. O rio, os frondosos palmeirais, a fertilidade dos campos, o deserto distante, as milhares de espécies de animais que conviviam em harmonia e as que seu povo era capaz de divinizar, o peso angustiante de sua história milenar que fizera do país de Kemet uma civilização incomparável, o *maat*, a justiça em todas as suas formas, o equilíbrio preciso que começava consigo mesmo. Aquela mistura de sensações parecia chegar a ele através de cada poro da pele, pelos olhos, pela boca, pelo nariz. Todas elas juntas formavam um perfume inconfundível que ele era capaz de inalar. Tinha o cheiro do Egito, e todo o seu ser se sentia invadido por essa fragrância.

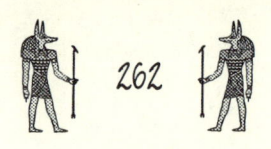

Quando saiu daquela espécie de transe, Nefermaat se lembrou da conversa que tivera com Iroy. Pensou nela durante alguns instantes e chegou à conclusão de que o belo presente recebido dos deuses não podia ser destruído pela mão do homem nem por seus governos. Aquilo fez com que o jovem percebesse o quão pouco conhecia a alma humana e o quanto, muitas vezes, seu comportamento acabava sendo estranho. Dentro dos muros dos templos era difícil imaginar situações como as que o velho médico relatara. Trabalhadores honrados da augusta necrópole tebana que têm seus salários roubados pela própria administração. Inconcebível.

Aquilo o levou a considerar sua nova situação, assim como os conselhos que Iroy havia lhe dado. As intrigas às quais o velho médico havia feito referência não eram novidade alguma no palácio, pois sempre existiram, como muitas vezes Nefermaat ouvira seu pai dizer. Então, o semblante do pai chegou nítido ao seu coração. Como será que ele estava? Teria envelhecido muito? Tais perguntas provocaram em Nefermaat um sentimento no mínimo ambíguo, já que o jovem não recebia notícias de Hori havia nove anos, e embora aparentemente todos estivessem bem, ele não sabia qual seria a reação do pai ao vê-lo depois de tanto tempo. Quanto à reação que Mutenuia ou seu meio-irmão poderia ter, fazia muito tempo que Nefermaat já não se importava mais com isso. Então, ele suspirou, resignado, esticando-se sobre a esteira, até que suas mãos esbarraram na mala velha. Nela, guardava seus poucos pertences que, de repente, se viu impulsionado a examinar.

Suas mãos percorreram a pequena bolsa e, em seguida, sondaram o embrulho de pano situado no fundo. Nefermaat o puxou com cuidado e depois o abriu com certa parcimônia. Quando o objeto já estava desempacotado, o jovem o segurou com um sentimento de melancolia. Era o pequeno bracelete de ouro e lápis-lazúli que Nubjesed lhe dera de presente na tarde antes de ele partir para Mênfis, havia nove anos. Ao tocar no bracelete, Nefermaat sentiu emoções nostálgicas que o levaram a evocar os distantes dias de sua infância. Recordou as brincadeiras nos jardins reais de Pi-Ramsés e os momentos passados na companhia de seus amigos junto ao lago. Paneb, o príncipe Amonhirkopshep, Nubjesed... Como ela estaria?

Pensou no quanto estivera afastado de todos e no fato de que, durante muitos anos, não abrira o pacote que continha o presente que recebera da princesa. Sentiu-se um pouco culpado diante de tal desapego enquanto tentava se lembrar de Nubjesed, mas mal foi capaz de relembrar os fugazes traços da menina que ela era então, sendo-lhe impossível formar uma clara imagem do rosto da princesa.

Tornou a embrulhar com cuidado o belo bracelete, guardando-o de novo no interior da bolsa. Segundo o timoneiro, no dia seguinte eles chegariam aos cais de Tebas, abrindo-se, com isso, novos caminhos em direção aos quais Nefermaat parecia ser empurrado por um enigmático destino.

Waset, o Cetro, a capital do IV nomo do Alto Egito, de onde os grandes faraós da XVIII Dinastia haviam governado durante séculos o País da Terra Negra, o esperava como a um servo que, diligente, atendia ao chamado do deus que requeria sua presença. Uma grande honra que, contudo, não ofuscava a emoção que sentia ao voltar à terra natal. Ele, como sua mãe, a finada Tetisheri, nascera em Tebas, lugar que seus habitantes consideravam a quinta-essência de sua cultura milenar, assim como a guardiã de seus valores mais profundos. Era o território do poderoso clero de Amon e dali surgiram os príncipes valentes que expulsaram os invasores *hicsos* de seu país sagrado. A essa terra pertencia Nefermaat, e ela o receberia de braços abertos. Pelo menos, assim pensava o jovem.

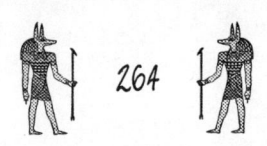

13

— Bendito Montu, diz que o que meus olhos veem não é uma aparição! — exclamou Paneb, agitado, enquanto entrava na sala ampla.

Nefermaat olhou para ele, surpreso, sem saber o que dizer.

— Por acaso já não te lembras dos velhos amigos? — perguntou Paneb, aproximando-se.

— Paneb? És tu?

Paneb abriu os braços enquanto dava uma gargalhada.

— Não pensavas me encontrar com a mesma estatura de nove anos atrás, não é? — indagou ele, de novo agitado.

— Paneb! Quanta alegria! — disse Nefermaat, eufórico, ao mesmo tempo que chegava mais perto do amigo para lhe dar um abraço.

— Não é possível! Como mudaste!

— Tu, sim, que mudaste — respondeu Paneb, divertido. — Que aparência a tua! O que aconteceu com tua bela cabeleira?

Sem se dar conta, Nefermaat passou a mão por sua cabeça raspada, fazendo com que o amigo soltasse uma gargalhada.

— Nunca imaginei te ver convertido em um autêntico sacerdote *ueb*. Quem diria!

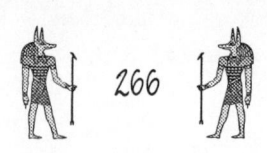

— Sekhmet parece ter escolhido isso para mim — disse Nefermaat, sorrindo. — Mas me diz, como soubeste de minha chegada? Estou aqui há apenas um dia.

— As boas notícias chegam rápido, como as flechas lançadas por Montu — afirmou Paneb. — Em Tebas, todo mundo sabe de tua presença.

Nefermaat levantou uma das sobrancelhas, claramente surpreso.

— Assim são as coisas por aqui. Como logo comprovarás, até o acontecimento mais insignificante acaba sendo notícia. Nem te conto o que acontece quando um novo *sunu per aa* chega ao palácio.

— Tenho certeza de que exageras — interveio Nefermaat, dando um tapinha no ombro do amigo.

— Nem um pouco. Esta é uma cidade que adora um falatório. A essa altura, todos já sabem que estou aqui.

— É uma grande alegria que tenhas vindo me ver — disse Nefermaat, sorrindo. — Depois de tanto tempo... Mas senta e me conta de ti. Já és o Primeiro Profeta de Montu? Ou por acaso arranjaste uma esposa e agora mandas em uma legião de crianças?

Os dois amigos riram juntos.

— Meu pai, o nobre Turo, é forte como as pedras dos templos do deus a quem ele honra, e, cá entre nós, espero que Osíris não o chame para junto de si tão cedo. Enquanto não chega esse dia desgraçado, tenho que me conformar em ser o segundo de seus servidores. E quanto ao matrimônio, tenho me mantido firme, até o momento. Apesar de esperar ter uma esposa dentro de pouco tempo.

— Então, te parabenizo, meu amigo. Um dia, estarás à frente de teu clero. Uma grande honra, sem dúvida, que poderás compartilhar com tua nova família.

— Bom, não convém exagerar — disse Paneb, coçando a cabeça. — Não nos enganemos. O culto a Montu não é mais como antes.

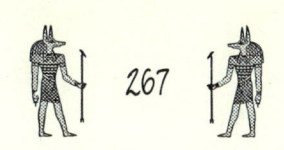

Benditos os tempos distantes em que Montu era o padroeiro do nomo tebano. Os faraós da XI Dinastia o honraram extremamente, sobretudo os Mentuhotep. Mas, como sabes bem, Amon acabou suplantando-o. Há séculos ele é o novo padroeiro da província.

— Montu é um deus muito venerado. É ele quem proporciona a força e o vigor necessários para vencer o inimigo em uma batalha. Como tu bem disseste, os faraós o honram há muito tempo. Estar à frente de seu culto é um privilégio.

— Certamente, embora eu não me referisse exatamente a esse tipo de privilégio, mas sim a outro bem diferente, o que se obtém com o poder.

— O poder?

— Isso mesmo. O verdadeiro poder — disse Paneb, sem conseguir esconder o brilho de seus olhos. — Não me refiro à faculdade do serviço diário a um deus, nem às prerrogativas que se obtém disso. Falo do fato de ser capaz de influir na política do país, de intervir em seus assuntos para assim adquirir ainda mais poder.

— Tu me surpreendes — interveio Nefermaat, endurecendo seu semblante.

— Não pensas que nos templos se limitam a preces e ladainhas, não é?

— Do templo de onde venho, sim.

Paneb deu uma gargalhada.

— Sempre tiveste vocação para asceta, e não há dúvidas de que em Mênfis te ajudaram a desenvolvê-la, mas logo perceberás o quanto as coisas são diferentes por aqui.

— Meu único propósito em Tebas é exercer minhas funções como médico da melhor forma possível. A política não me interessa nem um pouco.

— Dá no mesmo que tenhas interesse ou não — replicou Paneb, sorrindo de novo. — De uma maneira ou de outra, te verás envolvido nela. Como médico da corte, tratarás de tanta gente que, irremediavelmente, te farão participar de suas intrigas.

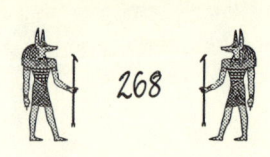

— Confio que não será assim.

Paneb olhou em seus olhos por um instante enquanto fazia silêncio.

— Eu também desejo isso. Acredita em mim — disse, enfim, voltando a sorrir. — Além do mais, não vim te ver para falar desses assuntos, mas para te dar as boas-vindas. É o mínimo que se deve esperar de um velho amigo.

— Para mim, foi uma grande alegria te ver, depois de todos esses anos. Mas me conta, como estão os outros? Nubjesed, seu irmão...?

— O príncipe é quase insuportável — cortou Paneb, balançando a cabeça. — Não que isso nos estranhe, pois, como recordas, desde pequeno já dava sinais de que seria assim. No entanto, o fato de seu pai estar a ponto de herdar o trono o deixou ainda mais insuportável. Sabes que, para mim, ele sempre foi intolerável.

— É. Lembro-me dos pescoções que lhe davas. Imagino que agora terás mais cuidado, já que um dia ele será um faraó — observou Nefermaat, brincando.

— Nunca se sabe — afirmou Paneb, enigmático, enquanto parecia perder seu olhar em algum lugar indefinido.

Fez-se então um silêncio incômodo, que logo foi desfeito por Nefermaat:

— E Nubjesed? Como está a nossa princesinha?

Paneb pestanejou ligeiramente, como se regressasse do lugar onde estava, antes de voltar a olhar para o amigo.

— Quando a vires, não vais reconhecê-la. Ela se tornou uma mulher de uma beleza deslumbrante. Uma tentação, certamente. Além disso, ainda tem aquela graça de quando era a menina que conhecemos, e o gênio, que ela já demonstrava na época, agora está ainda mais forte. Enfim, o que posso dizer? Tu eras o noivo dela.

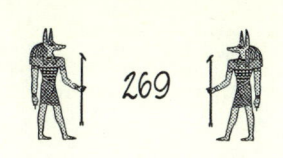

Os dois amigos riram do comentário.

— Eu me lembro daquela época — disse Nefermaat, ainda rindo. — Parece que passou apenas o tempo de um suspiro e, no entanto...

— Bom, também não vamos ficar comovidos por causa disso. Mas, cá entre nós, te digo que eu me divertia muito martirizando Hesy, o velho professor.

Mais uma vez os jovens riram, achando graça.

— Não vais me dizer que já não jogas bolinhas de papiro impregnadas de tinta? Por acaso te tornaste uma pessoa séria?

— Isso não tem jeito. Tenho uma verdadeira queda por boas brincadeiras. Além do mais, o formal do grupo eras tu, Nefermaat. Um já era mais do que suficiente.

— Tu exagerando como sempre, Paneb.

— É verdade. Em Pi-Ramsés a corte inteira te achava formal. Diziam que nisso puxaras tua mãe. E como está teu pai? Imagino que já o tenhas visto.

— Bem, para ser sincero, ainda não tive a oportunidade de cumprimentá-lo, já que, como eu disse, cheguei ontem à noite. No entanto, hoje eu já tinha pensado em visitar minha família.

Paneb o observou com certa estranheza.

— O velho Hori não deu as boas-vindas ao seu filho pródigo?

Nefermaat se mexeu em sua cadeira, um tanto incomodado pelo comentário.

— Ele deve ter tido seus motivos — continuou Paneb, que havia se dado conta do semblante contrariado de seu amigo. — Ele continua sendo o "De Mãos Limpas", o Mordomo de Sua Majestade, e te garanto que é muito querido pelo deus.

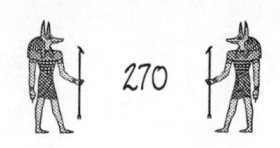

Nefermaat assentiu em silêncio.

— Bem, sei que vossa relação sempre foi um pouco particular — afirmou Paneb, tentando atenuar a importância do assunto.

— Eu diria inexistente. Ainda que eu lamente reconhecer isso, essa é a realidade. Nos últimos anos, não recebi nenhuma notícia dele.

— Não sabes nada de tua família há nove anos?

— É assim, e não penses que os culpo. Eu também não fui capaz de escrever uma linha sequer para eles em todo esse tempo. Nunca tive vontade de fazer isso.

Paneb acariciou o próprio queixo enquanto observava o amigo.

— Há ocasiões em que os deuses parecem complicar nossa existência — afirmou Paneb. — Não ter boas relações familiares não é nada agradável, mas, pelo menos, tu já sabes o que podes esperar disso. Eu te garanto que muitos têm verdadeiras surpresas quando descobrem o quanto são frágeis os vínculos que pensavam ser fortes.

— De qualquer maneira, eu gostaria que tudo tivesse sido diferente. Às vezes, imagino a cara que minha madrasta fará quando ela me vir.

— Para ser sincero, a dama Mutenuia não conta exatamente com a simpatia da corte. Inclusive, te garanto que ela é o alvo de várias críticas e rumores.

— A que te referes?

— Hás de convir comigo que, desde que ela chegou ao palácio, sempre se fez merecedora de intrigas que não eram poucas. Naquela época, éramos muito pequenos para nos darmos conta, mas já se falava da natureza um tanto escabrosa da dama.

Nefermaat fez uma expressão que, ao seu amigo, pareceu cômica.

— Não me olhes assim. Agora que vais viver no palácio tens que saber o que se fala dela. Ouvi de tudo, embora já saibas o quanto os cortesãos são propensos ao exagero. Mas, como eu estava dizendo — continuou Paneb —, aquela senhora sempre teve uma inclinação pelos prazeres carnais, com os quais o teu querido pai se encantou. Acontece que, com o tempo, o bom Hori foi deixado em segundo plano, e começaram a correr rumores sobre possíveis aventuras com outros homens. Nada de concreto, como já sabes, mas quando começam a falar desses assuntos nunca sabemos até que ponto a coisa pode chegar. Acontece que atribuíram a Mutenuia um caso com Yemini, um líbio assistente do responsável pela despensa real, que ostentava uma potência sexual fora do comum, e que, ao que parece, não exagerava. Acho que isso durou um tempo, pois, segundo contam as más línguas, a senhora estava encantada com o amante.

— Mas e o meu pai? Ele não sabia do que estava acontecendo? — perguntou Nefermaat, escandalizado.

— Não tenho como garantir. Há quem afirme que Hori consentia tais práticas. O que não se pode duvidar é de que a corte parecia estar inteirada do que acontecia. No entanto, a história não acabou ali. Parece que o líbio se cansou dela e revelou alguns dos detalhes mais íntimos. Podes imaginar o falatório que isso provocou, e até fizeram uma ou outra piada sobre o assunto. Mutenuia sentiu tanto desgosto que passou um tempo recolhida em seus aposentos, sem querer saber nada de ninguém, descontando sua ira em Hori, como costuma ser comum em casos como esse.

Nefermaat parecia petrificado diante do que escutava.

— Contudo, chegou um momento em que a senhora decidiu que a penitência havia chegado ao fim. Os anos passavam, e suas formas antes túrgidas e altivas começavam a se deteriorar. Sendo assim, ela concluiu que não tinha tempo a perder, dedicando-se a se satisfazer tanto quanto pudesse. Aproveitando-se da posição que tinha por ser a esposa do Mordomo Real, passou a perseguir todos os pajens e bons moços que lhe convinha.

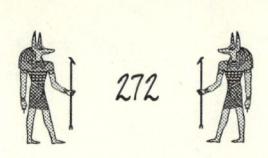

— O que me contas é um escândalo... O adultério continua sendo um delito no Egito.

— Não te iludas, Nefermaat. Dá para ver que passaste tempo demais enclausurado entre homens honrados. Se todos os casos de adultério tivessem que ser julgados, não haveria juízes suficientes no Egito inteiro. As pessoas fazem vista grossa e ainda aproveitam para contar piadas.

— Então minha querida madrasta se dedica a perseguir rapazes.

— Isso aconteceu durante alguns anos, pois, com o passar do tempo, a dama piorou muito, e todos os jovens com idade para se casar acabaram fugindo de Mutenuia, como se ela fosse a própria Ammit. A verdade é que, quando a vires, terás uma surpresa. Ela está com o rosto sulcado de rugas e olheiras profundas. Dá pena vê-la.

— Pelo menos isso deve ter servido para moderar tanta inquietação.

— Nisso tu te enganas. Tem sempre alguém disposto a curar as feridas de um amante e, nesse caso, o pretendente não poderia ter sido escolhido de forma mais avessa.

— Não estou entendendo.

— Mutenuia não pensou em outra coisa senão juntar-se com um mordomo mais jovem, que chamam de Seni, pois parece que ele gosta muito de pintura.* Imagina o escândalo, sobretudo porque esse homem recebe ordens de teu pai.

— Não é possível! Receio não ser capaz de imaginar uma situação como essa.

— É difícil, sem dúvida. Nisso tenho que te dar razão. Mas te garanto que Hori não parece ter se dado conta.

---

* Seni foi um pintor que viveu durante a VI Dinastia.

— Nunca pensei que meu pai tivesse tão pouca dignidade — sussurrou Nefermaat, abatido.

— Não acho que seja justo julgá-lo assim. Existe a possibilidade de que, na verdade, ele não esteja inteirado do que acontece.

— Isso é impossível. Se até o último funcionário sabe, como ele não vai saber?

— Nisso tu te enganas. Na maioria das vezes, o enganado é o último a saber. Inclusive existem aqueles que não são avisados nunca.

— Nesse caso é preciso garantir que ele fique sabendo.

— Estás louco? Não pensas nas consequências que algo assim pode ter? Se Hori fica sabendo que foi permanentemente enganado durante anos e que é o único que não estava ciente disso, sua reação pode ser imprevisível.

— Imprevisível? Para mim, isso é vergonhoso.

— Bem, tu não deves sentir nenhuma vergonha — disse Paneb com suavidade. — Em todo caso, seria Mutenuia quem deveria se envergonhar. Meu amigo, temo que nesse assunto te encontres tão à margem quanto em todos os outros. Vivestes de costas um para o outro durante todos esses anos, e me parece que assim continuareis.

— E o meu meio-irmão? O que acha de tudo isso?

— O seu irmão Kenamun merece um capítulo à parte. Como tu, ele também abandonou a residência real em Pi-Ramsés quando ainda era um menino, embora seu destino tenha sido bem diferente do teu. Ingressou na Casa da Vida do clero de Amon em Tebas e atualmente se encontra a serviço dele.

— O meu irmão faz parte do clero de Amon?

— Isso mesmo, apesar de não ser como oficiante. Não imagino ninguém tão distante quanto ele da virtude que pressupõe o sacerdócio. Suas funções são bem diferentes, pois é "escriba dos domínios de Amon".

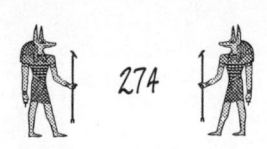

— Puxa, isso sim é uma surpresa.

— Conhecendo sua trajetória, não deverias estranhar. Tenho certeza de que teu irmão estabeleceu boas relações no templo.

Nefermaat o observou com curiosidade.

— Fez uma amizade mais que cordial com Amenemope. Tu te lembras dele?

— Esse nome me é familiar, mas agora não lembro por quê.

— Ele é sobrinho de Paser, o alcaide de Tebas, que serve no templo de Amon nada menos que como Terceiro Profeta. Sua família está vinculada à dos Bakenjons por enlaces matrimoniais, o que pode te dar uma ideia aproximada do poder que possui.

— Eu me lembro de alguns deles, da época em que estudávamos na *kap*.

— Ao lado dos Meribast, é a família mais poderosa de Tebas. Sua influência na administração é conhecida de sobra há mais de cem anos, exatamente desde quando o velho Bakenjons foi eleito o Primeiro Profeta de Amon pelo Grande Ramsés.

— Era um homem sábio e, pelo que sei, amável.

— E muito longevo. Morreu com mais de noventa anos, quando se cumpria o último ano de reinado de Ramsés II, após passar vinte e sete à frente do clero do "Oculto". Depois de sua morte, os descendentes souberam tirar bom proveito de sua posição preponderante, pois foi sucedido pelo filho, Roma-Roy, que praticamente fez do cargo algo hereditário. Mais tarde, como eu disse, se tornaram parentes dos Meribast, e desde então compartilham o título de Primeiro Servidor de Amon entre ambas as famílias. Podes imaginar o imenso poder que o Primeiro Profeta ostenta?

— Sei do poder que ele acumula.

— Enorme. Posso garantir que, daqui a não muito tempo, o clero de Amon poderá arrendar terras ao próprio faraó. Eles são donos de mais da metade do território do Egito. Meu pai, o nobre Turo, procura manter as melhores relações com eles, pois, como bem disse, nenhuma das decisões importantes deste país lhes estão alheias.

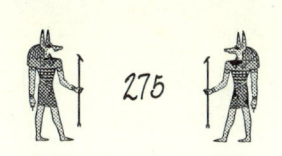

— E dizes que Kenamun anda tendo boas relações com eles?

— Ótimas. Como comentei, teu irmão é "escriba dos domínios de Amon", embora, pelo que sei, logo o promoverão a *sehedy sesh*, supervisor de escribas, e daí a *imira sesh*, diretor de escribas, é um pulo. Nada mal para um jovem de dezoito anos.

— Fico feliz em saber que as coisas estejam indo tão bem para ele. Espero que consiga logo o seu objetivo.

— Seu objetivo? Bem, isso será um pouco mais difícil.

— O que queres dizer?

Paneb riu baixo.

— Os objetivos de seu meio-irmão se renovam com o tempo. São degraus em uma escadaria cada vez mais inclinada. Não tenho a menor dúvida de que ele deseja ingressar no alto clero.

— Não sou eu quem vai criticá-lo.

— Sempre foi muito louvável servir a Amon como se merece — afirmou Paneb, não sem uma certa reticência —, ainda que não a qualquer preço. Estás afastado dele há tempo demais para saber a que me refiro, mas os que o conhecem compreenderão perfeitamente o que estou falando.

Nefermaat fez um gesto claro com as mãos, demonstrando seu desconhecimento.

— Pode-se garantir que Kenamun possui habilidades inatas para fazer carreira dentro da administração. É frio, calculista, astuto, rancoroso, interesseiro e extremamente ambicioso. Pode chegar longe com tais aptidões. Entretanto, o desejo de progredir dentro do alto sacerdócio supõe algo grande demais, e ele sabe disso. Daí vem seu afã de estabelecer as melhores amizades no templo de Karnak. Lembras de Neferure?

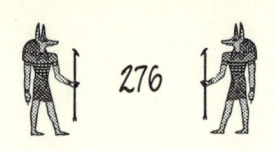

— A neta de Usimarenajt? Claro, ela foi nossa colega na escola.

— Pois é, ultimamente teu meio-irmão anda cortejando-a. Como bem disseste, seu avô é o atual Primeiro Profeta de Amon, e não há nada que Kenamun queira mais neste momento do que poder se tornar parente dele. Pensa nas portas que se abririam para ele.

— Achas que essa possibilidade existe mesmo?

— Duvido. Neferure foge de Kenamun como se ele fosse uma aparição do próprio Amenti. Sempre achou teu irmão antipático e, agora que se tornou uma bela mulher, o despreza ainda mais. Além disso, tem muitos pretendentes.

— Estas dizendo que Neferure é bonita? Eu lembro que ela era uma menina bem feia.

— Não que seu rosto seja tão bonito. No entanto, ela tem um corpo capaz de despertar as paixões mais ardentes. Kenamun está louco por ela e cada vez que a vê não pode esconder o desejo que sente pela moça.

— Queres dizer que ele a persegue?

— Faz elogios a Neferure constantemente e mal pode reprimir os olhares lascivos que lança a ela logo que a vê.

— Esse Kenamun! — exclamou Nefermaat, rindo.

— Cá entre nós, teu meio-irmão herdou um pouco da natureza libertina da mãe. E o que é pior: não se contém para esconder isso. Às vezes, parece consumido por inclinações obscuras bem conhecidas por todos que o cercam.

Nefermaat demonstrava assombro diante do que ouvia.

— Isso é verdade? Não consigo imaginar alguém assim rendendo cultos diários no templo de Karnak.

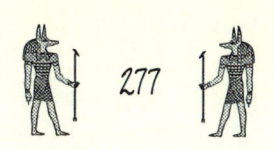

— Já te disse que será difícil ele conseguir o que quer, pois, como podes compreender, os servos de Amon estão inteirados de suas paixões. Já ouviste falar de um lugar chamado "O Refúgio de Astarte"?

— Te referes a algum templo da deusa guerreira?

Paneb deu uma risada.

— Bem pensado. O lugar poderia ser considerado um templo, ainda que não exatamente dedicado a deusas guerreiras.

Nefermaat o observou com seriedade.

— Peço desculpas, mas teu comentário não poderia ter sido mais engraçado. Obviamente, Astarte é uma divindade guerreira, protetora de cavalos e carros em batalha, apesar de, como bem sabes, em sua origem, ela ter sido uma deusa do amor, vinda das terras de Retenu [Canaã]. O fato é que um dos mercenários sírios que combateram no exército do deus se instalou em Coptos, depois de ter sido licenciado, e abriu um lugar que batizou com o sugestivo nome de O Refúgio de Astarte. Como é fácil adivinhar, o recinto não se dedicava ao ensino de artes ou ofícios, mas era pura e simplesmente uma Casa da Cerveja.

— Bem, o Egito está repleto de lugares assim.

— Claro, mas te garanto que não como esse. Todos conhecem o auge econômico vivido por Coptos atualmente. Sua localização não poderia ser mais estratégica, pois é passagem obrigatória de todas as caravanas que circulam por Rohenu [Uádi Hammamat] até a costa do mar Vermelho. Todas as mercadorias que procedem do Oriente ou se dirigem a ele passam por ali, o que pode te dar uma ideia do volume de negócios movimentados na cidade. Não há outro lugar onde as caravanas possam descansar e repor os mantimentos até chegar ao distante porto de Quseir, onde os mercadores aproveitam para se distrair o máximo que podem, antes de adentrarem no inóspito uádi. Que lugar seria melhor para isso do que uma boa Casa da Cerveja? O soldado esperto deve ter pensado nisso, pois investiu no negócio todas as economias conseguidas nos despojos das guerras das quais participou. E podes acreditar que ele acertou em cheio.

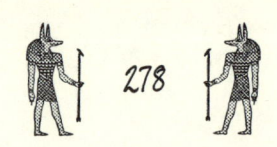

— Esse lugar é tão famoso assim?

— Deverias ver. Ao cair a noite, transborda de gente. E não só de viajantes, já que muitas pessoas das localidades próximas visitam o lugar. Às vezes, o porto fluvial de Coptos fica cheio de embarcações pequenas, vindas dos pontos mais diversos. Muitos homens de Tebas aparecem ali à noite.

— Imagino que a comida desse lugar seja excelente — afirmou Nefermaat, muito sério.

Paneb tornou a dar uma gargalhada diante do comentário, a ponto de lágrimas escorrerem de seus olhos.

— Desculpa, amigo, mas é que não pude evitar. Já estiveste alguma vez em uma Casa da Cerveja?

— Não, nunca.

— É o que eu pensava — disse Paneb enquanto enxugava os olhos com as mãos. — Em geral, nesses lugares, costuma haver o que comer e sobretudo o que beber, embora haja outras atividades que os tornam particularmente sugestivos. No Refúgio de Astarte, é possível encontrar as mulheres mais exóticas que se pode imaginar.

— Tu te referes a prostitutas?

— E muito bonitas. Mulheres vindas dos lugares mais variados. Pode-se garantir que uma grande diversidade étnica habita o local. Ninguém sabe como o velho soldado consegue fazer isso, mas ele renova o pessoal com regularidade, mantendo assim a clientela. Além disso, a cerveja e o vinho são excelentes, e a taberna está na moda. É frequentada pelos comerciantes mais ricos do Alto Egito e há quem deixe ali verdadeiras fortunas.

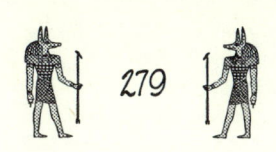

— Com tudo isso, estás insinuando que Kenamun costuma ir a esse lugar?

— Ele foi visto lá várias vezes, sempre tentando passar despercebido. Algo quase impossível na região, pois, mais tarde, acaba-se sabendo de tudo. Não penses que sou um puritano por te contar isso — continuou Paneb, com uma certa ênfase nas palavras. — Uns mais, outros menos, todos já foram alguma vez nesse tipo de lugar, e isso não é motivo para fazer drama. Acontece que teu irmão está pouco interessado na bebida e muito interessado em outras práticas. Já criou problemas mais de uma vez com suas inclinações, e se não fosse por sua posição social e pelos *deben* que gasta ali, não permitiriam que ele aparecesse.

— Tu te referes a que tipo de escândalo?

— Digamos que ele seja um pouco estranho. Parece que não se conforma com as práticas sexuais tidas como normais. Gosta de outras coisas.

Nefermaat parecia assustado.

— As jovens da casa têm se queixado muito da forma como são tratadas por Kenamun. Pelo que dizem, teu irmão sente prazer em lhes causar dor e até pede a elas que o agridam.

Nefermaat pôs as mãos na cabeça.

— Mas isso é uma monstruosidade! — exclamou ele, sobressaltado. — Tens certeza do que me contas?

— Absoluta. Como eu te disse, o único motivo pelo qual permitem sua entrada na taberna é o fato de ele ser quem é. Com o cargo que ostenta atualmente, Kenamun poderia criar muitos problemas legais a um negócio como esse. De modo que o dono prefere fazer vista grossa e continuar aceitando o dinheiro que, com tanta generosidade, teu meio-irmão lhe oferece. Além do mais, um velho soldado como ele não se assusta muito com tais práticas. Algumas pessoas gostam disso.

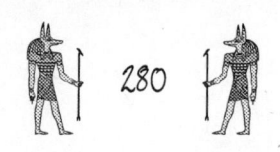

Nefermaat ergueu a cabeça por um instante, cruzando o olhar com o do amigo. Naquele momento, veio à sua mente a última noite que passou com Atet, e ele sentiu um estremecimento em seu íntimo ao se lembrar dos beliscões e arranhões que ela lhe deu.

— Esse tipo de tendência não é nova — disse Paneb ao amigo. — Desde que saiu da puberdade, Kenamun tem dado várias mostras de seu, digamos, caráter distorcido. Tem algo sórdido nele que é assustador.

— Não consigo entender como ele progrediu no templo de Karnak.

— Não só isso, mas também como estabeleceu relações tão boas com parte do alto clero. Estranho, não é? Enfim, está claro que nunca saberemos o que se esconde por trás do *ka* de cada homem. O lado negro em direção ao qual nossa força vital pode se desviar parece se encontrar sempre presente.

Nefermaat assentiu em um gesto mecânico.

— Não me espanta que Neferure evite meu irmão — disse o jovem, consternado.

— Ela parece ler o que se esconde por trás de seus olhares — disse Paneb enquanto se levantava. — Contudo, te garanto que ela sabe se defender muito bem disso. Bom, Nefermaat, acho que a minha visita se estendeu mais do que o esperado, e eu não quero te entreter mais. Acabaste de chegar.

— Senti uma grande alegria ao te ver de novo — exclamou ele, enquanto abraçava o velho amigo mais uma vez. — Agradeço-te por teres vindo me visitar.

— Na próxima vez, és tu quem me farás uma visita. Assim, poderás cumprimentar meu pai. Ele se alegrará em te ver.

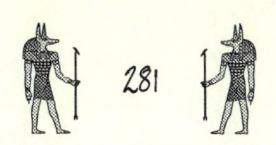

— Prometo fazer isso o quanto antes.

— É o que eu espero. Assim, poderei continuar enchendo tua cabeça de mexericos. Para o primeiro dia, não foi nada mal.

Ambos os jovens riram do comentário.

— De qualquer forma, sê prudente — observou Paneb enquanto se dirigia à porta. — Passaste tempo demais imerso em papiros sagrados, e duvido que estejas preparado para te comportares com desenvoltura na corte. Desconfia de todos e não te esqueças de que o faraó teve que abandonar sua residência habitual em Pi-Ramsés e se instalar aqui para tentar controlar uma situação que se mostra complicada. Toma cuidado.

Paneb tinha muita razão ao alertar o amigo sobre o que, em determinadas ocasiões, alguém pode esperar de sua família. Às vezes, os homens se empenham em satisfazer desejos quiméricos, impossíveis de se realizar, capazes de torturar suas almas, destruindo-as com sentimentos de culpa que fazem parte da própria enteléquia. Nefermaat tinha consciência disso, ainda que relutasse em admitir, pois agarrar-se à esperança faz parte indissolúvel da natureza humana.

O reencontro com a família, depois de tantos anos, não poderia ter sido mais desalentador. Mutenuia o recebeu de forma tão gélida que chegou a beirar a grosseria. A tal senhora não escondeu a antipatia que sentia pelo enteado e até mesmo insinuou o quanto seria conveniente que, dentro do possível, ele deixasse de visitá-la. Ela o queria longe de sua casa e de forma alguma permitiria que ele se intrometesse em seus assuntos ou nos da família, à qual, pelo visto, ele já não pertence.

As palavras de Mutenuia não afetaram Nefermaat em especial. Já fazia muito tempo que seus sentimentos por ela eram inexistentes, e o fato de, àquela altura, sua madrasta ter demonstrado sua antipatia sem rodeios não lhe causou surpresa alguma.

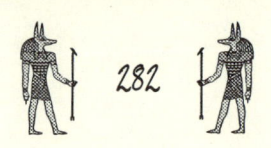

Algo muito diferente foi o que sentiu com o pai. Procurou-o durante horas por todo o palácio e quando, por fim, o encontrou em um dos corredores que davam para a cozinha, sua emoção se transformou no maior dos desalentos diante da cara que Hori fez quando o viu.

Foi uma mistura de impotência, confusão, insegurança e até mesmo de covardia o que aquele rosto lhe transmitiu. Depois de nove anos sem ver o pai, Nefermaat teve a sensação de que, se pudesse, Hori teria desaparecido de imediato. Naqueles olhos desmesuradamente arregalados, Nefermaat pôde ver a fraqueza e a vergonha que aquele homem sentia e que era incapaz de enfrentar. Seu pai perdera a dignidade havia tantos anos que já não precisava dela para viver. Nefermaat teve a impressão de estar diante de uma alma errante, de alguém que havia perdido o próprio nome havia muitos *hentis* (anos), sendo obrigado a vagar sem identidade alguma por toda a eternidade. Hori vendera seu *ba* a Mutenuia em troca de paixões efêmeras que acabaram lhe consumindo irremissivelmente.

Nefermaat teve a impressão de que os olhos do pai se fecharam durante uns instantes. Quem sabe fosse a lembrança fugaz de Tetisheri, que lhe dera aquele filho a quem ele repudiava sem razão desde a infância. Havia uma súplica escondida naqueles olhos. Nela, Hori implorava o perdão ao filho, não pelo que fizera, mas pela incapacidade de mudar de atitude.

Nefermaat compreendeu aquele sentimento no mesmo instante e, por um momento, acreditou que o chão se abriria sob seus pés, fazendo-o desaparecer nas entranhas do mundo subterrâneo. Entretanto, aquele chão se mostrou tão duro quanto o coração do homem que dizia ser seu pai. Com um nó na garganta, o jovem não foi capaz de dar mais nem um passo em direção a ele. Seus pés, antes cravados sobre o piso de pedras, pareceram adquirir vida própria, obrigando-o a se virar para voltar por aquele corredor por onde, com tanta esperança, Nefermaat procurara durante horas e que, por fim, não havia sido mais que uma vã imitação do inexistente.

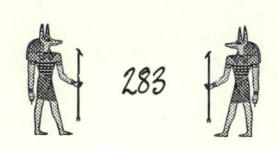

Medinet Habu bem poderia ser considerado uma obra colossal. O templo funerário erigido por Ramsés III era erguido sobre uma terra santa. Um lugar situado na margem ocidental do Nilo, chamada Djamet, onde se acreditava estar enterrada a Ogdoada, o conjunto de deuses criadores conhecidos como "os Pais e as Mães que Criaram a Luz".

O complexo era formado por um templo principal ao qual se tinha acesso por meio de dois pilares que levavam a dois pátios repletos de colunas e a uma sala hipostila que, através de dois vestíbulos, se comunicava com o santuário onde Ramsés se unia ao deus Amon por toda a eternidade. Tal conjunto ocupava sete mil metros quadrados, aos quais era preciso acrescentar um templo construído por Hatshepsut, duas capelas funerárias dedicadas às esposas do deus Amon, grandes áreas de residência, os enormes armazéns e o palácio residencial do faraó.

Todo o recinto se encontrava cercado por duas muralhas grandes que eram separadas por um canal de dez metros e que faziam daquele complexo funerário uma autêntica fortaleza.* O acesso a um templo tão imponente era feito através de duas entradas, uma a oeste e outra

---

* Durante as desordens acontecidas no final da XX Dinastia, a população chegou a se refugiar no interior daquelas muralhas. O muro exterior, de quatro metros de altura, se mostrou inexpugnável.

principal, situada a leste, junto ao embarcadouro, chamada de "a porta do pavilhão", cuja imponente estrutura imitava uma fortaleza síria conhecida como *migdol*. Nos muros dessa grande entrada, enormes baixos-relevos representavam o faraó segurando nas mãos as cabeças dos inimigos vencidos pelo Egito, e nas paredes exteriores do templo Ramsés mandou gravar sua vitória sobre os "Povos do Mar", para que a posteridade soubesse de sua glória. O deus batizou o complexo inteiro como "o Templo de Milhões de Anos do Rei do Alto e Baixo Egito, Senhor das Duas Terras, User-Maat-Rá-Meri-Amon Unido com a Eternidade na Casa de Amon a oeste de Tebas". Um nome com tanta pompa quanto cabia esperar de uma obra tão esplêndida, que foi concluída no ano doze do reinado de Sua Majestade, depois de apenas sete anos de trabalho, e que requerera a atenção de sessenta mil pessoas para seu bom funcionamento.

O palácio onde o faraó vivia fora edificado posteriormente como um acesso à residência de descanso, construída no início, na qual o Senhor das Duas Terras costumava se hospedar quando visitava o templo por motivos cerimoniais. Já fazia muitos anos que os faraós residiam em seus palácios do Baixo Egito, e suas visitas aos domínios do Alto Egito deviam-se apenas a motivos de Estado ou eram feitas para que eles saudassem seus deuses. No entanto, e com um grande senso previsor, Ramsés III decidiu construir um palácio em Tebas diante da possibilidade de ter que passar longas temporadas na cidade. Mais tarde, seus pressentimentos se tornaram realidade, já que, depois de celebrar o jubileu que comemorava seus trinta anos de governo em Pi-Ramsés, o deus determinou que havia chegado o momento de se mudar para o "Templo de Milhões de Anos" para tentar controlar uma situação política e econômica que se complicava a cada momento. Os poderes que haviam se instalado naquela região tão distante da capital do norte, de onde ele governava, eram tão sólidos que requeriam toda a sua atenção.

Ali, a corte estava instalada havia cerca de um ano, e aquele foi o novo lar de Nefermaat, muito diferente, sem dúvida, do que o acolhera durante tantos anos.

O jovem se acomodou em uma ala do palácio, longe dos aposentos que sua família ocupava, mas muito próxima dos aposentos de Iroy e das dependências reais. Ali, ele tinha mais do que precisava. Em sua habitação havia vários cômodos e um dormitório com uma cama. Quando Nefermaat a viu, observou com certa melancolia, pois era como a que usava em sua casa quando criança. Agora que já não dormia nelas, as camas lhe pareciam um mero móvel ornamental sem grande utilidade. O resto dos aposentos, no entanto, lhe deu uma grata impressão, pois neles havia tudo quanto poderia necessitar para desenvolver seu trabalho: um instrumental magnífico, uma grande quantidade de papiros médicos e até mesmo uma despensa onde era armazenada uma ampla variedade de ervas para preparar os compostos dos quais ele gostava tanto. Tudo se encontrava em perfeitas condições, exatamente como havia deixado seu antecessor no cargo, o velho Iunay, antes de partir para prestar contas a Osíris.

Nefermaat não era o único *sunu* que havia no palácio. O serviço médico era perfeitamente organizado e contava com um inspetor dos doutores do palácio, *sehed sunu per aa*, um chefe dos doutores do palácio, um administrador médico, um *sunu per hemet nesu* ou médico particular da rainha, outro para o harém, e vários doutores que atendiam as necessidades reais e que faziam parte de uma equipe à frente da qual se encontrava Iroy, o chefe dos médicos do rei. Além disso, havia um oftalmologista, um proctologista e até mesmo um dentista. Toda uma garantia, decerto, para Sua Majestade e seus cortesãos.

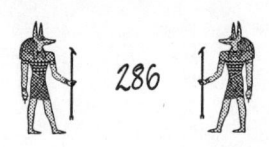

Iroy se encarregou de apresentar Nefermaat aos colegas com a íntima satisfação de ver como o menino sobre quem, durante anos, ele havia derramado seu carinho era recebido na corte que o vira crescer, agora como médico. Uma grande honra ao alcance de muito poucos, e para conseguir torná-la realidade o velho médico usara toda a sua influência, tendo sido o próprio faraó quem ditara pessoalmente a ordem de incorporação.

Sekhmet escutara suas preces mais íntimas, consentindo que elas fossem atendidas. Agora, tudo que desejava era que o jovem mostrasse o dom que possuía, aquele que o grande Anon percebeu assim que o viu, embora nunca tivesse dito isso, e que enriquecera com vastos conhecimentos. Nefermaat era um eleito de Sekhmet, embora só a deusa e ele soubessem disso — até o momento.

SEGUNDA PARTE

A CONSPIRAÇÃO DO FARAÓ

14

    Nefermaat se apaixonou por ela logo que a viu. Não foram os belos olhos escuros, levemente puxados, nem o nariz delicado, ligeiramente empinado, nem os lábios carnudos, que eram uma tentação ao pecado e cobriam com delicadeza os dentes mais bonitos que ele já havia visto, dentes esses que pareciam ter sido esculpidos no mais puro marfim vindo do longínquo sul. Nem sequer foi o conjunto todo, que operava o milagre de um rosto de beleza arrebatadora com o qual nem os cachos deslumbrantes do cabelo escuro que o adornava poderiam competir, pois sua beleza ia muito além do tangível.
    Seu corpo miúdo, mas proporcional, e sua pele suave em um tom de âmbar não passavam de mais uma parte de um conjunto extraordinário e harmonioso, que exalava o perfume inconfundível que apenas as deusas possuíam, uma essência imaginária de fórmula desconhecida diante da qual só restava se render e inalá-la até se entregar.
    Isso foi exatamente o que aconteceu com Nefermaat. O jovem ficou embriagado com os vapores sutis que, inexoravelmente, conduzem a uma forma de embriaguez cuja ressaca sempre deixa marcas e à qual nenhum homem está disposto a renunciar.

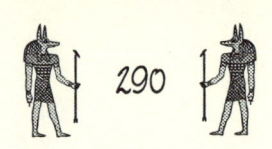

Respirar aquela fragrância provocou no jovem uma sensação que ele nunca havia experimentado antes e que lhe trouxe à memória cenas fugazes de sua relação com Atet — a única que tivera e que em nada se parecia. Quando ela o cumprimentou, e a vida de seu olhar lhe acariciou os olhos, Nefermaat pensou que iria desfalecer. E embora tenha mantido a compostura com a serenidade que lhe era natural, não pôde dissimular a impressão que lhe causara sua antiga companheira de brincadeiras, a princesa Nubjesed.

Ela, por sua vez, sentiu uma grande emoção ao vê-lo. Durante todos aqueles anos havia pensado em Nefermaat em numerosas ocasiões, chegando até mesmo a perguntar várias vezes a Iroy por ele, para saber como estava. Um pequeno segredo que o velho médico e a princesa haviam compartilhado durante todo esse tempo e que agora seria definitivamente enterrado, como uma confidência íntima que os dois guardariam para si.

Nada em Nefermaat fazia com que a princesa se lembrasse do menino com quem compartilhara sua infância. A pessoa que estava diante dela era um jovem que parecia não preservar relação alguma com o Nefermaat que tantas vezes Nubjesed evocara. Aquele homem alto, de cabeça tonsurada mal se diferenciava do resto dos sacerdotes que ela costumava ver. Como era de costume entre os sacerdotes, o jovem exibia modos discretos, uma prudência reservada e aquela postura sempre séria que parecia ser comum a todos. O filho do Mordomo da Casa de seu avô havia se tornado um sacerdote *ueb*, um homem santo que possuía o dom de curar e cuja figura o Egito respeitava de forma singular. Era isso o que aquele homem vestido de imaculado linho branco inspirava, o respeito, o que não era pouco em um país onde essa palavra parecia ter, a cada dia, um significado menor.

Quando se aproximou dele pela primeira vez naquela manhã de meados do mês de Hathor, Nubjesed percebeu tudo aquilo, assim como a força intangível que ele parecia projetar e que convidava à serenidade. Entretanto, ao sorrir para Nefermaat, percebeu no mesmo instante a inquietação que sua presença lhe causava e se sentiu satisfeita ao comprovar que, no fundo, ele era um homem como os outros. Foi apenas por um instante, pois, em seguida, o jovem tratou de disfarçar seus sentimentos com o habitual autocontrole, o mesmo com o qual aprendera a encobrir suas fraquezas havia muito tempo.

Para Nubjesed, tudo aquilo pareceu sugestivo. Acostumada às constantes bajulações e ao carinho fingido de muitos que a cercavam, a reserva do jovem foi uma surpresa que a encheu de satisfação em seu íntimo. Seu amigo de infância se recatava diante dela, mostrando sua timidez para não evidenciar a impressão que ela sabia que causara a ele.

— Como mudaste! — exclamou a princesa enquanto estendia as mãos em direção ao jovem.

— Tu também mudaste, minha princesa — disse Nefermaat ao tomar aquelas mãos e se inclinar diante dela.

A princesa riu com a vivacidade que lhe era própria.

— Nefermaat, sou eu, Nubjesed, tua velha amiga. Não estamos em nenhum ato oficial no qual devas me reverenciar.

O jovem pareceu um tanto confuso, mas logo se recuperou e abriu um sorriso.

Aquele sorriso fez com que Nubjesed se lembrasse das várias vezes em que o vira ainda criança. Nisso, ele não havia mudado, e ela se alegrou.

— Perdão, Nubjesed, mas permanecer distante da corte durante tanto tempo tem essas consequências — confessou o jovem, um tanto perturbado. — Além disso, pouco tens a ver com a menina de quem me despedi nove anos atrás.

— Naquela época, éramos noivos, te lembras?

Ao ouvir essas palavras, Nefermaat ficou tão corado que a princesa não conseguiu evitar outra gargalhada.

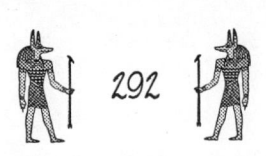

— Nunca me esqueci disso — respondeu o jovem, recuperando a calma. — Ainda guardo o teu bracelete.

— E eu, o teu cordão — disse a princesa na mesma hora. — Além disso, confesso que me tornei devota de Mut, a deusa cuja imagem está presa a ele.

— Assim como minha mãe — sussurrou o jovem. — Como sabes bem, esse cordão pertenceu a ela. Alegra-me que tu também sejas devota da deusa. Não é à toa que um dia te tornarás *duat neter** de seu divino esposo Amon.

Nubjesed tornou a rir abertamente.

— Por acaso me vês convertida em esposa do deus?

— Não tenho dúvida alguma disso. Um dia, te sentarás no trono do País das Duas Terras como Grande Esposa Real e, então, te tornarás Divina Adoradora do deus Amon.

— Vejo esse momento como tão incerto que nem sequer me planejo para isso — disse a princesa, entrefechando os olhos. — De qualquer forma, a honra de ser Divina Adoradora do Oculto é de minha avó, a rainha Ísis, e será de minha mãe, a dama Tentopet, no dia em que meu pai for faraó.

O jovem percebeu uma certa arrogância no tom da princesa, mas se limitou a assentir com um meio sorriso.

— De um jeito ou de outro, minha devoção é para com Mut. Penso que seu esposo já conta com servidores suficientes.

— Não serei eu quem vai tentar mudar tua opinião. Tenho afeto pelas deusas de nossa terra.

A princesa sorriu por causa do comentário.

— Sobretudo por Sekhmet. Pelo que dizem, tens poderes ocultos que ela mesma te ensinou.

---

* Significa Divina Adoradora.

Nefermaat fez uma cara de tamanha surpresa que Nubjesed riu de novo, com alegria.

— Não faças essa cara de bobo, Nefermaat — disse ela, ainda rindo. — Tua fama chegou a Tebas antes de tua pessoa.

— Fama? Desculpa, mas não sei do que estás falando — replicou o jovem, sem compreender.

— Continuas preservando a modéstia que já tinhas quando menino. Algo que aqui na corte é bastante incomum, como logo irás observar. De qualquer forma, todos os cortesãos estão convencidos de que Sekhmet te concedeu sua magia para poder curar.

— Não acredito ter nenhuma magia e muito menos ser merecedor de fama. Não sei de onde pode ter saído um rumor desses.

— As notícias ecoam no palácio e, em seu interior, os nobres murmuram e murmuram, embora, para honrar a verdade, em teu caso não inventaram grande coisa. Tens um bom protetor entre nós. É ele quem fala maravilhas de ti.

— Tu te referes a Iroy?

— E a quem mais poderia ser? Ele garante que trabalhaste com o melhor mestre que se possa imaginar e afirma que ele é capaz de grandes feitos.

— Ele é um médico excepcional — observou o jovem, respeitoso.

— Estás vendo? Se o *sunu* de meu augusto avô garante que és possuidor de conhecimentos extraordinários, ninguém da corte se atreverá a negar isso. Em Medinet Habu esperam por teus milagres com curiosidade.

Nefermaat balançou a cabeça com desgosto. Se existia algo para o qual ele nunca estaria preparado era para a exaltação.

— Receio que o bom Iroy tenha me feito um desfavor com seus elogios.

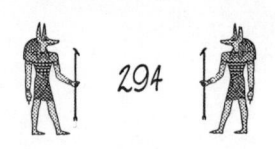

— De qualquer forma, esses elogios vêm do carinho que ele tem por ti. Passou a vida inteira velando por ti.

O jovem assentiu.

— Deveria haver sempre alguém como ele em nossas vidas, ainda que ignorássemos isso — observou ela, enigmática.

Nubjesed fez um de seus gestos característicos, dando um meio sorriso.

— O teu caminho não tem sido o previsto para o filho de um Mordomo Real, não é?

— Isso teria que ser perguntado a Meskhenet, a deusa que presidiu meu alumbramento e elaborou meu *ka*. Junto com Renenutet, ela decidiu que o meu destino seria diferente do esperado — disse ele, com o olhar perdido por uns instantes.

Nubjesed o observou, captando na mesma hora o ar misterioso que o jovem tinha.

— Já o meu não se desviou nem um pouco do que deveria ser — interrompeu a princesa, com um certo tédio.

— Vamos dar tempo às deusas.

Aquelas palavras fizeram com que a princesa cravasse seus olhos escuros no jovem. Desde menina, ela sempre gostou de Nefermaat devido à sua serenidade e ao seu bom-senso, tão diferente das outras crianças com quem ela compartilhava as brincadeiras. Agora, depois de todos aqueles anos, percebeu que, como no passado, aquele jovem ainda preservava sua ponderação natural.

— Acreditas de verdade que existam alternativas para uma princesa? — perguntou ela, voltando a adotar o habitual ar sedutor.

— Como eu te disse antes, tenho certeza de que um dia te tornarás *hemet-nesu-weret*, Grande Esposa Real. Não vejo uma alternativa melhor.

— Falaste com alguém de minha família? — perguntou a princesa, endurecendo de repente o semblante.

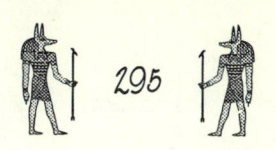

— Não. Tu és a primeira.

— Quando o fizeres, entenderás por que pergunto isso.

Nefermaat guardou um silêncio prudente.

— Apesar de Amonhirkopshep já ter se casado, só de pensar na possibilidade de um dia ter que me casar com meu irmão me arrepio toda. Ele se tornou muito mais insuportável do que já era. Além disso, está doente.

Nefermaat arqueou uma das sobrancelhas e olhou para Nubjesed com curiosidade.

— Os médicos dizem que ele padece de *aaa*,* de difícil solução.

— Conheço essa enfermidade — comentou Nefermaat, lacônico.

— Ele já foi examinado por todos os *sunu* do palácio, e agora que sabe que estás aqui, tenho certeza de que te visitará.

— Será um prazer voltar a saudar o príncipe.

Nubjesed deu um risinho discreto.

— Desculpa por ter rido, Nefermaat. Reconheço que não sou afeiçoada a meu irmão. Até a aparência dele me desagrada. Neste ano, se desenvolveram até seios em seu corpo, como em uma mulher.

O jovem ficou com o olhar distante por um momento. O aumento das mamas em um homem, a ginecomastia, era um sintoma do avanço da enfermidade do *aaa*, uma endemia da qual, aparentemente, nem os príncipes estavam a salvo.

— Algum espírito infernal deve ter penetrado em meu irmão enquanto ele dormia. Dizem que só os sacerdotes *ueb* são capazes de expulsá-lo com sua magia — disse ela ao jovem.

Nefermaat sorriu ao voltar os olhos para a princesa.

---

* Lembre-se de que se trata da esquistossomose.

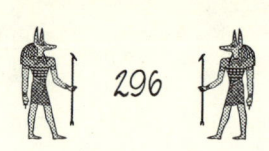

— Sou um cirurgião e não um mago. Para esse ofício, existem os *ela*. Estou certo de que na corte se encontram os melhores do Egito — garantiu o jovem, divertido. — De qualquer forma, eu gostaria de voltar a ver teu irmão. Folgo em dizer que minha missão na corte não é outra senão a de servir a vós.

— És muito estimado, Nefermaat — disse a princesa, rindo de novo. — Se algum dia eu precisar de um *sunu*, requisitarei os teus serviços. Contudo, no momento, penso que estou muito bem. O que achas? — perguntou ela, levantando o queixo, se insinuando.

Nefermaat tornou a ficar corado enquanto fazia um enorme esforço para não deixar transparecer seu rubor.

Ainda assim, Nubjesed leu seu interior como um dos papiros com os quais aprendeu quando criança. Captar sua perturbação fez com que ela voltasse a se sentir satisfeita e, ao mesmo tempo, aquilo pareceu a animar a continuar escrutando a alma de seu velho amigo. Foi por isso que se aproximou dele sem deixar de olhar em seus olhos. Estes lhe pareceram belos, embora estranhamente enigmáticos. Entretanto, neles era possível observar tudo que seu *ka*, a força vital, transmitia desde os cantos mais recônditos de seu ser. A mais pura essência impregnava a luz daquele olhar, uma mistura de candura e misticismo, mas, ao mesmo tempo, carregado de mistério e resolução incomum.

Quando lhe ofereceu suas mãos, o jovem as tomou com nítida timidez, como teria feito o menino que no passado brincava com ela junto às margens do lago. A princesa se alegrou porque, de certo modo, aquele menino continuava vivo dentro dele. As lembranças da infância pareceram passar rapidamente por seu coração, justo para constatar sua distância difusa.

Nefermaat havia se tornado um homem de atrativos incontestáveis, embora fosse muito diferente da maioria dos aristocratas que viviam no palácio. Toda a fatuidade da qual, habitualmente, tais aristocratas se vangloriavam contrastava com a simplicidade e a austeridade do jovem. Seu caráter, atencioso e acessível, era um convite para se refugiar nele e se impregnar de sua serenidade, entregando-se, assim, ao mais grato sossego.

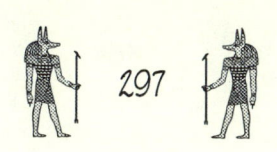

Ao se despedir dele, Nubjesed pensou que aquele homem estava muito longe da habitual presunção que muitos dos médicos que ela conhecia costumavam demonstrar. Através do contato com aquelas mãos que tocavam as suas, a princesa sentiu toda essa quietude, enquanto intuía a existência de uma força oculta, capaz de conter as paixões mais ardentes que, escondidas, esperavam pacientemente que fossem invocadas. Aquilo a deixou repleta de complacência, e quando suas mãos se soltaram, Nubjesed tinha certeza da atração que sentia por aquele homem. Talvez Sekhmet tivesse mesmo o abençoado com sua magia. Talvez a deusa realmente o protegesse. De qualquer forma, esse era um pretexto sedutor para voltar a vê-lo.

Para Nefermaat, sua nova ocupação significou o acesso ao variado mundo da corte. O fato de ter nascido nela e de ter sido o filho do Mordomo Real pouco importava. A corte em si era um universo em constante transformação no qual apenas o faraó permanecia inalterável. Ele era a encarnação de Hórus e, como tal, velava por seu povo da forma que achasse melhor. Uma palavra sua era suficiente para que alguém caísse em desgraça ou fosse honrado com seus favores. Conseguir tais favores era o principal propósito de todos que habitavam o palácio e, para isso, valia utilizar qualquer método. Todos que desejavam subir um degrau naquela camada social participavam de um jogo cujas regras não escritas eram vigentes havia milênios. As intrigas, os boatos e as mentiras eram moeda comum em um lugar onde cada qual tentava posicionar-se da melhor forma possível, a fim de alcançar seus objetivos.

Tudo que se dizia ali era passível de críticas, de modo que proliferavam os mestres na arte da conversa mole e pouco comprometedora, como Nefermaat logo pôde comprovar. Seu ambulatório chegou a se tornar uma passagem obrigatória para discussões, até tal ponto que bem que se poderia afirmar que aquelas quatro paredes guardavam um conhecimento da corte e de sua gente, no mínimo, enciclopédico. Mesmo para alguém tão pouco dado à malícia como Nefermaat, tal fato não passou despercebido, fazendo-o refletir sobre as advertências e os conselhos que recebera para que fosse sempre cauteloso. Assim, em pouco tempo, ele também aprendeu a participar daquele jogo, adotando uma postura extremamente amável, mas, ao mesmo tempo, reservada, que levava seus doentes a revelar a seu gosto esses ou aqueles rumores. Ele se limitava a fazer uma expressão de surpresa diante do que escutava, enquanto atendia ao paciente sem arriscar uma palavra sequer. Como a maioria de tais pacientes costumava aparecer por lá com doenças de pouca gravidade, saíam encantados por terem podido conversar por um instante com aquele médico tão agradável que, além do mais, havia encontrado uma solução para seu pequeno problema. Foi por isso que não tardou muito até que Nefermaat visse sua clientela aumentar de forma considerável, havendo, inclusive, quem o visitasse assiduamente, todos os dias.

Embora, ao lado de Iroy, ele fosse o único cirurgião do palácio, muitos de seus pacientes o solicitavam para serem tratados dos males mais passageiros, o que chegou a semear receios entre o resto de seus colegas, que viam como aquele forasteiro ousava tratar enfermidades que nem sequer eram sua especialidade. Todavia, a natureza humana costuma sentir uma curiosidade atávica pelo novo, e aquele *sunu* recém-chegado se encaixava perfeitamente em tal circunstância, que, além do mais, era favorecida por ele ser filho do Mordomo Real e pela inexistência de uma relação entre os dois. O fato de que ambos habitavam o mesmo palácio, completamente alheios ao vínculo natural que os unia, só aumentava ainda mais os comentários inevitáveis de uma corte propensa a se alimentar daquelas misérias humanas capazes de aliviar sua voracidade insaciável.

No entanto, os diagnósticos precisos e os bons resultados que costumava obter com os tratamentos fizeram com que não demorasse muito para que Nefermaat alcançasse a merecida fama na corte, chegando a ponto de vários daqueles pacientes se tornarem habituais, mantendo-se fiéis a ele. Um desses era Kadendenna, um dos mordomos mais jovens sujeitos às ordens do Mordomo Real, conhecido por todos como *kadendennita* por ser natural de um lugar com o mesmo nome, situado na Ásia Menor. O tal mordomo sentia, desde sempre, um afeto sincero por Nefermaat e, ao mesmo tempo, uma velada antipatia por seu chefe, o pai do rapaz, Hori, o "De Mãos Limpas". A chegada do jovem *sunu* à corte enchera de alegria o responsável pelas despensas reais, pois, além de se entusiasmar pelo fato de o jovem ter sido instruído nos sagrados mistérios da cura, Kadendenna tinha a oportunidade de recorrer a alguém de sua confiança para solucionar os males usuais dos quais sofria e que, com o tempo, haviam chegado a se tornar quase endêmicos.

Tais padecimentos não passavam de consequências de sua natureza, já que o mordomo era um baita comilão que aproveitava com entusiasmo as oportunidades que seu cargo de despenseiro lhe dava. Ver-se rodeado de alimentos tão saborosos era algo que ia muito além de sua limitada capacidade de comedimento, de modo que havia muitos anos que decidira se dedicar por completo a satisfazer aquela queda por manjares magníficos. Era um comilão insaciável e, àquela altura da vida, não estava disposto a renunciar a uma inclinação tão sublime. É claro que isso lhe causava transtornos que não eram poucos e que, indefectivelmente, o obrigavam a ver o médico quase todos os dias.

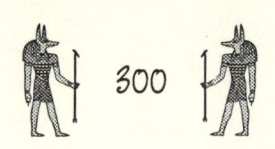

Nefermaat, profundo conhecedor das causas dos males que acometiam aquele homem, fez com que ele seguisse uma dieta para ajudar a atenuar seus problemas, diminuindo sua obesidade. Kadendenna, porém, se mostrou pouco participativo no projeto. Afirmava que não havia nada tão respeitável quanto a gordura e que ela era um claro expositivo de sua elevada condição social.

Tal raciocínio não representava novidade alguma para o médico, pois era amplamente difundido entre a sociedade egípcia. Assim, diante da inutilidade de suas recomendações, Nefermaat teve que se contentar em receitar algo para aliviar a acidez no estômago que o despenseiro costumava sentir e suas conhecidas flatulências, alvos de muitos gracejos no palácio. Kadendenna, por sua vez, parecia assumir tudo aquilo com a maior naturalidade, consciente de que era algo inerente a seus hábitos irrenunciáveis. Ele se limitava a escutar as advertências do jovem médico com os olhos arregalados enquanto acariciava o que, um dia, foi um queixo e que agora não passava de uma papada majestosa, unida a suas bochechas grandes e carnudas.

— Um dia, não haverá remédio para os teus problemas. Se persistires em teus excessos, pouco poderei fazer por ti.

— Já sei, já sei — respondia o despenseiro, gesticulando com as mãos gordas. — O que queres que eu faça? Sou incapaz de resistir.

— Então te alerto que teus abusos podem te levar ao tribunal de Osíris antes do que imaginas — replicava Nefermaat com seriedade.

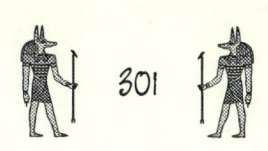

— Bom, quem sabe os deuses tenham decidido assim, e, de qualquer forma, não serei eu quem interferirá em seus desígnios.

— Isso é louvável, embora, francamente, eu não acredite que devas contribuir para que os deuses se adiantem.

— Eles conhecem minha fraqueza. Não a escondo. A gula pode ser um pecado, mas é o único ao qual tenho afeição e, cá entre nós, pouco mal faço aos demais ao cometê-lo.

— Pelo menos estás tomando os remédios que receitei.

— Pontualmente, tal e qual me disseste para fazê-lo. Coentro para aliviar a digestão pesada e a queimação no estômago, e o composto à base de cominho para a flatulência.

— Sentiste alguma melhora depois que começaste a tomá-los?

— Certamente, sobretudo na flatulência. De um tempo para cá, notei uma facilidade maior para expulsar os gases, o que me dá um grande alívio.

Nefermaat assentia enquanto observava o paciente com um meio sorriso.

— O meu problema mesmo é a prisão de ventre persistente que parece me acompanhar nos últimos tempos. Às vezes, acho que os meus *metu* estão possuídos por espíritos malignos, obstinados em dificultar minhas evacuações. Estou convencido de que todos os meus canais se encontram obstruídos por isso. Influências demoníacas, sem dúvida, contra as quais só um *ueb* como tu pode lutar.

Essa era, em geral, a conversa que ambos costumavam ter a cada consulta. Kadendenna se queixava de suas moléstias e, ao mesmo tempo, fazia pouco caso dos conselhos do médico, atribuindo a causa do problema a influências maléficas e sobrenaturais. Dada a impossibilidade de convencer aquele homem, Nefermaat procurava, ao menos, fazer com que o despenseiro vivesse o mais aliviado possível, o que seria, no mínimo, um feito considerável. Acontece que, diante da enorme quantidade de alimentos que o mordomo devorava, pouco se podia fazer. O jovem médico lhe prescrevera coentro, na esperança de que as propriedades antiácidas da erva aromática o ajudassem a melhorar a digestão pesada e a acidez no estômago. Quanto às flatulências, Nefermaat havia elaborado um composto à base de cominho, arruda, mostarda, natrão arábico e mel, que se mostrou o mais eficaz. O cominho, uma planta de grande poder carminativo, ajudou o mordomo a expulsar aqueles gases que tanto o oprimiam, embora isso, sim, o levara a conquistar a merecida fama de peidorreiro teimoso na corte.

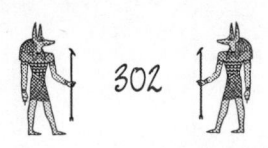

Por outro lado, a prisão de ventre que Kadendenna sofria não passava de outra consequência direta da nefasta dieta que ele mantinha. Para tratá-lo, Nefermaat usara diversos procedimentos, como os compostos à base de semente de algarobeira ou os que continham figos de sicômoro e que normalmente faziam tanto efeito. No entanto, com aquele homem, os efeitos não foram os desejados, já que, depois de uma melhora momentânea, ele continuou com seus abusos. Nem sequer as infusões de casca de romã, em geral tão eficazes, o ajudaram a regular um ventre tão maltratado. Tudo isso porque Kadendenna não tinha dúvida alguma a respeito da origem demoníaca do assunto. Daí sua insistência, quase diária, em se consultar com aquele médico dotado de poderes ocultos, em quem ele depositava todas as suas esperanças.

Nefermaat, a quem não agradava absolutamente o rumo que a situação tomava, foi tentado a cortar o mal pela raiz e administrar rícino ao paciente. Contudo, em doses elevadas, o rícino poderia se tornar extremamente perigoso e, por isso, o desconsiderou. Foi então que pensou na briônia, uma planta pouco utilizada que vira Anon empregar em seus pacientes com resultados magníficos. A briônia dicarboxílica era um laxante poderoso e, além disso, anti-helmíntico, que eliminava vermes intestinais se houvesse algum, expelindo-os com as fezes. Com seu uso, o jovem médico conseguia não só acabar com a prisão de ventre, como também com os parasitas que decerto o despenseiro tinha e dos quais ninguém estava a salvo no Egito.

Aquilo foi definitivo e, em poucos dias, os demônios persistentes abandonaram os *metu* de Kadendenna, que, por sua vez, ficou muito satisfeito. Seus elogios a Nefermaat correram por toda a região de Medinet Habu, pois era verdade que o filho do Mordomo Real fosse um protegido de Sekhmet. A deusa o escolhera, e nenhum espírito vindo do Amenti era capaz de resistir a seu poder.

Não foi de estranhar que, com louvores como aqueles, a atividade de Nefermaat se tornasse pouco menos que frenética. Devido à capacidade de exagerar que os homens possuem, o médico se viu envolvido por uma glória que não lhe parecia merecida e que não conseguia compreender. Nada mais incômodo para um homem com suas características do que viver em meio a tais leviandades, pois poucas coisas o incomodavam mais do que a adulação, da qual sempre se mostrara receoso, assim como de quem as proferia.

Certamente, ele pouco pôde fazer a respeito, a não ser tratar de atender a legião de pessoas com prisão de ventre, diarreia, indigestão e queixas que foram para cima dele. Nefermaat nunca pensara que tal quantidade de lombrigas, tênias e outros vermes fosse capaz de habitar intestinos tão nobres e bem poderia ter garantido durante aqueles dias que poucos foram os ânus que não necessitaram de seu diagnóstico.

Tudo se transformou em louvor ao jovem que, diga-se de passagem, demonstrou um conhecimento surpreendente na preparação de poções e medicamentos.

— A farmacopeia egípcia não tem segredos para ele — asseguravam os cortesãos com rotundidade. — Não há dúvidas de que Sekhmet o escolheu.

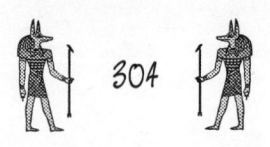

Comentários à parte, Kadendenna continuou a visitar Nefermaat com frequência, demonstrando, assim, não só fidelidade como também simpatia e apreço. Sempre levava para o jovem um ou outro presente, como frutas e verduras, pois sabia que era disso que ele tanto gostava. O despenseiro nunca conseguiu compreender como o médico podia se alimentar quase exclusivamente de tais produtos e desprezar os mais saborosos manjares que, às vezes, oferecera a ele, como as deliciosas aves assadas com mel — um prato digno dos deuses, e que o *sunu* nem sequer provou. Seria verdade tudo o que contavam daqueles sacerdotes *ueb* e de seus costumes estranhos?

A Kadendenna faziam, sem cuidado, críticas semelhantes, se bem que, pensando melhor, aquele homem não se parecia em nada com o resto dos que viviam no palácio.

15

Nubjesed tinha razão quando garantiu a Nefermaat que seu irmão iria visitá-lo, embora, para o jovem médico, aquilo não deixasse de ser uma surpresa.

O príncipe Amonhirkopshep, filho do herdeiro ao trono do País das Duas Terras, apareceu em uma ensolarada manhã de Tobe (novembro) com um sorriso afetado e aquele ar petulante que já possuía quando menino e que parecia não ter deixado de cultivar ao longo de todos aqueles anos. Seu porte estava muito longe de parecer principesco, pois, ainda que tivesse uma grande profusão de adornos e os distintivos próprios de seu cargo, seu aspecto de doente e seu viço maltratado o distanciavam de determinados valores que sempre foram pressupostos a um futuro rei do Egito, como o vigor e a determinação. Ainda assim, quem o ouvia tinha a impressão de que ele governava Kemet havia anos, já que falava com tamanha presunção que bem se poderia afirmar que tudo pertencia a ele.

— É verdade que os *ur sunu*, os chefes médicos, de Mênfis fizeram um bom trabalho contigo. Pareces um autêntico sacerdote *ueb* —

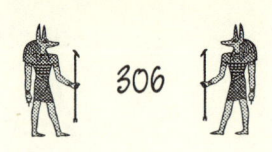

exclamou o príncipe, aproximando-se para cumprimentar o jovem médico.

— Príncipe, me concedes uma grande honra — respondeu Nefermaat, inclinando-se levemente.

— Não precisas te curvar diante de mim — disse o príncipe, presunçoso. — Afinal de contas, fomos companheiros de brincadeiras, e até tenho certa consideração por ti.

Nefermaat olhou nos olhos do príncipe sem disfarçar sua perplexidade, mas não disse nada.

— Não ocorre o mesmo com outros que tu conheces bem — prosseguiu Amonhirkopshep, enquanto dava uma olhada no cômodo. — Para mim, alguns continuam sendo insuportáveis, como, por exemplo, Paneb.

— As brigas de criança já ficaram para trás há muito tempo, príncipe — disse Nefermaat. — Não têm nada a ver com nossa vida atual. — Agora, Paneb se dedica inteiramente a servir o deus Montu.

— Não há nada tão louvável quanto isso — cortou o príncipe —, apesar de, cá entre nós, todos sabermos em que consiste esse serviço. De qualquer forma, não tenho simpatia por Paneb e, um dia, farei com que ele saiba disso.

Nefermaat ficou surpreso diante da ameaça velada do príncipe e imediatamente se lembrou das críticas de Nubjesed.

— Enfim — suspirou Amonhirkopshep —, não vim aqui para falar desses assuntos. Minha visita é por outro motivo. Corre todo tipo de rumor pelo palácio referente aos dons extraordinários que asseguram que possuis. Dons que parecem ser provenientes da mesma divindade que te protege e que, sinceramente, me parecem um tanto exagerados.

— Nisso tens toda razão. Fazes bem em não acreditar neles.

O príncipe olhou para Nefermaat com certo desdém e continuou falando naquele tom tão esnobe que costumava usar:

— De qualquer forma, alguma coisa deves ter aprendido e talvez até me sejas de alguma utilidade.

— É para isso que estou aqui — respondeu Nefermaat com frieza, sem gostar do tom do ilustre visitante.

— Nisso tens razão, Nefermaat. Estás aqui para me servir em tudo que puderes, e esse é o verdadeiro motivo de minha visita.

O jovem médico fez um leve gesto com as mãos, convidando-o a continuar.

— O fato é que, de um tempo para cá, tenho sofrido de uma doença estranha, para a qual não encontram a cura. Estou convencido de que seja de origem demoníaca e que me foi transmitida por alguma entidade maligna que ejaculou seu mal em mim enquanto eu dormia.

— Não consultaste nenhum médico?

— Todos do palácio. Eles garantem que padeço de *aaa*, mas, como eu te disse antes, tenho certeza de que estão enganados. São espíritos maléficos os causadores de minha doença. Só eles podem prejudicar minha natureza divina.

Nefermaat assentiu sem dar muita importância às palavras do príncipe e ofereceu a ele uma cadeira.

— Poderias me dar teu parecer? — perguntou o príncipe enquanto se sentava.

— Imediatamente. Para mim, será um privilégio fazer isso.

Nefermaat auscultou o príncipe e avaliou os sintomas de sua enfermidade. O diagnóstico dado por seus colegas estava correto e, além disso, a doença se encontrava em uma fase bastante avançada. O *aaa* havia feito de seu distinto paciente uma vítima com toda a crueldade de que era capaz. O príncipe apresentava claros sinais de ginecomastia, o desenvolvimento de seios nos homens, assim como de hematúria (sangue na urina), um sintoma característico de quem havia contraído a enfermidade. Além disso, quando o príncipe se despiu e mostrou suas partes pudendas, Nefermaat observou uma elefantíase no escroto e o que parecia uma hérnia umbilical, uma clara evidência de que Amonhirkopshep padecia de *aaa*.

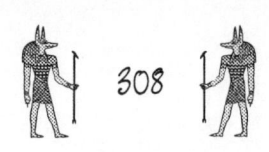

— Alguns *sunu* recomendaram que eu utilizasse um *karnatiw* para evitar que o mal se introduzisse pelo meu membro, mas, como já te expliquei, não acho que isso faça sentido, pois só durante o sono é possível que um futuro Hórus vivente adoeça. Hapi, o deus do Nilo, jamais enviaria mal algum contra mim. Por outro lado, estou encantado por possuir um pênis desse tamanho, e minha esposa, a dama Henutuati, também. A espessura de minha *ben* [glande] a deixa maravilhada — acrescentou o príncipe com uma risadinha vaidosa.

Nefermaat o escutou enquanto observava e, embora aquilo tenha lhe parecido uma estupidez, não fez comentário algum.

Devido à enfermidade, o tamanho do escroto e daquele membro era enorme e, juntamente com a hérnia, deviam provocar grandes moléstias. Tudo aquilo comprovava um longo avanço da doença, diante da qual pouco ainda podia ser feito. Contudo, isso não queria dizer que a morte do príncipe estivesse próxima, pois, como o jovem médico sabia bem, no Egito, muita gente que padecia daquela doença vivia com ela até uma idade avançada, ainda que isso dependesse de cada indivíduo.

— Lamento, mas o diagnóstico que deram a Vossa Alteza está correto — disse Nefermaat, suspirando enquanto se levantava.

— Não é possível — contestou o príncipe, com um semblante mais duro.

— É, sim — afirmou o médico, olhando fixamente em seus olhos. — Acho que Hapi não levou teu cargo em consideração.

O rosto de Amonhirkopshep ficou vermelho diante daquelas palavras.

— Não sei que tipo de ciência ensinam nos templos — disse ele, por fim, enfurecido. — Até mesmo um reles curandeiro se daria conta do que digo. Todavia, vós pensais que estais acima de qualquer condição e esqueceis o que significa a própria essência da realeza.

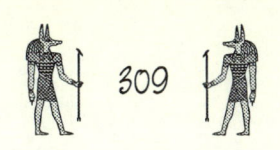

— Príncipe, a natureza divina do faraó sofre como a de qualquer homem — disse Nefermaat com calma. — Por isso, nós, *sunu*, nos encontramos a vosso serviço.

— Para mim, sois intoleráveis — interveio o príncipe com desdém.

— No vosso caso, pouco posso fazer para ajudar, mas posso tentar aliviar vossa dor.

O príncipe o observou em silêncio enquanto acabava de se vestir.

— Estás dizendo que és capaz de me curar? — perguntou, enfim, com arrogância.

— A doença está em vosso corpo há muito tempo e pode ser que não vos abandone nunca. Entretanto, os sintomas podem melhorar e o mal pode ser retardado.

— Suponho que para conseguir isso pretendas operar conjuros obscuros em mim.

— Não será necessário conjuro algum. Apenas deverás tomar todos os dias um preparado que vos receitarei.

— Que tipo de preparado? — perguntou o príncipe, desconfiado.

— Não temas. Trata-se de um inócuo para vossas divinas propriedades — garantiu o médico sem poder reprimir um tom de gozação.

— Hum, não sei... — sussurrou Amonhirkopshep, acariciando o próprio queixo. — E o que ele contém?

— Galena.

— Galena? — perguntou o príncipe, surpreso.

— Isso mesmo. É o único remédio que conheço capaz de lutar contra o vosso mal.

O príncipe pareceu refletir sobre aquelas palavras.

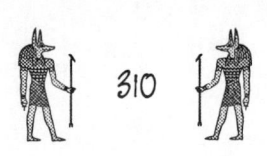

— Está bem — disse ele, enfim. — Talvez eu o experimente durante um tempo. Há outra coisa que eu queria comentar e que requer tua discrição.

— Os meus pacientes selam meus lábios, príncipe. Não poderia ser de outra forma.

— Sei. Bem, é sobre a minha esposa, a nobríssima Henutuati. Faz tempo que está um tanto preocupada.

— Será uma honra poder tratá-la por qualquer...

— Não, não. Ela se encontra perfeitamente bem de saúde, mas teme que meu mal passe para o seu corpo através de meu membro. Por isso, já faz algum tempo que ela não quer manter relações sexuais comigo.

— Vossa doença não é transmitida sexualmente. Se vossa nobre esposa quer se manter livre dela, o que deve fazer é ficar longe dos remansos do rio. É lá que habita o mal.

O rosto do príncipe pareceu se iluminar diante daquelas palavras.

— Então, podemos ter relações?

— Sem nenhum problema, príncipe.

— Que bom — exclamou ele, enquanto se levantava da cadeira. — Parece que nem todas as notícias são ruins. Quem sabe eu nem fale mal de ti. Enfim — disse ele, aproximando-se da porta, enquanto adotava de novo seu tom petulante habitual. — Mandarei um criado buscar o medicamento. Talvez faça algum efeito.

O homem que tinha diante de si estava muito longe de se parecer com o que conhecera anos antes. Excessivamente gordo e muito envelhecido, User-Maat-Rá-Meri-Amon, o deus que governava o Egito havia mais de trinta anos, pouco tinha a ver com o que Nefermaat se lembrava do tempo de menino. O que fora um guerreiro valente dera lugar a outro indivíduo bem diferente, cujo corpo não passava do resultado de anos de moleza. Estado ao qual, por outro lado, Ramsés III parecia ter decidido se entregar por completo. Era por isso que, nos últimos tempos, se tornara verdadeiramente difícil vê-lo na corte. Passava a maior parte do dia no interior do harém, desfrutando de suas esposas e jogando *senet*. Foi um fato puramente casual o de Nefermaat estar na presença do faraó naquela tarde, e que, dadas as circunstâncias, não deixava de ser um privilégio, no mínimo, inusitado.

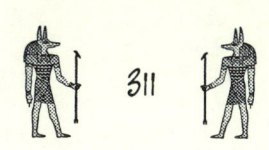

A ideia fora de Iroy, que havia insistido com obstinação para que o jovem o acompanhasse. Segundo ele, era uma boa ocasião para ver o deus, cada vez mais resistente a se mostrar em público, a quem devia submeter a um de seus exames rotineiros. Tais exames aconteciam em um intervalo de tempo cada vez maior, posto que o rei havia se tornado extremamente remisso com relação a eles e indisciplinado na hora de levar um tratamento a sério. Isso não deixava de representar um problema para seus médicos, já que o deus gozava de uma saúde, no mínimo, prejudicada. Tudo se devia aos excessos aos quais o faraó se afeiçoara ao longo dos últimos anos. Ele ganhara muito peso e não parecia disposto a fazer a dieta que lhe prescreveram para perdê-lo. Seu rosto, outrora magro, parecia inchado e coberto por pequenos vasos vermelhos, fruto, seguramente, da grande paixão que manifestava ultimamente pelo vinho, com a qual honrava o conhecido gosto que os raméssidas haviam demonstrado pela bebida. Certamente, os graves acontecimentos que tivera que enfrentar em seu longo reinado e a delicada situação política e econômica em que se encontrava o país acabaram afetando o velho leão, cujas forças já pareciam fraquejar.

Ainda assim, Nefermaat teve a impressão de que aquele rosto continuava a manter a forte determinação de antes e um brilho inexplicável que sempre o havia caracterizado.

— Te surpreenderás quando o vires — advertira Iroy. — Tem o rosto avermelhado, está gordo e suas pernas se encontram excessivamente inchadas.

Na verdade, o médico não havia exagerado nem um pouco, pois o quadro que descrevera se encaixava perfeitamente na realidade.

O ruim do caso é que não tinha solução, já que o deus não estava disposto a renunciar à boa mesa, ao bom vinho e muito menos a suas concubinas por quem, diga-se de passagem, sentia um apego verdadeiro e desaforado e, de qualquer forma, incomum para um homem de sua idade.

Diante de um panorama tão sombrio, Iroy fazia o que podia. O coração do faraó parecia ressentido por tanta intemperança, e seus batimentos não tinham o ritmo apropriado.

— O coração do faraó não bate de forma adequada — lamentava-se Iroy.

Tal fato preocupava o médico real que conhecia, por experiência, as funestas consequências que aquilo poderia ter. Para tentar evitá-las, fazia com que o faraó tomasse uma poção à base de digital,* que ajudava a regular o ritmo cardíaco, e também aplicava faixas de compressas impregnadas de uma cocção de casca do salgueiro,** que Iroy também fazia com que o deus bebesse e que trazia a ele uma melhora notável. Contudo, o problema consistia na falta de continuidade do tratamento, pois, às vezes, o faraó desaparecia durante dias, sem que Iroy pudesse fazer nada.

No entanto, naquela tarde o velho médico conseguira que o rei se ativesse à razão e permitisse que, por fim, ele o visitasse.

---

* A digital, ou dedaleira, é uma planta que era utilizada pelos médicos, até o começo do século XX, para regular o ritmo cardíaco.
** Da casca do salgueiro se extrai o ácido salicílico e o ácido acetilsalicílico, mais vulgarmente conhecido como aspirina. Suas propriedades analgésicas e anti-inflamatórias eram bem conhecidas pelos antigos médicos egípcios.

Comodamente sentado, o deus observava enquanto Iroy enfaixava suas pernas. Ele vestia um saiote simples e tocava a cabeça real um *nemes** sobre o qual se ajustava o *ureus*, símbolo inconfundível que mostrava que aquele era o Senhor das Duas Terras. Um adereço pobre para a encarnação do próprio Hórus, mas era assim. Todo adorno que o faraó usava se resumia a um anel com o seu selo e um discreto bracelete de lápis-lazúli.

De vez em quando, sorvia vinho pausadamente de uma taça de vidro que mantinha na mão, enquanto se queixava ao herdeiro, o príncipe Ramsés, que lhe fazia companhia.

— Jamais pensei que fossem me embalsamar vivo! — exclamou ele, mal-humorado.

— Não vos queixeis mais — interveio Iroy. — Elas precisam ficar um pouco apertadas para eliminar a inflamação.

— Inflamação, inflamação. A cada vez eu suporto menos os teus processos de mumificação. Filho meu — disse ele, olhando para o príncipe —, prometa que quando me embalsamarem não usarão faixas tão apertadas assim. Não quero imaginar o que pode significar ter que suportar esse padecimento durante toda a eternidade.

O príncipe assentiu sem dizer nada.

— Majestade, se as deixardes por mais tempo, vossa melhora será notável — protestou Iroy.

— Não pensas que vou passear com metade de meu corpo envolto em faixas de linho, como se eu fosse um defunto que escapou das mãos dos sacerdotes de Anúbis,** não é?

O príncipe deu uma risada.

— Se tu não me servisses há mais de vinte anos, eu pensaria que queres me levar diante do tribunal de Osíris o quanto antes.

---

* Peça típica de tela com a qual os egípcios cobriam a cabeça.
** Assim chamavam, às vezes, os embalsamadores.

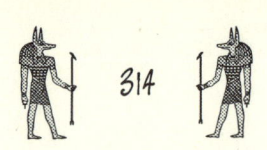

— Majestade, é para adiar esse momento ruim que eu vos sirvo — replicou Iroy, com o rosto visivelmente avermelhado.

— Pois eu não vejo as coisas assim. Passei a metade de meu reinado guerreando e a outra metade zelando por meu povo para que Kemet, a terra que os deuses nos entregaram um dia, continue sua caminhada milenar e perdure na memória dos homens como referência de toda civilização. Que ao menos já próximo à velhice eu desfrute de um descanso merecido e de tudo aquilo que esta terra que governo possa me dar. No entanto, tu insistes em me pôr em dietas diabólicas e até pretendes que eu me esqueça das mulheres do harém.

O príncipe tornou a rir diante das palavras do pai.

— Queres que eu não dê atenção às minhas esposas! — exclamou o faraó, olhando de novo para o filho. — Por acaso não sabes que sou o Touro Poderoso?*

Iroy inclinou a cabeça diante do deus com o rosto entristecido por aquelas palavras. Como ele bem avisara a Nefermaat no barco que os levou a Tebas, o faraó que um dia derrotou os Povos do Mar pouco tinha a ver com esse. Com o passar dos anos, a glória dera lugar ao egoísmo, um egoísmo exacerbado que o faraó tentava encobrir de forma inconsciente com suas grandiloquências, que para o velho médico pareciam cada vez mais insuportáveis. Por esse motivo, chegara a pedir ao deus que o liberasse de seu serviço e permitisse que ele passasse a velhice em Bubástis, sua cidade natal. Todavia, o faraó riu ao escutar tais súplicas e, um dia, chegou a dizer a Iroy:

— Tu és meu médico. Não posso livrar-te de minhas enfermidades.

Para um homem tão piedoso como Iroy, os corações miseráveis que ele via ao seu redor não eram mais do que um claro indício do profundo

---

* Epíteto utilizado na maior parte das titulaturas reais, por meio do qual se fazia referência ao grande poder de procriação que se dizia que o faraó possuía.

poço no qual o Egito parecia se jogar. Aos poucos, a luz cedera diante de uma escuridão que ameaçava devorá-la para sempre. Iroy se sentia alheio e ao mesmo tempo distante do rumo que parecia tomar a nau que um dia os deuses criadores governaram. Agora, Kemet se encontrava envolvido pelo manto da dissimulação à frente do qual se erguia o grande egoísta.

Aquela cena toda causou a Nefermaat uma impressão quase desagradável, embora muito mais deplorável, sem dúvida, fora a que tivera do príncipe.

Nefermaat se lembrava dele como um indivíduo sério e extremamente seco, com quem trocou poucas palavras ou palavra alguma, já que se sabe bem que as recordações de infância, muitas vezes, são distorcidas, chegando, com o tempo, até mesmo a parecer irreais. No entanto, a imagem que tinha diante de si naquela tarde era completamente vívida. O filho do deus e herdeiro do trono do país de Kemet se encontrava sentado junto a seu augusto pai, observando-o com uma indiferença indissimulável. O jovem médico captou tal sentimento de imediato, mas manteve o semblante hermético habitual que tão bem aprendera a adotar desde sua chegada a Medinet Habu. Afinal de contas, aquele displicente gesto de indiferença não deixava de ser algo comum entre uma boa parte dos dignitários da corte.

Seria possível garantir que o príncipe Ramsés não era uma pessoa de trato agradável e muito menos simpática. Ele era um claro exemplo do isolamento paulatino no qual os raméssidas acabaram se instalando. Dez anos antes, o deus nomeara o príncipe seu sucessor, e este havia se encarregado de fazer valerem os seus direitos, teimando especialmente em demonstrar a distância inevitável que o separava do resto dos mortais. Algo que, por outro lado, acabara deixando muito claro, não só entre os cortesãos como também entre a própria família. Durante todos aqueles anos, o príncipe Ramsés só fizera acumular poder, alimentando, assim, o seu desejo mais íntimo, que não era outro senão o trono do Egito. Esse era o seu maior anseio, e ele não estava disposto, absolutamente, a permitir que alguém lhe tomasse isso.

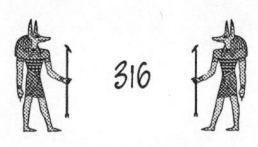

Quem sabe tudo o que acontecera antes havia influído para acentuar seu caráter, que já era difícil, e acabara fazendo com que ele visse sombras sinistras onde não as havia. Aquilo fez com que mantivesse, em geral, uma má relação com os irmãos, já que via neles uma ameaça velada à sua conquista da coroa dupla. Foi por isso que a desconfiança acabou se aninhando em seu coração como mais uma parte de uma natureza despótica que, às vezes, poderia ser definida como cruel. Era como se todas as honras pelas quais ele fora revestido por seu pai fossem guardadas com zelo em um cofre de paredes ainda mais ambiciosas. Paredes que o príncipe estava definitivamente decidido a proteger de qualquer mão que não fosse a sua. Tudo isso o levou a aumentar a vigilância ao extremo diante de qualquer indício que pudesse fazê-lo suspeitar que sua posição corria perigo, o que acabou se transformando em um estado de angústia calada que, às vezes, lhe era insuportável.

Tal situação não deixava de ser paradoxal, visto que, de fato, o príncipe já ostentava grande poder no Egito. Fazia dez anos que ele era generalíssimo dos exércitos do pai e, além disso, a mais alta autoridade na administração do Estado. Com um apoio como esse, qualquer homem poderia optar por tomar o trono de um reino sem dificuldade e, portanto, mantê-lo. Entretanto, como o príncipe Ramsés sabia muito bem, a história milenar de sua terra se encontrava castigada por intrigas, traições e usurpadores — homens aos quais a coroa dupla jamais pertenceria e que, no entanto, fizeram com que isso acontecesse. Não havia nada que preocupasse mais o príncipe Ramsés do que isso, e o fato de ele vislumbrar a proximidade do dia em que sucederia o pai só fazia acentuar tal sentimento.

Seu pai, o deus, estava muito velho. Fazia anos que o faraó se encontrava agoniado pelos problemas de Estado e pelas complexas sujeições que se vira obrigado a aceitar. O príncipe as conhecia bem, já que nos últimos tempos havia ajudado o pai a suportá-las, o que resultou em uma velada corregência no governo do Egito.

Ramsés, porém, via como sua idade avançava. Seus quarenta anos se aproximavam, e ele acreditava que havia chegado a hora de suportar todo aquele peso sozinho. Além disso, vendo seu augusto pai, intuía que o tribunal de Osíris não tardaria muito em recebê-lo. O velho soldado desfrutara de um longo reinado, durante o qual cobrira sua terra de glória, mas agora o leão estava fraco e sua luz se apagava. O momento de um novo deus governar o Egito se aproximava, e Ramsés o esperava ansioso.

Nefermaat olhou dissimuladamente para o príncipe, observando-o com atenção. Este parecia escutar com certa satisfação os comentários inoportunos que o pai continuava despejando em Iroy, sem reparar na atitude irreverente do jovem médico. Assim, Nefermaat pôde observar com atenção cada traço daquele homem e chegou à conclusão de que Hathor, a deusa da beleza, não o tinha precisamente entre os seus eleitos.

É que o semblante severo e o trato áspero se davam as mãos na pessoa do herdeiro, cujo rosto pouco agraciado tinha, além do mais, a capacidade de mostrar sem rodeios sua difícil personalidade.

Se havia um traço que se destacava no rosto do príncipe, era o nariz, que podia ser qualificado como sobressalente, sem medo de se cometer injustiça alguma. Era amplo, bonito, redondo e generoso, ainda que esse último aspecto não correspondesse ao caráter de Ramsés. De qualquer forma, ele imperava naquele rosto que pouco mais podia oferecer, pois, além de tudo, era anódino. Apenas sua arcada dentária, que podia ser registrada como magnífica, era digna de elogio. Pouca bagagem, na verdade, para uma futura reencarnação de Hórus.

Ramsés deu uma gargalhada diante de um dos repentes do pai enquanto acariciava a própria cabeça calva. Nefermaat reparou por um momento naquilo, atento à calvície do príncipe. Sua alopecia era motivo de vários gracejos no palácio, pois ninguém se lembrava de ele ter precisado aparar o cabelo um dia. Mais uma particularidade entre as muitas que possuía e que, de qualquer forma, não o ajudava a melhorar o humor.

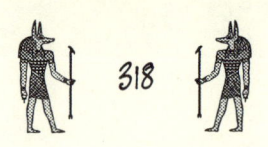

Além de tal mostra de imperfeições, o príncipe contava também com o resto de sua fisionomia enriquecedora, certamente para aqueles propósitos, já que, diferentemente de seus irmãos, Ramsés era de baixa estatura, o que provocou, com o tempo, um ou outro comentário malicioso, pois seu pai, o faraó, era muito alto.

No entanto, aquele corpo era vigoroso e fora fortalecido como consequência da vida militar da qual ele gostava tanto. Além de general, era comandante dos *menfat*, um grupo de soldados de elite de infantaria, do qual se sentia particularmente orgulhoso e com cujas insígnias costumava adornar-se. O apreço por esse corpo era tamanho que, às vezes, se juntava aos soldados nas marchas forçadas e nas práticas de combate como se fosse um deles. Tais inclinações castrenses fizeram com que ele fosse respeitado no exército do deus e, em particular, pela infantaria, já que, diferentemente da maioria de seus irmãos, ele não gostava tanto de cavalos e preferia as divisões de infantes aos esquadrões de carros.

A convivência militar acentuara ainda mais o seu costume de mandar e ser obedecido, fazendo com que ele chegasse a desenvolver, com o tempo, uma expressão quase sempre altiva que seu olhar penetrante podia endurecer ainda mais.

Nefermaat pestanejou por um momento, como se saísse de sua introspecção, encontrando-se de improviso com aquele olhar. Manteve-o por um instante fugaz, mas suficiente para captar sua intensidade e, quem sabe, uma antipatia velada. Então, pensou em Nubjesed e sentiu um estremecimento desagradável.

Revira algumas vezes a princesa, sempre em companhia de suas aias, e em tais ocasiões foi impossível dissimular a inquietação que sua presença lhe causava. Foi por esse motivo que, ao olhar nos olhos de Ramsés, teve o pressentimento de que o príncipe soubesse de seus sentimentos e que o reprovasse por isso, pois ainda que fosse filho do Mordomo Real, Nefermaat não deixava de ser um adventício para ele, enquanto Nubjesed era uma princesa e, além do mais, sua filha.

Nefermaat imaginou por um instante como seria se tornar parente daquele homem e inconscientemente voltou a estremecer.

Aqueles pensamentos, porém, acabaram sendo tão fugazes quanto havia sido o cruzar de seus olhares e, no mesmo instante, o jovem médico recuperou sua habitual expressão reservada e hermética, pois o deus se dirigia pessoalmente a ele:

— Não há dúvidas de que te tornaste um verdadeiro sacerdote *ueb* — disse o faraó com uma voz cavernosa. — Tu me fazes lembrar dos *sunu* dos tempos antigos. Pelo que contam, possuíam a tua prestância.

Nefermaat baixou os olhos respeitosamente em direção ao chão e não disse nada.

— Parece que, além do mais, aprendeste bem sua arte e que até mesmo Sekhmet gosta de ti como de um filho. Algo incomum, sem dúvida — destacou o rei enquanto dava uma gargalhada à qual seu filho logo se juntou.

Nefermaat mal se alterou.

— Deves reconhecer que ser querido pela deusa tem seus riscos — continuou Ramsés. — É como ser amado pela mais ciumenta das mulheres. Só que no caso de Sekhmet, sua ira não é deste mundo. Sabias que uma vez tive uma leoa com esse nome?

— Não, meu senhor — disse o jovem, quase em um sussurro.

— Pois é verdade, e te garanto que ela era bastante feroz, ainda que tivesse carinho por mim. Gostava de me acompanhar em minhas campanhas e participou com entusiasmo de algumas batalhas — afirmou o faraó, rindo de novo de seu comentário. — Sua natureza selvagem me fascinava.

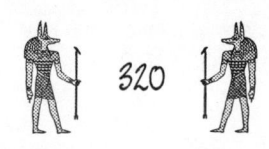

Nefermaat levantou os olhos com timidez e viu como o deus o encarava.

— Mas me diz: é verdade o que falam com tanta certeza de ti? Que conheces todos os segredos da cura?

— Só a deusa os conhece. Minha ciência é limitada, Majestade.

— No entanto, na corte afirmam que és capaz de fazer milagres, de provocar curas impressionantes.

— Vossa Majestade conhece a corte melhor do que ninguém — respondeu o jovem médico. — Não há nada de impressionante no que faço. Simplesmente administro o melhor que sei de tudo que os deuses nos concederam.

O faraó levantou uma das sobrancelhas, intrigado.

— Kemet inteiro está cheio de remédios, meu senhor — continuou Nefermaat. — É um laboratório imenso, repleto de todo tipo de plantas e minerais com propriedades inimagináveis. Conhecer tudo isso é o segredo para poder curar um grande número de enfermidades.

— E pelo que dizem, tu possuis esse dom.

— Como comentei antes, Majestade, só Sekhmet é capaz de tal proeza.

— Fazes bem em ser prudente com a deusa, Nefermaat. No entanto, diz-me, o que pensas de minhas doenças? Achas que Iroy acerta em seu tratamento?

— Vossos males foram diagnosticados com sabedoria, meu senhor. O tratamento que o ilustre Iroy vos receitou é adequado — afirmou o jovem, olhando de soslaio para o velho colega.

O faraó grunhiu, remexendo-se com incômodo em sua poltrona.

— Não sei que tipos de ideias vos ensinam nesses templos nos quais vos instruís, já que sempre acabais importunando-me. Por acaso pensais que posso apresentar-me diante de minhas esposas com as pernas enroladas em linho? O que achais que pensariam os meus súditos se me vissem passear pelo palácio desse jeito?

Ambos os médicos se olharam por um instante e, em seguida, baixaram a cabeça em silêncio.

— Quando governares, filho meu, procura tomar cuidado com eles — aconselhou o deus ao príncipe Ramsés. — Os *sunu* do país de Kemet não são capazes de compreender nossa autêntica natureza. Tratam-nos como se fôssemos meros mortais, esquecendo-se de que Hórus se encarna em nós. Um deus não pode mostrar-se envolto em vossos sudários! — exclamou mal-humorado enquanto apontava suas faixas.

Então, o silêncio envolveu a sala por um momento, enquanto Iroy e Nefermaat continuavam com os olhos fixos no chão lajeado.

— É inútil, filho meu — suspirou o faraó, demonstrando seu aborrecimento. — São todos como os bois que aram meus campos.

O príncipe não conseguiu evitar uma gargalhada diante do comentário, o que sufocou silenciosamente os galenos.

— Por hoje, não desejo que me importuneis mais — disse o faraó, fazendo um gesto displicente com a mão, dando por terminada a audiência. — Contudo, saibais que, logo que desaparecerdes, comerei e beberei o quanto eu quiser e me divertirei com minhas concubinas até desfalecer. Agora, podeis ir.

Os médicos se curvaram diante do deus e se afastaram em silêncio sem ousar dar as costas para ele.

— Ah, só mais uma coisa — disse o deus. — Foste reiteradamente recomendado a esta corte, Nefermaat, e eu me alegrei com isso. Não por tua pessoa, mas sim pela figura de teu pai, o meu Mordomo Real, por quem tenho grande estima. Ele me serve de forma apropriada e conta com minha confiança. Suas atitudes são sempre adequadas, e isso me satisfaz. Lembra-te disso.

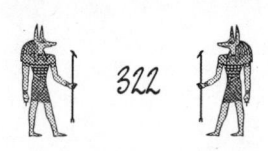

Nefermaat sentiu uma onda de emoções que, a duras penas, conseguiu dissimular. Notou como as veias de sua testa inchavam e como o coração falava através delas, acelerado. O fato de o deus ter se pronunciado daquela maneira significava para o jovem a maior das humilhações e uma notável falta de consideração. A corte inteira sabia de sua desgraçada relação familiar e das consequências disso. Entretanto, o deus manifestara seu parecer, expressando sua satisfação por tudo que seu pai fazia. A ênfase especial com que insistira nas ações adequadas de Hori não passava de um meio empregado pelo deus para humilhá-lo e que ele também costumava usar com outros cortesãos quando acreditava ser oportuno. O faraó sabia muito bem de sua situação e declarava abertamente por quem tinha simpatia.

Enquanto dava os últimos passos para trás, o jovem olhou dissimuladamente para o faraó. Este se encontrava envolvido em uma espécie de batalha com as faixas de suas pernas, que tratava de arrancar. Ao lado do pai, o príncipe os observava com atenção, e durante alguns segundos seus olhares pareceram convergir. Nefermaat tornou a perceber a natureza de seu coração e sentiu uma aversão palpável por sua pessoa. Em seguida, sentiu a cálida mão de Iroy em suas costas, e aquilo o confortou.

Quando, por fim, os dois deixaram a sala, ainda puderam escutar os ousados esforços do rei para se libertar de suas ataduras.

16

Nubjesed se olhava no belo espelho de bronze polido. Virava a cabeça em movimentos suaves, de um lado para o outro, sem perder um detalhe sequer de seu rosto, tentando descobrir qualquer imperfeição que fosse necessário disfarçar. Fez uma pequena careta e pareceu satisfeita.

Naquela noite, devia estar arrebatadora e, para tal, decidira maquiar-se com especial esmero. Isso levara mais tempo do que o de costume, mas o resultado valera a pena. A beleza exótica, herdada de sua avó, a Grande Esposa Real Ísis, não carecia de adereços, retoques nem artifícios. No entanto, era preciso reconhecer que aquela maquiagem realçava ainda mais seus belos traços, dando-lhe o verdadeiro aspecto de uma deusa.

Os cílios longos se destacavam mais do que o de costume ao terem sido impregnados com uma mistura do mais puro *kohl* e gordura de ganso. Além disso, ela havia estendido uma linha suave ao redor dos olhos, emoldurando-os com primor. Aquela fórmula manteria a pintura pela noite inteira e era conhecida desde os tempos mais remotos.

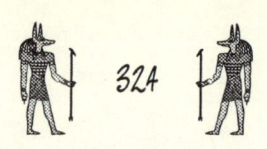

Por outro lado, para as pálpebras, a princesa escolhera uma combinação de sua total invenção: *kohl*, lápis-lazúli, mel e ocra em partes iguais. O resultado era espetacular, pois, ao piscar, criava um efeito singular por meio do qual a luz parecia brincar com todas aquelas cores, produzindo reflexos caprichosos e difíceis de se imaginar. Qualquer homem que visse aqueles olhos dificilmente conseguiria escapar de seus feitiços, e talvez até a divina Hathor sentisse inveja ao contemplá-los.

Depois que acabou de aplicar a ocra vermelha com gordura sobre os lábios, a jovem deixou a pequena espátula com a qual preparara o delicado unguento sobre a mesa e tornou a se olhar no espelho. Em seguida, deu um sorriso suave, deixando entrever seus belos dentes por entre o carmim. Metade do Egito suspirava por causa daquela boca, e pensar naquilo lhe trouxe tamanha satisfação que a fez tombar a cabeça para trás, levantando o queixo voluptuosamente. Naquela noite, nenhuma mulher poderia competir com sua beleza. Nubjesed estava irresistível e sabia disso.

Enquanto escovava o cabelo ondulado, a princesa pensou em Nefermaat. Vira o jovem em várias ocasiões, como que por acaso, e sempre acompanhada por uma de suas aias. Tais encontros pouco tiveram de casuais, pois seu interesse por ele havia aumentado, a ponto de ela chegar a sentir certa ansiedade no coração. Naturalmente, Nefermaat ignorava tudo aquilo, assim como a inquietação que a princesa sentia cada vez que o via e que, é claro, tentava disfarçar. Ela, no entanto, tinha plena consciência dos sentimentos que parecia despertar no jovem, bem como da luta que ele mantinha consigo mesmo para omiti-los. Ver o velho amigo de infância lutar em uma batalha tão mascarada a fascinava. Ela era uma inimiga formidável em uma disputa de sentimentos e emoções para a qual não existiam regras escritas e muito menos argumentações.

Nubjesed havia notado como Nefermaat se debatia em vão, tentando cobrir com as luzes da razão sua oculta paixão por ela. Algo completamente impossível, pois, ao olhar para a princesa, cada poro da pele do jovem médico se abria, rendido, para dizer o que sentia por ela.

A princesa, que já havia lido aquela mensagem na primeira vez em que o viu, se sentia profundamente embriagada por aquela essência imaculada e pura, que ela sabia que vinha do coração. Um coração que, além do mais, ela intuía ser justo e repleto de *maat*, a verdade das verdades.

Por sua vez, Nubjesed passara por estágios diferentes. No primeiro dia em que viu Nefermaat, teve uma sensação indefinível que foi mais além da impressão agradável que o jovem lhe causou. Era uma estranha espécie de magnetismo, difícil de explicar, que seu amigo expandia ao seu redor, misturada com aromas enigmáticos, produtos de sua candura natural, sua timidez e seus profundos conhecimentos. Desde o primeiro dia, a princesa soube que aquele homem pouco tinha a ver com os aristocratas que ela conhecia. Nele havia uma quietude reservada e uma prestância que parecia ser impregnada da história milenar de seu povo, que a dominava. Ao ver Nefermaat, ninguém poderia negar que ele era um genuíno representante da essência mais rançosa do país de Kemet. Aromas há tempos esquecidos e que, no entanto, ele parecia ter. Foi por tudo isso que a princesa sentiu o seu interesse por ele crescer. Os encontros, ainda que breves, bastaram para que ela sentisse a chama da esperança arder em seu coração. Uma chama que, na realidade, já havia sido aprisionada durante sua infância e que parecia ter passado todos aqueles anos adormecida.

Ele, que um dia fora seu noivo, lá na longínqua infância, havia se tornado um sonho que abria as portas de seus desejos mais íntimos. Ela tinha o pressentimento de que, naquela noite, essas portas poderiam ser definitivamente abertas e que, por trás de seu batente, a sóbria figura de um sacerdote *ueb* estaria lhe esperando. Mais adiante, aguardava um caminho que parecia incerto nas sombras de um destino que não temia.

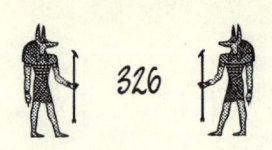

Suspirou profundamente enquanto deixava a escova de cabelo sobre a mesa. Pouco lhe preocupavam os caminhos que Renenutet tivesse designado para ela, desde que fossem percorridos junto da pessoa amada. Naquela noite, Nubjesed só pensava em se encontrar com Nefermaat, o médico que parecia um príncipe.

Os *gargaveros*, crótalos e tambores preenchiam o estrelado céu de Tebas com notas e compassos. Era uma noite de festa, e as estrelas, lá de cima, pareciam dispostas a unirem-se a ela, com seus infinitos fulgores como cânticos e seu brilho celestial como um cortejo privilegiado para tanta alegria.

Paneb, o filho do primeiro profeta de Montu, se despedia da vida de solteiro, pois em breve se casaria com Naret, uma bela moça pura e virginal e que fazia parte da família dos Bakenjons. Tornar-se parente de tal linhagem era o sonho de qualquer funcionário que se prezasse. Por isso, Turo, o pai do noivo afortunado, decidira gastar rios de ouro e dar uma festa em sua residência, que esperava que fosse memorável. Nem é preciso dizer que, para a tal festa, fora convidada toda a casa sacerdotal do nomo tebano, assim como sua alta sociedade. O lugar escolhido para uma celebração tão luxuosa não poderia ser mais apropriado, pois a vila onde Turo morava era realmente espetacular. Ela ficava na margem ocidental do Nilo, no bairro residencial de *Heft-hir-nebes*, onde os aristocratas viviam havia centenas de anos. O nome que aquele distrito recebera era muito apropriado, visto que *Heft-hir-nebes* significa "de frente para o seu senhor", uma referência ao deus Amon, cujo templo de Karnak se encontrava justo em frente, do outro lado do rio.

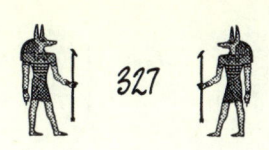

Como era natural, Paneb também convidara seus amigos para uma celebração tão comentada, pois era uma boa ocasião para cumprimentá-los e também para reencontrar os velhos companheiros.

Quando Nefermaat chegou à residência do amigo, ficou surpreso pela magnificência da celebração. A entrada da vila estava repleta de liteiras e de condutores suados que perambulavam sob a luz das tochas, esforçando-se para levar os palanquins o mais próximo possível do acesso principal, enquanto seus senhores desciam deles com um ar digno e se dirigiam ao interior da casa, distribuindo sorrisos e saudações entre seus conhecidos. Lá dentro, a abundância de público era incomum. Nefermaat não se lembrava de ter visto tanta gente em uma festa particular em sua vida. Os jardins enormes estavam repletos de convidados que conversavam, animados, acolhidos pelos ritmos que os músicos imprimiam sem esmorecer. Sons que pareciam chegar das profundezas do continente, lá do sul, e que estavam tão na moda.

Escribas, altos funcionários da administração, membros de destaque na nobreza local e o clero mais ilustre se encontravam reunidos naquela noite, na companhia de suas esposas, na casa do nobre Turo, que estava eufórico diante do futuro que seu querido filho teria pela frente. Paneb misturaria o próprio sangue com o dos Bakenjons, algo que nem em seus melhores sonhos ele poderia imaginar.

Seus filhos e netos herdariam as influências que o clero de Montu e o de Amon proporcionariam a eles. Em suma, um poder considerável, que bem merecia uma celebração como aquela.

Para Nefermaat, aquela gente toda era estranha. Inspetores, altos funcionários e primeiros profetas se cumprimentavam com a familiaridade típica adquirida com os anos de relações enquanto suas esposas se juntavam para comparar os vestidos e comentar os últimos mexericos que circulavam pela cidade. Era, decerto, uma sociedade bastante fechada a que se reunia ali naquela noite, muito resistente a se abrir para quem não pertencesse a ela e estranhamente alheia a tudo que provinha do longínquo norte. Ele nascera naquela terra e, no entanto, nada do que o rodeava o fazia se sentir como se estivesse em casa. E ao observar os convidados, logo chegou à conclusão de que o estranho era ele.

Aquilo, porém, não o impedia de aproveitar uma festa tão esplêndida, na qual os melhores vinhos e os manjares mais saborosos eram oferecidos com generosidade, como se fosse a cheia do Nilo, transbordando com abundância até satisfazer por completo a todos que se encontravam ali. Também nesse aspecto o jovem não se sentiu especialmente animado, pois, moderado que era, comeu pouco, ainda que celebrasse a alegria que o cercava, desfrutando do entusiasmo e dos risos alheios.

Paneb se alegrou muito ao ver Nefermaat, assegurando-lhe de que aquela era a noite mais feliz de sua vida:

— Para mim, existe o antes e o depois desta noite — afirmou ele, pondo as mãos sobre os ombros do amigo. — Os deuses me empurram em direção a caminhos inesperados.

O jovem médico o felicitou por seu futuro próximo com vivacidade, embora logo tenha se dado conta de que, nele, sua esposa angelical parecia ter pouca importância.

No entanto, para Nefermaat, aquela foi a noite dos encontros. Ele se emocionou nitidamente ao rever os antigos colegas da *kap*, com os quais se lembrou das travessuras que fizeram ali e das humilhações cruéis a que submeteram o pobre Hesy, seu velho mestre. Juntos, todos relembraram gracejos antigos e também as varadas, muitas vezes merecidas, que tiveram que suportar.

Seus velhos amigos, já homens, ocupavam cargos importantes, para os quais haviam sido preparados desde a infância e que suas poderosas famílias haviam se encarregado de lhes proporcionar. Não era de estranhar, por outro lado, já que vinha sendo assim havia centenas de anos. Por sua vez, eles o felicitaram por sua nomeação, garantindo que haviam escutado maravilhas sobre seus poderes de cura.

Depois que acabaram as habituais adulações e gentilezas, Nefermaat perguntou pelos que faltavam ali. Segundo o que lhe disseram, alguns haviam empreendido a viagem ao tribunal de Osíris antes da hora, e outros simplesmente não iriam à festa. Esse era o caso do príncipe Amonhirkopshep, que costumava abster-se de comparecer a tais eventos, já que sua natureza divina assim o ditava. O príncipe se sentia um faraó, embora ainda não o fosse.

No entanto, garantiram a ele que Nubjesed, sim, iria à festa, o que fez seu coração disparar na mesma hora e, de quebra, originou algum gracejo, no qual veio à tona o seu noivado com a princesa na infância. O comentário provocou algumas gargalhadas, mas, em seguida, alguém pediu silêncio, e todos se calaram.

— Vede, ali vem ela, é Neferure! — exclamou um dos amigos.

Todos olharam naquela direção, mal contendo a respiração.

— Bendita Hathor, protegei-me! — disse uma voz a que, em seguida, se uniram alguns risinhos.

Nefermaat observou enquanto uma jovem abria caminho entre os convidados, dirigindo-se justamente a eles. Ao vê-la se aproximar, ele emudeceu.

— Por fim, Sekhmet teve por bem nos devolver seu filho predileto. Já não te lembras de mim? Sou Neferure — exclamou ela enquanto estendia ambas as mãos em direção ao jovem médico.

Ele pegou nas mãos dela com hesitação, enquanto pestanejava, um tanto atordoado.

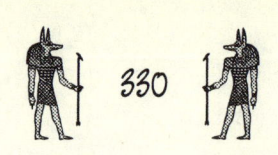

— Neferure. — Foi o que ele conseguiu balbuciar, ao mesmo tempo que voltaram a dar risinhos.

A jovem fez um gesto de reprovação, olhando com altivez para o grupo de amigos.

— Sois insuportáveis — declarou ela enquanto esparramava seu olhar de desdém.

Para Nefermaat, aquela voz pareceu singular e melodiosa. Um efeito que certamente se via incrementado devido ao forte sotaque do sul que a jovem possuía. O resultado, porém, era agradável e soava extremamente sugestivo, ainda que não se pudesse compará-lo a todo o resto.

Era possível assegurar que a jovem que oferecia suas mãos a Nefermaat era uma mulher de grande importância. Ao contrário do habitual padrão de beleza da mulher egípcia, Neferure era uma jovem alta e de formas impressionantes, que pouco ou nada tinham a ver com as delicadas silhuetas que suas compatriotas exibiam. Seu corpo, ainda que proporcional, parecia ter sido esculpido com a finalidade única de despertar as paixões mais inconfessáveis. Algo que, sem sombra de dúvida, ela conseguia e a que estava muito acostumada. Havia até mesmo quem dissesse que aquela figura tivesse sido cinzelada pelo grotesco deus Bés, barbudo e anão, depois de uma noite de embriaguez, para assim incitar permanentemente a libertinagem. Algo exagerado, embora no fundo não fosse descabido, posto que Neferure despertava o desejo por onde passasse.

Nefermaat tentava se recuperar da primeira impressão que a jovem lhe causara enquanto tocava suas mãos. O tato suave e cálido delas era o arremate da poderosa sensualidade que aquele corpo exalava de cada um de seus poros. O jovem médico fazia bravos esforços para não desviar o olhar em direção aos seios exuberantes da moça, que subiam e baixavam no ritmo da respiração cadenciada e que mal se encontravam cobertos pelo vestido de tecido fino que ela usava. Tal vestido se aderia cuidadosamente a suas curvas, revelando as formas de seus quadris generosos e glúteos aos quais não havia homem em Tebas capaz de resistir.

Contudo, Nefermaat superou a tentação e acabou adotando seu habitual semblante impenetrável, aquele que lhe dava resultados tão bons nas situações comprometedoras. Para o jovem, o corpo sedutor que a moça exibia não passava de um risco, que sob circunstância alguma ele deveria correr, conhecedor que era da fragilidade da própria natureza.

Por fim, alheio ao poder provocador de Neferure, Nefermaat olhou para ela com o ar enigmático que tantas vezes o caracterizava. Assim, ele pôde se deter, sem paixão, aos traços do rosto da jovem que, a apenas dois palmos de distância, o examinava sem dissimular.

Para Nefermaat, aquele rosto pouco ou nada tinha em comum com o resto do corpo da moça, pois, em linhas gerais, era pouco agraciado e até poderia se dizer que era feio. Neferure não era bonita, ainda que isso também não o surpreendesse, já que se lembrava dela como uma menina muito feinha. No entanto, os traços pouco agraciados de seu rosto não eram empecilho para que o conjunto parecesse interessante. Talvez fosse o nariz, que era um pouco grande, o que lhe dava certa personalidade, ou seus olhos, que pareciam capazes de transmitir toda a sensualidade que Neferure tinha, ou até mesmo sua boca generosa de lábios carnudos, que sempre brilhavam vermelhos como romãs maduras, ou quem sabe um conjunto de tudo isso, que tornava Neferure uma das mulheres mais desejadas de Tebas.

— Buscas lembranças minhas em teu coração? Ou por acaso já as perdeste? — Ouviu Nefermaat.

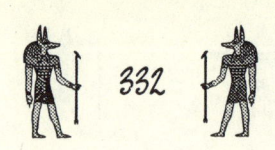

— O meu coração se lembra perfeitamente de ti — disse o jovem, regressando de seus pensamentos. — Mas não assim.

O grupo de amigos voltou a dar uma gargalhada, o que, de novo, desagradou Neferure.

— Eles, sim, parecem os mesmos — disse ela com desprezo enquanto apontava para os amigos. — São exatamente iguais aos da época de escola.

Mais uma vez, vieram os risos e até um assobio.

— Eu não disse? Enfim... — suspirou ela, aproximando-se para pegar no braço dele. — Só poderei me inteirar do que foi feito de ti se dermos um pequeno passeio.

Nefermaat se viu suavemente empurrado em direção a uma das inúmeras passagens do jardim, enquanto ouvia risos e aplausos. Ele, surpreso pela atitude repentina da jovem, se sentiu um tanto incomodado, mas acabou não dando uma grande importância àquilo. Então, os dois passearam por entre os grupos numerosos de convidados alegres, falando do passado e de algumas banalidades. Ela pareceu muito interessada em saber de determinados pormenores de sua vida dentro do templo, insistindo na fascinante capacidade que os sacerdotes pareciam ter para manter a temperança.

— O meu avô disse que os homens educados dentro dos templos não são como os outros e que o *maat* os acompanha pela vida inteira.

Nefermaat olhou para a jovem se lembrando de que o avô dela era o Primeiro Profeta de Amon, o homem mais poderoso dentro do clero do Egito.

— O teu avô, o nobilíssimo Usimarenajt, é um homem muito sábio. Ele serve os deuses em seus templos. Eu não — respondeu Nefermaat, sentindo-se repentinamente incomodado.

— Ele é um homem santo e muito rigoroso. Para ele, não posso perguntar nada que tenha a ver com os templos, sabias? Tantos homens juntos... — observou ela com um certo tom malicioso enquanto apertava mais do que o normal o braço que a conduzia.

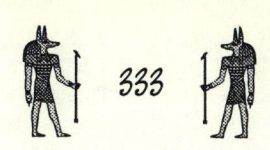

Ele olhou para ela, mas não disse nada, e ambos continuaram com o passeio. Então, Nefermaat tornou a se sentir estranho. A mesma sensação desagradável, que tantas vezes experimentara quando queria escapar de algum lugar, voltava a visitá-lo com sua marca característica. Caminhar junto de Neferure o incomodava mais a cada passo que dava. Percebia algo nela difícil de definir, e que, irremediavelmente, lhe provocava desgosto. Enquanto ela falava de sua tediosa vida na cidade, ele captava todo o seu interior e reparava em como a jovem dava voltas e mais voltas sobre determinados assuntos, até obter a resposta que procurava.

Para Nefermaat, foi um alívio esbarrar com um grupo no qual se encontravam os irmãos da jovem, pois aproveitou a ocasião para se despedir, alegando que tinha um compromisso no outro extremo do jardim. Ela não gostou nada disso, embora tenha se limitado a fulminá-lo com o olhar, dando-lhe as costas em seguida. No fundo, estava furiosa, mas Nefermaat estava enganado se acreditava que iria se livrar dela com tanta facilidade. Ainda criança, chegara a ter fixação por aquele homem, e agora que ele havia voltado, ela tinha seus planos.

Nefermaat ainda pensava no efeito desagradável que o *ka* de Neferure havia lhe causado quando teve o terceiro encontro. Um encontro que, estranhamente, fora adiado desde o dia de seu regresso a Tebas e que ele sabia que, cedo ou tarde, aconteceria. Bem em seu caminho, e com as mãos para trás, estava Kenamun.

Nefermaat não reconheceu o irmão quando o viu. Sua túnica de um branco imaculado e sua peruca de cabelo natural mal o diferenciavam do resto dos escribas que compareciam à festa. Dez anos de ausência eram demais para se lembrar do rosto de quem, na época, era um menino e, no entanto, Kenamun fora capaz de fazê-lo. Ele sabia que quem se aproximava por aquele caminho era seu meio-irmão, pois não era à toa que andara seguindo-o.

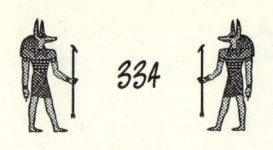

Kenamun representava o funcionário perfeito. Ingressara na Casa da Vida, onde durante muitos anos fora instruído na sagrada arte da escritura, até se tornar um escriba. A minuciosidade e o perfeccionismo fizeram com que ele concluísse os estudos com grande aproveitamento, tendo sido parabenizado por isso. Tal fato e as influências de seu pai haviam conseguido que o clero de Amon o nomeasse "Escriba de seus Domínios", um cargo de grande importância com o qual um jovem tão esperto como ele poderia tentar conseguir cotas mais altas. Logo seria nomeado supervisor de escribas, *sehedy sesh*, e não demoraria muito para que comandasse todos os escribas do templo de Amon. Seria *imira sesh*, um posto de grande influência. Contudo, suas ambições eram maiores. O Egito se encontrava em um processo de transformação irrefreável, no qual se vislumbravam caminhos inesperados para o clero tebano. Caminhos que sua ambição decidira percorrer e para tal deveria se posicionar da maneira que lhe conviesse. Isso, obviamente, requeria tempo, paciência e uma dose considerável de astúcia. Algo do que, em todo caso, era dotado de sobra. No entanto, Kenamun tinha consciência da dificuldade entranhada em seus propósitos. Era por isso que pensara na necessidade de que os herméticos círculos de poder tebanos condescendessem em lhe acolher em seu seio, pois, desse modo, seria possível alcançar suas metas elevadas. Para tal fim, concebera um plano que facilitaria suas pretensões e ao mesmo tempo o ajudaria, no futuro, a fortalecer sua posição dentro da piramidal estrutura hierárquica do clero de Amon. O plano era simples e tão antigo quanto o próprio homem. Ele precisava se casar.

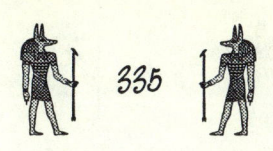

Nada como o matrimônio para passar a fazer parte de clãs tão antigos. Era a via mais rápida e segura para consegui-lo, e, além do mais, isso lhe possibilitaria desenvolver suas estratégias adequadamente no futuro.

Decidido, como estava, a dar aquele passo, faltava apenas encontrar a mulher adequada para fazê-lo, embora isso não fosse um problema, já que Kenamun a conhecia desde criança. A escolhida reunia, de sobra, as qualidades que ele andava procurando, pois pertencia a uma família ilustre que controlara os domínios de Amon durante os últimos cem anos e que, atualmente, governava o templo de Karnak. Tal jovem era membro da linhagem dos Bakenjons e se chamava Neferure.

Entretanto, o fato de ela pertencer a uma família tão importante como aquela não era a única razão para que Kenamun se decidisse pela jovem. Havia outra coisa, muito mais profunda, que o impulsionava a seguir por aquele caminho e que, nos últimos tempos, o atormentava. Algo irracional, capaz de fazer com que seu coração deixasse de discernir e que se agarrava a ele com suas mãos invisíveis, afligindo-o sem misericórdia: o desejo. Kenamun sentia tamanho desejo por Neferure que, em certas ocasiões, se via irremediavelmente consumido por ele, como se fosse tomado por chamas. A princípio, tentara controlá-lo, mas logo se deu conta de que a própria natureza não era a mais apropriada para isso e acabou se habituando a conviver com ele. No entanto, o desejo não conhece a piedade e costuma ser fonte de tortura que compromete a própria razão. Isso foi o que acabou acontecendo com Kenamun e, então, Neferure passou a ser uma obsessão.

Durante um tempo, o jovem tentou cortejá-la, mas logo Neferure o fez ver a pouca simpatia que sentia por ele, chegando até mesmo a zombar de suas pretensões em público. Isso fez com que Kenamun desejasse obter seus favores com ainda mais veemência, o que o levou a travar uma verdadeira perseguição à moça. Então, ela pôde ler o coração de seu pretendente e ficou horrorizada diante da visão que ele a ofereceu. Aquele homem não só queria possuí-la. Ele desejava devorar sua alma e transportá-la para um submundo de caminhos tortuosos onde permaneceria presa a seus mais obscuros instintos. A jovem, que tinha um gênio vivo, o freou em suas aspirações, convidando-o a visitar o Amenti com todos os seus demônios, mas ele se excitou ainda mais.

No entanto, Kenamun mudou de tática. Já que não podia chegar a ela diretamente, o faria por outros caminhos. Foi por isso que fomentou sua amizade com Amenemope, o Terceiro Profeta de Amon e um homem de grandes influências, que tinha uma viva simpatia pelo rapaz. O sacerdote soube valorizar as boas aptidões que o jovem possuía para desenvolver seu trabalho e as possibilidades de futuro que havia nele. Nunca se sabia, mas era possível que, chegado o momento, ele seria útil até mesmo para realizar algum designo do Oculto.

Então, Amenemope manteve o jovem sob sua proteção e decidiu ajudá-lo com a discrição típica de seu cargo. Em Karnak, tudo tinha sua hora, e cada passo devia ser dado com o maior cuidado. Ainda que ele fosse casado com um familiar próximo a Neferure, não convinha precipitar-se, mas sim atar todos os cabos antes de cobrar a peça. No Egito, as classes dirigentes pactuavam suas uniões matrimoniais havia milênios e não existia razão para que aquela fosse uma exceção, de modo que ele apadrinharia o rapaz com gosto.

Kenamun se empenhou ainda mais, se é que era possível, em suas tarefas diárias, sabendo dos olhos que se fixavam nele e, com muita astúcia, fortaleceu os laços com o Terceiro Profeta, mostrando-se diante dele como assim o desejava. Amenemope era a chave de todo aquele assunto, e ele se aproveitaria disso.

Contudo, o problema da paixão contida continuou a castigá-lo. Os caminhos obscuros, que Neferure percebera com tanta clareza, eram o lugar favorito de Kenamun para se distrair. Sua natureza o fizera escravo de seus sentidos, e o rapaz se entregava a eles sempre que podia. Por esse motivo, era assíduo das Casas da Cerveja, onde procurava satisfazer seus desejos e era conhecido de sobra por seu gosto por determinadas práticas. Em Coptos, era tido como pessoa importante, pois era cliente habitual do Refúgio de Astarte, talvez o lugar mais famoso de todo o Egito. Lá, Kenamun tentou encontrar tudo aquilo que Neferure negava a ele e, para isso, procurou a companhia de jovens que se parecessem com ela. Sua obsessão chegou a ser tamanha que ele encomendou ao dono do estabelecimento mulheres com características semelhantes às de sua amada, custassem o que custassem. Uma vez com elas, costumava entregar-se sem medida à realização de suas fantasias sórdidas até se sentir exausto. Em seguida, quando voltava para casa, um atroz sentimento de frustração se apoderava dele, fazendo-o se sentir invadido pela ira. Neferure chegara a se transformar em uma necessidade, e ele não pouparia esforços para satisfazê-la. Cedo ou tarde, ela lhe pertenceria.

Naquela noite, quando Kenamun chegou à residência de Paneb, ficou procurando Neferure entre os convidados. Era um ato inconsciente que parecia fazer parte de seu comportamento e que ele não se preocupava em dissimular. Perambulou pelo esplêndido jardim, de lá para cá, cumprimentando colegas e conhecidos com um sorriso forçado e os sentidos sempre alertas, a fim de encontrar a jovem que o atormentava. Foi então que localizou seus antigos companheiros de colégio, que, vociferando e agitados, alvoroçavam com os habituais gracejos que ele tanto detestava. Os anos passando junto deles na *kap* do palácio de Pi-Ramsés pesavam em sua memória como o granito vermelho de

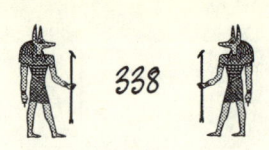

Assuã. Recordações infaustas de uma época que ele odiava e que procurava não lembrar.

    Vê-los ali, juntos, de novo, só fez reafirmar seu aborrecimento de sempre e o convencimento de seu irremediável desprezo. No entanto, Kenamun reparou em algo que lhe chamou a atenção. Havia alguém naquele grupo que ele não conhecia, cujo ar lhe parecia inquietante e familiar. Aproximou-se com cuidado para não ser visto e, de trás de uma pequena moita de arbustos, observou com dissimulação. Não precisou de muito tempo para descobrir a identidade daquele homem e, ao fazê-lo, os sentimentos mais obscuros se apresentaram diante dele de repente, galopando no lombo de corcéis frenéticos que o impregnaram de rancor e ressentimento. Seu meio-irmão voltara e, com ele, os velhos fantasmas de um passado que ele pensou estar enterrado e que, no entanto, pareciam rondá-lo de novo, mais ameaçadores do que nunca.

    Kenamun mal teve tempo de pensar em tais questões, pois naquele momento Neferure apareceu de repente, chamando toda a atenção para si. Ao vê-la, ele acreditou por um instante que sua vontade própria o abandonaria e que seus pés percorreriam inconscientes o curto espaço que os separava para que ele acabasse caindo rendido diante dela, como o mais humilde dos servos. Para ele, aquela mulher representava a própria tentação e, de imediato, se viu devorando com os olhos cada curva de um corpo que parecia capaz de levá-lo à perdição. Notou como seu estômago se contraía, invadido pela angústia, e como suas mãos suadas tratavam de aliviar a pressão insuportável que o *kilt* exercia sobre sua masculinidade, afrouxando-o um pouco. Gemeu, incomodado, consciente de que Neferure havia se tornado uma droga que, curiosamente, ele ainda não tinha provado. Foi então que viu como a jovem procurava agradar a seu meio-irmão e quando os dois resolveram dar um passeio juntos, de braços dados, pelo jardim exuberante. Aquilo desencadeou emoções tempestuosas em seu íntimo, que passaram rapidamente por seu coração, sem compaixão nem medida. Havia algo nelas que parecia novo para Kenamun, incendiando-o como se fosse o próprio Set dominado por sua cólera.

Seu meio-irmão se afastava junto de sua deusa, altivo e irreverente, enquanto ela olhava para Nefermaat como nunca olhara para ele. Um gesto inesperado para Kenamun, que fez aflorar de imediato em seu íntimo os ciúmes mais terríveis. A nova possibilidade de que aquela mulher se entregasse a Nefermaat passou por seu pensamento como o mais devastador dos incêndios, causando-lhe uma dor insuportável. Era impossível. Aquele deserdado não tinha direito algum de regressar para ficar com seu maior desejo. Todos os seus planos dependiam daquela mulher, e Kenamun não permitiria que seu meio-irmão a tomasse dele.

Decidiu, então, seguir o casal com cuidado, sem perder um detalhe sequer de seus semblantes e gestos. Durante o passeio, experimentou de novo a desagradável sensação provocada pelos ciúmes cada vez que Neferure olhava para seu irmão. Houve instantes que chegaram a se tornar insuportáveis para Kenamun, como quando ela acariciou com certa efusão o braço de seu acompanhante, durante os quais ele precisou se esforçar para reprimir sua ira. Todavia, de repente, inexplicavelmente tudo acabou, pois o casal se aproximou de um grupo onde se encontravam os irmãos de Neferure e ali os dois se despediram. Para Kenamun, aquilo foi, sem dúvida, um alívio, ainda que se abstivesse de se aproximar de sua amada para cumprimentá-la. Não era o momento propício, e ele sabia disso. No entanto, decidiu que o era para se encontrar com seu meio-irmão, de modo que deu uma pequena volta até interceptá-lo, bem em um dos muitos cruzamentos de passagens que o jardim possuía. Plantado ali, observou Nefermaat se aproximar e como ele ficou confuso ao não reconhecê-lo.

— O tempo faz com que esqueçamos com facilidade, meu irmão. Por acaso não te lembras de mim?

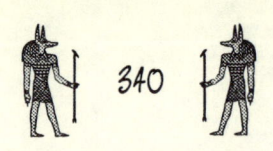

— Kenamun! — exclamou Nefermaat, surpreso. — És tu mesmo?

Kenamun fez um gesto inconfundível com os braços enquanto assentia com a cabeça.

— Imploro o teu perdão, meu irmão — desculpou-se Nefermaat, estendendo as mãos para cumprimentá-lo —, mas hás de reconhecer que me ausentei por anos demais. Ainda éramos meninos na última vez que nos vimos, e agora...

— Homens com grandes responsabilidades, não é? — interveio Kenamun bruscamente, mantendo os braços relaxados.

Nefermaat ignorou tal atitude e olhou fixamente para o meio-irmão. Aquele era um encontro inevitável que, talvez, tivesse sido adiado por tempo demais, sem outra razão que o desapego. Ele sentia pouco ou nenhum carinho por Kenamun, cuja figura estava sempre presente nas lembranças obscuras de sua infância desafortunada. No entanto, ao vê-lo de novo naquela noite, experimentou uma felicidade sincera.

— Thot te bendisse com sua sabedoria, e me alegro por isso — disse Nefermaat, sorrindo.

— Isso mesmo. Os "domínios de Amon" me acolheram e me concederam a graça de ser seu escriba. Como vês, sou um leal servidor de seu templo.

— Meu coração se encheu de júbilo quando soube da notícia. Acredita em mim. Desejo-te uma carreira frutífera a serviço do Oculto.

Kenamun o observou por alguns instantes com seu habitual olhar calculista. Ele também havia adiado aquele encontro com o irmão, ainda que por motivos diferentes dos dele. Era o ressentimento e não o desapego o que ocupava suas lembranças. Ao ouvir as palavras de Nefermaat, relembrou suas antigas fobias. Sempre lhe aborrecera o tom pausado e a prudência nas palavras do irmão, pelos quais ele costumava receber tantos elogios. Em seu íntimo, Nefermaat lhe parecia um hipócrita que mascarava o fingimento com uma falsa humildade insuportável. As frases que lhe dedicara ao lhe cumprimentar eram típicas dele e o mortificavam irremediavelmente.

Na verdade, sua mãe, a nobre Mutenuia, tinha razão. Ela conhecia Nefermaat desde menino e sempre preveniu o filho quanto à necessidade de se manter a salvo das dissimulações de seu meio-irmão. Kenamun soube por sua mãe que Nefermaat havia voltado, mas não sentira desejo algum de vê-lo. No entanto, seu regresso implicava potenciais perigos que não convinha perder de vista. Nefermaat voltara carregado de um misticismo estúpido e aquilo poderia representar uma séria ameaça para Kenamun.

Depois de regressar de seus pensamentos, Kenamun retorceu o rosto com trejeitos estranhos.

— Tuas palavras continuam sendo gratas para quem quer ouvi-las — disse Kenamun com ironia. — Acredita. Teria sido melhor se tivesses ficado recluso no templo.

Nefermaat tornou a sentir o gosto amargo do passado, mas permaneceu impassível.

— Para quem teria sido melhor que eu continuasse em Mênfis? Para ti ou para o faraó? — perguntou Nefermaat com suavidade, enquanto olhava fixamente nos olhos do irmão.

— Não sou eu quem vai entrar nos assuntos do deus — respondeu Kenamun, desviando o olhar.

— Pois foi ele quem requereu minha presença aqui — continuou Nefermaat. — Achas que eu deveria ter me negado a vir?

Kenamun se mexeu, incomodado, enquanto virava inconscientemente a cabeça para um lado e para o outro.

— Não és bem-vindo em nossa casa — enfatizou, com os olhos fixos no caminho. — Não tens nada que fazer lá.

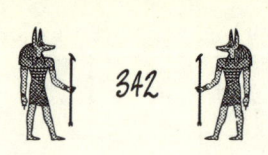

— Faz muitos anos que sei disso, embora nunca tenha suspeitado que tivesses tanta aversão a mim.

— Aversão? Não creio que essa seja a palavra exata. Essa fica para mim — observou Kenamun com frieza.

Nefermaat olhou por alguns instantes para seu meio-irmão e, então, suspirou.

— Lamento não poder ajudá-lo nisso, Kenamun — disse o jovem, em um gesto para se retirar.

— Antes que voltes a caminhar — disse Kenamun com a voz claramente alterada —, alerto para que te afastes de meus assuntos. Jamais te intrometas neles. Estás avisado.

Nefermaat se sentiu embargado por uma sensação indefinível, uma mistura de tristeza e impotência. Estava claro que as barreiras do passado que o separavam dos seus, assim como ele, haviam crescido durante todos aqueles anos. Ninguém nunca poderia superá-las, pois tinham se tornado gigantescas.

Quando Nefermaat deu os primeiros passos, virando as costas para o irmão, sentiu o gosto amargo da frustração. Não conseguia discernir se era sua incapacidade ou simplesmente os deuses jocosos que originavam um disparate como aquele. Ele, porém, não podia fazer nada. Foi então que seu irmão tornou a repetir as últimas palavras:

— Estás avisado!

Tais palavras soaram como ameaçadoras, devido, certamente, a temores ocultos que afligiam Kenamun e que Nefermaat desconhecia.

"Nada pior do que os medos calados para viver uma vida", pensou o jovem, reflexivo. Seu irmão estava repleto desses medos e seguia carregando-os desde menino. Suportar penas como aquelas se tornou o pior dos purgatórios. Por isso, Nefermaat voltou a se virar em direção a Kenamun, que, sem se mexer, o observava enquanto ele se distanciava.

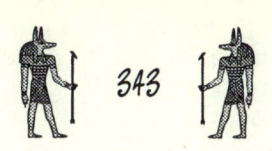

— Teus assuntos não me interessam, Kenamun — exclamou Nefermaat, elevando o tom de voz. — Tinhas razão no que disseste. É preferível recitar preces a Sekhmet do que estar entre vós.

Em seguida, Nefermaat lhe deu as costas definitivamente e, apertando o passo, desapareceu pelo caminho.

Quando Nubjesed chegou, fazia horas que a festa havia começado. Os manjares mais saborosos e os vinhos magníficos que eram servidos ali tinham acabado por diluir a inibição inicial dos convidados, deixando o ambiente relaxado, a ponto de fartar a atmosfera daquele jardim com o bálsamo da alegria. Homens e mulheres riam e conversavam, totalmente despreocupados com o que ditava a etiqueta, em um tom de voz que foi se elevando até se tornar uma espécie de coro, que ameaçava, inclusive, a própria música.

Nubjesed se encantava com aquelas festas. Em tais ocasiões, as pessoas acabavam se mostrando como eram, fazendo com que, em geral, essas festas fossem muito divertidas. Nada tinham a ver com as chatíssimas celebrações do palácio, nas quais o protocolo estrito era mantido até o fim, chegando a ser verdadeiramente tediosas até mesmo para uma alma tão festiva quanto a sua.

Felizmente, os aristocratas continuavam celebrando seus encontros de acordo com os costumes mais antigos, sem mais tino nem medida do que alguém impunha a si mesmo. Por isso, sempre que podia, Nubjesed procurava ir a essas festas.

Ao saber da presença da princesa, Paneb logo foi recebê-la. Embora fossem amigos desde a infância, ela o honrava com sua presença, pois a casa real era pouco propensa a frequentar celebrações como aquela. Nisso Nubjesed era uma exceção e, ao chegar, cumprimentou os anfitriões pelo futuro enlace, desejando a Paneb a maior das felicidades em seu novo caminho. Depois, como ela costumava fazer, tomou um banho de multidão, recebendo com prazer os elogios e as reverências de todos os convidados. Afinal, era um privilégio seu.

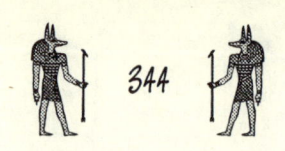

Nefermaat estava perdido nos pensamentos mais confusos quando se deu conta da chegada da princesa. O rebuliço que isso causou fez com que ele reparasse de novo no lugar onde ela estava e em tudo que acontecia. O jovem passara o dia todo pensando em Nubjesed, pois sabia que ela iria à festa. Aquilo lhe deixara em um estado de desassossego, contra o qual andava lutando com pouco êxito.

Fora dominado pela princesa no primeiro dia em que a viu e, desde então, sua luta para afastá-la de seus pensamentos não havia conseguido nada além de que seu coração sucumbisse de vez diante dela. A razão, que governava sua vida de forma tão ferrenha, tornava a fracassar estrondosamente, pela segunda vez, diante das emoções humanas. De novo, uma mulher o fazia ver que o raciocínio não passa de fumaça em meio à voragem de sentimentos, pois esses provêm da mesma essência do próprio ser. Lutar contra eles é perder uma batalha que, em seu caso, ele nunca poderia ganhar. Deitado na esteira sobre o chão duro, pensara nela durante noites inteiras, convencendo-se da impossibilidade de desejar o amor de Nubjesed. Ela tinha sangue real, e a união com alguém que não pertencesse à família poderia legitimar suas aspirações ao trono. No entanto, o peso contundente de tais argumentos desapareceria rapidamente enquanto o rosto da princesa aparecia em seus pensamentos, nítido e perene. Nefermaat não podia fazer nada, a não ser aceitar o fato e aprender a sofrer por ele.

Decerto, naquela noite, não foi o sofrimento o que afligiu seu coração, mas sim a visão da criatura mais bela que poderia imaginar. Os Campos de Ialu haviam aberto suas portas etéreas para permitir que a perfeição em sua forma mais pura entrasse no mundo dos homens. Ou por acaso seria Hathor, que por algum sortilégio estranho decidira vir visitá-los? Impossível saber, mas, em todo caso, era preciso reverenciar uma aparição tão esplêndida, como se fosse um presente enviado pelos deuses estelares.

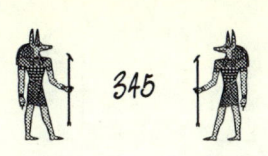

Nefermaat não encontrou uma maneira melhor para definir Nubjesed. Sob o céu estrelado e escuro, a princesa parecia mais uma estrela. Talvez uma mão invisível tivesse se desprendido da abóbada celeste para, então, depositá-la com carinho naquele jardim de sonhos. O jovem ficou deslumbrado com a luz que aquele corpo irradiava, cujo fulgor atravessava seu vestido de finíssimo linho, fazendo-o parecer quase translúcido. Sem misericórdia, a beleza de Nubjesed o aprisionara para sempre.

Quando a princesa abriu caminho por entre a comitiva de aduladores, o sonho ganhou vida. Recostado em um sicômoro, Nefermaat viu a jovem deusa se aproximar dele, presenteando-o com seu sorriso luminoso. Um presente digno da Ogdoada Heliopolitana, do qual ele não se sentia merecedor. Já perto, ela ergueu ligeiramente os braços, oferecendo-lhe suas mãos — mãos que só no momento em que ele as tomou entre as suas deixaram de parecer irreais. Foi então que Nefermaat teve plena consciência de que uma deusa havia se reencarnado na princesa.

— Enfim, o favorito de Sekhmet vem me receber.

Aquela voz suave e agradável soou para o jovem melodiosa como a música tocada pelo próprio Ihy.* Fazia parte do feitiço que parecia ter se apoderado de sua pessoa e contra o qual ele insistia em lutar.

Concentrado, se aproximou da princesa, engastado em suas mãos, sem poder articular palavra alguma.

— Sou eu, Nefermaat! — exclamou a jovem, engraçada, ao perceber o quanto o amigo estava atordoado.

---

* Lembre-se de que era o deus da música.

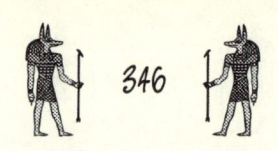

Ele pareceu considerar aquelas palavras, mas conseguiu apenas balbuciar algo. A proximidade de Nubjesed lhe trouxe a suave fragrância que seu corpo exalava — rajadas do perfume mais delicioso, que voltaram a embriagá-lo sem perdão. Aspirar aquele aroma representava todo um gozo para os sentidos — inclusive para alguém como ele — que o convidava a se entregar por completo. Ela exalava essência de lilás na medida certa.

— Foram necessárias mais de mil pétalas para fazer esse perfume — disse a princesa, engraçada, ao ver como o jovem inalava o ar com os olhos entrefechados.

— Também sinto a fragrância de mirra e... Quem sabe de canela? — arriscou-se Nefermaat, tornando a abrir os olhos.

— Eu já tinha me esquecido de que as plantas de nossa terra não têm segredos para ti — disse a jovem —, embora as proporções que tornaram o perfume possível, sim. Essas nem mesmo eu sei.

— Deixemos então que os artífices de tais elixires continuem a nos surpreender.

— Eu não sabia que eras tão sensível a eles.

Nefermaat saiu de seu estado de admiração para considerar aquelas palavras. Como ocorrera em tantas outras ocasiões, ele deixou de lado a beleza de Nubjesed, de repente, para se jogar de novo nos braços da razão, por trás de cujos muros ele se sentia tão protegido. Não gostava nada do rumo que a conversa havia tomado e, por isso, ainda voltado para si, foi capaz de regressar à sua reserva habitual, mudando totalmente o semblante.

Tudo isso fascinava Nubjesed. Ela sabia perfeitamente do efeito que causava no jovem amigo, assim como da luta que ele sustentava para manter o autocontrole. Em alguma ocasião, ela chegara a pensar que talvez fosse uma forma de esconder certa insegurança até que, por fim, concluiu que Nefermaat simplesmente tentava se proteger de algo que o dominava, e isso acelerava a pulsação da princesa. Qualquer homem no Egito cairia rendido a seus pés se ela se propusesse a isso. No entanto, Nefermaat resistia, envolvido em considerações que guardava para si e que ela imaginava.

Sob o sicômoro, Nubjesed olhou por um instante nos olhos dele. Mais uma vez, eles pareciam envolvidos na natural aura de mistério que tanto a atraía. Todavia, o olhar de Nefermaat, ainda que enigmático, transmitia uma luz que parecia vir de sua essência mais profunda e, portanto, impossível de esconder de todos que estivessem dispostos a enxergá-la.

— Vamos dar um passeio — disse a princesa com sua voz mais suave, pegando no braço do jovem médico. — A noite nos convida a aproveitá-la.

Nefermaat se deixou levar sem qualquer oposição, ainda envolvido pelo arrebatamento. Como Nubjesed bem havia dito, naquela noite a temperatura estava deliciosa, algo incomum para a época do ano na qual se encontravam, já que, no inverno tebano, as noites costumam ser frias. No entanto, o mês de Parmhotep (janeiro-fevereiro), o terceiro da estação da semeadura, havia se mostrado estranhamente cálido, como se fosse um arauto que anunciava a chegada antecipada da primavera, em cujos eflúvios a noite parecia flutuar.

Ambos os jovens percorreram os caminhos, deixando-se levar por sensações tão sutis. A noite os presenteava com seu misterioso feitiço, repleto da fascinação única que aquele jardim oferecia. Escovinhas, malvas-rosa, narcisos, alelis e adelfillas reverenciavam o casal, presenteando-o com suas essências mais profundas enquanto o acompanhavam, incansáveis, pelas idílicas veredas. Subordinados a uma escolta tão maravilhosa, os dois amigos se entregaram à própria sorte, permitindo que seus corações se expressassem sem rodeios. Era tanto o que tinham para contar um ao outro que saciaram por completo tal desejo, descomedindo-se até ver satisfeita sua necessidade. Assim, alheios a tudo que os cercava, seguiram caminhando com as mãos entrelaçadas sem ter consciência nem mesmo da terra em que pisavam.

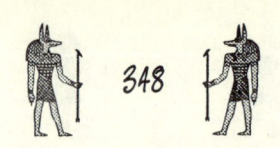

O som da música e as vozes distantes foram diminuindo e deram lugar ao barulho característico da água corrente. Sem querer, o casal chegara à margem de um dos canais que, lá do rio, surgiam caprichosos e corriam paralelos a ele até se unirem de novo, vários quilômetros depois.

De repente, o caminho dera lugar a uma pequena esplanada junto da qual a água corria lentamente em meio a murmúrios apagados. Ambos os jovens se sentaram, quietos, para escutar aqueles sussurros e logo ficaram extasiados diante de uma conversa tão enigmática. Então, olharam, fascinados, para os palmeirais frondosos erguidos de um lado e de outro da praça e que, depois, acabavam se perdendo entre as sombras insondáveis.

— Nunca imaginei que existisse um lugar assim — murmurou Nubjesed, enquanto voltava os olhos em direção ao rio para observar como as luzes tênues de Karnak tilintavam da outra margem.

Nefermaat assentiu em silêncio enquanto escrutava o céu. Aos poucos, a lua se elevou lentamente por cima das árvores, propagando sua luz prateada por todo o vale. A esplanada ficou iluminada pelo manto reluzente que Ísis parecia estender com as próprias mãos. Então, ambos os jovens se olharam.

Sem dizer uma palavra, uniram suas mãos enquanto a lua os iluminava. Logo, seus olhos expressaram tudo que sentiam, sem que os lábios precisassem se mexer. Ela captou de imediato a ansiedade no coração daquele homem, assim como a sórdida batalha que ele mantinha diante do temor de um vazio insondável. Ele percebeu como Nubjesed o desafiava com o olhar, incitando-o a lutar contra a própria incerteza. Havia uma verdadeira magia naqueles instantes, pois a Mãe Ísis parecia ter concebido o maior dos conjuros em torno dos dois.

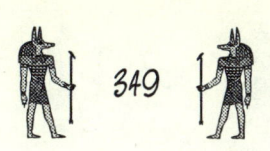

Uma nova rajada do perfume delicado chegou até Nefermaat. Como que impelido pelo sopro misterioso da deusa, a fragrância dos liláses o impregnou por completo. Sua vontade se dissipava — fugia apavorada diante do passo que ele estava a ponto de dar.

Nubjesed se deu conta pouco antes de acontecer. Aquele homem não só lhe oferecia seu coração, como também seu *ba*, a alma imortal. Aquilo provocou na jovem um estado de excitação impossível de controlar. Ela passara a vida inteira esperando por esse momento e no mesmo instante percebeu que desejava aquele homem desde criança e que Renenutet, a deusa do destino, a empurrava inevitavelmente em direção a ele. Ela estava preparada.

Nefermaat olhou para Nubjesed mais uma vez e se deu conta apenas de que já não estava mais consciente de seus atos. Tentou dizer algo, mas foi inútil. Ela pôs um dos dedos sobre os lábios dele, fazendo-o compreender que não era preciso dizer coisa alguma. De novo, se sentiu embriagado, ao mesmo tempo que uma força desconhecida o impulsionava, definitivamente, sem remissão. Em seguida, sua boca se encontrava perto da dela, sendo as duas bocas separadas apenas pelo simples hálito. Olhou para ela mais uma vez e logo percorreu a distância insignificante, entregando-se àqueles lábios para sempre. Por fim, as portas inescrutáveis se abriram, e Nefermaat sentiu ter início a queda cujo final ele pressentia ser desconhecido. Já não havia como voltar atrás. Seus braços envolviam o corpo de Nubjesed, e isso era tudo o que lhe importava. Seus beijos, suaves e cálidos, o levaram a um estado de entrega difícil de imaginar, no qual ele se rendeu a ela por completo. Depois, pouco a pouco, a ternura foi dando lugar à paixão, fazendo com que Nefermaat se sentisse excitado. Os dois amantes se agarraram com desespero, unindo seus lábios freneticamente para respirar as próprias essências.

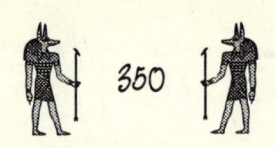

Nubjesed teve, então, a certeza de que o *ka*, a energia vital, de Nefermaat, lhe era passada através daquela boca. Logo, tudo fluiu como se tivesse sido conduzido pelas mãos sábias da deusa mãe. Ísis parecia ordenar o tempo e suas circunstâncias, envolvendo os dois amantes no véu etéreo que a própria lua tramara para ela naquela noite. Sob tal manto os enamorados se entregaram um ao outro sem impor condições, fazendo com que os dois corpos se tornassem um só.

Nefermaat ouviu Nubjesed gemer quando ela o recebeu com ternura, percebendo como os sentimentos mais profundos, livres de suas ataduras invisíveis, se manifestavam de forma espontânea e incontrolável. Como aquelas emoções eram distintas das que um dia ele experimentara com Atet! O rosto da jovem chegou com nitidez a seu coração e o fez lembrar que ela era a única mulher com quem ele já havia compartilhado seu corpo. Foi uma visão fugaz que, no entanto, o fez entender a diferença abismal entre ambas as experiências. À natureza selvagem de Atet Nubjesed se opunha com uma cálida doçura que o convidava a se entregar por completo. Toda ela era um refúgio digno dos próprios deuses, e ele estava decidido a não abandoná-lo jamais.

Depois de culminar a viagem mais prazerosa, os dois caíram extenuados. A simbiose de seus corpos transcendia qualquer discussão; era uma transmutação que fazia deles uma mesma essência preparada no fundidor do amor.

Abraçados e ainda ofegantes, os dois se prometeram adoração eterna enquanto seus corpos despidos pareciam estar cobertos por uma pátina imaginária criada pela luz da lua. Os amantes olharam para ela satisfeitos e convencidos de que, lá de cima, Ísis lhes dava sua bênção. Ela seria sua guardiã. Ou, ao menos, era isso o que pensavam.

17

Uma euforia calada havia se apoderado do coração de Nefermaat. Seu dia a dia, seu trabalho, o próprio palácio e até mesmo os cortesãos passaram a ter uma nova dimensão, impensável apenas algumas semanas antes, mas era assim. Nefermaat era capaz de perceber nuanças que até então lhe escapavam, como se uma nova luz, desconhecida para ele, lhe desse uma perspectiva diferente das coisas. Seus olhos, antes frios e reservados, haviam se transformado, projetando sua alegria em tudo o que quisesse olhar neles. Não havia dúvida. Nefermaat estava apaixonado.

Em uma ensolarada manhã de inverno, o jovem caminhava a passos despreocupados. Voltava de um atendimento a Parenuta, o irmão do faraó, que sofrera algumas queimaduras em um dos braços, e seguia assobiando uma alegre cantiga. O arauto tivera a pele escaldada com água fervente, e Nefermaat fizera os devidos curativos. Em vez dos tradicionais cataplasmas de polpa de algarobeira com mel, ele tratara a queimadura com uma substância extraída da noz da acácia* que, como

---

* Da noz da acácia se extrai o ácido tânico. Esse ácido é muito apropriado para curar queimaduras e foi utilizado durante muito tempo pelos médicos contemporâneos.

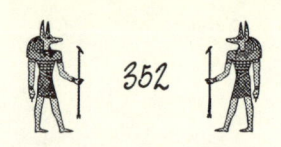

bem sabia, davam resultados infinitamente melhores. Dentro de algumas semanas, Parenuta estaria curado.

Nefermaat suspirou satisfeito diante de tal feito enquanto recebia em seu rosto os tíbios raios de sol. A temperatura era tão agradável que o convidava a aproveitá-la antes que Khepri se transformasse em Rá-Horakhty e fortalecesse seu poder.

Inexplicavelmente, naquele dia ele não tinha mais paciente algum para atender. Por isso, decidiu voltar ao consultório, dando um passeio pelos pátios situados atrás do palácio. Neles reinava uma grande atividade, pois muitos funcionários iam e vinham por ali a fim de cumprir com suas obrigações diárias. O jovem os observou, satisfeito, ao ver o zelo com que pareciam realizar suas funções, uma vez que todos sabiam o quanto os deuses do Egito ficavam agradecidos ao ver a honestidade no trabalho.

Nefermaat se entregou àquela atmosfera, e seus passos o encaminharam, como que por acaso, até outro pátio exterior. Em seguida, o relincho dos cavalos e o odor característico desses animais lhe deram as boas-vindas, confirmando o lugar onde ele se encontrava.

— Parece que Sekhmet foi piedosa contigo, devolvendo-te são e salvo. — O jovem ouviu alguém lhe dizer.

A voz, ainda que familiar, parecia distante, mas, em seguida, ele soube de quem se tratava.

A poucos passos dali, o príncipe Amonhirkopshep acompanhava a condução de seus carros.

— Príncipe Amonhirkopshep! — exclamou o jovem verdadeiramente satisfeito enquanto se aproximava para cumprimentá-lo.

— Vejo que não te esqueceste de meu nome. O que não deixa de me surpreender, depois de tantos anos.

— Como eu poderia ter esquecido, meu príncipe! Eu...

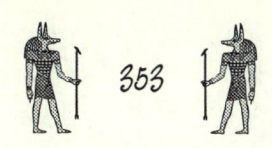

— Partiste ainda menino e agora regressas como homem. As lembranças da infância nem sempre perduram.

— Lembro-me muito bem do príncipe Amon, pois era assim que gostavas de ser chamado, e também do dia em que me levaste em teu carro até os limites do deserto.

— Bom, estás muito crescido para continuar me chamando de príncipe Amon, apesar de que, pensando bem — observou ele, enquanto coçava a cabeça —, não encontro um modo melhor de encurtar meu nome interminável. Tens minha permissão para me chamar como queiras.

Nefermaat sorriu enquanto inclinava a cabeça respeitosamente.

— Chega de lisonjas e deixa-me te ver — disse o príncipe olhando para ele de cima abaixo. — Não há dúvidas de que em Mênfis fizeram um bom trabalho contigo. Pareces um verdadeiro *sunu*. Talvez até sejas capaz de curar enfermos.

Nefermaat riu da brincadeira e logo notou que o príncipe agarrava seu braço.

— Como bem disseste, na última vez em que nos vimos, demos um passeio em meu carro. Vamos passear de novo, juntos. Imagino que Sekhmet não tenha te proibido de fazer isso, não é?

— Para mim, será uma honra, meu príncipe — apressou-se o jovem para responder, surpreso.

— Bem, acompanha-me. Meus cavalos novos nos esperam — disse o príncipe, aproximando-se dos animais para acariciá-los. — Eles não são muito dóceis, sabes? Entretanto, com o tempo, se subordinarão a mim, e nos tornaremos bons amigos.

O príncipe tinha muita razão em dizer que os cavalos não eram dóceis. Em sua vida, Nefermaat já havia experimentado uma sensação tão desagradável quanto a daquela manhã. Saltos, pulos, sacudidas, piruetas estranhas... O jovem médico mal podia manter os pés quietos e muito menos o equilíbrio. Com as duas mãos presas à barra dianteira da biga, ele notava como seu corpo era chacoalhado em todas as direções por forças invisíveis e impossíveis de contrariar. Ao vê-lo ali, dando pinotes como aqueles, era possível afirmar que, na realidade, o que fazia era uma espécie de dança espasmódica e completamente grotesca.

O carro de batalha do príncipe Amonhirkopshep parecia voar sobre as pistas empoeiradas que circundavam a necrópole, envolto em uma nuvem sutil de relinchos e juramentos. Apesar de concentrar todos os seus esforços para não ser lançado para fora do carro, Nefermaat tinha consciência das dificuldades que o príncipe parecia ter para controlar a biga. Não era preciso ser um especialista em cavalos para dar-se conta de que eles mantinham uma luta porfiada contra o auriga e inclusive consigo mesmos. Os constantes puxões que os animais davam em seu louco percurso só faziam corroborar tudo isso, aumentando a sensação de que, a qualquer momento, o carro tombaria e seus ocupantes voariam pelos ares. No entanto, agarrado com firmeza às rédeas, o príncipe, impávido, não deixava de gritar com os cavalos para se fazer ouvir por entre o estrépito das galopadas.

Para Nefermaat, aquelas palavras pareceram estranhas e incompreensíveis, algo, por outro lado, natural, já que eram pronunciadas na língua oculta de Anat, a deusa guerreira protetora dos carros, da qual o príncipe era devoto fervoroso. Em seu apego por aquela divindade, o príncipe chegou a se convencer de que, com suas invocações constantes, a deusa transmitira a ele o poder de suas palavras para dominar os animais selvagens sem correr risco algum.

Contudo, para Nefermaat, pouco significava aquela capacidade diante do comportamento indomável daqueles corcéis. Por isso, o jovem sentiu-se verdadeiramente aliviado quando Amonhirkopshep os deteve, enfim, junto a um palmeiral situado nas proximidades do templo funerário que, um dia, Seti I erigiu.

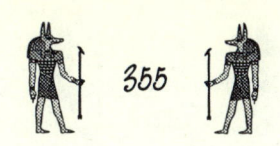

— Seus ouvidos ainda não estão acostumados com as palavras da deusa — afirmou o príncipe enquanto saía do carro. — No entanto, um dia as compreenderão perfeitamente.

— Espero que isso não seja um empecilho para que voltemos sãos para o palácio — disse Nefermaat com espontaneidade enquanto punha as mãos sobre os rins.

O príncipe deu uma gargalhada.

— Ninguém melhor do que tu para remediar isso — respondeu ele, ainda rindo.

— Nesse caso, seria melhor nos encomendarmos a Anat. Mesmo que seja apenas até estarmos de volta ao palácio.

Amonhirkopshep tornou a rir enquanto se sentava à sombra, sobre a grama fresca.

— Às vezes, Anat é imprevisível — observou o príncipe, gesticulando para que o jovem se sentasse. — Seu espírito guerreiro me faz lembrar, em certas ocasiões, de Sekhmet. Como tua deusa, Anat também pode provocar epidemias e calamidades.

Nefermaat assentiu com leveza enquanto se acomodava, recostando-se no tronco de uma palmeira. Então, olhou por um momento para seu acompanhante, estudando-o dissimuladamente.

Apesar dos anos que haviam passado, o príncipe continuava com um aspecto magnífico. Seus traços, antes juvenis, deram lugar a outros mais harmoniosos com a bela plenitude na qual se encontrava. Acostumado à vida ao ar livre e à prática constante de exercícios, Amonhirkopshep se encontrava no esplendor de sua vida. Tinha trinta e quatro anos e, além do mais, era príncipe do Egito.

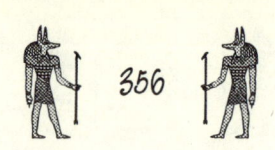

— Conheço essa característica de Anat — disse Nefermaat, voltando de seus pensamentos anteriores. — Entretanto, depois do que passamos em teu carro, te asseguro que eu não saberia como aplacar sua fúria.

O príncipe deu uma gargalhada enquanto levantava uma das mãos.

— Para isso estou aqui. Não é à toa que sou o seu acólito mais incondicional. Ela já me demonstrou seu poder em muitas ocasiões e, quando precisei, me deu forças — observou ele, enigmático.

O jovem olhou para Amonhirkopshep em silêncio.

— Estou certo de que sabes a que me refiro — continuou o príncipe, mudando o tom de sua voz. — Durante muitos anos, a solidão dos templos foi a tua única companheira. Deve ter havido momentos nos quais tiveste que recorrer à tua deusa, a colérica Sekhmet.

Nefermaat contemplou o príncipe, adotando um semblante impenetrável. A leviandade com que se falava da vida nos templos o incomodava, ainda mais quando se referia aos deuses com frivolidade.

— Naturalmente, digo tudo isso com o maior dos respeitos — afirmou o príncipe, adivinhando imediatamente o que o jovem pensava. — Em todo caso, vamos louvá-las, pois elas consentiram que regressasses à corte.

— A corte não deixa de ser um lugar solitário, repleto de gente.

— Não precisaste de muito tempo para dar-te conta disso. O palácio pode ser o lugar mais solitário que existe. No entanto, hás de procurar alguma companhia. Ninguém pode sobreviver sozinho nele.

— Companhia não me falta, meu príncipe. Eu te garanto que nunca vi tamanha quantidade de indigestões e ventres desarranjados.

— Claro! — exclamou Amonhirkopshep, sorrindo. — Por um momento, me esqueci que és o médico em voga na corte. Só falam maravilhas de ti. Asseguram que és um *ueb* dos tempos antigos.

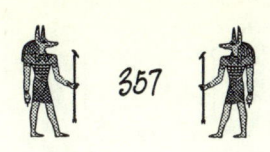

— Dos tempos antigos? — perguntou Nefermaat, sem conseguir esconder sua estranheza.

— Já sabes. Há quem pense que muitas das originais invocações aos deuses foram se perdendo com o passar do tempo. Acreditam que foste iniciado em mistérios arcanos já quase esquecidos.

— Pensam que sou detentor de uma sabedoria milenar — sussurrou o jovem enquanto negava com a cabeça.

— Algo assim. Em todo caso, é melhor que falem de ti nesses termos do que te envolvam em algumas de suas histórias. Mas conta-me, já recebeste as bênçãos de meu pai, o deus?

Nefermaat olhou para ele um tanto confuso.

— Bem, eu não me atreveria a chamá-las de bênçãos. Na verdade, ele só fez recriminar nosso excesso de zelo. Parece que tanto o ilustre Iroy quanto eu nos esquecemos da essência divina do faraó.

O príncipe deu uma gargalhada.

— Ultimamente, o deus não tem pensado em outra coisa a não ser atender suas esposas do harém. Passa dias inteiros sem sair de lá.

— Pois é, ouvi algo assim de teu irmão, o príncipe Ramsés. Ele se encontrava junto do deus naquele dia...

— Meu querido irmão procura passar o maior tempo possível ao seu lado — interrompeu o príncipe, endurecendo o semblante. — Ele deve pensar que assim absorverá mais rapidamente a natureza divina de meu augusto pai. O falcão pode voar* a qualquer momento, e ele há de estar pronto para sucedê-lo.

Nefermaat fez um silêncio prudente.

— Não temas — disse o príncipe, sorrindo de novo. — Minhas palavras pouco te comprometerão. O Egito todo sabe que a relação do

---

* Com este símile, os antigos egípcios faziam referência à morte do faraó.

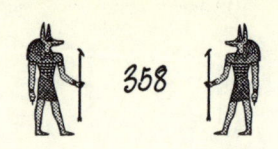

príncipe Ramsés comigo é tão ruim quanto a que ele tem com a maioria de meus irmãos.

O *sunu* se mexeu, um tanto incomodado, diante do rumo que a conversa tomava.

— Enfim, espero que tenhas visto algum outro membro da família.

— Apenas o teu sobrinho e a princesa Nubjesed — respondeu o jovem, com uma certa timidez.

— Louvada seja Anat! — exclamou o príncipe. — Até que enfim falamos de alguém que vale a pena. E o que você achou?

Nefermaat sentiu que o solo sobre o qual ele se encontrava sentado se abria de repente, fazendo com que ele se jogasse no abismo. Se havia um assunto sobre o qual ele não desejava conversar, era esse. No entanto, tinha plena consciência de o quanto seria imprudente ao se mostrar confuso quando falasse da princesa.

— Como bem sabes, príncipe, conheço Nubjesed desde criança. Sempre fomos bons amigos — disse ele, lacônico.

O príncipe assentiu com a cabeça.

— Hás de convir comigo que, desde então, a princesa mudou um pouco — afirmou Amonhirkopshep, olhando para ele, engraçado. — Estou certo de que até um sacerdote *ueb* como tu é capaz de dar-se conta do quanto ela se tornou bela.

Ao escutar aquelas palavras, Nefermaat teve que fazer verdadeiros esforços para não deixar suas emoções transparecerem.

— Não há dúvidas de que Nubjesed é uma mulher bonita.

— Bonita? Ela não só é bonita, como também inteligente.

Na realidade, ela parece possuir todas as qualidades das grandes princesas de nossa terra. Embora você já saiba de tudo isso.

O jovem olhou nos olhos do príncipe e pensou que iria desfalecer. Aquele homem o observava com tamanha intensidade que Nefermaat percebeu seu hermetismo evaporar pelo ar, como se fosse feito da argila mais frágil. Deu-se conta, então, de que o príncipe sabia de algo e que era inútil dissimular diante dele.

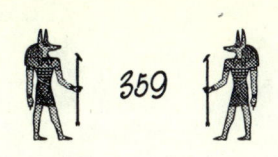

— Como tu disseste, príncipe, ela possui a beleza notória de nossas antigas princesas — confirmou o jovem, tentando aparentar uma indiferença.

— Eu disse, e o Egito inteiro sabe disso. Podes disfarçar se assim o desejas. Porém, te advirto que isso não mudará em nada a situação.

Nefermaat encolheu os ombros.

— Não sei aonde queres chegar com isso.

— Vê, Nefermaat. Podes olhar para o outro lado se quiseres e até mesmo negar mil vezes o que é evidente se assim achares melhor. Admiro tua discrição, embora, neste caso, ela não sirva para muita coisa.

O jovem médico mascarou o rosto, olhando para o príncipe de forma inexpressiva.

— Sempre tive apreço por ti — continuou Amonhirkopshep. — Por isso falo assim contigo. Quero que compreendas que começar uma relação com uma princesa do Egito faz com que percas a soberania sobre teus atos. Esses já não são apenas de tua alçada. Compreendes o que quero dizer?

Nefermaat olhou para ele, alterado.

— Acreditáveis mesmo que ninguém perceberia vossa paixão? — perguntou o príncipe, forçando um meio sorriso.

O jovem sentiu um suor frio percorrer suas costas e uma sensação indescritível de vulnerabilidade.

— Reitero minha simpatia por ti, Nefermaat. Sei que és uma pessoa de natureza prudente, mas receio que deverás extremar tal natureza ainda mais.

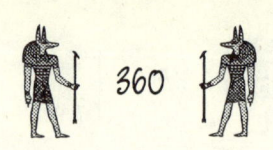

— Continuo sem compreender o que queres me dizer — interveio o jovem, recuperando a serenidade.

— É muito simples. Se chegou aos meus ouvidos que a princesa e tu vos amais, isso chegará aos ouvidos dos outros também.

Nefermaat tentou assimilar aquelas palavras da melhor maneira possível.

— Vossos encontros clandestinos não passaram despercebidos. Infelizmente, em Medinet Habu, poucos são os passos que podem ser dados sem serem vistos.

O jovem teve uma imediata sensação de inquietação diante da possibilidade de que alguém andara espiando-os. Por um momento, imaginou sua intimidade ferida por olhos estranhos, e isso o fez mudar a expressão que tinha no rosto para uma careta.

— Particularmente, afirmo que contais com minhas bênçãos. Nada se compara ao amor em nossa juventude. Sua força pode chegar a ser envolvente. Imagino que não estejamos falando de um amor passageiro, não é?

— Nunca amei mais ninguém em minha vida — respondeu Nefermaat, com asserção. — Nossos *kas* formam uma mesma energia vital.

— Anat me proteja! — exclamou o príncipe, dando um assobio. — Então, te asseguro que és afortunado. Se existe algo pelo que lutar, é por isso. Adoro essas histórias.

— Eu queria que fosse mais do que uma história. Não imagino minha vida sem Nubjesed.

— É exatamente a isso que eu me referia, porque deves saber o que significaria casar-se com Nubjesed, não é?

— Se falas do fato de que, com isso, o meu sangue passaria a ser legitimado para sentar-me no trono do País das Duas Terras, afirmo-te que não existe nada que me seduza menos do que isso. Meus anseios foram traçados na quietude do templo de Sekhmet. Desejo apenas uma vida tranquila junto de Nubjesed e em harmonia com tudo que me cerca.

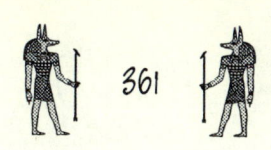

— Não há dúvidas de que és um homem de intenções elevadas, Nefermaat. Mas me diz: estás certo de que a princesa pensa o mesmo?

— Ela me ama acima de títulos e honras. Além do mais, a corte a enfastia.

— Eu não sabia que minha sobrinha estava cansada de sua existência privilegiada, embora, se existe algo capaz de mudar nossa vida, é certamente o amor. Em todo caso — disse ele, suspirando —, deves ter consciência das dificuldades entranhadas à vossa união. Apenas teu coração conhece teu desinteresse por governar o Egito, e não te esqueças nunca de que Nubjesed nasceu para ser uma rainha.

— Agora teu coração também sabe disso, príncipe — respondeu Nefermaat, olhando fixamente nos olhos dele.

— Por isso, volto a reiterar minhas mais sinceras bênçãos. Entretanto, duvido muito que meu querido irmão, o príncipe Ramsés, vos conceda as dele.

— Nisso tens muita razão — observou Nefermaat, virando a cabeça, desgostoso. — Em algumas noites, não consigo pegar no sono, pensando no quanto seria difícil que teu irmão consentisse nossa relação. Cá entre nós, não parece que seja de seu agrado.

— Isso é natural, querido amigo — interveio o príncipe, tornando a rir. — Francamente, se existe alguém que pode agradá-lo, eu desconheço. No entanto, se queres um conselho, te darei: deveis ser extremamente cuidadosos.

— Até esta manhã, eu pensava que tivéssemos sido — disse o jovem, abrindo os braços.

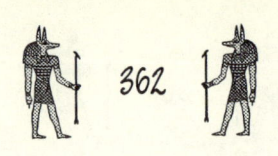

— Está muito claro que não. Fareis bem ao ser ainda mais prudente enquanto buscais algum apoio dentro da família. Não podeis passar o resto de vossas vidas vos escondendo.

Nefermaat assentiu com um semblante pesaroso. O príncipe tinha muita razão no que dizia. Seu amor por Nubjesed ia muito além do imaginável e, cedo ou tarde, ele teria que enfrentar as consequências disso.

— Em todo caso, não percas a esperança. És um homem afortunado ao ser amado por uma mulher como Nubjesed. Por alguém como ela, pode-se estar disposto a sofrer as iras de meu nobre irmão — observou o príncipe, levantando-se lentamente.

Nefermaat, por sua vez, ficou de pé e, juntos, os dois se dirigiram ao carro.

— Não te esqueças, Nefermaat. Sê cuidadoso — disse o príncipe, apoiando amistosamente uma das mãos sobre seu ombro. — E se precisares de minha ajuda, faz com que eu saiba disso.

— Obrigado, meu príncipe — respondeu o jovem, emocionado.

— Agora, vamos nos encomendar a Anat! — exclamou Amonhirkopshep enquanto os dois subiam na biga. — Só nas mãos dela está o nosso destino.

— Nefermaat engoliu saliva ao mesmo tempo que se agarrava com firmeza à barra da biga.

— O príncipe Amon invoca de novo o seu poder sobre as bestas! — gritou ele, fazendo com que seu chicote estalasse. — A língua secreta da deusa nos levará de volta ao palácio.

Então, o carro saiu disparado com um estrépito de cascos e lascas, envolvido em uma nuvem de pó que acabou se perdendo pelo caminho ao lado que levava a Medinet Habu.

* * *

Como o príncipe Amonhirkopshep sugerira, os amantes tomaram mais cuidado. Quando a noite se tornava mais escura, os jovens iam a seu lugar secreto, no frondoso palmeiral situado junto ao palácio. Ali, em meio a um pequeno bosque de arbustos de hena, Nefermaat e a princesa se entregavam um ao outro com paixão até ficarem exaustos. Envolvidos pela deliciosa fragrância que as pequenas flores brancas dos arbustos exalavam, os enamorados tentavam se convencer de que seu amor era atemporal e de que não havia poder terreno algum capaz de se opor a ele.

— Ninguém decidirá com quem hei de me casar — sussurrou Nubjesed, encolhida, no ouvido do amante.

— Mas o príncipe tem razão. Teu pai não permitirá nossa união.

— E a quem pensas em recorrer? Ninguém nos ajudará.

— Penso nisso muitas vezes, mas...

— Escuta — sussurrou Nubjesed, apoiando-se sobre um dos cotovelos. — Se queres, posso te dar a realeza.

— Estás louca? — protestou Nefermaat enquanto arregalava os olhos. — Não pensaste em tuas palavras. Além disso, não desejo me tornar o deus desta terra, nem de nenhuma outra.

— Sei muito bem o que digo — voltou a sussurrar a princesa, enquanto desenhava arabescos com os dedos no peito dele. — Se quisesses, um dia poderias tomar o trono do Egito. Antes de ti, outros fizeram isso. Seria como o ar fresco do norte, "o alento de Amon", que viria justo para regenerar esta terra, semeando-a outra vez com nossos antigos valores.

Nefermaat conseguiu esconder seu espanto a duras penas.

— Se pensas assim, não sou o homem que acreditas — disse ele, muito sério.

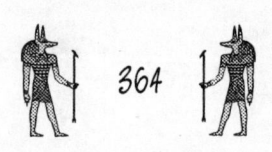

— Conheço o homem que há em ti — interveio ela, com a voz suave e melosa. — Tudo que és é o que desejo. Não precisamos que ninguém nos dê seu consentimento para nos amarmos.

— Mas...

Nubjesed pôs os dedos sobre os lábios dele.

— Nasci para ser rainha, mas só se tu fores o meu senhor. Se não for assim, prefiro renunciar a realeza e ficar junto de ti pelo resto de meus dias.

— Nubjesed! — sussurrou o jovem enquanto a abraçava.

— És o amor da minha vida. Sempre o foste, desde a escola. Meus passos seguirão junto dos teus para onde quer que nos levem.

Nefermaat apertou Nubjesed com força enquanto ela o envolvia com os braços. Depois, tornaram a se deitar, e ela o convidou a tomá-la uma vez mais.

18

Sentada à sombra do quiosque, Tiy observava os jovens se banharem. A tenda bem cuidada que a protegia do sol do meio-dia fazia com que ela desfrutasse de um frescor agradável. Do lado de fora, Rá-Horakhty parecia particularmente enfurecido, pois seus raios esquentavam com uma força incomum para aquela época do ano. Junto do pequeno templo, as águas do rio fluíam calmamente, acariciando os degraus da escada graciosa que, a partir do quiosque, se submergiam nela.

A cor vívida da vegetação exuberante que a cercava por todos os lados, o perfume de narcisos, jasmins e lótus, assim como o incessante murmúrio da água, a convidavam a entregar-se à mais absoluta das indolências. No entanto, para Tiy, aquele banquete de sensações deliciosas não lhe trazia contentamento algum. Seus interesses eram outros muito distintos e ainda estavam por satisfazer.

Absorta neles, Tiy deixou seu olhar vagar por entre aquele entorno tão bucólico e voltou a deter-se no ruidoso chapinhar dos banhistas. Os risos, as brincadeiras e as algazarras não lhe provocaram a menor alteração. Sempre altiva, a rainha Tiy mantinha sua expressão habitual, como se fosse uma máscara.

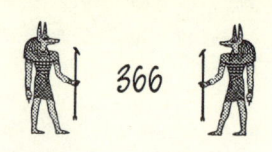

Tiy estava acostumada com aquilo, pois não era à toa que passara a vida toda praticando. Uma vida ao longo da qual tivera que aprender a controlar suas emoções, assim como a arte do fingimento. Naquela idade, isso não tinha mais segredos para ela, já que o levava gravado em seu coração por simples sobrevivência. Fazia quase quarenta anos que Tiy vinha mantendo a mais sórdida das lutas que cabia imaginar. Um combate feroz, dirimido no pior dos cenários possíveis: o harém.

Como tantas outras esposas, Tiy era quase uma adolescente quando passou a fazer parte do harém do deus. Uma grande honra, certamente, que lhe abriu as portas para um universo em que a única estrela sobre a qual se orbitava era a do faraó. Ele era a luz suprema daquele cosmo, e monopolizar seu brilho consistia na maior ambição de toda uma legião de esposas repletas de esperança.

Foi com essa ilusão que Tiy ingressou no *hen-er-ret*,* tornando-se, a partir daquele momento, uma *henerut*, ou o mesmo que "a que está reclusa".

O harém era um núcleo em si mesmo — um verdadeiro Estado totalmente autônomo dentro da administração, que dependia, é lógico, do faraó. Este designava os superintendentes que deveriam administrar o que fazia parte dele, visto que, junto de suas famílias, viviam nas proximidades. Como uma entidade autônoma, o *hen-er-ret* era possuidor de tudo aquilo que fosse necessário para sustentar sua vida diária. Gado, terras para a lavoura e tudo que essas produziam eram explorados de forma apropriada a fim de proporcionar o maior bem-estar possível a residentes tão importantes.

---

* É o nome com que se denominava o harém e significa "o lugar de reclusão".

Apesar da vida sofisticada e repleta de luxos que levavam, as mulheres do harém não permaneciam ociosas. Elas participavam da confecção de tapeçarias esplêndidas ou de peças primorosas do mais puro linho. A habilidade em tais incumbências, como Tiy logo pôde constatar, era uma forma de avançar socialmente dentro do gineceu, onde a competição entre todas as esposas era quase sanguinária. Em um lugar onde era impossível estreitar laços de amizade, tornava-se essencial elevar posições a fim de ocupar um posto de privilégio sobre as demais. Foi isso o que Tiy conseguiu, pois, em seguida, ela demonstrou uma grande habilidade como tecelã, o que fez com que a nomeassem instrutora* em Mi-Wer, o harém-palácio que Ramsés III possuía em El-Fayum, onde o faraó costumava passar longas temporadas caçando.

No entanto, a habilidade para tecer não era a única que a jovem tinha. Tiy era detentora de uma beleza arrebatadora, da qual soube tirar proveito quando chegou a hora. A oportunidade surgiu em uma tarde em que o deus chegou ao palácio depois de uma caçada frutífera. Ramsés, que se encontrava eufórico, quis que lhe apresentassem suas esposas e, ao ver Tiy, ficou deslumbrado com sua beleza, chegando a sentir-se tomado pelo maior dos desejos.

Os dois passaram a noite inteira juntos e, na manhã seguinte, o faraó estava tão encantado que voltou a visitá-la durante o resto das noites que passou no palácio. Provara um elixir do qual nunca mais se privaria e que se tornou, com o tempo, uma espécie de vício.

Naquela noite, Tiy soube ler o coração de Ramsés com clareza. Sabia da dificuldade que havia no fato de o Senhor das Duas Terras tê-la escolhido entre as centenas de esposas que possuía e da facilidade com que ele poderia não vê-la mais. Contudo, Tiy tinha magia. Hathor

---

* Esse título existia exatamente como se conta aqui.

parecia estar encarnada em sua pessoa, pois só assim se poderia entender a facilidade com que ela conquistou o faraó. Com astúcia e sutileza, Tiy soube fazer com que ele se esquecesse de tudo aquilo que o afligia e com que ele sentisse que os Campos de Ialu se encontravam nela. Ofereceu-lhe o que ele precisava, conseguindo criar um vínculo entre os dois que duraria a vida toda.

Durante anos, o deus saciou sua paixão por Tiy com o desespero de um sedento que, por fim, encontra um oásis no deserto. Seu *ka* chegou a pertencer a ela, transformando sua divindade, e Tiy foi capaz de perceber como o próprio Hórus, reencarnado nele, inundava seu ventre com sua essência. No entanto...

Tiy pestanejou ligeiramente sem alterar o semblante. As recordações de toda uma vida conseguiam distraí-la, afastando-a de seus verdadeiros propósitos. Depois de tantos anos, sentia que era tratada com injustiça e um profundo rancor se aninhava em sua alma, consumindo-a. Ela, que durante tanto tempo fora um refúgio para o coração do faraó e que chegou a se tornar *hesi-et-nesu*, a "favorita do rei", acreditava não ocupar o devido lugar.

Apesar de o deus tê-la enobrecido, nomeando-a *hemet-nesu*, "Esposa Real", ela achava que seus merecimentos eram outros e que seu verdadeiro lugar deveria ser mais acima, no próprio vértice da estrutura piramidal da sociedade egípcia. Todavia, infelizmente para ela, esse espaço era ocupado por outra mulher, a rainha das rainhas, *hemet-nesu-weret*, "a Grande Esposa Real", a verdadeira dona do coração de Ramsés. Seu nome era Ísis-Ta-Habazillatu, e Tiy tinha um ódio exacerbado por ela.

Tiy fez uma velada cara de desprezo ao pensar nela. Ísis-Ta-Habazillatu. Até mesmo seu nome lhe parecia ridículo, pois significava Ísis, "filha de um campo de flores". Um nome absurdo para qualquer egípcia e que demonstrava que ela era, em parte, estrangeira, já que o pai de Ísis não passava de um cananeu que, como tantos outros, se estabelecera como comerciante na região do Delta.

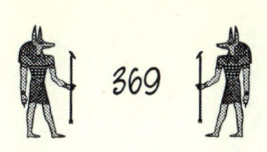

Para uma tebana legítima como Tiy, aquilo era difícil de digerir. Uma mulher do norte e, além de tudo, com sangue de Retenu (Canaã) e transformada em Grande Esposa Real era mais do que ela podia suportar. Em segredo, Tiy a abominava e detestava tudo que estava relacionado a ela, incluindo os deuses que ela adorava, como Banebdyedet, o deus-carneiro "Senhor de Mendes", sua cidade natal, de quem era tão devota. Parecia-lhe inconcebível que uma pessoa tão delicada como Ísis pudesse ostentar tanto poder, mas era assim. Devido a artes que Tiy desconhecia, aquela mulher conseguira ter o que, por justiça, ela não merecia. Ao menos, era isso o que Tiy pensava.

Um gosto amargo a obrigou a fazer outra careta. Seu estômago se embrulhava cada vez que ela pensava naquilo, mas não podia evitá-lo. Havia um assunto ainda mais espinhoso que tocava o mais profundo de seu ser, exasperando-a sem remissão. Este não era outro senão o seu papel como mãe.

Para Tiy, essa era uma ofensa difícil de suportar. Ela, amante solícita e refúgio durante noites inumeráveis para o coração do deus, dera a Ramsés seis filhos antes que Ísis lhe desse o terceiro. Seis filhos bonitos e saudáveis, dos quais cinco ainda estavam vivos e ocupavam cargos de importância dentro do exército. Eles haviam demonstrado, amplamente, amor e respeito por seu augusto pai em numerosas ocasiões. O faraó, porém, se limitou a agradecê-lo, mantendo-os dentro da família em um discreto segundo plano. Eles não tinham direito algum na linha sucessória, algo que para Tiy era inaceitável. Esse era um dos aspectos que a enervavam ainda mais, pois ela acreditava que os filhos tivessem não só o direito ao trono como também a tudo o mais.

Fazia dez anos que todo o Egito sabia o nome do sucessor da coroa. O deus escolhera o príncipe Ramsés como herdeiro. Uma decisão que provocara diversas tensões e uma infinidade de comentários velados. Algo, por outro lado, perfeitamente compreensível, visto que o príncipe Ramsés não era filho de Ísis, a Grande Esposa Real, e sim de Tety, uma antiga esposa de Ramsés III, sem direito sucessório algum.

Quando a notícia se espalhou, Tiy decidiu agir com prudência. Ela conhecia muito bem os segredos da corte e também sabia que aquela nomeação não significava nada. Tudo poderia acontecer, e era melhor ficar na expectativa. No entanto, o passar dos anos só fez com que Ramsés se consolidasse ainda mais ao ser nomeado Escriba Real e Generalíssimo dos desertos. Com isso, o príncipe não só controlava as altas camadas da administração, como também o exército. Tal acúmulo de poder mostrava com clareza que a decisão tomada pelo faraó era irrevogável. O aviso foi perfeitamente entendido, sobretudo pelo resto dos príncipes, alguns dos quais consideravam possuir um maior direito ao trono. Esse foi o caso dos filhos de Ísis que, como descendentes da Grande Esposa Real, entendiam que a linha sucessória passava obrigatoriamente por eles.

Diante de um panorama tão pouco alentador, Tiy decidiu mudar de tática e concebeu um plano que empalideceria os próprios deuses. Colocá-lo em prática requeria tempo e extrema prudência. Assim, durante anos, Tiy foi manobrando à sombra até dar forma ao que maquinara, deixando tudo pronto para ser executado.

Por fim, sua paciência parecia estar a ponto de dar frutos, pois a situação não poderia ser mais propícia. Já fazia um tempo que Tiy havia voltado a ser solicitada todos os dias pelo deus para que ela se ocupasse de agradá-lo no harém. Ramsés III passava a maior parte do tempo no gineceu. Ali, sem médicos nem criados para vigiá-lo, ele saciava seus apetites com rédea solta, sem o menor freio. A dieta que, devido à obesidade, ele deveria seguir, não passava de algo incômodo que ele não estava disposto a cumprir em hipótese alguma. Por isso, o harém era o único lugar de seu reino onde ele não sofria intromissão alguma. O faraó comia e bebia até explodir, cercado por suas esposas que, solícitas, o animavam a satisfazer até a última de suas vontades. Estas não se limitavam à boa mesa, pois, como se o relógio que marcaria seu fim tivesse começado a funcionar, o deus não pensava em mais nada além de aproveitar o tempo, fornicando até a exaustão. Tiy, que o conhecia bem, havia se dado conta do caminho sem volta que seu esposo começara a percorrer e do qual ninguém faria com que ele regressasse. O faraó só pensava em comer, beber e satisfazer sua lascívia o máximo que pudesse.

Para Tiy, tudo isso chegou no momento oportuno. Depois de passar tantos anos no harém, não havia rumor, feito ou disputa que lhe passasse despercebido. Ali, ela era a rainha e não havia criado, esposa ou superintendente que questionasse suas decisões. O rei pedira a Tiy que o satisfizesse, e ela faria isso. Obviamente, seu corpo estava longe de ser aquele pelo qual o faraó se encantara. Os anos haviam passado e, embora ela ainda conservasse parte de sua antiga beleza, era impossível ser capaz de despertar as velhas paixões. Todavia, não importava. Tiy sabia do que Ramsés precisava e proporcionaria aquilo a ele.

Os manjares mais sublimes, os melhores vinhos e as jovens mais sedutoras foram selecionados por ela mesma para o desfrute do deus. A cada dia, novos pratos, vinhos e mulheres foram oferecidos a ele por suas sábias mãos, até que chegou o momento em que o faraó só desejava permanecer ali: desinteressando-se por todo o resto. Depois ter suas vontades satisfeitas, o deus desfrutava da companhia de Tiy jogando *senet*, um jogo no qual a rainha era uma verdadeira especialista.

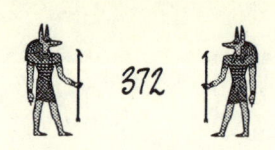

Agora, Tiy controlava a vida do deus. No pequeno reino em que um dia a recolheram, ela mandava e desmandava conforme desejasse. Era o momento de dar o golpe definitivo: matar o faraó.

Para Tiy, o tempo de Ramsés III estava cumprido. Era necessário acabar com sua vida e pôr no trono Pentaure, seu filho mais velho e primogênito dentre todos os filhos do faraó que ainda estavam vivos. Para dar tal passo, Tiy contava com o apoio de forças poderosas que, da sombra, haviam lhe ajudado a tramar a conspiração. Muitos eram os poderosos que desejavam uma mudança na estrutura política do país e o fim da linhagem dos raméssidas. A ajuda ao príncipe Pentaure os presentearia com essa oportunidade por meio da qual conseguiriam uma nova divisão de poderes. Logicamente, dar um golpe de Estado como aquele implicava alguns riscos que precisavam ser considerados, pois atentar contra a vida de um deus representava uma infâmia castigada com a morte. No entanto, tudo estava decidido.

Tiy respirou profundamente enquanto regressava de seus pensamentos. A magnitude da conspiração fazia com que ela sentisse, em algumas ocasiões, certa inquietação sobre a qual acabava sempre se impondo. Tiy era uma mulher valente, e tanto ela quanto o filho estavam decididos a assumir os riscos que o plano implicava.

Ela olhou de novo para os jovens que, justo em frente, continuavam a se banhar. As risadas e brincadeiras inundavam o lugar de alegria, e ela os observou com atenção. Nadavam e mergulhavam com o entusiasmo próprio da juventude, barulhentos e joviais, e não poderia ser de outra forma. Entre eles, identificou a princesa Nubjesed submergindo na água como se fosse uma flor de lótus quando a noite chega. Como a flor, a princesa também era bonita e, quando voltava à superfície para respirar, parecia dar vida ao eterno ritual diário da criação no qual o lótus, símbolo do renascimento, emergia das profundezas com as primeiras luzes, depois de ter permanecido dentro d'água durante a noite. O lótus era parte substancial do *sema-tawy*, o símbolo de unificação do Alto e Baixo Egito, juntamente com a outra parte heráldica por excelência, o papiro.

Tiy não sabia por que lhe viera à cabeça uma comparação como aquela, apesar de, em seguida, ter compreendido que ela não poderia ser mais apropriada. A princesa possuía um encanto especial que a diferenciava das demais e, como o lótus, parecia muito capaz de ser exaltada pelos homens com hinos sagrados, pois parecia ter alma de rainha.

Tiy a viu nadar em direção a um dos jovens um tanto afastado. Era Nefermaat, o filho de Hori, o "De Mãos Limpas", que havia pouco que cumpria funções como médico da corte. Para a rainha, ele pareceu bem-apessoado e, assim como a princesa, dono de um ar de dignidade que não podia esconder nem dentro d'água, como estava.

Ambos os jovens chapinhavam, jogando água um no outro, e depois lutavam um pouco, tentando afundar a cabeça, entre abraços contidos e apertos velados.

Tiy não perdeu nenhum detalhe das brincadeiras aparentemente inofensivas dos jovens, mas a ela eles não podiam enganar. Passara tantos anos testemunhando as artimanhas mais astutas e dissimulações que conseguia ver o que havia naquelas brincadeiras até mesmo com os olhos fechados. Sorriu por dentro diante dessa ideia, pensando, inconscientemente, no quanto eles pareciam ternos e nas poucas possibilidades que ela teria de sobreviver em um lugar como um harém. Foi um pensamento de desprezo que descartou quase que de imediato, censurando-se sem paliativos. A experiência lhe ensinara a não menosprezar ninguém e muito menos Nubjesed, cujo lugar jamais seria junto das concubinas do gineceu.

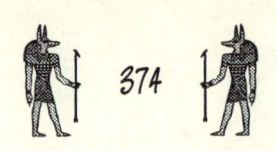

Entretanto, aquela cena, que de novo chamava sua atenção, era tão clara quanto a própria manhã. Não existia dúvida alguma. Aqueles jovens estavam apaixonados.

Tiy pensou que até os cegos que costumavam tocar harpa na corte se dariam conta daquilo. Não havia dissimulação possível diante de tamanha evidência, o que fez com que ela refletisse. Tal fato, que em circunstâncias normais teria sido recebido com compreensão e até com complacência, tomava um rumo muito diferente na situação atual. Seus agentes tinham razão ao tê-la alertado de que o casal parecia se amar profundamente. Ao vê-los juntos, nadando no rio, notava-se como a princesa não tinha olhos para mais ninguém além dele e como o jovem, embevecido, lhe correspondia. Segundo seus informantes, os apaixonados se viam às escondidas e marcavam encontros noturnos em um lugar secreto. Ali, se amavam com paixão até pouco antes da chegada da aurora, quando retornavam ao palácio, jurando-se amor eterno. Algo tão natural como isso, que só podia ser tido como motivo de felicidade para os amantes, poderia significar um problema para os planos da rainha a ser considerado. Como ela sabia muito bem, as princesas descendentes diretamente do faraó eram dotadas de realeza e, de fato, a conferiam. Por isso, se Nubjesed se casasse com Nefermaat, ele poderia ser faraó, caso as circunstâncias assim o exigissem. Esse era um detalhe no qual ela não havia pensado antes e que, no entanto, não podia deixar passar.

Tudo estava perfeitamente planejado para que, uma vez que seu filho Pentaure tomasse o poder, fossem eliminados todos aqueles príncipes que pudessem representar uma ameaça no futuro, e era o que a união daqueles jovens representava. Um matrimônio como aquele poderia atrair o interesse de determinadas forças que veriam com bons olhos a possibilidade de alguém totalmente alheio à realeza, como Nefermaat, ocupar o trono do país de Kemet. Apoiar as aspirações do jovem médico poderia proporcionar a essas pessoas mais vantagens e um soterrado controle político do Egito. Tal possibilidade existia, e Tiy não podia permitir que ela se concretizasse. Se a rainha não agisse logo, o plano poderia acabar escapando de suas mãos. Todos aqueles encontros noturnos entre os apaixonados representavam um perigo por si só, já que eram capazes de gerar algo tão natural como uma gravidez. Era necessário acabar com tais encontros antes que um desastre como aquele se materializasse.

Mais uma vez, algo fez com que seus olhos escrutassem o grupo de jovens banhistas. Um novo personagem entrava na cena, atraindo todo o seu interesse. Ao aparecer, provocou uma grande agitação entre os moços, com piscadelas e olhares atrevidos e dissimulados. Neferure, a causa do alvoroço, ignorou os comentários e se espreguiçou, provocativa. Suas formas desafiantes estavam cara a cara com os banhistas, que, naquele instante, emudeceram. Então, com uma parcimônia calculada, Neferure se despojou do vestido e ficou completamente nua diante de sua plateia agitada. A contundência daquele corpo conseguiu fazer com que os jovens parassem com suas brincadeiras para observar, hipnotizados, enquanto ela entrava na água.

Tiy sentiu uma íntima alegria ao ver como a moça, indiferente, passou nadando pelo grupo, até se aproximar do lugar onde Nefermaat e Nubjesed se banhavam. Uma vez ali, viu como a neta do Primeiro Profeta de Amon se deitava sobre as águas como um corpo inerte, deixando que o rio a acariciasse. A rainha constatou como o grupo de banhistas olhava para ela e os imaginou lutando inutilmente para evitar que seus membros se erguessem sob a água. Aquela visão a deixou muito contente, pois só fazia comprovar o que ela já sabia. A eterna escravidão que o homem sofre por seus apetites carnais, que fazem com que ele seja capaz de enlouquecer para satisfazê-los.

Tiy estudou Neferure com interesse. Flutuando nua sobre as águas, decerto a jovem era uma tremenda tentação. No entanto, nunca poderia se comparar à analogia da flor de lótus. Apesar disso, ela lhe deu a impressão de que possuía algumas qualidades dignas de serem levadas em conta. Tiy refletiu enquanto continuava a observá-la. Neferure irrompera o banho agradável, chamando a atenção de todos que estavam na água e, então, completamente nua, se pusera a nadar até entregar seu corpo, deixando-o flutuar perto do casal de namorados. Tiy pensou nesse detalhe, observando como a jovem movia as mãos de forma imperceptível enquanto fazia com que seu corpo se deslocasse suavemente para onde desejava e percebeu que ela dava voltas discretas ao redor da princesa e de seu amado. A rainha tornou a se alegrar com sua perspicácia, pois Neferure só fazia espiá-los, e aquilo só podia significar uma coisa: ela estava apaixonada por Nefermaat.

Com a rapidez própria de quem é capaz de elaborar planos diabólicos, Tiy avaliou a situação. A partir daquele momento, novas variáveis entravam em jogo, que, sem querer, poderiam ajudá-la a resolver o problema inesperado. Neferure era a chave disso, ainda que ela o ignorasse.

Tiy respirou aliviada depois de finalizar seu exercício mental. Em seguida, fez um sinal sutil com a mão, e uma de suas acompanhantes se apresentou de imediato.

— Minha liteira — disse ela, sem rodeios.

Pouco tempo depois, quatro condutores robustos se apresentaram com uma cadeira de mão elaborada, ajoelhando-se a seus pés. Tiy os ignorou completamente. Pôs-se de pé sob os poucos degraus que a separavam da liteira e sentou-se em seu interior. Então, sorrindo, voltou a olhar pela última vez em direção ao rio. Nunca em sua vida teria suspeitado que um banho de rio lhe fosse de tanta utilidade.

* * *

  Sempre que saía em seu carro, o príncipe Amonhirkopshep fazia com que ele o acompanhasse. Ninguém sabia seu nome, embora todos o chamassem de Sesóstris, porque, como o terceiro dos faraós que em um dia distante governara com esse mesmo nome, ele também era muito alto, com exatamente quatro cúbitos.* Um homem com essa altura era algo incomum no Egito e, no entanto, segundo as velhas crônicas, ela estava abaixo da do antigo faraó, que chegou a medir nada menos do que quatro cúbitos, três palmos e dois dedos.** Uma estatura que todos consideravam exagerada.
  Entretanto, seu porte elevado não era o único nexo em comum. À semelhança da maioria das estátuas do deus que uma vez reinou no Egito durante a XII Dinastia, o corpo de Sesóstris parecia talhado na mesma pedra, o mais negro granito do país de Kemet.
  Vendo aquelas estátuas, era fácil apreciar o quanto elas eram surpreendentemente parecidas com o acompanhante do príncipe. As feições angulosas, os olhos pensativos e cansados e até mesmo o tom escuro da pedra pareciam ter ganhado vida na figura daquele homem.
  Sua origem, também incerta, provinha do longínquo Kush, ou, ao menos, era o que se pensava, já que Sesóstris nunca conheceu os pais. Suas lembranças não iam além do que o deserto lhe permitia, pois foi ali onde ele se criou e viveu até o início da adolescência, momento no qual partiu para alistar-se nos exércitos do deus. A tribo com a qual compartilhara sua vida o viu partir com a mesma naturalidade que um dia o acolhera. O deserto tinha as próprias leis, e aquele jovem núbio já fazia parte dele.

---

* Quase 2,20 metros de altura.
** Quase 2,40 metros de altura.

Sua vida no exército de Ramsés acabou sendo como a da maioria dos soldados que o integravam: extremamente dura. Contudo, como também ocorrera com o antigo faraó, Sesóstris demonstrou ser um grande guerreiro, com uma capacidade de resistência fora do comum e um espírito de sacrifício difícil de se igualar, pois não era à toa que se tratava de um autêntico sobrevivente. Tudo isso aliado a seu profundo conhecimento do deserto chamou a atenção do príncipe Amonhirkopshep, que o tomou a seu serviço, já que era bem conhecida a propensão do príncipe a adentrar os inóspitos territórios do deus Set para caçar. O núbio logo deu mostras de sua utilidade, assim como de uma fidelidade louvável, o que levou o príncipe a considerá-lo um homem de sua total confiança e até mesmo a ter afeto por ele. Juntos, os dois vivenciaram caçadas malsucedidas e longas galopadas na biga do príncipe, guiados sempre pela mão invisível de Anat, a deusa dos carros de guerra.

No entanto, aquela estreita relação nunca deixou transparecer emoção alguma no núbio. Conhecedor de seu lugar, ele se mantinha sempre de prontidão, mas distante, guardando zelosamente seus afetos para si, como se fosse seu tesouro mais precioso. O rosto granítico certamente contribuía para isso e fazia com que todos o tivessem como um homem sem sentimentos. Entretanto, Sesóstris tinha sentimentos, embora esses não fossem dirigidos, precisamente, a seus congêneres, já que, na realidade, ele gostava mesmo era dos animais. Cães, gatos, cavalos... A relação que chegava a estabelecer com eles era tal que até o príncipe a constatava, espantado em ver como seus corcéis demonstravam carinho por Sesóstris de forma mais efusiva do que para ele mesmo. Algo que lhe parecia quase misterioso. Além do mais, o núbio sempre era escoltado por um lebréu que não se separava dele sob hipótese alguma. Era uma cadela cor de canela e de olhar inteligente, com a qual ele estabelecera um vínculo difícil de imaginar. O carinho que ele tinha por ela era tamanho que bem se poderia afirmar que ele daria a vida por ela.

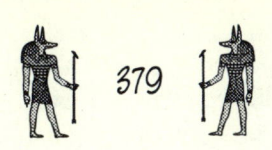

Para o príncipe, aquela relação pareceu inédita, mas como o animal se revelou um caçador magnífico, ele não se opôs a que ela os acompanhasse nas cavalgadas e chegou até mesmo a batizá-la com o nome de *Behek*, em homenagem a uma cadela que foi do faraó Inyoteb II, Wahankn,* mais de mil anos antes.

Um dia, enquanto Nefermaat se encontrava em seu consultório, um criado entrou muito agitado, convidando-o a acompanhá-lo, pois um fato grave requeria sua presença. Ao que parecia, o príncipe Amonhirkopshep sofrera um acidente em seu carro e se encontrava consideravelmente ferido.

Enquanto se dirigia aos aposentos do príncipe, Nefermaat pensou que tal fato não lhe surpreendia em nada. Depois da experiência que teve, o jovem médico chegara à conclusão de que só um milagre havia evitado que o príncipe Amonhirkopshep não tivesse caído antes do carro. Anat, a deusa a quem ele reverenciava, por fim o abandonara.

— Sei o que estás pensando — disse o príncipe quando o viu entrar em seus aposentos —, mas te asseguro que a deusa não teve nada a ver com isso. Eu fui o culpado por não ter controlado os cavalos. Uma das rodas passou sobre uma pedra, e o carro tombou.

Nefermaat se aproximou do príncipe com diligência. Ele se encontrava inclinado em um divã, sobre um dos almofadões, coberto de feridas e contusões dos pés à cabeça. Ao mover um dos braços, Amonhirkopshep não pôde evitar queixar-se por causa da dor.

— Acho que está quebrado. Mal posso mexer os dedos — disse ele, mostrando o braço esquerdo.

---

* Esse faraó da XI Dinastia era muito afeiçoado aos cães.

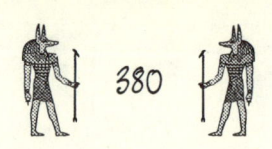

Nefermaat examinou o braço dolorido e percebeu de imediato o *nekhebkheb*,* a típica crepitação que se origina ao mover os extremos fraturados de um osso, um contra o outro. Isso foi extremamente incômodo para o príncipe, que logo tornou a queixar-se.

— Príncipe, receio que tenhas uma fratura no rádio — disse o médico enquanto continuava a examiná-lo. — Apesar de ser *sedj*,** espero que não haja problemas para que o osso fique adequadamente soldado. Eis um mal que tratarei.

— Sei que desta vez me livrarei de prestar contas ao tribunal de Osíris — disse o príncipe com uma voz queixosa. — Apesar de parecer que ele já deve estar batendo à sua porta — continuou, apontando para a cama.

No mesmo instante, Nefermaat olhou naquela direção e viu o corpo de Sesóstris estendido sobre o leito.

Surpreso por não ter se dado conta antes, o jovem se levantou.

— O que aconteceu? — perguntou ele enquanto se aproximava da cama.

— Sesóstris teve um destino pior do que o meu, pois, ao cair, bateu com a cabeça e ficou inconsciente. Parece que não está muito bem. No entanto, quem deve dizer isso és tu.

Nefermaat se aproximou da cama onde Sesóstris jazia, prostrado, com temores estranhos. Seu braço esquerdo não parava quieto, e seu rosto exibia um ricto estranho.

O médico o observou com atenção, reparando no grave traumatismo do qual o núbio padecia. Ele sofrera fortes golpes na região frontotemporal e apresentava um afundamento no crânio. Naquele

---

* Era uma onomatopeia egípcia que significava "crepitar".
** Os antigos egípcios chamavam as fraturas simples de *sedj* e as múltiplas, de *pesen*.

momento, Nefermaat teve consciência da gravidade do caso, assim como de o quanto a intervenção seria complicada.

Ele se virou para o príncipe e explicou seus temores.

— Faz o que puderes por ele — disse Amonhirkopshep sem rodeios. — Dado o seu estado, tu não podes ser recriminado se algo der errado.

O jovem *sunu* pestanejou e, quase de imediato, voltou para junto do corpo que não parava de convulsionar. Naquele instante, se lembrou dos conselhos que Anon lhe dera, assim como da operação que tivera o privilégio de vê-lo realizar. O caso do qual se ocupava era menos grave, pois não seria necessária prótese alguma para substituir o osso quebrado. Nefermaat simplesmente deveria tentar pôr aquele fragmento de osso afundado no lugar para aliviar a pressão que ele exercia sobre o cérebro. Como Anon havia lhe explicado em várias ocasiões, o cérebro não era um simples produtor de mucosidades e tinha incumbências que ele suspeitava que fossem complexas e afetavam a grande quantidade de funções do organismo. Por algum motivo que o médico desconhecia, as lesões no lado direito da cabeça repercutiam sobre o lado esquerdo do corpo, sendo que o lado esquerdo da cabeça também parecia refletir as consequências de seus danos no lado direito.

Aquele era um imenso universo para o qual ele não estava preparado e que, no entanto, lhe mostrava claramente o quanto seus conhecimentos eram limitados.

A intervenção que Nefermaat realizou no núbio significou um grande êxito, pois ele só fez repetir o que vira seu professor fazer um tempo antes. O jovem retirou a pele do crânio, cortou ao redor do osso afundado com o bisturi, o levantou com cuidado, o melhor que pôde, e, depois de desinfetá-lo, voltou a pôr a pele no lugar, prendendo-a exatamente como havia aprendido. Então, administrou a beberagem com opiáceo para que o paciente dormisse, comprovando com satisfação que os tremores haviam desaparecido.

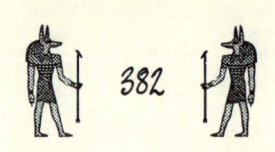

Quando Nefermaat terminou, todos os presentes olhavam para ele, atônitos, e até a cadela, que não saía dos pés da cama, balançou o rabo, satisfeita.

O jovem *sunu* imobilizou o braço do príncipe e o engessou com *imru*. Depois, se dedicou a curar suas feridas, que não precisaram de suturas, pois, embora numerosas, eram superficiais e se deviam às contusões que sofrera na queda. Nefermaat se limitou a cobri-las com azeite e mel,* e a prescrever o uso de carne fresca sobre os hematomas maiores durante o primeiro dia.

— Acreditas que ele viverá? — murmurou o príncipe enquanto fazia um gesto significativo em direção a Sesóstris.

Nefermaat, que havia terminado seus curativos, o ajudou a se acomodar melhor, mas não disse nada.

— Anat que me proteja — jurou o príncipe com cara de sofrimento. — Estou moído. Não posso nem me mexer.

— Agora que as pancadas esfriaram, vão doer mais.

— Vão doer mais?

— Receio que durante alguns dias terás que tentar se mexer o mínimo possível.

O príncipe fez uma cara de desgosto.

— O braço levará mais algum tempo, mas espero que estejas curado daqui a um mês. Agora deves descansar o quanto puderes. Prepararei uma poção para ti.

---

* O mel (*bit*) era muito usado pelos médicos egípcios. Hoje se sabe que ele possui propriedades antibacterianas poderosas, assim como fungicidas, graças a seu poder osmótico.

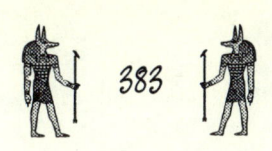

— Uma poção? Que tipo de beberagem queres que eu tome?

Nefermaat o observou com um ar divertido.

— Um que te administrarei para que possas dormir. Contém raiz de mandrágora na dose apropriada — disse ele, mostrando um pequeno frasco de vidro.

O príncipe gesticulou claramente incomodado porque sabia o quanto a planta poderia ser perigosa se não fosse empregada de forma conveniente.

— Deves confiar em teu *sunu* — comentou o médico, brincando. — Não te esqueças de que sou um *ueb* e que é Sekhmet quem guia a minha mão. Será ela quem aliviará tua dor.

Amonhirkopshep grunhiu, resignado, enquanto levava o frasco aos lábios para prová-lo.

— A deusa sempre tem a última palavra, e espero que, nesse caso, ela seja benevolente também com Sesóstris. Agora deves descansar. Amanhã virei visitar os dois.

Na verdade, Sekhmet se encontrava feliz e satisfeita, surpreendendo os mortais espantados com sua complacência. Aquele jovem *ueb* parecia possuir o poder de aplacar a natureza colérica da deusa e, inclusive, transformá-la na mais dadivosa das divindades. A colérica leoa se transformara em uma doce gatinha, assimilando o aspecto mais delicado e maternal dela. Nas mãos de Nefermaat, Sekhmet se tornara a Bastet mais submissa e protetora que, generosa, resguardava seus filhos de todo o mal, cobrindo-os com suas habilidades benéficas. Uma autêntica metamorfose que a região de Medinet Habu inteira garantia que se devia a Nefermaat, o filho predileto da deusa.

O sentimento da corte era tamanho que ela não economizava elogios à pessoa do jovem *sunu*, que, inclusive, afirmavam ser a viva reencarnação do lendário Imhotep, o maior dos médicos. Senão, como explicar um milagre tão impressionante?

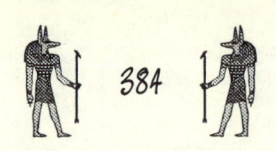

Para Nefermaat, porém, tudo tinha uma explicação. No Egito, a trepanação era quase tão antiga quanto o próprio país, embora, como ele bem sabia, às vezes os resultados não fossem os esperados, e o paciente morresse. No entanto, no país de Kemet eram muitos os *sunu* que a realizavam com êxito, sem que para isso fosse preciso louvores e cânticos em sua homenagem.

Ainda tinha viva na memória a intervenção que teve a oportunidade de ver Anon executar em estado de embriaguez, por meio da qual ele demonstrou que o milagre residia em suas mãos. Foi uma operação complicada, felizmente resolvida pelo grande mestre, de quem se orgulhava de ter sido pupilo.

Apesar de elogios tão exagerados, Nefermaat teve que reconhecer que, de certo modo, houvera algo de milagroso na pronta recuperação de Sesóstris, embora ele a atribuísse à natureza fenomenal que o núbio parecia ter. No entanto, esse detalhe mal foi levado em consideração pelos cortesãos, sempre tão propensos ao sobrenatural que acabaram transformando a realidade, acrescentando dados novos a cada dia que passava. Assim, em poucas semanas, houve quem chegasse a assegurar que o jovem médico possuísse poderes ocultos capazes de devolver o sopro da vida.

Alheio a tais falatórios, Nefermaat se encontrava exultante. Parecia que o universo frio pelo qual antes vagava, de repente, havia se tornado cálido e luminoso, fazendo com que ele se sentisse alegre e otimista. O amor de Nubjesed enchia seu coração de desejos e esperanças, assim como de todas as coisas boas que ele era capaz de abrigar em seu interior. Nefermaat não podia estar mais feliz. Até mesmo seu trabalho era reconhecido publicamente pelos colegas, entre os quais Iroy, que chegou a emocioná-lo de verdade com elogios mais próprios de um pai orgulhoso do que de qualquer outra pessoa. Em meio a abraços e felicitações, o velho médico lhe entregou uma carta que Anon escrevera de Bubástis.

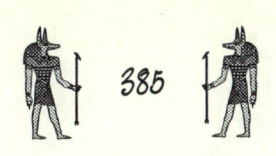

— É uma pena o bom Anon não estar aqui neste momento — lamentou-se Iroy, emocionado, ao entregar-lhe a carta.

O jovem a recebeu alvoroçado, reprovando a si mesmo por não ter enviado umas poucas linhas sequer a seu velho mestre e prometendo, em seguida, que escreveria para ele logo que terminasse de ler sua mensagem.

Já na intimidade do quarto, desenrolou o papiro com uma emoção que mal podia conter e fechou os olhos depois de ler as primeiras linhas, que lhe trouxeram a nítida imagem de Anon de Bubástis.

Queiram os deuses, dos quais és leal servidor, terem a ti exatamente como eu desejaria, são do corpo e pecaminoso do coração, embora esteja convencido de que te encontres bem em ambos os aspectos. Eu, como deves imaginar, continuo fiel a meus princípios, esquecendo-me de minha saúde e seguindo as pautas prejudiciais que meu impuro coração me dita. Continuo tão obsceno e indecente quanto antes e preservo meu antigo gosto por perseguir minha esposa pelos corredores da casa, embora, cá entre nós, ela tenha se tornado mais recatada e já não pareça desfrutar tanto disso quanto antes. Deve ser coisa da idade, pois está se tornando velha de espírito, e seu único desejo é que a deixem em paz. Procuro me esquecer de suas indelicadezas, refugiando-me nos amistosos braços de Bés, o único deus que merece meu respeito, como bem sabes, e de quem me tornei amigo íntimo, pois afogo meus pesares em seus néctares mais saborosos. Algo que, por outro lado, o agrada muito, levando-o a chamar-me de filho predileto. É claro que espero que tal confidência fique entre nós. Eu não gostaria que o resto dos deuses de vosso infinito panteão, ciumentos por isso e conhecedores de minha impiedade manifesta, se irritassem comigo, já que, no fim das contas, não devo nada a eles.

Hei de reconhecer, no entanto, que a nostalgia me embarga mais do que eu desejaria, pois sinto falta de tua companhia e também dos comentários inconvenientes que te endossava e que tu suportavas com uma paciência inabalável. Não ter alguém para provocar fez de mim um indivíduo irritável e eu diria que até perigoso, pois ultimamente desconto em meus pacientes indefesos a quem incomodo com facilidade, reprovando qualquer hábito nocivo que eles tenham, ainda que sejam como os que eu cultivo.

No mais, tudo segue exatamente como tu deixaste, pois conheces de sobra a pouca propensão de teu povo a variar a ordem estabelecida. Algo que, em determinadas disciplinas, eu reprovo, como tu sabes bem. Há outra coisa que hei de comentar que, sim, é uma verdadeira novidade e que estou certo de que vai te interessar. Trata-se de Atet. Minha enteada indomável decidiu se tornar um problema e persevera a cada dia, a fim de consegui-lo. Francamente, e embora me doa, decidi dar-me por vencido, pois suas indelicadezas para com minha pessoa chegam quase à zombaria em si. Ela continua se insinuando o quanto pode só para então começar a rir bem na minha cara. Em todo caso, isso não é novidade alguma, pois já estou mais do que conformado que ela me escape viva.

A novidade está no fato de Atet estar grávida. Algo que, cá entre nós, me estranha que não tenha acontecido antes, já que, com tantas saídas noturnas e a vida permissiva que ela levava, seria o mais natural. Como te adverti um dia, ela é como uma gata, e estou convencido de que, às vezes, acredita ser a própria Bastet. Algo inédito. De um jeito ou de outro, por fim, ficou prenha como uma vulgar gata de rua, pois nem sua mãe nem eu sabemos o nome do pai. A putinha continua misteriosa até mesmo para isso.

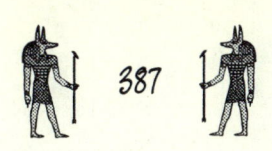

Bom, te manterei informado sobre o assunto, embora antes eu espere receber uma ou outra palavra de alento de tua parte para o meu espírito maltratado. Lembra-te de que esse velho rabugento tem carinho por ti e deseja que tudo esteja tão bem quanto tu mereces.

Escreve-me um dia.

ANON

Nefermaat enrolou o papiro com parcimônia. Assim como seu mestre, ele também se sentia embargado de nostalgia pelos tempos passados, assim como pelo afeto sincero que sentia por Anon. Suspirou enquanto depositava o papiro em uma estante, pensando na gravidez de Atet. A ele a notícia também não surpreendia e, conhecendo os caminhos tortuosos por onde o *ba* da moça costumava vagar, era absolutamente impossível determinar quem corresponderia à autoria da paternidade. Nefermaat refletiu por alguns instantes sobre isso, experimentando uma mistura de sentimentos. Em seguida, sentou-se sobre a esteira, pegou um papiro, um cálamo e se pôs a responder a carta do amigo. Era o mínimo que Anon merecia.

Shemu, a estação da colheita, chegou naquele ano com mais calor do que o de costume. As noites, habitualmente frescas nessa época, estavam estranhamente agradáveis, o que contribuiu ainda mais, se é que seria possível, para que Nubjesed e Nefermaat se encontrassem em seu lugar secreto. Ali, encolhidos sob uma manta, se amavam e faziam planos para o futuro, convencidos de que este lhes pertencia. Nesses planos a princesa parecia mostrar-se mais audaciosa a cada noite, concebendo intenções obscuras que sussurrava ao ouvido do amado. No princípio, ele mal dava importância a elas, mas, com o tempo, percebeu que tais intenções eram verdadeiras e não teve outro remédio senão levá-las em consideração. Isso chegou a produzir no rapaz um sentimento de temor e até mesmo de preocupação, pois ia contra sua essência. Nubjesed deixava claro que não renunciaria a suas aspirações ao trono e que ele deveria acompanhá-la.

Para conseguir realizar tais desejos, ela incentivava o namorado a fazer o que fosse preciso. Agora que ele era uma figura respeitada em Medinet Habu, tinha a oportunidade de eliminar todos os obstáculos para que pudesse se casar com ela. Depois, tudo seria simples.

Nefermaat se sentia horrorizado diante da interpretação que poderia dar às vagas palavras de sua amada, negando-se a acreditar que ela o induzisse a usar a ciência para se livrar de seus rivais. Mas quando, assombrado, ele abria a boca para contestá-la, os dedos da princesa logo selavam seus lábios enquanto esta olhava para ele como só ela sabia fazer, enfeitiçando-o por completo. Então, Nefermaat sentia como sua vontade diminuía e se esquecia de suas desaprovações enquanto se entregava a ela, sem reservas, mais uma vez.

Em uma tarde, depois de vários dias sem poder ver Nubjesed, Nefermaat recebeu a visita de uma de suas aias.

Os dois jovens costumavam enviar mensagens um para o outro através delas e quase sempre por meio de uma que era de inteira confiança da princesa. Como em outras ocasiões, ela se limitou a entregar a mensagem a ele, que se apressou para ler e dizer se estava de acordo. Em seguida, ela saiu.

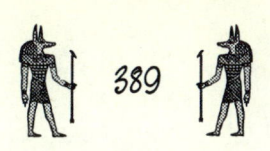

Nefermaat sorriu feliz diante da possibilidade de voltar a ver Nubjesed naquela noite. Havia se acostumado à princesa de tal maneira que os dias nos quais os dois não se viam se tornavam insuportáveis para ele. Contudo, enfim, ainda naquela noite, ele poderia abraçá-la de novo, algo que o fazia sentir-se particularmente afortunado.

Assim, pouco antes da hora marcada, Nefermaat saiu em sigilo do palácio em busca de sua amada. A noite já havia caído e estava tão escura que ele mal podia reconhecer o chão sobre o qual pisava. No caminho, seu coração batia de tão contente diante do encontro iminente, imaginando as inúmeras carícias com que sua amada o receberia. A simples menção de seu nome provocava nele uma deliciosa sensação que o fazia evocar o contato com os lábios dela, que o transportavam a um mundo remoto do qual ele não queria regressar nunca.

Enquanto adivinhava o caminho a ser seguido, Nefermaat teve um momento de lucidez que o fez pensar nas expectativas de sua amada. Ele tinha consciência de sua incapacidade de controlá-las, embora precisasse reconhecer que, de certo modo, a princesa tivesse razão. Os dois não podiam continuar indefinidamente com aquela relação clandestina. Era necessário torná-la pública e encarar o futuro com confiança, pois não era à toa que se amavam acima de tudo.

Quando Nefermaat chegou ao lugar onde os dois costumavam se encontrar, a escuridão pareceu se tornar ainda mais voraz. A ausência da lua se unira a um espesso manto de nuvens que acabaram ocultando as únicas luzes que, desde o firmamento, o acompanhavam. A noite estava tão negra que Nefermaat teve que estender as mãos para reconhecer o emaranhado de arbustos de hena e assim poder situar-se em meio a trevas tão persistentes.

Foi então que outras mãos se uniram às suas, atraindo-o em direção à pequena parte clara, formada pelo matagal fragrante, onde foi gentilmente convidado a se deitar.

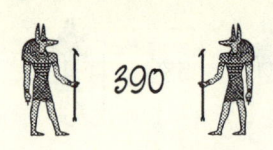

— Meu amor — mal conseguiu murmurar o jovem, excitado por aquelas mãos suaves que pareciam guiá-lo na escuridão.

Todavia, não houve resposta, apenas uns dedos que o empurravam com delicadeza sobre a manta e que, em seguida, acariciaram seu peito com uma suavidade que o fez estremecer.

— Hoje, a deusa pessoalmente me abre as portas de seu sagrado santuário, permitindo-me gozar do privilégio de seus favores — tornou a sussurrar Nefermaat, com palavras entrecortadas.

Como em tantas outras vezes, uns dedos selaram seus lábios, convidando-o a fazer silêncio, e ele tentou mordiscá-los, agitado. Entretanto, em seguida, eles se afastaram e voltaram a acariciar seu peito, criando centenas de desenhos imaginários. Nefermaat sentiu como aquelas formas ilusórias representadas sobre sua pele incendiavam-lhe os ânimos como Nubjesed nunca havia conseguido antes, fazendo com que ele estendesse os braços desesperadamente em direção a seu suposto corpo. No entanto, elas não tocaram em nada, desaparecendo entre movimentos descontrolados na densidade tenebrosa.

O jovem ouviu alguém ciciar suavemente.

Diante de uma imposição como aquela não cabia mais do que obedecer, e Nefermaat baixou os braços, rendido, mais uma vez, diante dos poderes sobrenaturais.

A partir daquele instante, tudo pareceu precipitar. Os dedos, que haviam ziguezagueado por sua pele com tanta habilidade, de repente se deslizaram audaciosos por seu ventre e abriram seu saiote em um instante. Ao tirá-lo, Nefermaat experimentou um grande alívio, livrando-se da incômoda opressão enquanto dava rédea solta a seus instintos naturais, expondo-os sem embaraço.

Naquela noite, ele não conseguia ver nada, apesar do esforço. A escuridão tinha mãos, e elas se apoderaram de sua virilidade com uma determinação que o fez gemer, exacerbado. A deusa manuseava seu membro como se quisesse captar, através dele, seus sentimentos mais íntimos, pois o apertava de tal forma que as batidas de seu coração eram transmitidas por ele. Seu coração falava através das veias de seu membro ereto, e a deusa, que o escutava, parecia entender sua língua, já que pressionava justo onde devia.

Nefermaat nunca havia experimentado antes tais sensações nas mãos de Nubjesed. Ela sempre lhe transmitira uma cálida suavidade que pouco tinha a ver com o que o jovem sentia naquele momento e, no entanto, ele notava que era conduzido por mãos tão firmes e decididas que não queria, sob hipótese alguma, ser abandonado por elas.

Justo quando seus pensamentos vagavam confusos por aquele mar de emoções contraditórias, Nefermaat sentiu como aquelas mãos davam lugar a um corpo que se sentava sobre o seu, fazendo com que sua virilidade sufocada desaparecesse em seu interior.

Não havia dúvida. Hathor, a deusa do amor por excelência, decidira tomá-lo a seu serviço, deixando seus sentidos escravos de sua divina vontade para sempre. Ali, montada sobre seu ventre, em meio a trevas insondáveis, a deusa cavalgava com a cadência própria das bestas desesperadas. Como se seu corpo fosse o cavalo que deveria levá-la ao mais cobiçado pináculo, Nefermaat sentia como umas coxas fortes como aríetes pressionavam sua cintura sem a menor contemplação. Hathor parecia estar fora de si naquela noite, e não havia mortal algum capaz de acalmá-la.

O jovem estendeu suas mãos uma vez mais em direção ao vazio, acariciando aquelas coxas poderosas que o atenazavam por completo. Notou que, embora suaves, elas eram vigorosas. Algo que o surpreendeu, já que, pelo que ele se lembrava, as de Nubjesed eram mais magras.

Abriu os olhos, tentando ver onde mal se podia fazê-lo justo quando sua amazona imprimia ainda mais ritmo à cavalgada. Ele tocou sua cintura, também generosa, e percebeu que não era como a da mulher que amava. Um sentimento indescritível se apoderou dele por completo naquele momento. Confuso e sem saber o que fazer, a angústia o tomava como o vento do deserto, duro e sufocante. Então, sem poder impedir aquilo, sua amazona enigmática começou a ofegar de forma estremecida e, levada por uma espécie de arrebatamento furioso, se inclinou para a frente em meio a convulsões espasmódicas e gemidos desconexos que, naquele momento, não eram senão gritos que pareciam vir das próprias entranhas.

Quando aquele corpo caiu relaxado sobre o seu, Nefermaat sentiu uns seios exuberantes se apertarem sobre seu peito, claramente agitados pela respiração entrecortada. Então, os acariciou, comprovando como, opulentos, se esparramavam para ambos os lados, pressionados contra ele. Foi quando uma voz, ainda ofegante, sussurrou ternas palavras de amor ao seu ouvido. Com as mãos trêmulas, ele ergueu aquela cabeça até tê-la diante de seu olhar, temeroso em conhecer sua identidade. Esta, porém, estava clara em seu coração muito antes de seus olhos tentarem descobri-la. Não era Hathor quem o seduzira naquela noite, mas sim Neferure.

Neferure passara os últimos dias muito excitada. O homem que ela amava e desejava mais do que qualquer outra coisa no Egito havia lhe declarado o seu amor e a irrefreável paixão que o consumia.

Durante semanas, um criado andara entregando mensagens secretas por meio das quais Nefermaat manifestava seu carinho por ela e ao mesmo tempo lhe implorava que fosse o mais discreta possível a fim de que sua relação obtivesse êxito. Cada carta era uma nova revelação de seus sentimentos, na qual ele a advertia dos perigos que poderia correr se não agisse com prudência. A princesa Nubjesed o submetia a uma perseguição permanente, à qual ele tentava resistir sem chegar a ferir seu orgulho real. Por isso, o jovem lhe solicitava para dissimular cada vez que os vissem juntos, suplicando-lhe que não levasse em conta as aparências, pois era ela, Neferure, quem ele amava na verdade.

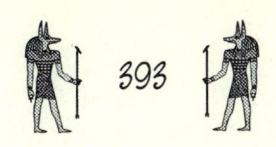

Neferure respondeu cada uma daquelas cartas com novas mensagens por meio das quais, pouco a pouco, foi abrindo seu coração para o jovem, até assegurar-lhe que pertencia apenas a ele.

Então, o mesmo criado se encarregava de levar as mensagens para o médico amado pela jovem, que, por sua vez, voltava a escrever novos bilhetes para ela.

Para Neferure, a espera chegou a se tornar um sofrimento, pois seus desejos geravam sonhos desesperados em seu temperamento atormentado. Ela sonhava em abraçar Nefermaat e fazê-lo seu até a exaustão.

Por fim, em uma tarde, o tão esperado momento chegou. Neferure recebeu um bilhete de seu amado no qual ele propunha que os dois ficassem a sós. Ao lê-lo, a moça pensou que seu coração saltaria do peito, e uma incontrolável agitação se apoderou dela por completo. Neferure escreveu umas linhas breves, concordando em encontrá-lo, e as entregou ao criado para que ele as levasse até seu amor. Então, esperou a chegada da noite com impaciência e, na hora prevista, saiu.

Tudo foi como em suas melhores fantasias. Quando Nefermaat apareceu, ela o acariciou exatamente como desejara fazer nas noites solitárias em que havia proporcionado prazer a si mesma em um desespero calado. Aquele corpo tão desejado, enfim, era seu, e quando Neferure sentiu seu amado dentro de si, toda uma tormenta de desejos insatisfeitos explodiu em seu interior, sem que ela pudesse exercer o menor controle sobre isso. Sentada sobre Nefermaat, Neferure se sentiu livre e ao mesmo tempo imensamente feliz por terem culminado com êxito todas as suas esperanças.

Então, algo aconteceu. Algo difícil de explicar, mas que ela percebeu com clareza. Justo depois de atingir um orgasmo que por alguns instantes parecia interminável, aquele corpo que a transportara a paraísos que ela desconhecia lhe rejeitara sem motivo aparente, mas, ao mesmo tempo, sem equívocos. Enquanto estava deitada sobre ele e tentava normalizar a respiração, notou como umas mãos torpes e insensíveis apalpavam seus seios com nervosismo, em uma aparente tentativa de reconhecer a quem pertenciam. Naquele momento, Neferure teve a amarga sensação de ser repudiada e também de não ter passado de uma estranha sobre aquele corpo. Então, ouviu a voz dele pela primeira vez:

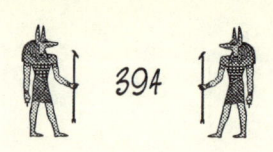

— Neferure, és tu?

Ela pensou que suas entranhas tivessem se aberto, provocando o maior dos tormentos.

— E quem mais seria, meu amor? — respondeu ela, temerosa. — Estou aqui, exatamente como combinamos.

— Disseste combinamos? Divindades das horas noturnas,* que tipo de zombaria é essa? — perguntou Nefermaat, soltando-se do abraço amoroso.

— Zombaria? Espero que não — disse ela, levantando-se. — Ainda na tarde de hoje me enviaste um bilhete, marcando este encontro. Por acaso o negas?

— Claro que nego. Jamais te mandei bilhete algum.

— Negas também ter enviado cartas, declarando teu amor por mim? — perguntou Neferure, claramente afogueada.

— Meu amor?

Bem naquele instante, os arbustos se moveram, e alguém abriu caminho por entre eles, aproximando-se dos amantes. Os dois olharam com expectativa, tentando adivinhar sua identidade, e logo sua voz lhes fez estremecer:

— Cachorros! Eu deveria mandar açoitar os dois aqui mesmo!

Era Nubjesed.

---

* Eram doze deusas que representavam cada hora da noite.

19

O lamento devastador de Nubjesed permaneceria no coração de Nefermaat durante toda a sua vida. Aquela imprecação significou algo mais do que um simples juramento. Ele foi testemunha do desespero manifestado por uma alma desolada. Em um instante, tudo mudava, subitamente, como que por um feitiço.

Na hora de costume, a princesa se dirigira ao lugar do encontro. Ia feliz, como quase todas as vezes que esperava ver Nefermaat, pensando no melhor modo de pôr seus projetos em prática. Estes estavam sempre relacionados ao *sunu*, pois seu amor por ele era sua verdadeira referência. Conhecedora da integridade de seu amado, ela sabia que precisaria de tempo para moldá-lo convenientemente, mas os dois eram jovens e, se possuíam alguma coisa, era isso: uma vida inteira pela frente para alcançarem juntos seus objetivos. Estes haviam se tornado uma espécie de obsessão para ela e, às vezes, chegavam até a ofuscá-la. No entanto, a princesa estava convencida de que sua obsessão era consequência de sua consciência. Ela conhecia perfeitamente a própria família e acreditava ter uma noção clara da situação. Sob seu ponto de vista, nenhum de seus familiares possuía merecimentos para desposá-la e muito menos capacidade para governar sua terra sagrada. Era preciso agir com cautela e esperar com paciência até que chegasse o momento oportuno. Só então ela e seu amado médico estariam em condições adequadas para dar o passo definitivo. Estava certa de sua audácia e também de que um dia seria a rainha do Egito.

Enquanto tantos pensamentos preenchiam seu coração, seus pés a levavam mecanicamente pelo caminho que costumava seguir. Ela andava tão absorta em suas emoções que mal reparou na escuridão da noite e muito menos no céu encoberto que acrescentava a voracidade das trevas que a cercavam.

Já perto dos arbustos de hena, a princesa regressou de sua viagem ilusória pelo incerto mundo das expectativas. Sons incomuns, vindos dos matos próximos, a ajudaram a tomar plena consciência da realidade. No princípio, Nubjesed pensou que aqueles sussurros eram um gesto de seu amado direcionado a ela, chamando-a para ficar ao seu lado. Entretanto, ao se aproximar do lugar, os vagos rumores se transformaram em presságios de tormento para uma alma antes feliz e agora a ponto de desaparecer de tanto desalento.

Os sussurros se transformaram em gemidos. Gemidos próprios de quem desfruta dos prazeres do amor. Isso encheu Nubjesed de maus pressentimentos e, naquele momento, ela tentou descobrir quem os proferia. Contudo, a escuridão a impediu, o que a obrigou a aguçar os ouvidos para averiguar.

Durante longos minutos, assistiu sem se intimidar à cacofonia de lamentos ofegantes e prazerosos proferidos por uma mulher. Ela dava uns gritinhos e, ao mesmo tempo, gemia e tinha a respiração totalmente descompassada. Nubjesed também percebeu com clareza o roçar dos corpos e o som característico de quem toma seu amado. Quando, depois de uma longa cavalgada, enfim chegou o êxtase final, a princesa imaginou como aquele corpo desmaiava sobre o de seu amante enquanto estertores ligeiros chegavam claramente a seus ouvidos, como se fossem de um animal ferido.

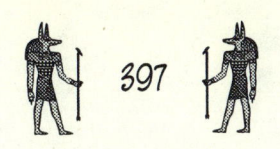

Logo veio um pequeno rebuliço de murmúrios e corpos se mexendo e, em seguida, ela ouviu a voz de Neferure com nitidez.

Nubjesed teve um sobressalto. Neferure era a amante a quem ela estivera escutando e, naquele instante, sentiu repugnância, pois tinha aversão à jovem. Também ouviu a voz de seu acompanhante, ainda que tão fraca que foi impossível precisar sua identidade. Depois, os dois apaixonados pareciam conversar, mas Nubjesed só conseguiu ouvir com clareza as palavras de Neferure:

— E quem mais seria, meu amor? Estou aqui, exatamente como combinamos.

A princesa notou como sua pulsação acelerava e as palmas de suas mãos se umedeciam, mas continuou escutando com atenção.

Ouviu Neferure se levantar e fazer referência a umas cartas nas quais lhe declaravam amor. Em seguida, seu acompanhante pareceu ter se levantado e, então, sua voz chegou claramente pela primeira vez. A voz do ser que ela amava sobre todas as coisas.

A frase foi solta, mas, em meio ao desespero, para a princesa foi mais do que ela podia suportar.

Nefermaat pronunciara "meu amor", as palavras que só ela deveria ouvir dele e que, contudo, eram destinadas à detestável Neferure. Seu amor, o homem por cuja integridade ela apostara a própria vida, lhe enganara vilmente com uma forasteira vulgar. Os dois haviam se divertido juntos, e ele dera prazer a ela até fazê-la gemer como uma vagabunda, uma prostituta.

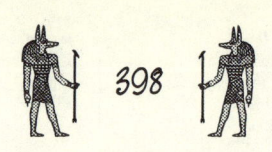

Tal ataque de indignação deu lugar, quase que de imediato, a outro sentimento muito mais avesso. Ela, a neta do faraó, não podia ser enganada daquele jeito — ninguém faria pouco caso dela.

Foi então que o pior de seu caráter orgulhoso transbordou, incontido, como acontecia com o Nilo durante as cheias. Sem poder suportar mais aquilo, ela saiu do meio dos arbustos proferindo insultos e ameaças.

Ao ver o que acontecia, Nefermaat desejou ser tragado por Nut e se encaminhar ao Mundo Inferior, pois teria preferido acompanhar Rá de bom grado em sua viagem noturna repleta de perigos a permanecer ali em tais circunstâncias.

Para deixar a situação ainda mais penosa, os deuses pareciam confabular, como se quisessem festejar sua desgraça, fazendo com que o céu espalhasse as nuvens para permitir que a lua, que começava a sair no horizonte, iluminasse a cena com sua luz pálida.

Nefermaat não teve dúvidas de que, naquela noite, os deuses estelares tivessem se deleitado como nunca, divertindo-se com a cena. Despido, junto de Neferure, ele observou petrificado enquanto Nubjesed rogava pragas aos dois, furiosa, cuspindo o pior de si. A Nefermaat pouco lhe ocorreu dizer, pois, na verdade, ele estava tão surpreso quanto a princesa. Que espécie de feitiço era aquele? Em que tipo de farsa haviam envolvido sua pessoa? Impossível saber, já que seu coração era incapaz de decifrar tais enigmas e muito menos naquele momento.

Nefermaat olhou para o corpo nu de Neferure, ao seu lado, e se deu conta da própria nudez. Seu membro, ainda inchado, pendia úmido pelo gozo que a jovem buscara; era o principal artífice daquela confusão, sem ter culpa alguma.

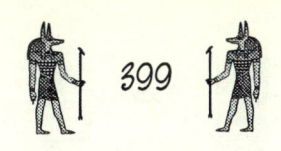

O jovem tentou acalmar-se, adotando sua postura habitual, mas deu no mesmo. O deus Hapi já havia transbordado suas águas, e a ele só restava começar a nadar.

Nubjesed se aproximou dos dois e, depois de afastar Neferure, empurrando-a com desprezo, deu uma bofetada sonora em Nefermaat enquanto olhava em seus olhos com um ódio inusitado. O jovem teve certeza de que aquele olhar não podia pertencer à mulher que ele amava, pois era impossível que alguém que o quisesse o olhasse daquela forma. A dor do bofetão passou logo. No entanto, aquele olhar ele recordaria sempre.

Depois, a princesa se afastou um pouco e observou os dois por um instante.

— Sabei que nunca me esquecerei do que fizestes. A partir deste momento, sois meus inimigos. Então, tomai cuidado comigo e tende uma coisa em mente: um dia serei rainha. Quando essa hora chegar, não haverá lugar no Egito onde podereis vos esconder de mim. Então, sofrereis.

Neferure cobriu o rosto com as mãos, prorrompendo em soluços, enquanto Nefermaat olhava para a princesa, muito sério.

— Tua fúria te impede de raciocinar. Fomos vítimas de uma farsa. Isto não é...

— O que parece? — interrompeu Nubjesed com arrogância. — Nunca pronuncies essa frase, Nefermaat. Tu, não.

Em seguida, a princesa deu meia-volta e desapareceu por entre os arbustos.

Neferure parou com os soluços e, ao se dar conta de sua nudez, agarrou suas peças de roupa, apertando-as contra o peito, enquanto se cobria. Então, olhou para Nefermaat, furiosa, dirigindo-lhe todo tipo de impropérios:

— Teu meio-irmão tem razão em te detestar — disse ela, aproximando-se. — És maldito entre tua família, e eu também te maldigo. Isso mesmo, maldigo a ti e a teus descendentes por vinte gerações.

Depois, cuspiu na cara dele e saiu correndo com as peças de roupa nas mãos, soluçando de novo.

Nefermaat deixou que a saliva escorresse por seu rosto. Para ele, aquilo não passava do resultado de uma óbvia frustração, de uma impotência por acreditar ter sido usado por meio dos sentimentos. Sentou-se por um instante, tentando pensar com clareza. Tudo parecia confuso, mas, ao mesmo tempo, planejado. Estava claro para o jovem que aqueles fatos haviam sido tramados por alguém, ainda que ele continuasse sem compreender a necessidade de usar as pessoas por meio de suas emoções. Ele não era inimigo de ninguém e, no entanto, havia quem não pensasse assim.

Suspirou enquanto se vestia. Sentia-se tão agoniado que não sabia que caminho deveria seguir. Inúmeras lembranças se amontoaram sem querer em seu coração, provocando-lhe uma angústia indescritível. As imagens da vida que passara entre as paredes do templo deram um nó em sua garganta. Ele viu com nitidez o rosto do velho decano, todo bondade e sabedoria, e pensou que talvez nunca devesse ter saído dali. Era possível que aquele fosse o seu lugar e que, no entanto, ele o tivesse desprezado, levado por sua falta de modéstia. Sua ânsia, ainda que fosse por conhecimento, tivera consequências, pois tudo na vida segue seu curso.

Seu coração estava devastado. Provavelmente para sempre, e isso era algo com o qual Nefermaat deveria aprender a viver. Ele continuava amando Nubjesed sem poder implorar seu perdão, já que não havia nada que perdoar. Seus caminhos haviam se separado naquela noite da pior maneira possível e, no entanto, ele continuava a amá-la. Sempre teria a esperança de que os deuses, magnânimos, um dia lançassem luz sobre aquela ignomínia e se soubesse a verdade. Então, se lembrou dos conselhos que tantas vezes lhe deram quando chegara a Tebas. Ele acreditava tê-los seguido com prudência, mas, naquela noite, os fatos mostravam que não fora assim, e agora de nada adiantaria lamentar-se. Já não havia como voltar atrás. A passagem pelo templo de Sekhmet fazia parte de seu passado. Agora, ele era o médico da corte. Esse era seu lugar e nele deveria ficar. Jurou, então, permanecer fiel aos ensinamentos antigos e cumprir o *maat*. Só assim seu coração encontraria a serenidade perdida, pois esse era o único caminho para encontrar a verdadeira justiça.

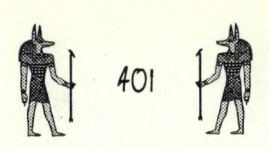

Seu humor mudou por completo, e ele recuperou a postura adulta e um tanto taciturna do passado, o singular hermetismo e o ar misterioso tão natural nele regressaram do lugar recôndito em que seu coração os havia esquecido. Este se abrira de tal maneira por causa da felicidade passada que ele optara por descartar tais posturas, pois o coração feliz só pensa em sorrir. Agora, tudo era diferente. Nefermaat chamava de novo seus antigos companheiros com a imperiosa urgência ditada pela necessidade. Precisava deles mais do que nunca para proteger-se por trás de muralhas invisíveis, já que só assim se sentiria seguro.

Depois de Nefermaat resgatar a personalidade esquecida, sua vida voltou à monotonia de antes. O jovem se refugiou no trabalho, atendendo aos doentes com ainda mais diligência. Vivia apenas para fazê-lo, e a corte inteira se dava conta disso.

Justo por aqueles dias, houve o casamento de seu amigo, Paneb. Embora com uma falta de vontade que ele não podia disfarçar,

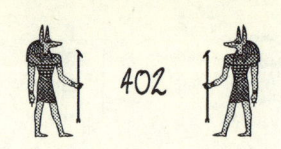

Nefermaat não teve outro remédio senão comparecer, pois Paneb não merecia ser alvo de suas frustrações. A celebração foi feita nos jardins da suntuosa residência do noivo e, para tal, foram convidadas quase todas as famílias importantes de Tebas, assim como as autoridades. Nefermaat temeu, por um momento, encontrar-se com Nubjesed, mas a princesa recusou o convite, pois parecia estar indisposta.

Nefermaat vagou solitário pelos jardins com pouco ânimo e desejoso de voltar a seus aposentos o quanto antes. Por isso, na primeira oportunidade, levou Paneb até um canto mais afastado para se despedir.

— Já vais? A festa está apenas começando.

— Sei disso, meu amigo. Todavia, não tenho ânimo para celebrações.

Paneb arqueou uma das sobrancelhas.

— Nubjesed?

Nefermaat assentiu, entristecido.

— Bem, não te preocupes. Deve ser um aborrecimento sem importância...

— Receio que não seja assim, querido amigo. A verdade é que estou desolado.

— Ah! — exclamou Paneb. — Sinto muito. Foi por isso que Nubjesed não veio?

— Imagino que sim. Também não é motivo para estragar teu casamento — reconheceu Nefermaat, aflito.

— Mas... O que aconteceu?

— Algo que eu não poderia imaginar nem em meus piores pesadelos — respondeu Nefermaat, agoniado.

— Bem, para ti disponho de todo o tempo que necessites, ainda que seja o dia de meu casamento. Conta-me, meu amigo. Quem sabe posso te ajudar?

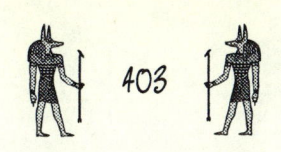

Com os olhos velados pela emoção, Nefermaat contou ao amigo o que acontecera, sem omitir detalhe algum. Quando terminou, Paneb olhava para ele, incrédulo.

— Ammit que me devore se alguma vez escutei algo parecido! — exclamou Paneb, surpreso.

— Terrível, não é?

— Terrível? Isso me deixa estupefato. Uma mente capaz de tramar algo parecido não pode ser humana.

— Infelizmente, é tão humana quanto a tua e a minha.

— Completamente perversa, eu diria — comentou Paneb. — E conta-me, o que pensas em fazer?

— Não sei. Duvido que a princesa queira me ouvir. Não te esqueças de que ela presenciou tudo.

— Que situação desagradável. E ainda mais com Neferure, a quem, como bem sabes, a princesa detesta.

Nefermaat fez uma cara de resignação.

— Como vês, a solução para isso não está em minhas mãos.

Houve um instante de silêncio entre os dois amigos, durante o qual Paneb parecia refletir.

— Em um momento como este, não adiantaria nada tentar vê-la. Nós dois conhecemos Nubjesed o suficiente para sabermos que ela nem sequer te escutaria.

Nefermaat assentiu, cabisbaixo.

— É bela como poucas — reconheceu Paneb —, mas também tem seus defeitos. Sabes melhor do que ninguém, meu amigo, que, às vezes, a soberba se apodera dela mais do que seria desejável e que o rancor se aninha com facilidade em seu coração.

— Não posso fazer nada além de aceitar a situação — disse Nefermaat, encolhendo os ombros. — Quem sabe um dia se possa esclarecer o que aconteceu.

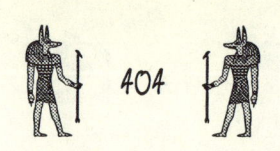

— Quem sabe... Mas até que esse momento chegue, não quero te ver triste. Então, alegra essa cara. Um homem tão fiel cumpridor do *maat* como tu não deve temer nada. Cedo ou tarde os deuses lançarão luz sobre o assunto. Além disso, não te esqueças de que Sekhmet vela por ti.

— A deusa pouco tem a ver com isso e não convém envolvê-la — afirmou Nefermaat, convencido.

— Estás mesmo desalentado, meu amigo. Enfim, verei o que posso fazer.

Nefermaat ergueu a cabeça, com o rosto iluminado pela esperança.

— Vou tentar falar com a princesa. Como sabes, sempre mantivemos uma boa relação. Talvez eu possa fazer alguma coisa. Todavia, como compreenderás, tenho que ser extremamente prudente.

— Claro... — sussurrou Nefermaat.

— Bem, velho amigo, enquanto isso, esquece o quanto podes desse assunto, já que, pensando nele, só conseguirás amargar-te. Sejamos otimistas, pois a grande verdade acaba triunfando.

Nefermaat assentiu enquanto dava uns tapinhas carinhosos no ombro do amigo.

— Agora devo deixar-te. Não quero que minha solícita esposa se sinta desatendida no dia de nosso casamento. Espero ter boas notícias dentro de pouco tempo — afirmou Paneb enquanto se despediam — e, sobretudo, não percas a fé.

Nefermaat observou o amigo se afastar e se misturar aos grupos de convidados que o felicitavam, desejando a ele toda sorte de venturas. Paneb certamente as merecia, e naquele momento Nefermaat se alegrou por ter ido à celebração de seu enlace. Paneb era um bom amigo, e Nefermaat tinha certeza de que ele faria tudo que estivesse a seu alcance para ajudá-lo.

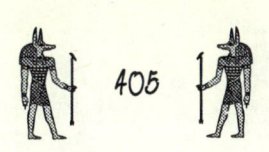

Perambulou durante um tempo de um lado para o outro, até que sentiu necessidade de ir embora. Tinha a sensação de ser um estranho em meio a toda aquela gente, e isso era algo que dificilmente suportava. Por essa razão, abandonou a festa da mesma forma que chegou nela: com discrição.

Para ele, a vida continuava e, como bem observara Paneb, o tempo poria as coisas no lugar, ou ao menos essa era a sua esperança mais íntima.

Em uma manhã, Nefermaat foi visitar o príncipe Amonhirkopshep para tirar o gesso de seu braço. A evolução do estado do príncipe, em geral, fora boa. Contudo, uma das feridas se infectou, e o médico teve que tratá-la com levedura de pão fermentada. O remédio, como de costume, deu bons resultados, e a levedura mofada* curou, por fim, a ferida do príncipe.

Amonhirkopshep se encontrava nos jardins do palácio, comodamente sentado à sombra, quando viu Nefermaat chegar.

— Confio que, enfim, Sekhmet tenha por bem me liberar de minhas talas — exclamou ele, levantando o braço.

Nefermaat o cumprimentou com respeito, esboçando um meio sorriso.

— Por fim a deusa decidira ser benevolente comigo? — perguntou o príncipe enquanto observava o jovem preparar seus instrumentos.

— Ela está satisfeita com tua recuperação — respondeu o médico, olhando nos olhos dele por um instante.

— De verdade?

---

* Os antibióticos atuais foram descobertos em algumas espécies de mofo, e as leveduras são fungos unicelulares.

— Claro. Ela mesma me confiou isso. Lembra-te de que sou seu filho predileto — continuou Nefermaat enquanto apanhava uns alicates.

O príncipe deu uma gargalhada.

— Tenho que reconhecer que tua companhia me agrada. Entendo que a Poderosa* vele por ti e até que te queira bem.

O médico fez um leve gesto de agradecimento.

— Ao menos há de existir algum deus que nos proteja quando o resto parece ter nos abandonado — continuou Amonhirkopshep.

Nefermaat olhou para ele, endurecendo um pouco o semblante.

— Não me olhes assim, homem. De um jeito ou de outro, todos nós somos abandonados por alguma divindade de vez em quando. Faz parte da vida.

O jovem apertou as mandíbulas, pensando no alcance daquelas palavras, e, conhecendo a mordacidade do príncipe, considerou seu duplo sentido.

— Não quero parecer mais irônico do que sou na realidade — disse o príncipe, lendo os pensamentos do jovem. — Não vamos dar importância ao assunto. Convido-te a beber.

— Obrigado, príncipe, mas já sabes que não bebo.

— Brindemos à minha recuperação. Depois de uma queda como essa, me parece um milagre que hoje eu esteja completamente recuperado. Vamos, bebe. O vinho é excelente.

— Suponho que sim — respondeu o jovem de forma seca enquanto erguia a mão em sinal de recusa.

— Se não queres beber à minha saúde, ao menos bebe à de Sesóstris. A recuperação dele, sim, foi um prodígio.

---

* Lembre-se de que a deusa Sekhmet também era conhecida com esse nome.

— Tenho que reconhecer que até a mim isso impressiona — observou Nefermaat. — Nunca vi tamanha capacidade de recuperação.

— Nem ninguém — interveio o príncipe, lacônico. — Esse homem tem o poder natural das bestas. Seu corpo musculoso possui uma força difícil de imaginar. Agora, tu és como um deus para ele.

O jovem voltou a esboçar um meio sorriso enquanto começava a cortar o estuque.

— Ele venera Set, pois não é à toa que gosta do deserto, embora também tenha te incluído em seu panteão.

— Em uma coisa tens razão, príncipe. Ele é dono de uma grande fortaleza, e seu crânio parece duro como o granito vermelho de Assuã, posso lhe garantir isso.

O príncipe riu com intensidade.

— Já te contei que ele fala com os animais? — perguntou ele, inclinando-se levemente para a frente.

— Bem, tu falas com os cavalos, de modo que...

— Não tem comparação — interrompeu Amonhirkopshep. — Os cavalos estão um degrau acima dos humanos e não têm nenhuma dificuldade para nos entender. Eu me refiro às alimárias, às bestas do deserto. Ele fala com elas, e elas o escutam.

— O que ele diz a elas?

— Não faço ideia — respondeu o príncipe, dando de ombros. — Ele conversa com elas na língua das tribos do deserto, sabes? Cada vez que recolhe uma peça durante a caçada, celebra uma espécie de ritual em sua homenagem. Espantoso.

Nefermaat acabou de tirar o *imru*, e o braço do príncipe ficou livre.

— Louvada seja Anat! — exclamou ele, jubiloso.

O jovem examinou o antebraço e assentiu, satisfeito.

— Parece que está perfeito, mas deverás mantê-lo na tipoia durante alguns dias e fazer exercícios para voltar a fortalecê-lo.

O príncipe mostrou seu sorriso mais cativante enquanto tocava o braço. Então, olhou para o jovem e pôs a mão sobre seu ombro.

— Nefermaat, está longe de mim fazer gracejos ou contar mentiras sobre tua pessoa, mas te advirto que tua reserva não evitará que os demais se inteirem. Lembra-te de que em Medinet Habu se acaba sabendo de tudo.

Nefermaat olhou para ele de forma enigmática.

— Não precisas que eu te conte o que já sabes, príncipe.

— Não quero que o faças, nem me interessam os detalhes. Todavia, estou certo de que tens consciência de que fostes usados.

Agora o olhar do jovem se tornou ansioso.

— Isso é algo que está acima de mim — murmurou ele em voz baixa. — Não tenho outro caminho senão o da resignação.

— Mas tu a amas, não é?

— Não podes imaginar o quanto.

— Parece que Renenutet vos enviou maus momentos, não é? Nunca sabemos o que a deusa tem reservado para nós. Está em sua essência. Em todo caso, em questões de amor não se pode perder as esperanças.

Nefermaat olhou para ele com expectativa.

— Não que eu saiba muito — prosseguiu o príncipe. — Contudo, parece, pelo que me contaram, que Nubjesed está com um humor horrível, extremamente irritada. Isso já é alguma coisa.

Agora o jovem pareceu surpreso.

— Claro, homem. Se não tivesses um lugar em seu coração, ela não estaria tão chateada.

Nefermaat acariciou o queixo, pensativo.

— Quem poderia ter tramado algo assim? — perguntou ele, enfim.

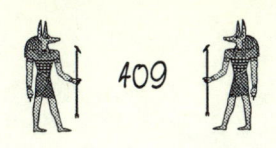

— Nisso eu não posso te ajudar e é possível, inclusive, que nunca se chegue a saber.

Nefermaat baixou os olhos em silêncio enquanto terminava de recolher seus instrumentos.

— No teu lugar, eu não me preocuparia tanto — prosseguiu o príncipe. — Como bem disseste, isso é algo que está acima de ti, e a vida continua.

Fez-se um silêncio incômodo, quebrado apenas pelos breves goles que o príncipe voltou a dar em sua taça.

— Se não desejas mais nada de mim, devo ir embora, príncipe. Tenho que atender outros pacientes — disse Nefermaat.

— Claro. Não será eu quem monopolizará tua magia. Entretanto, se esperares um instante, te apresentarei a uma pessoa interessante — afirmou o príncipe, apontando, em um gesto suave.

Em um ato reflexo, Nefermaat virou a cabeça naquela direção e percebeu que um homem se aproximava. Ele era alto e magro, e caminhava segurando um cajado elaborado com a parcimônia característica de quem pouco ainda tem por conquistar. Vestido com uma túnica de um branco imaculado e completamente tonsurado, aquele homem parecia dar vida às imagens dos antigos sacerdotes que uma vez foram gravadas nos muros dos santuários. Nefermaat reconheceu nele, naquele instante, a marca inapagável que se adquire apenas nos templos e o porte de quem se sabe poderoso.

— Sejas bem-vindo, Ramesenajt — exclamou o príncipe, erguendo a taça. — Amon, o Oculto, te envia em boa hora.

O sujeito inclinou a cabeça levemente enquanto sentava-se na poltrona que Amonhirkopshep lhe oferecia, solícito.

— Enfim, Anat escutou minhas preces — continuou o príncipe, mostrando-lhe o braço. — Hoje ele foi liberado de seu opressivo confinamento.

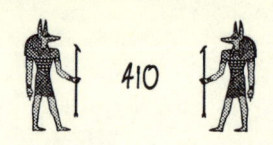

O recém-chegado observou por um instante o braço do príncipe e, em seguida, olhou para Nefermaat.

— Desculpa-me! Como sou distraído — se apressou em dizer o príncipe. — Conheces Nefermaat?

— Apenas por algumas referências — limitou-se a responder Ramesenajt, que continuava olhando para o jovem.

— Pois ele é o responsável por meu antebraço maltratado ter, por fim, recuperado o vigor. Uma brincadeira de criança se compararmos isso com a intervenção de Sesóstris.

Então, voltando os olhos para o médico, fez uma cara significativa para ele.

— Rapaz, te apresento ao nobilíssimo Ramesenajt. Ele é irmão do Primeiro Servidor de Amon, Usimarenajt, um homem santo pelo qual sinto o mais sincero afeto.

Nefermaat fez um leve movimento de saudação. Como todo mundo em Tebas, ele já ouvira falar daquele homem, que não só era conhecido por ser irmão do Primeiro Profeta de Amon, como também pelas enormes riquezas que possuía, assim como por sua extensa rede de influências, que fazia com que nada do que acontecesse em Tebas lhe fosse desconhecido.

O jovem pensou nisso por um instante e não pôde evitar certo desconforto. Sendo irmão de Usimarenajt, ele era, por sua vez, tio-avô de Neferure, o que não representava algo muito tranquilizador, dadas as circunstâncias. Se o príncipe sabia do ocorrido, não restavam dúvidas de que aquele homem também sabia.

Nefermaat cruzou seu olhar com o dele e, durante alguns instantes, os dois se observaram. A cara de Ramesenajt não impressionou o jovem em nada. Ele já conhecia aquele rosto por tê-lo visto por repetidas vezes, diariamente, durante sua longa permanência no templo. Era o mesmo semblante hermético e indecifrável que, durante anos, Nefermaat apreciara em outros homens e que ele mesmo acabara adotando da forma mais natural. Assim, o rosto inexpressivo de Ramesenajt não representava mais do que seu cartão de visita, e sua indiferença diante de tudo aquilo que escutava não passava de uma aparência, com a qual ocultava suas emoções íntimas. Emoções que, no entanto, eram intuídas através do olhar, pois seus olhos brilhavam, às vezes, com um fulgor inusitado.

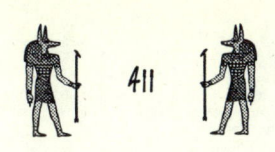

Aqueles breves instantes foram mais do que suficientes para que ambos se apresentassem e tirassem as próprias conclusões. Então, Ramesenajt se dirigiu ao príncipe:

— Fico muito satisfeito em ver como na quietude de nossos templos continuam iniciando nossos jovens nos antigos mistérios.

Nefermaat não se surpreendeu com os trejeitos pausados de Ramesenajt ao falar, nem com seu tom de voz, que lhe pareceu melífluo.

— Asseguro-te que Nefermaat demonstrou ser um aluno adiantado — replicou o príncipe.

— Em uma disciplina tão complicada como a que um *ueb* deve desenvolver, isso é realmente louvável — disse Ramesenajt, tornando a olhar para o médico.

— Sois muito amáveis, e agradeço por vossas palavras, mas conheceis de sobra a dificuldade de se aprofundar no conhecimento. Fui instruído por homens sábios para ser fiel ao *maat* e à deusa Sekhmet. Este é o único caminho que desejo seguir.

— Um caminho louvável o que escolheste — afirmou Ramesenajt, olhando de novo fixamente em seus olhos —, mas, por outro lado, repleto de obstáculos que, com frequência, parecem infranqueáveis, como decerto já sabes.

O jovem manteve o olhar enquanto assentia.

— Não serei eu quem irá pô-los, nobre Ramesenajt — disse o médico em voz baixa.

Ramesenajt fez um leve movimento de aquiescência com as mãos ao mesmo tempo que se voltava para o príncipe.

— Penso que Nefermaat deveria ter nascido mil anos atrás — interveio o príncipe, satisfeito. — É místico demais para os tempos correntes. Poucos homens ele encontrará no caminho que deseja percorrer.

Ramesenajt não disse nada e observou enquanto o jovem apanhava a bolsa com seus instrumentos.

— Foi agradável para o meu coração ter tido a oportunidade de poder cumprimentá-lo, nobre Ramesenajt. Eu continuaria em vossa companhia com o maior prazer, mas, como o príncipe já sabe, devo continuar meu trabalho em outro lugar.

Amonhirkopshep fez um gesto com a mão.

— Que Sekhmet continue te iluminando.

— Que Amon e Anat fiquem convosco — respondeu o jovem, despedindo-se e deixando o local em seguida.

Pensativo, Ramesenajt observou o jovem enquanto ele se afastava. Então, retomou a conversa com o príncipe. Tinham muito do que falar.

20

A noite caiu sobre o Egito, cobrindo-o por completo com a mais escura de suas túnicas. Nut decidira se enfeitar com seus trajes mais tenebrosos para celebrar a lua nova. A deusa adorava aquela fase lunar, pois, durante ela, podia exibir sua esplêndida beleza sem intromissões. Eram noites de celebração na abóbada celeste, para as quais todas as estrelas, sem exceção, estavam convidadas. Nut as animava, satisfeita, a participar de um ato tão festivo para que assim apreciassem seus infinitos fulgores, lá onde se encontravam. Os astros, eufóricos diante de uma celebração como aquela, se entregavam a ela sem hesitar, liberando a própria natureza, esparramando-a em forma de incontáveis luzinhas sobre o sagrado ventre da deusa.

Naquela noite, porém, Shu, o que está vazio, decidira manifestar sua aversão ancestral à deusa. O deus do ar, criado pela inveja do pai Rá para assim separar Nut, o céu, de seu amado esposo Geb, a terra, determinara que este não podia desfrutar dos majestosos encantos de sua esposa. Para isso, Shu requerera, solícito, a ajuda de sua divina companheira, Tefnut, a umidade, para juntos confabularem, envolvendo a terra com véus espessos, a fim de ocultar tão sublime magnificência.

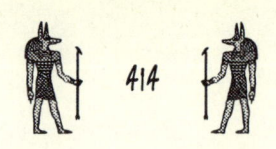

O abraço de Shu com Tefnut foi tão apaixonado que o vale foi coberto por uma espessa capa de névoa, como nunca se recordava ter visto. Rá ficou feliz, pois, naquela hora, ninguém na terra podia se encantar com a visão do céu do Egito.

Sob tais condições, a vida no vale do Nilo pareceu parar. O mais opressivo dos silêncios caiu como um tampo de pedra invisível sobre Kemet, fazendo-o parecer estranho e irreal. Era como se o tempo tivesse parado durante instantes intermináveis, eliminando todos os vestígios de existência. Naquela noite, o país da Terra Negra não passava de um espectro fantasmagórico envolto em espessos bancos de névoas que pareciam amordaçá-lo. Até mesmo Hapi, o deus do rio, estava calado, pois nem sequer o barulho das águas se escutava.

Era o momento apropriado para que os homens conspirassem contra a ordem, estabelecida em um dia distante pelos deuses. Apenas em uma noite como aquela era possível cometer a pior das traições, a que atentava contara a própria essência do país, desvirtuando sua natureza. Um feito impensável e que parecia tão irreal quanto a paisagem do Egito naquele momento.

Um atrás do outro, os encapuzados foram chegando ao lugar combinado. Era um velho casarão, quase esquecido, situado junto à margem oriental do Nilo, muito afastado dos caminhos que levavam a Tebas e ao qual só se tinha acesso pelo rio. A escolha fora feita com cuidado, dentro do maior sigilo, pois ali se haveria de decidir o futuro do Egito.

Um a um, os botes foram surgindo em meio à nevoa, como espíritos originários do Amenti. Chegaram de todas as partes e, depois de as pequenas embarcações atracarem à margem, seus ocupantes desapareceram como almas errantes em direção ao interior da casa.

À tênue luz das velas, os encapuzados se sentaram em círculo no mais absoluto silêncio. Eram onze, e as lamparinas criaram ilusões espectrais com suas figuras, que acabaram por desaparecer, devoradas pela atmosfera brumosa.

Um deles se levantou e observou os demais por uns instantes. A luz pálida se projetou difusa sobre seu corpo, criando nele uma espécie de aura, que fez com que ele se assemelhasse a uma aparição, mas sua voz se revelou humana.

— Este será o último encontro — disse ele com gravidade —, pois o momento se aproxima. Já não há a possibilidade de voltar atrás, e a partir de agora dependeremos uns dos outros. Cada um de nós tem uma missão concreta a cumprir, que envolve a todos. Então, convém que nos mostremos, descobrindo, assim, nossos rostos.

Em um gesto mecânico, os ali presentes se despojaram de seus capuzes. Em seguida, se olharam com timidez e certa curiosidade, embora suas vozes já tivessem sido reconhecidas em encontros anteriores.

— Todos vós me conheceis — prosseguiu ele. — Meu nome é Pabakamana. Sou encarregado das despesas reais no harém e confidente da rainha Tiy; o vínculo que vos une a ela e o responsável por transmitir seus desígnios a vós.

Os reunidos permaneceram em silêncio.

— Passamos muito tempo planejando nossa estratégia minuciosamente. Agora, o plano se encontra pronto para ser executado. Não podemos demorar ou corremos o risco de fracassar — advertiu Pabakamana. — Como podeis observar, todos os presentes ostentam funções da máxima importância, sendo, além do mais, pessoas de confiança do deus.

Os membros do grupo se olharam, assentindo em meio a murmúrios.

— Quem pode ser mais chegado ao faraó do que Maiaria, seu Copeiro, ou Huy, o Superintendente do Gado, ou Messui e Shotmaadje, seus Escribas Reais, ou até mesmo Panouk e Pentau, os Administradores do Harém Real — disse o despenseiro. — E, no entanto — continuou ele —, como podeis ver, eles não são os únicos, pois entre nós se encontram o nobilíssimo Pairy, superintendente do tesouro real, Prekamenef, mago da corte, e o General Pasay.* Todos juntos devemos cumprir com êxito nossa missão. Se agirmos com rapidez, poderemos tomar o poder em apenas uma noite. São muitos os que aguardam para nos seguir. Tudo está preparado.

— E o rei? — perguntou Pairy.

— O deus deve ser eliminado no harém. Esse será o sinal para a revolta armada. O príncipe Ramsés também morrerá.

— O general conta com quantas forças? — perguntou um dos escribas.

— Com o suficiente — se apressou em responder Pasay. — Meus homens não estarão sozinhos, pois o comandante Bonemuese e seus batalhões de *kushitas* nos ajudarão.

Todos assentiram, dando sua aprovação.

— Há algo que me preocupa — observou Huy. — Já pensastes na natureza divina do faraó? Depois da celebração da Bela Festa do Vale, o deus regressará com seus poderes regenerados pelo próprio Amon. Talvez seja preciso mais do que as intrigas de suas concubinas para acabar com ele.

— É por isso que contaremos com a ajuda de Prekamenef. Ele é o mago mais poderoso do Egito, um *heka* que, além do mais, contará com a ajuda de nossos dois escribas reais para ler todos os seus conjuros e sortilégios. Com a magia de Prekamenef, o deus não terá salvação

---

* Todos esses personagens existiram exatamente como se conta aqui.

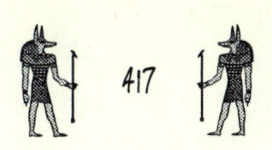

— concluiu o despenseiro. — Pairy, o superintendente, indicará a eles as passagens para que possam ter livre acesso ao interior do harém.

— Só falta decidir quando atuaremos — disse o general.

— Nesse assunto, o tempo corre contra nós. Corremos o risco de sermos descobertos a qualquer momento ou até mesmo de que o faraó faleça prematuramente. Nada é certo. Além disso, qualquer fato sem importância aparente pode conter riscos — falou de novo o despenseiro. — Lembrai o que aconteceu há pouco com a princesa Nubjesed.

O comentário provocou murmúrios entre os presentes.

— Estiveram a ponto de pôr o plano em perigo, sem pretendê-lo — comentou o general com certo gracejo. — Algo tão simples como o amor entre dois jovens poderia ter acabado com tudo.

— Bem, havei de reconhecer que a rainha mexeu bem os pauzinhos — enfatizou o despenseiro. — No entanto, não devemos contar com a sorte mais do que o necessário.

Os membros do grupo tornaram a assentir.

— Por isso, a data está marcada. Como sabeis muito bem, com a próxima lua cheia terá início nossa sagrada Festa do Vale. Esse será o sinal, pois agiremos na noite seguinte à sua conclusão. Teremos, portanto, uma comemoração dupla, já que, depois da festividade, um novo deus se elevará no Egito. Nosso senhor Pentaure, o verdadeiro primogênito e único merecedor de portar a nobre coroa. Ele está pronto para tomar o poder à sombra. Nós somos seus servidores, e ele nos encherá de felicitações — afirmou Pabakamana.

Aquelas palavras provocaram algum rebuliço.

— Há algo mais — interrompeu Pabakamana. — Estamos conscientes do perigo que corremos. Se formos descobertos ou fracassarmos, pagaremos com nossas vidas. Por isso, é preciso ter extrema cautela. Pensai que possuímos todos os triunfos — continuou ele, esboçando um sorriso —, pois, se o plano falhar, ainda disporemos de uma última cartada, e esta será infalível.

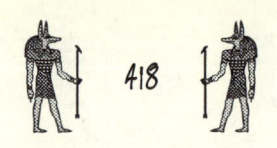

O pequeno conclave aprovou aquelas palavras com satisfação enquanto todos olhavam em direção à mesma pessoa. Ninguém menos que Iroy.

Reclinado em sua poltrona favorita, Paneb vagava entre seus pensamentos. Esses estavam muito longe de ser inofensivos, pois tratavam de refletir sobre cada passo e sobre as consequências que eles teriam. Os tempos haviam mudado. O Egito de seus antepassados estava distante, quando o dia a dia era plácido e carente de sobressaltos. Naqueles dias longínquos, as pessoas podiam sentar-se tranquilamente para ver a vida passar enquanto honravam os deuses, rodeadas de quietude e sem preocupações. Esse mundo pouco se parecia com o mundo no qual lhe restara viver. O antigo ritmo sossegado e até mesmo exânime da sociedade egípcia era bem diferente agora. Algo se movia em Kemet com um impulso irreprimível. O poder se diversificava, e o futuro já não era previsível. Apenas os que conseguissem se adaptar à nova situação preservariam seus privilégios. Contudo, para isso, o único remédio era fazer parte do jogo — uma partida complexa entre forças poderosas cujo tabuleiro não era outro senão o País das Duas Terras.

Absorto em tão profundas reflexões como se encontrava, Paneb não se deu conta da presença de seu convidado até que este estivesse praticamente a seu lado. Aquilo fez com que ele sentisse um pequeno sobressalto, embora este tenha sido superado no mesmo instante, bem a tempo de convidá-lo para sentar-se.

Paneb olhou fixamente para o visitante durante mais tempo do que requeria a mera formalidade. Nunca gostara dele e, no entanto, precisava de sua colaboração, já que ele não deixava de ser uma peça importante do grande jogo. Paneb suspirou, entrelaçando as mãos e, em seguida, levando-as até os lábios, em um gesto pensativo. O homem que tinha à sua frente deveria ser colocado corretamente no tabuleiro, ainda que Paneb não sentisse simpatia por ele e que este se chamasse Kenamun.

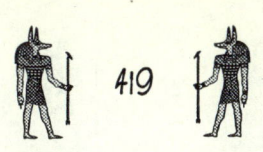

— Agradeço-te por teres vindo, Kenamun.

O rapaz fez um gesto com a mão para cumprimentá-lo.

— Sei que és uma pessoa muito ocupada. Por isso, valorizo em dobro a sua visita — afirmou Paneb, sendo cortês.

— Sou mesmo. Todavia, não posso ignorar os chamados de velhos amigos — disse Kenamun, fazendo uma careta. — E como se encontra tua nobre esposa?

— Magnificamente bem, velho amigo. Ela é para mim fonte de toda a felicidade. Eu te aconselho que arranjes uma esposa, Kenamun.

Kenamun se mexeu na poltrona, incomodado, mas não disse nada.

— Sei que tuas grandes responsabilidades mal te permitem pensar em outra coisa que não seja servir a Amon — observou Paneb enquanto oferecia vinho ao convidado.

— Certamente, o Oculto absorve todo o meu tempo — disse Kenamun, recusando a taça com um gesto. — No entanto, devo me dedicar a ele.

— É bom servir aos deuses, pois eles gratificam nosso espírito e nos concedem conhecimento. Não há nada melhor do que chegar a compreender seus mais profundos mistérios, aqueles reservados apenas para os eleitos.

Kenamun olhou para ele com aquela cara desagradável que lhe era tão natural.

— Fazes parte do alto clero — disse ele com suavidade.

— Ninguém melhor do que tu para saber disso.

— Com efeito — concordou Paneb, sorrindo. — E é por isso que te digo que os templos sempre desejam encontrar homens capazes nos quais possam confiar seus segredos e que, além do mais, defendam seus interesses.

Kenamun olhou para ele com astúcia.

— Eu já defendo seus interesses.

— Claro, claro. Apesar disso, não negarás que, algumas vezes, tenhas pensado na possibilidade de chegar a fazer parte de seu alto clero — disse Paneb. — Algo muito natural, dada a tua competência.

— Os sonhos não costumam se realizar com facilidade — afirmou Kenamun, lacônico.

— Essa é uma grande verdade, pois tudo tem seu preço. No entanto, às vezes os deuses facilitam as coisas, nos dando opções para realizá-los, embora seja necessário estarmos dispostos a agarrá-los.

— O que queres dizer com isso? — perguntou Kenamun, com esperteza.

— Tu sabes melhor do que ninguém a que me refiro — respondeu Paneb secamente. — Não pedi que viesses para te explicar isso, mas sim para te propor algo.

Novamente, Kenamun se limitou a mexer as mãos, gesticulando para que Paneb continuasse.

— Como comentaste antes de modo muito oportuno — disse Paneb, enquanto servia o vinho em uma taça —, eu faço parte do alto clero. Sou o Segundo Profeta de Montu, um deus que não é seguido por multidões, mas que tem sido venerado desde tempos imemoriais por nossa realeza, já que ele lhes proporciona a força para derrotar os inimigos do Egito na batalha. Além disso, é muito antigo e foi patrono de Tebas durante séculos, dominando Karnak até que Amon chegou e tomou-lhe o poder.

Paneb se deteve por uns instantes para beber de sua taça e, ao mesmo tempo, olhou para o convidado.

— Como eu te dizia — prosseguiu Paneb, estalando a língua com deleite —, ser o Segundo Servidor de Montu, depois de meu venerado pai, me proporciona o privilégio de estar em contato íntimo com o deus. Assim, posso ouvir seus conselhos, e ele, as minhas preces. E acredita, às vezes ele me orienta pelo caminho certo que hei de seguir. Ele fala comigo, sabes? E como está em contato místico com outros deuses, me conta coisas surpreendentes.

Kenamun o observou, muito sério.

— Outro dia, à tarde, meu adorado deus falou de ti.

Agora, Kenamun arregalou os olhos.

— Isso mesmo. Acredita. Montu é assim. Muito generoso com quem lhe serve bem. Por isso, foi condescendente comigo e me disse que o deus Amon estava muito satisfeito contigo.

A expressão no rosto de Kenamun era de estranheza. Ele mexeu ligeiramente os lábios, como se balbuciasse.

— Eu fiz essa mesma cara de surpresa — continuou Paneb — e, como não dava crédito ao que tinha ouvido, roguei ao divino Montu que me confirmasse isso, e assim ele fez. Assegurou-me que o Oculto estava contentíssimo com o trabalho que desenvolveste e que tinha consciência das grandes aptidões que possuis para maiores conquistas. Imagina a impressão que tive!

— Aonde queres chegar? — interrompeu Kenamun, áspero.

— Já te disse antes. Às vezes, os deuses nos oferecem a possibilidade de realizar nossos sonhos e, cá entre nós, acho que Montu está inclinado a interceder a teu favor diante do Senhor de Karnak. É a tua oportunidade, Kenamun, porque suponho que tenhas um sonho, não é verdade?

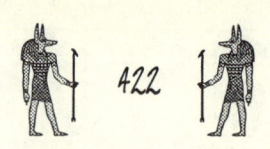

Kenamun esfregou as mãos com nervosismo enquanto presenteava o amigo com um de seus olhares sinistros.

— Os deuses conhecem nossos sonhos — declarou ele em seguida. — Montu não precisa que eu os conte a ele.

— De fato, ele é muito sábio e, portanto, os conhece. Entretanto, como seguramente concluirás, ele também é muito meticuloso, assim como o resto dos deuses de nosso panteão. Escuta nossas súplicas, mas, em troca, também exige sacrifícios. Isso, sim, se nos concede um desejo, não podemos negar a ele uma oferenda. Tu estarias disposto a fazê-la?

Kenamun acariciou o queixo.

— Há preços que eu talvez não possa pagar — disse ele, desconfiado.

— Isso quem deve decidir és tu. Tanto tu quanto os deuses sabem de tuas ambições, e eu tenho a chave para que as conquistes. Além disso, a circunstância que representa essa chave, de certa forma, é o teu maior desejo.

As palavras de Paneb fizeram com que Kenamun resmungasse um juramento enquanto se levantava. Seu rosto ficou vermelho, como se aprisionasse um ataque de ira contida, e seus olhos se transformaram em dois pedaços de carvão acesos.

— De nada serve que adotes tal postura. Deves acalmar-te, pois estou certo de que Amon não aprova isso de forma alguma.

Kenamun, porém, ardia em seu interior como se fosse devorado pelas chamas. Ele intuía quem era a chave a que Paneb se referia, e aquilo consumia suas entranhas.

— E então? — perguntou Paneb.

— Dificilmente eu poderia falar sobre saldar uma dívida que ainda não foi contraída — respondeu Kenamun, exaltado.

— Estou convencido de que a contrairias com gosto. Além do mais, não se trata de uma dívida, mas sim de uma mulher. E muito bonita, não há dúvida. Estou certo de que sabes a quem me refiro, não sabes?

Os lábios de Kenamun tornaram a se mexer, tremendo, sem que ele se atrevesse a proferir aquele nome:

— Diz, Kenamun, o que serias capaz de fazer por ela?

O intimado deixou seu olhar vagar pelo chão e, então, vítima do desespero, pôs a cabeça entre as mãos enquanto sussurrava frases desconexas.

— O deus te propõe que sejas senhor dessa mulher até que Osíris te chame diante do tribunal para prestar contas — assegurou Paneb.

Kenamun voltou a olhar para Paneb, como se fosse uma fera encurralada. Nem no pior de seus sonhos ele poderia ter imaginado uma coisa assim e, no entanto... Por fim, Kenamun conseguiu se acalmar e até mesmo ordenar parte de seus pensamentos. Neferure representava muito mais do que um desejo — era uma completa obsessão.

— A mulher que o deus me oferece é Neferure? — atreveu-se a perguntar, enfim.

— Isso mesmo. O que farias para consegui-la?

— Não pretendes que eu acabe com a vida de alguém, não é? — perguntou Kenamun, sobressaltado.

— Nada desagrada tanto aos olhos dos deuses do que o sangue derramado entre os homens. Jamais ousariam exigir de ti uma atrocidade como essa — respondeu Paneb, aborrecido.

Kenamun se tranquilizou e pareceu pensativo.

— Tens que compreender — prosseguiu Paneb — que conseguir uma mulher como essa não será uma tarefa tão fácil nem para o próprio Montu. Tu conheces as dificuldades de sobra.

— Que garantia me ofereces? Como posso ter certeza de que ela não me rejeitará?

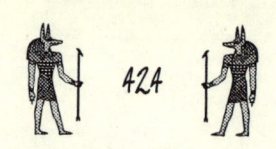

— Garantias? Todas. Lembra-te que Montu se ocuparia do assunto pessoalmente. Ela se curvará diante de ti, logo verás.

Kenamun pareceu duvidar por um instante.

— Pensa bem, Kenamun. Com Neferure, tu não só conseguirias realizar um desejo, como isso também te abriria novos caminhos.

Kenamun o observou com atenção.

— Montu só quer de ti uma oferenda. Depois que a fizeres, ele ficará satisfeito e nunca voltará a pedir mais nada.

Kenamun coçou a cabeça.

— De acordo — disse ele, suspirando. — Farei o que o deus me pedir. Todavia, Neferure me pertencerá para sempre.

— Combinado.

— Bom, o que tenho que fazer?

A cidade de Tebas ardia em festas. A noite de lua cheia do décimo mês do ano determinava o começo da festividade mais antiga dentre as celebradas na cidade: a Bela Festa do Vale. Naquela noite, os sacerdotes velavam no santuário, onde se encontrava a barca do deus Amon, em meio a cantos de louvor ao "Senhor dos Deuses", em uma vigília repleta de misticismo, esperando a chegada do novo dia e, com ele, o começo da celebração.

A Bela Festa do Vale, o *pa heb nefer n pa-inet*, dava nome ao mês no qual era celebrada, Paeninet, "o da Bela Festa do Vale" (abril), e era fundamentalmente uma festa dos mortos na qual se homenageava sua memória. Durante a festa, os cidadãos visitavam as tumbas de seus entes queridos, enfeitando-as com flores e oferendas de todo tipo. Tratava-se de uma celebração alegre, pois familiares e amigos se reuniam nos pátios dos sepulcros para comer, beber e desfrutar de tudo que a vida deste mundo poderia lhes oferecer.

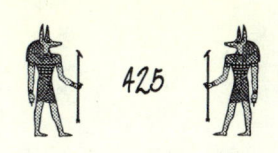

Era uma festividade muito arraigada, que já era celebrada mil anos antes, durante o reinado do deus Mentuhotep II.

Por isso, não era de estranhar a multidão enorme que, com as primeiras luzes da jornada durante a qual tinha início a comemoração, se amontoava ao redor do templo de Karnak. Bem na aurora desse dia, os servidores do Oculto colocavam na barca sagrada a capela no interior da qual se encontrava a sua estátua, iniciando o percurso nas escuras profundezas do templo. Transportada por quatro sacerdotes denominados "pais divinos" e acompanhados pelo Primeiro Profeta, que encabeçava a comitiva, a divina embarcação se punha em movimento nos ombros de seus servidores devotos, mostrando toda a sua magnificência, pois era entalhada na mais rica madeira de cedro, bem como revestida de prata e do mais puro ouro. Era a nau de Amon e, como tal, a proa e a popa faziam referência a isso. Nelas haviam sido esculpidas cabeças de carneiro, seu símbolo divino. Assim, o deus Amon navegava em sua barca, oculto dentro da luxuosa capela e cercado por preciosas esfinges que o reverenciavam.

Quando, por fim, as trevas se deixavam acariciar pela tímida claridade que mal se notava na grande sala hipóstila, o deus se reunia com as barcas que transportavam sua divina esposa Mut e seu filho Konsu para, juntos, seguirem em procissão em direção ao átrio onde o faraó se unia a eles. Dali, o cortejo encabeçado por Ramsés III saía das muralhas do templo, encaminhando-se para o embarcadouro perto dali, onde se encontrava atracada a grande barca fluvial de Amon. Sua aparência era similar em riqueza e opulência à transportada pelos sacerdotes, pois ela também fora fabricada com o mais precioso cedro do Líbano, o mais fino ouro e a prata mais pura, que a adornavam por completo. Os melhores ourives do Egito haviam coberto de filigranas as finas lâminas de metais tão nobres, dando à nau um aspecto grandioso.

A comitiva se detinha diante dela, e as pequenas barcas da procissão eram depositadas em seu interior, junto a seus servidores. Então, rebocada pela nau do rei, *Userhat*,* que era como se chamava a embarcação de Amon, saía para o Nilo e o atravessava rumo à margem oeste.

Um comboio de naus esperava ansioso que o barco do deus aparecesse para lançar nele suas maromas e puxá-lo até a margem oposta, enquanto uma multidão fervorosa cruzava o rio em uma infinidade de embarcações, acompanhando aquela frota com música e cânticos.

Quando, por fim, as barcas chegavam à margem ocidental, elas eram recebidas pelo clamor de uma multidão que já as esperava. O barco de Amon navegava, então, por um dos canais que saíam do rio e se dirigia à sua primeira parada, "o castelo de milhões de anos do grande Seti I", seu templo funerário. Ali, o vizir e todos os altos funcionários davam as boas-vindas aos deuses e se juntavam à procissão até o interior do templo. Lá dentro, o pátio se encontrava repleto de gente que levava as mais variadas ofrendas. A multidão disputava para cobrir a barca sagrada com seus ramos de flores para assim santificá-los e depois depositá-los nas tumbas de seus entes queridos. Após atravessar aquela maré humana, a comitiva se perdia no interior da sala hipóstila do templo, onde a barca do deus permanecia depositada. Em seguida, as portas de acesso eram fechadas e, assim, o lugar sumia na penumbra.

Esse era o momento em que se retirava a imagem de Amon do interior de sua capela para colocá-la em outra próxima dali. Então, uma estátua do finado faraó Seti I era levada, por sua vez, à mesma capela para se juntar à de Amon. Em seguida, dois sacerdotes vestidos como se fossem os deuses Thot e Hórus batizavam aquelas estátuas com água benta, possibilitando que ambas as imagens se tornassem

---

* *Userhat* significa "a proa de Amon é poderosa".

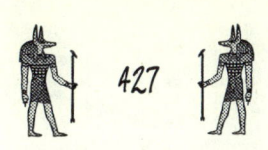

uma só e que, portanto, o finado faraó Seti I e o deus Amon tivessem a mesma essência divina. Com essa liturgia, eram concluídos os antigos ritos de regeneração e do novo renascimento do rei. Outra vez, o milagre havia sido operado e o grande Seti fora divinizado. Era o momento que, cumprida a missão mística, Amon era devolvido ao interior da nau sobre sua barca, deixando, em seguida, o templo, transportado por seus "pais divinos" para embarcar no navio sagrado que, ancorado no canal, o aguardava.

O santuário ficava, então, repleto de oferendas e doações que os fiéis devotos haviam depositado ali com fervor. Bois, aves, frutas, verduras... Tudo permanecia amontoado no grande pátio do templo como uma demonstração palpável da generosidade do povo para com seus deuses. Quando, depois de finalizar seus cânticos fervorosos, a multidão deixava o sagrado recinto, este havia sido transformado em uma espécie de gloriosa feira, abarrotada de dádivas. Dádivas que, em seguida, eram repartidas entre todos os servidores, desde o primeiro dos sacerdotes até o último dos trabalhadores, por estrita ordem hierárquica.

O mesmo cerimonial era repetido nos demais templos funerários, que os grandes faraós fizeram com que erguessem para si na margem ocidental de Tebas. A barca de Amon visitaria todos eles para renovar a essência divina dos deuses que um dia governaram Kemet. Em todos os templos, ele seria acolhido por uma entusiasmada multidão que desejava receber bênçãos e também permaneceria visível a magnanimidade do povo ao abastecê-los por completo. Era a Bela Festa do Vale e nela Amon anunciava a paz divina ao Egito. Ele, que era maior do que qualquer outro deus.

Nefermaat, assim como todos os funcionários que serviam a Ramsés III, se encontrava em Medinet Habu, esperando a chegada da comitiva sagrada. O Oculto também visitaria o templo funerário do único deus vivo na terra do Egito. No palácio anexo ao santuário, os dignitários iam chegando durante toda a jornada, até ocupar seus belos pátios. O recinto inteiro estava enfeitado e preparado para a ocasião em que o faraó entraria no próprio santuário acompanhando o deus Amon. Nas profundezas do templo, ambos se fundiriam em um mágico ritual, depois do qual Ramsés III se mostraria diante de seus súditos, transbordando majestade e glória.

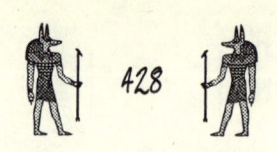

Nefermaat ocupava seu lugar junto ao acesso à sala hipóstila. Dali, o médico passara um tempo observando a família real que, em sua totalidade, se encontrava reunida nos lugares privilegiados. Seu coração acelerou ao ver Nubjesed. A princesa estava tão bonita que ele acreditou sentir que suas forças o abandonavam ao pensar que ela já não lhe pertencia. Nefermaat tentou desviar os olhos dela, mas, uma e outra vez, eles voltavam a procurá-la em um gesto que acabou por se considerar desesperado. Ela, no entanto, mal deu mostras de interesse por ele, pois nem sequer mexeu a cabeça para olhá-lo, embora o jovem estivesse seguro de que ela o havia visto.

Para Nefermaat, um gesto tão marcado não significou outra coisa senão mais uma prova que os deuses lhe mandavam para mortificá-lo. Durante todo o cerimonial, o jovem foi tentado a abandonar o autocontrole para correr em busca de sua amada e dizer-lhe o quanto a amava. Jurar a ela diante do pai Amon que tudo fora uma farsa, que uma trama inimaginável os separaram da maneira mais vil.

Entretanto, seus pés mal se moviam, e Nefermaat permaneceu em seu lugar, como se fosse mais uma estátua entre as muitas que adornavam o grandioso templo, presenciando, hipnotizado, a liturgia sem ter consciência alguma de tudo o que acontecia. Seu coração estava junto da princesa, e o resto não o interessava. Por isso, quando os sagrados mistérios foram finalizados e o faraó se mostrou diante dos ali reunidos da "janela das aparições", irradiando sua divina glória recém-regenerada pelo próprio Amon, o jovem tornou a ter consciência da realidade que o cercava e de seu lugar.

Quando tudo terminou e a multidão se dissolveu alegre, em meio a cânticos entusiasmados, Nefermaat permaneceu durante um tempo no mesmo lugar, estranhamente ausente. Nubjesed estivera muito perto e, ao mesmo tempo, manifestadamente distante. O coração dele batera à porta da princesa com desespero, mas ela o havia ignorado. Nem um gesto mínimo, nem sequer um olhar esquivado havia saído dela. Apenas a mais absoluta indiferença. Quando os servidores do templo fizeram com que Nefermaat notasse que ele era o último que faltava para deixar o recinto sagrado, o jovem havia compreendido, por fim, o quanto os dois se encontravam verdadeiramente longe um do outro. A realidade e a ficção acabaram se unindo, e tudo fazia parte de um sonho.

Nefermaat decidiu passar aquela noite como a maioria de seus conterrâneos, percorrendo a necrópole. O deus Amon regressara à sua embarcação para descansar ali até a chegada da aurora, cercado por seus fiéis sacerdotes que fariam guarda, solicitando seus favores com rezas. Enquanto isso, as portas dos templos se fechariam e os servidores se dirigiriam às tumbas para oferecer seus dons.

Nefermaat ficou surpreso ao constatar o espírito festivo com que se vivia aquela comemoração. Por toda parte se escutava a música e os cânticos que convidavam a gozar de tudo de bom que a vida podia proporcionar.

Ele não tinha familiares para visitar, pois nunca encontraram o corpo de sua finada mãe, e ela não pôde ser sepultada. Por isso, percorreu os cemitérios sem rumo, misturando-se aos numerosos grupos que celebravam esplêndidos banquetes no átrio das tumbas de seus entes queridos. O vinho corria por toda parte, e bailarinas enfeitadas apenas com colares dançavam nuas na entrada dos sepulcros com movimentos licenciosos, que bem podiam fazer com que a festividade dos mortos parecesse uma orgia.

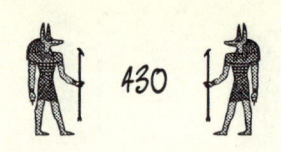

Embora tenha se abstido de tomar o vinho, o jovem aceitou participar de toda aquela alegria e desfrutar da maravilhosa música com a qual os artistas presenteavam seus ouvidos. Os versos preencheram a habitual quietude da necrópole tebana com estrofes repletas de convites à vida.

— Faz crescer tua beleza e não deixa que teu coração se entristeça... — escutava Nefermaat, emocionado. — Festeja, então, o belo dia, não te canses de fazê-lo.

Aquela gente assentia, satisfeita, ao ouvir os cânticos, rindo e dançando com ânimos renovados ao ritmo de crótalos e tambores. Nesses instantes, as pessoas tinham plena consciência dos laços sutis que uniam a vida e a morte, sempre observando. No interior das belas tumbas, homenageavam os mortos, agarrando-se, por sua vez, à vida que, um dia, também perderiam. Por isso, todos assentiam quando ouviam o antigo canto que tão bem conheciam.

— Pensa que ninguém pode levar suas coisas consigo e que nenhum dos mortos jamais voltou!*

O céu noturno já começava a clarear quando Nefermaat retornou a seus aposentos. Fez isso com o ânimo renovado e o espírito alegre, pois, naquela noite, seu percurso o deixara repleto de otimismo. A vida era um bem tão precioso que o homem não tinha direito a desperdiçá-lo. Representava um dom supremo conferido pelos deuses, que sob hipótese alguma deveria ser esbanjado. Os artistas tinham razão em cantar

---

* Essas estrofes fazem parte de um canto antiquíssimo, da época do rei Antef.

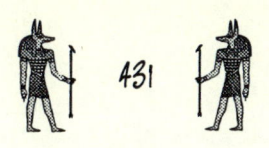

até os altos cerros da necrópole. Nada é tão importante quanto a vida, pois tudo o que ocorre ao redor dela não passa de circunstâncias.

Nefermaat estava deitado tranquilamente sobre sua esteira áspera enquanto chegavam a seus ouvidos os cânticos distantes que anunciavam a retomada das cerimônias do dia anterior. A barca de Amon se punha de novo em movimento para visitar o restante dos templos funerários em meio ao fervor popular. Quando tivesse finalizado o percurso sagrado, se dirigiria em procissão solene ao *Djeser-Djeseru-Amon*, "o mais santo templo de Amon".* A comitiva atravessaria o vale sagrado, reservado unicamente para a passagem de procissões, até chegar ao imponente santuário. Em seu interior, a barca de Amon descansaria durante vários dias e noites, envolta no mais profundo misticismo. Os sacerdotes velariam pelo deus durante o dia inteiro, celebrando cânticos, e durante a noite, fazendo preces misteriosas à luz de tochas, que seriam posicionadas ao redor da nau sagrada.

Pela manhã, os sacerdotes apagariam as tochas com jarros cheios de leite e, quando chegasse o momento apropriado, voltariam a Karnak, atravessando as águas sagradas do Nilo em sua nau majestosa, cercados por uma legião de embarcações que a reverenciariam e a acompanhariam até o cais do templo. O deus, junto de sua divina esposa Mut e de seu filho Konsu, se recolheria nas profundezas de seu mundo misterioso, guardado pelo zelo inquebrantável de seus profetas. Somente a eles era confiada a sua vontade.

---

* O templo de Deir-el-Bahari.

21

A quietude de sempre voltou a imperar na vida diária tebana. Como a estação de Shemu já havia começado, os agricultores percorriam os campos, inspecionando as safras que não tardariam muito em ser colhidas. Hapi, o deus do Nilo, contemplava satisfeito enquanto as barcas dos pescadores atravessavam suas águas sagradas, abastecendo-se de sua generosidade milenar. Os pedreiros, os carpinteiros e os artesãos se dedicavam à sua rotina diária, satisfeitos por poderem oferecer o melhor de seu trabalho a Kemet e a seus deuses. Juízes, médicos, escribas, comerciantes... Tebas inteira voltava a seus afazeres ancestrais depois de ter celebrado sua festa mais antiga.

A margem ocidental tornou a impregnar-se com a tradicional sensação de paz e misticismo. Os templos erguidos ali, zelosos de sua intimidade, outra vez se encerraram em si mesmos, sendo acessíveis apenas aos puros de espírito, aqueles que serviam aos deuses diariamente.

Os caminhos que adentravam o deserto recuperaram sua solidão habitual, aventurando-se até os confins da mais erma das terras, lá onde apenas as bestas ou o furioso Set podem viver. Até mesmo a sagrada necrópole, sobre cujas rochas ressoara a euforia desmedida dos homens, recuperou o lendário sossego, permitindo mais uma vez que o silêncio tomasse o lugar para que Meret-Seger, "a que Ama o Silêncio", retornasse a seu reino como a deusa da necrópole tebana. De seu trono elevado sobre o mais alto dos picos (El-Qurm) ela velaria, como de costume, por todos os que ali repousavam e em especial por seus filhos particularmente queridos, que um dia governaram o Egito e que descansavam sepultados no *Ta-Sejet-Âat*, "a grande pradaria", mais conhecido como o vale dos Reis.

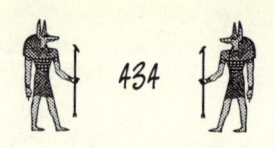

Tudo voltava a ser como antes, como se o tempo não tivesse importância. Para um povo como aquele, para quem mil anos era apenas um suspiro, aferrar-se às antigas tradições era o único modo de manter sua identidade em um mundo que se transformava, ameaçando devorar tudo. No entanto, nem as culturas milenares estão livres da cobiça dos homens. Nada podem fazer os deuses diante disso, além de observarem horrorizados o empenho incansável dos humanos para destruir o que custou tanto esforço para ser erigido. Os ensinamentos ancestrais dados pelos pais divinos aos habitantes do vale do Nilo corriam perigo de cair no esquecimento, vítimas da ambição desmedida e da traição. Os que outrora não foram mais do que ignorantes, agora se consideravam tão poderosos a ponto de desafiar o próprio *maat*, a essência de Kemet.

A tarde caía com rapidez sobre o palácio do deus. Os reflexos do divino Rá, que se punha por detrás das montanhas da necrópole, davam a elas um aspecto ilusório ao prolongá-las com uma luz alaranjada, que realçava seus contornos, como se tivessem vida própria. Em direção ao leste, seus sopés davam abrigo às primeiras sombras que já iniciavam o passeio incansável a caminho do rio, prestes a cobrir o Egito inteiro. Era um belo entardecer, digno do mês de Paeninet (abril) no qual se encontravam, quando a terra, generosa, começava a dar frutos, espalhando agradáveis odores por todo o vale. No entanto, algo parecia encobri-lo.

Nefermaat percebeu aquela sensação ao olhar por uma das janelas de seus aposentos. Seria o estranho silêncio que se respirava em Medinet Habu? Ou a absoluta calma que parecia reinar no templo, no qual nem sequer uma rajada de ar se movia?

O jovem encolheu os ombros inconscientemente enquanto se virava para o interior do cômodo. Seu humor não estava para tais especulações e, além do mais, ele tinha que preparar um composto para tratar vários pacientes que sofriam com coriza. Então, pôs-se a fazer suas misturas, como de costume.

Como sempre acontecia quando Nefermaat estava trabalhando, ele perdeu por completo a noção do tempo. Por isso, não se surpreendeu ao constatar que já era uma noite escura ao ouvir um barulho de passos correndo no pátio e certo alvoroço.

Curioso, Nefermaat se aproximou de uma das janelas e examinou a escuridão, mas não viu nada estranho e voltou para o interior do cômodo para continuar o trabalho. Ele misturava mel e aloé quando alguém chamou à porta. Durante alguns instantes, permaneceu dedicado à sua tarefa, acrescentando mirra e *stibium*. Contudo, diante da insistência das batidas, decidiu abrir a porta, pensando que talvez houvesse alguma urgência que requeresse sua presença.

— Abre, Nefermaat. — Ouviu dizerem do outro lado da porta. — Sou eu, o teu irmão.

— Kenamun! — exclamou Nefermaat, estranhando enquanto abria a porta. — O que fazes aqui? Aconteceu alguma coisa contigo?

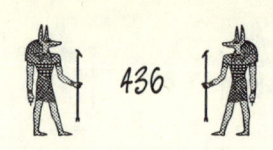

Kenamun entrou enrolado em uma manta, como uma alma tomada pelo demônio.

— Se aconteceu alguma coisa comigo? — perguntou ele com uma voz cansada enquanto tomava fôlego. — Por acaso não sabes o que aconteceu?

— Não — respondeu Nefermaat com ingenuidade ao mesmo tempo que oferecia água ao irmão.

— Obrigado — disse ele, tomando quase o copo todo em um gole só e sentando-se. — Perdoa o meu sufoco, mas vim até aqui para saber se te encontravas bem.

— Pois já estás vendo que me encontro em perfeito estado — afirmou Nefermaat, sem entender nada.

— Houve um alvoroço no palácio — continuou Kenamun com pressa. — Tentaram assassinar o deus.

Nefermaat franziu a testa, surpreso.

— Isso mesmo, meu irmão. Eu estava nos aposentos de nosso pai, o nobilíssimo Hori, quando, de repente, escutamos nos corredores um barulho de briga e uma grande confusão que parecia vir do harém. Ouvimos gritos alarmantes e, ao nos aproximarmos da janela, vimos um grande grupo de soldados se dirigir para lá com toda a pressa.

— Não é possível! Mas... Disseste que quiseram matar o faraó?

— Isso mesmo. No entanto, não se sabe ao certo se conseguiram. Há uma grande confusão no palácio, mas parece que os insurgentes estão sendo capturados.

— Então devo comparecer aos aposentos reais — afirmou Nefermaat, fazendo um gesto para partir.

— De maneira alguma — discordou Kenamun, puxando o irmão pelo braço. — Estás louco? Se tentares ver o deus, os *medjay* poderão tomar-te por um dos rebeldes e tua vida correrá perigo. Deves permanecer aqui até que a situação se acalme. Se o faraó precisar de teus serviços, mandará te chamar.

Nefermaat hesitou por uns instantes e, então, assentiu, convencido.

— Não saias até que tudo seja esclarecido — disse Kenamun, autoritário. — Tu me prometes isso?

Nefermaat olhou para ele, agradecido, experimentando um sentimento totalmente desconhecido por seu irmão.

— Obrigado, Kenamun — disse, emocionado. — Prometo-te que não sairei daqui.

Kenamun se levantou e deu um forte abraço no irmão.

— Cuida-te, meu irmão. Devo voltar para junto de minha mãe. Ela está muito assustada.

Nefermaat aprovou as palavras de Kenamun com um gesto enquanto abria a porta para ele. Então, Kenamun saiu com a mesma pressa que havia entrado e, aos poucos, o barulho de seus passos se apagou pelo fim do corredor.

Nefermaat permaneceu junto à porta por alguns minutos. Estava perplexo diante do que seu meio-irmão contara e ainda mais pelo fato de ele ter ido avisá-lo. Jamais pensara que algo assim pudesse acontecer. Aquilo o fez sentir alguma culpa, pois talvez tivesse se enganado e não conhecesse realmente o irmão. Tal possibilidade lhe fez criar esperanças a respeito do futuro da relação dos dois, o que o deixou satisfeito.

O inconfundível som de passos produzidos por pés descalços sobre o piso lajeado veio tirá-lo de sua introspecção. Os passos pareciam ser de várias pessoas e eram acelerados, como se tivessem pressa para alcançar sua meta. Pararam junto à sua porta, na qual, em seguida, alguém bateu com força.

— Abra em nome do faraó! — anunciaram do outro lado.

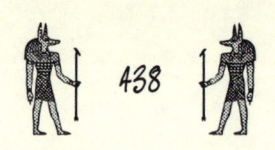

Nefermaat estremeceu em um sobressalto inconsciente.

— Abra ou derrubaremos a porta! — repetiu a mesma voz enquanto a porta era esmurrada.

Nefermaat saiu de seu estupor e se apressou para a abri-la. Então, um grupo de homens armados entrou em seus aposentos, empurrando-o de forma desrespeitosa. Eram os *medjay*.

— Temos informações de que aqui se escondem insurgentes — proferiu um deles, com modos muito ruins.

— Insurgentes? Certamente vos enganastes de lugar. Sou Nefermaat, *sunu* da corte, e estas são minhas dependências privadas...

— Sei bem quem és — interrompeu o que parecia estar no comando do grupo —, embora isso não tenha importância para mim. Meu nome é Sabuf, sou responsável pela guarda do palácio e tenho ordens para encontrar até o último dos cachorros que se rebelaram contra o deus nesta noite.

Nefermaat gesticulou com os braços, dando a entender que não sabia nada do assunto.

— Temos indícios para acreditar que não és o que afirmas — afirmou Sabuf.

Nefermaat o encarou com seu semblante mais sério.

— Não gosto do teu tom. Repito que estes são meus aposentos. A única coisa que encontrareis aqui são remédios para curar enfermidades — enfatizou o médico, um tanto irritado.

— Isso quem vai dizer são os meus *medjay* — disse o chefe, fazendo um sinal para que os homens revistassem as dependências. — E agora diz: onde estiveste nesta noite?

Nefermaat se sentiu ofendido:

— Isso é um absurdo! — exclamou ele, exaltado.

Sabuf olhou para o jovem com desdém.

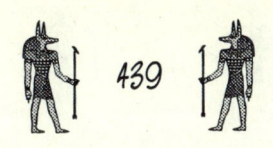

— Não acho que ouvi a resposta para a minha pergunta. Vou formulá-la outra vez: onde estiveste nesta noite?

— Não saí daqui — enfatizou ele, contendo sua irritação a duras penas.

Naquele momento, ouviu-se o barulho de um recipiente sendo quebrado.

— Como vos atreveis! — gritou Nefermaat, perdendo a calma enquanto se virava para ver o que havia acontecido.

Sabuf agarrou um de seus braços e o puxou com uma força surpreendente.

— Tens alguma testemunha que me faça acreditar nisso? — perguntou o guarda com suavidade.

Nefermaat não gostou nada do rumo que o assunto tomava.

— Tenho, sim — respondeu ele, tentando se tranquilizar enquanto se soltava da mão daquele homem. — O nobre Kenamun, meu irmão, esteve aqui.

— Kenamun? Sei — comentou o *medjay* com um sorriso. — É estranho, porque o encontramos nas dependências de seus pais e parece que ele não saiu de lá.

— Estou dizendo que, nesta noite, ele veio me ver. Podeis perguntar isso a ele...

Naquele momento, um dos *medjay* chamou o chefe:

— Sabuf, vem ver o que encontramos.

Sabuf, seguido por Nefermaat, se dirigiu ao cômodo contíguo. Lá, um de seus homens mantinha uma imagem entre as mãos.

Sabuf a examinou por um instante com o semblante alterado.

— Ísis nos proteja com sua magia! — sussurrou, como se falasse apenas para si mesmo. — Onde encontraste isto? — perguntou ele em seguida.

— Estava naquela poltrona, escondida debaixo da manta.

— O que foi que encontrastes? — interrompeu Nefermaat, novamente inflamado. — Que brincadeira é essa?

— Brincadeira? — indagou o oficial, virando-se em direção a ele. — Isso és tu quem vais ter que explicar. Prendei-o! — ordenou Sabuf.

Naquele instante, Nefermaat se viu rodeado pelos *medjay*, que o agarraram com firmeza.

— Isso é um abuso! — protestou o médico com veemência. — Que tipo de farsa estais representando?

O oficial se aproximou do jovem e o olhou gelidamente nos olhos.

— Não acredito que seja farsa nenhuma — afirmou ao mostrar a ele a imagem.

Nefermaat arregalou os olhos, horrorizado diante do que via. Em uma das mãos, Sabuf segurava uma pequena imagem feita de cera que representava o faraó com a coroa dupla e estava atravessada por alfinetes.

— Magia negra — resmungou Sabuf com desprezo. — Não há farsa alguma nisso.

Os demais *medjay* olharam uns para os outros, atemorizados.

— De onde saiu essa estatueta? Eu...

— Sabes muito bem de onde saiu — cortou-lhe o oficial, autoritário. — Tu mesmo a escondeste na poltrona, sob a manta.

Nefermaat olhou em direção à pequena poltrona e, em seguida, reconheceu o manto que seu meio-irmão usava naquela noite. Então, se lembrou de que Kenamun permaneceu sentado ali e o largou, esquecido, quando partiu.

O jovem médico sentiu um calafrio percorrer seu corpo. Não era possível! No entanto...

— Todo mundo sabe que tens poderes misteriosos. Andas em acordos obscuros com Sekhmet, uma deusa da qual não sinto mais do que receio. Tu te tornaste um *heka*, um mago poderoso e capaz, com seus sortilégios, de perfurar a divina natureza do faraó para deixá-lo vulnerável diante dos homens.

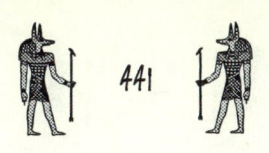

— És um charlatão! — esbravejou Nefermaat sem conseguir se conter. — Vós mesmos deveis ter colocado a imagem na poltrona. Como ousais me acusar de algo tão monstruoso?

— Levai-o! — gritou o oficial, fora de si.

— Isso é uma humilhação contrária a nossas leis mais sagradas! — berrou Nefermaat, resistindo aos guardas.

Os *medjay* partiram para cima dele, tentando imobilizá-lo. Entretanto, o jovem, tomado por uma ira cada vez maior, parecia possuído por uma força extraordinária, pois se libertou dos guardas, que não tiveram outra escolha senão soltá-lo.

— Está possuído pela deusa! — gritou um deles. — A cólera de Sekhmet está nele!

Nefermaat era incapaz de escutar qualquer coisa. Debatia-se com determinação contra aqueles homens que haviam ido visitá-lo em busca de sua dignidade. Naquele momento, sentia-se como se todas as ofensas que sofrera saíssem de sua boca uníssonas, exigindo uma satisfação e dando lugar a uma ira que nunca imaginou possuir. Era uma batalha na qual os fantasmas do passado combatiam junto dele como fúrias desbocadas.

No entanto, em um instante, tudo acabou. Em meio a tal confusão, Nefermaat o viu se aproximar. Foi só então que percebeu que a luta acabaria. O punho de Sabuf socou seu rosto com tamanha força que o jovem pensou ter sido esmurrado por um porrete de ferro. Quando foi derrubado como um trapo, viu que o chão estava coberto por seu sangue enquanto sentia o estranho gosto dele na garganta. Durante escassos segundos, teve tempo de pensar que talvez tivessem quebrado seu nariz, mas, naquele instante, sua consciência lhe escapou e tudo se tornou tão escuro quanto o tenebroso Mundo Inferior.

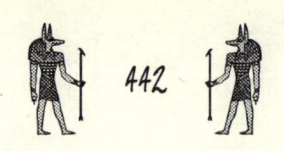

A primeira coisa que Nefermaat viu ao abrir os olhos foi o teto difuso de pedra escura que parecia gravitar sobre ele, ameaçando-o. Pestanejou repetidas vezes, tentando focar aquela imagem adequadamente, mas não conseguiu. O teto possuía as próprias leis que o faziam parecer caprichoso e ilusório em meio à penumbra que o envolvia. O jovem notou que estava enjoado e, quase de imediato, experimentou tamanha dor de cabeça que pensou que infinitos espíritos maléficos haviam se instalado nela para fazê-lo vítima de seus mais perversos desmandos. Então, sentiu-se desagradavelmente congestionado e, por instinto, levou uma das mãos ao nariz.

— Será melhor não tocar nele agora — disse uma voz enquanto puxavam sua mão.

Nefermaat se mostrou surpreso, mas, em seguida, obedeceu, tentando recuperar a plena consciência.

— Apesar de tudo, tiveste sorte — ouviu ele —, pois os ossos de teu nariz não parecem estar quebrados.

O jovem passou a língua por seus lábios ressecados, considerando aquelas palavras.

— As narinas estão limpas de resíduos de sangue, mas tive que tamponá-las com linho embebido em azeite.

Nefermaat fez um leve sinal de aprovação enquanto parecia recobrar pouco a pouco o discernimento. O nariz, o sangue... Imagens estranhas desfilavam incertas por seu coração. Cenas tumultuosas que iam e vinham, nas quais se via lutando contra outros homens com um ardor inusitado, impróprio de quem fora instruído para chegar a ser santo. A visão de uma poltrona sobre a qual havia um manto tomou forma com uma nitidez cada vez maior. Perto dela, alguém lhe mostrava uma pequena imagem abominável, fazendo terríveis acusações contra ele. Então, depois da luta, o mesmo homem descarregava sua fúria sobre ele, enviando-o à escuridão mais absoluta.

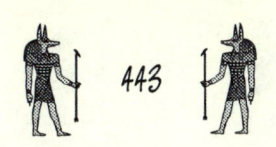

— Dadas as circunstâncias aqui, pouco mais posso fazer por ti, mas, dentro de alguns dias, te sentirás melhor.

Agora Nefermaat reconheceu aquela voz. Era cálida e, no mesmo instante, se sentiu reconfortado.

— Iroy — disse o jovem, se levantando. — O que aconteceu? Onde estamos?

— Na antessala do tribunal de Osíris — respondeu o velho médico com pesar.

Nefermaat reparou, então, no lugar onde os dois se encontravam. Uma estância ampla, sombria e inóspita, pobremente iluminada através de uma pequena claraboia gradeada. O chão, assim como a pedra sobre a qual ele se encontrava, estava coberto de palha e, nas paredes, inúmeras frases gravadas davam testemunho dos desgraçados a quem aquelas pedras haviam guardado.

O jovem ouviu tosses, percebendo, assim, que outras pessoas também se encontravam ali. À luz fraca que entrava pela pequena janela, reconheceu Maiaria, o copeiro real, Pairy, o Superintendente do Tesouro, e Prekamenef, o Mago da corte. Aquilo fez com que ele voltasse o seu olhar confuso para Iroy, que assentiu, resignado.

— O estranho não é que nos vejas aqui, mas sim que tu nos acompanhes — disse Iroy, consternado.

— Desde a minha chegada a Medinet Habu não passei de alvo de insídias e maquinações. Só me resta dar fé de suas funestas consequências — afirmou o jovem, abatido. — Não sei que motivo oculto pode ter me trazido a este lugar.

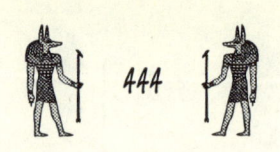

Iroy olhou para a janela, suspirando.

— Ao menos, poderias me contar o que aconteceu — animou-o o velho, com um gesto. — Talvez possa trazer um pouco de luz para o teu coração.

Nefermaat olhou para ele vivamente por um instante, e então desviou os olhos em direção ao teto, como se ordenasse seus pensamentos. Em seguida, voltou a olhar para seu venerável amigo e lhe contou tudo o que passou.

— Eu jamais teria ousado levantar minha mão contra o faraó — afirmou o jovem ao terminar seu relato.

— Eu sei. No entanto, há quem tenha acreditado que parecer que sim fosse conveniente — observou o velho médico com tristeza.

Nefermaat arregalou os olhos, assustado.

— Mas por quê? — lamentou-se o jovem.

— Sem pretendê-lo, passaste a fazer parte de um jogo do qual nem sequer conheces as regras — disse Iroy, encolhendo os ombros.

— E tu, Iroy, as conheces? Como é possível que...?

— Que me encontre aqui? — interrompeu ele, com um sorriso amargo. — Eu ocupo um lugar de destaque nesse jogo.

Nefermaat olhou para ele, incrédulo.

— Lamento que seja assim, meu amigo. Está na hora de saberes a verdade.

Iroy explicou a seu jovem amigo tudo o que aconteceu: as reuniões secretas, assim como os pormenores de uma trama na qual estavam envolvidos altos dignitários e oficiais, cujo vértice era formado por ninguém menos do que a rainha Tiy e o príncipe Pentaure. Nefermaat escutou, assustado, os detalhes do plano, compreendendo a magnitude da confusão em que havia se metido.

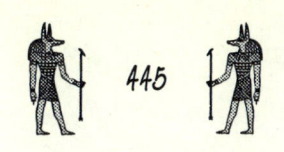

— Todavia, pelo que parece, fracassastes — balbuciou o jovem, ao acabar de ouvir o relato. — Ou por acaso chegastes a consumar o magnicídio?

Iroy negou com a cabeça.

— O faraó está vivo, apesar de eu não saber em que condições. Ele estava jogando *enté* com suas concubinas quando começou o alvoroço no harém, mas conseguiu escapar dali, embora, possivelmente, se encontre muito ferido. Ninguém sabe ao certo.

Nefermaat estava perplexo.

— Tudo deu errado — continuou Iroy. — Agora está claro que sabiam de nosso plano e estavam nos esperando. Só isso explica o fato de terem nos detido com tanta rapidez.

— E tu? Não posso imaginar-te tramando contra o deus.

— Como os demais, eu fazia parte do complô e, ainda por cima, era importante. O último elo, caso algo desse errado. Se o deus conseguisse escapar com vida, eu deveria me ocupar dele e até mesmo administrar algum veneno, se fosse necessário.

— Ainda não entendi. Que motivos te levaram a te envolver em uma coisa dessas? — perguntou o jovem.

— Eu poderia passar horas falando disso, pois, durante anos, o faraó me deu motivos quase todos os dias. Lembras como ele nos tratou certa vez?

Nefermaat olhou para Iroy em silêncio.

— Aquilo não passou de um pálido reflexo do despotismo do qual ele costumava se vangloriar. Não dá para acreditar que um grande rei como ele tenha chegado a se esquecer de seu povo da forma como o fez. O Egito não podia continuar por esse caminho. Precisava urgentemente de um novo deus disposto a variar o curso de uma embarcação prestes a naufragar.

— E quanto ao príncipe Ramsés? Ele é o seu herdeiro e...

— O príncipe Ramsés não passa de uma sombra escura do pai. Até mesmo sem governar já foi capaz de fazer inimigos demais.

— Contudo, ele é o herdeiro. Nenhuma pessoa além dele deve usar um dia a coroa dupla.

— Poderíamos ficar falando sobre isso sem nunca chegar a um acordo. Penso que a rainha Tiy tem tantos direitos quanto Tety, a finada mãe do príncipe Ramsés, para que um de seus filhos ocupe o trono. O príncipe Pentaure é o primogênito e, na minha opinião, seria um faraó muito mais apropriado que seu meio-irmão. Depositávamos nossas esperanças nele, mas, nesse caso, os deuses não parecem estar de acordo.

— Há algo que não compreendo — disse o jovem. — Se, como afirmas, o faraó sabia de vossos planos, por que não interveio antes? Assim, ele não correria o risco de acabar sendo ferido.

— É uma boa pergunta e nela está a chave de todo esse assunto. Eu também me perguntei isso durante a noite inteira e cheguei à conclusão de que o deus não sabia de nada.

— Que ele não sabia?

— De fato. Tanto ele quanto nós fomos habilmente usados.

— Usados? Por quem? — perguntou o jovem, assombrado.

— Não posso responder essa questão com certeza. Ocultos, sob véus espessos, se encontram poderes que tu não poderias imaginar.

Nefermaat não conseguiu disfarçar seu desconcerto:

— Estou convencido de que, sejam lá quem forem, sabiam de nossas intenções desde o primeiro momento. De certo modo, só fizeram jogar conosco.

— No entanto, o deus acabou ferido, talvez gravemente.

— Esse detalhe é muito interessante e indica que sua morte pode ter sido desejada. Quem iria querer algo assim? É o que te perguntarás.

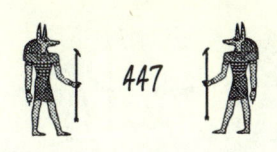

Entrar em tais averiguações nos levaria, indefectivelmente, ao terreno movediço da suposição, embora, ao pensar nisso, me ocorra um nome.

Nefermaat continuou com o mesmo semblante de perplexidade.

— Quem seria o maior beneficiário nas condições atuais? Sem dúvida, o príncipe Ramsés — afirmou Iroy. — Sua situação política é delicada, pois, como eu te disse antes, ele tem inimigos até mesmo entre os próprios irmãos. Está há dez anos esperando para sentar-se no trono e, embora seja Generalíssimo dos exércitos, sua posição não é de todo tão sólida quanto ele desejaria. O tempo age contra Ramsés. Ele está impaciente para que Osíris chame seu augusto pai e para que, assim, ele possa sentar-se no trono do Egito. Tenho certeza disso.

O jovem acariciou o queixo, pensativo.

— É claro que essas não deixam de ser meras hipóteses levantadas por um velho e é provável que nunca saibamos a verdade.

— Continuo sem entender qual é o meu papel em tudo isso — disse Nefermaat.

— É óbvio que és um empecilho e aproveitaram a situação para te eliminar, embora eu tenha que reconhecer que nisso também tenho um pouco de culpa.

— O que queres dizer? — perguntou o jovem, estranhando.

— Eu deveria ter te advertido antes sobre o terreno em que pisavas. Tu mesmo podes constatar as consequências.

Nefermaat ficou atônito.

— Tu te referes a Nubjesed?

— Isso mesmo. Sem querer, interferistes em nosso complô, e a última coisa que Tiy desejava era ter mais um problema. A princesa possui sangue real por linha direta e, portanto, poderia legitimar ao trono quem se casasse com ela. Vosso amor transcendeu muito além do que mandaria a prudência e isso gerou certa intranquilidade.

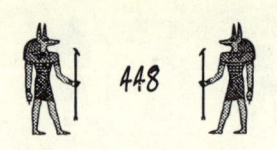

O jovem escutava, inflamado.

— Hás de convir comigo que fostes pouco discretos — prosseguiu Iroy ao ver a cara que o amigo fazia. — Pensastes mesmo que ninguém se inteiraria? Deveríeis ser mais precavidos.

— Nunca pensei que pudesses falar comigo assim.

Iroy olhou para Nefermaat, vendo a ira contida em seu rosto.

— Tens razão — disse ele, enfim, baixando a cabeça, consternado. — Não há sentimento como o amor e nada tão depreciável quanto usá-lo para fins tão baixos quanto os nossos. Sei que minhas mãos se sujaram com isso, mas eu não podia fazer nada. Se eu tivesse te advertido, poderíamos ter sido descobertos, apesar de que, como vês, no final isso pouco teria adiantado.

Nefermaat pôs as mãos sobre a cabeça dolorida enquanto cravava os olhos no chão.

— Lamento que tudo isso tenha acontecido — continuou o velho, entristecido. — Eu sempre te amei como a um filho e, ainda que não acredites, nunca teria permitido que te acontecesse nada de mau.

— Durante toda a minha vida confiei em ti — interveio o jovem, com os olhos cobertos por lágrimas. — Eu teria feito o que pedisses.

— Eu sei, Nefermaat. Acredita quando digo que me sinto mais culpado por isso do que pelo fato de estar aqui.

As lágrimas escorreram pelo rosto do jovem, em silêncio.

— Eu não te trouxe à corte para isso — disse Iroy, comovido.
— Nunca pensei que as consequências poderiam ser essas.

— Eu deveria ter ficado em Mênfis — respondeu Nefermaat, olhando fixamente para ele —, junto do velho decano. Fora dos muros do templo só encontrei traição e perfídia.

Iroy assentiu, aflito.

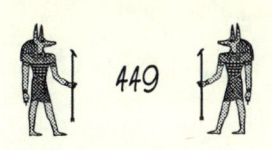

— Não tens culpa de nada e, no entanto... Mas escuta-me, Nefermaat. Nenhum de nós te envolveu na conspiração. Que isso fique bem claro. Tu não deves ter a mesma sorte que nós.

O jovem, que parecia ter recobrado a calma, olhou para ele, incrédulo.

— Este não é o momento para mentiras. Dentro de pouco, Temsep* me julgará e minha alma irá direto para as fauces de Ammit, a Devoradora. Todavia, tu hás de se sair bem. Maat te ajudará.

— Não sei como — suspirou Nefermaat. — Eu nem sequer sei o que aquela imagem fazia em meus aposentos.

— Alguém a pôs lá.

O jovem assentiu, calado.

— Disseste que apenas Kenamun e os guardas estiveram em suas dependências naquela noite, não é?

— Isso mesmo.

— Pois a coisa está clara. Qualquer um dos *medjay* pode tê-la colocado na poltrona, embora haja algo que...

— Eu me recuso a suspeitar que meu irmão tivesse sido capaz de uma coisa dessas.

— Por certo isso seria imoral, mas há um pequeno detalhe que, ao menos, deverias considerar. Não te parece estranho que ele tenha largado o manto na mesma poltrona em que os guardas encontraram a estatueta?

Nefermaat levantou uma sobrancelha, perplexo.

— Talvez seja uma casualidade — parecia refletir Iroy —, mas...

---

* Temsep era um dos quarenta e dois deuses que formavam o tribunal de Osíris. Era o encarregado de julgar as conspirações contra o rei.

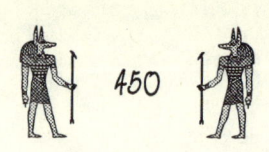

— Não compreendo o que meu irmão ganharia com isso — interveio o jovem, aborrecido.

— Isso nós não sabemos. Em todo caso, o mais importante para ti é conseguir provar tua inocência. Deves sair daqui com vida, e talvez um dia possas saber toda a verdade.

Durante os dias seguintes, Nefermaat parecia mergulhado em uma profunda depressão. Um mundo astuto, para o qual ele não estava preparado, o engolira da maneira mais vil, privando-o de tudo que ele amava e até mesmo da própria dignidade. Agora, ele era um réu e, como tal, se encontrava recolhido junto com os outros, à espera de receber a ira do faraó. Sobre este pouco se sabia, ainda que parecesse encontrar-se com vida. Segundo diziam, ele mesmo escolhera os juízes que se encarregariam de julgar o caso.

Iroy se ocupou de Nefermaat o mais que pôde, embora, para o alívio da alma, seus remédios não fossem os mais adequados. No entanto, conseguiu que ao menos o jovem comesse um pouco — um mérito, certamente, pois a comida que lhes serviam era quase infecta. Os guardas que a levavam insistiam particularmente nisso e os tratavam com escárnio, chegando até mesmo a caçoar de seus nomes, mudando-os de forma engenhosa. Assim, o principal aliado da rainha Tiy, Pabakamana, que quer dizer "servo de Amon", chamavam de Paibakamana, que quer dizer "servo cego de Amon". Maiaria, cujo nome quer dizer "crente em Rá", era chamado de Mastesuria ou o mesmo que "Rá te odeia". Huy, o Superintendente do Gado, teve seu nome trocado para Panhuyboni, "esse diabo Huy". E assim foi com a maioria dos condenados, embora houvesse nomes que não precisassem ser trocados por já serem em si engraçados, como no caso de Pasay ou "o calvo".*

---

* Todas essas alterações nos nomes são autênticas e realmente aconteceram, tal e qual se explica.

Sem nenhuma notícia que os comunicassem com o exterior e objeto de chacotas constantes por parte dos guardas, os presos chegaram a ter aversão àquele lugar como jamais sentiram por nenhum outro. Para a maioria deles, era preferível encarar o futuro sombrio a permanecer ali durante mais tempo. No interior de tal antro, aqueles homens se sentiam desprovidos de alma, como entes errantes que vagaram através de planos ilusórios. Ali dentro faziam com que eles tivessem consciência do que realmente eram: nada.

Por fim, em uma manhã, vieram lembrá-los de que, na verdade, eles existiam. Um grupo de *medjay* se apresentou na cela, provocando um grande alvoroço, pois abriram passagem até o seu interior, distribuindo chicotadas a todos aqueles que encontraram no caminho.

— Bem, cachorros — gritou um dos *medjay*, dando um passo à frente. — Estou certo de que vos lembrais de mim. Sou Sabuf, o chefe da guarda do palácio e o responsável por vossa captura. Já passastes tempo demais vagabundeando entre estas paredes. Chegou a hora de prestar contas por vossa traição.

Com os punhos apoiados na cintura, Sabuf passeou o olhar desafiante por entre os réus atemorizados.

— Por mim — continuou ele, com desprezo — eu já teria mandado empalar todos vós, mas os deuses primitivos vos concederam a graça de nascer em um país civilizado e, portanto, de ter um julgamento justo. Algo que, na minha opinião, não mereceis. Contudo, tomai cuidado, pois estou convencido de que se fará justiça e ireis visitar nossa amantíssima Ammit. Segundo me disseram, ela vos espera de braços abertos.

O grupo de *medjay* deu uma gargalhada diante do comentário, e Sabuf se apressou em calá-lo, levantando uma das mãos.

— Já está na hora de enfrentardes vossas responsabilidades — disse o *medjay*, com seriedade. — Cinco de vós devereis nos acompanhar de imediato, para que vos deixemos preparados para vos apresentardes adequadamente ao tribunal.

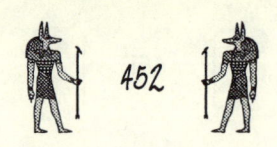

Aquelas palavras provocaram grandes risadas entre os homens que, dessa vez, Sabuf não se preocupou em silenciar.

— Agora vamos dizer os nomes dos agraciados — anunciou Sabuf, muito sério. — Prometo que vos recomendaremos encarecidamente ao divino Anúbis.

Os guardas tornaram a dar risadas escandalosas enquanto o chefe *medjay* anunciava os nomes em voz alta. Ao ouvi-los, os interpelados saíram um a um. Paibakamana, Pentau, Mastesuria, Panouk e Pairy deram um passo à frente, cabisbaixos.

— Eles serão os primeiros — enfatizou Sabuf, com desdém. — Entretanto, não temais. Não nos esqueceremos de vós.

Em seguida, os processados foram tirados da cela a empurrões, com uma brutalidade indisfarçável. Os *medjay* riam de forma escandalosa, pois é bem-sabido o gozo que a desgraça de alguns produz entre os homens.

— A morte será uma libertação para eles — lamentou-se em voz baixa Iroy enquanto ouvia as risadas, os gemidos e o estalar dos chicotes cada vez mais longe.

— O que queres dizer? — perguntou Nefermaat.

— Que o veredicto será uma libertação. Antes de se apresentarem ao tribunal, esses desgraçados passarão por um longo interrogatório.

O jovem fez cara de espanto.

— Irão torturá-los?

— Como é comum, por uma tentativa de crime de Estado como esta. Calculo que eles receberão entre cem e duzentas porretadas, e isso fará com que abram a boca, sem dar margem a dúvidas.

Nefermaat olhou para o velho, boquiaberto.

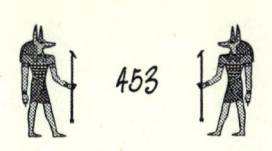

— Isso mesmo. É o pior transe de todos, embora eu te assegure que, no que diz respeito a mim, eles podem economizar. Penso em assinar a declaração que puserem diante de mim. Já que hei de morrer, ao menos gostaria de fazê-lo com todos os meus ossos no lugar.

O jovem suspirou frente ao que vinha para cima dele.

— Não deves preocupar-te com isso agora. Estou certo de que te julgarão por último e, a essa altura, o tribunal já terá se dado conta de que nada tens a ver com essa tragédia.

O velho Iroy não se enganou em suas previsões. Os primeiros acusados foram interrogados antes do julgamento, com o cuidado habitual. Cada um recebeu quase duzentas porretadas. Aquilo fez com que eles se apresentassem ao tribunal com as carnes inchadas e múltiplas lacerações, embora isso não tenha impressionado em nada os juízes.

A Corte de Justiça, o _hut-ur_, estava composta por seis magistrados para a ocasião. Ramsés III havia sugerido que, dos doze juízes escolhidos por ele, apenas seis ditassem sentença a cada julgamento, de modo que esses fossem se alternando nos processos seguintes para que nunca coincidissem os mesmos. Aquilo causou certo espanto, pois evidenciava com clareza a desconfiança que o faraó parecia sentir por seus juízes. Desconfiança que, diga-se de passagem, foi plenamente justificada por determinados fatos ocorridos posteriormente.

O julgamento dos primeiros acusados foi o mais rápido que cabia presumir. Os delitos eram de tal magnitude e a participação dos réus neles tão flagrante que ninguém estranhou ao ouvir do Alto Tribunal as palavras que declaravam sua culpabilidade.

— Os deuses do país o abominam! São eles que ditam a sentença!*

Esse veredicto já era esperado, mas não a forma como ele deveria ser cumprido, o que deixou os culpados aterrorizados, pois a justiça do

---

* Essas eram as palavras com as quais se declarava alguém culpado no Antigo Egito.

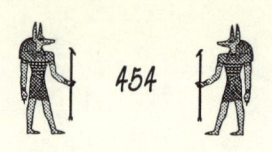

faraó condenava aqueles homens a serem queimados vivos. Além do mais, a sentença deveria ser cumprida de imediato.

Para tal fim, haviam sido fabricados vários fornos em uma das esplanadas situadas nos arredores de Medinet Habu. Ali, na presença do povo, os réus foram incinerados em meio a gritos de agonia horríveis. Então, quando seus corpos, por fim, se encontravam totalmente carbonizados, os verdugos recolheram seus restos e os depositaram em sacos, que alguns asnos se encarregaram de transportar para espalhar o conteúdo pelos caminhos do Egito, tal foi o terrível veredicto do deus.*

A notícia desse castigo tão pavoroso correu por todo o país, levada pelas próprias águas do Nilo, chegando até mesmo no interior da cela amontoada de presos, o que, como era lógico e natural, provocou um grande espanto e ao mesmo tempo afrouxou alguns ventres. Os próprios carcereiros se encarregaram de dar notícias tão esperançosas e festejaram a forma devastadora com que elas foram recebidas.

— Ide pensando em quem serão os próximos! — gritavam os carcereiros de vez em quando.

Diante do rumo que o assunto tomava, Nefermaat olhou angustiado para seu velho protetor sem atrever-se a dizer uma palavra. Um castigo como aquele era algo que ia além de sua imaginação.

Iroy tentou acalmá-lo, fazendo com que o jovem visse que tal punição não buscava outra coisa senão impedir que algo parecido voltasse a acontecer.

— O deus não castigará todos da mesma forma, muito menos os membros de sua família — disse o velho, convencido.

— E o que será de nós?

---

* A execução da sentença ocorreu exatamente como se conta aqui.

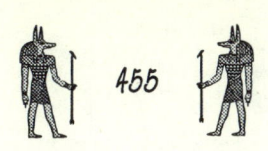

— A mim, confio que me permitam tirar-me a vida. A ti, espero e desejo que não aconteça nada. Entretanto, como eu te disse, é Maat quem dá a última palavra.

O jovem parecia refletir sobre aquilo e não tornou a abrir a boca pelo resto da noite. Se era Maat quem haveria de decidir se ele era inocente, tudo estava claro. Contudo, infelizmente, eram homens que formavam o tribunal e não deuses, e suas justiças em nada se pareciam. Portanto, Nefermaat decidiu encomendar-se a Sekhmet, a da terrível cólera. Ela era temida pelos homens, mais do que qualquer outro deus, e, por isso, tentavam acalmá-la, a fim de resguardar-se de sua ira.

Se o jovem era o filho predileto da deusa-leoa, ela o protegeria.

Ao se aproximar o amanhecer, ouviu-se o barulho de portas que se abriam e de passos fortes. Vários homens com tochas se posicionaram no centro da sala, e um deles começou a chamar os reclusos.

— É Naneu, o chefe superior da guarda — comentou Iroy com o jovem, em voz baixa. — Vão nos dividir, o que é um bom sinal para ti. Deves manter a esperança.

Como Iroy predissera, Naneu dividiu os acusados em três grupos.

— Aqui nos separamos — disse Iroy com a voz trêmula. — No entanto, sempre velarei por ti. Não te esqueças disso.

Os dois amigos se abraçaram em meio a soluços contidos. Antes de se separarem, o velho médico mal conseguiu sussurrar algumas palavras:

— Perdoa-me, meu filho.

Então, algumas mãos vieram separá-los, levando Iroy aos empurrões. Naquela madrugada, vinte e um homens saíram da cela, divididos em três filas com destinos diferentes, pois ocupariam calabouços distintos de acordo com sua implicação na revolta. Depois de interrogar os primeiros acusados, a guarda já sabia com clareza qual era a participação de cada um. Todos seriam julgados pela responsabilidade de seus atos.

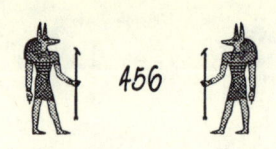

No entanto, houve quem pareceu ter sido esquecido, como se, na verdade, não existisse, pois seu nome não foi pronunciado nem sua presença requerida. Ignorado, como o mais humilde dos párias, Nefermaat permaneceu onde estava, sentado sobre a pedra fria coberta de palha, vendo como seus companheiros de desgraça, um atrás do outro, desfilavam diante de seus olhos, a caminho de seus destinos incertos.

A masmorra escura permaneceu, então, silenciosa como uma mastaba. O jovem pensou naquilo e na absoluta solidão em que se encontrava. Nenhum ruído, nem sequer o feito pelos guardas que, do outro lado dos muros pardos, o vigiavam. Não se ouvia nada. Teria sido abandonado à própria sorte? Ou quem sabe teriam lhe reservado um tratamento especial nas mãos do verdugo? Sorriu para dentro de si mesmo diante de tais questões, pois sabia bem o quanto seus conterrâneos não eram esquecidos e o quanto suas pautas eram metódicas. Se ele se encontrava ali, sozinho, era porque assim o haviam decidido.

Durante dois dias, Nefermaat teve tempo mais do que suficiente para conjecturar sobre sua situação e refletir sobre seu destino vago. O total isolamento lhe ofereceu a possibilidade de fazê-lo e ao mesmo tempo o ajudou a acalmar os ânimos maltratados, e ele se convenceu de que, com a ajuda de Sekhmet, sairia bem daquela confusão. Todos os dias, alguém introduzia uma tigela com comida na cela, de modo que, de alguma maneira, havia quem se preocupasse com ele. Além do mais, seu nariz estava muito melhor, o que não deixava de ser uma boa notícia.

Na noite do segundo dia, Nefermaat dormia e acordava quando o som queixoso das dobradiças da porta ao abrir-se o fez ficar de pé sobre a pedra dura. Ele mal havia tido tempo de esfregar os olhos quando uma figura encapuzada entrou na masmorra escura com uma lamparina entre as mãos. O visitante silencioso fez um gesto inconfundível, ordenando ao carcereiro que o acompanhava que saísse e fechasse a porta. Então, se aproximou lentamente até ficar de frente para o jovem.

— Sekhmet continua velando por ti, Nefermaat — disse o estranho, descobrindo-se.

— Príncipe Amonhirkopshep! — exclamou o jovem, sem conseguir esconder sua surpresa.

— Shhh... — fez o príncipe, pondo um dedo sobre seus lábios. — Prefiro manter esta visita em segredo o máximo possível.

— Desculpa-me, príncipe Amonhirkopshep, mas, ao ver-te, não pude conter a emoção — disse o jovem, agora quase aos sussurros.

O príncipe assentiu enquanto se sentava no banco duro, pondo a lamparina entre os dois.

— Nada de Amonhirkopshep. Hoje, mais do que nunca, sou o príncipe Amon — disse ele, com uma cara estranha. — Receio que não tenhas mais ninguém que se interesse por ti.

Nefermaat olhou para ele, angustiado.

— O lugar não poderia ser mais apropriado para alimentar esse olhar — afirmou o príncipe, enquanto observava ao redor. — Parece que estamos nas próprias portas da entrada para o Mundo Inferior.

— Temo que a porta que hei de atravessar seja ainda pior — lamentou-se o jovem. — Se Maat, a deusa da justiça, não remediar isso, será Osíris quem não tardará muito em me receber.

— Reconheço que quando me inteirei de que havias sido preso, mal dei crédito à notícia.

— Sabes que eu seria incapaz de levantar minha mão contra alguém, muito menos contra o deus — murmurou o *sunu* com certo desespero. — Não sei o motivo, mas voltaram a me usar da maneira mais vil que...

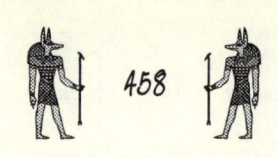

O príncipe ergueu uma das mãos, interrompendo-o.

— Eu gostaria que me contasses o que aconteceu.

Nefermaat assentiu emocionado e, com a voz um tanto trêmula, relatou o acontecido ao príncipe. Este escutou em silêncio, sem perder um detalhe sequer. Ao terminar, acariciou o queixo, pensativo.

— Pelo que me contas, parece que Renenutet fez a pior de suas brincadeiras contigo. Só assim podes compreender uma história como essa. A deusa do destino costuma ter predileção por elas durante o transcorrer de nossa vida, embora eu tenha que reconhecer que contigo, desta vez, ela se superou.

— Parece que ultimamente a deusa anda com um interesse especial em zombar de mim.

— Deve ter se apegado a ti — disse o príncipe, sem conseguir evitar uma brincadeira.

Para Nefermaat, o comentário não teve a menor graça.

— Não te aborreças — apressou-se em dizer Amonhirkopshep. — Às vezes, é melhor tirar o drama de questões como essas. Nós dois sabemos que foram os homens que te trouxeram até aqui.

— Então, acreditas na minha inocência?

O príncipe fez que sim com a cabeça.

— Não poderia ser de outra forma — afirmou ele em voz baixa. — De acordo com as notícias que recebi, foi a rainha Tiy quem tramou a intriga que teve como resultado a tua ruptura com Nubjesed. Seria impossível que algo assim acontecesse se tivesses feito parte de seu complô contra o faraó.

O semblante de Nefermaat se iluminou, esperançoso.

— Acredito na tua inocência, Nefermaat, embora eu pouco possa fazer para libertar-te. Os mesmos que te trouxeram para cá não permitiriam que eu o fizesse. Para isso, primeiro seria preciso desmascará-los.

O jovem pareceu consternado.

— Quem achas que pode ter posto aquela imagem em meus aposentos? — perguntou o jovem com os olhos cravados no chão.

— Qualquer um, até mesmo o teu irmão. No entanto, esta não é a questão, já que, seja quem for, o fez cumprindo uma ordem. Escuta, Nefermaat — continuou o príncipe com a voz séria —, ocorreu algo de grande importância, que decerto ignoras, e que vem a complicar ainda mais as coisas. Um fato terrível, como nenhum outro.

O rosto do jovem mudou.

— De um jeito ou de outro, os rebeldes conseguiram o que queriam. Meu augusto pai morreu.

Nefermaat pensou que o chão se abria sob seus pés e que o mais escuro dos vazios puxava suas pernas com força para o engolir.

— Poucos dias depois, o falcão voou para se juntar aos deuses estelares. Seu velho coração não pôde suportar tanta insídia. Agora, um novo deus governa esta terra com o nome de Hekamare-Setepen-Amun,* embora ande anunciando-se, pomposamente, como "o Legítimo" — disse o príncipe, arrastando as palavras sem ocultar seu desprezo. — Está empenhado para que posteriormente não haja dúvidas quanto a isso. No mesmo dia em que o faraó morreu,** meu divino irmão, o príncipe Ramsés, tomou o poder do país de Kemet. Glória ao novo deus, Ramsés IV! Vida, força e estabilidade lhe sejam dadas!

---

* Significa Soberano de Justiça como Rá Escolhido de Amon.
** Ramsés III morreu no dia 15 do mês de Paeninet (18 de abril), depois de trinta e dois anos de governo.

Nefermaat olhou para o príncipe, boquiaberto.

— Então, nos casos de alta traição, o tribunal optou pelo magnicídio? — aventurou-se o jovem.

— Agiram com a máxima severidade — replicou o príncipe. — Sem querer parecer malévolo, te direi que foram construídos alguns fornos nos arredores de Medinet Habu nos quais jogam os condenados ainda vivos. Asseguro-te que o cheiro de carne queimada já chegou a ser insuportável.

— Diz-me, sabes algo de Iroy? O que aconteceu com ele? — perguntou o jovem, angustiado.

— Dos males o menor, posto que se livrou de acabar chamuscado. Os juízes concederam a Iroy licença para tirar a própria vida. Todavia, como se sabe bem, em casos como esse não se permitiu que ele fosse sepultado em sua tumba. Seu corpo foi enterrado para, assim, "cheirar terra para sempre".

Nefermaat pôs o rosto entre as mãos e mal sufocou os soluços.

— Sei que o estimavas, mas, como hás de compreender, seu castigo era inevitável — disse o príncipe, sem muita ênfase.

O jovem fez uma cara de consternação.

— As condenações foram exemplares — continuou Amonhirkopshep. Dos vinte e sete homens implicados, dezessete foram mandados para os fornos e ao resto foi permitido o suicídio. Entre os últimos se encontrava o principal mentor, meu meio-irmão, o príncipe Pentaure, pois tampouco é conveniente queimar em público descendentes da realeza. O príncipe suicidou-se na própria sala de justiça, diante do tribunal.

— E a rainha? — perguntou Nefermaat, arrependendo-se quase no mesmo instante de tê-lo feito.

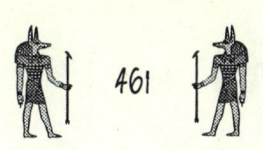

— Ha, ha — riu o príncipe, com astúcia. — Antes de morrer, meu pai determinou que as sentenças da Rainha Tiy e das outras cinco concubinas que agiram como cúmplices não fossem divulgadas. Ninguém no Egito deveria saber quais foram. No entanto, já sabes quais costumam ser as penas que se impõem às mulheres envolvidas em intrigas e atos de magia como esse.

— "A prova das águas" — sussurrou Nefermaat.

— Não me estranha que as tenham obrigado a atravessar o Nilo a nado, com o rio repleto de crocodilos. É o comum.* Em todo caso, como eu te disse antes, isso ninguém nunca saberá.

— Então, todos os presos morreram.

— Sim, e te asseguro que há quem tenha tentado salvar-se da execução por todos os meios, chegando até mesmo a subornar alguns dos juízes para consegui-lo. Conforme estou te contando — afirmou o príncipe, ao ver a cara de perplexidade de seu jovem amigo. — O general Pasay e vários dos acusados compraram Mai e Pabasa, dois dos magistrados que teriam que julgá-los, para que os absolvessem. Para entrar em contato com eles, usaram ninguém menos que o chefe da guarda do Estado, Naneu, a quem também corromperam. Este agiu com grande habilidade, fazendo o acordo com os juízes, mas, no final, foram descobertos. Imagina o escândalo que foi.

— E o que aconteceu?

— Os dois juízes e o chefe da guarda foram presos e acusados de colaborar com os insurgentes. Psay e seus cúmplices receberam permissão para se suicidarem e Mai, Pabasa e Naneu tiveram seus bens confiscados e foram condenados à mutilação. Cortaram o nariz e as orelhas deles.**

---

* Nisso consistia "a prova das águas". Se a acusada conseguisse chegar à outra margem, era absolvida de toda culpa.
** Esses fatos realmente aconteceram como são contados aqui.

Suponho que não tardará muito para que optem pelo suicídio, pois não penso que estejam dispostos a desfilar com sua culpabilidade por todo o Egito pelo resto de seus dias. Enfim — suspirou o príncipe. — Meu finado pai não estava enganado ao escolher juízes diferentes para cada julgamento. Demonstrou uma grande sabedoria ao não confiar neles. O novo faraó se enfureceu de tal maneira ao saber da tentativa de suborno que não quis nem ouvir falar de qualquer tipo de clemência para com os acusados. De certo modo é lógico, pois não podemos nos esquecer de que ele também era um dos alvos da revolta.

— Para mim, o panorama não poderia ser mais obscuro. Estou abandonado à minha sorte.

— Já te adverti que te restam poucos amigos. Ninguém quer ouvir teu nome, muito menos mencioná-lo. Teus antigos companheiros fogem de tuas lembranças como se da própria serpente Apófis se tratasse. Até mesmo teus pais te maldizem.

Nefermaat sorriu com sarcasmo.

— Suponho que isso não te pegue de surpresa. De modo que não estranharás saber que teu pai, o ilustre Hori, tenha te deserdado e afirme que sempre desconfiou de ti e que o fato de não manter nenhuma relação contigo estava mais do que consolidado. Como compreenderás, Mutenuia só faz lembrar a ele que foi ela quem leu a infâmia em teu coração desde o exato momento em que te conheceu.

— E o meu meio-irmão? — perguntou o jovem com alguma incerteza.

— Não sei nada dele, pois, ultimamente, mal o vemos fora dos domínios do templo de Karnak. De quem, sim, posso falar é Nubjesed.

Ao ouvir aquilo, Nefermaat não conseguiu esconder sua ansiedade.

— Pelo que entendi, ela se encontra em um estado de tamanha histeria que é evitada até mesmo por suas camareiras. Parece que mal come e passa o dia em puro pranto.

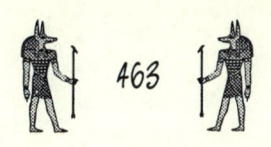

— Sekhmet nos proteja! — exclamou o *sunu* com desespero.

— Escuta-me com atenção — disse o príncipe, baixando a voz ainda mais um pouco. — Esta é a última noite que passarás aqui. Amanhã, serás levado ao Grande Tribunal, que o julgará.

Nefermaat se recostou contra o muro, com evidente lassidão.

— Entre os juízes, haverá dois velhos conhecidos teus, cujos males um dia aliviaste. Um deles é Kadendenna, e o outro é Parenuta, o Arauto Real. Ele foi designado como o primeiro magistrado do julgamento de amanhã.

— O que queres dizer?

— Ambos juízes são pessoas honradas. Falei com os dois e com muito tato contei a eles de meu convencimento sobre tua inocência.

— Intercedeste por mim? — perguntou o jovem, impressionado.

— De certo modo, embora em questões como essa convenha ser muito prudente, pois sempre se corre o risco de conseguir o efeito contrário. De qualquer forma, sei que durante os interrogatórios ninguém parece ter te acusado, o que nos dá alguma esperança.

— É mais do que eu poderia esperar — exclamou Nefermaat, agitado. — Sempre terei uma dívida para contigo.

— Lamento não poder garantir tua liberdade — observou o príncipe —, mas quem sabe te salvas a vida. Confiemos em Maat mais do que nunca.

Nefermaat não pôde reprimir um gesto de carinho e apertou efusivamente os braços do príncipe.

— Certo — disse ele, levantando-se. — A fratura parece ter se soldado bem. Até recuperei a força que costumava ter no braço. Hei de te louvar por isso. Anat e eu estamos agradecidos a ti. No entanto, quem lhe será eternamente grato é Sesóstris, pois se encontra em perfeita saúde, como se nada tivesse lhe acontecido.

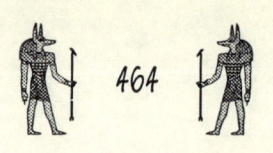

Nefermaat também se levantou para despedir-se.

— Conserva a esperança e mantém-te firme — aconselhou o príncipe, quase da porta. — És o último a ser julgado e lembra que nenhum dos condenados te acusou.

22

Tudo aconteceu exatamente como o príncipe dissera. De manhã bem cedo, uns guardas compareceram à cela e tiraram Nefermaat de lá com péssimas maneiras. Amarraram seus braços para trás e o levaram aos empurrões até outra masmorra isolada, onde vários homens o esperavam.

— Eis o último dos traidores. Estás lembrado de mim?

Nefermaat o reconheceu na mesma hora, pois aquele homem não era outro senão Sabuf, o chefe *medjay* que o prendera.

— Estás lembrado de mim, não é? Parece que já não tens mais a presunção da primeira vez que nos vimos.

Nefermaat sentiu que se enervava, mas logo se controlou.

— Comigo é melhor que guardes tua ira — disse o *medjay*, perspicaz. — Fazes bem em te conteres, sabes? — continuou ele enquanto açoitava o ar com uma vara. — Deram-me a missão de preparar-te adequadamente para o julgamento. Deves te apresentar ao tribunal como o cachorro que és, submisso e obediente. Economizarias nosso tempo e esforço se assinasses tua declaração de culpabilidade. Não te esqueças de que eu mesmo, Sabuf, encontrei a estatueta em tuas dependências.

Nefermaat olhou para ele sem deixar transparecer emoção alguma.

— Assinarás a declaração?

O jovem médico desviou a cabeça para o outro lado.

— Bem, teremos que te ajudar a abrir a boca — enfatizou Sabuf enquanto fazia um sinal para os outros homens.

Nefermaat ouviu um assobio e, em seguida, se encolheu instintivamente. Justo naquele momento, uma vara atingiu seus rins, obrigando-o a se dobrar por causa da dor. Aquilo foi apenas um aviso, pois, de imediato, uma verdadeira chuva de golpes caiu sobre ele, vinda de todas as direções, transformando o sibilo das varas em acordes macabros de tortura.

— Não batais no rosto — disse alguém em meio à tempestade sibilante que se abateu sobre Nefermaat.

Quando a tormenta passou, o jovem se encontrava encolhido no chão, feito um novelo, com o corpo coberto de inchaços.

— Já estás disposto a declarar tua culpabilidade? — perguntou uma voz, claramente alterada por causa do esforço.

O jovem mal conseguiu reprimir seus gemidos lastimáveis.

— Não? Está bem — disse Sabuf, com a respiração entrecortada. — Agora, só nas pernas! — ordenou ele aos homens enquanto ficava de pé.

De novo, os ecos agudos das varas sibilantes ressoaram na cela com seus piores arpejos. O próprio Set parecia estar à frente de uma orquestra tão infernal, cavalgando entre suas notas, pois a fúria dos golpes era tal que bem se poderia afirmar que o furioso deus dos desertos mordia o jovem a cada um deles.

Quando aquele grupo sinistro finalizou sua interpretação, Nefermaat tremia convulsivamente, sem poder controlar seus movimentos.

— Se continuarmos, vamos matá-lo — disse um dos guardas.

Sabuf se agachou junto ao jovem, que se retorcia no chão.

— Hoje é teu dia de sorte. Se fosse por mim, eu te mataria a pauladas aqui mesmo, mas meus homens têm razão. Deves comparecer ao julgamento com vida, ainda que logo sejam eles quem se encarreguem de ti — disse Sabuf, dando uma gargalhada. — Reanimai e deixai o acusado o mais apresentável possível — ordenou o homem ao sair do calabouço. — Que vejam o trato esmerado que dispensamos aos traidores — disse ele em meio a gargalhadas, já no corredor.

Nefermaat teve que ser levado à Grande Corte de Justiça por dois homens. Como ele não conseguia se manter de pé, o puseram de joelhos no chão, bem de frente para o tribunal. Este era representado pelos seis magistrados escolhidos para tal fim e por um número de escribas que Nefermaat não foi capaz de determinar, responsáveis por tomar nota de tudo que acontecesse ali.

O julgamento ocorria em um grande pátio com pórticos e enormes colunas em forma de papiros. Um marco grandioso, sem dúvida, que Nefermaat considerou exagerado, dada a própria insignificância. O jovem sentia dores terríveis pelo corpo, mas foi capaz de manter o olhar nos membros do tribunal. Como o príncipe bem predissera, à frente do tribunal se encontrava Parenuta, o arauto real, a quem, certa vez, o *sunu* curara de graves queimaduras no braço. Inconscientemente, Parenuta cobriu com a manga o braço machucado ao constatar que o acusado tinha os olhos fixados nele.

Nefermaat também reconheceu seu velho paciente, Kadendenna, que tantas vezes fora se consultar com ele, sofrendo de uma persistente prisão de ventre e de indigestões constantes. Quando os olhares dos dois se cruzaram, Nefermaat pôde perceber nele uma compaixão indissimulável, bem como um ar de aflição.

Um leve gesto do Arauto Real fez com que Nefermaat desviasse os olhos e observasse justamente um dos funcionários se situar frente ao tribunal. Diante deste, o funcionário desenrolou um papiro e começou e enumerar as acusações contra ele. O jovem mal entendeu tais acusações, pois a dor que sentia nas pernas era tão forte que ele precisava se esforçar muito para se manter consciente e não cair sobre o chão de pedra. No entanto, foi capaz de escutar suas últimas palavras:

— ... E incitar hostilidades para criar uma rebelião contra o seu senhor.

Dito isso, o funcionário voltou a enrolar o papiro e se foi.

— O que tens a dizer? — perguntou-lhe um dos juízes chamado Maharbaal, a quem o jovem conhecia de vista.

— Diante do Grande Tribunal, proclamo minha inocência — disse Nefermaat, tentando vencer a dor.

— Por acaso negas as acusações contra ti? — perguntou outro juiz.

— Nego. Maat é testemunha.

— Deixemos Maat de lado por um momento — apressou-se em dizer outro magistrado. — Temos uma imagem que representa o finado deus, cheia de alfinetes, e que foi encontrada em tuas dependências. Por acaso negas isso?

— Não sei como essa imagem chegou aos meus aposentos. Eu jamais a havia visto antes.

— Estás sugerindo que alguém a pôs ali sem o teu conhecimento?

— Não estou sugerindo. Estou afirmando.

— Não pretendes que acreditemos que os mesmos guardas que a encontraram foram os que a colocaram ali, pretendes?

— Não estou aqui para acusar ninguém — disse o jovem, fazendo uma careta estranha por causa da dor horrível da qual padecia. — Quem fez isso certamente conseguiu o que queria.

— Esse argumento é pouco convincente.

— O honrado tribunal sabe que me dedico a aliviar os males alheios e não a provocá-los. Que interesse eu poderia ter em levantar minha mão contra o faraó?

— Quem deve responder essa pergunta és tu — disse outro juiz.

Nefermaat permaneceu em silêncio por alguns instantes enquanto reprimia, a duras penas, outra cara de dor.

— Nada sei de conspirações nem de revoltas. Nunca lidei com os rebeldes e...

— Não? — interrompeu o magistrado. — Todos aqui presentes sabem da grande amizade que mantinhas com Iroy.

O jovem se deu conta de que sua alegação não seguia pelo caminho certo.

— Iroy foi como um pai para mim e, durante muitos anos, velou por minha pessoa. Ele nunca teria permitido ver-me envolvido em uma traição como essa — respondeu Nefermaat com serenidade.

Durante alguns instantes, o tribunal permaneceu em silêncio.

— Iroy reconheceu sua culpa, assim como sua conivência com o mago da corte para fazer magia negra — afirmou outro membro do tribunal. — Ambos possuíam imagens como a que encontraram contigo.

— Não sou um mago que adore ao deus Heka. Minha deusa é Sekhmet e em seus mais sagrados mistérios fui instruído por homens sábios e honrados. Sou fiel cumpridor de seus preceitos, assim como do *maat*, cujo caminho procuro seguir.

— Sabemos muito bem quem é tua deusa tutelar, mas isso não te exime de nenhuma suspeita. Podes ler os textos mágicos com facilidade, pois não é à toa que és um *ueb*.

— Qualquer um dos funcionários que hoje se encontram diante desse Alto Tribunal poderia fazê-lo.

— Sim, mas te esqueces de que foi contigo que encontraram a imagem.

Nefermaat tombou ligeiramente a cabeça e, durante um breve momento, observou os magistrados com seu semblante impenetrável de sempre.

— Eu não uso a magia para curar. Uso isto — declarou ele, mostrando as mãos.

— O que dizes não passa de palavras. Todos sabem que os sacerdotes *ueb* utilizam a magia que Sekhmet lhes proporciona para combater os espíritos maléficos causadores das enfermidades — afirmou Maharbaal, convencido, olhando para os colegas.

— No Alto Tribunal há quem saiba do que falo. Eles conhecem os meios que emprego — replicou o jovem.

O Arauto Real se mexeu na poltrona, incomodado. Então, Kadendenna pediu a palavra:

— Todos nós sabemos que és um bom *sunu*, Nefermaat — expressou ele com solenidade. — Inclusive, há quem afirme que és magnífico. Entretanto, não é essa a questão pela qual és julgado. Algo terrível aconteceu no Egito e, lamentavelmente, estás envolvido nisso. É certo que nenhum dos rebeldes te reconheceu como cúmplice da conspiração. No entanto, o fato de terem descoberto uma imagem como essa em teu poder gera dúvidas inevitáveis que não parece que sejas capaz de esclarecer.

Nefermaat viu que o tribunal inteiro assentia diante daquelas palavras e soube, naquele momento, que a sentença já havia sido estabelecida. Então, olhou com dureza para seu antigo paciente, que desviou o olhar, conturbado.

Durante alguns minutos, os magistrados cochicharam entre si, olhando de soslaio para o acusado, de forma dissimulada. O jovem respirou profundamente, suportando a dor, reunindo forças para receber um veredicto que lhe era desfavorável. Ao ver o presidente do tribunal se levantar, ele se encomendou a Sekhmet.

— O Grande Tribunal escutou tuas palavras e decidiu tua sentença — anunciou Parenuta, com a voz um tanto forçada. — Este tribunal não possui provas conclusivas que demonstrem que Nefermaat, médico da corte, tenha se levantado contra seu senhor e participado da trama mais vil de que se tem notícia no país de Kemet. Por isso, sua vida será poupada. No entanto, há indícios que fazem com que o tribunal suspeite do uso de práticas obscuras de magia negra contra o finado faraó. Práticas abomináveis que merecem um castigo exemplar diante dos olhos do povo do Egito. Maat nos dita qual é o verdadeiro caminho.

Em seguida, o jovem *sunu* escutou as temidas palavras:

— Os deuses do país te maldizem. Eles são os que ditam a sentença. Condenam-te a trabalhar nas minas de ouro do vale de Rohenu* até que Osíris te chame à Sala das Duas Verdades para que acertes as contas com os deuses. Todos os teus bens serão confiscados e teu nome apagado para sempre de nossos anais, como se nunca tivesses existido. Jamais voltarás a ser mencionado, e teu *ba* vagará perdido por toda a eternidade em meio a lamentos sofríveis. Esta é a vontade de Maat e a de nosso deus Hekamare-Setepen-Amun [Ramsés IV], força, estabilidade e vida lhe sejam dadas. Que assim se cumpra.

Nefermaat permaneceu particularmente sereno enquanto o arauto real o condenava pela vida toda. Deteve os olhos nele, observando-o, e

---

* Nome que os antigos egípcios davam a Uádi Hammamat.

pôde comprovar como aquele homem fazia o possível para evitar seu olhar ao ditar a sentença. Ao terminar de fazê-lo, sentou-se de novo e mal afastou os olhos dos pés. A grande ignomínia havia se consumado.

Nefermaat sentiu algumas mãos o puxarem pelos dois braços e o tirarem da Grande Corte de Justiça da mesma forma que o haviam levado até ali, arrastando-o. Então, foi preso em uma masmorra suja, repleta dos principais criminosos tebanos. Lá, foi bem recebido, pois se alegraram muito ao ver como um sacerdote *ueb* baixava até o Amenti para se transformar em um pária, como eles. Agora, Nefermaat era médico dos deserdados.

23

Se havia um lugar no país de Kemet onde a grande serpente Apófis poderia viver, distante de seu reino no submundo, era a "montanha de ouro" do vale de Rohenu. Ao menos, Nefermaat estava convencido disso, pois nunca imaginou que um local assim pudesse existir no Egito. A grande serpente, encarnação das mais tenebrosas trevas e da não existência, se fazia presente a cada minuto da vida miserável que o jovem levava, fazendo-o lembrar que, para seu povo, ele já não existia.

A viagem até aquele canto esquecido fora tão penosa quanto se pudesse imaginar. Em uma manhã, quase de madrugada, o tiraram da cela aos empurrões, junto com o resto de seus companheiros infelizes, para pô-los a caminho de seu desventurado destino.

Justo quando saía da masmorra, Nefermaat teve um encontro inesperado. Uma figura altíssima que estava recostada contra a parede se endireitou e, depois de uma breve conversa com os guardas, se aproximou dele. Quando chegou mais perto, o jovem soube, logo em seguida, que se tratava de Sesóstris.

— Nada de cumprimentos efusivos — advertiu o núbio ao chegar junto de Nefermaat. — Nos permitirão conversar por apenas um instante.

— Sesóstris! — balbuciou Nefermaat, sem conseguir esconder sua surpresa.

— Escuta. O lugar para onde te levarão fica nos domínios de Set, o deus do caos. Lá se rendem à morte com frequência. Só a cobra e o escorpião vivem ali, e as bestas do deserto serão teus novos vizinhos. Para sobreviver, terás que te adaptar às duras condições que te esperam. Só suportarás tudo se teu coração for forte.

Nefermaat fez um gesto de resignação.

— Mantém-te vivo e não perde a esperança — disse Sesóstris em um sussurro enquanto punha as mãos nos ombros do jovem.

Ouviram-se vozes, e vários guardas fizeram seus chicotes estalarem.

— Lembra-te — repetiu o núbio ao se afastar dele. — Tem esperança e, sobretudo, mantém-te vivo.

Nefermaat ainda pensava naquelas palavras quando recebeu a primeira chicotada. As folhas de palmeira de que era feito o flagelo se aderiram às suas costas, dilacerando-as sem compaixão.

— Para a fila, cachorro! — gritaram enquanto ele se contorcia de dor.

Nefermaat ocupou seu lugar na fila enquanto observava aquela figura altíssima se afastar. À sua maneira, Sesóstris lhe transmitia gratidão e preocupação com sua pessoa, e aquilo o emocionou intensamente. O jovem nunca se esqueceria de suas frases de alento.

Enquanto cumpriam a primeira etapa de sua triste viagem, o jovem teve tempo mais do que de sobra para compreender qual era a sua lamentável realidade, e, assim, quando chegaram à cidade de Coptos, perto dali, Nefermaat estava convencido de que, naquele momento, mais do que nunca, dependia da benevolência dos deuses.

Durante os três dias que levaram para percorrer os dois mil *khets* (cem quilômetros) que separavam Coptos de seu novo lar, Nefermaat se encomendou a Sekhmet, implorando por seu poder. Só a deusa-leoa poderia proporcionar ao jovem a fortaleza de que certamente ele precisaria, pois, naquelas duras jornadas, Nefermaat pôde ter uma ideia aproximada do que o esperava.

O vale de Rohenu era uma antiquíssima rota natural que unia a cidade de Coptos ao porto de Quseir, no mar Vermelho, por onde, desde tempos imemoriais, transitavam as caravanas carregadas das mais ricas mercadorias que entravam ou saíam em direção ao Oriente. Era um território montanhoso, coberto por numerosos vales de picos altos e escarpados, que se uniam às áridas areias do deserto, situadas ao sul. Um lugar inóspito, mas que, no entanto, se encontrava repleto de recursos minerais que os egípcios já exploravam praticamente desde o começo de sua civilização.

O vale era pontilhado por estelas comemorativas das numerosas expedições que, durante mil e quinhentos anos, os faraós haviam organizado para extrair sua riqueza. Das pedreiras, tiravam o *bekhen*, a grauvaca, um tipo de pedra, geralmente preta com nuanças esverdeadas escuros, que era muito apreciada para a construção de monumentos, sobretudo estátuas e sarcófagos, devido ao aspecto homogêneo e liso que costumava apresentar por sua fina granulometria. Nefermaat ficou admirado ao ver as montanhas escuras e rochosas, cobertas por enormes blocos erráticos de grauvaca, desprendidos do substrato original devido às numerosas gretas da rocha. Nas ladeiras, centenas de homens as deslocavam colina abaixo através de rampas ou até mesmo deixando-as cair pelo declive. Uma vez no caminho, os blocos eram talhados *in situ* ou transportados até a cidade de Coptos, próxima dali, para serem trabalhados.

Um verdadeiro exército de picadores de pedras, mestres canteiros, escultores ou simples peões trabalhava naquele vale, esforçando-se para extrair os melhores blocos das pedreiras para, então, criar com eles as obras mais sublimes. Era o amor pelo trabalho bem-feito, pela busca do melhor bloco ou pela perfeição na difícil arte de esculpir. Todos, sem exceção, se sentiam como parte do resultado final, dando o melhor de si para que sua obra fosse digna de ser erigida no interior dos templos ou no palácio do faraó. Tratava-se de homens livres, contratados para trabalhar por um salário, para os quais era um orgulho poder extrair daquela terra os enormes blocos de pedra que logo ganhariam vida e, assim, engrandeceriam ainda mais seu glorioso país.

Ao cruzar com aqueles homens, Nefermaat não pôde reprimir certa emoção. Pensou que não fazia muito tempo que também fora livre como eles e honrava os deuses, oferecendo-lhes seu trabalho diário. Aqueles homens faziam parte do sistema milenar sustentado nas antigas tradições e nos costumes mais arraigados. O mesmo sistema que decidira renunciar a ele, tirando-lhe até mesmo seu nome.

Um grupo de cerca de cem operários passou a seu lado. Seguiam cantando enquanto arrastavam uma estátua de uma figura sentada de proporções respeitáveis. Olharam de soslaio para os condenados, sem prestar muita atenção neles, concentrados no trabalho. Um dos capatazes que os acompanhava fez um comentário jocoso sobre o pelotão de párias que arrastava os pés pelo caminho empoeirado, com os braços presos para trás em uma longa soga unindo seus pescoços. Os operários riram da graça e houve inclusive quem chegasse a cuspir com desprezo no chão.

— Aproveitai o passeio. Não voltareis a passar por aqui — gritou um deles.

O aviso gerou grande satisfação e mais uma ou outra zombaria.

— Falta pouco para chegardes à vossa nova residência. Nas minas, vos sentireis mais bem acomodados do que na melhor das Casas da Cerveja! — voltaram a gritar.

Embora nunca tivesse visitado uma Casa da Cerveja, Nefermaat não teve outro remédio senão reconhecer que aquele comentário tinha lá sua graça. Consciente ou inconscientemente, os homens podem sentir, em determinadas ocasiões, um prazer doentio nas desgraças alheias. Para aqueles operários que, cobertos de suor, arrastavam a imagem pétrea através do vale desértico, a visão de outros homens, ainda mais desgraçados que eles, lhes provocava uma satisfação evidente, difícil de explicar, mas à qual suas almas se aferravam como a uma vaga miragem da própria esperança. Sua vida distava muito de ser a melhor, ainda que eles mesmos a tivessem escolhido.

Por fim, no entardecer da terceira jornada da viagem, os réus chegaram ao seu destino. O lugar era tão sem graça quanto o resto do vale que haviam percorrido, embora as montanhas que o cercavam já não estivessem escuras, mas sim ligeiramente avermelhadas, com algumas encostas que, saindo do próprio Rohenu, pareciam rodeá-las até alcançar outros vales próximos. A região, já ameaçada pelas sombras do iminente crepúsculo, exibia sua erma beleza por meio dos jogos de luzes, que Atum enviava antes de atravessar as portas do Mundo Inferior. O contato de seus últimos raios sobre os cumes rochosos gerava brilhos dourados que vinham a morrer, inevitavelmente, ao pé das colinas.

Para Nefermaat, o lugar parecia hostil e absolutamente desolador. Muito apropriado, certamente, para cumprir o castigo perene a que fora condenado.

Bem aos pés daquelas rochas, o jovem observou um pequeno povoado de míseros casebres de adobe, que parecia se estender junto ao caminho pelo qual se aproximavam, e, mais adiante, se avistava o templo erigido em homenagem a Min, o deus de Coptos, que também era soberano daquele vale agreste. Um grupo de homens os esperava junto dos casebres.

— Bem-vindos, safados! — exclamou um homem mais rechonchudo, que parecia não ter pescoço. — Aqui vos sentireis em casa.

Os guardas que o cercavam explodiram em gargalhadas.

— Ponde-os em fila para que eu os veja — ordenou de novo aquele homem enquanto ajustava a peruca. — Mandaram-me um monte de rufiões valentes. A fina flor do Alto Egito tem por bem vir nos visitar. O que achais, rapazes? — continuou ele, virando-se em direção aos guardas.

Esses deram outra risada.

— Bem — interrompeu o homem, fazendo um sinal com a mão para que se calassem. — Antes de qualquer outra coisa, me apresentarei. Meu nome é Sutemheb* e sou o superintendente responsável pela exploração destas minas — explicou ele, apontando em um gesto leve as montanhas que os cercavam. Sou devoto servidor do deus Set, o senhor do caos, e por isso meu nome faz referência a ele. Lembrai bem, visto que aqui sou muito mais do que a autoridade. Neste lugar, sou deus. A partir deste momento, vossas vidas me pertencem e posso dispor delas conforme o meu desejo. Fostes condenados como os piores criminosos e só vivereis se vos mostrardes ser de alguma utilidade. Sou eu quem decide isso, é claro, e se apenas com os teus trabalhos te fizeres merecedores de teu sustento, o obterás. Deveis acostumar-vos com a ideia de que vosso futuro acaba neste exato momento, já que, para o país de Kemet, já estais mortos. A partir de hoje, dai graças em cada dia que virdes amanhecer, pois talvez seja o último.

---

* Significa "o deus Set está em festa".

Nefermaat escutou, imperturbável, a ladainha daquele homem. A impressão que suas palavras lhe causaram foi a esperada, dadas as circunstâncias, embora tenha percebido nelas que o superintendente não fanfarreava ao afirmar que era dono de suas vidas. Sorriu por dentro ao ouvir seu nome, Sutemheb, pois este era extremamente pomposo e se referia com bastante clareza à personalidade de um sujeito tão grotesco. Aquele parecia ser seu reino, e os cortesãos que o reverenciavam aparentavam ser vassalos dignos de seu senhor, pois todos os guardas que o acompanhavam tinham um aspecto verdadeiramente sinistro. Até mesmo um escriba, que se encontrava junto dele, exibia o mais áspero dos semblantes. Muito desagradável, sem dúvida.

— Agora vejamos o que temos aqui — disse o superintendente.

Um dos guardas que os havia escoltado entregou a Sutemheb um papiro, que ele de imediato passou para o escriba. Este, por ordem sua, começou a ler os nomes dos condenados. Quando chegou em Nefermaat, ficou perplexo.

— O que aconteceu? — perguntou Sutemheb.

— Parece que um dos réus não tem nome — respondeu o escriba, arqueando uma das sobrancelhas.

— Como isso é possível? — perguntou de novo o superintendente, mal-humorado.

— Os deuses simplesmente lhe tiraram o nome — respondeu o escriba, esboçando um sorriso. — Seus crimes o fizeram merecedor disso.

— De quem se trata? — perguntou o superintendente. — Quem de vós é esse sujeito?

Sutemheb passeou o olhar pelo grupo com curiosidade.

— Sou eu quem procuras — respondeu Nefermaat, compreendendo que não fazia sentido omitir sua identidade.

— Sei, sei — observou o superintendente, forçando um sorriso. — O deus nos mandou um *nunas*, alguém que nunca existiu. — Que tipo de crime cometeste?

— Nenhum — respondeu o jovem, lacônico.

Sutemheb franziu a testa e deu-lhe dois bofetões sonoros.

— Quando te dirigires a mim, faça-o com o devido respeito. Compreendeste, cachorro?

— Perfeitamente, superintendente — respondeu Nefermaat, quase sem se alterar.

— Assim está melhor. Nota-se que tens bons modos. Desamarrai-o — ordenou ele a seus homens.

Esses tiraram as amarras dos braços do jovem e, em seguida, ele os esfregou, aliviado.

— Agora, me mostra tuas mãos.

Nefermaat olhou para o superintendente por um instante e depois estendeu as mãos. Aquele homem era um indivíduo de aspecto desagradável, com uma cara larga, de bochechas grandes, dominada por dois olhinhos que pareciam de porco e que se mexiam de um lado para o outro com extrema vivacidade, mostrando claramente a natureza ladina do sujeito. O nariz parecia não existir, pois fora quebrado havia muitos anos e ficou esmagado contra o rosto de forma grotesca. Contudo, se havia algo verdadeiramente repulsivo no rosto de Sutemheb era a boca, já que ela estava mais para um acesso ao mundo tenebroso do que qualquer outra coisa. Grande, suja e desdentada, propagava um odor nauseante para qualquer um que se aproximasse, armazenando com seu hálito repugnante a integridade do próprio *ka* do descuidado e desventurado.

Sob aquela cavidade tão repulsiva se estendia o que um dia foi um queixo e que agora não passava de uma esplêndida papada tão generosa que dava a impressão de substituir o pescoço inexistente, caindo livremente até o começo do tórax. O resto daquele corpo também não ajudava muito, pois ele era de baixa estatura e tinha uma barriga proeminente, com uns peitos caídos e mais flácidos do que o desejável e dos quais afirmava sentir orgulho.

No entanto, seus braços eram poderosos, e suas mãos, fortes, desproporcionais e grandes, aparentando terem realizado, durante anos, um trabalho árduo.

Nefermaat notou como o superintendente observava suas mãos com interesse.

— Mãos delicadas — afirmou Sutemheb, sorrindo. — Como as de uma princesa. Muito adequadas para trabalhar nas minas.

Os guardas voltaram a rir do gracejo.

— Quando tinhas nome, devias ser uma pessoa importante. Os motivos pelos quais te encontras aqui não me interessam, pois logo morrerás. Nenhum condenado resiste neste lugar por mais de dois anos — gritou ele para que os demais prisioneiros o ouvissem. — Entretanto, enquanto essa hora não chega, faremos de ti um homem. Garanto que te apresentarás ao tribunal de Osíris com as mãos próprias de um varão que se preze.

Outra vez, os guardas celebraram o comentário com risadas.

— Escutai-me bem! — exclamou Sutemheb, com uma voz poderosa. — Esta noite dormireis ao ar livre. Quando a aurora chegar, devereis estar prontos para começar vosso trabalho. Meus capatazes vos guiarão adequadamente. Eles têm o meu consentimento para conseguir o melhor de vós. Lembrai que só sobrevivereis se me fordes úteis.

Então, deu uma ordem, e o grupo se pôs em movimento em direção ao interior do acampamento. Ali, outros desgraçados como eles lhes deram uma acolhida de olhares reveladores, carregados de desespero.

— Bem-vindos ao reino das sombras, irmãos — disseram.

* * *

Deitado sob uma velha manta de lã, Nefermaat contemplava a abóbada celeste. Seus olhos a percorreram, uma e outra vez, em busca de alguma revelação que acaso os deuses estelares estivessem dispostos a fazer, mas não encontrou nenhuma. O céu estava tão bonito naquela noite que era impossível encontrar nele uma resposta para tanta insídia. Nut parecia absorta em outras ocupações, ordenando, como sempre, que os astros que riscavam seu ventre com luzes infinitas enchessem de vida seu divino corpo.

Nefermaat pôs as duas mãos sob a nuca e se entregou, extasiado, diante de tanto esplendor. A noite estava particularmente escura, e aquilo o fez imaginar espaços insondáveis que iam além do corpo da deusa.

Suspirou satisfeito por tudo que via, mas, em seguida, a habitual aflição voltou a marcar presença em seu coração e a mortificá-lo sem misericórdia. Desventuras que se tornavam eternas e sem possibilidade alguma de explicação. As mesmas perguntas haviam sido formuladas tantas vezes ao longo dos últimos dias que para ele já não representavam mais do que uma parte de seu passado, que fora abandonado junto com o próprio nome. Pensou naquilo mais uma vez e sentiu as lágrimas lutarem para sair de seus olhos. Para alguém como ele, educado durante anos no cumprimento das leis sagradas, perder o nome representava o pior dos castigos que poderia receber, pior até mesmo do que a morte. Simplesmente, haviam decidido condená-lo por toda a eternidade, impedindo que seu *ba* tivesse o descanso eterno.

Tentara se acostumar com a ideia, ainda que, em pouco tempo, tivesse abandonado tal tentativa, pois isso simplesmente lhe era impossível. Nefermaat havia desaparecido. Agora, era *nunas*, o que não existe.

Com a angústia apertando sua garganta, voltou a examinar o imenso céu. Através de seus olhos molhados, teve a impressão de que as estrelas reluziam com um fulgor renovado e brilhavam mais do que nunca. Por um momento, pensou que talvez Ísis, a grande mãe, chorasse pela desgraça do filho e pela grande infâmia em que ele havia se metido. As lágrimas de Ísis preenchiam o céu com luzinhas tilintantes derramadas por seu filho Nefermaat, que os homens haviam condenado.

Uma chuva de estrelas fugazes fez com que ele pestanejasse, comovido, reconsiderando naquele instante a dimensão de tudo que via. Em todo o firmamento, até onde seus olhos alcançavam, as estrelas resplandeciam mais e mais, fazendo-o acreditar, naquele momento, que não era apenas Ísis quem chorava, mas sim todos os deuses do Egito, diante dos terríveis pecados que seus filhos cometiam em seu nome. O povo que um dia escolheram, mostrando a ele o caminho de sua sabedoria, os havia abandonado. Já não precisava deles, pois transformara o país de Kemet em uma terra vazia, corrompida pela ambição.

Nefermaat voltou a pestanejar, introspectivo. Certamente, aquele era o pranto dos deuses.

Seus irmãos na desgraça não poderiam ter definido melhor aquele lugar. Enquanto batia no veio dourado com o martelo de dolerito, Nefermaat pensava no quanto aquele homem havia acertado: o reino das sombras. A mina onde trabalhava era uma jazida conhecida como a "montanha de ouro", uma das poucas explorações do mineral que ainda restavam na região. Tratava-se de veios de quartzo aurífero, composto por quatro quintos de ouro e um quinto de prata. Materiais preciosos, muito apreciados em Kemet, que depois de extraídos seriam levados para a cidade de Coptos, onde, após a fundição, os renomados ourives locais criariam joias de beleza inigualável, dignas de reis e princesas e até mesmo dos deuses.

Desde os tempos remotos da VI Dinastia, os faraós egípcios vinham realizando prospecções do metal por todo o Rohenu e também pelos vales próximos. Mais de mil anos de trabalho incessante que, posteriormente, terminara por quase esgotar as pedreiras. A "montanha de ouro" representava um dos últimos filões de ouro que ainda restavam naqueles vales e era de uma riqueza excepcional.

Para trabalhar ali, os operários adentravam túneis estreitos escavados no interior da montanha, seguindo os veios do precioso mineral. As galerias eram tão estreitas que apenas um homem rastejando poderia passar por elas. Estas percorriam a pedreira inteira e chegavam a ter, às vezes, até quatro *khets* (duzentos metros) de longitude. Para que fosse possível respirar no interior de tais galerias foram realizadas grandes perfurações de diâmetros diferentes em diversas faces da montanha, permitindo, assim, que o ar fluísse pelo interior da mina.

O trabalho dos homens desgraçados que labutavam ali não podia ser mais penoso. Eles mal tinham espaço para se mexer e se limitavam a bater nos veios com seus martelos, até onde esses veios os levavam. Quando se descobria um, ele era seguido na direção que fosse. Por isso, às vezes aqueles túneis se tornavam poços escuros de uma profundidade insondável. À luz fraca das lamparinas, os réus trabalhavam desde o amanhecer até o anoitecer, tirando lascas de uma rocha que, cedo ou tarde, acabava por devorá-los. As galerias tortuosas, por serem estreitas, jamais eram escoradas, de modo que os desmoronamentos eram comuns e sempre acabavam por sepultar algum mineiro.

Nefermaat sabia de tudo isso, pois estivera a ponto de ficar preso, por várias vezes, no interior daqueles túneis. Sua vida dependia dos deuses e de sua atenção ao martelar o filão. Por isso, ao menor indício de abertura de gretas, ele voltava o mais rápido que a passagem estreita permitisse. Assim, depois de vários meses trabalhando em tais condições, o jovem chegara a desenvolver um sexto sentido, capaz de prevenir o perigo iminente.

No dia seguinte à sua chegada, o despojaram do pouco que ele tinha. Nefermaat, como o resto de seus companheiros de infortúnio, teve até mesmo suas roupas tomadas, pois, segundo declarou Sutemheb, eles não precisavam possuir nada ali além dos martelos de dolerito que os capatazes lhes ofereciam a cada dia. O pequeno colar de Sekhmet, que anos antes o jovem ganhara de presente do velho decano, foi parar nas mãos do superintendente, que ficou muito satisfeito com isso.

— Agora minhas mãos são apropriadas para possuir esta delicadeza — disse ele a Nefermaat.

Por causa da nudez, Nefermaat chegou a ficar com o corpo repleto de lacerações e pode-se dizer que até mesmo sem vergonha. Seu incessante ir e vir pelos túneis rochosos, arrastando o corpo nu pelos veios valiosos, acabara provocando todas aquelas contusões e chagas. E, quanto a seu espírito, bem que se poderia afirmar que este não se encontrava muito melhor, já que sua alma parecia tão maltratada quanto todo o resto, pois compartilhava da angústia daquele corpo permanentemente aprisionado no interior da terra.

O coração de Nefermaat havia se tornado autômato, incapaz de considerar outro sentimento que não fosse o de sobrevivência. A cada manhã ele se introduzia no ventre de Geb, a terra, com o único propósito de sair de lá com vida ao entardecer. Quebrava e quebrava a pedra sem outro pensamento que não fosse esse, atento a qualquer sinal de ameaça. Às vezes, ouvia os gemidos de algum desgraçado ao ser sepultado pelas rochas. Então, de novo, o silêncio permanente que sempre o acompanhava, até que, mais uma vez, a galeria voltasse a ser preenchida pelos ecos das marteladas.

Quando, pouco antes do crepúsculo, ele deixava, enfim, o interior da montanha, ia se apresentar, junto com o resto dos condenados, aos capatazes, com todo o material extraído durante a jornada. Os capatazes costumavam chicoteá-los quando achavam que não haviam sido produtivos e os examinavam para se certificarem de que não escondiam nenhuma pepita do ouro extraída. Os guardas conheciam muito bem as artimanhas empregadas por alguns condenados para esconder as preciosas pepitas. Às vezes, estes chegavam a engoli-las para tentar recuperá-las depois de defecar. Por isso, se alguém levantasse suspeitas, os guardas o obrigavam a revirar seus excrementos até se certificarem de que não havia nada em seu conteúdo imundo.

Depois de tais reconhecimentos, os condenados eram levados de volta ao acampamento, onde lhes serviam a tigela de lentilhas insípidas de sempre e, às vezes, alguma fogaça de pão com gorgulho. Então, arrastando suas mantas pestilentas, se retiravam para descansar no interior dos casebres de adobe ou simplesmente dormiam ao relento, pois, mesmo aglomerados, os prisioneiros não cabiam todos dentro dos míseros albergues de argila. Nefermaat preferia ficar do lado de fora para assim respirar ao menos o ar fresco da noite, longe das opressivas paredes e tetos. Aqueles momentos eram os mais próximos da liberdade ilusória e, durante eles, tentava se convencer da necessidade de manter-se vivo, lembrando-se dos conselhos que Sesóstris lhe dera um dia.

Essa era a vida que Nefermaat levava e a que o aguardava até que ele fosse requerido pelos deuses para prestar contas. Depois de um tempo, deixou de torturar-se com falsas esperanças e enteléquias, pois nunca sairia daquele lugar com vida. Aquilo fazia com que ele mergulhasse em um estado de confusão no qual chegou a perder a conta dos meses que haviam passado e até mesmo do dia em que vivia. Simplesmente, não havia diferença entre eles e, assim, passou o tempo.

Sutemheb passava a língua por suas gengivas descarnadas enquanto mantinha o olhar fixo na janela próxima. Através dela, podia observar a estrada que passava pelo vale, unindo o porto de Quseir e Coptos. Um grupo de trabalhadores que transportava grandes blocos de pedra cruzou com uma das caravanas que costumavam passar ali, rumo ao mar Vermelho.

Por alguns instantes, o superintendente permaneceu absorto, observando a nuvem de pó que uns e outros levantavam, mas, em seguida, pestanejou e coçou sua cabeça raspada, pois tinha um pequeno problema. Seu secretário, um escriba condenado que o servia havia muitos anos, passara daquela para uma vida melhor, deixando-o desprovido de alguém que pudesse administrar seus negócios. O finado escriba se mostrara, depois de tanto tempo, um exemplo de discrição, fato pelo qual Sutemheb lamentava sua morte. Para um homem como o superintendente, que não sabia ler nem escrever, uma perda como aquela era um grande inconveniente, sobretudo se ele quisesse continuar com suas atividades ocultas. Sutemheb deveria encontrar alguém que o substituísse o quanto antes, e isso, em um acampamento de condenados, não era tão simples.

A história de Sutemheb era a de um homem que passara a vida inteira entre duros blocos de pedra. Embora sempre tivesse sido um homem livre, começara a trabalhar ainda muito jovem como quebrador de pedra nas pedreiras de grauvaca daquele mesmo vale. Esse foi o princípio do que, por fim, se tornou uma carreira na qual ele passaria pelos mais diversos empregos. Assim, além de quebrar pedras, devastou blocos de pedra, os extraiu da rocha com cunhas de madeira e os arrastou pelos caminhos empoeirados durante anos. Então, em um belo dia, se tornou capataz e descobriu que possuía qualidades inatas para comandar os homens. Contudo, Sutemheb era de natureza cruel, e seu coração era tão duro quanto a própria pedra que ele tantas vezes trabalhara. Aquilo gerou brigas e disputas, até mesmo com outros capatazes, que revidaram, certa noite, esmagando seu nariz com um pedaço de pedra. Sua vida foi salva quase que por um milagre. O nariz ficou achatado para sempre, mas seu coração se endureceu ainda mais e não descansou até que fosse feito um acerto de contas. Depois de meses de convalescença, Sutemheb conseguiu voltar ao antigo trabalho e acabou com a vida dos agressores.

Tal fato causou um grande rebuliço, e os *medjay* passaram muito tempo investigando o caso. Entretanto, não conseguiram encontrar provas que culpassem o capataz, e o assunto teve que ser encerrado.

Depois do que aconteceu, Sutemheb foi transferido para as minas de galena de Gabel-El-Zeit, no nordeste. Um lugar terrível, onde os homens morriam diariamente enquanto tentavam extrair prata das entranhas das rochas. Ali o capataz deu mostras de sua capacidade de comandar os operários em busca dos melhores filões, chegando a vangloriar-se diante dos demais, afirmando que era capaz de farejá-los. Sua fama acabou se espalhando e, um dia, ele foi nomeado superintendente das minas de ouro de Rohenu. Os deuses pareciam premiá-lo por uma vida inteira de renúncias e dedicação, e ele logo lhes mostrou que eles não haviam se enganado, pois não demorou muito para que o rendimento da jazida aumentasse de maneira surpreendente.

Em pouco tempo, Sutemheb se tornou uma figura de destaque. Sua exploração parecia produzir ouro incessantemente, e isso era só o que interessava. Pouco importavam os métodos utilizados para tal ou os homens que morriam. Afinal, eram criminosos, e o Estado parecia dispor do homem perfeito para comandá-los.

Sutemheb logo descobriu o poder que tinha. Era o senhor da "montanha de ouro" e, enquanto ela continuasse dando lucro, ele poderia fazer e desfazer como desejasse. Decidiu, então, que seus anos de duras fadigas haviam acabado para sempre. Agora, era um superintendente e chegara o momento de garantir sua velhice. Para um homem que, como ele, conhecia o ofício melhor do que ninguém, não foi difícil elaborar um plano que lhe proporcionaria o que ele queria em longo prazo. Assim, idealizou uma estratégia simples, pela qual, além do mais, ele não poderia ser incriminado. Todos os dias, um dos trabalhadores lhe entregava uma pepita de ouro, extraída das próprias fezes, depois de tê-la engolido. Esse era um truque conhecido por qualquer capataz, mas Sutemheb armava tudo de forma que o infeliz réu não fosse incomodado durante sua defecação. Em troca, o superintendente lhe concedia algumas melhoras em sua existência lamentável, aumentando sua porção de comida e até mesmo permitindo-lhe tomar cerveja naquele dia. Sutemheb afirmava que o beneficiado era o melhor trabalhador daquela jornada e que merecia uma recompensa por isso. Então, depois de alguns meses, os beneficiados eram afastados dos operários e substituídos por outros que cumprissem a mesma função.

Com o passar dos anos, a pepita de todos os dias se tornou uma fortuna, e Sutemheb teve que começar a pensar no que fazer com ela. Ter tanto ouro consigo poderia ser perigoso, sobretudo porque diariamente um escriba da administração tomava nota até do último *quite* de mineral que se extraía. Tais escribas eram muito astutos e, se o descobrissem, quem acabaria trabalhando no interior da mina seria ele. Por isso, era especialmente escrupuloso com as contas do Estado e jamais cometia a menor irregularidade.

Certa tarde, alguém pôs fim à sua inquietação, solucionando o problema. Um novo grupo de condenados chegou ao acampamento, encontrando-se entre eles um escriba do cadastro tebano, que fora condenado por tentar roubar nada menos do que o próprio clero de Amon. Aquele homem era o melhor presente que Set, o deus venerado pelo superintendente, poderia lhe dar na vida. Por isso, o atraiu de imediato, liberando-o de todo o trabalho físico em troca de seus conhecimentos. Com ele, Sutemheb investiu sabiamente. O escriba conduziu as contas de tal forma que, em pouco tempo, o superintendente não teve com o que se preocupar.

A partir daquele momento, Sutemheb decidiu que não se privaria de nada. Todos os dias, ele desfrutava dos melhores manjares que se poderia dispor em um lugar como aquele. As caravanas que sempre passavam perto do acampamento forneciam tudo aquilo de que precisava, inclusive o vinho de que ele gostava tanto. Foi por isso que não demorou muito para que Sutemheb começasse a engordar de forma alarmante, até se tornar um indivíduo obeso, de carnes mórbidas.

Sutemheb considerou aquele um sinal de opulência e resolveu fazer o possível para conservá-lo. Chegara o momento para que todo mundo o respeitasse e nada como a riqueza para consegui-lo.

Então, graças aos sábios conselhos do escriba, Sutemheb investiu sua riqueza de forma discreta, mas adequada. Comprou terras e gado, que arrendou depois, conseguindo, a cada ano, lucros enormes. Um homem de sua posição deveria possuir, além do mais, uma casa que estivesse à sua altura. Por isso, adquiriu um palacete junto ao Nilo, nos arredores de Coptos, pertencente a uma antiga família da nobreza local que empobrecera. Era uma vila ampla e muito bonita e, da varanda, dava para contemplar o rio que fluía lentamente. Esse era o lugar escolhido para seu merecido descanso, e Sutemheb sempre se imaginava sentado em algum dos mirantes, observando maravilhado o entardecer sobre as águas próximas que deslizavam em meio a suaves murmúrios por aquele vergel de verdor exuberante. Tinha saudade dessa cor e se prometia que, depois de sair daquela mina, jamais voltaria a ver o deserto.

A cada três ou quatro meses, costumava fazer uma viagem à cidade de Coptos para ver como sua propriedade estava e para fazer novos investimentos. Em uma capital como aquela, um centro comercial onde se encontravam os melhores joalheiros do país, não foi difícil estabelecer contato com ourives que fossem capazes de apreciar sua valiosa mercadoria. Como ali era passagem obrigatória para todas as caravanas que partiam em direção ao Oriente, os joalheiros faziam bons negócios com os mercadores, que sabiam do enorme valor daquelas peças. Com o grande número de transações realizadas todos os dias, aquele era o lugar apropriado para não levantar suspeitas, se o sujeito agisse com discrição. E isso foi exatamente o que o superintendente fez durante anos.

Sutemheb suspirou contrariado enquanto voltava a observar a estrada. Havia decidido que aquele seria o último ano que passaria na "montanha de ouro" e, justo quando ele mais precisava, seu escriba falecera. Era preciso não deixar nada pendente antes de partir, bem como tirar um bom rendimento da mina naquele ano. Para isso, ele necessitava com urgência de um novo escriba. Passara um tempo dando voltas no assunto, tentando descobrir se entre os prisioneiros havia alguém que pudesse servi-lo, mas não resolveu nada. O fato de não saber ler o impedia de consultar os arquivos dos condenados, e Sutemheb não queria levantar suspeitas pedindo ao escriba da administração que encontrasse o nome que ele procurava.

Tudo parecia estar contra ele até que, certa noite, enquanto remexia no interior de um baú, encontrou algo que chamou sua atenção. Era uma fina corrente de ouro da qual pendia uma pequena imagem da deusa Sekhmet. Como o resto dos itens que se encontravam naquele baú, ela fazia parte dos objetos pessoais que Sutemheb tomava dos réus e que sempre guardava para o caso de poder obter deles algum benefício. Aquela pequena imagem lhe pareceu interessante porque, como ele bem sabia, a deusa era tida como padroeira dos médicos, existindo, portanto, a possibilidade de que o proprietário daquele pingente, na realidade, o fosse. Talvez houvesse um *sunu* cavando nos túneis da montanha, o que poderia solucionar seu problema, pois os médicos sabiam ler e escrever.

Foi então quando lhe veio à cabeça a imagem de um dos presos do qual ele havia visto as suaves mãos. Era uma cena extremamente vaga e intemporal, mas ele estava convencido de que não se tratava de um sonho. Animou-se diante de tal eventualidade, embora em seguida tenha sido tomado pela dúvida de que, talvez, o dono da joia já estivesse morto. Havia apenas uma forma de averiguá-lo, e Sutemheb sabia qual era.

O superintendente reuniu todos os prisioneiros antes que fossem trabalhar. Falou com eles em um tom mais cordial que o de costume, perguntando quem era o dono do pingente. Como esperava, nenhum dos operários abriu a boca por medo de sofrer alguma represália. Ele garantiu que nada de mau aconteceria ao proprietário da imagem, jurando por Set e até mesmo por Min, que não por acaso era o senhor do deserto oriental, onde se encontravam.

— Sou um grande devoto da deusa — exclamou Sutemheb, mostrando o pequeno pingente — e quero que o dono desta imagem seja tratado com benevolência.

Aquelas palavras fizeram com que os aprisionados olhassem uns para os outros, com desconfiança, pois não acreditavam nelas.

— Garanto que nada de mau espera quem demonstrar ser seu dono — repetiu o superintendente.

Os réus pareciam refletir sobre a situação, pois foram ouvidos alguns comentários e, em seguida, alguém se manifestou, dizendo que a imagem lhe pertencia.

— Esse pingente era meu — afirmou um homenzinho, com voz aguda e desagradável. — Juro por Bés.

Tal afirmação foi recebida por uma gargalhada geral, pois o manifestante, um assaltante de estradas, fora um bêbado contumaz, que blasfemava e era irreverente para com os deuses. Em suma, um verdadeiro velhaco.

Um dos guardas deu-lhe um pontapé nas nádegas.

— Já sei, já sei — disse o superintendente com um meio sorriso. — Para que vejais que digo a verdade, não mandarei açoitar esse homem como ele merece. E então?

Mais uma vez, o silêncio percorreu as filas de trabalhadores.

Nefermaat observou o superintendente com atenção. Suas palavras não haviam causado nele efeito algum, embora o mesmo não tivesse acontecido com o pingente. Ao vê-lo de novo, sentiu uma emoção irreprimível, que conseguiu conter a duras penas. Aquela pequena imagem representava tanto para o jovem que ele não teve como não se comover. Ao vê-la nas mãos daquele homem, pensou que era impossível se deparar com impiedade maior do que aquela.

Ele não acreditava em nenhuma palavra das que o superintendente proferira e ignorava o motivo de seu interesse em averiguar a quem pertencia a imagem. No entanto, estava convencido de que algo obscuro se aninhava por dentro de Sutemheb e que seria mais prudente manter sua reserva.

— É uma pena — disse o superintendente. — Uma relíquia como esta...

Sutemheb deixou as palavras no ar enquanto movia a imagem pendularmente. Nefermaat engoliu a saliva com dificuldade.

— Não escondo fins perversos que possais temer por causa disso. Repito que agradecerei imensamente o fato de o homem que procuro se mostrar diante de nós.

Nefermaat não pôde evitar um sorriso. Ouvir Sutemheb falar da inexistência de fins perversos era algo, no mínimo, cômico.

Ele, que diariamente mandava os operários à morte sem o menor escrúpulo, falava em público de favores e agradecimentos, inclusive generosos.

— Está bem. Já que o antigo dono deste pingente não aparece, me vejo obrigado a me desfazer dele, pois não mais me será útil.

O jovem mudou o semblante ao ouvir aquilo.

— Ainda nesta tarde, o venderei para a primeira caravana que passar a caminho do porto de Quseir — afirmou Sutemheb.

Nefermaat apertou os dentes, exaltado.

— Imaginai algo tão belo indo parar em mãos ímpias em algum país distante.

O jovem médico cravou os olhos naquele indivíduo que o chantageava da maneira mais descarada.

— Pode até ser que cheguem a fundi-lo — exclamou Sutemheb com uma teatralidade evidente.

Para Nefermaat, aquela cena deixou de ter sentido. O simples fato de escutar uma coação tão grosseira lhe pareceu algo detestável. O pingente que o superintendente tinha nas mãos provinha do homem mais santo que o jovem já havia conhecido. Um sábio entre os sábios, cuja memória era pisoteada vilmente pelo mais vulgar dos homens.

Compreendeu, então, que não tinha escolha e que, como em outras ocasiões, devia pôr-se de novo nas mãos da deusa. Sekhmet proveria.

— Sou eu quem procuras — anunciou o jovem.

Sutemheb se voltou de imediato para ele, examinando-o com atenção. Então, se aproximou, sorridente.

— Bem — disse ele, lacônico.

Foi assim que Nefermaat passou a servir uma figura tão diferente. A troca decerto foi um grande alívio para seu corpo maltratado, mas não para sua mente. Ele logo descobriu o tipo de pessoa que Sutemheb era. Grosseiro, cruel e, com frequência, bruto. Isso não o surpreendeu em nada, embora não tornasse menos difícil ter que suportá-lo diariamente. Todavia, tal suplício lhe trouxe outros benefícios, pois passou a desfrutar de uma comida decente e podia até mesmo banhar-se e assear-se como gostava, barbeando-se por completo. Embora parecesse impossível, em um lugar tão inóspito como aquele chovia com certa frequência. Por isso, não faltava água. Esta era armazenada em uma série de tanques dispostos entre as paredes rochosas nas várias encostas. Tais reservatórios, utilizados havia mais de mil anos pela expedição do faraó Merire, forneciam água não só aos trabalhadores do vale, mas também aos nômades que se aventuravam por ali e aos animais do deserto, como por exemplo, os *oryx*, que predominavam em particular naquela região.

O trabalho que teve que desenvolver para pagar tais prebendas não era complicado, pois ele devia limitar-se a administrar a contabilidade do superintendente, fazendo um cálculo o mais exato possível dos lucros que suas posses deveriam gerar, bem como os seus negócios obscuros. Em seguida, soube dos roubos esquematizados que o superintendente praticava todos os dias, assim como dos sacos repletos de pepitas de ouro que Sutemheb guardava em um vão, habilmente coberto por tábuas grossas, que ele havia cavado sob sua cama. Ali, os escondia durante meses, até que viajasse de novo para Coptos para investi-las adequadamente.

Nefermaat se absteve de fazer perguntas, compreendendo as consequências que a menor indiscrição poderia lhe fazer sofrer.

De sua parte, Sutemheb estava encantado com o novo secretário, já que o rapaz era diligente, organizado e extremamente calado, e, além do mais, manejava com mestria os números de suas contas, parecendo inteligente. Era justo o que Sutemheb precisava. Com o passar do tempo, Sutemheb descobriu que aquele jovem tinha também outras virtudes. Como ele bem havia suspeitado, seu ajudante fora médico no passado, o que lhe pareceu um verdadeiro presente dos deuses, do qual inclusive pensou em tirar vantagem.

Entretanto, em pouco tempo ponderou e desistiu de tais ideias, imaginando os problemas que elas poderiam lhe trazer. Se havia algo que devesse evitar agora que sua aposentadoria estava próxima era chamar a atenção.

Para Nefermaat, a exploração à qual passara a ser submetido era indiferente. Entre picar pedras no interior da mina e suas novas incumbências, a escolha era fácil. Ele não tinha o menor interesse em acumular riquezas, muito menos em um lugar como a "montanha de ouro". No entanto, de um jeito ou de outro, tirou algum proveito, já que o superintendente lhe ofereceu linho para cobrir-se, evitando, assim, o contato com a lã impura que tanto incomodava os sacerdotes. Sutemheb permitia até mesmo que ele se lavasse de vez em quando.

As coisas iam exatamente como o superintendente desejava, até que um dia uma visita inesperada mudou tudo.

Fazia precisamente um ano que o rei atual, Hekamare-Setepen-Amun (Ramsés IV) havia subido ao trono, quando ele decidiu honrar os deuses, erigindo novos monumentos que rivalizavam em grandiosidade com os erguidos pelo Grande Ramsés, um século antes. Para isso, idealizou uma expedição colossal ao Rohenu em busca da apreciada pedra *bekhen* (grauvaca) e de todo o ouro que precisava para realizar seu projeto megalomaníaco. A empreitada se dividiria em várias fases, e a primeira era localizar pedreiras capazes de proporcionar o mineral necessário e posteriormente enviar grande parte dos expedicionários a fim de extraí-lo. Para tomar frente da primeira missão de reconhecimento, o faraó nomeou o Sumo Sacerdote de Hórus e Ísis, e Turo, o Primeiro Profeta de Montu, que foi acompanhado de seu filho Paneb, o Segundo Servidor — algo que significava uma grande honra.

No comando de quatrocentos homens, eles percorreram o vale, recolhendo amostras do material e fazendo os cálculos de cada jazida de grauvaca. Quando uma parte da comissão se apresentou na "montanha de ouro", Sutemheb já os esperava.

Paneb comandava o grupo e, ao vê-lo, o superintendente lhe deu as boas-vindas, solícito. O Segundo Profeta mal deu importância às palavras de cortesia do anfitrião, tratando-o com total indiferença. Limitou-se a dar uma olhada na mina e a pedir informações detalhadas sobre a produção dela. Os escribas que o acompanhavam anotaram tudo o que ouviram e, assim, ao terminar a inspeção, haviam acumulado vários rolos de papiro cheios de anotações.

Sutemheb suava muito enquanto dava voltas ao redor da comissão, explicando isso e aquilo. Não gostava nada daquele tipo de visita, pois sabia por experiência própria que, no fim, elas sempre trariam complicações.

Quando o grupo acabou de examinar a pedreira, Paneb solicitou ver os registros oficiais que Sutemheb guardava em seu escritório.

O superintendente notou como o suor frio tomava seu corpo. No entanto, fez uma expressão forçada e os convidou a entrar com diligência. Lá dentro, Nefermaat revisava um balanço.

— Fora daqui! — gritou o superintendente, temendo que o jovem estivesse escrevendo algo que pudesse comprometê-lo. — Chamarei quando precisar de ti.

Nefermaat olhou para ele, surpreso diante de tais modos. Contudo, ao ver Paneb entrar com o resto da comitiva, sua surpresa foi ainda maior e, por um instante, permaneceu petrificado.

— Não me ouviste? — tornou a gritar Sutemheb, apontando a saída.

— Vejo que falas de forma amável — interveio Paneb, com suavidade. — Por acaso ele é teu escravo?

Sutemheb engoliu a saliva, visivelmente conturbado.

— Não, bem... — balbuciou ele com dificuldade. — É um dos réus...

— Como? — interrompeu Paneb de novo. — Disseste que é um réu? Pensei que os condenados se limitavam a cumprir a pena no interior da mina.

O superintendente teve a sensação de que a terra se abria sob seus pés.

— E é assim mesmo, divino pai — disse Sutemheb, com nervosismo. — Ele é apenas um operário que, às vezes, me ajuda nas tarefas administrativas.

— Pensei que para isso tivesses os escribas da administração — afirmou Paneb.

— Claro, mas te asseguro de que em uma exploração tão grande quanto esta toda ajuda é pouca.

Paneb assentiu lentamente ao mesmo tempo que observava Nefermaat fazer um gesto para sair.

— Quero que ele fique — ordenou o sacerdote, olhando para o superintendente. — Como se chama? — perguntou Paneb em seguida.

Durante uns instantes, fez-se silêncio.

— Vamos, diz teu nome ao sagrado Profeta! — urrou o superintendente.

Nefermaat pestanejou, olhando para uns e outros antes de responder:

— Meu nome é Nunas, nobre sacerdote — respondeu o jovem, com um tom tranquilo.

Paneb olhou fixamente para ele, tornando a assentir.

— Bem, Nunas, senta-te enquanto o honrado superintendente nos mostra o que desejamos ver. — Apontou ele para uma cadeira com uma das mãos.

Sutemheb foi tomado pela ira e, em seguida, se pôs a mostrar aos escribas a documentação que pediam. Enquanto isso, os velhos amigos não deixavam de olhar-se em silêncio.

— Tudo parece estar em ordem, assim como nos disse o superintendente — afirmou um escriba, depois de ter inspecionado os arquivos.

— Então, neste lugar se cumpre a lei com esmero, não é? — indagou Paneb.

— Não há superintendente em todo o Kemet que seja mais zeloso nisso — interveio Sutemheb, quase o atropelando.

Os escribas olharam para o Segundo Profeta de Montu, movendo a cabeça afirmativamente.

— Alegro-me que seja assim, superintendente, pois o deus me fez responsável por uma missão sagrada, que só pode ser cumprida dentro do *maat*. Compreendes?

Sutemheb assentiu mecanicamente.

— Bem, nesse caso, peço que me deixes a sós com o prisioneiro. Acreditas que seria possível?

— Claro, claro — voltou a balbuciar Sutemheb, dirigindo-se à porta.

Depois dele, o resto da comitiva saiu do escritório.

Houve alguns segundos em que os dois amigos tornaram a manter os olhos um no outro, em silêncio. Então, Paneb fez um gesto com as mãos.

— Não pensei que te encontraria aqui — disse ele em seguida.

— Não? E onde pensavas que eu estava?

— Francamente, eu acreditava que tinhas sido devorado por Ammit há muito tempo.

Nefermaat riu em voz baixa.

— Pouco te preocupou a minha sorte naquele dia, Paneb.

— E o que querias? Que eu fosse te visitar na cela, correndo o risco de me incriminarem?

— Nenhum juiz no Egito condena a amizade. Ou, por acaso, tinhas o que temer?

— As coisas não são tão simples como tu as vês. Já te adverti um dia que fosses o mais prudente possível, mas tu não deste importância ao meu conselho.

— Por acaso acreditas que fui capaz de atentar contra o faraó?

Ambos os jovens permaneceram olhando um para o outro.

— Sei que não és um assassino, embora a minha opinião tenha pouco valor agora. Estavas condenado de antemão.

— De antemão? E como tu sabes disso? Quem me condenou?

— Perguntas demais, para as quais não tenho respostas. Não sei quem pode ter tramado o teu destino, mas hás de reconhecer que participaste de um jogo, no mínimo, perigoso.

— Um jogo? O meu amor por Nubjesed não foi jogo algum, Paneb. No entanto, se tu pensavas que era, por que não me advertiste? Pelo que me lembro, sempre me apoiaste nisso. Inclusive te ofereceste para interceder por mim perante ela.

— Eu nada podia fazer, mas não queria que te afligisses.

— Então mentiste para mim? Que tipo de amigo eras?

— É verdade que és um ingênuo, Nefermaat. Acreditas mesmo na amizade?

Nefermaat arregalou os olhos, atônito.

— Não me olhes assim, homem. Refiro-me à autêntica amizade, aquela que é indestrutível. Acreditas que exista?

— Até este momento, sim.

— És um cândido, não tens remédio. Na realidade, sempre o foste. Pensas verdadeiramente que alguém pode pôr a amizade acima de interesses que vão além de nosso poder de decisão?

— A amizade não tem por que entrar em conflito com nossos interesses — respondeu Nefermaat, com frieza.

— Lamento, amigo, mas enganas a ti mesmo. És um cego em uma matilha de chacais. A sobrevivência está acima de qualquer coisa. Hoje, no Egito, quem não velar por si mesmo está perdido. É preciso adaptar-se para poder seguir em frente. O culto a Montu, que meu honrado pai me legará, deve ser mantido e defendido a qualquer preço para que, um dia, eu os legue aos meus descendentes, e estes, aos seus.

— Falas dos deuses como se seu culto não passasse de uma mercadoria — respondeu o médico, de forma seca.

— Não é bem isso, ainda que possa parecer. Os templos dos antigos deuses que, há mais de mil anos, construíram as pirâmides nada têm a ver com isso. Hoje, o país de Kemet se encontra às portas de uma nova era. As transformações já são irreversíveis, apesar de tu não veres isso. Sabias que já tenho um primogênito?

Nefermaat permaneceu em silêncio.

— Ele está acima de qualquer amizade que eu possa ter. Velarei por seus interesses, custe o que custar. Obviamente, conquistar influências tem um preço, como tudo na vida.

— Deve ser horrível viver assim.

— Eu diria que horrível mesmo é a tua situação e não a minha. Estou aqui como membro da comissão por ordem do faraó, uma grande honra à qual devo fazer jus. Tu, por outro lado, te encontras neste lugar para ver o fim dos teus dias, pois temo que nunca saias daqui. Sabias que o deus prepara uma grande expedição para extrair todas as riquezas possíveis dessas montanhas?

Nefermaat continuou olhando para ele em silêncio.

— Claro, como saberias disso? — disse Paneb, esboçando um sorriso. — O faraó se pôs a engrandecer ainda mais Kemet e seus templos, sabes? Há rumores de que mais de oito mil homens serão enviados para trabalhar nas pedreiras,* o que não é nada mal, ainda que isso não possa ser comparado à missão que Kheperkare, Sesóstris I, organizara há oitocentos anos. Pelo que dizem, no ano trinta e oito de seu reinado, ele trouxe a este lugar quase dezoito mil homens. Um verdadeiro exército, sem dúvida. Neste mesmo vale, ele deixou uma estela comemorativa detalhando tais feitos, embora imagino que não tenhas podido lê-la.

O jovem *sunu* manteve seu semblante costumeiro de total hermetismo.

— Asseguro-te que não me agrada ver-te aqui — disse Paneb, levantando-se. — Por outro lado, nada posso fazer por ti. Meus propósitos se encontram longe de tua pessoa.

---

* No terceiro ano de seu reinado, Ramsés IV mandou 8.362 homens para Uádi Hammamat em busca de minerais e de pedras boas para se erguer monumentos.

Nefermaat mal se alterou, permanecendo sentado.

— Fazes parte de um drama que só acabará no dia em que morreres. Adeus, Nefermaat.

O médico viu seu antigo amigo lhe dar as costas e, depois, desaparecer por trás da porta do triste escritório. Lá fora, o superintendente o esperava, ansioso, e durante alguns momentos pareceu conversar com ele. Em seguida, Paneb e sua ilustre comitiva se perderam pelo caminho empoeirado.

24

Sutemheb já tinha vivido o suficiente para saber que o terreno em que pisava se tornara particularmente perigoso. A visita do sacerdote de Montu o enchera de inquietação, complicando sua existência. Estava convencido de que aquele indivíduo havia suspeitado de algo, e o fato de ele conhecer seu secretário piorava ainda mais as coisas. Odiava aqueles jovenzinhos cuja ascendência privilegiada lhes permitia conseguir postos de prestígio, inalcançáveis para os demais. Por ele, mandaria chicotear todos. No entanto, sabia que não tinha outro remédio senão aceitar a situação e evitar qualquer tipo de inconveniente. Pensou naquilo durante um tempo e chegou à conclusão de que o melhor seria acabar com suas práticas habituais e dar por encerrados seus negócios na mina. Também deveria se desvincular o quanto antes de seu secretário, pois, além de não precisar mais do rapaz, intuía que ele poderia lhe trazer problemas. Aquele jovem era uma pessoa de certa importância e sua permanência na "montanha de ouro" poderia acabar sendo perigosa.

O superintendente voltou a enviar o jovem médico ao interior dos túneis, dando ordens aos capatazes para que o colocassem nas galerias mais perigosas e o tratassem da pior maneira possível. Algo que cumpriram rigorosamente, com o maior prazer.

Para Nefermaat, a mudança era algo esperado e até mesmo lógico. Dada a situação, o superintendente tentava proteger seus interesses, e ele deveria ser sacrificado por isso. Sua nova posição não poderia ser mais azarada, pois o haviam sepultado nos túneis mais profundos da montanha, onde até o ar lhe faltava. Lá dentro, até mesmo o eco das marteladas poderia originar um desabamento.

A conversa com Paneb não fizera outra coisa senão aumentar seu ceticismo sobre tudo ao seu redor, e Nefermaat chegou a aceitar que talvez o fim no interior de alguma daquelas galerias estreitas fosse a melhor solução para ele. No entanto, sobreviveu.

Em um entardecer, enquanto regressava de seu trabalho infernal na mina, viu que um grupo de novos prisioneiros se encontrava formado diante do superintendente que, como de costume, os presenteava com suas desagradáveis palavras de boas-vindas. Aquilo não era nada de extraordinário, pois, regularmente, novos prisioneiros chegavam ao acampamento para substituir os que iam morrendo. Entretanto, uma figura do grupo chamou a atenção de Nefermaat. Era muito alta e robusta, e no mesmo instante o jovem soube de quem se tratava, sentindo o seu coração se acelerar.

"Como é possível?", perguntava-se o jovem enquanto se aproximava do novo pelotão de infelizes. Que nova surpresa lhe preparava a caprichosa Renenutet?

Posicionou-se em uma das veredas sob a pedreira, de onde pôde observar a cena discretamente. O superintendente gesticulava enquanto contava ao grupo das excelências de seu novo lar, mas Nefermaat mal conseguia ouvi-lo. Viu quando Sutemheb ficou de frente para aquela figura enorme, da qual ele mal chegava ao umbigo, e gritou, fora de si.

O gigante pareceu não se alterar, mexendo a cabeça distraidamente na direção de onde o jovem se encontrava. Então, Nefermaat pôde ver seu rosto claramente. Era Sesóstris.

— Sesóstris — sussurrou Nefermaat, impressionado.

Em seguida, observou enquanto Sutemheb levantava um de seus punhos ameaçadores e batia repetidamente no estômago do núbio. Este, porém, permaneceu impávido, olhando aqui e ali, como se nada acontecesse. Foi nesse momento que vários dos guardas atenderam o chamado do superintendente e começaram a açoitar Sesóstris com seus chicotes feitos de palma. Quando, suados, pararam de fustigar o prisioneiro, ele continuava no mesmo lugar, como se nada tivesse acontecido. Sutemheb voltou a encenar suas ameaças com os braços e, em seguida, deu a recepção por concluída. Então, Nefermaat foi para o acampamento.

O encontro com Sesóstris foi para Nefermaat a maior alegria em muito tempo, e não precisamente pelo fato de que poderia compartilhar seus padecimentos com ele.

Quando os dois se cumprimentaram, Nefermaat não conseguiu esconder sua alegria nem o espanto que lhe causava vê-lo ali. Sesóstris, como de costume, se limitou a fazer uma de suas caras, que podia significar qualquer coisa, mas que Nefermaat interpretou como de satisfação. Eram tantas as perguntas que ele tinha para fazer a Sesóstris que preferiu esperar até que os dois estivessem deitados sob as estrelas para começar.

— Para mim, é difícil acreditar que estejas aqui — sussurrou Nefermaat.

Sesóstris permanecia deitado de barriga para cima, contemplando o céu em silêncio.

— Um homem como tu, amado pelo príncipe — voltou a sussurrar o jovem, esperando alguma resposta.

O núbio, porém, continuou calado, e Nefermaat parou de olhar para ele, sabendo o pouco loquaz que ele era.

— Matei um homem — murmurou Sesóstris, por fim.

Nefermaat se ergueu levemente para observá-lo.

— Acabou com minha cadela em um chute, e eu arranquei as tripas dele — continuou o núbio sem parar de olhar para o céu.

O jovem tornou a se deitar de lado enquanto o examinava, perplexo.

— Tu o conhecias — afirmou o gigante.

Nefermaat voltou a levantar o corpo, surpreso.

— Era um bom amigo teu — prosseguiu Sesóstris com ironia. — Chamava-se Sabuf. Lembras dele?

— Impossível esquecer esse nome — disse Nefermaat, desconcertado. — Foi ele quem me prendeu e quem posteriormente me... interrogou.

— Pois não voltará a fazê-lo. O último golpe que deu foi em minha cadela.

— Mas... e o príncipe? Estou certo de que ele intercederá por ti e...

— Tirei-lhe a vida diante de testemunhas, durante uma partida de *senet*. Estávamos jogando com outros *medjay*, em um dos pátios do palácio, e Sabuf passou a tarde toda perdendo. Era um homem furioso e, depois que o deus o nomeou chefe da guarda inteira, sua ira se despertava com ainda mais facilidade. Desse modo, irritado por perder uma partida, se levantou e chutou minha cadela, que dormia deitada aos meus pés, e a matou com o golpe.

Nefermaat viu quando uma lágrima escorreu pela face do núbio.

— Ao ver os olhos do animal me olhando, agonizantes, sem compreender, me levantei e cortei com a minha faca a barriga daquele canalha, de cima abaixo.

O jovem observou atônito enquanto Sesóstris enxugava as lágrimas com o dorso de sua mão grande.

— Depois, me prenderam. Então, me julgaram e me condenaram a vir para este lugar.

— Mas... e o príncipe? Não intercedeu por ti?

— Tenho certeza que sim. Do contrário, agora eu estaria junto de minha cadela, no mais além.

— Entendo — balbuciou o jovem.

— Trocaram minha pena de morte por esta outra que, no fim das contas, dá no mesmo.

Nefermaat assentiu em silêncio.

— Estou surpreso por continuares com vida depois de um ano — admitiu Sesóstris, virando o rosto em direção ao jovem.

— Parece que Sekhmet vela por mim. Contudo, tenho que dizer que me lembro de tuas palavras a cada dia. Elas têm me dado ânimo para aguentar.

— Já não terás que aguentar muito mais — declarou o núbio.

— O que queres dizer com isso?

— Não vim para ficar — afirmou Sesóstris, fazendo uma de suas caras estranhas.

Nefermaat se ergueu um pouco mais.

— É impossível sair daqui. Há guardas em toda parte e, além disso, estamos cercados por desertos.

Sesóstris sorriu, mostrando seus dentes brancos.

— Vamos sair deste lugar. Vim te buscar.

Nefermaat nunca soube o motivo pelo qual Sutemheb se irritou com Sesóstris, pois nem isso o núbio confiou a ele. Seria o desprezo que Sesóstris demonstrava pelo superintendente? Ou por acaso o fato de que os castigos que lhe davam não pareciam afetá-lo? Não cabiam mais do que hipóteses sobre o particular, mas o fato era que Sutemheb o odiava irremissivelmente.

No acampamento, sua presença deixava a pedreira repleta de olhares e comentários e sua figura extraordinária dava a sensação de ser a dona daquele lugar, acima dos guardas e dos supervisores. O magnetismo do núbio era tal que até os cães que vigiavam junto dos guardas vinham cumprimentá-lo, balançando o rabo com alegria. Sesóstris, ao vê-los, punha-se a acariciá-los e até falava com eles, que pareciam compreendê-lo.

No entanto, o trabalho do gigante era, de longe, o pior que se poderia imaginar, posto que Sutemheb determinara que o réu fosse enviado para escavar em um dos poços onde haviam encontrado um filão. Trabalhar ali dentro era algo desumano, de uma dureza difícil de imaginar. Para seguir o veio de forma apropriada, suspendiam Sesóstris pelos pés com uma soga. Assim, ele poderia picar a pedra de cabeça para baixo e abrir a galeria até onde o filão o levasse.

Ninguém entendia como o núbio continuava vivo ao final da jornada, mas era assim. Ao entardecer, o homem do deserto regressava tranquilamente para o acampamento, sem dizer uma palavra.

À noite, enquanto Nefermaat, admirado, se interessava por ele, o núbio escrutava o céu em silêncio, virando-se em direção ao jovem e olhando-o fixamente. Então, apenas em um sussurro, dizia:

— Já falta pouco.

Em uma madrugada, bem antes da aurora, Sesóstris acordou o amigo e lhe perguntou como era a casa em que o superintendente dormia. Nefermaat se surpreendeu com a pergunta, mas, na mesma hora, explicou onde ela ficava e deu detalhes de tudo que havia lá. O núbio mal se alterou ao saber que, sob sua cama, Sutemheb escavara um pequeno fosso onde guardava o produto de seus roubos. Quando o jovem terminou com as explicações, o núbio se limitou a pôr uma de suas mãos enormes sobre o seu ombro e a dizer, em voz muito baixa:

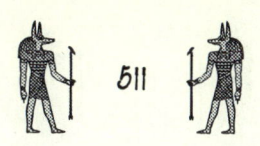

— Estejas preparado. Nesta noite, vamos embora.

Nefermaat passou o dia todo tomado por uma excitação incontida. Nas profundezas da terra, martelou os veios de quartzo aurífero com mais cuidado do que nunca, pensando a cada martelada na possibilidade de, no dia seguinte, já não se encontrar ali. Por isso, ao chegar o tão aguardado entardecer e ele voltar para o acampamento, mal conseguiu comer, observando seus arredores com nervosismo. Entretanto, tudo estava tranquilo, como se fosse um anoitecer qualquer.

Procurou Sesóstris com os olhos, mas não o encontrou, o que fez aumentar ainda mais a sua agitação.

— Ele ainda está no poço — disse um preso sentado a seu lado, enquanto averiguava sua tigela. — Parece que o chefe quer acabar com ele o quanto antes.

Nefermaat observou como o seu companheiro raspava a tigela com verdadeira ânsia e, então, olhou inconscientemente para a montanha. Ela parecia solitária e, no entanto, ainda não havia devolvido um de seus filhos.

A noite caiu escura como poucas sobre o vale de Rohenu. Sob sua manta puída, Nefermaat se esforçava para decifrar as trevas que o cercavam, tentando em vão ler nelas o que não podia. Inquieto como nunca, o jovem observava inutilmente em busca de algum indício que indicasse onde Sesóstris estava. No entanto, foi impossível, pois as sombras pareciam tão compactas quanto as rochas que ele martelava todos os dias. Por isso, acabou se deitando, resignado, e fechando os olhos em uma espécie de cochilo. Então, os sonhos vieram, curtos e delirantes, contaminados, certamente, pela intranquilidade de seu espírito. Acordava e voltava a dormir com temor e desassossego, incapaz de discernir entre o sonho e a realidade. Por esse motivo, quando aquela mão tapou sua boca, ele não sabia se estava nas profundezas de sua letargia ou consciente.

— Shhh... — ouviu fazerem muito suavemente.

O jovem arregalou os olhos e comprovou que a mão que o calava era tão real quanto a figura que, inclinada sobre ele, pedia silêncio. Era Sesóstris.

Nefermaat ficou de pé, desconcertado, olhando para o núbio com ansiedade. Este tirou a mão grande de sua boca e, com um dedo, fez sinal para que ele permanecesse em silêncio. Em seguida, lhe deu uma bolsa de couro e um pequeno odre que ainda pingava água.

— Não bebas até que eu te diga para fazer isso — sussurrou ele no ouvido de Nefermaat.

Então, procurou em outra bolsa e tirou um pequeno pingente que entregou ao jovem.

— A deusa voltou para ti — tornou a sussurrar, fazendo uma cara estranha.

Nefermaat viu, emocionado, que se tratava de sua velha imagem. Como seu amigo bem dissera, Sekhmet voltava para ele e aquilo o reconfortou, pois era uma prova inequívoca de que a deusa não o abandonara. Depois, tornou a olhar para Sesóstris e viu que ele tinha outras duas bolsas penduradas nos ombros.

— Segue-me e não te separa de mim. Temos cinco horas até que nos descubram.

O jovem se pôs de pé e seguiu Sesóstris, exatamente como ele lhe dissera, e, em pouco tempo, ambos desapareceram sigilosamente em meio às sombras.

25

Na manhã seguinte, houve um grande rebuliço no acampamento. Ao reunir os presos para fazer a recontagem diária, os guardas comprovaram que faltavam dois dos réus. Procuraram em toda parte antes de informar ao superintendente do ocorrido, pois sabiam que ele os responsabilizaria pelo desaparecimento e os castigaria duramente. Todavia, não encontraram nem rastro dos dois. Foram, então, pesarosos, até a casa de Sutemheb para prestar contas do que havia acontecido, mas depois de chamarem com insistência à porta, ninguém atendeu. Os guardas estranharam o fato e abriram o trinco para entrar na casa. Chamaram o superintendente, mas ele não respondeu. Então, se aproximaram da porta do dormitório e constataram que ela se encontrava entreaberta. Tornaram a chamar Sutemheb. Como não receberam resposta alguma, os capatazes olharam uns para os outros, temerosos, durante breves instantes. Então, um deles empurrou a porta devagar até que ela fosse completamente aberta, e o que viram os encheu de espanto. Pendurado em uma viga do teto, Sutemheb se balançava, morto.

Em seguida, o nervosismo e a confusão se apoderaram dos guardas. Desamarraram o corpo do superintendente sem vida, cuja cara mostrava um ricto assustador. Fora enforcado com um dos longos chicotes de palma trançada, que eles mesmos costumavam usar. Em seguida, o chefe dos capatazes sentiu um calafrio percorrer seu corpo inteiro.

Olharam pelo cômodo, procurando alguma prova que pudesse delatar o assassino, mas o quarto se encontrava em perfeita ordem, não havendo sinais de furto nem de violência.

Avisaram a autoridade máxima do vale, que pouco depois chegou ao lugar dos fatos. Impressionado, ele pediu informações sobre os dois fugitivos e mandou examinarem o cômodo de novo, com mais cuidado. Em seguida, formou um grupo para caçar os fugitivos.

— Um deles é Sesóstris — advertiu o chefe dos capatazes. — É um autêntico homem do deserto. Não será fácil encontrá-lo.

— Veremos. Se for necessário, vamos revirar todo o reino de Set para encontrá-los. Se forem eles os assassinos, nunca terão descanso.

Depois, deu ordem aos *medjay* para que seguissem seu rastro até onde ele os levasse.

— Não volteis sem eles — advertiu o chefe, de forma ameaçadora.

Os *medjay* e seus cães procuraram em vão durante toda a jornada algum rastro que indicasse a direção na qual os presos haviam seguido. Contudo, ao entardecer, tiveram que desistir e se dividir em pares por todas as direções. Aqueles homens haviam levado suas mantas consigo, e os cães não tinham um rastro claro pelo qual seguir, o que dificultava ainda mais a busca.

— Se os dois se enfiaram no deserto do sul, as imensas dunas os tragarão e talvez não encontremos nem seus corpos — disse o chefe dos *medjay*, antes de se pôr a caminho.

O inspetor-chefe das explorações no Rohenu não gostou nada da notícia, mas gostou ainda menos de saber da descoberta que seus escribas fizeram. Estes encontraram a contabilidade particular do superintendente com todas as irregularidades que ele cometera durante anos.

Boquiaberto, o inspetor mandou revistarem a casa em busca de algum esconderijo e, ao arredar a cama, descobriram as tábuas que cobriam o pequeno fosso. O interior se encontrava repleto de sacos cheios de pepitas de ouro.

Aquilo foi um grande escândalo, pois punha em dúvida a própria integridade do sistema. A sombra da corrupção pairou não apenas sobre a "montanha de ouro", mas também por todas as escavações do vale, sobretudo quando se inteiraram de que o superintendente passara muitos anos roubando os cofres do Estado. Por isso, as autoridades máximas da exploração do vale chegaram à conclusão que, tomado por um remorso insuportável, Sutemheb decidira tirar a própria vida diante da magnitude de seus pecados. Maat, a deusa da justiça, castigara suas atitudes más com sua mão invisível.

Todos os bens que Sutemheb acumulara de forma tão fraudulenta foram confiscados, e os ourives que haviam negociado com ele, detidos. No fim das contas, o superintendente não pôde desfrutar de seus desejados pôres do sol junto ao Nilo, pois seu corpo foi enterrado em meio às areias ardentes do deserto que ele tanto odiava.

Sentados aos pés de uma rocha, os dois homens observavam o entardecer. Haviam passado o dia inteiro caminhando por pistas de areia e pedras infernais em um ritmo considerável, quase sem parar para descansar. Horas e horas de dura caminhada pela paisagem ilusória situada ao sul do deserto oriental. Ali, as extensões de areia sem-fim eram salpicadas pelas elevações montanhosas irregulares, que originavam vales caprichosos onde só habitava o silêncio. Paisagens de beleza desconcertante que acabavam se perdendo lá no longínquo sul, nos oceanos de desertos da Núbia.

Agora, aqueles homens contemplavam com admiração os jogos de luzes e os reflexos refulgentes que o sol criava sobre as rochas das ladeiras escarpadas. Os últimos raios ofereciam suas carícias derradeiras às areias ardentes, matizando-as com cores ilusórias que, por sua vez, originavam verdadeiras miragens de aparências enganosas.

Observavam encantados como Atum, o sol do entardecer, era finalmente devorado pela divina Nut, muito distante, a oeste. Então, o mais alto dos dois pareceu sair de seu encantamento e começou a mexer dentro de umas bolsas, enquanto o outro, mais jovem, massageava os próprios pés.

— Descansaremos por algumas horas antes de retomarmos a caminhada — disse Sesóstris, tirando umas tâmaras da bolsa.

— Meus pés estão moídos — queixou-se o outro.

— Precisas continuar, ainda que se esfolem. Só os que sabem sofrer conseguem vencer o deserto. Toma, come um pouco.

Nefermaat pegou as tâmaras que o companheiro oferecia e as comeu com satisfação. Depois, olhou para ele, suplicante, apontando o odre que continha água.

— Ainda levaremos um dia para encontrar água. Todo gole que economizarmos hoje nos dará a vida amanhã — advertiu o núbio, oferecendo-lhe um pouco de queijo. — Se continuarmos caminhando como hoje, dentro de três dias chegaremos ao nosso destino.

Nefermaat o observou muito sério enquanto devorava o queijo. Até aquele instante, não tinha nem ideia de para onde se dirigiam.

— Vamos para Nekheb — explicou Sesóstris, que pareceu ter lido seu pensamento.

— Nekheb? A capital do nomo Teb, o Santuário?

O núbio assentiu em silêncio.

— Mas esse lugar está a cinquenta *iterus* (cem quilômetros) ao sul de Tebas...

— Não pensavas que iríamos fazer uma visita para os sacerdotes de Karnak, não é? — disse Sesóstris, jocoso, enquanto comia uma tâmara.

Nefermaat se recostou sobre os cotovelos.

— Na realidade, pouco importa para onde vamos. Não conheço nenhum lugar onde eu possa me esconder.

— Esconder? Não podes passar a vida inteira escondido — observou Sesóstris.

— O que queres dizer com isso?

— Terás que sair do Egito. Só assim garantirás tua liberdade.

Nefermaat balançou a cabeça, desalentado.

— E para onde vou?

— Isso é tu quem deve decidir. No lugar para onde vou não sobreviverias.

O jovem ficou de pé para tomar um pequeno gole de água.

— Então, por que seguimos para Nekheb?

— Porque fica longe o bastante de Tebas para não levantarmos suspeitas. Ninguém irá nos procurar por lá no momento. É um porto do qual poderás embarcar rumo ao Delta em algum dos barcos que fazem negócios com as cidades do norte.

— Mas...

— Não tens outra opção, Nefermaat — cortou o núbio, erguendo uma das mãos —, lembra-te que o importante é estar vivo.

O jovem pareceu levar aquelas palavras em conta.

— Ainda não entendi como os cães não nos entregaram — disse Nefermaat, fazendo uma cara incrédula.

Sesóstris olhou para o jovem com uma de suas caretas de sempre.

— Falei com eles antes de partir — disse enfim, enigmático.

Nefermaat o observou boquiaberto durante alguns instantes.

— Quais são as nossas chances de chegar a Nekheb? — perguntou ele em seguida, olhando para o núbio.

— Temos muita vantagem e, nesta região, as pistas se perdem com facilidade.

— Mas os *medjay* são excelentes rastreadores. Têm fama de sempre capturar os procurados.

— O tempo está a nosso favor. Eles não sabem que rota escolhemos. Por isso, terão que se dispersar. Além do mais, duvido muito que tenham começado a nossa busca antes desta tarde — concluiu Sesóstris com um sorriso malicioso.

O jovem franziu a testa, intrigado.

— O que aconteceu na cabana do superintendente? — indagou o jovem, mostrando seu pingente ao núbio.

— Sutemheb seguiu pelo caminho que trilhou durante toda a sua vida. Agora está onde deve — disse o gigante, sem deixar transparecer emoção alguma.

Nefermaat olhou para ele, boquiaberto.

— Não perguntes o que não queres ouvir — continuou o núbio. — Temos quase um dia de vantagem sobre nossos perseguidores. Eles só nos pegarão se houver algum imprevisto. Agora deves dormir um pouco e procurar não se mexer muito. As serpentes podem se encolher com o calor de teu corpo e, se elas se sentirem ameaçadas, te picarão.

O jovem se cobriu com a manta puída da melhor forma que pôde e se encolheu, pensando na advertência do companheiro. A noite estava tão fria que Nefermaat mal saiu do lugar, embora tenha dormido pouco.

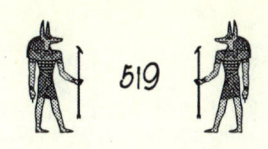

Ainda estava escuro quando Sesóstris o chamou para dar início à caminhada. Voltaram a comer tâmaras e, então, penduraram a pequena bagagem nos ombros.

— Pelo menos o queijo e as tâmaras que peguei de Sutemheb são excelentes — comentou o núbio, depois de enterrar os restos.

Nefermaat não respondeu, olhando fixamente e intrigado para a outra bolsa que Sesóstris levava, da qual o núbio não se separava, mas o jovem não perguntou nada.

Durante toda a jornada, os dois homens atravessaram paisagens desérticas parecidas com as do dia anterior. Ao meio-dia, pararam à sombra de uma elevação rochosa para descansar e se proteger do ardente sol africano.

— Quando o sol começar a baixar, continuaremos — comentou Sesóstris.

Nefermaat mal se alterou, pois se encontrava desfalecido.

— Toma — disse o núbio, oferecendo-lhe mais tâmaras. — Elas te darão energia.

O jovem as comeu com inapetência e, inconscientemente, pegou o odre de água.

— O que temos só dá para hoje — interveio o núbio, tomando-o das mãos do rapaz. — Amanhã, vamos encontrar água.

Nefermaat engoliu a saliva a duras penas, já que ela lhe pareceu tão sólida que até raspou sua garganta. Olhou ao redor e se perguntou se o amigo não estaria zombando dele, pois, vendo aquela paisagem, parecia impossível haver água em qualquer parte.

— Vamos encontrá-la — sussurrou Sesóstris, dando um tapinha em seu ombro.

Nefermaat nunca conseguiu entender como o núbio foi capaz de encontrar água em meio a um mar de areia como aquele. Entretanto, ao vê-lo gesticular com a mão, indicando a localização exata do líquido precioso, só pôde maravilhar-se.

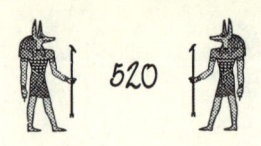

Sesóstris começou a escavar com as duas mãos e, em pouco tempo, apareceu um sinal da tina enorme completamente enterrada sob a areia.

— São usadas pelos *medjay* e pelas tribos do deserto. Existem muitas espalhadas por este lugar. São utilizadas em caso de necessidade — disse ele, mostrando a tina. — Tu te surpreenderás ao ver o quanto está fresca.

O jovem bebeu a água que o amigo lhe oferecia com satisfação. Depois, encheram o odre e voltaram a tampar a tina com cuidado.

— Falta pouco — explicou Sesóstris, apontando em direção ao horizonte. — Amanhã estaremos em Nekheb.

A cidade de Nekheb* era tão antiga quanto o próprio país, pois suas origens remontavam a cinco mil anos no tempo, quase no princípio. Já no período pré-dinástico e durante as primeiras dinastias, a cidade, situada na margem oriental do Nilo, foi um assentamento muito importante que acabou sendo escolhido como a capital do III nomo do Alto Egito, desbancando Nekhen, a capital anterior, situada justo em frente, na outra margem do rio.

Nekheb pertencia ao território administrado pelo vice-rei de Kush e lá se cultuava a deusa-abutre Nekhbet, tutelar dos faraós junto com Wadjet, a deusa-serpente do Baixo Egito. Ambas adornavam a cabeça do Hórus vivente, formando o *ureus*, o diadema dos reis do país de Kemet. Por isso, os grandes faraós da XVIII Dinastia a honraram, edifi-

---

* É a atual El-Kab.

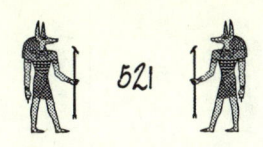

cando templos em sua homenagem ou ampliando os que já haviam sido erigidos, sendo Tutmés III e Amenhotep II seus maiores benfeitores.

A situação geográfica fazia com que a cidade fosse um porto fluvial de grande importância, onde chegavam as mercadorias enviadas da não muito distante Suenet, Assuã.* A cidade de Nekheb fornecia à mais meridional de Assuã o que esta carecia fundamentalmente: alimentos. Em troca, beneficiava-se do comércio florescente que esta lhe proporcionava, assim como de sua extraordinária riqueza mineral.

Na cidade, abundavam as etnias de pele escura, vindas do distante Kush, que estabelecidas havia séculos conviviam com a autóctone em paz. O próprio Sesóstris tinha amigos que viviam ali. Por isso, ao avistar a cidade, sorriu para o jovem companheiro de fuga enquanto apontava para ela com um dedo.

— Nekheb, a cidade da "Deusa Branca". Nesta noite estarás a salvo. Agora deves esperar aqui.

— Não posso ir contigo? — perguntou Nefermaat, surpreso.

— Apesar de a notícia de nossa fuga ainda não ter chegado, é melhor que não nos vejam juntos. Aqui, conheço quem pode nos ajudar, mas devo ir sozinho. Confia em mim.

Nefermaat olhou para ele com gratidão.

— Confio em ti mais do que em qualquer outra pessoa — disse ele, sorrindo.

— Não saias daqui — ordenou o núbio, mostrando um pequeno vão entre umas rochas próximas. — Voltarei ao entardecer.

O jovem assentiu, acomodando-se o melhor que pôde naquela pequena cova natural. Sesóstris deu uns tapinhas no amigo e, depois de deixar o odre de água para ele, partiu.

---

* Precisamente, o nome Suenet significa "comércio".

Nefermaat passou o resto do dia lutando para não dormir, mas estava tão cansado que acabou caindo em um sono profundo, como não se lembrava de já ter tido.

Quando foi acordado, ele se sentiu surpreso por ter dormido daquela maneira, mas não havia dúvida, o crepúsculo estava próximo e Sesóstris estava ali para fazê-lo se lembrar disso.

— Eu te trouxe roupa decente. Devemos enterrar as mantas e teu *kilt* puído — disse o núbio, apressando-o.

Nefermaat esfregou os olhos com força enquanto se levantava.

— Tudo está arranjado para que partas ainda nesta noite. É preciso ser rápido.

O *sunu* se absteve de fazer perguntas e enterrou seus pertences com cuidado, exatamente como Sesóstris recomendara. Então, vestiu a túnica de linho que ele lhe oferecia.

— Agora teu aspecto está mais de acordo com a tua classe — afirmou, satisfeito, o núbio gigantesco.

Nefermaat sorriu, apontando para o saiote.

— Para alguém como eu, o saiote é mais do que preciso.

— Não há peças suficientes para vestir um coração tão grande quanto o teu — disse Nefermaat.

Os dois se olharam por um momento, e Sesóstris lhe retribuiu o sorriso.

— Minha dívida contigo ainda não está saldada. Vamos nos apressar — falou Sesóstris.

Os homens percorreram a curta distância que os separava da cidade, acompanhados dos últimos raios de um sol que caminhava com passo firme em direção ao submundo. Assim, quando chegaram ao cais do porto fluvial, as sombras já devoravam tudo.

— Este é teu barco — disse Sesóstris, apontando para uma das embarcações atracadas. — Sai ainda nesta noite em direção a Mênfis.

Foi o melhor que consegui. Conheço o capitão. É áspero, mas não te fará perguntas e, além disso, podes confiar nele.

— Todavia, como pagarei a ele? — perguntou Nefermaat, confuso.

— Já fiz isso por ti — respondeu o núbio, oferecendo-lhe uma das bolsas que levava sempre penduradas e que tanto haviam despertado a curiosidade do jovem.

— Mas... — balbuciou Nefermaat, enquanto a pegava e olhava em seu interior.

Seu rosto pareceu iluminar-se na escuridão.

— É uma das bolsas de Sutemheb! — exclamou ele, surpreso.

Sesóstris assentiu, sorrindo.

— Não posso aceitar isso. Não me pertence — disse o jovem, devolvendo-a.

— É tua — insistiu Sesóstris, mostrando-lhe as palmas de suas mãos.

— Este ouro foi roubado...

— Como o teu nome, não é? — interrompeu o núbio. — Inclusive afirmam que tua alma também está perdida, ainda que isso seja impossível, pois nenhum homem tem poder sobre ela. Escuta — continuou ele, baixando a voz —, não há ouro suficiente para pagar a injustiça que o Egito cometeu contigo. Este ouro te pertence mais do que a qualquer outra pessoa. Além disso, aceita como um presente que te dou.

Nefermaat, desconcertado, observou a bolsa com certo incômodo.

— É o mínimo que mereces. Acredita em mim — enfatizou Sesóstris. — Precisarás disso para começar uma nova vida, lá para onde Sekhmet irá te levar. A língua do ouro é conhecida por todos os povos. Com isso — continuou ele, mostrando a bolsa — poderás viver pelo resto de teus dias sem sobressaltos.

— Mas... e tu? — perguntou o jovem, visivelmente conturbado.

— Meus pés me levarão ao sul. Têm querência natural por essas latitudes, sabes? Para onde vou, não precisarei de ouro.

Nefermaat não pôde deixar de abraçar o gigante.

— Dizes que ainda tens uma dívida comigo, mas te asseguro que me sinto incomodado com tanta generosidade.

— Aqui nos separamos, nobre *ueb* — disse Sesóstris, apontando para a cicatriz em seu crânio. — Entretanto, te adianto que voltaremos a nos ver.

Nefermaat mexeu a cabeça, emocionado, tentando não cobrir os olhos com lágrimas.

— Nos veremos de novo — repetiu ele, dando as costas para o jovem. — Então, saldarei definitivamente minha dívida contigo.

Nefermaat observou enquanto o homem do deserto desaparecia na noite, como se fosse mais uma sombra que fazia parte dela. Sesóstris, cujo verdadeiro nome ninguém sabia, era o único amigo que ele tinha. Aquilo lhe fez pensar por um momento e, em seguida, seu rosto se iluminou com esperança. Não era verdade. Ele ainda tinha outro amigo. Iria para Bubástis à procura de Anon.

26

Uma multidão de lembranças assaltava o coração de Nefermaat enquanto ele passeava pelas ruas de Bubástis. Sem querer, a cidade já fazia parte indelével de sua vida. Um passado que lhe parecia estranhamente distante e que, no entanto, fazia apenas três anos que havia acontecido.

"Três anos", pensou o jovem.

Apenas um suspiro que parecia ter ocorrido em um tempo distante.

Pouco tinha a ver o jovem *ueb* que um dia chegou de Mênfis pela primeira vez com o que aportava agora, como fugitivo da justiça. Aquelas duas pessoas vinham de mundos diferentes.

Nefermaat deixou que o sol da manhã resvalasse por seu rosto, entrefechando levemente os olhos para aproveitar o momento. Aqueles raios suaves o vivificaram, insuflando-lhe renovados ânimos e esperança. A luz, que naquela manhã Rá derramava pelos parques e avenidas de Per-Bastet, era em si um convite para entregar-se ao otimismo, assim como uma oportunidade de desfrutar do dom com o qual o rei dos deuses presenteava a cidade generosamente.

Os jardins de palmeirais sombrios envolviam com seu frescor todo aquele que se aventurasse neles, obsequiando-o com os perfumes mais sutis — oferendas de uma terra sem igual, pois parecia marcada por mãos sobrenaturais e fecundada pela própria vontade divina. Ao se ver cercado por tais bênçãos, Nefermaat se esqueceu por uns instantes do passado desgostoso, embriagando-se com aquelas dádivas que sempre gostou de receber.

Enquanto desfrutava de sensações tão singulares, seu coração se entristeceu de repente diante do fato de ter que abandonar aquela terra para sempre. Fazia tempo que deixara de ser um de seus filhos e perdera até mesmo seu nome. Fora declarado um criminoso e simplesmente já não tinha lugar no Egito.

A viagem até Bubástis fora tediosa e tranquila. Acomodado em meio a uns embrulhos, Nefermaat passara os dez dias de navegação que levou para chegar a Mênfis entre dúvidas e reflexões sobre o que seria de sua vida. Dadas as circunstâncias, ele pouco pôde esclarecer. Pelo menos, o capitão era um tipo introvertido, que mal o incomodou, exatamente como Sesóstris havia dito. Quando desembarcou no porto de Mênfis, despediu-se dele com um leve movimento de cabeça e, em seguida, embarcou novamente, para Bubástis. Agora que passeava pelas ruas da cidade, se deu conta de que nem sequer sabia o nome dele.

Seus passos o levaram até a residência de Anon. Como o jovem não desejava comprometê-lo, evitou chamar à porta e arriscou permanecer nas proximidades para vigiar a casa com discrição. Esta continuava exatamente como ele lembrava, e os belos jardins que a rodeavam estavam tão bem cuidados quanto antes. Observou com atenção todos que entraram e saíram de lá e reconheceu alguns dos velhos criados, mas o babilônio não apareceu. Durante um tempo, pensou na possibilidade de ver Atet, o que lhe provocou uma curiosidade doentia que não foi capaz de reprimir. Lembrava-se da moça como a responsável pelas mais obscuras predileções das quais ele mesmo chegara a sentir-se prisioneiro. No entanto, agora que a jovem devia ter dado à luz, pensou no tipo de mulher que ela havia se tornado. Teria mantido seu velho espírito independente? Ou, pelo contrário, havia se transformado em uma mãe exemplar?

Nefermaat não teve como saber a resposta, visto que Atet não apareceu.

Ao entardecer, sua espera, por fim, se viu recompensada. Ao final da avenida, Nefermaat reconheceu a inconfundível figura de Anon. O babilônio se aproximava com seu andar característico e tão desastrado quanto o de costume. Vinha só e uma vez ou outra tropeçou, o que fez o jovem pensar na possibilidade de ele estar embriagado. O velho mestre parecia estar absorto em sabe-se lá que pensamentos e não reparou na figura que se aproximava dele.

— Às vezes, os deuses nos propiciam bons encontros — disse Nefermaat, já quase junto do amigo.

Anon deu um pequeno pulo, sobressaltado, e, em seguida, abriu os olhos inteiramente.

— Bendito seja Bés! — exclamou ele, dando um tapa na própria coxa. — Tua voz é real ou produto de algum de meus delírios devido aos efeitos do vinho dos oásis que acabo de tomar?

— Posso parecer uma aparição, Anon, mas, neste caso, te asseguro que sou real.

O babilônio abraçou o jovem sem poder reprimir sua alegria.

— Minhas preces foram atendidas e, por fim, volto a ver-te. Entretanto, deixa-me examiná-lo. Estás ainda mais magro do que quando partiste e em teu rosto há sinais de cansaço. Ou são de sofrimento?

Nefermaat fez um leve movimento com a cabeça.

— Receio que seja como dizes. Desde que saí de tua casa, minha vida tem sido, no mínimo, azarada.

Agora foi Anon quem assentiu.

— Escuta, Anon, não quero que a minha visita te cause problemas. Pode ser perigoso se te virem junto de mim — disse o jovem com certa ansiedade.

— Será melhor entrarmos em minha casa — afirmou o babilônio. — A rua não é um lugar seguro.

— Mas... Algum dos criados poderia...

— Não digas sandices — cortou o velho médico enquanto pegava em um de seus braços. — Vamos lá para dentro.

Os dois entraram na vila magnífica e caminharam pelo esplêndido jardim até chegarem ao pequeno cais situado na parte de trás. Ali sentaram-se e observaram o lento fluir das águas do rio.

— Quando eu recebi a notícia, me recusei a acreditar — disse Anon, sem tirar os olhos da correnteza.

— Até mesmo para mim, eu que estava tão perto de Iroy, foi difícil. O pior é que me fizeram parte dela.

— Como bem sabes, nunca tive muito apego por vossas tradições — continuou Anon. — Para mim, Iroy estava acima delas. Imagino que ele tivesse seus motivos para fazer o que fez.

— Parecia ressentido no tempo em que permaneci junto com ele na prisão, embora eu possa te garantir que, em momento algum, arrependido.

— Em Bubástis, para todos nós foi uma surpresa, pois, como bem sabes, ele era daqui. Então, nos inteiramos de que tu também havia sido envolvido, apesar de termos ouvido falar que não tinham te condenado à morte. Depois, não voltamos a saber de mais nada.

— Eu nunca deveria ter deixado o templo de Sekhmet — disse o jovem, pesaroso.

— O que dizes? — perguntou Anon, em uma de suas reações exageradas. — Assim terias perdido a aventura da vida.

— Desde que fui embora daqui, só vi desventuras.

— Isso é o que dizes agora porque ainda estás abalado pelo que aconteceu contigo. Entretanto, com o tempo, verás tudo de outra forma.

Nefermaat olhou de soslaio para o amigo.

— Eu nem sei se existe um futuro para mim.

— Existe, sim, embora provavelmente não seja como esperavas. De qualquer forma, isso acontece com a maioria de nós.

O jovem suspirou, recostando-se sobre os cotovelos.

— Já que teu futuro te preocupa, poderíamos falar primeiro de teu passado. Às vezes, os dois andam estranhamente unidos. Talvez possas me contar o que ocorreu.

Nefermaat pareceu perder o olhar em algum lugar do rio, abstraindo-se de todo o resto durante alguns instantes. Então, voltou a olhar para o velho médico e lhe relatou o acontecido.

— Marduk* me fulmine se não for a melhor história que já escutei na vida! — exclamou Anon, coçando a cabeça depois que o jovem concluiu a narração.

Nefermaat franziu um pouco o rosto.

— Isso é um verdadeiro prodígio, acredita — enfatizou o babilônio. — Sair com vida de tal trama é quase um milagre. Deverias passar a vida toda dando graças aos deuses nos quais tanto crês.

O jovem fez uma cara de desgosto diante da conhecida irreverência do babilônio.

---

* "O Grande Senhor", o deus supremo dos babilônios.

— Falo sério — afirmou Anon de forma teatral. — A intriga na qual te viste envolvido mais parece tramada por demônios do que por homens. É assustadora.

— Eu diria que está mais para frustrante — lamentou-se o jovem. — Não posso recorrer a ninguém para proclamar minha inocência. Não tenho outra saída senão deixar o Egito.

— Nisso, lamento ter que te dar razão — disse o babilônio, acariciando a barba. — Aqui já não podes ficar. Os *medjay* te procurarão por todo o país até te encontrarem ou se convencerem de que estás morto.

— Devo partir o quanto antes, apesar de, francamente, eu não saber para onde ir — observou o jovem.

— Uma vez longe do Egito, estarás a salvo. Para a guarda, será como se tivesses deixado de existir. E depois de alguns anos ninguém se lembrará de ti.

Nefermaat passou as mãos na cabeça, consternado.

— Por enquanto, aqui estarás a salvo — afirmou Anon. — Levarão meses para virem te procurar em minha casa. E até lá tu já te encontrarás muito longe.

— Se eu ficar em tua casa, tu serás comprometido. Cedo ou tarde alguém poderia me delatar.

— Vamos procurar ser discretos — disse o babilônio, que parecia querer dar o assunto por encerrado. — Tu te esconderás em teu antigo quarto durante uns dias, até que encontremos um barco para te tirar da cidade.

Nefermaat olhou inconscientemente para a pequena construção que ocupara anos antes e, então, seu rosto se encheu de agradecimento.

— E tua esposa? Ela não gostará de ter a mim aqui.

— Então, não contaremos nada. Ultimamente ela mal sai de seus aposentos, sabes?

— Por acaso está enferma? — perguntou o jovem, intrigado.

— Seu corpo se encontra perfeitamente são, mas receio que o mesmo não aconteça com sua alma. Desde que a filha partiu, ela está mergulhada em uma depressão profunda.

— Atet partiu?

— Como? Não estás inteirado?

Nefermaat negou com a cabeça.

— Claro, era impossível que soubesses disso. As minas não são o lugar mais apropriado para receber cartas. Eu te escrevi uma bem longa, por certo, na qual relatava os fatos.

O jovem abriu os braços, manifestando sua ignorância.

— Como já te contei antes, minha enteada engravidou.

— Disso eu me lembro — confirmou o jovem.

— Pois como eu te contava no papiro, a partir daquele momento Atet se tornou mais esquiva e enigmática do que nunca. Ela desaparecia misteriosamente, às vezes durante semanas, sem que sua mãe nem eu soubéssemos nada dela. Eu já te disse que ela parecia mais uma gata de rua, das que tanto abundam em Bubástis, do que uma jovem grávida. Sua mãe lhe ofereceu ajuda, mas ela não quis saber de nada e não permitiu que eu auscultasse, o que me deixou um tanto pesaroso — enfatizou o babilônio com um olhar malicioso. — Quando sua mãe, a nobre dama Iay, perguntava a identidade do pai, ela entrefechava os olhos como às vezes fazem os felinos e saía sem dizer absolutamente nada.

— E nem suspeitais de alguém? — perguntou Nefermaat, com pureza.

— Suspeitar? Bom, eu poderia suspeitar de Bubástis inteira, pois não sei se resta na cidade algum varão que se preze que não tenha se deitado com ela — afirmou Anon com o olhar inflamado.

— Exageras, como em todas as vezes que falas dela. Não será porque sempre se esquivou de ti? — perguntou o jovem, divertido.

— A putinha gostava de me provocar, e tu sabes disso — queixou-se Anon, incomodado. — O que eu teria dado para receber suas carícias! — suspirou, babando-se.

— Tua lascívia não tem solução.

— Nem medida — afirmou o babilônio com precisão. — Só se compara à minha predileção pelo vinho. Ultimamente, é um dos poucos amigos que me restam.

— Essa amizade é pouco confiável.

— Pode ser, mas, ao menos, me deixa satisfeito. Claro que é impossível para um abstêmio como tu compreender isso.

Nefermaat fez um gesto de desprezo com a mão e desviou de novo o olhar em direção ao rio.

— Continuas tão beato quanto de costume. Temo que sejas um caso perdido.

O jovem voltou a olhar para ele sem se alterar.

— Enfim, como eu te dizia — prosseguiu Anon —, não conseguimos descobrir quem era o pai da criatura e, a partir desse momento, minha esposa entrou em um estado de tamanha decadência que acabou deixando-a prostrada: uma catástrofe. E a coisa piorou quando a hora do parto se aproximou, pois Atet se tornou ainda mais intratável e até mesmo irritável, como se fosse uma gata.

Agora Nefermaat ouvia com atenção.

— Na verdade, nunca soubemos onde ela deu à luz o menino, nem o dia exato. Quando ela voltou para casa, o bebê já tinha vários dias. Apesar de tudo, minha esposa se livrou de todos os seus males quando viu o neto e passou a se comportar como antes. Agradeci por isso sinceramente, pois eu não me deitava com ela desde tempos imemoriais — disse o babilônio com o exagero de sempre.

Nefermaat deu uma pequena gargalhada enquanto o babilônio olhava para ele sinistramente.

— Sim, sim. Não rias. Tu não sabes o sofrimento que isso causa a um homem como eu. Mas, por fim, Bés pareceu ter se encarregado de meu desespero, pois acabou iluminando o coração de minha esposa melancólica. Ao recobrar a habitual alegria, ela pareceu bem-disposta e aproveitei para tirar o atraso, pois tinha o pressentimento de que não demoraria muito para que ela voltasse a ficar como antes. E foi o que aconteceu.

— Assim me surpreendes, Anon. Tu, devoto dos deuses?

— Só de Bés. É o único com sensibilidade suficiente para me compreender.

— Sei. Bem. O que aconteceu depois?

— O que tinha que acontecer. Uma alma tão obscura como a de Atet não podia levar uma vida como a de qualquer outra mãe. Em um belo dia, disse que este não era um lugar adequado para ela nem para o seu pequeno e que havia decidido ir embora. Imagina o que isso causou! — exclamou Anon, dando um tapinha na própria testa. — Minha nobre esposa teve um ataque tão forte que passou uma semana muda, como se os espíritos mais malignos do submundo tivessem se apoderado dela. Atet, porém, não sentiu compaixão alguma. Havia decidido ir embora e foi o que fez.

— Ela foi embora sozinha com o menino? — perguntou o jovem, assustado.

— Não, sozinha, não. Bajulou um velho comerciante fenício imensamente rico e...

— Ela foi embora com um velho comerciante? — interrompeu Nefermaat, perplexo.

— Foi, com um tal de Abibal. Ele tem minas de cobre na ilha de Alashia [Chipre] e também é dono de uma frota enorme que negocia por todo o litoral oriental do Grande Verde. Pertence a uma família aristocrática de Tiro. Fui eu quem os apresentou.

Nefermaat arqueou uma das sobrancelhas.

— Abibal é um antigo paciente. Sempre que vem ao Egito fazer algum negócio aproveita para tratar de seus problemas de ereção. É um caso perdido, mas o homem parece ter uma fé cega em meus remédios e até afirma que fazem efeito, mas não acredito nisso. Em todo caso, receito raízes de mandrágora maceradas no vinagre que, como tu bem sabes, são um bom afrodisíaco, e o homem vai embora contente. Na última vez em que esteve aqui, viu Atet por uns instantes e se apaixonou por ela como um menino. Então, a jovem se encarregou de envolvê-lo como só ela é capaz de fazer. O velho ficou louco! — exclamou o babilônio. — Chegou até mesmo a me garantir que havia recuperado suas antigas ereções.

— Mas ela gosta dele? — perguntou o jovem com ingenuidade.

Anon deu uma gargalhada escandalosa.

— Gostar? Esqueceste que esse belo monstro carece de coração?

— Então?

— É impossível tentar te explicar os motivos pelos quais Atet se comporta assim. Às vezes, acho que nem ela os conhece. O tal Abibal poderia ser seu avô e, como eu te disse antes, é impotente. Isso mesmo, impotente — continuou Anon ao ver a cara que Nefermaat fazia. — Sem remédio, por mais mandrágora que ele tome.

— O que me contas é impossível de compreender — interveio o jovem. — Deve haver alguma explicação para tudo isso.

— Pois já me dirás qual — disse Anon com ironia. — A única certeza em tudo isso era a de que Abibal babava como um bode velho logo que a via e lhe ofereceu toda a sua fortuna se ela se casasse com ele.

— E ela aceitou?

— Já a conheces. Atet sempre foi imprevisível. Quem poderia pensar que ela faria isso? Parecia já ter tudo totalmente decidido, pois respondeu que sim na mesma hora. Com uma mulher como ela não acredito que o pobre Abibal dure muito. Tenho certeza de que um dia a verei voltar para Bubástis com seu filho, Hemon, como a dona das rotas do cobre.

Ao ouvir aquele nome, Nefermaat deu uma sacudida.

— Como disseste que o menino se chama?

— Hemon. Um nome pouco comum, mas o que querias? Ela parecia ter escolhido fazia tempo.

Nefermaat ficou lívido e, em seguida, sentiu-se desfalecer.

— O que está acontecendo contigo? — perguntou Anon, alarmado, ao ver a cara do amigo.

— Sekhmet me proteja! — exclamou o jovem, com uma cara estranha. — Quanto tempo faz que a criatura nasceu?

— Pouco mais de um ano. Se não me engano, foi no primeiro mês de Shemu.

Nefermaat pôs as mãos na cabeça, desesperado.

— Podes me dizer que demônios há contigo? — indagou o babilônio, surpreso.

— Não é possível — balbuciou o jovem.

— A que te referes?

Nefermaat olhou, tonto, para o velho médico, e este franziu o meio da testa.

— Não estás insinuando que...?

O jovem assentiu, sem poder articular uma palavra.

— Marduk nos ampare! — exclamou Anon, levando as mãos à cabeça. — Foste tu?

Nefermaat continuou olhando para ele, com a boca aberta.

— Mas... Como podes ter certeza? É impossível saber ao certo.

O jovem balançou a cabeça, aturdido, e, em seguida, lhe contou a velha história de Atet e Nefermaat.

— Ela não teria posto esse nome no menino se o filho não fosse meu — concluiu Nefermaat.

— Sempre desconfiei que tivestes sido amantes, mas isso eu não esperava — disse o babilônio, bufando.

— Parece que Renenutet tem especial interesse em complicar a minha existência.

— Deixa os deuses em paz. Foste tu quem deitou com ela — interveio Anon com desagrado.

Durante uns instantes, os dois permaneceram em silêncio.

— E agora, o que pensas em fazer? — perguntou o babilônio.

— Devo ir atrás dela.

— Estás louco? Atet foi embora com outro homem.

— Percorrerei o Grande Verde inteiro se for preciso, até encontrá-los.

— Mas...

— Não te dás conta, Anon? — perguntou Nefermaat, perdendo um pouco a compostura. — À sua maneira, Atet me deixou uma mensagem.

— Perdão, amigo, mas não o compreendo.

— De alguma forma, Atet intuía que eu poderia escapar de minha desgraça e esperava que um dia eu fosse atrás dela. Sabia que quando eu escutasse o nome do menino, compreenderia.

— E por que ela não ficou aqui o esperando?

— Não há cidade no Egito onde possam me esperar. Sempre serei um banido, Anon, e, de certo modo, meu filho também. Imaginas um menino egípcio cujo pai foi despojado do nome? Talvez tu não compreendas, mas Atet, sim. Ela sabe que se um dia voltarmos a nos encontrar, será longe daqui. A seu modo, ela também se viu obrigada a fugir do país de Kemet.

Anon coçava a cabeça sem entender muito bem tudo aquilo.

— Acho que a supervalorizas — disse ele, por fim. — Eu não estaria tão certo de suas intenções.

— Suas intenções sempre foram um mistério para os homens, mas meu filho está com ela, compreendes? Tenho que encontrá-los.

— Mas, então, tu gostas dela? — perguntou Anon, convencido.

O jovem negou com a cabeça.

— Meu coração pertence a outra mulher. Não passou um só dia em que eu não tenha me lembrado de Nubjesed, embora eu soubesse que nosso amor é impossível.

O babilônio encolheu os ombros.

— Acho que tens razão. Já que precisas fugir do Egito, pouco importa que vás para um lugar ou para outro — disse ele, olhando para o amigo com condescendência. — Contudo, se pretendes passar o resto de tua vida junto de Atet, te auguro um mau futuro, no mínimo, tormentoso.

— Repito que não gosto dessa mulher, mas meu filho não tem culpa. Ele é o mais importante.

Anon se aproximou e lhe deu uns tapinhas nas costas.

— Acho que devemos procurar um barco que te leve para Tiro o quanto antes.

Nefermaat nunca pensou que o Grande Verde fosse um lugar tão inóspito, nem que um homem tão magro como ele pudesse vomitar tanto. Agora entendia por que seu povo odiava aquele mar, afirmando que apenas Set poderia viver ali. As ondas, que pareciam chacoalhar como bem quisessem a embarcação na qual o jovem se encontrava, faziam com que ele compreendesse até que ponto se encontrava à mercê delas. Diante de tal poder, o homem era ainda muito mais insignificante do que em terra firme. Uma minúcia que ousava desafiar os perigos que lhe superavam.

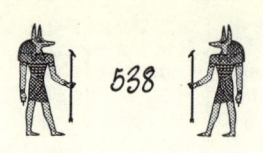

O *kebenit** subia e baixava, cavalgando sobre as ondas ao mesmo tempo que parecia se remexer. Aquele movimento era o mais desagradável para o jovem e o que o obrigava a se dirigir constantemente à borda para vomitar. Na realidade, pouco ou nada lhe restava para pôr para fora, de modo que os vômitos acabaram se transformando em angústia.

— Coma tudo o que puderes — diziam os marinheiros, em meio a risos. — É melhor que tenhas algo no estômago para devolver até que te acostumes.

Nefermaat quase não os ouvia, pois se sentia tão mal que optou por deitar-se no chão da cabine, como se fosse um animal abandonado.

No entanto, o jovem acabou se acostumando com aquele movimento tão desagradável. Depois de alguns dias, se sentiu melhor e conseguiu até pensar.

A embarcação na qual navegava era uma dos vários mercantes fenícios que cobriam as rotas do Mediterrâneo. O barco era arredondado, como costumavam ser os utilizados para fins comerciais, e tinha a figura de um cavalo na proa. Fora construído com tábuas de madeira de cipreste, calafetado com piche e estopa, e recoberto com lâminas de chumbo. Um único mastro de cedro e uma vela de linho eram tudo que precisava para desafiar os mares, pois os tripulantes possuíam grande perícia e haviam desenvolvido a capacidade de calcular sua posição durante a noite, observando as estrelas. Hwab,** a estrela fenícia, era a referência.

---

* A palavra *kebenit* vem de Keben (Biblos). Era assim que os antigos egípcios chamavam os barcos que seguiam pelo mar.
** A estrela polar.

O barco chegara a Mênfis carregado de madeira de cedro do Líbano e voltava para Tiro repleto de papiros e cordas feitas do mesmo material, que atingiriam um preço altíssimo no mercado. A tripulação, composta por dezoito marinheiros, um piloto e o capitão, esfregavam uma das mãos na outra diante das boas perspectivas de negócios que ambas as viagens traziam. Depois de um inverno ancorado no porto, a navegação havia sido retomada para aproveitar a bonança que o mar costumava mostrar entre março e outubro.

A escolha daquele barco para realizar sua viagem fora determinada pelo acaso. Depois da conversa que o jovem e Anon tiveram às margens do rio na casa deste último, a decisão de deixar o país o quanto antes estava tomada. Naquela mesma noite, o destino quis que aquele navio fizesse uma pequena escala em Bubástis antes de prosseguir em direção a Tiro e que o capitão aceitasse um passageiro em meio à carga. Nefermaat embarcou com uma mistura de pesar e esperança.

— Não percas o ânimo — disse Anon, enquanto lhe dava um abraço de despedida. — Pensa que o melhor está por vir.

Dessa vez, o jovem não conseguira reprimir as lágrimas, pois, provavelmente, nunca voltaria a ver seu mestre.

Antes de sair da vila do babilônio, este lhe recomendou que deixasse parte do ouro lá.

— Enterra onde desejares — aconselhou Anon. — Estou convencido de que um dia voltarás ao Egito e, então, poderás recuperá-lo. Seria perigoso andar com todo esse ouro por países estranhos. É melhor nunca mostrá-lo a ninguém. Compreendes?

— Em algum momento devo fazer uso dele.

— Procura ser prudente. Toma — disse Anon, entregando a Nefermaat vários braceletes de lápis-lazúli arrematados com ouro. — Com isso, terás de sobra para chegar aonde desejares. Tu me pagas quando voltarmos a nos ver.

Nefermaat guardou as joias em sua pequena bolsa e depois abraçou Anon.

— Não te esqueças de que possuis um dom que será reconhecido lá para onde vais. O lugar para onde te diriges dá no mesmo, pois sempre haverá alguém que precisará de teus serviços — afirmou o babilônio. — Isto te será de maior utilidade que todo o ouro que possuis — disse ele, entregando-lhe um embrulho.

— Mas... São teus instrumentos médicos! — exclamou Nefermaat ao contemplar o conteúdo.

— Já tenho uma quantidade suficiente e, além do mais, a ti será de grande utilidade. Assim terás uma lembrança minha. Parte de mim está neles — afirmou Anon, apontando para os instrumentos.

— Eu os guardarei como o meu bem mais precioso — disse o jovem, emocionado. — Sempre que os tiver nas mãos, me lembrarei de ti.

— Tenho certeza de que farás um bom uso deles — comentou Anon enquanto o jovem embarcava.

Quando, por fim, soltaram as amarras, e a embarcação começou a deslizar lentamente pela correnteza suave, Nefermaat balançou a mão, despedindo-se.

— Se a encontrares, espero que consigas botá-la nos eixos — gritou Anon da margem.

Então, a embarcação adentrou a noite, rio abaixo, a caminho do tenebroso mar.

Aquela seria a última vez que o jovem veria seu mestre, pois Renenutet, sempre caprichosa, assim havia determinado.

* * *

A brisa impregnada com os odores do mar percorria o barco, preenchendo a vela retangular com seu suave alento. O barco sulcava as águas tranquilas enquanto os marinheiros inspecionavam o equipamento e o piloto governava com mestria. O sol da primavera decidira acompanhá-los obstinadamente durante toda a travessia, alegrando os corações cada vez que lhes mostrava o imenso azul do céu do Mediterrâneo. Nem uma nuvem sequer ameaçava aquele presente tão esplêndido, e Nefermaat, livre enfim de angústias e enjoos, também pôde desfrutar dele, maravilhando-se com tudo que lhe era oferecido.

Com os olhos entrefechados, deixava que os suaves raios o acariciassem enquanto se perdia em seus pensamentos. Para um egípcio como ele, educado nos convencionalismos mais rigorosos, abandonar a própria terra para sempre era um feito difícil de digerir. O Nefermaat que um dia nascera em Tebas, do ventre da nobilíssima Tetisheri, já não existia, pois ficara esquecido em algum lugar do país de Kemet.

Enquanto aproveitava o sol da manhã, pensou no quanto sua vida teria sido diferente se sua mãe não tivesse sido chamada diante de Osíris prematuramente. Renenutet, porém, aquela que determina o destino das pessoas junto com Shai, Mesjenet e Shepset, deuses que de um jeito ou de outro agem sobre o destino do indivíduo, parecia já ter traçado o dele desde o seu nascimento.

Sua vida até aquele instante ficava definitivamente separada, em um plano inacessível para ele, e o único que o unia a ela deveria ser encontrado em algum ponto da costa banhada por aquelas águas. Era curioso que alguém como Atet fosse a única ligação entre o passado e ele. A jovem era tudo o que lhe restava de sua existência anterior, ainda mais agora que guardava algo que também lhe pertencia. Refletir sobre aquilo enchia seu coração de esperança e ao mesmo tempo de inquietação, pois ele se dava conta da dificuldade que teria para poder exercer seus direitos como pai. Talvez Renenutet tivesse lhe reservado ainda mais surpresas, embora para ele isso já não importasse. Quando são poucos os pilares aos quais se agarrar, a vida passa a ter uma nova dimensão e, para Nefermaat, a sua parecia começar agora.

Levantou-se e caminhou pelo piso de buxo cipriota em direção à popa do barco. Ali, um enorme friso em forma de rabo de peixe se elevava com elegância, adornando graciosamente o perfil da embarcação. Mais à frente, o sulco criado nas águas depois que o barco passava se espalhava, borbulhante, na distância indeterminável.

Nefermaat o contemplou com curiosidade durante uns instantes, imaginando que aquele sulco chegaria até o Egito e que, com ele, seu nome flutuaria sobre as ondas como o último vestígio de sua existência. Assim, o nome Nefermaat ficava como um mero rastro depois de passar sobre as águas e acabaria sendo engolido por elas para sempre.

A partir daquele momento, sua identidade pouco importava.

27

Da varanda, Atet contemplava o entardecer. Sentada em um de seus luxuosos divãs, a jovem observava o sol se pôr no horizonte, cobrindo de tons avermelhados as nuvens dispersas que insistiam em escondê-lo. Junto de Atet, seu pequeno olhava para ela com os olhos bem abertos, e restos de papinha cobriam sua boquinha toda.

Ela voltou os olhos para o menino e sorriu para ele, satisfeita, enquanto lhe dava outra colherada de cereais com leite. O garotinho, encantado, comeu com deleite, batendo palminhas de tão contente, à espera de uma nova colherada.

Atet, complacente, fez uns carinhos no filho enquanto limpava seus lábios com doçura.

— Por hoje chega, filhinho, ou engordarás além da conta — disse ela com delicadeza, pondo o prato sobre a mesa.

O menino protestou, emitindo alguns sons e, em seguida, se pôs a brincar com um cavalinho de madeira.

A mãe se reclinou, satisfeita, voltando a perder o olhar no belo pôr do sol. Deixou-se levar, então, pelo prazer que lhe dava a belíssima vista que tinha a partir de sua localização privilegiada, fechando os olhos com deleite durante alguns instantes.

Estavam em meados de junho e, naquela época, o Mediterrâneo parecia dar o melhor de si, oferecendo todo um espetáculo de luz e sensações difíceis de descrever, que transbordavam vida, assim como a percepção de que tudo ali estava por começar, de que um novo mundo estava a ponto de abrir suas portas ao homem e que essas portas não eram outras senão aquele mar, cujos confins era impossível alcançar com os olhos. Confins que, no entanto, um dia seriam unidos, concebendo um autêntico crisol de povos e culturas que seriam a glória do gênero humano. Uma sensibilidade como a que Atet possuía foi capaz de dar conta de tudo aquilo, compreendendo que o mundo não se limitava apenas ao país de Kemet.

Suspirou ao pensar em sua terra. Lá, estariam no mês de Mesore, o quarto da estação de Shemu, e imaginou naquele instante os milhares de agricultores que teriam passado o ano inteiro cuidando dos campos, dedicando-se agora à tarefa de colher, antes que a cheia chegasse. Era época de colher os frutos do trabalho e, portanto, as terras do Egito se encheriam de cânticos e louvores aos deuses, por eles terem permitido, uma vez mais, que o ciclo da vida fosse cumprido. A ordem natural imposta no princípio dos tempos encerrava mais um ano para começar de novo quando o Nilo inundasse os campos com suas águas divinas, repletas de vida.

A jovem refletiu sobre aquilo, surpreendendo-se ao constatar que não sentia nostalgia alguma. Era feliz ali em Sidon e sua vida anterior não passava de um caminho que precisara percorrer para alcançar sua posição atual. Fazia três anos que deixara Bubástis e, no entanto, parecia algo tão distante que acabara se tornando difuso.

Poderia afirmar que sua vida durante aqueles anos tivera de tudo, menos quietude. Ao embarcar com seu novo marido rumo à costa da

Fenícia, Atet se dirigia a um cenário bem distinto do que estava acostumada a viver. Um mundo de homens, traições e mentiras, pelo qual se sentia fascinada e do qual estava disposta a participar.

Seu marido, Abibal, era um homem imensamente rico que pertencia a uma das famílias mais poderosas de Tiro, o novo centro comercial criado na costa cananeia, cujo porto parecia crescer desenfreadamente.

O poder em Tiro, como no resto das cidades-Estado fenícias, era ostentado pelas famílias aristocráticas, que formavam uma verdadeira oligarquia, com a qual controlavam não só o poder político, como também o religioso e, é claro, o econômico. Os grandes armadores e comerciantes pertenciam, em geral, a tais famílias, que detinham a maior parte das riquezas que seus fabulosos negócios lhes proporcionavam.

Depois de toda uma vida produzindo-as, Abibal conquistara tamanha quantidade de concessões, direitos de rotas e interesses comerciais que era possível afirmar que não existia cidade no mundo conhecido com a qual ele não mantivesse algum tipo de transação.

Em um momento em que o Mediterrâneo oriental se encontrava convulsionado pela presença dos Povos do Mar, Abibal se mostrara extremamente perspicaz, vendo claramente a profunda transformação que se aproximava para todos os povos do litoral, assim como a necessidade de implantar os pilares que garantiriam um futuro sólido para os interesses familiares.

A maioria das civilizações conhecidas havia sido arrasada por aquela horda migratória de povos indo-europeus, mergulhando em um caos que originara o mais obscuro dos períodos. Em um mar infestado de piratas e com muitos desses países sem leis, com apenas ordens precárias estabelecidas, Abibal construiu um verdadeiro império, difícil de imaginar. Sua frota era de tal magnitude que ele chegou a contratar barcos corsários para que protegessem suas singraduras.

Os deuses haviam abençoado aquele homem com um dom incomum para lidar com as pessoas, dotando-o de uma natural simpatia e capacidade de negociar fora do comum. Como, além disso, Abibal era de natureza astuta, atingia seus propósitos sempre que se propunha a fazê-lo.

Foi assim que ele conquistou o maior segmento que todo comerciante poderia aspirar: o controle do mercado do cobre. Para isso, criou uma pequena oficina em Cítio, no sudoeste de Alashia (Chipre), a maior produtora desse metal, fazendo acordos muito vantajosos com o governo local que lhe garantiram o monopólio de seu comércio durante cinquenta anos.

No entanto, todos os êxitos que tivera nos negócios não foram obtidos no amor, pois a plena dedicação ao trabalho fez com que ele se esquecesse desse sentimento. E quando o homem se esquece do amor, este costuma responder mortificando-o em dobro. Por isso, Abibal chegou à idade avançada sem nunca ter se casado e sem ter descendentes, algo que um dia pareceu pesar nele amargamente, fazendo com que mergulhasse em uma melancolia sem consolo.

Entretanto, Baal Malage e Baal Safon,* os deuses que durante toda a sua vida haviam lhe protegido e escutado suas preces e súplicas, atenderam seus pedidos de novo, fazendo cruzar seu caminho a criatura mais bela com que ele poderia sonhar. Quando Abibal conheceu Atet, sua melancolia se transformou em esperança e, contra a sua vontade, em uma paixão incontrolável. Tudo de repente.

A jovem alienou seus pensamentos em tão pouco tempo que ele decidiu oferecer a ela tudo que havia levado anos para conquistar se ela aceitasse se tornar sua esposa.

---

* Na mitologia fenícia, Baal Malage era um deus protetor das travessias marítimas, e Baal Safon era o deus tutelar dos navios.

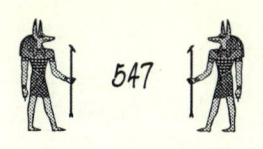

Atet riu com lisonja, como só ela sabia fazer, presenteando-o com um de seus olhares dominadores que tão bem administrava e que quase o enlouqueceu.

Sem poder articular uma palavra sequer, o velho comerciante se limitou a olhar para ela, fascinado, como se estivesse diante da própria Astarte.

No entanto, a jovem pareceu considerar a proposta, algo que um comerciante astuto como Abibal soube perceber e, se a decisão dependesse de os dois chegarem a um acordo, então ninguém melhor do que ele para consegui-lo. E assim foi. Para sua surpresa, aquela jovem criatura de formas excelsas concordou em se tornar sua esposa... Isso sob certas condições. Sobre isso em particular, Atet foi sincera, advertindo-o de sua natureza tortuosa e dos caminhos obscuros pelos quais gostava de transitar. Ela nunca renunciaria a eles nem à própria liberdade, embora prometesse não ridicularizá-lo em público. Abibal, que era um homem razoável, concordou, pois tinha plena consciência de que uma deusa como aquela não podia ser adorada por um único devoto, muito menos por um tão velho como ele. O simples fato de poder ser acariciado por aqueles olhos que pareciam turquesas ou o toque de suas mãos parecia ser a última recompensa que Baal estava disposto a oferecer-lhe em sua vida, já em si venturosa.

Os dois se estabeleceram em Tiro, a cidade onde Abibal residia, em um palácio que o fenício mandara construir havia anos, no qual viveram rodeados de todo o luxo a que só um homem como aquele poderia se dar. Ali permaneceram durante um tempo, até o pequeno Hemon completar seu primeiro ano, preocupados com o bem-estar da criança e em consolidar as bases do laço que os unia. Atet se comportou como uma esposa exemplar, dedicando-se unicamente à família e a conhecer os negócios do marido, que por dote também lhe pertenciam.

Abibal explicou a ela todos os pormenores de suas empresas, alertando a jovem, naquele momento, da complexidade que seria dirigi-las. Uma mulher tão inteligente quanto ela logo teve consciência de sua incapacidade para conduzir uma embarcação como aquela, assim como dos problemas que poderia causar ao fazê-lo.

Logicamente, Abibal não era o único dono de uma fortuna tão colossal. Sua família aristocrática respaldara sua empresa durante muitos anos, obtendo, por isso, grandes benefícios. Eles tinham participações em alguns mercados e usavam seu poder político para conseguir acordos vantajosos. O fato, portanto, de o velho comerciante não ter descendentes não significava que seu negócio seria perdido quando ele morresse. Uma legião de sobrinhos esperava ansiosa pelo momento que o tio passaria daquela para uma vida melhor, para repartir o bolo da forma que mais conviesse à família.

Atet teve absoluta certeza disso no dia em que os dois celebraram o noivado. Os olhares, mais ou menos avessos, que alguns dos familiares convidados lançaram para a jovem fizeram com que ela tivesse plena consciência do problema. Os motivos pelos quais ela havia deixado seu país não eram, em absoluto, econômicos, mas tinha vontade de abrir novos horizontes para si mesma e para o filho, livres de disputas com lobos.

Decidiu, então, garantir sua posição no futuro e, para isso, usou as artes que dominava. Abibal andava encantado com aquilo, pois foi objeto das atenções de sua deusa, até que ela se apoderou por completo de sua alma. O fato de Abibal ter problemas de impotência não foi obstáculo para que a jovem o levasse à excitação. Vê-lo sofrer por não conseguir uma ereção lhe dava uma satisfação doentia, devolvendo-a aos profundos abismos por onde costumava perambular no passado. Exatamente como havia acontecido com outros homens, o velho se tornou um escravo de suas vontades e de suas hábeis carícias, como se fosse um pobre cão abandonado.

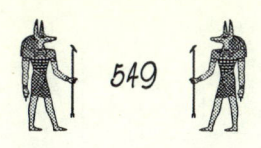

Abibal, incapaz de negar nada a Atet, atendeu ao desejo da jovem de visitar a ilha de Alashia quando, um dia, sua deusa lhe pediu isso, em meio a caras e bocas. Se sua esposa queria ir a Alashia, ele a acompanharia com prazer.

Assim, em uma manhã de verão, os dois embarcaram junto com o pequeno Hemon rumo a Cítio, na costa sudoeste da ilha. Atet ficou fascinada com a beleza do lugar e sugeriu a seu esposo gastador que ficassem ali o verão todo. Durante as belas noites que passariam em sua residência, de frente para a baía, a jovem garantiria ao marido as carícias mais quentes que ele poderia desejar, de modo que Abibal consentiu com prazer.

Navegaram em torno da ilha em seu barco luxuoso, desfrutando do esplêndido clima que receberam de presente dos deuses. Atet se interessou por povoados como Enkomi e Kalavassos, com os quais o Egito fazia negócios havia séculos. O grande Amenhotep III, muito tempo antes, estreitara os laços de amizade com o rei de Alashia, chegando a chamá-lo de irmão e criando uma aliança contra os hititas, seu inimigo em comum. Era uma época de abundância, e o cobre extraído na ilha saía em enormes quantias com destino ao Egito, seu primeiro consumidor. Por isso, foram criados assentamentos egípcios em algumas regiões que prosperaram com o comércio durante anos. Então, chegaram tempos conturbados que assolaram o Mediterrâneo oriental sem piedade. Culturas inteiras que desapareceram para sempre e que legaram apenas os restos de sua grandeza destruída. Alashia não foi uma exceção e, durante muitos anos, a escuridão se abateu sobre ela. Então, assentamentos foram criados em diferentes pontos da ilha, que amuralharam suas cidades para se proteger dos ataques de invasores.

Comerciantes poderosos se uniram para salvaguardar seus interesses em pontos estratégicos como Enkomi ou Cítio, onde criaram governos que trouxeram uma grande prosperidade. Cítio foi protegida por muralhas enormes, e a abundância foi generosa com a cidade, apontando-a com seu dedo caprichoso. Assim, de seu porto, embarcações carregadas de rico cobre sulcaram o mar conhecido, abastecendo povoados e homens com o metal tão apreciado.

Atet percebia tudo que aquele centro comercial representava. Um poder que ultrapassava fronteiras e que ia mais além do que qualquer rei pudesse possuir. Intuía que eram forjadas as bases de uma nova ordem, cujo alcance lhe escapava, mas que viria a substituir, certamente, as antigas civilizações.

Durante aqueles meses, Atet registrou em seu nome a parte dos negócios que correspondia a ela e assinou em Cítio os documentos que comprovavam tudo isso. Abibal lhe cedeu cinquenta por cento da concessão para negociar o cobre e lhe mostrou as pedreiras de onde o metal era extraído. Quando a jovem estava com tudo em ordem, se entregou à atmosfera fragrante que Cítio lhe oferecia.

Atet se afeiçoou a dar passeios pela praia e a banhar-se nas águas salgadas junto de seu pequeno filho. A sensação daquelas águas em seu corpo nu era particularmente gratificante e, às vezes, a jovem se entregava, durante horas, a suas carícias refrescantes.

O velho comerciante perdeu a medida, implorando constantemente pelos jogos e pelas carícias da esposa. Esta aproveitava, passeando nua pela residência, provocando incessantemente o marido, que caía rendido a seus pés, em tudo que ela propunha a ele. Abibal gemia de desespero quando, na cama, Atet lhe acariciava com sabedoria e não desejava mais nada além de poder passar o resto de seus dias assim.

Contudo, de repente, em uma noite, sua vida se apagou. O abuso que cometia todos os dias com o consumo de mandrágora para conseguir as ereções pareceu ter provocado um colapso. Abibal amanheceu morto.

A jovem não estranhou aquilo em nada, pois sabia de tais excessos. No entanto, a perda do marido lhe obrigou a agir depressa. Ela intuiu que, sem a proteção dele, sua vida e a do filho não valeriam um *quite*. Por isso, depois das exéquias, Atet vendeu a residência de Cítio e embarcou antes que os portos se fechassem devido à chegada do outono. Seu destino foi Sidon, uma antiga cidade do litoral fenício que mantinha estreitos vínculos com o país de Kemet havia séculos e onde existia uma importante colônia egípcia. Sidon era um porto comercial de primeira magnitude que rivalizava com Tiro em uma competição enfurecida para controlar as rotas do Mediterrâneo.

Era o lugar apropriado para ver-se livre de qualquer ameaça de sua família política, de modo que, em uma manhã, saiu rumo a seu belo porto na companhia do pequeno Hemon.

Uma vez em Sidon, Atet adquiriu uma vila maravilhosa no luxuoso bairro "os Céus Magníficos",* comprou escravos para lhe servir e contratou um mordomo para administrar a casa. Então, se cercou dos mais refinados luxos e confortos e marcou um encontro com o armador mais poderoso da cidade.

Quando Tabnit viu a jovem e se inteirou da proposta que ela fora lhe fazer, ficou assustado. A princípio não acreditou no que escutava, mas Atet lhe mostrou a documentação que levara preparada, e ele não teve outro remédio senão olhar boquiaberto para a belíssima dama.

Uma mulher como Atet fora lhe oferecer a possibilidade de participar de um negócio como aquele. Tabnit não se lembrava de isso ter acontecido nos anais da longa história de sua família e, no entanto, era assim.

---

* Esse bairro realmente existiu, exatamente como se conta aqui.

Tabnit observou aquela beldade por bastante tempo, com as palmas das mãos juntas sob o nariz. Como qualquer homem de negócios de seu país, ele sabia das grandes dificuldades inerentes ao ambiente em que transitava. Era um mundo de homens, hostil e, às vezes, sem outra lei que a da própria força, no qual, inevitavelmente, o mais fraco acabava sendo devorado.

Era óbvio que aquela bela dama estava em apuros e, por esse motivo, fora visitá-lo. Ela oferecia a ele a possibilidade de participar da concessão sobre o comércio do cobre que seu finado marido lhe deixara. Em troca de ceder a exploração, a jovem receberia metade dos lucros que o negócio gerasse e uma pequena participação na empresa.

Tabnit não pôde fazer outra coisa senão sorrir diante de tal proposta, tanto pelo inesperado quanto pelo apetecível. Conhecia de sobra a dimensão do negócio que lhe era oferecido e os enormes lucros que Abibal obtivera por ano. Tabnit possuía uma infraestrutura adequada para se encarregar da empresa, e aquela bela jovem parecia saber disso. Ele pensou na proposta por um momento e na inteligência que a dama demonstrava ao fazer algo assim. Uma mulher como ela não duraria muito tempo com vida se tentasse disputar o negócio com a família de Abibal. Por isso, preferia renunciar à metade de seus ganhos e em troca permanecer sob o manto protetor que ele lhe proporcionaria. Com os fabulosos dividendos que obteria com sua parte, poderia viver cercada de luxos pelo resto da vida sem se preocupar com o seu porvir nem com o do filho. Era um negócio justo para ambas as partes, e Tabnit aceitou as condições. A partir daquele instante, Atet passava a fazer parte de seu negócio familiar e estaria sob sua proteção.

Atet suspirou ao se lembrar de tudo aquilo, enquanto Set, das profundezas do Grande Verde, começava a tragar o disco solar. A criadagem se dedicava a acender as lamparinas da casa e no ar se respirava uma quietude carregada de aromas que convidava a desfrutar deles. Ela era uma nova Atet, e o universo do qual fazia parte, um lugar insuspeitado, impossível de imaginar apenas três anos antes. Havia um ano que estava naquela casa, livre das tradições e convencionalismos que a sufocavam em Bubástis e só se preocupava em cuidar adequadamente do filho. Viver ali se tornara para ela uma espécie de libertação de uma identidade que, durante toda a sua vida, lhe parecia alheia.

Sua mãe, a nobre Iay, tivera que garantir a própria existência da maneira que Atet mais repudiava: submetendo-se por completo a um homem. Para uma mulher com o espírito de Atet, aquilo era a pior das desgraças. Ela havia nascido para dominar, não para ser dominada. Sempre pensava nisso e no quanto era diferente da mãe, assim como na possibilidade de se parecer com o pai. Este era o grande enigma de sua vida, pois a única coisa que sabia dele é que era natural de Mênfis. Iay nunca quis falar dele, em uma tentativa absurda de mantê-lo no esquecimento.

Quem sabe esse era o motivo de sua estranha relação com os homens? Ou era simplesmente sua natureza que a empurrava, às vezes, em direção às suas perversas inclinações?

Tais dilemas eram impossíveis de ser esclarecidos com certeza. Atet tinha os homens como seres sem vontade, capazes de se arrastar diante do desejo se a mulher ideal os convidasse a isso. Todos os que conhecera estiveram dispostos a se submeter aos mesmos infernos se assim ela tivesse pedido. Infernos que ela também conhecia, pois se sabia capaz das paixões mais baixas. Ver um homem implorar que ela lhe proporcionasse o meio de descer até eles era algo que lhe provocava um gozo que ia muito mais além do meramente físico, satisfazendo-a por completo.

Em Sidon, Atet vivia totalmente à margem deles, pois os escravos que trabalhavam em sua casa nunca teriam a liberdade de escolha, estavam sujeitos à sua vontade, e ela os respeitava.

Atet voltou os olhos para o filho e viu que ele estava dormindo com um dos gatinhos entre as mãos. A devoção por Bastet era a única coisa de sua terra que ela parecia não ter esquecido. Em Sidon, cultuavam a deusa em um pequeno santuário, e a própria Atet havia lhe dedicado uma capela em sua casa. Os gatos de que tanto gostava eram seus hóspedes mais reverenciados, e ela mantinha uma particular relação com eles.

Observou o menino, encantada, e, em seguida, sentiu um estranho desassossego. Passara o dia todo com isso no estômago, como se fosse um inquietante pressentimento, sem poder abstrair-se dele.

Olhou de novo para o horizonte ao longe. O sol se apagava e não restava do astro mais que uma tênue faixa avermelhada sobrepondo-se ao mar. Seus pensamentos foram em busca da notícia que, naquela mesma manhã, uma de suas aias havia comentado, admirada. Ela dizia que do país dos faraós havia chegado um homem capaz de operar milagres, um médico que parecia ungido pelos deuses.

28

Meditabundo, Nefermaat percorria as ruelas de Sidon a caminho da residência de Atet. Seu passo apressado ressoava nos ladrilhos gastos, fazendo um barulho surdo cujo eco apagado se tornava cada vez mais fraco, perdendo-se entre os cruzamentos. Naquela noite, a lua cheia se erguia esplendorosa, acariciando a cidade e seus bairros com um véu incorpóreo, impossível de ser tecido por mãos humanas. O reflexo da lua atravessava as vielas, iluminando cantos recônditos ao mesmo tempo que criava uma pátina espectral sobre as pedras milenares.

Para Nefermaat, aquilo não tinha tanta importância, pois seus pensamentos eram tão contraditórios e seu humor tão quebradiço que pouco lhe interessavam os reflexos da noite. Enquanto transitava pelas ruas estreitas, recordava o caminho azarado que tivera que percorrer para chegar até ali: dois anos de buscas infrutíferas por mares hostis e povoados distantes.

Durante todo esse tempo, Nefermaat perseguiu uma sombra, um sonho que desaparecia subitamente cada vez que ele chegava a seu destino e que acabava se mostrando vívido de novo, motivando-o a continuar atrás de seu rastro ilusório.

Seus passos o haviam levado a Tiro, onde procurou inutilmente por seu sonho até descobrir que ele já não estava mais ali. Tempo perdido que só fez aumentar sua desesperança e semear desalento em sua alma maltratada. Sentia-se tão estranho naquela cidade que para ele foi um consolo deixá-la, ainda que fosse para ir ainda mais longe, para a ilha de Alashia.

Lá ouviu falar de seu desejo onírico, pois uma belíssima dama havia permanecido na ilha em companhia do esposo e do pequeno filho durante o verão. Em Cítio, Nefermaat se inteirou de que aquela mulher enviuvara de repente, deixando Alashia, portanto, depois do funeral do marido.

Nefermaat maldisse de novo o destino, que outra vez voltava a rir de seu infortúnio. O outono já havia se lançado sobre o Grande Verde, e todos os portos permaneceriam fechados até que a primavera trouxesse de volta o bom tempo. Assim, Nefermaat não teve outro remédio senão permanecer durante mais de seis meses preso naquela ilha, que para ele quase representava o fim da Terra. Que diferente que parecia, então, a solidão da qual sempre gostara de desfrutar daquela outra que agora lhe embargava. Esta pouco tinha a ver com a anterior, pois aprisionava sua alma, a própria essência. Longe de sua terra e já esquecido por todos, sentiu-se um pária entre os párias. Nem o desenvolvimento de seu trabalho durante aquele inverno veio a atenuar sua desesperança, e, assim, quando a primavera por fim se anunciou, Nefermaat tinha o coração tão carregado de aflições obscuras que ele pesava como se tivesse sido feito com granito de Assuã.

Vários meses passaram até que ele encontrasse um barco que o levasse a Sidon, o lugar para onde, aparentemente, haviam se dirigido seus ansiados sonhos. Tempo demais para alguém que, como ele, precisava encontrar seu lugar. Entretanto, quando, em uma manhã, deixou Cítio pelo mar, o fio da quimérica esperança que todo homem tem, mesmo nos piores momentos, prendeu-se a ele outra vez, reconfortando-o.

Em Sidon, o jovem médico sentiu que recobrava o ânimo. Ver o porto construído por seu povo muitos séculos antes o emocionou. O porto egípcio, situado no sudoeste da cidade, era onde atracavam todos os barcos que, vindos de Kemet, chegavam carregados de tudo quanto aquela terra exportava.

Ao escutar sua língua de novo no porto, Nefermaat experimentou uma alegria que fez com que seus olhos outra vez brilhassem exultantes. Ele gostava daquele lugar e, como em pouco tempo descobriria, lá as pessoas do país do Nilo eram bem recebidas e até mesmo tratadas com consideração.

O jovem decidiu instalar-se na cidade, pelo menos até que soubesse ao certo o paradeiro de Atet. Por isso, adquiriu uma casa pequena, mas bem localizada, que além de abrigá-lo servia de consultório, onde ele podia exercer sua profissão. Para alguém tão pouco chegado aos luxos como ele, a vivenda era suficiente, pois Nefermaat continuava mantendo seus antigos costumes adquiridos na sobriedade dos templos e não precisava de muito para viver.

Em seguida, seu nome se tornou muito popular no bairro, pois os médicos egípcios eram muito reconhecidos por lá, aonde quer que fossem. Como as enfermidades que a maioria de seus vizinhos tinham eram similares às do povo de seu país, foi fácil tratá-las, já que nos mercados podia encontrar tudo aquilo de que necessitava para preparar poções, unguentos e qualquer outro remédio de que precisasse. Além do mais, seus honorários eram muito acessíveis, de modo que os elogios e os louvores à sua pessoa não demoraram a surgir, pois o povo, embora humilde, sabe reconhecer a verdadeira generosidade.

No entanto, Atet parecia ter sido engolida pela terra. Ninguém da vizinhança tinha ouvido falar dela e muito menos sabia de seu paradeiro, de modo que a aflição voltou a consumir o jovem. Ele deveria averiguar o quanto antes o que havia sido feito dela e, se fosse necessário, percorrer todo o mundo conhecido para encontrá-la. Algo que estava disposto a fazer.

Um dia, porém, a sorte que sempre lhe fora tão esquiva veio a mudar sua sina, e Renenutet lhe enviou sua graça pela primeira vez em muito tempo. Alguém apareceu em sua casa requerendo-lhe com urgência para tratar seu senhor de um mal terrível, próprio das entidades malignas.

Nefermaat, a princípio, olhou surpreso, pois sabia da facilidade com que o povo exagerava sobre as doenças que desconhecia. Todavia, ao comprovar o nervosismo daquele homem, decidiu acompanhá-lo até a casa de seu afligido amo.

— Sabemos que foste um *ueb* — dizia o homem, angustiado, pelo caminho. — Apenas tu podes curá-lo.

O jovem ficou perplexo diante daquelas palavras, pois não havia nada nele que pudesse fazer alguém pensar em tal ideia. Desde que deixara o Egito, havia mais de dois anos, guardara luto, pelo qual deixara a barba e o cabelo crescerem, como era de costume entre os egípcios que se encontravam distantes de seu país.

Nefermaat se limitou a acariciar sua barba aparada enquanto lançava olhares dissimulados a seu acompanhante, a quem os demônios pareciam perseguir, pois, mais do que caminhar, ele trotava.

Quando, por fim, chegaram à casa, o médico teve que parar um pouco para recuperar o fôlego, já que, depois daquela corrida, sua túnica estava encharcada de suor e sua boca tão seca quanto se pode imaginar.

— Devemos nos apressar — implorou outro criado que viera recebê-lo. — Nosso senhor está com uma cara endemoniada.

Nefermaat atravessou os pátios da esplêndida mansão em que se encontrava, verdadeiramente intrigado pela natureza do mal que precisaria tratar. Sempre fora pouco inclinado a entidades e espíritos, e muito menos a enfermidades demoníacas, de modo que, quando, por fim, ficou frente a frente com o paciente e viu o ricto grotesco de sua cara, pôde respirar tranquilo e até sorrir para si mesmo.

O enfermo era Tabnit, o poderoso armador de quem o jovem ouvira falar em certa ocasião. Quando se inclinou sobre o comerciante para examiná-lo, ele olhou para o jovem angustiado e de sua boca aberta saíam lastimáveis sons guturais.

Em seguida, Nefermaat endireitou o corpo.

— Eis aqui um mal que tratarei — disse o médico com suavidade.

Tabnit mexeu os olhos com incerteza, sem saber o que o *sunu* queria dizer.

— Tem solução? — perguntou um mordomo que aguardava solícito junto deles.

O armador se virou em direção ao criado e abriu os olhos, horrorizado, enquanto suportava a dor terrível a duras penas.

— Teu senhor está com um *wenej* na mandíbula. Por isso, não pode fechar a boca. A mandíbula está deslocada — afirmou o médico ao mesmo tempo que apontava para uma bacia. — Enche isso com água limpa para que eu possa purificar minhas mãos.

O mordomo, perplexo, fez o que o médico pediu e, quando este terminou de lavar as mãos, ofereceu a ele uma toalha de linho branco para que se secasse. Então, observou o *sunu* sem perder um detalhe sequer.

Em seguida, o criado viu o médico egípcio se inclinar sobre o seu senhor e como ele colocava vários dedos na parte de trás da mandíbula, sob a articulação, e os polegares sob o queixo. Depois, com grande habilidade, o egípcio manobrou as mandíbulas até que, com um único movimento, deu um estalo, e elas voltaram para o lugar corretamente.

De imediato, o paciente notou um grande alívio e se relaxou por completo.

— Bendito seja Eshmun!* — exclamou o mordomo, boquiaberto.

Tabnit se levantou rapidamente e tocou o maxilar com a mão. Tudo parecia ter voltado para o lugar e com uma facilidade surpreendente.

— O problema pode se repetir — disse Nefermaat, olhando seriamente para o paciente. — Convém não fazer movimentos bruscos e dormir com uma faixa que mantenha a posição das mandíbulas o mais centralizada possível.

— É mesmo verdade o que tínhamos ouvido falar de ti — elogiou o criado com teatralidade. — Conheces até os segredos mais ocultos.

Nefermaat arqueou uma das sobrancelhas enquanto mexia a cabeça em sinal de desaprovação, pois aquela havia sido uma operação que, no Egito, qualquer *sunu* teria realizado com êxito. No entanto, ele sabia o quanto seria inútil declará-lo e o quanto os doentes exageravam nas informações quando se curavam, de modo que optou por voltar a lavar as mãos e secá-las com parcimônia.

O armador ficou tão impressionado com o resultado da intervenção que lhe jurou gratidão eterna, afirmando que seguiria as prescrições e que no futuro solicitaria sempre os seus serviços. Como, além disso, era um homem generoso, pagou ao jovem com esplendor e prometeu que faria por ele qualquer coisa que estivesse a seu alcance.

Aquilo fez com que Nefermaat ponderasse por um instante e, em seguida, contasse sobre sua busca infrutífera, na esperança de que Tabnit tivesse ouvido falar alguma coisa dela. O comerciante gesticulou com os braços, satisfeito por poder dar informações sobre Atet, pois não só a conhecia, como também os dois tinham certos interesses em comum.

---

* Um dos principais deuses do panteão de Sidon.

— Irás encontrá-la no bairro "Os Céus Magníficos" — confirmou o comerciante ao se despedir, dando um tapinha carinhoso nas costas do médico.

Nefermaat percorreu aquele bairro com ansiedade até se deparar com a casa onde Atet vivia. Não se surpreendeu em nada ao constatar a magnificência que parecia envolvê-la, mas sim pelo fato de não ter sido recebido.

Durante vários dias foi até a sua porta, solicitando ver a dama, mas a resposta era sempre a mesma: "A senhora se encontra muito ocupada."

Nefermaat avisou que bateria todos os dias à porta até que a dama o recebesse, ainda que levasse anos, e o criado respondeu que faria com que sua ama soubesse disso.

Por fim, em uma manhã, sua insistência foi recompensada. Quando Nefermaat chegou à casa, o mordomo garantiu a ele que naquele dia a senhora o receberia, embora, para isso, fosse preciso esperar até a noite, já que só então ela poderia vê-lo.

Nefermaat se despediu e deu graças aos deuses por fim, embora certamente mal-humorado diante do caprichoso comportamento de Atet. No fundo, ele não o estranhava em nada, ainda que alimentasse a esperança de que a jovem tivesse mudado um pouco nesse sentido. Passou o dia todo particularmente desassossegado, distraído e até esquecido, pois seus pensamentos se encontravam em outro lugar, já que, naquela noite, por fim, poderia ver seu filho.

Por tudo isso, enquanto caminhava sob a luz da lua pelas velhas ruas de Sidon, não pôde evitar que seu coração se enchesse de conjecturas e incertezas diante de uma situação que se mostrava, no mínimo, delicada.

Quando a residência de Atet surgiu, por fim, diante dele, a ansiedade de todos aqueles anos se acumulou tumultuosamente em seu estômago, criando uma sensação desagradável. Para ele, foi um alívio entrar na vila e chegar à enorme varanda da qual podia-se ver o mar. Apoiada em uma das balaustradas, Atet o esperava, e, ao vê-la de novo, Nefermaat esqueceu na mesma hora o seu mal-estar.

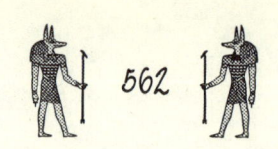

Ao ouvir seus passos, Atet se virou em direção ao jovem e, sorrindo, se aproximou dele.

— És tu, Nefermaat? — perguntou ela, rindo com delicadeza e oferecendo-lhe as mãos.

Ao pegar naquelas mãos, Nefermaat sentiu seu perfume suave, mexendo o nariz imperceptivelmente.

— É *sonter*, o perfume que se tornou célebre em Biblos há milênios — disse Atet, com perspicácia.

— Essência de terebinto — interveio o jovem, apertando as mãos da moça para cumprimentá-la.

— Isso mesmo, apesar de meu perfume ter mais um ingrediente — enfatizou ela, olhando para ele com carinho. — Mas me conta, o que foi feito do Nefermaat que conheci? Vens a visitar-me transformado em um habitante de Retenu [Canaã]. Poderias passar por fenício.

Nefermaat a observou em silêncio, soltando-se suavemente de suas mãos.

— Não posso me esquecer do lugar de onde venho — disse ele, sem embaraço.

— Imagino que estejas de luto — afirmou Atet, oferecendo-lhe uma cadeira para sentar-se. — Pensas em mantê-lo sempre?

— Receio que eu não possa fazer outra coisa.

Atet deu uma risada sedutora.

— Tinha me esquecido de que já não és querido em Kemet. Acredita que estou surpresa em te ver aqui.

Nefermaat cravou os olhos nela, mantendo sua calma habitual. A jovem estava muito mais bonita do que na última vez em que a vira, havia três anos. Agora suas formas eram mais arredondadas, e seu rosto, embora jovem, possuía uma certa maturidade que o deixava ainda mais belo, deixando à mostra a personalidade forte que a dama possuía. Ela usava um elegante vestido, um tanto transparente, que se ajustava ao corpo, permitindo que se pressentisse cada curva por baixo dele. Para Nefermaat, ela estava radiante e a maternidade a tornara ainda mais bela.

— Não acho que estejas a par de minhas relações com Kemet — observou Nefermaat, tombando a cabeça ligeiramente para o lado. — Em todo caso, segui teus passos, exatamente como esperavas.

Atet levantou o rosto, rindo com vontade.

— O Nefermaat que conheci não era tão presunçoso. Não há dúvidas de que a corte do deus te fez mudar. O que te faz pensar que eu desejava que me seguisses?

— Nosso filho...

— Nosso filho? — cortou a jovem, voltando a rir. — O que te faz imaginar que o meu filho também é teu?

— Escuta, Atet — interveio o jovem, perdendo um pouco a compostura. — Passei dois anos seguindo vossos passos pelos lugares mais recônditos. Não penses que vou aceitar participar de teus jogos de sempre.

— Não sei a que jogos te referes.

— Tu puseste o nome de Hemon no menino exatamente como me disseste que farias se algum dia tivesses um filho meu.

— É mesmo? Não me lembro disso. O fato de, há mais de mil anos, um casal com os nossos nomes ter tido um filho chamado Hemon não significa nada.

— Não tentes caçoar de mim, Atet.

A jovem olhou satisfeita para Nefermaat. Ao vê-lo outra vez, depois de tanto tempo, surpreendeu-se com seu novo aspecto, tão diferente do que tivera anos atrás em Bubástis. Tinha que reconhecer que a barba lhe caía bem e que o cabelo, ondulado e comprido, que formava cachos até os ombros, como o dos homens do Egeu, lhe dava um ar extremamente atraente. Parecia outro Nefermaat. No entanto, seus olhos continuavam repletos daquela misteriosa luz que sempre tiveram. O hermetismo dè seu olhar pouco havia mudado e nunca o abandonaria. Para uma egípcia como ela, o significado de tudo aquilo se perdia nas ocultas salas do templo onde o jovem permanecera durante tanto tempo. Atet sabia muito bem que, no fundo daquele olhar, além de certa santidade, havia sofrimento. Lera isso havia anos e voltava a lê-lo agora, com ainda mais clareza. O jovem *ueb* havia suportado os rigores da vida, e isso ficaria gravado na luz de seu olhar para sempre. Tudo isso estimulou Atet intimamente, que sentiu prazer ao vê-lo perder a circunspecção.

— Gosto do nome Hemon — disse ela, enfim, sorrindo. — Esse é o único motivo.

Nefermaat inclinou o corpo para a frente, endurecendo o semblante.

— Não conseguirás me enganar. Tudo coincide. Tivemos relações bem na época que o concebeste.

— Tens ideia dos homens com os quais me deitei durante aquela Festa da Embriaguez? — perguntou Atet, enfatizando cada uma de suas palavras.

O jovem entrefechou os olhos, apertando as mandíbulas.

— Te surpreenderias, querido Nefermaat, ao saber quantos amantes tive. Até eu perdi a conta.

Nefermaat entrelaçou os dedos e fechou os olhos por um instante.

— Sabes? — disse Atet, jogando a cabeça para trás voluptuosamente. — De certo modo, tens razão, pois nem eu mesma sei quem é o pai de Hemon.

Nefermaat voltou a abrir os olhos e suplicou:

— Pelo menos me deixe ver o menino...

— Impossível — cortou a jovem. — Ele está dormindo. Talvez o vejas em outro momento.

— Estou convencido disso — observou Nefermaat, recuperando parte da serenidade. — Ainda que eu leve anos para fazê-lo.

Atet o acariciou com seus belos olhos verdes.

— Isso pouco me importa, mas confesso que, há pouco tempo, decidi averiguar quem é o pai de Hemon, pois, quando o menino crescer, terei que dizer algum nome, se ele me perguntar.

Nefermaat se reclinou com certa languidez, negando com a cabeça.

— Repito que teus jogos não me interessam — disse ele com sarcasmo.

— Não? Não foste da mesma opinião em outros tempos — destacou a jovem, abrindo mais os olhos. — Se queres voltar a pôr os pés nesta casa, terás que participar deles de novo.

— O que estás tramando, Atet?

A jovem deu uma risada suave.

— Sabias que quero cultuar Astarte em seu templo? — perguntou ela com malícia.

Nefermaat olhou para ela, surpreso.

— Isso mesmo. Quero que a deusa me ajude a encontrar o nome que ando procurando. Em troca, me prostituirei por ela.

Nefermaat se levantou, escandalizado.

— Não te incomodes, querido. A prostituição sagrada é uma grande honra para qualquer virgem em Sidon. Sei que, com essa oferenda, Astarte me revelará o que desejo, e, como eu te disse antes, tu deverás participar.

Nefermaat não acreditou no que ouviu.

— Tu te esqueces de que, embora eu tenha perdido meu nome, continuo levando Maat em meu coração — disse o jovem, com uma serenidade surpreendente.

— Maat não fez muito por ti quanto te condenaram — respondeu Atet no mesmo instante. — Mas quem sabe Astarte pode fazê-lo?

Os dois se olharam em silêncio durante uns instantes.

— Um dia me ofereceste teu celibato no templo de Bastet, lembra? — perguntou Atet. — Agora serei eu que me oferecerei a ti no templo de Astarte, e tu deverás me pagar o que quiseres. Oferecerei isso à deusa e seu oráculo me dirá o que quero saber.

— Os caminhos pelos quais discorrem o teu *ba* são obscuros demais para mim — afirmou Nefermaat, negando com a cabeça.

— Se queres ver Hemon, terás que fazer o que digo. Por acaso não te pareço desejável?

O jovem se aproximou da balaustrada, agarrando-se com força.

— Tem algo mais que deves saber, Nefermaat. Uma vez no templo, devo oferecer-me ao primeiro estrangeiro que me solicite, sem poder negar-me a fazê-lo. Deverás estar esperando quando eu chegar. Senão, jamais verás meu filho. Compreendeste?

— Nunca poderei compreender-te — disse Nefermaat, virando-se para ela.

— Se fizeres o que peço, poderás visitar Hemon quantas vezes quiseres.

Nefermaat desviou o olhar para o outro lado.

— Amanhã, ao anoitecer, deverás estar me esperando junto da entrada do templo. Convém ser pontual, pois, se eu não te encontrar lá, me entregarei a outro homem.

O jovem voltou a olhar para ela com fulgor.

— Tua visita me agradou muito, Nefermaat. Agora, se me dás licença, quero descansar.

Exatamente como haviam combinado, ao entardecer Nefermaat compareceu ao templo de Astarte. Depois de pensar o dia todo, decidiu chegar com antecedência suficiente para evitar possíveis contratempos, pois imaginou que o santuário estaria muito cheio, como na realidade aconteceu.

Certamente, aquele encontro parecia mais um degrau no interminável edifício que a injustiça havia construído para ele. Atet o submetia a seus caprichos, sem sequer garantir se, com isso, ele conheceria a verdade sobre sua paternidade. Assim, de novo, os escabrosos caminhos do passado lhe abriam suas portas, convidando-o a percorrê-los, ainda que contra a vontade.

Ponderou por uns instantes enquanto as últimas luzes do entardecer se despediam da cidade. Seu coração não sentia nada por Atet. A essência vital deles era tão diferente que seu antagonismo impossibilitava que os dois mantivessem alguma relação. No entanto, Hemon os unia como um elo impossível de ser evitado e que seria preciso aceitar durante a vida inteira. Nefermaat estava convencido de que o filho era seu e, por isso, decidira desdobrar-se até onde fosse necessário.

As tochas ardiam fazia tempo quando Atet chegou ao santuário. Já era noite, e Nefermaat esperava pacientemente sentado nas velhas escadas enquanto os homens entravam e saíam daquele lugar com satisfação no rosto, depois de terem saciado seus apetites.

Ao passar perto do jovem, olhavam para ele e faziam comentários obscenos ou qualquer gesto atrevido que lhes ocorresse. Pelo que diziam, ele deveria ter pressa ou copularia apenas com as mulheres menos agraciadas.

Quando Atet subiu pela escada que dava acesso à entrada do templo, os homens que vagavam pelos arredores babaram ao ver uma beldade como aquela, apressando-se para segui-la. Todavia, a jovem parou diante de Nefermaat, oferecendo-se aos olhos de todos os presentes, que optaram por esperar por uma oportunidade melhor.

De mãos dadas, os jovens entraram no santuário da deusa. O culto a Astarte era praticado não só em Sidon, onde ela era a divindade principal, mas também na maior parte do mundo conhecido. Astarte tinha um caráter muito variável, já que além de ser adorada como deusa do amor e da fecundidade, podia ser invocada como padroeira dos navegantes, "Astarte do Mar", deusa da caça e até mesmo como divindade guerreira, "Astarte do Combate". No Egito, se tornou a deusa encarregada de proteger o rei nas batalhas, assim como os cavalos e os carros de guerra, sendo associada a Anat.

Sua veneração era, portanto, generalizada, e os ritos eram praticados pelos fiéis com devoção. O da prostituição sagrada era um deles, praticado em muitos dos santuários que a deusa tinha espalhados por todo o litoral mediterrâneo. Na cerimônia, todas as mulheres devotas deveriam ir uma vez na vida ao templo para se deitar com algum estrangeiro. Uma vez no interior do santuário, tomavam assento no recinto sagrado da deusa e esperavam que um estranho as escolhesse para copular. Em troca, ele deveria oferecer a ela algum objeto de valor, fossem joias ou adornos, que elas ofereciam, por sua vez, à deusa. Então, a oferenda adquiria um caráter sagrado.

Nefermaat conhecia muito bem esse tipo de rito, pois não era à toa que algumas sacerdotisas de Bastet em Bubástis o praticavam. No entanto, o que nunca poderia imaginar era que um santuário dedicado a uma deusa pudesse abrigar aquela quantidade de acólitos.

Quando os dois entraram na construção, ficaram impressionados com a quantidade de homens e mulheres que iam e vinham do recinto sagrado à luz das tochas. Depois de atravessar pátios e jardins, chegaram ao santuário e depararam com uma sala grande, cheia de cordéis que delimitavam as passagens por onde os homens deveriam seguir para fazer a escolha. Nas passagens, as mulheres aguardavam sentadas para serem escolhidas e poderem fazer, assim, sua oferenda à deusa.

Nenhuma delas poderia sair do recinto até que tivesse cumprido o rito sagrado. Por isso, às vezes, as menos agraciadas chegavam a permanecer vários anos esperando para praticá-lo.

Atet se sentou em seu lugar e pôs sobre a cabeça uma coroa feita com uma faixa com a qual reclamava o direito a ser escolhida. Nefermaat, bem à sua frente, se apressou em escolhê-la antes que alguém se adiantasse.

— Eu te reclamo em nome da deusa Astarte — disse ele, lançando uma pulseira de lápis-lazúli sobre os seios da jovem.

Ela sorriu para ele com malícia e pegou em sua mão para que os dois se dirigissem a uma das capelas ao lado.

Para Nefermaat, aquela cerimônia significou uma vergonhosa réplica da outra que, anos antes, realizara com a jovem no templo de Bastet. Em nada se pareceram, a não ser pelo frenético ardor que Atet voltou a demonstrar e que o levou, apesar de sua inicial reticência, a uma corrida desenfreada da qual participou desbocado e sem controle, exatamente como a jovem queria.

Entretanto, seu *ka* permaneceu livre, pois diferentemente do que acontecera no passado, sua força vital não foi absorvida por Atet. Apenas o seu corpo se encontrava unido ao dela, já que seu coração estava longe.

Para alguém como Atet, aquilo não passou despercebido. Ela notou no mesmo instante que Nefermaat já não se entregava a ela por completo como antes, e isso a levou a uma exaltação difícil de imaginar. Desde que se casara, havia mais de três anos, não voltara a ter relações com homem algum, com exceção das sórdidas insatisfações com seu finado marido. O corpo são e forte de Nefermaat despertava nela uma onda de desejos tumultuosos que atendiam uníssonos ao chamado da própria natureza. Quando aquele membro ereto se introduziu, ela se encontrava tão molhada que mal pôde conter seus gemidos ao ser levada por uns instintos que eram como um mar furioso, impossíveis de controlar. O prazer transbordou nela, como o Nilo na cheia anual, irrefreável e generoso. No entanto, era só isso: prazer.

A alma daquele jovem já não lhe pertencia e, ainda que ela continuasse a mexer seu corpo sobre o dele, sabia que o *ba* de Nefermaat se encontrava muito longe dali. Aquilo lhe deu uma sensação nova, que ela desconhecia por completo. Era a primeira vez que um homem não se entregava a seus propósitos, a suas paixões mais íntimas. Sempre se submetiam a ela, implorando para serem escravizados por sua vontade, mas agora...

Atet se inclinou sobre o corpo de Nefermaat, ainda ofegante, beijando seus lábios enquanto olhava para ele. Sentiu-se desconcertada, pois ela estava interessada nas almas e aquela já não era sua. Por isso, quando ficou de pé para vestir-se de novo com sua túnica branca, pela primeira vez não soube o que dizer. Então, pegou o bracelete com o qual Nefermaat a havia comprado e foi para perto da estátua da deusa para oferecê-lo a ela.

Nefermaat havia comparecido àquela representação como amante obrigado. Para alguém como ele, para quem o sexo em si não tinha uma finalidade, copular com Atet só havia significado uma fugaz rememoração de uns tempos que já não tinham nada a ver com ele. Na última vez em que fizera amor, as consequências o haviam empurrado em direção a um caminho que acabara o levando à perdição. Depois de tanto tempo, o ato com a jovem provocou nele emoções contrárias. O corpo dela continuava bonito e tão desejável quanto se pudesse sonhar, pois, na verdade, poderia passar pelo de uma deusa.

Nefermaat ainda estava excitado pelas carícias de Atet, e seus pensamentos o levaram longe, muito longe, lá para junto das ribeiras de seu saudoso Nilo. Pensou em Nubjesed e, quando fechou os olhos, imaginou que era com ela com quem se deitava perto dos perfumados arbustos de hena. Fora algo irremediável e, ao acabar, não se sentiu culpado por isso, pois o coração é dono de sua verdade. Portanto, quando Atet se inclinou para beijar seus lábios e olhou para ele, pôde ler o quanto sua alma guardava. Algo desolador para ela, sem dúvida, assim como o é qualquer fracasso que atravesse os nossos propósitos.

Nefermaat se vestiu e se dirigiu até a porta do santuário.

Nos cômodos laterais, os casais entravam e saíam em um fluxo de constante fervor sexual. Gritos, gemidos e um ou outro juramento podiam ser ouvidos ao passar por eles, enquanto no centro da sala enorme as mulheres esperavam pacientemente.

Já fora do santuário, o jovem respirou com satisfação o ar do exterior e olhou para trás com desencanto. Entre as sombras iluminadas, viu Atet se aproximar. Sem dizer uma palavra, os dois desceram as escadas, cercados de grupos de homens e mulheres que chegavam ou partiam. Quando saíram até a rua, uma liteira esperava a jovem.

— A deusa não soube responder minha pergunta — disse Atet, virando-se para ele.

Nefermaat olhou com firmeza nos olhos de Atet, que, em seguida, desviou o olhar, voltando-o para o chão.

— Venha à minha casa quando desejares — acrescentou sem poder esconder sua perturbação.

Então, sentou-se na liteira e, depois de fechar as cortinas, desapareceu.

29

Através das cortinas transparentes, Atet observava enquanto Nefermaat contava histórias ao filho. Como em todas as tardes, o médico se sentava com o pequeno Hemon e lhe falava da terra de seus antepassados, relatando enredos milenares que envolviam deuses e homens, exatamente como haviam feito com ele quando pequeno. Ela escutava emocionada a língua de seu país natal, que nos lábios do menino adquiria uma graça que a enternecia e que fazia com que ela evocasse um passado que acreditava ter esquecido. Atet gostava que o filho falasse a língua de Kemet, embora ela estivesse decidida a nunca mais voltar.

Desde aquela noite no templo de Astarte, sua relação com Nefermaat havia mudado completamente. Depois da ingrata experiência no santuário da deusa, um sentimento de culpa e agonia havia se apoderado dela durante dias, fazendo-a padecer terrivelmente. Pela primeira vez na vida, havia se sentido suja, adquirindo plena consciência de uma parte de si mesma da qual já não gostava. Admitir a existência de fantasmas como aqueles simplesmente a deixou horrorizada, sobretudo pelo fato de ter passado a vida toda convivendo com eles, sem ter se dado conta disso antes.

Havia manipulado Nefermaat da maneira mais caprichosa, exatamente como estava acostumada a fazer com quem desejasse. A parte mais tenebrosa de sua natureza demandava que ela satisfizesse suas inclinações com aquelas práticas. Queria possuir, necessitava possuir a própria essência vital do indivíduo, ainda que para isso tivesse que arrastá-lo até o inferno. Da maneira mais vil, Atet tentara brincar com os sentimentos mais puros que uma pessoa poderia possuir: o amor por um filho. Conseguira que um homem íntegro como Nefermaat se visse pressionado a praticar contra a vontade ritos que ela sabia que eram humilhantes para ele. E tudo para jogar de forma egoísta com a dúvida de sua paternidade.

Ainda escorriam lágrimas de seus olhos quando pensava nisso. Consciente da própria indignidade, mal foi capaz de olhar nos olhos dele quando contou que o menino era seu filho, exatamente como ele imaginava. Ela havia aberto a porta de uma possibilidade ao batizar Hemon com esse nome, e Nefermaat fora em busca dele sem hesitar por um instante sequer.

Depois daquele momento, Atet evitou ser vista pelo médico egípcio. Costumava observá-lo, sempre discretamente, de algum lugar da casa, enquanto Nefermaat brincava com o filho ou ensinava a ele os primeiros símbolos da escrita hieroglífica. Logo descobriu que Hemon sentia adoração pelo pai e que ele ouvia com atenção tudo o que este lhe contava, com os olhos muito abertos. Hemon fazia mil perguntas sobre o misterioso país onde havia nascido com a fascinação típica de um menino de sua idade. Quando, ao chegar a noite, Nefermaat se despedia dele, desejando-lhe bons sonhos, o menino fazia o pai prometer que o visitaria no dia seguinte e que nunca deixaria de fazê-lo.

Então, Nefermaat partia, deixando Atet mergulhada em uma melancolia desoladora contra a qual ela se via incapaz de lutar. E assim, aflita, ela ia descansar.

Os anos passaram, e para Nefermaat a vida se limitou ao trabalho e às tardes que passava junto do filho. Ele era muito querido pelos vizinhos, e sua reputação como médico chegou a ser tal que homens poderosos de cidades distantes suplicavam por sua presença para curar seus males. Contudo, seu lugar era em Sidon, perto de Hemon, de quem já não queria mais se separar.

Um dia, um barco vindo de Mênfis trouxe a notícia de que um novo deus se sentava no trono do Egito.

Depois de seis anos de reinado, Hekamare-Setepen-Amun, Ramsés IV, havia sido chamado à Sala das Duas Verdades para que sua alma fosse pesada diante do tribunal de Osíris. Nefermaat se surpreendeu com a notícia, já que o faraó tinha pouco mais de quarenta anos, mas não conseguiu saber qual havia sido o motivo de sua morte. O que não o surpreendeu, absolutamente, foi o nome de seu sucessor, pois não era outro senão seu filho Amonhirkopshep, que escolheu subir ao trono com o nome de Usi-Maa-Re ou o mesmo que "Poderosa é a justiça de Rá". Ele seria conhecido como Ramsés V, e Nefermaat se lembrou naquele instante dos problemas de saúde de que padecia o novo deus quando príncipe. Naquele tempo, o Egito não era um lugar apropriado para os fracos e, de imediato, lhe augurou um reinado incerto.

À medida que seu filho crescia, sua relação com ele se estreitava ainda mais. Com quase sete anos, Hemon já era capaz de compreender muitas coisas que o pai explicava, a quem ele idolatrava como a um deus. Foi então que o menino começou a perguntar com mais insistência ao pai:

— Por que tens que ir embora toda noite? — indagava sempre, antes de se deitar.

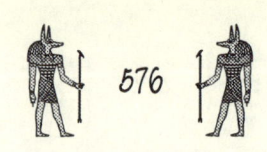

— Preciso dormir em outro lugar para ajudar os enfermos — costumava responder Nefermaat com um nó na garganta.

— Mas o teu lugar é aqui — afirmava o menino, aborrecido. — Fica.

Para Atet, aquilo se tornou um problema, pois Hemon começou a fazer perguntas sobre por que o pai não dormia em casa ou qual era o motivo pelo qual os dois nunca estavam juntos.

— Teu pai precisa se sacrificar pelos outros, compreendes? — dizia Atet, sem muito convencimento.

O pequeno fazia uma cara de desagrado e fazia com que a mãe prometesse que dentro de pouco tempo os três estariam sempre juntos.

Por isso, em uma noite, depois de pôr o filho na cama, Atet pediu a Nefermaat que ficasse mais um pouco e conversou com ele sobre o assunto.

— Cedo ou tarde isso iria acontecer — disse Nefermaat. — Sem os pais, qualquer filho se sente perdido.

— Era sobre isso que eu queria conversar contigo — afirmou Atet.

Nefermaat a observou com seriedade.

— Acho que deverias viver nesta casa, pelo menos durante um tempo, até que Hemon cresça um pouco mais.

Nefermaat negou com a cabeça.

— Meu mundo se encontra longe de tua casa. Só meu filho me prende a ela.

Atet se inclinou para a frente, olhando para ele, suplicante.

— Teu lugar é junto de Hemon. É a partir de agora que ele mais precisará de ti. Por ele, percorreste o Grande Verde. Ele é o teu bem mais precioso.

— Isso mesmo. Por isso não quero que a situação se complique — disse ele, olhando para ela de forma significativa.

— Não complicarei as coisas para ti. A casa é grande. Poderás dormir em outro extremo sem ser incomodado.

— Esqueceste de que muita gente espera por minha ajuda todos os dias. Às vezes, sou acordado no meio da noite por alguém que precisa de mim com urgência.

— Prometo que aqui poderás fazer o mesmo. Minha casa está aberta para quem te solicitar, Nefermaat.

Ele se levantou para partir.

— Faz isso por ele — disse Atet, apontando para o quarto do menino.

O médico olhou fixamente para ela por um momento

— Vou pensar nisso — disse ele enquanto lhe dava as costas.

Então, Nefermaat foi embora.

No dia seguinte, Nefermaat chegou com uma pequena mala onde levava parte de seus poucos pertences. Exatamente como Atet garantira, ele foi instalado em um cômodo tranquilo, onde colocou seus objetos e estendeu sua esteira para dormir. Ali se retirava, depois de pôr o filho na cama, e se levantava na aurora para ir para o consultório. Atet cumpriu com sua palavra e não interferiu em sua vida, comportando-se de forma atenciosa. Os dois passaram mais tempo juntos, na companhia de Hemon, que se sentiu radiante ao vê-los com ele todos os dias.

Assim passaram os meses e, então, anos. Um depois do outro, quase sem sentir. O menino cresceu feliz e, ao chegar à idade de dez anos, se tornou responsável e extremamente esperto, e, em seu rosto, já despontavam alguns dos belos traços que havia herdado da mãe.

Em uma tarde de verão, Nefermaat ensinava ao filho a forma verbal *sdm.f*. O pequeno ouvia com atenção, tentando entender o que o pai queria lhe dizer, quando a este lhe veio à cabeça a época em que a estudou. Lembrou-se da *kap* no palácio de Pi-Ramsés e de como Hesy, o velho e paciente professor, tentava se fazer entender na turma de pequenas pestes que assistia à aula. O príncipe Amonhirkopshep, Paneb, Nubjesed... Seus amigos. Sorriu para si mesmo ao recordar as travessuras de menino e de como o tempo é capaz de fazer desaparecer os valores da amizade desinteressada ao chegar a maturidade. Suspirou satisfeito ao ver Hemon tentando entender o que lhe era explicado com a mesma cara de dúvida que toda a sua turma fez um dia.

Quando o menino se despediu para ir dormir, Nefermaat experimentou uma sensação de bem-estar como nunca antes havia percebido. Sentiu-se contente consigo mesmo, com a vida que levava, com o trabalho, com as esperanças que o filho abrigava. Devia dar graças aos deuses por tudo aquilo, pois, embora o seu caminho tivesse sido difícil de percorrer, no fim este o havia levado a um lugar onde ele se encontrava em paz. Uma paz sustentada pelo cotidiano, que o ajudava a superar as profundas feridas que seu coração abrigava e que pareciam impossíveis de cicatrizar. Aquele anoitecer delicioso o fez compreender que, por mais estranho que o nosso destino pareça às vezes, este pode nos surpreender de forma inesperada.

Nefermaat nunca teria podido desfrutar daquele bem-estar se Renenutet não o tivesse feito sofrer penúrias.

Os criados acenderam as lamparinas da varanda e as luminárias típicas de Alashia penduradas nas paredes. Com todas aquelas luzinhas acesas e a lua saindo no horizonte sobre o mar, Nefermaat se esticou, entregando-se por completo durante alguns instantes.

Em seguida, um barulho de passos o fez voltar de sua abstração e ver que Atet entrava na varanda. Ela se dirigiu a uma das aias, a quem parecia estar dando ordens. Ele a observou de seu lugar com atenção, pensando nela por um momento. Reconheceu que Atet o havia surpreendido, pois durante todos aqueles anos se comportara com uma discrição e amabilidade que em nada fazia lembrar a jovem de anos atrás. Não se sabia de escândalos dela e, durante alguns instantes, ele se perguntou se ela teria tido algum amante, embora isso não lhe dissesse respeito. Ela parecia dedicada ao filho e à administração de seus interesses, e a ele isso lhe pareceu digno de elogios.

Nefermaat fixou os olhos em sua figura, distraída, como ela parecia. Embora ainda jovem, Atet havia se transformado em uma mulher de beleza sugestiva. O exotismo de seu rosto parecia ter se serenado com a chegada da plenitude, reafirmando seus belos traços nos quais ainda se podia ler sua determinação natural. Aqueles olhos verdes, que não poderiam ser mais sedutores, haviam ganhado profundidade com o passar do tempo. A força que dá a aventura da vida quando alguém decide vivê-la, em Atet, fazia com que seu olhar fosse capaz de desarmar qualquer um. Ao vê-la gesticular enquanto falava, Nefermaat percorreu sua figura, reconhecendo a plenitude das formas que ela possuía. Até mesmo alguém tão pouco dado aos excessos carnais como ele era capaz de perceber o poder que aquele corpo encerrava. Tudo em Atet parecia ter justa medida, como se na realidade ela tivesse sido moldada pelo melhor escultor do Egito.

Depois que ela dispensou a criada, seus olhares se encontraram por um momento. Contudo, em seguida, Nefermaat separou seus olhos dos dela, dissimulando que estivesse observando-a. Ela se aproximou, sorrindo.

— Vale a pena viver aqui só para desfrutar de tudo isso — disse ela, apontando para o mar, cujas águas se encontravam sob uma lua esplendorosa.

Nefermaat concordou e notou no mesmo instante o perfume de terebinto que ela sempre usava. A fragrância era tão poderosa e sensual que tinha a capacidade de fazer com que ele se entregasse aos seus sentidos.

— Estou feliz que estejas conosco. Todas as noites, dou graças a Bastet por ter permitido que nos encontraste.

— Tu me deixaste a mensagem — respondeu ele, olhando nos olhos dela. — Sabias que algum dia Anon me contaria.

Atet sorriu para ele de novo.

— Jamais pensei que eu fosse capaz de viver assim: com um filho e um homem que, de certo modo, me é alheio. No entanto, devo reconhecer que tua presença me enche de serenidade.

— Tua serenidade vem de ti — disse Nefermaat com suavidade. — Mudaste de caminho, e este é melhor para a tua alma.

— Vindas de ti, essas palavras são um afago — exclamou ela, rindo como de costume. — Vem, acompanha-me até a balaustrada — convidou ela, estendendo-lhe a mão.

Nefermaat a pegou, levantando com certa reticência, mas o toque suave daquela pele fez com que ele se deixasse levar.

Juntos, observaram a baía por um instante e o imenso mar que se perdia no horizonte. Então, sem soltar a mão de Nefermaat, Atet se virou para ele, acariciando-o com seu olhar.

Nefermaat ficou de frente para ela, sentindo como seu poder o avassalava. A fragrância que emanava daquele corpo criava uma atmosfera sutil que convidava a perder os sentidos, aumentando a vontade veladamente. Era como se o coração cavalgasse sobre eflúvios divinos, incorpóreos, mas ao mesmo tempo dotados de um poder que parecia sobrenatural.

Ela falou com o olhar sem desgrudar dos lábios, e Nefermaat foi perfeitamente capaz de entender tudo que dizia:

"Tu és o pai de meu filho, meu homem, o único por quem senti respeito, dono de valores que me superam e que eu não soube ver. Há anos me desespero, desejando conquistar o teu amor. À noite, minha cama te espera em vão, pois sei que não te mereço. No entanto, sonho com o dia em que venhas a mim de novo e constates que pouco resta em mim da jovem que em um tempo te fez sofrer."

Nefermaat se viu atravessado por aqueles olhos suplicantes que falavam do lugar mais fundo do coração e sentiu como, outra vez, fraquejava diante dela. Atet era pura magia com forma corpórea, uma tentação para qualquer homem que tivesse alma, ainda que estivesse condenada, à qual parecia impossível não se entregar. Naquele momento, não era a sua beleza ímpar que o perseguia junto da balaustrada, mas sim uma força interior envolvente que o surpreendeu por completo e que era ainda mais irresistível. Então, Nefermaat voltou a sentir-se perdido.

Mais uma vez, a história se repetia. De novo, sua vontade se quebrava em pedaços diante de uma personalidade que o superava e que se lançava, ameaçadora, fazendo-o recordar antigos infortúnios. Seu coração o advertiu disso, exigindo que ele saísse dali imediatamente, maldizendo a hora em que ele aceitou ficar naquela casa, mas seus pés não se moveram. Incapaz de dar um passo sequer, Nefermaat viu como Atet se aproximava, levantando ligeiramente o queixo até que seus rostos mal estivessem separados. Sua essência o embriagava de tal maneira que parecia envolvê-lo com laços invisíveis que iam muito além de qualquer entendimento.

O ar que separava seus lábios se transformou, então, em uma barreira que lhe era insuportável. Volátil, mas ao mesmo tempo desafiante, permitia que seus olhos falassem com desespero enquanto seus corpos mal se mexiam, até que, sem saber como, em um segundo se quebrou em vários pedaços.

Suas bocas se uniram frenéticas com um ímpeto surpreendente que evidenciava o quanto os dois estavam necessitados de carinho. Suas forças vitais voltavam a se encontrar depois de tantos anos em um beijo longo e apaixonado como não lembravam-se de já terem experimentado. Ao separarem seus lábios, olharam-se com ternura, e ela sorriu para ele. Então, de mãos dadas, desapareceram dentro da casa.

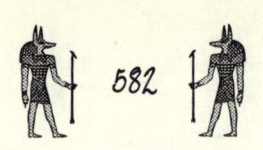

Naquela noite, se amaram até perderem as forças. Pela primeira vez na vida, Atet abria seu coração, dando vazão a emoções que ela mesma ignorava que existissem. Já não eram os caminhos tortuosos pelos quais estava acostumada a transitar os que se ofereciam, mas sim outros bem distintos, cheios de amor e ternura. Por fim, ela se entregava a um homem, abarrotando seu corpo até a alma de uma felicidade que não se comparava a nenhuma experiência anterior. Seus lábios falaram de amor, uma palavra em que seu coração nunca havia pensado, e seus olhos se umedeceram quando ambos os corpos se tornaram um só, transbordando finalmente enquanto chorava sobre o homem que amava. Lágrimas que pareciam libertá-la finalmente dos braços da escuridão, redimindo-a por completo.

Quando, ainda sem se separarem, os dois caíram rendidos em um sono profundo, a lua lhes deu boa-noite, preenchendo com seu pálido reflexo o cômodo onde os amantes dormiam. Aah,* "o Senhor do Céu", "o Fazedor de Eternidade", estava satisfeito.

Pela primeira vez, Nefermaat levava a vida de um pai de família. Sua relação com Atet era boa, e o próprio jovem se dava conta de que os sentimentos dela para com ele eram autênticos. No entanto, suas sombras sinistras ainda continuavam a prendê-lo ao passado, impedindo que seu coração pudesse compartilhar do amor de Atet.

---

* Deus que representava a lua como satélite. Costumava ser identificado com Konsu e Thot.

Em uma noite, quando estava deitado na cama junto de Atet, ela se encolheu entre seus braços e começou a fazer distraídos desenhos sobre seu peito. Ao longe, se escutava o anúncio da tormenta.

Nefermaat já estava com um comportamento estranho havia vários dias. Parecia especialmente taciturno e respondia de forma sucinta a qualquer pergunta que fizessem a ele. Atet pensou que talvez ele estivesse com algum problema, mas preferiu não afligi-lo com perguntas que, provavelmente, ele não iria querer responder. Agora, enquanto acariciava sua pele com delicadeza, teve o pressentimento de que sombras ameaçadoras pairavam sobre o ânimo de Nefermaat.

Ela apertou um pouco mais seu corpo junto do dele, beijando-o na face, e disse em seu ouvido o quanto o amava. Então, o incentivou a contar o que estava acontecendo.

— Não é nada importante — respondeu ele, sem se alterar.

— Por acaso estás arrependido de ter voltado comigo?

Nefermaat se virou para ela por um instante.

— Como podes pensar isso?

Então, deitando-se de novo de barriga para cima, suspirou, lamentando-se. Ao longe, um trovão avisou que a tormenta se aproximava.

— Há alguns dias, recebi uma notícia que me encheu de inquietação — disse Nefermaat por fim.

Ela ergueu o corpo um pouco.

— E que notícia é essa?

— De novo, há outro deus no trono do Egito — disse ele, em um tom sério.

— Outro faraó? Eu não havia me inteirado — disse Atet, surpresa.

— Em todo caso, não sei por que te preocupas com isso. Vivendo aqui, para nós, dá no mesmo quem governa nosso país.

— Para mim, as coisas não são tão simples. O novo faraó é o príncipe Amonhirkopshep, um dos filhos de Ramsés III, de quem tratei pessoalmente.

— Conheces o novo Senhor das Duas Terras? — perguntou Atet, interessada.

— Desde criança. Quando éramos pequenos, o chamávamos de príncipe Amon. Já sabes, pela complicação que tem seu nome. Ele sempre demonstrou um grande afeto por mim.

Ela olhou para ele com atenção.

— Como médico da corte, tive uma boa relação com o príncipe, e até tratei uma fratura que ele sofreu no braço.

Atet levantou as sobrancelhas, surpresa.

— Ele caiu do carro. O príncipe gostava muito de cavalos. Sinto por ele um sincero agradecimento, pois foi o único que intercedeu por mim para evitar minha morte. De certo modo, é graças a ele que hoje estamos juntos.

Atet se apoiou sobre um cotovelo, intrigada.

— Nunca falamos disso — disse ela, olhando fixamente para ele —, mas eu gostaria de saber tudo que te aconteceu. Teu coração está repleto de aflições e nunca conhecerá o descanso até que o alivies. Se confias em mim, eu gostaria que me contasses.

Nefermaat pôs ambas as mãos sob a nuca enquanto as primeiras gotas de chuva caíam na varanda. Então, contou a Atet sua história desventurada.

Atet ouviu atônita enquanto Nefermaat falava de sua relação com a princesa e de como foi usado como parte de uma intriga, cuja existência ele ignorava. Quando contou sobre o julgamento e da pena a que foi condenado, Atet sentiu-se fascinada.

— Tiraram teu nome! — exclamou ela, horrorizada.

— Eles me tiraram muito mais do que isso — comentou Nefermaat, aflito.

Então, contou a ela o resto da história: a passagem pela "montanha de ouro", sua vida e a azarada busca pelo filho. Quando terminou, ela olhava para ele, boquiaberta.

— Agora compreendes a minha ansiedade? — perguntou Nefermaat.

— Desejas voltar ao Egito — declarou ela, muito séria.

— Tenho que voltar! Não compreendes? O novo deus decretou minha anistia ao subir ao trono. Devo vê-lo o quanto antes. Ele pode me devolver meu nome.

Atet se ergueu totalmente para vê-lo melhor.

— Também queres voltar por ela, não é?

Nefermaat olhou para a jovem, angustiado.

— Nubjésed não quis me ouvir, nunca me perdoou. Já passou tanto tempo que a lembrança dela não passa de um sonho.

— Nisso te enganas, Nefermaat. É muito mais do que isso, é um pesadelo.

— Todos nós temos velhos fantasmas que nos afligem. Às vezes, não podemos nos libertar deles e só nos resta aprender a suportá-los da melhor forma possível.

— Tuas sombras são muito diferentes — interveio Atet, um tanto alterada. — Essa mulher é a dona de teu coração.

— Meu coração está atormentado, mas ignoro quem seja seu dono — protestou Nefermaat, que não havia gostado nada do tom de Atet. — Nem mesmo eu sei separar a ilusão da realidade.

Atet se levantou, irritada.

— Abandonarás teu filho de novo para saber o que foi feito dela! — exclamou, agora furiosa.

— Fui educado em nossa terra de acordo com as mais antigas tradições, Atet. Sabes muito bem o que significa ser despojado de sua identidade. Nosso próprio filho sofreria um dia por isso. O novo faraó sabe que sou inocente e me restituirá.

Atet pôs as mãos no rosto.

— Voltarão a te prender — disse ela com desespero.

Nefermaat negou com a cabeça.

— Hei de regressar. Lá estão todas as respostas.

— Faz isso ao menos por teu filho! Não vás! — exclamou Atet, fechando os punhos com raiva.

— É por ele que farei isso. Devo aliviar minha alma de uma vez por todas.

Atet se vestiu com um xale, sem poder esconder seu despeito.

— Espero que limpes tuas misérias — disse ela com dureza. — Se não for assim, nunca regresses.

Em seguida, saiu do quarto, furiosa.

Lá fora chovia torrencialmente.

Poucos dias depois, Nefermaat embarcou em um navio mercante de Tabnit que se dirigia a Mênfis com um carregamento diversificado.

Até aquele momento, Atet havia evitado sua presença e Nefermaat pôde se despedir apenas do filho, que se agarrou a suas pernas, pedindo que ele ficasse.

— Voltarei logo — afirmou ele, acariciando o cabelo do menino. — Comporta-te bem e obedece a tua mãe em tudo que ela disser.

Então, Nefermaat deixou a casa e, na manhã seguinte, dirigiu-se ao porto egípcio da cidade para tomar o barco.

O capitão, um homem de meia-idade, rechonchudo e com a cara curtida, o esperava com impaciência, pois queria aproveitar a maré para sair pelo mar o quanto antes. Deu-lhe calorosas boas-vindas, já que Tabnit havia advertido para que o passageiro fosse tratado como um príncipe. Assaf, que era como se chamava o capitão, lhe garantiu que a viagem seria agradável e lhe ofereceu a melhor cabine de que dispunha.

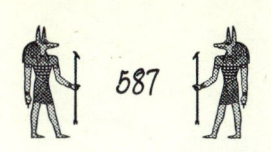

Naquela manhã, o porto de Sidon fervia de atividades e, no dique onde o barco se encontrava atracado, um farto grupo de pessoas se amontoava para oferecer suas últimas mercadorias antes de iniciar a viagem ou simplesmente para se despedir.

No cais, os marinheiros abraçavam os familiares, prometendo-lhes que regressariam sãos e salvos. Haviam feito oferendas à Astarte do Mar, e a deusa os protegeria.

Nefermaat olhou com ansiedade, procurando Atet e Hemon em meio à confusão, mas não os viu. Ela havia se despedido dele naquela noite no quarto, e Nefermaat não estranhou o fato de não tê-la visto.

A embarcação soltou as amarras, separando-se do dique com um som queixoso enquanto os tripulantes cuidavam da manobra.

Lentamente, o barco se afastou do cais e, em pouco tempo, começou a deslizar suavemente pelas águas tranquilas do porto.

Nefermaat olhou mais uma vez em direção à multidão, procurando inconscientemente entre aquela gente. Seu coração lhe deu um sobressalto quando ele viu duas figuras correrem com pressa e abrirem caminho entre os presentes. No mesmo instante, pegaram uns lenços e começaram a agitá-los freneticamente. Nefermaat os reconheceu de imediato e respondeu com grande emoção, agitando os braços com ímpeto.

O porto foi se distanciando e quando a embarcação atingiu, por fim, o mar aberto, Nefermaat observou que aquelas duas figuras ainda permaneciam no cais, despedindo-se dele com seus lenços. Eram Atet e Hemon que lhe desejavam uma boa viagem.

30

Nefermaat fechava os olhos com prazer enquanto desfrutava das essências do Egito. Os cheiros, as cores e até mesmo os sabores do almoço frugal que tivera o convidavam a se entregar com a satisfação própria de quem se sente em casa. Depois de tanto tempo, seus sentidos se fartavam de tudo que sua terra amada lhe oferecia, aproveitando até mesmo cada brisa do ar que respirava. Ele o via como o elixir mais precioso, impregnado de milênios de grandeza. Dez anos distante do País da Terra Negra não eram nada se comparados aos dois mil que aquele vale já passava abrigando seu povo e, no entanto, Nefermaat tinha a sensação de ter passado séculos longe de sua terra. Agora que, enfim, havia regressado, queria voltar a embriagar-se com a essência inigualável que ele podia captar em cada canto daquela terra e que o enchia de emoção.

Depois de navegar pelo Grande Verde, a embarcação fenícia chegou a Peru-Nefer, o porto de Mênfis, sem novidade alguma. Ali Nefermaat pegou um pequeno barco fluvial que se dirigia a Tebas, no qual se acomodou o melhor que pôde, junto com vários outros passageiros. Agora que se encontrava de novo em sua terra amada, decidiu sair do luto em que estivera por ela durante todos aqueles anos e depilou o corpo inteiro. Ao fazê-lo, sentiu-se purificado de novo, animando-se a vestir as roupas que outrora costumava usar. Uma túnica de linho imaculado, sandálias brancas de palma e a pequena imagem de Sekhmet pendurada no pescoço.

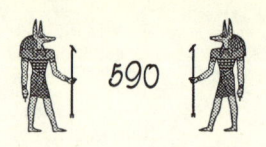

Era verão e a estação de Akhet se encontrava em seu apogeu. O Nilo baixava turvo, como de costume naquela época, carregado de generosidade. Nefermaat se lembrou de que na vez anterior que navegou rio acima também foi no período da inundação, como se Hapi, o deus e senhor daquelas águas, quisesse dar-lhe sua bênção, assegurando-lhe que ele sempre disporia de abundância. Penou em Iroy, que o acompanhou durante aquela travessia, e também no que o esperava na cidade do deus Amon, sentindo-se, por isso, vagamente esperançoso, ainda que lhe parecesse incerto.

Quando chegou a Tebas, a cidade estava em celebração. Era a primeira semana de Hathor, o terceiro mês da inundação, e nela se iniciava a mais importante festividade do ano: a Bela Festa de Opet.

Sem querer, Nefermaat desembarcara no porto de Tebas no dia que se iniciavam as celebrações, e a cidade o recebeu engalanada, como costumava vestir-se para a ocasião.

Como também ocorria com motivo da Bela Festa do Vale, a segunda em importância da cidade, a Bela Festa de Opet começava com a visita do faraó ao templo de Karnak, *Ipet-Sut*, "a mais venerada das praças",* antes que o sol saísse. A essa hora, ele prestava homenagem ao deus Amon, depois de ser purificado em quatro ocasiões com água benta.

---

* É o que significa *Ipet-Sut*, que nós chamamos de Karnak.

Celebrando os mesmos ritos praticados durante a Bela Festa do Vale, o cortejo divino saía do templo para embarcar o navio sagrado do deus Amon em sua embarcação fluvial, *Userhat*. Sua celestial esposa, Mut, e seu filho, Konsu, se juntavam a ele, vindos dos templos anexos, embarcando, por sua vez, em seus respectivos navios para acompanhar o Oculto rio acima, até o templo de Luxor, *Ipet-Reset*, o "castelo do sul".*

Uma frota espetacular, chefiada pela embarcação real, acompanhava a tríade divina até o embarcadouro do templo. Durante o trajeto, a música e a alegria se apoderavam do ar de *Waset*, "o cetro", a cidade santa de Amon.

Nefermaat se apressou a fim de encontrar um bom lugar para poder ver a cerimônia. Para isso, se dirigiu ao templo de Luxor e passou pela porta ocidental, a que dava para o Nilo, que era por onde entraria a comitiva solene. O povo ingressaria ao santuário pela entrada oriental e permaneceria em uma esplanada, de onde veria o cortejo entrar. Ao ser visto com as vestes sacerdotais, Nefermaat teve livre acesso e se posicionou perto das grandes colunas que davam para o pátio que um dia Amenhotep III mandara construir. Dali, ele poderia observar a procissão discretamente.

Soaram as trombetas que avisavam da chegada dos poderes do Egito, e o primeiro pátio, abarrotado pela multidão, se transformou em um clamor.

Nefermaat sentiu uma grande emoção ao ver o faraó entrar à frente da comitiva, precedendo o resto de sacerdotes e as barcas sagradas. Os altares e quiosques que preenchiam o percurso da margem do rio até o interior do templo se encontravam abarrotados de oferendas e alimentos, como nunca antes se havia visto, enquanto o povo gritava

---

* Assim o chamavam os antigos egípcios.

fervoroso diante de tanta magnificência, observando a chegada do deus.

Nefermaat teve que reconhecer que o novo faraó reluzia, magnífico. Neb Maat Re-Meri Amun, o "Senhor da Justiça é Rá, amado de Amon", nome com o qual Ramsés VI havia sido coroado, avançava esplêndido, derramando sua majestade por toda parte como autêntica reencarnação de Hórus. Passou não muito longe de onde o médico se encontrava e este pôde ver seu rosto com clareza. O deus mantinha o bom aspecto de sempre, e seus olhos brilhavam com fulgor característico, não parando de mexer de um lado para o outro, sem perder um detalhe sequer de tudo que acontecia.

Por um momento, seus olhares se cruzaram, e Nefermaat teve a sensação de que Ramsés o havia visto. No entanto, seus passos solenes o levaram até a grande sala hipóstila, que o engoliu, fazendo com que ele desaparecesse do campo de visão do jovem.

Nefermaat permaneceu absorto por um instante, pensando no fugaz encontro de seus olhares, mas o resto da comitiva avançava atrás dos passos do Senhor das Duas Terras, e o médico saiu de suas reflexões para concentrar-se nela.

Agora era o Primeiro Profeta de Amon quem passava à frente da procissão, e Nefermaat reconheceu nele a figura de Ramesenajt, o homem que uma vez viu na companhia do faraó atual nos jardins do palácio enquanto tratava seu braço fraturado. Aparentemente, Ramesenajt havia substituído o irmão, Usimarenajt, o que não surpreendeu o jovem em nada.

Depois do Sumo Sacerdote, vinha o resto do alto clero. O Segundo, Terceiro e Quarto Profetas caminhavam pomposamente, sabedores do enorme poder que detinham.

Nefermaat os examinou por um momento, pensativo, mas em seguida reparou na figura que, mais atrás, os seguia. Ao vê-la, Nefermaat não pôde dissimular sua surpresa: era seu meio-irmão.

Kenamun desfilava, exibindo todos os atributos de sua posição privilegiada. Além de Inspetor-chefe dos Escribas dos Domínios de Amon, levava os distintivos que o reconheciam como Chefe da Mesa de Oferendas e de Mãos Puras, o que lhe dava a função de oficiante em alguns rituais. Nefermaat ficou atônito, pois apenas os quatro Profetas e os Pais do deus, *iti-neter*, ostentavam mais poder do que ele dentro de Karnak. Seu sonho de fazer parte do alto clero de Amon havia se realizado.

No entanto, seu aspecto não era tão atraente. Havia engordado demais, exibindo uma barriga proeminente que caía frouxa sobre a cintura e um rosto que parecia prematuramente envelhecido. Seu semblante era tão desagradável quanto o de costume.

Passou perto dele, olhando para a frente, perdido em sabe-se lá que pensamentos. Ao vê-lo tão próximo, Nefermaat experimentou uma sensação desagradável no estômago. Velhos pressentimentos que ele nunca quis levar em conta apareceram subitamente com mais insistência do que nunca.

Todavia, a comitiva foi em frente, e Kenamun desapareceu em meio às grandes colunas, seguindo os sacerdotes e a barca sagrada de Amon. Atrás dele, o clero de Mut e o de Konsu marcaram presença com suas respectivas embarcações sagradas, em meio a cânticos e louvores. A família do Oculto chegava junta ao interior do templo para encerrar o rito do renascimento divino: a festa do jubileu real.

Concluíam o majestoso séquito os altos funcionários e os notáveis, com impecáveis vestimentas plissadas e perucas trançadas, assim como representantes de outros cleros com seus sumos sacerdotes à frente.

Eles também queriam se unir a tão solene festividade, reforçando a importância que a celebração dos sagrados mistérios tinha para todo o Egito.

Nefermaat estranhou o fato de não ter distinguido seu pai entre eles. O Mordomo Real era uma figura de primeira ordem, e não vê-lo ali o fez ter os presságios mais sombrios.

Pela segunda vez naquela manhã, Nefermaat voltou a se surpreender quando reconheceu Paneb em meio àquela cerimônia. Ele caminhava tão digno quanto se podia supor, pois seu cargo elevado assim exigia. O que um dia foi seu amigo havia se tornado o Primeiro Profeta de Montu, exatamente como ele havia predito várias vezes que ocorreria. Ele devia suceder o pai em seu cargo e assim fora. O finado Turo havia assegurado a continuidade de sua estirpe à frente do clero do deus guerreiro tebano.

Como os que o precediam, Paneb também se perdeu por entre as grandes colunas, em direção ao Pátio de Amenhotep III. Dali, veria como as barcas sagradas da tríade tebana eram introduzidas nas capelas, depois de atravessar o átrio hipóstilo. Então, começaria um complexo ritual no qual o faraó e o deus Amon se uniriam misticamente, onde o primeiro alcançaria o reconhecimento divino. Assim, o faraó era regenerado e confirmado como o verdadeiro rei do Egito, garantindo a prosperidade a seus vassalos durante o ano seguinte. Amon, seu pai divino, legitimava, desta forma, o seu poder.*

Para o resto do povo, a cerimônia acabava ali. Hipnotizada diante de tanta magnificência, a multidão deixava o pátio no qual se encontrava

---

* Pelo menos durante o primeiro ano de reinado, os faraós deviam participar pessoalmente dessa celebração, visto que, com ela, confirmavam sua natureza divina ao serem reconhecidos como filhos de Amon.

para sair do templo e continuar celebrando a festividade durante os vinte e quatro dias seguintes.* A abundância percorreria as ruas de *Waset*, pois o faraó havia garantido prosperidade ao longo do ano todo.

Nefermaat se uniu ao povo e saiu do templo, tomado por confusas divagações. Apenas poucos minutos antes, havia presenciado o início da festa tebana por antonomásia, sendo testemunha da imutabilidade dos tempos. Tudo havia evoluído conforme o esperado, como vinha acontecendo havia séculos. O rito permanecia imutável, e os protagonistas, de certa forma, também. Como personagens diretamente envolvidos na pompa, encontravam-se muitos dos que haviam compartilhado com ele os antigos ensinamentos na *kap*. Os que um dia foram crianças haviam crescido e agora substituíam os poderes que, de um jeito ou de outro, governavam o país de Kemet. A história era sempre a mesma. Os homens se renovavam para continuar mantendo a mesma política de sempre. As dinastias familiares tentavam perpetuar-se no poder para manter seus benefícios durante gerações. Para isso, se preparavam desde a infância, defendendo suas parcelas privilegiadas a qualquer custo. Os Meribast, os Bakenjons, Paneb e até mesmo seu meio-irmão eram uma prova disso. Eles garantiam o futuro de sua linhagem e seus filhos já estavam nas escolas, aprendendo juntos como dar continuidade àquela política até o fim dos tempos, se possível.

Enquanto se sentava à sombra, à margem do Nilo, Nefermaat compreendeu o quanto se encontrava distante de tais expectativas. Era uma pequena ilha em um mar de ambições, colocado erroneamente

---

* A duração dessa festa foi aumentando ao longo dos anos. Nos tempos de Hatshepsut, durava 11 dias; com Ramsés II, 15; e durante a XX Dinastia, 24. Posteriormente, chegou a durar 27 dias.

por Khnum,* o oleiro, quando sua mãe lhe deu à luz. Pouco ou nada tinha a ver com seus antigos companheiros de colégio e, no entanto, estava convencido de que amava sua terra tanto quanto eles ou mais. Então, sentiu-se estranho, como se o Egito no qual acreditava tivesse morrido havia muitos anos. O tempo dos grandes faraós ficava para trás, muito longe, entre as brumas milenares da própria civilização.

Quando Rá-Horakhty se elevava, poderoso, sobre o céu azul tebano, Nefermaat deixou a margem do rio e se misturou outra vez com a multidão que abarrotava ruas e praças, jubiloso, em meio a cânticos e danças. Em qualquer esquina era possível escutar o rufar dos tambores que os núbios tocavam com a mestria de sempre. Ritmos vindos das profundezas do continente, que belas bailarinas acompanhavam com suas danças, enquanto faziam soar sistros e crótalos. Comida e bebida em abundância, cercadas pelo maior dos espíritos festivos e de uma alegria que transbordava. Glória a ti, Amon, rei dos deuses! Tu és o verdadeiro poder sobre a Terra!

Ao dobrar uma esquina, alguém pegou em seu braço. Nefermaat se virou depressa e seu rosto não pôde reprimir uma expressão de satisfação.

— Sesóstris! — exclamou ele, agitado.

— Exatamente como imaginei, deste um bom fim à tua jornada — respondeu o núbio, sorrindo.

— Que surpresa! Mas me diz, como é possível...?

— Como tu, eu também honro os deuses e festejo a glória do faraó.

---

* Khnum, deus criador que, com seu torno de oleiro, moldava os homens para depois introduzi-los no claustro materno através do sêmen.

— Eu te imaginava longe, escondido entre as areias do inóspito deserto às quais tens o dom de dominar. Vejo que tua cabeça ainda se encontra sobre os ombros.

— E mais dura do que nunca — disse ele, batendo na cabeça com os dedos. — Como são as dos homens do longínquo sul.

Nefermaat sorriu para ele, assentindo, visivelmente emocionado.

— Mas deixa-me te ver — falou ele, olhando para o núbio de cima a baixo. — Antes eras um réu, agora te tornaste o chefe dos *medjay*.

— Graças à infinita misericórdia do faraó — acrescentou ele com seriedade. — Como te disse, meu osso que trepanaste me deu sorte. Agora sou o chefe da polícia.

— Quanta alegria! — exclamou o médico. — Mas me conta, como é possível que...?

— O deus quer te ver — interrompeu o núbio, mudando de assunto. — Faz tempo que ele te espera.

O sol da tarde criava sombras cada vez mais largas nos pátios de Medinet Habu. Enquanto os atravessava, Nefermaat evocava uma série de lembranças que o transportavam até um passado que lhe era estranhamente distante. Os corredores compridos, as salas espaçosas, os belos jardins. Tudo permanecia exatamente como ele se lembrava, como se, na realidade, o tempo não tivesse passado.

Acompanhado por Sesóstris, caminhou pelos corredores do palácio de Ramsés rumo às dependências reais, com o ânimo inquieto e um crescente desassossego que parecia aumentar a cada passo que dava. Não se sentia bem entre aquelas paredes — testemunhas mudas de insídias e traições que haviam marcado sua vida para sempre, sem a menor remissão.

Seus pés pareciam pesar mais do que o de costume, e seus pensamentos se voltavam para a memória de seu pai. Pelo que Sesóstris havia lhe contado, o nobre Hori falecera já havia alguns anos, e a viúva, Mutenuia, fora viver com seu meio-irmão. Nefermaat confirmou, então, seus temores, sentindo verdadeira tristeza ao receber tais notícias, embora, para ele, o pai já estivesse morto havia muito mais tempo. O tribunal de Osíris ouvira suas tribulações e ele só desejava que os deuses tivessem sido indulgentes com seus atos para que sua alma não tivesse acabado finalmente em poder dela, a Devoradora.

Por fim, as galerias acabaram e os dois chegaram às dependências do deus. Um mordomo os acompanhou até uma das salas e os convidou para entrar. Lá dentro, Ramsés VI aguardava.

Nefermaat viu que o deus permanecia com ambas as mãos para trás, enquanto olhava através das cortinas que davam para um jardim. Ao ouvir os passos sobre o piso, se virou depressa, dando um de seus sorrisos de sempre.

— Sekhmet foi favorável a ti, exatamente como esperavas — disse ele ao se aproximar com uma taça na mão.

Nefermaat se ajoelhou diante dele, implorando perdão por suas culpas.

— Aqui os protocolos não são necessários — avisou ele enquanto fazia um sinal para que Sesóstris os deixasse a sós. — Prefiro que te sentes.

Nefermaat se sentou onde o deus indicou, enquanto este fazia o mesmo em uma poltrona, acomodando-se de frente para ele.

— Glória ao país de Kemet! — exclamou o faraó, erguendo a taça com uma de suas características caras gozadoras. — Tudo que acontece em nossa terra ainda repercute no exterior. Mesmo onde estavas, a notícia de minha subida ao trono chegou a ti.

— Isso mesmo, meu senhor. A notícia chegou até Sidon. Foi lá que fiquei sabendo.

— Sidon. Está bem. Sekhmet te levou para longe para te manter a salvo da justiça do faraó, não é? Ao menos é um lugar onde nossos velhos interesses criaram raízes. Há egípcios que vivem lá.

Nefermaat assentiu.

— Os barcos levam regularmente à cidade notícias procedentes de nossa terra, meu senhor. Graças a eles, eu soube que um novo deus se erguia no Egito. Quando me inteirei de que se tratava de ti, senti uma imensa alegria.

O faraó pareceu satisfeito por aquelas palavras.

— Brindemos a isso! — exclamou ele, levantando a taça. — Ou por acaso continuas abstêmio?

— Receio que eu não tenha solução — respondeu o médico, assentindo.

— Não importa. Eu beberei por ti — disse o deus, tomando o conteúdo em um gole só. — Sabes? — continuou, estalando a língua com deleite. — Enfim, estou no meu lugar, ainda que para isso eu tenha tido que esperar durante dez anos.

Nefermaat permaneceu em silêncio.

— Suponho que já estejas inteirado da morte de teu pai — disse ele, enquanto se servia de mais vinho. — Aparentemente, um dia, ele amanheceu sem vida em seu leito, sem sinais que evidenciassem violência. Os magos garantiram que o sopro da morte penetrou por seu ouvido esquerdo enquanto dormia. Não posso te dar muitos detalhes porque me encontrava longe, em Pi-Ramsés.

Nefermaat voltou a assentir em silêncio.

— Tua madrasta foi viver com Kenamun — confirmou o rei, enquanto olhava para ele por cima da taça. — Sua alma se sentirá em casa — continuou ele, mordaz.

Em seguida, deixou a taça sobre uma pequena mesa e observou o médico com complacência.

— Apesar de tuas desventuras, tens um bom aspecto, e isso me alegra. Sempre tive simpatia por ti. É certo que meu braço nunca mais voltou a doer — disse ele, mostrando-o com orgulho.

O *sunu* continuou prudentemente calado.

— Já faz um tempo que eu te espero — prosseguiu o faraó, depois de tomar um pequeno gole do vinho. — Eu sabia que virias invocar minha graça.

— Ninguém melhor que Vossa Majestade sabe de minha inocência — disse Nefermaat com um olhar suplicante.

— Reitero que os formalismos não são necessários — afirmou Ramsés erguendo uma das mãos —, embora eu não seja mais o príncipe Amon.

— Nunca levantei minha mão contra o deus! — exclamou Nefermaat com veemência. — Nem nunca pensei em fazê-lo.

— O príncipe Amonhirkopshep sabia de tudo isso, mas acontece que agora ele não existe mais, pois mudou seu nome para Neb Maat Re-Meri Amun, transformando-se em deus. Compreendes?

Nefermaat olhou para ele, perplexo.

— Os interesses do Egito estão acima dos interesses dos homens — prosseguiu o faraó —, e como Hórus vivente hei de velar por eles.

— Nunca fui contra os interesses de minha terra — apressou-se em dizer Nefermaat.

— É mesmo?

Nefermaat ficou estupefato.

— Não me olhes assim — disse o deus, espantado. — Se aceitei receber-te é porque, de certo modo, tenho uma dívida para contigo.

O médico não deixava de se sentir assombrado.

— Voltaste ao Egito não só em busca de meu perdão, mas também de respostas — continuou o rei. — O fato de Kemet ter se esquecido de seu nome não é a única coisa que te preocupa. O pior é não saber o porquê.

— Por acaso sabes o motivo? — perguntou o *sunu*, levantando uma de suas sobrancelhas.

O faraó riu baixo.

— A maioria dos homens passa pela história sem chegar a fazer parte dela — disse ele. — Em pouco tempo, seus nomes são esquecidos, como se nunca tivessem existido. Outros fazem parte dela e, sem querer e até mesmo sem saber, tornam possível que apenas poucos de nós alcancem a glória.

Agora foi Nefermaat quem riu.

— No meu caso, acredito fazer parte da maioria.

— Estás certo disso? — indagou o rei, cravando o olhar nele. — Como eu te disse antes, tenho uma dívida pendente contigo. O Egito não foi justo com seu filho mais honesto. Mas aquilo foi necessário para que hoje eu me sente sobre o trono do País das Duas Terras.

Nefermaat não conseguiu esconder sua confusão.

— Às vezes, a vida é injusta até com os príncipes — enfatizou Ramsés. — Não és o único que sofreu. Imaginas o que tive de suportar vendo um bastardo ocupar um lugar que, por direito, era meu? Sabes o que eu sofria cada vez que tinha que me ajoelhar diante dele? Eu, o primogênito do deus e da Grande Esposa Real, curvando-se diante do filho de uma rainha menos importante e já falecida, que ainda por cima teve o descaramento de proclamar-se como "único e legal herdeiro". Como se não bastasse o opróbrio que me vi obrigado a suportar, tive que aguentar também a humilhação de ver meu sobrinho Amonhirkopshep se tornar Hórus vivente ao suceder meu irmão. Imaginas o que senti quando presenciei sua coroação?

Nefermaat o observou em silêncio.

— Seria impossível — prosseguiu o deus com dureza. — Sua incapacidade evidente nos levou à eminência da guerra civil. Até mesmo as tribos da Líbia se encorajaram, voltando a ameaçar nossas fronteiras. Ramsés V era uma pessoa doente, como tu bem sabes, incapaz de ter descendentes. Nem a dama Henotuati, nem a senhora Tauerettenru, suas duas esposas, puderam dar um filho a ele. Afinal, depois de quatro anos de reinado, Osíris o chamou prematuramente ao seu tribunal, quando ele morreu de varíola. Certamente, Renenutet pode ser caprichosa com nosso destino, embora, às vezes, este apresente suas imperfeições.

O sacerdote *ueb* ouvia boquiaberto o discurso inoportuno do faraó.

— Renenutet costuma ser tosca em muitas ocasiões. Vê o teu caso — prosseguiu o rei. — Comigo ela tentou fazer algo parecido, mas usei o plano que a deusa havia elaborado para mim e o adequei aos interesses do Egito.

— Tu te referes aos teus? — indagou Nefermaat, sem conseguir conter-se.

— Bom, agora ambos são o mesmo — afirmou Ramsés, servindo-se outra taça. — Tive que me assegurar de que fosse assim, ainda que para isso tenham sido necessários quase dez anos.

Nefermaat mal podia acreditar no que ouvia, sentindo a indignação crescer dentro de si.

— Queres dizer que passaste todo esse tempo fazendo intrigas? — atreveu-se a perguntar com frieza.

Ramsés VI levou a taça aos lábios sem deixar de olhar para Nefermaat.

— Falas dos últimos dez anos? Não, querido *sunu*. No Egito, um príncipe faz intrigas assim que começa a fazer uso da razão, dedica a vida a isso.

— Então, o complô para acabar com a vida de teu augusto pai...?

— Se te referes ao fato de que eu tive alguma coisa a ver com isso, te enganas. Eu nunca teria ousado levantar minha espada contra o último dos grandes faraós que esta terra já teve. No entanto, confesso que estava inteirado da conspiração.

Nefermaat sentiu um embrulho no estômago.

— Já te adiantei no dia em que nos vimos no calabouço. Por acaso pensas que uma rainha do harém pode tirar o poder do deus de Kemet, assim, sem mais nem menos? — perguntou o faraó, fazendo uma cara cômica. — Eu estava informado, assim como meu finado irmão e muitos outros notáveis.

— E como permitiste que isso acontecesse? — interrompeu Nefermaat, controlando sua raiva a duras penas.

— Meu ilustre irmão desejava subir ao trono o quanto antes. Sabia que meus direitos estavam acima dos seus e não podia se comprometer. Seguramente, viu uma boa oportunidade para ajustar, por fim, a coroa dupla à sua cabeça. Assim, deixou que tudo seguisse seu curso e tirou o maior proveito disso. A prova de que ele sabia do que estavam tramando é que os *medjay* estavam prontos para intervir e arruinar o golpe.

— Mas e tu?

— Eu? Obviamente, estava prevenido havia muito tempo, embora em hipótese alguma devesse demonstrá-lo. A vida de meu meio-irmão estava ameaçada e, se o complô tivesse triunfado, eu teria tido um pretexto magnífico para reclamar meus direitos.

Nefermaat balançou a cabeça com tristeza.

— No fundo, vós também fizestes parte da rebelião — sussurrou ele, fazendo uma cara pesarosa.

— Repito que sentia o maior respeito por meu augusto pai, apesar de ele não ter me escolhido como seu sucessor — disse o rei em um tom sério. — Simplesmente tratei de me posicionar adequadamente. Meu irmão Ramsés era Generalíssimo dos exércitos, e na política não se pode lutar contra isso, sobretudo se já se exerce o poder, veladamente, em uma corregência. Durante seus últimos anos, meu pai só estava interessado nas concubinas do harém.

Nefermaat pestanejou, recordando-se de que ele mesmo teve aquela impressão quando, certa vez, o visitara em companhia de Iroy.

— Meu momento ainda não havia chegado, mas eu precisava me preparar para isso. Era necessário obter o apoio de determinadas forças que, em troca, um dia se veriam recompensadas, fortalecendo seu poder. A maioria dos altos cargos atuais do clero e da administração já eram, há dez anos, pessoas de minha confiança. Eles me ajudariam a recuperar o que me pertencia, e eu recompensaria a todos imensamente. Eu te asseguro que é uma tarefa árdua, pois requer paciência e muita prudência.

Veio à cabeça de Nefermaat a tarde em que Ramesenajt e o então príncipe foram vistos no jardim do palácio.

— Ramesenajt... — murmurou quase sem se dar conta.

— Não preciso te falar do enorme poder que ele possui. É o meu maior apoiador. Sei muito bem que, sem sua contribuição, eu não reinaria. Foi necessário que ele substituísse o irmão, o velho Usimarenajt. Era um homem de outra época, que não tinha lugar nos planos futuros. Agora, ninguém pode se opor ao poder do templo de Amon. Acredita, é preferível ser seu aliado e tentar seguir uma política... De cooperação, digamos.

— Então, todo o alto clero do panteão egípcio conta com tua aliança — resmungou o médico, sem levantar a voz.

— De uma forma ou de outra — confirmou o rei tranquilamente.

— Paneb! — exclamou Nefermaat, com o olhar perdido.

— Ele tem uma astúcia excepcional — afirmou Ramsés, dando uma risadinha. — E teve uma visão clara da situação desde o primeiro momento. Pôs-se a meu serviço há mais de dez anos e agora é o Primeiro Profeta de Montu, um deus que me é muito querido. Asseguro que membros de algumas das famílias mais poderosas de Tebas desejavam acabar com a linhagem de Turo para se encarregar do culto ao deus guerreiro.

— Admito que, para mim, tudo o que estás me contando se parece mais com um mercado vulgar. Eu pouco tenho a ver com esse tipo de negócio e, no entanto, me arranjastes um papel para representar nesse drama.

— Foste tu mesmo quem se empenhou em participar. Muitos te alertaram para que tivesses a máxima prudência, mas não deste importância a isso. Certamente, o amor não se orienta por essas razões.

— É um sentimento que nasce no coração — disse o médico com a voz alterada. — Não existem imprudências quando se entrega o melhor de si mesmo.

O faraó deu uma gargalhada.

— Realmente pensaste que poderias te casar com Nubjesed? — perguntou ele, irônico.

Nefermaat sentiu o sangue se acumular de repente em sua cabeça.

— Se tivesses feito isso, poderias ter te tornado o faraó. Podes imaginar? Uma pessoa como tu teria significado um perigo grande demais. Representas a própria essência desta terra, estou convencido de que o clero teria te apoiado.

— Então... Foste tu quem tramou a insídia contra mim.

— Na verdade, não, embora eu tenha de reconhecer que colaborei. A rainha Tiy era esperta o suficiente para perceber que precisava tirá-lo do caminho o quanto antes. Ela tramou tudo e fez com que Neferure pensasse que tu a amavas. Assim, inventou a história.

Nefermaat olhava para o rei, boquiaberto.

— Depois aproveitei a situação para eliminar-te definitivamente. Um aspirante não desejado ao trono já era demais para mim.

— Eu confiei em ti — lamentou-se Nefermaat, nervoso.

— Volto a reiterar minha simpatia por ti. Acredita em mim — afirmou Ramsés com um sorriso. — Não era nada pessoal, mas tens que convir comigo que os interesses pelo trono do Egito estão acima de qualquer outra consideração.

— Neste caso, foste tu quem colocou a imagem de cera em meus aposentos?

— Na verdade, eu fiz com que a colocassem.

Nefermaat se reclinou lentamente na poltrona, observando o faraó com frieza.

— Sempre tiveste dúvidas sobre quem fez aquilo, não é? Não estou certo de que queiras ouvir o nome dele.

Nefermaat lançou um de seus olhares enigmáticos para o rei.

— Tu acabas de me dizer quem foi — afirmou ele, por fim. — Kenamun.

— Eu te garanto que ele nunca soube que fui eu quem deu a ordem de pôr a imagem em teus aposentos. De fato, não creio ter trocado com o teu meio-irmão mais do que poucas frases na vida. Ele se limitou a fazer com gosto o que Paneb ordenou. O ódio de teu irmão por ti vai além do racional.

— Paneb? — perguntou o médico, incrédulo.

Ramsés assentiu com a cabeça.

— Já te disse que ele me serve há muito tempo. Sempre soube o que lhe interessava.

Nefermaat mexia os olhos de um lado para o outro, tentando pôr os pensamentos em ordem.

— Mas meu meio-irmão... Pouco tem a ver com isso.

— Estou certo de que durante a celebração da Festa de Opet tiveste a oportunidade de vê-lo. Ele conseguiu privilégios dentro dos "domínios de Amon", embora aspire muito mais. Tudo isso tem um preço, que ele se mostrou disposto a pagar ao correr o risco de colocar a imagem em teus aposentos. Em troca, recebeu o que queria: Neferure.

— Neferure? Meu irmão se casou com Neferure?

— Há exatamente nove anos. Ele era louco por ela, como tu bem sabes, e além do mais estava ciente de que a jovem era a chave que abriria todas as portas que fossem necessárias. Kenamun sempre foi ambicioso.

Nefermaat tocou na testa enquanto tentava encaixar as peças daquele quebra-cabeça.

— Cá entre nós, eles não são felizes. Teu meio-irmão continua com gostos sórdidos e não há noite que não se ausente de casa. Em Karnak, tais inclinações não agradam muito.

— Tramaste um plano digno do próprio Set — disse Nefermaat, sem dar muita importância ao último comentário de Ramsés.

— Também não precisas exagerar — disse ele com um sorriso. — Depois já sabes o que aconteceu.

— No entanto, me livraste de ser condenado à morte — contestou o *sunu*, tentando compreender.

— Teria sido indigno fazer uma injustiça contra o único cumpridor do *maat* que havia no palácio, não achas? Eu jamais teria permitido tal coisa, embora a sua condenação fosse inevitável.

— A pedreira da "montanha de ouro" — lembrou Nefermaat.
— Só as bestas podem sobreviver por lá.

— Sei disso. Se bem que tens que reconhecer que te adaptaste muito bem, embora, no final, eu tivesse que te ajudar — afirmou o faraó, se divertindo.

— Sesóstris? — perguntou Nefermaat, incrédulo.

Ramsés riu com suavidade.

— Isso é impossível. Ninguém pode sofrer daquele jeito por...

— Sesóstris pode, sim — cortou o faraó, lacônico. — Nada é impossível para ele.

— Mandaste Sesóstris para as minas?

— Exatamente, embora ele não saiba disso. Não me estranhou o que aconteceu com sua cadela. Digamos que tirei proveito duplo com o que ele fez. Sabuf, o chefe da guarda, estava se tornando um problema. Era ambicioso ao extremo e sabia de detalhes demais. Suponho que tenhas te alegrado com sua perda, depois da surra que ele te deu — concluiu o faraó com um cinismo evidente.

Nefermaat não podia acreditar no que escutava.

— Graças às minhas súplicas, consegui que os juízes enviassem o núbio para a "montanha de ouro". Antes de sua partida, roguei a ele que cuidasse de ti e prometi que, se escapásseis, eu iria protegê-lo até que ele pudesse voltar. Depois já sabes o que aconteceu. Sesóstris é meu servidor mais fiel e agora é o novo chefe dos *medjay*.

— Enviaste Sesóstris para que ele me tirasse de lá! — exclamou o *sunu*.

— Naquelas circunstâncias, não acredito que terias durado muito mais.

— Há algo que não entendo — disse Nefermaat, acariciando o queixo. — Fizeste tudo isso por remorso?

— Tantas insídias juntas eram demais para um *ba* tão justo como o teu, não achas? Ainda mais por não serem merecidas. Nunca te desejei mal algum, embora, como compreenderás, eu não pudesse permitir que te intrometesses no meu caminho. Era só isso. No fundo, te protegi.

— Esperavas que eu voltasse um dia para me contar tudo isso?

— De fato. Queria que soubesses de tudo por minha boca, pois não pretendo mentir mais para ti. Quando chegar o momento da psicostasia,* os quarenta e dois deuses não poderão me acusar de não ter te contado a verdade.

— E se eu jamais tivesse voltado?

— Sabes que isso não teria sido possível. Existem razões poderosas que te obrigaram a fazê-lo. Estou enganado?

Nefermaat manteve o olhar fixo.

— Estou certo de que uma sombra prevaleceu sobre as demais, afligindo teu coração durante todos esses anos. Apenas voltando poderias tentar dissipá-la.

— Nubjesed — disse Nefermaat com a voz trêmula.

Ramsés assentiu enquanto fazia um sinal para que ele se aproximasse do janelão que dava para o jardim.

— Vê — disse ele com um gesto, mostrando algo.

Nefermaat se aproximou para observar através das cortinas. No parque frondoso, quatro crianças brincavam felizes, causando um alvoroço.

— Aquele é o mais velho — disse o faraó, apontando para um menino que devia ter oito ou nove anos. — Chama-se Hamun Nutehekaon** e um dia será o deus desta terra — afirmou ele com orgulho. — Os outros dois meninos que estão brigando no gramado

---

* A pesagem do coração.
** Significa "pai Amon, deus, soberano de Heliópolis".

são Panebenkemyt e Amonhirkopshep — acrescentou ele, mais uma vez orgulhoso. — Como compreenderás, eu não iria permitir que meu nome complicado se perdesse para sempre — concluiu o faraó, rindo.

Nefermaat observou os pequenos brincando despreocupadamente, reparando, então, na figura de uma mulher que se encontrava de costas, segurando uma menina nos braços.

— Eis minha perdição — afirmou Ramsés, apontando para a menina. — Chama-se Ísis, em homenagem à avó.

O médico observou com interesse enquanto a dama que segurava a menina a levantava, cobrindo-a de mimos. Durante alguns instantes, a menininha sorriu, satisfeita. Então, a mulher a acomodou no berço.

— É a mãe dela, a Grande Esposa Real — confirmou o faraó.

Nefermaat assentiu, continuando com o olhar cravado na mulher sem perder um detalhe sequer. Havia algo nela que lhe era familiar, embora, de sua posição, ele não fosse capaz de reconhecê-la. Então, a dama se virou de repente, revelando seu belo rosto. Era Nubjesed.

— Nubjesed! — exclamou Nefermaat, sufocado. — Ela é...

— A rainha do Egito — interveio Ramsés, afirmando com a cabeça. — Nasceu para isso, como tu bem sabes. Agora ocupa o devido lugar.

Nefermaat se afastou da janela, temeroso, como se tivesse sido testemunha do crime mais cruel. O amor de sua vida brincava junto dos filhos nos jardins reais, aparentemente feliz.

O médico não pôde reprimir o impulso de voltar a olhar através das cortinas. Nubjesed sorria contente enquanto seus filhos vinham abraçá-la efusivamente, dando mostras de carinho. Nefermaat achou que Nubjesed estava tão bela quanto antes.

— Isso também fazia parte da mentira? — perguntou Nefermaat, sem poder esconder sua decepção.

— De forma alguma. Eu te garanto que, *a priori*, ela não estava em meus planos, embora não possa negar o quanto acertei em minha escolha.

Nefermaat se afastou de uma vez por todas da janela e voltou a se sentar. Sentiu-se irremediavelmente descomposto e fechou os olhos durante um momento. Que tipo de brincadeira era aquela? Que espécie de zombaria Renenutet havia decidido fazer com sua vida? Não era possível que o destino se divertisse daquele jeito à custa da alma de um homem. A mulher que um dia conquistara o seu coração para sempre era a esposa daquele que havia lhe trazido desgraças desmedidas. Durante todos aqueles anos longe do Egito, Nubjesed continuara sendo senhora de seus sentimentos, sufocando sua alma em uma angústia permanente devido a seus desejos de voltar a amá-la. Seu rosto parecia ter sido gravado com fogo no mais profundo de seu ser, torturando-o sem misericórdia e sem que ele pudesse afastá-la de seus pensamentos. Enquanto isso, ela havia arranjado um esposo e formado uma família, muito longe de tudo o que, um dia, os dois jovens sonharam iludidos, pois, no fim das contas, era apenas disso que se tratara: de uma ilusão.

Em sua desilusão, ouviu a voz do faraó dizer:

— Estás pálido. Bebe um pouco de vinho. Isso te aliviará.

Nefermaat abriu os olhos, voltando pouco a pouco ao normal. O faraó, em pé, de frente para ele, oferecia-lhe sua taça. O médico a recusou com um breve gesto.

Ramsés encolheu os ombros.

— Suponho que durante um tempo ela te amou de verdade — disse ele por fim. — Sei que padeceu depois de vossa ruptura, mas, em seguida, ela se deu conta de quem era e de qual era o seu lugar. O processo em que te viste envolvido acabou sendo definitivo, pois se sentiu horrorizada diante de tudo que escutou sobre ti.

Nefermaat fez uma careta sardônica.

— Não esperavas que ela fosse te ver na prisão, não é? Ninguém em seu lugar teria feito isso — afirmou o rei, categórico.

— Eu, sim — contestou Nefermaat, serenamente.

O rei sorriu com displicência.

— Claro, me esqueci de que foste educado no reto caminho do *maat*. Enfim — disse Ramsés, suspirando. — Acho que já sabes tudo que aconteceu. Resta apenas uma coisa por fazer.

Nefermaat lançou os olhos sobre o faraó, pressentindo que sua essência seria pisoteada pela última vez. Implorar o perdão a quem o havia levado até aquela situação era a última das indignidades à qual ele devia se submeter.

O faraó leu em seus olhos.

— Há homens que nascem fora de seu tempo — disse ele ao se levantar, batendo palmas. — Tu terias sido feliz mil anos atrás.

Nefermaat olhou para o rei com o mais hermético dos semblantes, sem deixar transparecer suas emoções, quando um escriba entrou na sala e se dispôs a anotar tudo que o deus ditasse.

O faraó olhou para ele significativamente, e o escriba se pôs a escrever.

— Eu, "o ordenador das coisas criadas, o que força o cumprimento das leis, o grande do palácio de Amon, o que favorece os deuses, rei do Alto e Baixo Egito, filho de Rá", ordeno que aquele que um dia se chamou Nefermaat, que foi abominado pelos deuses e condenado a vagar sem identidade até o fim dos tempos, seja eximido de suas culpas, recuperando o nome que uma vez perdera, para, assim, poder ser lembrado. Esta é a minha vontade.

Em seguida, o escriba enrolou o papiro e saiu da sala depressa. Nefermaat continuava com seu rosto transformado em uma máscara.

— Sou um homem justo. Tive motivos para fazer o que fiz e agora tudo fica reparado — disse o faraó, levantando o queixo com altivez. — No entanto, tudo que te contei tem um preço que deves pagar — continuou o faraó.

Os dois mantiveram o olhar por uns instantes.

— Dispões de um mês para deixar o Egito.

Nefermaat mal se alterou ao escutar aquelas palavras, limitando-se a se levantar de seu assento.

— Adeus, Nefermaat. Esta é a última vez que nos vemos — disse o faraó, dispensando-o. — Tens um mês para sair de Kemet. Não te esqueças disso.

Sentado junto ao embarcadouro, Nefermaat observava ao longe a casa do irmão. Passara o dia todo perambulando pelos arredores, na esperança de vê-lo, ainda que fosse por uns instantes. Mesmo depois do ocorrido, para Nefermaat era difícil acreditar que Kenamun tivesse sido capaz de traí-lo como o fez, por maior que fosse o ressentimento que tivesse contra ele.

No entanto, assim fora.

Passou o dia todo tentando deixar Tebas e permitir que suas vidas seguissem os respectivos cursos. Na realidade, havia sido assim sempre. Seria impossível esperar outro tipo de relação entre os dois. Contudo, Nefermaat desejava ao menos ver a cara do irmão quando se pusesse diante dele. Queria olhar em seus olhos e entender o porquê de seu ódio ou de seu profundo rancor, algo que ia muito além de seu entendimento.

Depois de um dia inteiro de espera, havia sido impossível ver Kenamun, embora tenha podido identificar sua esposa e também sua mãe. Esta passou fugazmente em uma liteira muito perto dele, com um aspecto decrépito e o olhar incisivo de sempre. Pareceu-lhe consumida, fazendo-o se lembrar dos corpos desidratados que os embalsamadores preparavam. Contemplou Neferure por um pouco mais de tempo, apesar de isso não significar que ela tivesse lhe causado uma impressão melhor. Neferure engordara muito e suas antigas formas arredondadas haviam se perdido de maneira surpreendente, esparramando-se por aqui e ali, como manteiga derretida. Seu rosto não ficava para trás — gordinho, brilhava particularmente oleoso, com uma cor um tanto desbotada. Apenas seus modos pareciam ser os mesmos, pois, como ele pôde constatar, ela tratou os criados da pior maneira que se pudesse imaginar. Havia sido abandonada pela graça que tinha anos antes e parecia ter apenas infelicidade.

Nefermaat pensou naquilo enquanto aguardava. Repassou pelas recordações de uma vida inteira quase sem querer. Sentado junto ao rio, era impossível não fazê-lo, pois a bela luz do entardecer criava um reflexo irreal sobre as águas repletas de limo, o alimento milenar que a cheia proporcionava àquela terra.

Ao cair a noite, Nefermaat pensou em se retirar. A escuridão era tão grande e seu ânimo estava tão despedaçado que ele não se sentiu bem naquele lugar. O rio estava tão cheio que o nível da água chegava até a borda do pequeno muro, ameaçando inundá-lo como, decerto, ocorria às vezes. Nele uma pequena barca balançava caprichosamente, presa ao dique por uma corda. Era a embarcação que seu meio-irmão costumava usar para se deslocar. Aparentemente, frequentava um novo lugar no povoado de Madu, ali perto, que lhe proporcionava tudo que era necessário para satisfazer seus apetites. Já fazia muito tempo que Kenamun não se interessava por sua mulher e que tinha voltado às antigas e particulares predileções.

Nefermaat viu quando as luzes da vila do irmão se apagaram e como, em pouco tempo, o silêncio se fazia dono absoluto dela. A atmosfera se tornou, então, estranhamente pesada, quase fantasmagórica, pois as sombras espessas que o cercavam pareciam ter ganhado vida, submetendo o lugar a suas leis inexoráveis. Mãos infinitas que teciam véus etéreos sobre a terra do Egito, fazendo com que o próprio ar se tornasse impenetrável, até mesmo para os sons característicos daquela paisagem. Naquela noite, até o Nilo calava.

Nefermaat sentiu um desagradável incômodo por estar em um ambiente como aquele, estremecendo levemente. Era um lugar mais apropriado para espíritos e demônios do que para homens e podia muito bem ser comparado à antessala que conduzia ao submundo.

Então, de repente, tudo aquilo se desvaneceu, pois o vazio que parecia devorar a terra inteira se dissipou, permitindo que as formas corpóreas se manifestassem, surgindo de suas profundezas insondáveis. Na casa próxima, uma luz abria caminho por entre as trevas, dirigindo-se justamente para onde Nefermaat se encontrava.

Quando a lamparina chegou ao muro, Nefermaat se levantou lentamente. A luz avançou sobre o pequeno dique de madeira, espalhando sua claridade difusa, iluminando-o vagamente. A escuridão era tão grande que devorava o tênue resplendor daquela vela quase que de imediato, como se estivesse mais faminta do que nunca. No entanto, aquela luzinha continuou avançando lentamente e, aos poucos, permitiu que Nefermaat contemplasse a figura que a transportava, recortando-a como se fosse um espectro. Era Kenamun.

Se Nefermaat ficou sobressaltado com a imagem do meio-irmão, para este a sua pareceu uma alma condenada, vinda do Amenti, pois ele mal pôde sufocar um xingamento de tanto susto que levou.

— Que tipo de encantamento é este? — indagou, aproximando-se um pouco para vê-lo melhor.

— É o regresso do inesperado — respondeu Nefermaat com frieza.

— Não pode ser! — exclamou Kenamun, com a voz trêmula. — Tu nem sequer tens nome. É como se nunca tivesses existido.

— Voltei do lugar para onde me mandaste para recuperá-lo — disse o médico misteriosamente.

Kenamun deu um passo para trás.

— É a alma de um condenado que cruza o meu caminho — afirmou ele, balançando a cabeça, como se tentasse se convencer daquilo.

— Sou tão real quanto as intrigas que tramaste contra mim — disse Nefermaat, aproximando-se do irmão. — Toca em mim. Estou vivo.

Kenamun estendeu o braço em um ato reflexo até que as pontas dos dedos tocassem o irmão.

— É impossível! — tornou a exclamar, puxando a mão de volta na mesma hora, como se tivesse se queimado. — Como podes estar aqui? Deverias ter morrido.

— O divino faraó foi misericordioso. Agora voltei a me chamar Nefermaat.

— E o que é que pretendes? O que queres de mim?

— Escutar de tua boca por que me traíste. Saber o que te fiz para merecer teu ódio.

Kenamun mudou de tom:

— Eu levaria horas para fazê-lo. Tua essência tentou me devorar praticamente desde que nasci.

Nefermaat se aproximou mais do irmão, até que a lamparina iluminou ambos os rostos com clareza.

— Tu sempre foste o justo, o sensato, o sabe-tudo que aguentava as injustiças e até mesmo o desprezo da própria família com resignação. Eras insuportável. Tentar nos fazer ver o quanto éramos injustos contigo foi muito mais do que eu pude aguentar. Tua atitude não me trouxe mais do que complicações — afirmou Kenamun, nitidamente ressentido.

— Nunca interferi em tua vida — disse Nefermaat sem se alterar.

— Ah, não? — indagou o meio-irmão, olhando-o com desprezo. — Eu diria que não fizeste outra coisa que não fosse isso. Até mesmo no tempo em que permaneceste no templo de Sekhmet tive que suportar tua lembrança. Eras a referência com a qual me comparavam na corte todos os dias. Cheguei a te detestar, sabes?

— Tu já me detestavas antes de eu partir para Mênfis — afirmou Nefermaat com tranquilidade. — Mas nunca acreditei que fosse capaz de me condenar como fizeste.

— És patético. Se eu pudesse, voltaria a fazer o que fiz há dez anos, mas, desta vez, cuidaria para que jamais regressasses.

— Teu ódio vai muito além do racional.

— Nisso tens razão, irmão. Chega até o próprio inferno, para onde eu te mandaria. Lá não tem lugar para a tua beatice hipócrita.

Nefermaat olhou fixamente para ele, mantendo a calma.

— Se permitissem, aceitarias toda a glória que há sobre a Terra. Isso sempre sob o manto da humildade que com tanta habilidade aprendeste a tecer. Imaginai-vos, ó deuses, um homem capaz de enganar uma princesa do Egito, divertindo-se depois com a mulher que equivocadamente o amava. Nunca se viu nada semelhante em Kemet.

— Vós mostrastes coisas piores — interveio Nefermaat. — Paneb, tu... Marionetes sem escrúpulo nas mãos de poderes que vós mesmos cobiçais. Tua ambição é desmedida, Kenamun.

Este grunhiu, encarando o irmão.

— Como te atreves? Tu não respeitas nem os sentimentos alheios. Pensas que o mundo é regido por leis que apenas tu conheces e cumpres.

Se vieste para descobrir a verdade sobre o que aconteceu naquela noite em teus aposentos do palácio, já sabes. Sim, fui eu que coloquei a imagem sobre tua poltrona, e te juro por Set que voltaria a fazê-lo com gosto.

— Teu ódio por mim não passa da consequência de teus temores. Em tua vida inteira tiveste medo de olhar em teu interior e de te deparares com a realidade.

Kenamun bufou e deu um soco no irmão.

— Afasta-te! — exclamou ele com raiva.

Nefermaat o pegou pelo braço.

— Vais continuar fugindo de ti mesmo a vida toda? Teu coração está carcomido pelo ódio. Pergunta. Ele te dirá quem realmente és.

Ao escutar aquelas palavras, Kenamun entrou em um estado de alienação difícil de explicar. Foi como se todos os rancores acumulados contra o irmão aparecessem de uma só vez, demandando uma satisfação, pois só assim pôde-se entender o que aconteceu.

Kenamun se jogou sobre o meio-irmão, dando golpes de um lado e de outro com uma fúria desenfreada. Este, surpreso diante daquela reação, caiu no chão, protegendo-se como pôde dos murros que Kenamun lhe dava. A lamparina rodou sobre o pequeno muro, iluminando uma cena que parecia tirada do pior dos pesadelos. Sobre Nefermaat, Kenamun dava rédea solta à própria natureza, socando-o uma e outra vez.

O médico ficou surpreso com a força daquele corpanzil que mal lhe deixava mover-se e tentou escapar dele, puxando-o pela túnica. Então, Kenamun pareceu tomar nova coragem, pois o agarrou pelo pescoço com as duas mãos e o apertou com todas as suas forças.

Nefermaat sentiu que estava sendo sufocado e que aquele energúmeno tentava realmente matá-lo. Era algo que fugia à sua compreensão, mas enquanto tentava se soltar da pressão leu claramente no rosto do meio-irmão que ele estava mesmo decidido a fazê-lo.

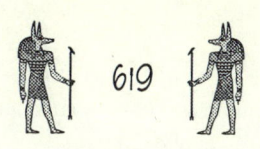

Em um esforço impetuoso, encomendou-se à poderosa Sekhmet e, reunindo suas forças, aplicou um golpe com as duas mãos nos ouvidos do meio-irmão, e este o soltou na mesma hora, dando um grito que teria empalidecido o próprio "batedor de águas",* aquele que julga os gritos e escândalos provocados pelo falecido ao se apresentar ao tribunal de Osíris.

Nefermaat se ergueu um pouco, em meio a tosses, tentando recuperar o fôlego enquanto ouvia os gemidos queixosos de Kenamun. Tentou se levantar, mas, ao olhar para cima, viu que o irmão aparecia de novo diante dele, agitando algo em uma das mãos.

Nefermaat empalideceu ao reconhecer uma faca de cobre.

— Estás louco! — exclamou sem acreditar no que via.

— Não! — garantiu Kenamun com o rosto tomado pela ira. — Tu já estás morto!

Dito isso, Kenamun ergueu o punhal com ambas as mãos, disposto a dar o golpe definitivo no irmão. Este viu a folha dourada refletir a tênue luz da lamparina que estava no chão, muito perto dos dois. Naquele instante, justo quando a faca começava a cair sobre Nefermaat, uma mão surgiu das águas e puxou um dos pés de Kenamun. Este deu um grito de surpresa, virando-se de imediato para ver quem agarrava seu pé, arrastando-o pelo muro. Sobressaltado, Kenamun perdeu o punhal, mas, em seguida, tentou se soltar daquela mão que o prendia. Socou e chutou, procurando resistir com todas as forças, mas tudo foi inútil. A mão continuou arrastando seu corpo até

---

* O "batedor de águas" era um dos quarenta e dois deuses encarregados de julgar os crimes do falecido diante de Osíris

a borda do dique, puxando-o, então, para o rio. Kenamun deu um grito de horror enquanto caía no Nilo. Então, ouviu-se claramente um estertor sufocado sob as águas e, em seguida, outra vez o silêncio, tal como estava antes de Kenamun chegar.

Nefermaat se levantou, ainda atordoado e impressionado com tudo que havia acontecido. Com passos vacilantes, aproximou-se da borda do muro, segurando a lamparina e tentando lançar um pouco de luz sobre o que ainda não compreendia. Naquele momento, alguém surgiu das profundezas, subiu no dique e ficou de frente para Nefermaat. Era um homem enorme e de sua pele escura escorria água sobre o embarcadouro.

— Sesóstris! — exclamou Nefermaat, espantado.

O núbio olhou para ele em silêncio enquanto seu corpo poderoso brilhava sob o pálido reflexo da pequena lamparina.

— Hapi tragou Kenamun — disse o núbio, gesticulando com a mão em direção ao rio. — Assim, ele também alimentará as terras do Egito.

Nefermaat olhou para Sesóstris, boquiaberto, sem encontrar palavra alguma para dizer a ele. Então, observou enquanto Sesóstris se aproximava da barca amarrada e, depois de soltá-la, subia nela, afastando-a do atracadouro. Antes de desaparecer em meio às sombras, olhou por um instante para Nefermaat que, em pé sobre o muro, continuava iluminando-o.

— Agora sim saldei minha dívida contigo — disse o núbio, esboçando um sorriso.

Então, sua figura se desvaneceu nas trevas.

* * *

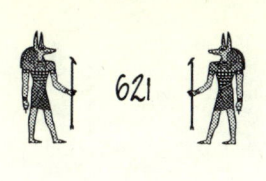

Nefermaat desfrutava da luz do Mediterrâneo. Sentado sobre a cabine do navio mercante, deixava que o sol do fim do verão o acariciasse com seus raios reconfortantes, como se fosse a maior das bênçãos. O barco navegava suavemente pelas águas tranquilas, fazendo com que a travessia fosse, na verdade, deliciosa.

A brisa salina, que antes lhe parecia tão desagradável e carregada de maus presságios, era agora como um bálsamo mágico criado pelas mãos do próprio Thot, o deus que tudo conhece.

Fechou os olhos, consciente pela primeira vez do autêntico valor de tudo que o cercava. Sentia-se feliz e especialmente eufórico — algo que lhe era desconhecido —, convencido de que seu espírito se encontrava, por fim, livre das sombras e más influências. Era como se tivesse nascido de novo ou, ao menos, era isso o que lhe parecia.

Havia deixado o Egito com a certeza de que nada o seguraria ali. Sua amada terra acabara se transformando em um lugar no qual ele já não cabia. Nefermaat simplesmente havia se tornado um estranho em meio a seu povo, como se fosse um intruso.

Antes de alcançar o Grande Verde, havia parado em Bubástis, a cidade da deusa-gata, que tanta importância tivera em sua vida. Uma vez ali, fora visitar Anon, mas, ao chegar em sua vila esplêndida, descobriu que ali viviam apenas alguns criados. Ao vê-lo, estes o cumprimentaram amavelmente, pois se lembravam dele e o informaram que havia vários anos que o babilônio partira.

— Foi embora de Bubástis? — perguntou Nefermaat, surpreso.

Os criados assentiram.

— Voltou para a Babilônia. Pelo que nos disse, queria passar seus últimos anos por lá. Fazia tempo que tinha enviuvado, e a solidão acabou lhe afligindo.

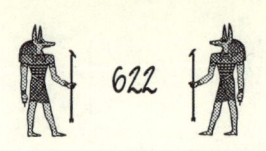

— Então, a dama Iay morreu?

— Ela teve uma "lesão devoradora".* Nosso senhor chorou muito por sua perda.

Nefermaat balançou a cabeça, pesaroso, enquanto dava uma olhada ao redor.

— Ele nos deixou riquezas suficientes para manter a casa. Estava convencido de que, um dia, alguém da família voltaria. Deixou isso, caso regressasses.

Nefermaat pegou o papiro que lhe ofereciam e o desenrolou, lendo-o com emoção. Era um documento através do qual Anon entregava a propriedade daquela casa a Atet e Nefermaat, em partes iguais. Segundo afirmava, nenhum dos dois havia sido seu filho biológico, ainda que, posteriormente, ele tivesse acolhido os dois. Então, despedia-se com seu sentimentalismo de sempre, garantindo que o ouro continuava enterrado onde o haviam deixado, o que fez com que Nefermaat derramasse uma lágrima ao enrolar o papiro de novo.

Nefermaat suspirou ao recordar aquele fato, entrefechando os olhos para protegê-los do sol. O velho Anon havia sido fiel a si mesmo até o final, demonstrando a imensa humanidade que tinha e se entregando amplamente aos "pequenos vícios", aos quais era incapaz de resistir. A Anon Nefermaat devia grande parte do que era, e ele estaria sempre em seu coração.

Nefermaat levantou-se lentamente e caminhou até a popa. Aproximou-se da borda e viu o pequeno sulco que o barco deixava sobre as águas. Naquele instante, lhe veio à cabeça a mesma cena que vivera dez anos antes. Seu nome deslizava então sobre as ondas, perdido para sempre pela injustiça dos homens, para acabar sendo devorado pelas profundezas. Sorriu ao pensar nisso, observando de novo a

---

* Lembre-se de que era um tumor maligno.

marca que o navio deixava sobre as ondas. Era nítida, e nenhum nome podia ser lido nela, pois ninguém o perde duas vezes. Ele havia recuperado o seu, ainda que, agora, estivesse convencido da pouca importância que isso tinha. Sua vida azarada havia lhe mostrado que uma pessoa é muito mais que um nome, pois, definitivamente, estes são postos ou arrebatados pelos homens e nunca pelos deuses.

Seu olhar se perdeu ao longe, na direção em que supunha estar o Egito. A terra milenar onde um dia nascera lhe dizia adeus, talvez para sempre. Seus sagrados mistérios e a profunda sabedoria adquirida durante séculos não haviam bastado para impedir que, no fim, os homens acabassem se corrompendo, tomados pela ambição e pela ânsia de poder, como em qualquer outro lugar. No país de Kemet, os deuses já eram apenas de pedra.

Sem querer, Nefermaat lembrou-se de Medunefer, o velho decano, e das enigmáticas palavras que uma vez lhe dissera no templo. Agora as compreendia perfeitamente, reparando na sabedoria que continham. Inconscientemente, levou uma das mãos à imagem que o velho lhe dera de presente e que sempre estivera pendurada em seu pescoço. A deusa havia sido sua mais fiel companheira, demonstrando-lhe uma afeição que nada tinha a ver com a fama de sanguinária. Sekhmet havia sido como a mais doce das mães, talvez porque ele nunca tivesse conhecido a sua.

Seus pensamentos se voltaram para o barco que navegava rumo a Sidon. Ali era o seu lar, embora ele não tivesse sido capaz de entender isso antes. Hemon, Atet... Eles já faziam parte indestrutível de sua pessoa. Atet demonstrara que as meras paixões não passam de fantasias capazes de desaparecer quando o verdadeiro amor aparece, com todo o seu esplendor. Ela havia confirmado que era assim, demonstrando, finalmente, possuir uma grandeza maior do que a da mais bela princesa do Egito.

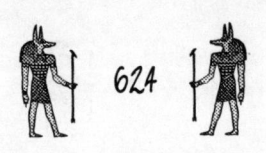

O coração de Nefermaat, antes cego, agora via com clareza, sem sombras que o encobririam nem aflições que lhe impedissem de amá-la para sempre.

Ele a faria feliz. Tinha certeza disso.

Epílogo

A conspiração do harém é um dos episódios mais singulares da história do Antigo Egito. Encobertos pelas brumas de três milênios, os fatos chegaram até nós através de diversos papiros (Harris, Rollin, Rifaud, Judicial de Turim etc...), nos quais são detalhados os pormenores do processo realizado contra os envolvidos na conspiração, assim como as sentenças e a execução das penas. O autor se detêve, rigorosamente, ao marco histórico em que se desenvolveu o complô da rainha Tiy, descrevendo a causa e os veredictos da forma mais fiel possível. Todos os personagens envolvidos na conspiração são autênticos, exatamente como se conta nesta obra.

O faraó Ramsés III faleceu durante o processo iniciado contra os insurgentes, e não se sabe ao certo qual foi a causa de sua morte, embora pareça óbvio que, de alguma forma, os acontecimentos a tenham influenciado.

Decerto, é evidente que uma rainha menos importante, como Tiy, não teria capacidade suficiente para dar um golpe de Estado como aquele, a não ser que forças poderosas a tenham convidado a fazê-lo à sombra. Os três mil anos transcorridos desde aqueles acontecimentos cobriram de dúvidas as possíveis ramificações do complô, embora seja fácil supor que tais conexões iam muito além dos processados.

Quanto ao papel desempenhado pelo futuro Ramsés IV durante a revolta, alguns pesquisadores acreditam na possibilidade de que o príncipe Ramsés estivesse informado do complô, usando-o em seu benefício. A má relação que ele tinha com os irmãos poderia justificar plenamente tal atitude.

Existem sérias dúvidas sobre a identidade da mãe de Ramsés IV. Alguns pesquisadores afirmam que ele era filho da Grande Esposa Real Ísis, e outros que o era de Tety. O autor desta obra está inclinado a acreditar nessa última possibilidade, que daria sentido à atuação do príncipe ao longo da trama. Só assim seria possível entender o afã de Ramsés IV, ao proclamar-se faraó, por inscrever seu nome junto aos títulos de "o Único" ou "o Justo", o que nos faz pensar que ele não era filho da Grande Esposa Real Ísis. Nunca na história do Antigo Egito um faraó se fez proclamar com tais títulos.

Isso também explicaria todo o ódio exacerbado que seu irmão, o príncipe Amonhirkopshep, futuro Ramsés VI, sentia por ele e que o levou a perseguir sua memória ao subir finalmente ao trono do Egito.

Em todo caso, o autor tentou romancear esses fatos da forma mais rigorosa possível, procurando tornar um período particularmente interessante da história do Antigo Egito compreensível ao leitor, sem pretender, com isso, criar uma teoria histórica. Simplesmente é a sua opinião.

Bibliografia

Nota do autor: Para agilizar a leitura deste romance, foram eliminadas as notas de pé de página nas quais se faz referência bibliográfica a citações, terminologias ou conceitos incluídos no texto narrativo. A bibliografia detalhada a seguir espera preencher qualquer lacuna que tal supressão possa ter originado.

AUFRERE, S., GOLVIN, C. L. e GOYON, C. L.: *L'Égipte Restituée Tome 2 — sites et temples des deserts*. Paris: Editions Errance, 1994.

BAINES, J. e MALEK, J.: *Egipto, dioses, templos y faraones*. Barcelona: Folio, 1992.

BLÁZQUEZ, J. M., MARTÍNEZ-PINNA, J., PRESEDO, F., LÓPEZ MELERO, R. e ALVAR, J.: *Historia de Oriente Antiguo*. Madri: Cátedra, 1992.

BLÁZQUEZ, J. M., WAGNER, C. G. e ALVAR, J.: *Fenicios y cartagineses en el Mediterráneo*. Madri: Cátedra, 1999.

BUNSON, M.: *A Dictionary of Ancient Egypt*. Oxford: Oxford University Press, 1991.

CASTEL, ELISA: *Diccionario de Mitología Egipcia*. Madri: Alderabán Ediciones, 1995.

____: *Los sacerdotes en el Antiguo Egipto*. Madri: Alderabán Ediciones, 1998.

CLAYTON, P. A.: *Crónica de los faraones*. Barcelona: Destino, 1996.

CUENCA, M. e BARBA, R. E.: *La medicina en el Antiguo Egipto*. Madri: Alderabán Ediciones, 2004.

DODSON, A. e HILTON, D.: *Las familias reales del Antiguo Egipto*. Madri: Ed. Oberon, 2005.

Durán, J. J.: *Boletín geológico y minero*, volume 116, abril-junho, número 2, 2005.

Fundación Arqueológica Clos, ArqueoClub: *Ruta arqueológica por Egipto III*. Barcelona, janeiro de 2005.

Gardiner, A.: *Egyptian Grammar*, Grã-Bretanha: Griffith Institute Ashmolean Museum: 1988.

Hart, G.: *A Dictionary of Egyptian Gods and Goddesses*. Londres: Routledge & Kegan Paul Inc., 1990.

Ikram, S. e Dodson, A.: *The Mummy in Ancient Egypt*. Londres: Thames & Hudson Ltd., 1998.

Jouret, R. M.: *Tebas 1250 a.C.* Madri: Alianza Editorial, 1992.

Karageorghis, V.: *Chipre encrucijada del Mediterráneo oriental, 1600-500 a.C.* Barcelona: Bellaterra Arqueología, 2004.

Kemp, B.: *El Antiguo Egipto, anatomía de una civilización*. Barcelona: Crítica, 1992.

Mangado Alonso, M.ª Luz: *El vino de los faraones*. La Rioja: Fundación Dinastía Vivanco, 2003.

Manniche, Lise: *An Ancient Egyptian Herbal*. British Museum Press, Third University of Texas Press (Austin), 1999.

Martín Valentín, F. J.: *Gramática Egipcia*. Madri: Alderabán, 1999.

Montet, P.: *La vida cotidiana en Egipto en tiempos de los Ramsés*. Madri: Temas de Hoy, 1990.

Morel, H. V. e Moral, J. D.: *Diccionario de mitología egipcia y de Medio Oriente*. Buenos Aires: Kier S.A., 1987.

Nunn, J. F.: *La medicina del Antiguo Egipto*. Cidade do México: Fondo de Cultura Económica, 2002.

Peden, A. J.: *The Reign of Ramses IV*. Aris & Phillips Ltd., Grã-Bretanha: Warminster, 1994.

Rachet, G.: *Diccionario de civilización egipcia*. Barcelona: Larousse, 1995.

Reeves, N. e Wilkinson, R. H.: *Todo sobre el Valle de los Reyes*. Barcelona: Destino, 1998.

Redford, S.: *The Harem Conspiracy: The Murder of Ramsés III*. Northen Illinois University Press/Dekalb, Illinois, 2002.

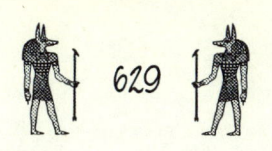

Rice, M.: *Quién es quién en el Antiguo Egipto*. Madri: Ed. Archivos Acento, 2002.

Strouhal, E.: *La vida en el Antiguo Egipto*. Barcelona: Folio, 1994.

Trello, F.: *Las guerras de Ramsés III*. Boletín de la Asociación Española de Egiptología, Madrid, 2000.

Wilkinson, R. H.: *Todos los diases del Antiguo Egipto*. Madri: Ed. Oberon, 2003.

Relação dos papiros médicos mais importantes

Berlim, 1200 a.C. Seu conteúdo é de medicina geral.

Brooklin Snake, 300 a.C. Aborda picadas de cobra.

Carlsberg VIII, 1300 a.C. Seu conteúdo é ginecológico.

Chester, 1200 a.C. Aborda enfermidades do reto.

Ebers, 1500 a.C. Seu conteúdo é de medicina geral.

Edwin Smith, 1500 a.C. Seu conteúdo é cirúrgico.

Hearst, 1450 a.C. Seu conteúdo é de medicina geral.

Kahun, 1800 a.C. Seu conteúdo é ginecológico.

Londres, 1200 a.C. Seu conteúdo é essencialmente mágico.

Ramesseus II, IV e V, 1700 a.C. Seu conteúdo é ginecológico, oftalmológico e pediátrico.

Relação de papiros nos quais se faz referência ao reinado de Ramsés III, bem como à conspiração do harém e aos posteriores processos judiciais

PAPIRO HARRIS
PAPIRO JUDICIAL DE TURIM
PAPIRO ROLLIN
PAPIRO VARZY
PAPIRO LEE
PAPIRO RIFAUD

Impresso no Brasil pelo
Sistema Cameron da Divisão Gráfica da
DISTRIBUIDORA RECORD DE SERVIÇOS DE IMPRENSA S.A.
Rua Argentina 171 – Rio de Janeiro, RJ – 20921-380 – Tel.: 2585-2000